AYFER TUNÇ

OSMAN

Can Çağdaş

Osman, Ayfer Tunç

1. basım: 2020
10. basım: Temmuz 2022, İstanbul
Bu kitabın 10. baskısı 4000 adet yapılmıştır.

Dizi editörü: Cem Alpan
Editör: Mustafa Çevikdoğan
Düzelti: Aylin Samancı Elmasdağ
Mizanpaj: Bahar Kuru Yerek

Sanat yönetmeni: Utku Lomlu / Lom Creative (www.lom.com.tr)
Kapak uygulama: Alper Zeki / Lom Creative (www.lom.com.tr)
Kapak fotoğrafı: Esra Özdoğan

Baskı ve cilt: Melisa Matbaacılık Yayıncılık San ve Dış Tic. Ltd.
Maltepe Mah. Davutpaşa Çiftehavuzlar Sk. No:16 Acar San. Sit.
Zeytinburnu, İstanbul
Sertifika No: 45099

ISBN 978-975-07-4552-2

CAN SANAT YAYINLARI
YAPIM VE DAĞITIM TİCARET VE SANAYİ A.Ş.
Maslak Mah. Eski Büyükdere Cad. İz Plaza Giz, No: 9/25 Sarıyer/İstanbul
Telefon: (0212) 252 56 75 / 252 59 88 / 252 59 89 Faks: (0212) 252 72 33
canyayinlari.com
yayinevi@canyayinlari.com
Sertifika No: 43514

AYFER TUNÇ

OSMAN

ROMAN

can

Ayfer Tunç'un Can Yayınları'ndaki diğer kitapları:

Bir Mâniniz Yoksa Annemler Size Gelecek, 2005
Kapak Kızı, 2005
Evvelotel-Saklı, 2006
Aziz Bey Hadisesi, 2006
Mağara Arkadaşları, 2006
"Ömür Diyorlar Buna", 2007
Bir Deliler Evinin Yalan Yanlış Anlatılan Kısa Tarihi, 2009
Yeşil Peri Gecesi, 2010
Suzan Defter, 2011
Dünya Ağrısı, 2014
Kırmızı Azap, 2014
Ayfer Tunç'la Karanlıkta Kelimeler (Handan İnci'yle birlikte), 2014
Âşıklar Delidir ya da Yazı Tura, 2018

AYFER TUNÇ 1964'te Adapazarı'nda doğdu. İstanbul Üniversitesi Siyasal Bilgiler Fakültesi'ni bitirdi. İlk öykü kitabı 1989'da yayımlanan *Saklı*'dır. Yazar bu kitabını daha sonra *Evvelotel* adlı öykü kitabıyla birleştirerek *Evvelotel-Saklı* adıyla yayımladı. Diğer öykü kitapları *Mağara Arkadaşları*, *Aziz Bey Hadisesi* ve *Taş-Kâğıt-Makas*'tır. *Taş-Kâğıt-Makas*'ın içinde yer alan kısa romanı *Suzan Defter*'i 2013'te; *Aziz Bey Hadisesi*'ndeki kitaba adını veren eseri 2014'te bağımsız olarak yayımladı. Bu iki kitapta yer alan diğer kısa öyküleri *Kırmızı Azap* ismiyle kitaplaştırdı. Sait Faik'in öykülerinden hareketle TRT için yazdığı *Havada Bulut* adlı senaryosu 2002'de, Orhan Kemal'in aynı adlı romanından uyarladığı *72. Koğuş* adlı senaryosu 2010'da çekildi. Yazarın *Kapak Kızı* (1992), *Bir Deliler Evinin Yalan Yanlış Anlatılan Kısa Tarihi* (2009), *Yeşil Peri Gecesi* (2010), *Dünya Ağrısı* (2014) ve *Âşıklar Delidir ya da Yazı Tura* (2018) adlı romanlarının yanı sıra *Memleket Hikâyeleri* (İletişim Yayınları, 2012) adlı anı-öykü kitabı, *Bir Mâniniz Yoksa Annemler Size Gelecek* (2001), *"Ömür Diyorlar Buna"* (2007) adlı yaşantı kitapları, Oya Ayman'la birlikte yazdığı *İkiyüzlü Cinsellik* (1994) adlı bir inceleme kitabı ve *Harflere Bölünmüş Zaman* adlı bir e-kitabı vardır.

www.ayfertunc.com

Ella Caz Kulübü'nün valesi Kâmil Dere

"İnsan unutamıyor ki.."

Kaç valesiniz kulübe bakan?
Genelde iki kişiyiz.. ama ben yalnızdım o gece.. öbür arkadaş erken çıkmıştı.

Kazayı görmüşsünüz.
Gördüm.. gözümün önünde oldu. Bağırdım hatta Osman bey kamyon geliyor diye.. duymadı. Yahut duydu da çarpsın istedi.. bilmiyorum artık. Ruh gibiydi zaten.

Nasıl ruh gibiydi?
Bir tuhaf yürüyordu işte, ne bileyim.. sanki yere basmıyormuş gibi.

Sarhoş muydu?
Bilmiyorum.. belki.

Niye kamyonun kendisine çarpmasını istesin ki?
Mutsuzdu çok.

Mutsuz muydu? İntihar etti mi diyorsunuz yani?
Ya şimdi kesin bildiğim bir şey yok.. ama intihar ettiyse de şaşırmam yani.. onu diyorum.

İyi tanıyordunuz o zaman Osman beyi.
Pek sayılmaz aslında.. kulübe gelip giderken görürdüm sadece.

Mutsuz olduğunu nerden biliyordunuz?
İnsanın yüzü söyler.. söylemez mi?

Bilmem? Söyler mi?
Bence söyler.

Ne diyordu yüzü?
Ya nasıl anlatayım ki şimdi.. çok uzağa bakıyor gibiydi, sanki bir şeylerin sonunu görüyor gibi.. ya da kendi sonunu. Acayipti işte ne bileyim. Benim abim de aynı onun gibi bakardı, belki de ona benzettim.. ondan. Kendini astı sonra.

Kim?
Abim.

Astı. Abiniz kendini mi astı?
Astı evet. Kömürlükte. Kendi evinin kömürlüğünde.

Başınız sağolsun. Kaç yaşındaydı?
Yirmi altı.

Çok da gençmiş. Neden yaptı?
Bilmiyoruz.

Ne zaman oldu bu?
Bu ağustosta beş sene olacak. Ama hali hâlâ gözümün önünde. İnsan unutamıyor ki.. eniştem indirmişti ipten, ablamın kocası.

Çok acı bir olay. Nasıl oldu? Sakıncası yoksa anlatır mısınız?
Anlatırım tabii, ne sakıncası olacak. Hatta şey gibi oluyor anlatınca.. olmamış gibi.. ne bileyim. Her neyse işte. Şeydi o gün, Beril'in yaş günüydü, abimin kızının. Hepi-

miz onlardaydık, annem, babam, ablamlar. Yengem tarafı da gelmişti, ilk yaş günü diye herkesi çağırmışlar. Ev tıklım tıklım doluydu. Hava çok sıcaktı o gün, yanıyordu ortalık.. bütün camlar açık ama perde kıpırdamıyor. Abimin gömleği terden sırtına yapışmış. Gitti değiştirdi, beyaz bir gömlek giydi.. hatırladıkça kötü oluyorum, kefen giydi sanki. Yengem komşudan vantilatör iste dedi abime. Gitti abim.. sağolsunlar vermişler.. aldı getirdi. Salona kurduk. Her şey çok normaldi.

Morali iyiydi yani.
İyiydi.. çok neşeliydi. O yüzden hiç anlamadık ya zaten.. Yeni bir dükkân kiralamıştı, daha büyük, onu anlatıyordu. Makineler sökülecek, taşınacak, bir ton iş var falan..

Ne iş yapıyordu?
Torna tesviye atölyesi vardı. İşi çok iyiydi, üç kişi çalıştırıyordu yanında, sigortalı. Kaynı kimseyi çağırmana lüzum yok, ben sökerim makineleri dedi.. elinden geliyor kaynının, sanayide usta kendisi. Dükkânı ne zaman taşırız falan.. onları konuşuyorduk. Yengem Beril'e saray şeklinde doğum günü pastası yaptırmış, üstünde pamuk prenses vardı, hiç unutmam, mavi elbiseli. Yengem pastayı getirdi. Toplandık, mumları yaktık, maytaplar falan.. bekliyoruz. Ama abim evde yok. Bakkala gitmiştir dedik, telefonunu çaldırdık.. baktık salonda çalıyor. Yakına gitti herhalde, almadan çıktı dedik.. bekliyoruz öyle. Yarım saat geçti yok.. bir saat geçti yok. Çıktık, aramaya başladık.. sormadığımız kimse kalmadı. Abimlerin apartmanın karşısında bir oto tamircisi var, çıraklar falan kapının önünde çalışıyor.. onlara sorduk. Çıkmadı, çıksa görürdük dediler. Çıkmadıysa nerde? Eniştem kömürlüğe mi indi acaba dedi. Dedim yaz günü ne işi var kömürlükte? Gene de bir bakalım dedik. Aşağı bir indik ki ipin ucunda sallanıyor. Dili sarkmış, yüzü mosmor. Asmış kendini.

Bayağı bildiğin asmış yani. Akşam olmuştu artık bulduğumuzda ama hâlâ sıcaktı.. bilmiyorum, belki yazdan. Annem, babam, ablam hepimiz mahvolduk. Yengem Beril'in yaş gününü değiştirdi.

Nasıl değiştirdi?
20 Ağustos'ta kutlamıyor artık. 1 Ekim'de kutluyor. Kızının yaş gününde kocasının öldüğünü hatırlamak istemiyor kadın.. haklı. Eceliyle ölmüş olsa gene bir derece de.. çocuk soracak tabii büyüyünce, yengem nüfusa yanlış yazmışlar diyeceğim diyor.

Sizin ailenizle mi yaşıyor yengeniz?
Yok.. abimin vefatından sonra babasının evine gitti. Annemler dedi aslında.. sen de bizim kızımızsın bizimle kal diye ama istemedi. Evlendi zaten.. evlenmeden önce annemlere haber vermiş. Beril'i sizden kopartmam, merak etmeyin demiş. Evlenecekti tabii.. gencecik kadın. Ölenle öl diyecek halimiz yok.

Abiniz not bırakmış mıydı?
Bırakmıştı. Benden bu kadar, beni affedin diye yazmış, market fişinin arkasına, tükenmezkalemle. Bu kadar ama.. neden yaptığını yazmamış. Benden bu kadar.. bu yani.

Duruyor mu not?
Yok polis aldı. Çok korkunç bir şey.. insan unutamıyor. Niye yaptı hiç anlamadık. Karısı da anlamadı. Biz mutluyduk diye ağladı çok. Hepimiz mutlu sanıyorduk, karısıyla çok iyiydi, evi kendisinindi, maddi sıkıntısı falan yoktu yani. Kızına da çok düşkündü. Her gün resmini çekip atardı bize. Çok düşündüm ne derdi vardı da yaptı diye.

Sizce ne derdi vardı?

Bilmiyorum ki.. hiçbirimiz bilmiyoruz. Ama anlıyorum bazen. Mesele dertli olmak değil biliyor musunuz? Dertle falan alakası yok. Dert ne ki.. geçer bir şekilde. Mesele yaşamak.

Nasıl yaşamak?
Ya nasıl anlatayım.. bezginlik işte. Bazen ben de diyorum.. n'oluyor yani yaşıyoruz da.. öyle değil mi? N'oluyor yani.. niye? Bazen öyle boş geliyor her şey. Dert meselesi değil yani. Abimin bir eksiği yoktu ki.. derdi de yoktu bildiğimiz.

Osman beye abinizden hiç bahsetmiş miydiniz?
Bahsetmiştim, ölümünden bir hafta filan önce.

Neden? Bir şey mi hissetmiştiniz?
Hissettiğimden değil de.. ne bileyim.. öyle bir samimiyetimiz de yoktu aslında.. ama anlatmak istedim işte.

Nerden aklınıza geldi anlatmak?
Laf geldi. Araya çıkmıştı, sigara sarıyordu.. ateş istedi, kibrit çıkardım verdim. Geri verdi, yok sizde kalsın dedim. Sağol dedi, aldı. Çakmağımı hep kaybediyorum dedi. Abim de öyleydi, çakmaklarını falan kaybederdi hep dedim, artık kaybetmiyor mu dedi. Öldü dedim, kendini astı.

Ne dedi astı deyince?
Önce bir durdu öyle.. bana baktı. Sonra bir sürü soru sordu.

Neler sordu?
Nasıl yaptı diye sordu. Anlattım işte.. kömürlüğe inmiş haberimiz yok falan. İpi önceden mi almış dedi. Evden getirmiş dedim, çamaşır ipini sökmüş balkondan, üç kat yapmış. İpi söktüğünü görmediniz mi, kaçta oldu, ne zaman buldunuz, ne yaptınız, bulunca hemen indirdiniz

mi, polisi mi beklediniz, ipi kim kesti? Böyle bir sürü şey sordu ama niye yaptığını sormadı. Çok tuhafıma gitti. Herkes neden diye sormuştu çünkü. O sormadı.

Onun da kendi canına kıyabileceğinden kuşkulandınız mı?
O gece kuşkulanmadım, aklımın ucundan bile geçmedi. Zaten çok üzülmüştüm haline.

Neden?
Argun bey çok fena azarlamıştı.

Argun bey kim?
Patron. Kulübün sahibi. Bağırdı çağırdı koca adama.

Neden bağırdı?
Biz abimden konuşurken ara bitmiş, öbürküler programa başlamış, farkında değiliz. Argun bey geldi içerden.. başladı saydırmaya senin keyfini mi bekleyecek millet.. araya çıktın mı dönmek bilmiyorsun ama para istemeyi biliyorsun falan. Çok ağır konuşuyordu. Adamcağız neye uğradığını şaşırdı, gözleri doldu. Ben vale kulübesine kaçtım. İstemedim yani.. o halini görmek.

Kaza nasıl oldu peki?
Son arabayı getirdim o gece, müşteriye teslim ettim. Biri taksi istemişti, çağırdım, taksi geldi, kimse kalmadı ortalıkta. Ben de gideceğim tam.. Osman beyi gördüm. Kulüpten çıkmış, karşıya geçiyor. Yukarıdan kamyonun geldiğini gördüm. Dedim çarpacak buna. Seslenmemle kafadan vurdu. Güm diye bir ses çıktı, ama nasıl yüksek bir ses.. kamyon sanki duvara çarptı. Bir insana çarpmaktan bu kadar ses çıkar mı dersiniz.. çıktı. Beyni patlamış.

Beyni mi patlamış?
Evet.. eve gidince baktım, üstüme bir şey sıçramış, yapış yapış, beyazımsı bir şey. Dedim beyni bu. Osman beyin

beyni sıçradı üstüme. Bayağı da mesafe vardı aramızda, nasıl sıçradı anlamadım.

O saatte ne kamyonuydu çarpan?

Hafriyat. Bir üst sokakta inşaat var, temel kazıyorlar, gece taşıyorlar toprağı. Otel yönetimi çok şikâyetçi ses oluyor diye ama takan yok.. aynen devam.

Kamyon şoförü Osman beyi görmedi mi?

Görmedi herhalde, görse fren yapardı. Gerçi yapsa da duramazdı, çok hızlı geliyordu. Sabaha karşı salmış bayırdan aşağı.. sokak boş diye.

Çarpınca durdu mu?

Valla bir yüz-yüz elli metre gittikten sonra durdu. Dedim hah inecek. İnmedi şerefsiz.. inip bakmadı bile kime çarptım diye.. bastı gaza gitti. Yakalamışlar ama. Sarıyer taraflarında bir yerde polis kesmiş önünü. Hâlâ içerdeymiş.

Kazayı sizden başka gören oldu mu?

Sinemacı adam görmüş, kulübün karşısındaki apartmanda oturuyor. Penceredeymiş o sıra. Hemen koştu geldi, bana dedi kamyonun plakasını aldın mı? Dedim almadım, nasıl alayım, şok olmuşum zaten. Çok korkunç bir şey.. gözünün önünde birinin beyni patlamış..

Ambulans çağırdınız mı?

O adam çağırdı. Çabuk geldi ambulans.. on-on beş dakika sonra geldi ama ölmüş bu dediler, ölüsünü almadan gittiler. Millet çıktı sokağa, kulüpte çalışanlar, oteldekiler falan. Evlerden de çıkanlar oldu, öyle baktılar.

Sonra?

Sonra polis geldi işte. Bana sordular.. o adama sordular. Anlattık ne gördüysek.. Osman bey yerde yatıyor hâlâ. Böyle kalacak mı burada dedim. Savcı gelmeden kaldıramayız dedi polis. Gazete istedi. Gittim bizim vale kulübesinden eski gazete aldım, getirdim. Örttüler üstüne. Bir yağmur başladı sonra. Ama ne yağmur.. gök delindi sanki. Beş dakikada seller aktı sokaktan. Rahmetlinin üstündeki gazeteler ıslandı, sürüklendi gitti. Adamcağız öyle.. kolları iki yana açık yatıyor. Kafası darmadağın, atkısı çamurun içinde, kanı yağmura karışıyor, gözümün önünden kıpkırmızı akıyor su. Polisler arabaya bindi savcıyı beklerken.

Siz ne yaptınız?
O adamla durduk biraz başında.

Neden?
İçim bir tuhaf oldu.. yani öyle yapayalnız.. ne bileyim. Aklıma abim geldi. Biz yukarıda çoluk çocuk otururken nasıl yapabildi diye. Sonra baktık yağmurun duracağı yok, ben saçağın altına girdim, o adam da evine gitti.

Osman bey kamyonun geldiğini gördüğü halde durmadı yani.. öyle mi?
Ya şimdi öyle dedim ama bilmiyorum.. belki de ben öyle görmüşümdür. Dalgındı çok. Ondan olmuş da olabilir. Gerçi sinemacı adam da öyle dedi..

Ne dedi?
Bile bile çıktı kamyonun önüne dedi.

O da intihar ettiğini mi düşünüyordu?
O öyle görmüş. Bana da öyle geldi. Bilemem tabii.

Otel müşterilerinden kazayı gören oldu mu?
Valla kazayı gören oldu mu bilmiyorum ama odaların ışıkları yandı, herkes camlara çıktı. Sese çıktılar herhalde. Dedim ya.. çok acayip bir ses çıktı.

Ne yaptılar peki?
Hiç. Öyle camlardan baktılar, sonra sıkıldılar herhalde,

baktılar bir şey olduğu yok.. içeri girdiler. O çarpma sesinden sonraki sessizlik çok tuhaftı yalnız.. çıt çıkmıyordu sokaktan. Savcı geldikten sonra da ses falan olmadı. Öyle baktı herkes. Bir yağmurun sesi vardı, bir de kedilerin, çöpün orda hırlaşıyorlardı. Ben bekledim. Savcı da beş dakika ya durdu ya durmadı, gitti. Ben bekledim. Saçağın altında bekledim. Sonra başka bir ambulans geldi, cesedi alıp götürdüler. Gene sessizlik oldu. Çok tuhafıma gitti. Bir adam öldü ya.. bir adamın beyni patladı. Ne bileyim.. insan kıyamet kopacak falan sanıyor. Abimde de kopmamıştı, ağırına gidiyor insanın.

* * *

Kazanın görgü tanığı Mertol Özdemir

"Melankolik hali hep dikkatimi çekiyordu."

Ölen kişiyi tanıyor muydunuz?
Bir göz aşinalığımız vardı. Otele girip çıkarken görürdüm. Ella'da piyanistmiş.. bilmiyordum.

Ne iş yaptığını sanıyordunuz?
Valla hiç düşünmedim. Neden düşünmedim bilmiyorum.. çok ilgimi çekiyordu halbuki.

Nesi ilginizi çekiyordu?
Sıradan birine benzemiyordu, değişik bir havası vardı. Çok şık giyiniyordu mesela. Yürüyüşü, duruşu falan hoştu. Klas bir adamdı yani.. ezik bir tip değildi.

İntihar ettiğini düşünüyormuşsunuz, öyle mi?
Bence etti. Emin olamam tabii ama gördüğüm kadarıyla hali tavrı.. kazanın oluş şekli bende intihar ettiği hissini uyandırdı.

Nasıl bir hali tavrı vardı da sizde bu hissi uyandırdı?
Bütün o havalı haline rağmen acı çeken bir adam olduğunu düşünmüştüm. Bir şey bildiğimden değil ama insanın ruh hali yüzüne yansıyor bence. Yüzünde bir acı vardı.

O gece kazadan önce görmüştünüz o zaman Osman beyi..
Hayır hayır.. kaza gecesinden söz etmiyorum. Melankolik hali hep dikkatimi çekiyordu. Hatta bir tanışsak, konuşsak diye geçiyordu aklımdan. İlginç bir hikâye çıkar mı acaba diye..

Bir film hikâyesi çıkar diye mi? Sinemacıymışsınız..
Yok sinemacı değilim ben.. belgeselciyim.

Öyle mi? Ne zamandır belgesel çekiyorsunuz?
On dört-on beş yıl oldu.

Nasıl başladınız?
Sinema televizyon okudum ben. Daha o zamanlar kafamda vardı. Okul bitince asistan olarak bir Fransız belgeselcinin ekibine girdim. Sonra sonra kendim çekmeye başladım.

Kaç belgesel çektiniz bugüne kadar?
Yedi.

Konuları ne?
Beşinin konusu insan.. insan hikâyeleri. Biri Ege'deki tarihî yel değirmenleri hakkında. Ismarlama bir işti o, bir enerji şirketi için. Biri de obruklar. Şu Konya ovasındakiler. Çok meşhur oldu bu ara. Her gün yeni bir haber çıkıyor hakkında. Obruklar da benim fikrim değildi.. teklif geldi.

Kimden geldi?
BLG TV'den, bir internet kanalı.. youtube'dan yayın ya-

pıyorlar. Doğa belgeselleri çekiyorlar. Şimdi de kuruyan göller projeleri var. Onu da sen çeker misin dediler ama istemedim.. insan hikâyelerini tercih ediyorum ben. Obrukları bile insanlar üstünden anlatmaya çalıştım.

Nasıl finanse ediyorlar projelerini?
Bazı vakıflar, şirketler falan sponsor oluyor bildiğim kadarıyla. Sırf insanlık adına mı sponsor oluyorlar diye sorarsanız bilmiyorum. Bir şekilde bir maddi çıkar vardır işin içinde. Biraz da ondan istemedim zaten, bir katakulli falan varsa alet olmak istemedim.

Finans kaynakları konusunda katı mısınız?
Katıyım. Herkes de katı olmalı bence. Gerçeğin kendisinden emin olamadığımız bir çağda yaşıyoruz çünkü. Bir kurcalıyorsunuz, her şey bir şeylerle ilgili çıkıyor. Sürekli bir yalan üretimi. Neye inanacağımızı bilemez hale geldik.

İnsanları tercih etmenizin nedeni ne?
Hikâyeleri. Belgesel denince herkesin aklına doğa belgeselleri gelir ya da kültür konuları, mimari falan. Ünlü değilse insanın belgeseli mi olur diye düşünülür. Oysa bazı insanların hikâyeleri çok ilginç. Filmini yapsanız kimse inanmaz. Ancak belgesel derseniz inanıyorlar.

Gerçek hayat kurgudan daha mı etkileyici sizce?
Kesinlikle.

Sinema filmi çekmeyi düşünüyor musunuz?
Düşünmüyorum. Sinema sanat, ben sanatçı değilim. Sanatın gerçeği yerine gerçek gerçeği tercih ediyorum ben. Bütün sinema filmi çekenler de sanatçı değil tabii..

Sanatın gerçekle ilişkisini sorunlu mu buluyorsunuz?
Yalnız sanatın değil ki.. hayatın kendisinin gerçekle ilişkisi sorunlu. Gerçek diye bir şey kalmadı artık. Sosyal

medyaya bakın.. her türlü mecraya bakın.. çarpıtılmış bir gerçeklik akmıyor mu? Post truth diye adını da koydular.. tamam artık.

Nasıl tamam artık?
Yalan legalleşti yani. Bütün bunlar post truth. Öyle mi? Tamam o zaman. Böyle bir şey oldu. Kimsenin yalanla bir zoru kalmadı.. inanamıyorum buna.

Belgesel çekerken de gerçek çarpıtılamaz mı?
Tabii ki çarpıtılabilir. Hatta gerçeğe daha büyük zarar vermeniz bile mümkün.. niyetinize bağlı. Gerçekle etik ilişkiniz sorunlu değilse çarpıtmadan aktarırsınız. Ama sorunluysa fena.

Siz nasıl bir yol izliyorsunuz bu konuda?
An ve kameranın gördüğü. O an ne yaşanıyorsa o. Kişi ne söylüyorsa o. O kadar. Aktarıcıyım ben.. yorumu size kalmış.

Çekeceğiniz insanları nasıl seçiyorsunuz?
Belli bir yöntemim yok. Biri hakkında bir şey duyuyorum ya da internette filan ilgimi çeken bir hikâye okuyorum. Peşine düşüyorum.. öyle.

Bu işten hayatınızı kazanabiliyor musunuz?
Hayır tabii ki. Ruhunuzu satarsanız geçinebilirsiniz de.. benim tercihim o değil.

Nasıl geçiniyorsunuz peki?
Kira derdim yok. Arada reklam tanıtım falan çekiyorum. Bir şekilde idare ediyoruz. Belgesele gönül verdiyseniz hayatınızı bu işten kazanmayı düşünmeyeceksiniz.

En son çektiğiniz belgesel ne hakkındaydı?
Doğu Karadeniz'de bir dağda, tek başına yaşayan yaşlı bir kadını çektim. Hatta kazanın olduğu gece de onun postuyla uğraşıyordum.

Biraz bahseder misiniz?
Nemrut nene diye yaşlı bir kadın. Koskoca dağda tek başına yaşıyor. Suratsız, kavgacı. Çok normal tabii böyle olması.. her günü mücadele kadının. Doğduğu köyde kimse yok, kalmamış, ortada bir köy kalmamış daha doğrusu, herkes göç etmiş.

Neden?
Ekonomi. Köy çok sarp bir yerde. Tarım yok.. iş yok.

Zor oldu mu çekmek?
Çok. Kadın hayatında kamera görmemiş, çok rahatsız oldu. Kaç kere sopayla üstüme yürüdü. Çadırımı yakmaya kalktı. Ama sonunda anlaştık bir şekilde.

Nasıl başardınız anlaşmayı?
Biraz şans oldu. Bir gün dereden su taşıyordu, kovasını düşürdü. Kova gitti, ta yarın dibine yuvarlandı. Ben alırım dedim. Dallara tutuna tutuna indim, kovasını aldım getirdim, suyunu da taşıdım. Öyle öyle yumuşadı.. sonra konuşmaya başladık.

Gidenlerin evleri duruyor mu köyde?
Yok canım nerde.. sahipleri terk edince yıkılmış gitmiş hepsi. Nemrut nene kalmış bir tek, Robinson Crusoe gibi yaşıyor. Ayda yılda bir insan yüzü görüyor. On beş yıldır paraya dokunmamış. Evinde su yok. Ev dediğim bir zamanlar evmiş, harap olmuş. Köyde kimse kalmayınca elektriği de kesmişler. İçerde bir ocak var, yaz kış yanıyor.. bildiğiniz mağara devrini yaşıyor yani. Hayat dediğimiz şey içgüdüsel bir canlı kalma çabası aslında. İnsanlar mağara devrinde de hayatta kalmaya çalışıyorlardı, robotlar çağında da hayatta kalmaya çalışıyorlar. İnsanlığın geldiği nokta bu yani.. hiç. Çok acıklı.

Ne yiyip içiyor?
Birkaç tavuğuyla bir ineği var. Meyve ağacı çok etrafta..

elma, ayva, fındık. Mantar topluyor, ot topluyor. Küçük bir bahçesi var, mısır filan ekiyor. Çok az yiyor zaten.

Kaç yaşında?
Kendisi de tam bilmiyor, seksenin üstünde olmam lazım dedi. Çok zeki bir kadın. O şartlarda hayatta kalmasından belli. İlginç olan şu. Konuşmadı konuşmadı.. haftalarca ters yaptı bana.. sonra da susmak bilmedi. Durmadan anlattı. Şöyle olmuştu.. böyle olmuştu. En çok konuşmayı özlüyormuş. Hayvanlarıyla filan konuşuyormuş. Ama insan karşıdan da bir şey duymak istiyor dedi. Monolog yetmiyor tabii diyalog lazım. İnsan için konuşmanın önemli bir ihtiyaç olduğunu biliyordum ama Nemrut neneyi tanıyınca sandığımdan daha önemli olduğunu anladım.

Kimsesi yok mu?
Yok. Beş kardeşi varmış, hepsi ölmüş, yeğenleri de şehre göç edenlerden. Hiç evlenmemiş. Gençken birini seviyormuş ama adam başkasıyla evlenmiş. Bu da küsmüş. Hâlâ seviyor musun dedim. Bugün istese varırım dedi. Sevdiğin belki ölmüştür dedim, yok yaşıyor dedi. Arada bir adamın köyüne gidip bakıyormuş ölü mü sağ mı diye. Adam üç kere evlenmiş, bir sürü çocuğu torunu var. Onu da buldum konuştum. Deli o dedi. Pek bir şey anlatmadı, kafa gitmiş zaten.

İlginçmiş. Ne zaman izleyebileceğiz filminizi?
Valla gösterime sokabilecek miyiz bilmiyorum.. çok zor. Festivallere göndereceğiz, bir bitsin de. Belki pay tv'lerden biri alıp gösterir. Bir belgesel merakı başladı ya insanlarda. Seyirci eskiye göre daha çok ilgi gösteriyor belgesellere.

Neden sizce?
İnsanlar bu kadar yalanın içinde gerçek bir şeyler arıyor-

lar herhalde. İşin kötüsü gerçek diye sunulan her şeye inanmaya da hazırlar.

Kazaya dönelim. Siz de tanık olmuşsunuz. Nasıl oldu?
Ben tesadüfen gördüm. Pencereyi açmıştım, dışarı bakıyordum. Adam.. Osman bey yani.. karşıya geçiyordu. Yukardan kamyonun geldiğini gördüm, duracak sandım ama yürümeye devam etti.. son adımını bilerek attı sanki. Beni şoke eden de bu oldu. Çarpmanın şiddetiyle savruldu. Kemik parçalarının havada uçuştuğunu gördüm resmen. Çok korkunç bir andı, anlatmak mümkün değil. Dondum kaldım. İnsan ne yapacağını bilemiyor. Neden sonra toparlandım, fırladım dışarı. Ölmüş tabii.. kafası saçılmış her tarafa. Baktım gençten bir çocuk, gözleri faltaşı gibi açılmış, cesede bakıyor. Kamyonun plakasını aldın mı dedim. Şoktan cevap veremedi. Otelden biri çıktı o sırada, cesedi görür görmez kusmaya başladı. Birkaç kişi daha geldi. Biri Osman bey bu dedi. O zaman öğrendim adını. Savcı geldi sonra, polis molis.. kulübün patronu geldi. Yakınlarını tanıyorsanız haber verelim dedim. Polis siz karışmayın dedi. Karışmadık.

Ceset götürülene kadar beklediniz mi?
Bekleyemedim, çok üşümüştüm, penyeyle çıkmışım. Eve döndüm. İçim ısınsın diye bir kahve yaptım. Sonra baktım, götürmüşler. Sokak bomboş.. yağmur hâlâ yağıyor.. ne kan kalmış ne bir şey. Sanki az önce korkunç bir kaza olmamış gibiydi sokağın hali.

* * *

Ella Caz Kulübü'nün şef garsonu Fethi Karış

"Bu piyanoda bir uğursuzluk mu var nedir, anlamadım."

Kaza olduğu sırada ne yapıyordunuz?
Mutfaktaydım, ortalığı toparlıyorduk. Benim beş-on dakika sonra haberim oldu kazadan. Bizim mutfak iç tarafta kalıyor, ondan duymadım herhalde. Çok ses çıkmış halbuki.. öyle dediler.

Nasıl haberiniz oldu?
Furkan söyledi.. bizim komi.

O kazayı görmüş mü?
Yok, o Erkan'ı görmüş.

Erkan kim?
Resepsiyoncu. Erkan çok fena kusuyor dedi. Hemen otel tarafına geçtim, hasta mı bir bakayım diye. Bizim otelle bir alakamız yok aslında ama sahibi patronun arkadaşı. Niye ilgilenmedin der.. bir şey der. Baktım Erkan bir koltuğa çökmüş, yüzü kireç gibi, zangır zangır titriyor. N'oldu dedim. Konuşamıyor ki.. dili tutulmuş. O ara çocuklar söyledi kamyon birine vurmuş diye. Dışarı bir çıktım ki üüü.. kan revan ortalık.. adamcağız yolun ortasında yatıyor..

Ne yaptınız?
Hiç. Polis geldi zaten. Ben de eve gittim.

Öleni tanıyordunuz değil mi?
Tanımam mı? Osman bey.. bizim piyanist. Ama o olduğunu anlamadım baştan. Sokaktan geçen biri sandım. Otelden birileri dedi sizin piyanist bu diye. Baktım hakikaten de o. Çok fena oldum. İnsan tanıyınca fena oluyor.

Ne zamandır tanıyordunuz Osman beyi?
Çok değil aslında. Beş-altı ay önce başlamıştı bizim kulüpte. Ondan önce Şener abi vardı piyanoda, pankreas kanserinden öldü. Şener abiden önce de İrfan abi vardı, o da kalpten öldü. Osman bey üçüncü oluyor. İrfan abi program sırasında öldü.. ben gördüm ilk. Baktım kafa piyanoya düşmüş, millet farkında değil. İşaret ettim sahnedekilere. Birinin omzundan dürtmesiyle yere yuvarlandı. Ambulans çağırdık ama ölmüş çoktan. Bir saattir ölüymüş meğer. Bu piyanoda bir uğursuzluk mu var nedir, anlamadım, başına geçen ölüyor.

Kaza kaçta oldu?
Valla saate bakmadım ama üçten sonra olması lazım. Bizde program iki buçuk gibi biter genelde. Müşteri dağılır zaten, ikiden sonraya pek kalan olmaz ama bunların toparlanmaları, yevmiyelerini almak için Argun beyi beklemeleri filan.. çıkmaları üçü bulur. Bir tek Gaye hanım yevmiyesini beklemez.. program bitti mi ânında topuklar.

Gaye hanım kim?
Solist. Ella caz kulübünün solisti.

O neden beklemez? Başka yerde de mi programı var?
Yok.. bir tek burada çıkıyor. Ama o elden almaz yevmiyesini.

Neden? Ağırına mı gidiyor elden almak?
Herhalde..

Osman bey sarhoş muydu o gece?
Kesinlikle değildi. Normalde çok içer aslında. İçerdi daha doğrusu, adam öldü gitti, hâlâ rahmetli demeye dilim varmıyor. Her gece bir otuzbeşlik götürürdü. Sonra da evinde devam ederdi öbürleri gibi. Hep çok içer bunlar. Ama o gece bir duble rakı içti sadece.

Müzisyenler program sırasında içiyorlar mı?
İçiyorlar tabii, içmezler mi? Ya.. felek vurmuş adamlar bunlar, bakma sen sahnedeki cakalarına.. hepsinin hayatı harabe aslında. Sünger gibi içerler. İçkilerini de kendileri getirirler.

Neden?
Burası pahalı da ondan.. burdan içmeye kalkarsan yevmiyeyi içkiye yatırırsın. Arada bir bardan içtikleri olur tabii.. ama Argun bey ânında keser yevmiyelerinden, hiç affetmez. Su içsen yazar hesaba. Bir tek Gaye hanımın içtikleri Argun beye yazılır. O da iyi içer ha.. gecede en az altı-yedi Jack götürür.

Niye Argun beye yazılıyor onun içkileri?
Yani.

Yani derken? Sevgilisi falan mı?
Sözde değil. Ama herkes biliyor.

Gizliyorlar mı.. niye gizliyorlar?
Argun bey evli çünkü. Karısı bilmiyormuş güya. Mümkün mü? Kesin biliyor. Biliyor da bilmezden geliyor.

Sizce neden?
Niye bozsun ki düzenini kadın.. mis gibi hayatı var.

Siz ne düşünüyorsunuz bu konuda?
Hiçbir şey düşünmüyorum.. bana ne? Zaten bir tek Argun bey değil ki böyle yaşayan. Parası olan adamların hepsi böyle. Üç-dört kadına bakanlar biliyorum. Ayrıca da karısı boşanmaya kalksa bu hayatı nereden bulacak? Bir eli yağda, bir eli balda. Böyle kadınlara para tatlı geliyor anlayacağınız. Kapatıyor gözünü, kıyak hayata aynen devam.

Patronunuzun ilişkisi hakkında konuşur musunuz kendi aranızda?

Konuşuruz tabii. Ne konuşacağız ki başka.. herkesi konuşuruz.

Patronun kulağına gider diye çekinmiyor musunuz?
Aldırmaz ki.. o da biliyor konuştuğumuzu. Giderse de gitsin ayrıca, ben kesmişim hesabımı zaten burayla. Bu ay sonu ayrılıyorum.

Neden?
Gündüze geçiyorum. Tarabya'da balık lokantası. Gündüz servisi.. içkisiz.

İçkisiz olduğu için mi geçiyorsunuz?
Yok.. alakası yok. Hanım gece çalışmamı istemiyor. Haklı kız.. ev hayatı olmuyor ki insanın. Bıkmışım zaten geceden, millet kalkıp işine giderken biz yatağa giriyoruz.. vampir gibi.

Kulüp müşterileri müzisyenlere içki ısmarlar mı? Şampanya patlatmalar filan olur mu?
Bizde olmaz. Kırk yılda bir belki birer kadeh viski gönderen çıkar, o kadar. Hoş da karşılanmaz zaten. Caz kulübü burası, taverna değil. Kadın ağırlıklıdır buranın müşterisi, üst segment, genelde meslek sahibi kadınlar, orta yaş üstü erkekler. Seçkin yani müşteriler.. ağır takılırlar.

Müzisyenler ne içerler genelde? Viski mi?
Viski içmezler, viski pahalı. Ucuz içki içer bunlar. Ucuz içki kalmadı gerçi de viskiye göre ucuz yani. Ara abi bir şişe büyük Binboa votkayla gelir mesela. İki nefes saksafon çalar, bir fırt votka çeker. Programın sonunda illa biter o şişe.

Sarhoş olur mu?
Zom olur zom. Kapıyı bulamaz. Kaç kere taksiye atıp evine götürmüşlüğüm var.

Patron kızmıyor mu sarhoş olmasına?
Yoo.. rezalet çıkarmaz ki, niye kızsın? Hem adam içtikçe öttürüyor saksafonu. Şişenin ortasını bulduğunda bir asılmaya başlıyor.. kafası iyice güzel oluyor tabii.. müşteri coşuyor. Tandoğan abinin sarhoş olduğunu hiç görmedim. Biracıdır o. Zaten içmiş gelir, programdan sonra da evinde kuru devam ediyormuş.. gözleri hep dumanlı. Altılı paketle gelir, teneke kutu Efes, poşetiyle koyar davulun arkasına. Beşini içer, birini bırakır.

Niye?
Öyle bir âdeti var. Haftada beş gece çalışıyorlar ya, son gece biriktirdiklerini içiyor.

Beş gece mi çalışıyorlar? Çok değil mi?
Çok da Argun bey bulmuş eşşek gibi çalışacak adamları. Onların da bir itirazı yok.. ne yapsınlar? Haftada üç yevmiyeyle hayat döner mi?

Öbürleri peki? Sarhoş olurlar mı?
Valla Gaye hanım o kadar içmeye çakırkeyif olur ancak, kadında nasıl bir karaciğer varsa artık. Bazen ama.. Argun beye kafası atmışsa filan ağzı fena bozulur. Önüne gelene ana avrat dümdüz gider. Asabidir çok, bulaşmamak en iyisi.

Arkası da sağlam tabii.
Aynen.. patrondan torpilli. Yalnız sesi süperdir. Canı istediği zaman salonu inletir. Müşterinin çoğu onun sesine geliyor zaten.

Osman bey peki? O hep rakı mı içerdi?
Hep rakı. Sek.. ne su ne buz. Çok da güzel içerdi. Sarhoş olmazdı ama bir hoş olurdu.

Nasıl hoş?
Ne bileyim.. durgunlaşırdı.. ağır ağır yürür falan. Bir de gözlerinin içi boşalırdı sanki. Sana bakıyor da görüyor mu

görmüyor mu anlamazsın.. gözlerinin içi yok gibi yani. Anlatması zor, görmek lazım. Ama o gece sarhoş değildi. Hatta konuştuk. Baktım eli boş gelmiş. Osman bey yükünüz yok galiba bu gece dedim. Unutmuşum dedi. Anladım tabii.. unuttum munuttum.. hikâye.. vaziyeti bozuk. E kolay da değil şimdi, her gece bir otuzbeşlik cepte yangın. Zavallının taksiye verecek parası yoktu, burdan ta Abbasağa'ya yürüyordu gecenin o vaktinde. Zaten bir kuruş para çıkmamış üstünden, cüzdanı boştu dediler.

Abbasağa'ya mı yürüyordu? Çok uzak değil mi?
Uzak da yürüyordu işte.. ne yapsın? O saatte otobüs yok ki. Parası varsa taksiye binerdi ama çok nadir. Bazen Argun bey bırakırdı, bazen Ara abi bırakırdı. Acıdım haline o gece eli boş gelince. Size bir kıyak yapayım o zaman dedim. Bir duble rakı verdim kimseye çaktırmadan. Götürdü, piyanonun dibine koydu. Gece boyunca yudum yudum içti. Bütün içtiği oydu yani. Bir duble.. o kadar.

Birlikte yaşadığı kadını tanıyor musunuz?
Bir kere geldi kulübe.. o zaman tanıştık.. adı şeydi.. Peride.. yok Pakize.. evet.

Evini biliyor musunuz?
Bilmiyorum. Abbasağa'da oturduğunu biliyorum sadece. Osman bey öyle herkesle samimi olan bir adam değildi, diğerleri gibi geyiğe meraklı da değildi, fazla konuşmazdı. Efendi efendi gelir, piyanosunu çalar, program bitince de çeker gider. Bazen tek kelime konuşmadığı olurdu. Genç gitti adamcağız. Allah rahmet eylesin.

Sever miydiniz Osman beyi?
Ya şimdi pek bayıldığım yoktu aslında. Ölünün arkasından konuşmak gibi olmasın ama burnu havada bir adamdı. Kulübe bir gelişi vardı, sanki hayır için yapıyor bu işi. Bir çalımlar.. bir şeyler. Baba yapma gözünü seveyim,

sen de hepimiz gibi ekmek parası peşindesin işte, biliyoruz. Ama bir zararını da görmedim. Kendi halindeydi. Ben sevmem aslında bu müzisyen takımını. Okul okumuş ya bunlar, bir de tanıyan üç-beş kişi çıkıyor, alkış malkış, bir şey sanıyorlar kendilerini. Kime neyin havasını atıyorsunuz kardeşim, her gece Argun beyin peşinden koşuyorsunuz işte yevmiyemizi ver diye. Benim hiç olmazsa sigortam var, sizin o da yok.

Sigortasız mı çalışıyorlar? Sigorta yapmıyor mu patron?
Bu saatten sonra yapsa ne olacak? Beş bin günü dolduracak halleri yok ki.. hepsinin ahı gitmiş vahı kalmış. Gençlikte sanatçıyız diye umursamamışlar. Sanki sanatçı olunca güllük gülistanlık oluyor hayat. Tarkan mısın sen ya.. Teoman mısın.. Mazhar Fuat Özkan mısın? Bir garip müzisyensin işte. Karnını doyuramıyorsun daha.

Argun beyin peşinden niye koşuyorlar peki? Vermiyor mu yevmiyelerini?
Veriyor da kan kusturuyor.

Niye?
Koca koca adamları peşinden koşturmak hoşuna gidiyor herhalde.. ne bileyim?

İtiraz etmiyorlar mı bu duruma?
Etseler ne olacak? Argun bey kapıya koyacak diye ödleri kopuyor hepsinin. Ortalık müzisyen kaynıyor ya.. rockçısı popçusu cazcısı.. hepsi fişek gibi genç çocuklar hem de, bizimkiler gibi tirit değiller. Argun bey için elini sallasa ellisi yani. Onlar da mecbur susup oturuyorlar, ne yapsınlar? Aç bunlar ya.. bildiğin aç. Hiçbirinin durumu yok. O gün kazandıklarını o gün yiyorlar. Gerçi Osman bey vaktiyle çok zenginmiş, çok malı mülkü varmış, satıp yemiş hepsini. Öyle dediler. Sonra bir hadise olmuş.. dokuz-on yıl önce. Karısı emniyet müdürüne tuzak kur-

muş, seks tuzağı. Bilmiyorum artık hakikat mi, uydurma mı ama öyle dediler.

Kim dedi?
Argun bey herhalde, hatırlamıyorum şimdi. Televizyonlara falan haber olmuş. Emniyet müdürü istifa etmeye mecbur kalmış falan. Ben duymamışım.. haber maber nerden göreceğim? On dört yaşımdan beri geceleri çalışıyorum. Osman beyin de hayatı kaymış o hadiseden sonra.. bir daha iflah olmamış. Doğru mudur ne diyorsunuz? Karısı hakikaten tuzak kurmuş olabilir mi?

Sizce?
Bilmiyorum.. ben de size soruyorum işte. Yani şimdi bir yandan o kadar kolay mı bu işler diyorum. Koskoca emniyet müdürü.. boru değil ama bir taraftan olabilir de, neden olmasın? Neler oluyor. Her gece neler duyuyoruz burada.. ohoo.. kimler kimler hakkında ne rezaletler.. anlatsam dilinizi yutarsınız. Ama insan işte. İnsan böyle bir şey.

Nasıl bir şey insan?
Sen de beni imtihan ediyorsun ama ha! Ne bileyim, böyle işte.. dışardan göründüğü gibi değil yani insan. Herkesin içinde başka bir âlem var.

* * *

Hotel Maison'un resepsiyonisti Erkan Bağcı

"Korkunçtu, yüzü yoktu adamın."

Ne zamandır çalışıyorsunuz bu otelde?
Sekiz ay oldu.

Hep geceleri mi?
Mecburen. Gündüz okul var.

Nerde okuyorsunuz?
Yıldız Teknik'te.. İngilizce öğretmenliği.

Gündüz okul gece iş zor olmuyor mu?
Olmaz mı? Çok zor oluyor. Ama mecbur.. çalışıyoruz..

Ailenizle mi yaşıyorsunuz?
Yok, ailem Bartın'da benim. Üç arkadaş kalıyoruz biz Dereboyu'nda..

Ne zaman uyuyorsunuz peki? Uyumadan gitmiyorsunuz herhalde okula.
Koltukta uyuyorum biraz. İkiden sonra otelde fazla hareket olmuyor. Ama tilki uykusu tabii.. öyle bir göz aralık hep.. bizim otel küçük ama müşterisi çok kaprisli. Her gece bir şey çıkıyor.

Ne gibi şeyler çıkıyor?
Değişik. En çok sarhoş müşterilerle uğraşıyoruz. Adam sabaha karşı zilzurna gelmiş, kartını bulamıyor. Yeni kart veriyorsunuz, bu sefer odasını bulamıyor. Hadi tut kolundan odasına çıkar.. veya sabahın üçünde arıyor, televizyonu açamıyorum diyor, internete bağlanamıyorum diyor. Hadi tamam, olabilir, uykusu kaçmıştır veya internet lazımdır o anda, hallediyoruz. Ama sabahın dördünde kuru temizlemeye kıyafet göndermek isteyen oluyor. Yarın toplantım var diyor adam. Şimdi mi aklına geldi diyemiyorsunuz. Bizdekiler gelgeç müşteri değil, bazıları ayda iki-üç kere geliyor. Mecburen hoş tutuyoruz. En çok da yemek diye tutturuyorlar. Mutfak kapandı diyorsunuz anlamıyorlar.

Yirmi dört saat oda servisi yok mu?
Yok. Oda servisi ikide biter bizde.

Ne yapıyorsunuz peki? Mutfak kapandı, bir şey yapamayız mı diyorsunuz?

Öyle dememiz gerek aslında ama müdürün kesin talimatı var, müşteri ne isterse yapılacak. Biz de internetten getirtiyoruz. Çok saçma sapan şeyler istedikleri de oluyor. Kazanın olduğu gece bir kadın vardı mesela, diş ipi diye tutturdu. Diş fırçası verelim dedim, yok ille de diş ipi. Hayati bir şey olsa anlayacağım da diş ipi bu ya.. bir gece de diş ipi kullanmayıver, ne olur yani. Birini nöbetçi eczaneye gönderdim, alıp geldi ama kadın çay ağacı aromalı istemiştim diye bozuk attı bu sefer de.

Çay ağacı aromalısı da mı varmış diş ipinin?
Varmış. Saçma saçma istekler işte.. bitmiyor ki. Yabancı müşteriler çok kaprisli olmuyor aslında.. yerli müşteri sıkıntı asıl.

Neden?
Zenginler çünkü. Param var hizmet edeceksin. Bizim zenginlerde mantık bu. Arada düzgünler oluyor tabii. Bizim otel butik olduğu için genelde düzgündür müşterisi, zaten yabancı ağırlıklı.

Kaza olduğu sırada ne yapıyordunuz?
Ders çalışıyordum, vizeler başlamıştı. Bir gürültü duydum, çok şey yapmadım baştan, İstanbul burası.. gürültü her zaman oluyor. Ama arkasından çığlığı duyunca..

Kim çığlık attı?
Kâmil.. vale. Ne oluyor diye dışarı çıktım. Bir baktım ortalık kan gölü olmuş, Osman beyin cesedi yerde. Korkunçtu.. yüzü yoktu adamın, yüz diye bir şey kalmamıştı.

Nerden anladınız Osman bey olduğunu?
Paltosundan. Paltosunu tanıdım. Daha iki dakika önce önümden geçmişti. Paltonuz çok güzel demiştim. Bir zamanlar güzeldi, eskidi artık dedi. Gülüştük öyle. Sonra iyi sabahlar dedi çıktı. Ben de bir kahve alayım, uykum

açılsın diye kalktım o sırada ses geldi. Bir çıktım ki felaket. Hayatımda ilk defa ölü gördüm ya. Bir de tanıyorsunuz adamı..

İyi tanır mıydınız Osman beyi? Arkadaşlığınız dostluğunuz var mıydı?
Tanırdım da öyle pek bir yakınlığımız yoktu. Yaşlıydı zaten.. babam yaşındaydı.. çok nazik bir adamdı ama. Selam vermeden geçmezdi.

Kendini beğenmiş biri miydi?
Ya.. öyle diyorlar da ben hiç öyle hissetmedim. Tam tersine, çok mütevazı gelirdi bana, hal hatır sorardı. Bir de İngilizcesi çok iyiydi. Bir keresinde Amerikalı bir müşteriyle konuşuyordu, dinledim, su gibi konuşuyor..

Şaşırdınız mı?
Çok şaşırdım.. hiç beklemiyordum.

Neden?
Yani.. ne bileyim.. bu kadar iyi İngilizcesi varken niye üç kuruşa kulüpte çalışıyor ki..

Kendisine sordunuz mu İngilizceyi nerde öğrendiniz diye..
Okulda öğrenmiş. Çok iyi bir İngilizce hocası varmış. Benim de İngilizce öğretmenliğinde okuduğumu öğrenince çözemediğin bir şey olursa gel sor demişti.

Ne hakkında konuşuyorlardı Amerikalıyla?
Kerim Çaplı diye bir davulcudan bahsediyorlardı. Duymamıştım öyle birini, çok ilgimi çekti. Osman beye sordum sonra, anlattı. Dünya çapındaydı ama şansı yaver gitmedi dedi. Uzun uzun anlattı o gece.. çok bilgili bir adamdı. Sohbeti çok tatlıydı, çok güzel anlatırdı. Çok da yakışıklıydı, yaşına göre çok iyiydi yani. Bir karizması vardı. Kadınlar çok asılırdı ona, kulübe gelen kadın müş-

teriler. Program arasında önümden geçip bahçeye çıkardı, sigara içmeye, bir bakarım mutlaka bir kadın peşinden geliyor.

Karşılık veriyor muydu kadınların ilgisine?
Dikkatimi çeken bir şey olmadı. Sanmıyorum.. başından savıyordu bence.

Neden böyle düşünüyorsunuz?
Yorgundu. Hiçbir şeye hali yoktu. Zoraki yaşıyor gibiydi. Depresyondaydı bence.

Hep mi öyleydi, son zamanlarda mı?
Eskiden de öyleydi ama idare ediyordu gene de. Son zamanlarda hepten dalgındı. Sürekli bir şeyini kaybediyordu, telefonunu.. atkısını. Paltosuz çıkmış mesela bir keresinde. Ta sahile kadar yürüdükten sonra fark etmiş. Nefes nefese geri döndü. Böyleydi yani.

Kendini bilerek kamyonun önüne atmış olabilir mi sizce?
Valla benim de kulağıma geldi ama sanmıyorum. İnsan intihar edecek olsa niye kamyonun önüne atsın ki kendini? İntihar etmenin daha kolay yolları var. Bir kutu hap iç mesela ya da tabancayla kendini vur. En temizi. Egzoz gazıyla intihar edenler acı çekmiyormuş, öyle duydum. Ben intihar edecek olsam öyle yaparım.

* * *

Osman'ın 1. defterinin arasında bulunan mail çıktısı

Gönderen: Osman Koryürek korosman@gmail.com
Alıcı: Teoman Koryürek teokor@hotmail.com
Konu: Doğum günün kutlu olsun
Tarih: 9 Kasım 2017

Teoman selam,

Bu sabah uyandım ve bugünün doğum günün olduğunu anımsadım. Annemin kucağında eve geldiğinizde, seni gördüğüm an bir kardeşim oldu diye nasıl sevindiğimi uzun uzun anlatmayacağım, merak etme. Sana yazmamı istemediğini biliyorum. Bu yüzden çok istesem de yazmıyorum. Ama yine de doğum günün kutlu olsun demek istiyorum. Umarım yaşamının yaşayacağın kısmı yaşadığından daha uzun ve daha mutlu olur.

Aslında sana bugün de yazmayacaktım. Doğum gününü içimden kutlamakla yetinecektim. Ama bana hakaretler yağdırman pahasına bir ricada bulunmak zorundayım. Çok zor durumdayım Teoman. Maddi ve manevi olarak anlatamayacağım kadar büyük bir çıkmazın içindeyim. Gene para isteyeceğimi sanıyorsundur. Hayır, para istemiyorum. Bizi birbirimize düşman eden, aramızda zayıf da olsa bir zamanlar var olan kardeşlik bağını tümüyle yok eden hep para olmadı mı zaten?

İş arıyorum. Senin de tahmin edebileceğin gibi yaşımın ileri olması nedeniyle mühendislik diplomam bir işe yaramıyor. Zaten kurumsal şirket deneyimim olduğu söylenemez. Müzikten başka bildiğim bir konu da yok. Müzikte iyi olduğumu biliyorsun. Yani umarım biliyorsundur. Müzikle ilgili herhangi bir şirkette veya herhangi bir alanda çalışabilirim. Aranjörlüğüm fena değil. Az çok tonmaysterlik, kayıt, miksaj, scoring deneyimlerim de oldu. Bu yaştan sonra profesyonel gruplara girmem zor, DJ'lik için de yaşım geçti. Ama hâlâ basgitarda çok iyiyim, piyanom da iyi, gece kulüplerinde piyano veya basgitar çalabilirim. Senin çevrenin çok geniş olduğunu sanıyorum. Müzik veya eğlence sektöründe yeteneklerimi ve deneyimimi kullanabileceğim bir iş konusunda bana yardımcı olabilirsen çok sevinirim.

Benimle tanıştırmadığın karınla, bana kucağıma alıp bağrıma basma şansı vermediğin kızınla mutluluğunun sonsuz olmasını diliyorum.

Hiç inanmasan, hatta düşmanın olduğuma inansan da seni çok seven abin Osman

* * *

Gönderen: Teoman Koryürek teokor@hotmail.com
Alıcı: Osman Koryürek korosman@gmail.com
Konu: Re. Doğum günün kutlu olsun
Tarih: 19 Kasım 2017

Abi meraba,

Sana cevap yazmıcaktım aslında ama insan yaşlanınca duygusallaşıyo herhalde. Gördüğün gibi yazıyorum. Sana hakaretler yağdırcak filanda değilim. saol doğum günümü kutladığın için. Geçmişte çok kötü şeyler yaşamış olsakta düşmanım olduğunu düşünmüyorum ayrıca. Zor durumda olmana gerçekten üzüldüm abimsin sonuçta. keşke sana yardım edebilseydim. ama bende çok zor durumdayım. geçen yıl kayınpederin gerzekliği yüzünden çok büyük battım. şirketimin iflasını istedim. alacaklıların davası hala devam ediyo. düze çıkabilcekmiyim bilmiyorum.selmayla da altı ay önce boşandık. kızım için velayet davası açtım ama eski kayınpederin arkası çok kuvvetli sanmıyorum yani bir sonuç çıkıcağını.benim müziklede eğlence sektörüylede bir alakam yok biliyosun. tanıdığım kimsede yok. genede sağa sola bir sorarım, belki birşey çıkar.Çıkarsa bu adresten yazarım. Keşke zamanı geri alabilsekte kardeşliğimize baştan başlasak. ama ne zamanı geri alabiliriz ne de baştan başlayabiliriz. Şimdi çıkmam lazım avukatla görüşücem. Umarım gönlüne göre bir iş bulursun.

Osman'ın 1. defteri

10 Şubat 1990 Cumartesi

Bu gece babamın evindeki son gecem. Yarın yeni bir sayfa açıyorum. Yaşamım yarından sonra tümüyle bana ait olacak. 24 yaşındayım ve bundan sonra nasıl yaşayacağıma sonunda kendim karar verebileceğim. Yaşamımı elime almakta bu kadar geç kaldığım için utanıyorum aslında. Ama yaşamımın akışını değiştirmek benim elimde değildi. Eski defterlerimin hepsini yok ettim. Üniversiteye yazıldığım gün yazmaya başladığım, annemin öldüğü güne kadar da yazdığım, en ucuzundan, kimi çizgili, kimi kareli tam 22 defter doldurmuşum. Ucuz defter sevmem. Ama defterlerimin Teo'nun dikkatini çekmesinden çekiniyordum. Teo bende yeni veya pahalı bir şey varsa hemen fark ederdi çünkü. Hâlâ öyledir, fark etmekle de kalmaz, kurcalar, karıştırır, didik didik eder. Bugün Emral Hanım'dan aldığım, siyah yumuşak kapaklı çizgili Moleskine'e, yine bugün Emral Hanım'dan aldığım Caran d'ache'la yazıyorum. Caran d'ache için paraya kıydım. İyi dolmakalemlerle yazmayı çok seviyorum. Bununla birlikte dokuz tane dolmakalemim oldu, iki

Scricss, iki Parker, bir Lamy, bir Aurora, bir Sheaffer ve bir de Mont Blanc. Aurora ile Mont Blanc dışındakiler sıradan markalar ama bendeki modelleri az bulunur türden. Dolmakalem tutkum pederin takdir ettiği tek özelliğim sanırım. Koyu yeşil Mont Blanc'ı üniversiteyi kazandığımda o armağan etmişti bana. Bu satırları yazdığım Caran d'ache'ım siyaha kaçan bir lacivert, bayılıyorum rengine. Moleskine'e de bayılıyorum, kalemim yağ gibi kayıyor üstünde. Kalite başka bir şey. Kaliteyi seviyorum. Defterlerimi yok etmeden önce neler yazmışım okumak istedim. Başladım ama fazla dayanamadım. Sürekli babama kızmışım, Teo da ikide bir beni babama gammazlamış, hiç şaşırtıcı değil. O zamanlar takıldığım çocuklarla yaptıklarımızı yazmışım, maça gitmelerimiz, içmelerimiz, sarhoşluklar, çıktığımız kızlar falan. Kızların çoğunu anımsamıyorum bile. Örneğin Tuba diye bir kızla The Marmara Cafe'de tanışmışız, sinemaya gitmişiz. Ama nasıl bir kızdı, esmer miydi, sarışın mıydı, en ufak bir fikrim yok, birkaç hafta sonra ayrılmışız zaten, bende bir iz bırakmadan yok olup gitmiş, defterimde adı kalmış yalnızca. Esra hakkında yazdıklarımı okurken kendime çok kızdım, niye yere göğe koyamamışım ki bu kızı? Tamam çok güzeldi, okuldakilerin içi gidiyordu ama sıradan bir kızdı, aptaldı hatta, sıkıntıdan bayıyordu beni. Sonunda ilgisizliğime dayanamadı, o benden ayrıldı. Tanrım ne kadar boş şeyler yazmışım defterlerime, kötü de yazmışım üstelik. Bazı yerlerde ne demek istemişim ben bile anlamadım. Eski defterlerimi okurken yarından önceki yaşamım bana çok acı verdi. Hiçmişim meğer, yalnızca yaşamın getirdiği üzüntüleri umutsuzca göğüslemeye çalışan biriymişim. Yarından önceki yaşamımı yok ettim. Nasıl yok etmeliyim diye çok düşündüm. Sanki yok etme biçimim geleceğimi etkileyecek. Yaşanmışların gölgesi yaşanacakların üstüne düşecekmiş gibi geliyor bana, çok saçma bir düşünce ama öyle. En doğrusu yakmak diye düşündüm. Ölüleri yakmak gibi, küller doğaya karışır ve insan hiç yaşamamışçasına yok olur. Seçme şansım olsa öldüğümde yakılmak isterim ama Türkiye'de buna izin yok, belki öleceğim zaman olur. Kimsenin görmeye gelmeyeceği, yosun tutmuş, unutulmuş, otlar arasında kaybolmuş bir mezar taşının altında yatmak çok acıklı. Ara sıra annem kendini yalnız hissediyor mudur diye düşünüyorum. Öldüğü yıl, ilk birkaç ay sık sık mezarına gittik, babamın annem öldükten sonra başlayan annem aşkı sönene kadar. Babam kendini suçlu mu hissediyordu bilmiyorum ama en azından değer veriyormuş gibi yapıyordu. Sonrasında birkaç kez tek başıma gittim. Derken etkilenmez oldum, bıraktım gitmeyi. Defterlerimi yakmaktan vazgeçtim, 22 defteri nerede, nasıl yakacağım? En iyisi yazıları silmek diye düşündüm. Ama eriyen kâğıt çok iğrenç bir şeymiş. 22 defterin erimesi çok uzun sürdü. Çabuk erisin diye çamaşır suyu döktüm, daha da iğrenç oldu. Evde babam veya Teo bulur, dalga geçerler, hatta babam olay çıkarır diye kovayı kalorifer dairesine saklamıştım, bir sürü hurdanın arasına, ara sıra gidip bir çubukla karıştırıyordum. Bir gün gittim kova yok. Nurettin bulmuş, atmış. Apartmanda bir sürü dedikodu döndü, altı numaradaki mali müşavirin gizli hesap defterleriymiş, dört numaradaki Birsen Hanım'ın aşk mektuplarıymış, kadın kocasından korkup yok etmiş falan. Millet ne meraklı böyle şeyler uydurmaya. Ben de çok merak ediyormuş gibi Nurettin'e sordum nedir bu konu diye. Manyağın biri herhalde ne bileyim dedi. Kovayı olduğu gibi çöpe atmış. Bütün geçmişim çöpe gitti diye düşündüm, bir sıkıntı çöktü içime. Keşke yaksaydım, doldururdum bir poşete, bir taksiye binip Surlara filan giderdim, boş bir yerde yakardım. Neyse, oldu artık. Kâğıt hamuru yaşamın tutanağı değil, ölüm değil, yok olmak değil, bir tür temizlik, su kâğıttaki geçmişi siliyor, yazılanlar yok oluyor böylece. Defterlerimi kâğıt hamuru haline getirmekle geçmişin yok olmadığını biliyorum elbette ama her temizlik acıyı bir parça hafifletiyor. Annem öldüğünden beri günlük tutmuyordum. İlk birkaç gün fırsat bulamamıştım, ev çok kalabalıktı, sürekli başsağlığına gelenler vardı. Sonra yazacak bir şey bulamadım, sözcüklerim tutulmuştu sanki, bir türlü kalemimin ucundan akmıyor, cenaze törenini bile nasıl yazacağımı bilemedim. Demek ki artık defter tutmama gerek kalmadı dedim ve yazmayı bıraktım. Bu geceye kadar da gerek duymadım. Ama şimdi içimde öylesine büyük bir coşku var ki saatlerce yazabilirim. İlkokuldan beri günlük tutuyordum. Ayten Öğretmen zorunlu tutmuştu, her gün günlüklerimizi okutturuyordu sınıfta, özellikle zengin çocuklarına. Salak karı. Ne yaşadığımı bütün sınıf öğrenecekse doğruları yazar mıyım? Yalan böyle başlıyor işte daha bacak kadarken. Aslında yaptığı salaklık değildi, kötücüllüktü, adi bir meraktı. İnci kolyeli kaltak çocuklar aile sırlarını ele versin istiyordu, neler yaşanıyor ev içlerinde, ölüyordu meraktan. İnsan sır saklamayı çok küçükken öğreniyor. Çok kötü yürekli bir kadın olarak anımsıyorum zaten Ayten Öğretmen'i. Önemsediği velilere karşı, örneğin babama, yüzünde hep yapay bir gülümseme olurdu. Çocuklar arasında da ayrım yapardı. Bana, Tarkan'a, Elif'e filan hep beş verirdi, Mehmet'le Zehra'ya iki, üç. Bu arada, Zehra ne oldu acaba? Çok zeki bir kızdı, dört işlemi kafadan yapardı. Kesin hayvanın tekiyle evlendirmiştir babası. Gerçi günlük tutmanın tadını da Ayten orospusunun sayesinde aldım, yadsıyamam. Sözcükler en az notalar kadar büyüleyici, sözcükler tıpkı müzik gibi ruhun drenajı. Orta ikideyken kasığımda çıkan çıban için drene etmemiz gerek demişti Kaya Amca. Yani? İçindeki irini akıtacağız. Çok canım yandı çıbanı keserken, ama bitince acayip rahatladım. Sözcükler de aynı öyle, alkolle sterilize edilmiş neşter sanki, çok acı veriyor ama insanın içindeki irinin de akmasını sağlıyor. Günlüğümü yazdıktan sonra kendimi çok iyi hissettiğimin farkına varınca iki ayrı günlük tutmaya başladım. Biri gerçek günlüğümdü. Babamın eline geçmesin diye Türkçe veya sosyal bilgiler defterimin orta sayfalarına yazıyordum, babam onlara bakmıyordu çünkü. Bir kere eline geçmişti, matematik ödevimi kontrol ediyordu, onu neden sevmediğimi yazmıştım, çok şaşırdı, çok bozuldu, sevdiğimi sanıyordu herhalde. Defterimi suratıma fırlattı, niye böyle saçma sapan şeyler yazıyorsun diye. O defterlerim de atılıp gitti, asıl onları okumak isterdim şimdi. Öbürü sınıfta yüksek sesle okuduğum günlüktü. Orospu Ayten kuşkulu bir yüzle dinlerdi beni, yanaklarının içini kemirirdi, okuduğum tek sözcüğe bile inanmadığını hissediyordum. Ama ne diyebilirdi ki, oğlunuz çok mutlu, vallahi hiç inanmadım mı diyecek babama? Anneme anıştırmış ama. Günlüğümle ne ilgisi varsa, Osman'ın ne kadar enteresan bir hayal gücü var demiş. Sen hayal gücü görmemişsin geri zekâlı. Enteresan da çok enteresan bir sözcük bu arada, kendi başına bir şey ifade etmiyor, iyi mi kötü mü belli değil. Anlamın mimikle ya da başka sözcüklerle desteklenmesi gerekiyor. Ayten uydurduğumu anlamasın diye çok sıradan şeyler yazıyordum günlüğüme, ondan kuşkulanıyordu zaten. Senin kalemin çok güçlü Osman, daha iyisini yazabilirsin. Yazabilirim de sana ne? Öteki çocuklar da benim gibi uyduruyorlar mıydı, merak ediyordum ama hiç sormadım. Şimdi uydurmadıklarından eminim. Dün akşam anneannemlere gittik, köfteyle pilav yedik kadar sıradan tümceleri uydurmaya gerek yok ama gerçeğin bazı bölümlerini atlamışlardır kesin, herkes gibi. Yarından sonraki yaşamımın yarından önceki yaşamım gibi olmayacağından eminim, yalnızca yapmak istediklerimi yapacağım. Kendimi düşlerime adamaya kararlıyım. Müzikte istediğim yere geleceğim. Başlamakta gecikmiş olduğumu biliyorum. O da babamın yüzünden. Herkes benden fazla yol almış durumda. Selim kendi grubunu kurdu örneğin, Aydın bir şarkısını Porte Müzik'e satmış. Kenan'la Mert geçen yazı Bodrum'da geçirdiler. Bayağı bir isim yaptılar. Peder beyin gönlünden koptu, izin verdi beyefendi, biz de gittik Bodrum'a Çağatay'la. Gazi de gelecekti son anda yamuk yaptı. Çadır tatili iğrenç bir şey bu arada, sıcaktan geberdim, sinekler böcekler. Asla çadırla gitmem bir daha. Bodrum'da Kenanların çıktığı bara da gittik. Ciddi ciddi dinliyordu insanlar, içim gitti. Şimdi Karanlık'ta sahne alıyorlar. Ama benim sahnede gözüm yok, sesim yeterince iyi değil. Kendi şarkılarımı yazacağım. Sessiz ve derinden gitmeye kararlıyım. Çalışmak için kendi yerim de olacak artık, arayı kapatmak fazla zamanımı almaz. Huzur Apartmanı. Adı gibi huzur bekliyor beni, kendi evimde yaşamak düşüncesi çok hoşuma gidiyor. İstersem bütün gün uyurum, istersem her gün parti yaparım, canım ne zaman isterse o zaman gelirim, kimseye hesap vermek zorunda değilim. Bunu düşünmek bile çok heyecan verici. 24 yaşında bir erkeğin kendi evinde istediği gibi yaşayacağı için bu kadar heyecanlı olması çok gülünç bir şey ama umurumda değil. Yaşadığım yer annem öldüğünden beri yalapşap temizlenen ve aylardır nereden geldiği öğrenilip de yaptırılamayan su kaçağı yüzünden tavanı kabarmış küçük bir odadan ibaret olmayacak artık. Yarın kendime ait bir evim olacak. Evim büyük bir salon, biri aydınlığa bakan üç oda, mutfak ve banyodan oluşuyor. Peder kıllığını yaptı tabii, durur mu? Bu kadar büyük eve ne gerek varmış. Sana ne? Büyük ev seviyorum. Allah Allah... Banyonun parlak siyah fayansları çok demode yalnız. Ev sahibine değiştirmeyi önerdim, para senin, çok istiyorsan değiştir dedi. O kadar da değil, zaten oturulur hale getirmek için çok harcama yaptım. Siyah miyah, idare edeceğim. Bir yerleşeyim, ilk işim karanlık odaya ses yalıtımı yaptırmak. Kayıt aygıtlarının en iyisini almak istediğim için acele etmiyorum. Evimi neyle dolduracağım değerli piyanosu yerine gitar çalmayı yeğlediğimi öğrenince hippi mi olacaksın başıma diye kıyameti koparan Necmi Bey'i kesinlikle ilgilendirmiyor. Hippiliğin hâlâ var olduğunu sanacak kadar zaman dışı bir adam benim babam. Müzik nedir, insanlar neler yapıyor, en ufak bir bilgisi yok. Piyanodan başka enstrüman da tanımaz zaten, o da kendi eşinin dostunun çocukları piyano çalıyor diye. Piyanist olmamı çok istiyordu aslında, şimdi hakkını yemeyeyim. Yalnız benim değil, Teo'nun da. Güher-Süher Pekinel kardeşlerin erkek versiyonu olalım. Osman-Teoman Koryürek kardeşler. Bir hayal edin, iki kardeş fraklar içindesiniz, dünyanın en önemli kentlerinin en güzel salonlarında, en önemli devlet adamlarına resitaller veriyorsunuz, herkes sizi ayakta alkışlıyor. İyi de ben en önemli devlet adamları beni alkışlasın istemiyorum ki, bana ne onlardan? Teo salağının yeteneksiz olduğu çok çabuk ortaya çıkınca yakasını bıraktı, uğraşmadı onunla. Madam Gülezyan yalnızca bana ders veriyordu. Tanrım, ne sıkıcıydı... Mozartlar, Bachlar, Debussyler. Yalvarırdım, madam ne olur biraz başka şeyler çalalım. Oğlu Aret'le karşılaştım geçen yaz. Annesi annemden bir yıl sonra ölmüş, onunki rahim ağzı kanseriymiş. Çok üzüldüm, severdim Madam Gülezyan'ı. Çok iyi kadındı. Evde kimse yoksa istediğimi çalmama izin verirdi. Annem gibi o da Adamo hastasıydı, Fransızcasını birlikte söylerdik. *Tombe la neige. Tu ne viendras pas ce soir.* Her yerde kar var, kalbim senin bu gece. Babam beni konservatuar sınavına sokmaya kararlıydı, birincilikle kazanacağımdan hiç kuşkusu yoktu. Ama sınav sabahı kusmaya başladım, oluk oluk, yer gök kusmuk oldu. Sınav yerine doğru acile. Doktor midesini üşütmüş dedi. Allahtan psikolojik falan demedi. Eve dönünce annemi bir saat sorguya çekti, zorla mı hasta etti kendini bu diye. Lise birde harçlıklarımı biriktirip ilk klasik gitarımı aldım ve babama artık piyano çalmayacağım dedim. Öyle mi? Duvara vura vura kırdı o canım gitarı. Çok ağladım, bir posta da ağladığım için dayak yedim. Babam benimle ipleri neden tümüyle koparmıyor, anlamış değilim. Belki de benimle uğraşmanın zevkinden vazgeçmek istemiyordur. Zor uğraşır bundan sonra, kendime ait bir evim var artık. Ama pek kolay olmadı. Annemden kalan mirastaki hakkımı ona bırakacağımı sanıyordu herhalde, kiraların eskisi gibi kendi hesabına yatacağını. Ben de öyle sanıyordum. Coşkun Abi aklıma girmeseydi babama ağzımı açacak cesareti bulamazdım. Osman kaç oldun sen, yirmiyi geçtin mi? Geçtim Coşkun Abi, niye? Ne zamana kadar babanın evinde oturmayı düşünüyorsun oğlum? Koca adamsın, kendi evine çık artık. Önce işe girmem gerek Coşkun Abi, okul bitmedi daha, babam kendi evimde oturmam için asla para vermez. Babanın parasını ne yapacaksın? Senin kendi paran var. Nasıl var? Teyzemden miras kalmadı mı size? Sattır dairelerin birini, kur yaşamını. Coşkun Abi'nin yüzüne bakakaldım. Doğru söylüyor. Yalnızca Etiler'deki daireyi satsak bile yaşamım değişir. Yakışmıyor böyle muhallebi çocuğu gibi babanın dizinin dibinde. Gel bir gün benim büroya, miras paylaşımı davası açalım. Dava açalım deyince buz gibi oldum, kalbim gümledi. Babamı mı dava edeceğim? Annenin mirasının paylaşılmasını isteyeceksin oğlum, ölüm hak miras helal. Yapamam dedim. Ama kafama girdi bir kere. Kendi evimde yaşamak düşüncesi yakamı bırakmıyor. Önce

Teo'ya açtım konuyu, annemden kalan daireler dükkânlar falan. Ne olmuş onlara dedi. Satıp bölüşsek kendi evlerimize çıksak. Babam için de iyi olur hem, belki evlenir, daha genç sayılır. Açtı ağzını yumdu gözünü. Ne demek lan evlenmek, annem daha yeni öldü. Adam karısını yitirmiş zaten, bir de biz mi terk edelim? Sen nasıl bir evlatsın? Aynı babamın ağızları. Tamam haklısın deyip konuyu kapattım. Aptallık bende, Teo'yu tanımıyorum sanki. Beş yaşından beri babamın yalakası. Bin pişman oldum söylediğime. Yemeyip içmeyip babama yetiştirecek şimdi. Bir süre fırtına öncesi sessizlik. Garip bir şekilde hiçbir şey olduğu yok. Derken ansızın patladı beklediğim fırtına. Bir akşam okuldan geldim, Necmi Bey salonda volta atıyor. İçeri girer girmez geç bakayım karşıma dedi. Bir sorun varsa hep böyle başlar: Geç bakayım karşıma. Teoman adisi ben ders çalışacağım diye içeri kaçacaktı tam, ona da otur diye gürleyince kaldı. Ayakta bekliyorum. Şiddetli bir nutuk geliyor. Nutukla sınırlı kalsa bari, kavgaya dönerse yandık, sabaha kadar sürer bağırması. Babamın nutuklarının kendine özgü bir ritmi vardır. Sert başlar, sonra tonu yavaş yavaş iner, işkenceyi uzatmak için derin bir sessizlik, derken birden tize çıkar, tekrar iner ve güçlü bir vuruşla da sonlanır. Coşkun mu verdi sana bu akılları diye başladı. Anamın tarafını tanımıyor muymuşum, onlar ne zaman bizim iyiliğimizi istemişler, Coşkun itinin niyetini anlamayacak kadar salak mıymışım, miras ayağına beni yolacakmış, bende bu salaklık varken malımı mülkümü Coşkun denen düzenbaza kaptırırmışım. Coşkun Abi babamı sevmez, teyzemle eniştem de babamı sevmezler. Babam onları hiç sevmez. Babam aslında anne tarafımdan kimseyi sevmez, onların da kendisini sevmediklerini bilir. Bu yüzden annemin sağlığında anne tarafımızla görüşmemizi istemezdi. Teyzemi fırsatçı, kıskanç, seni çekemiyor diye; eniştemi fesat, ukala, beni kıskanıyor diye; Coşkun Abi'yi de katakullici, düzenbaz, avukat bozuntusu diye yıllarca anneme kötüledi durdu. Gerçi kendi akrabalarını sevdiği de söylenemez. Babamın sevdiği biri var mı acaba? Biz çocuklarını seviyor elbette ama kan bağının gerektirdiği kadar. Teo'yu benden daha fazla sevdiği kesin yalnız, Teo her zaman babamın duymak istediklerini söyler çünkü. Aslında ölüleri sever babam. Ölü babasını, ölü abisini, ölü hocalarını dilinden düşürmez. Öldüğünden beri annemi çok sevdiğini söylüyor. Madem çok seviyordun yaşarken niye kan kusturdun? Annemle teyzem annemin hastalığı sırasında yakınlaştılar ve bu yakınlık başta babamın hiç hoşuna gitmedi. Ama tedavi sürecinin çok ağır geçeceği ortaya çıkınca birden teyzemi sevesi geldi. Tabii, yakınlaşsınlar ki baldızı baksın karısına. Doktorlara o götürsün, tahlillerinin peşinde o koşsun, kemoterapi sonrasında bulantılarını o çeksin. Kaç bakıcı geldi gitti eve, babam hepsine bir kulp buldu. Mahmure sizde kalsın bir süre diyebilecek kadar alçalmaya hazırlanıyordu ki, teyzemin annem öldükten sonra düzelen bel fıtığı çıktı ortaya, birden yataktan kalkamaz oldu. Annem çok üzüldü. Boş ver oğlum, hiç teyzeni arama, o da kendi canıyla uğraşıyor. Kaç kere dilimin ucuna geldi anne teyzem hasta masta değil demek. Ama söyleyemedim, o da biliyordu zaten, söyleyip de acısını artırmaya ne gerek var? Annemin bakımını teyzeme kakalayamayınca teyzemlere düşmanlığı iyice arttı babamın. Zaten Coşkun Abi avukat, Hanzade Abla da çocuk doktoru oldular diye kudurup acısını benden çıkarıyordu. Utan utan, bak o iki ahmak aldı yürüdü, sen daha bir diploma alacaksın. Ben bunda utanılacak bir şey görmüyorum baba. Diploma almak da istemiyorum ayrıca, müzik yapmak istiyorum ben. Ya tamam. İki dersim kaldı zaten, bu yıl vereceğim ikisini de. O Coşkun denen pezemenkle bir daha görüştüğünü duyarsam yemin ediyorum Allah yarattı demem. Birden bir cesaret geldi. Daha doğrusu Coşkun Abi koydu içime o cesareti, ne yapacak oğlum sana, dövecek mi? Kapı gibi adamsın, bir yumrukta ezersin sinek gibi, o da biliyor. Sahne bir an gözümde canlandı, babama çakıyorum yumruğu, iki seksen yere seriyorum. Babam şokta. Yeni bir gitar aldığım ve gözünün önünde çaldığım günü anımsadım. Görünce mosmor olmuştu, ağzını açmak istedi ama açamadı, piyanonun başına oturdu, dan dan dan gürültü yapmaya başladı. İkimiz de o gün artık çocuk olmadığımı anladık. Yirmi yaşındaydım ama harçlığımı veren yine babamdı öte yandan. Madem param varmış artık, diklenebilirim. Evet dedim, ne yaparsın Coşkun Abi'yle görüştüğümü duyarsan? Çok şaşırtıcı bir an yaşadığımızı Teo'nun başını kaldırıp şokla bana bakmasından anladım. Babamın bana bakışı otuz saniye sürmüştür. Birkaç dakika sürseydi cesaretimi yitirebilirdim, bu türden sinir savaşlarında hiç iyi değilim, neyse ki sürmedi. Duraksadı, Allah yarattı demem'den sonra kırarım bir tarafını diye sürdürse çok zor artık, iş o noktaya gelmez ama gelirse bir tarafı kırılacak olanın kendisi olduğunu biliyor. Koyarım seni kapının önüne dese, ki çok söylemiştir bu sözü bana, orta ve lise yıllarım bu gözdağıyla geçti, ama şimdi istediğim şey bu, kapıya konmak. Baktı ikisi de olmuyor, duygu sömürüsüne başladı. Bu kez ritmi farklı. Yükselmiyor, hatta aşağı iniyor, daha pes, giderek hüzünlü. Ben sizin iyiliğinizi istiyorum, her baba evlatlarının iyiliğini ister. Ben sana kendi evine çıkma demiyorum. Okulunu bitir, bir işe gir, seni en kral dairede oturtmazsam şerefsizim. Ağlayacak neredeyse, çok içten görünüyor. Ama beni en kral dairede oturtacak olan o, en kral dairenin nasıl bir şey olduğuna karar verecek olan yine o. O otuz saniyenin sonunda bütün cesaretim uçup gitti ama bir şeyler de değişti aramızda. Sonra konuşuruz bu konuyu, şimdi yemek yiyelim dedi. Havadan sudan konuşarak yemeğimizi yedik. En boş konuşan her zamanki gibi Teo'ydu, babamı yıkama yağlama seansları her akşam olduğu gibi. Yemeğin sonunda bir tur da annemin hatırasına hürmet faslı, akıllarınca bana laf sokuyorlar. Babam konu kapandı sanıyordu, ama kapanmamıştı. Coşkun Abi'yle görüşmeyi sürdürüyordum. Teo'ya, dava açacağım dedim sonunda, hakkımı alacağım. Teo bunu da hemen yetiştirdi tabii babama. Bir kıyamet de öyle koptu. Ne mal mülk düşkünü çıktın sen, yazıklar olsun, hele bir aç o davayı, seni evlatlıktan nasıl reddediyorum gör. Edemiyormuş, yokmuş öyle bir şey. Bilmiyorum artık gerçekten yok mu, Coşkun Abi beni mi gazladı. Babam kafasına göre mirası bölüştürmeye kalktı, gidelim notere, ver bana bir vekâlet, halledelim. Hayır diye direttim. Derken iş büyüdü. Babam Coşkun Abi'nin bürosunu basmış, sen kim oluyorsun bizim aile işlerimize karışıyorsun demiş. Gülüyordu Coşkun Abi anlatırken, seninki fena telaşlanmış dedi. Sonunda babamdan gizli dava açtım. Ölüyordum korkudan, mahkemeden kâğıt gelecek, babam ne yapacak? Her akşam eve geldiğimde yüzünü kolluyordum. Dava açtın öyle mi? Siktir git o zaman diyecek. Tamam, zaten çekip gitmek istiyorum da, beş kuruşum yok, mahkeme sonuçlanıp daireler satılana kadar ne yapacağım? Gerçi Coşkun Abi annemlerde kalırsın demişti, seni sokakta bırakacak değiliz. O sıralarda bana niye bu kadar iyilik yapıyor diye düşünmedim değil. Babam haklı olabilir mi, beni ketenpereye getirip malımı mülkümü elimden mi alacak? Ama kendi yaşamımı kurmak düşüncesi ağır bastı, bu riski göze aldım. Dava sonuçlandı. Coşkun Abi en ufak bir kazık atmadığı gibi mahkeme masrafları dışında para almadı, avukatlık ücretini bile. Olur mu lan öyle şey? Teyzemin oğlundan da mı vekâlet ücreti alacağım dedi. Eee Necmi Bey? Buna ne diyeceksiniz? Gerisi korktuğum kadar kötü olmadı aslında. Mahkemeden celp gelmiş, peder bu kez volta atmıyor, oturmuş, düşünceli düşünceli beni bekliyor. Davayı açtın demek. Şimdi otur karşıma, beni iyi dinle. Bir an çıkıp gitsem mi diye düşündüm. Bu konuşmanın sonu büyük bir kavgaya varabilir. Ama gözlerinde yumuşak bir şey vardı. Oturdum. Annenin mirasını almanı niye istemedim biliyor musun dedi. Yaşamımın kontrolü sende olsun diye olabilir mi acaba? Sende para kavramı yok çünkü, sana paranın nasıl harcanacağını öğretemedim gitti. Hep annenin yüzünden. Her pazartesi harçlığını verirdim, daha çarşamba günü beş kuruş kalmazdı elinde ama annen benden gizli verirdi. Çok kötü alıştırdı seni. Hâlâ öylesin, hâlâ harçlığını bir günde yiyorsun. Çok da haksız değildi aslında, para harcamayı seviyorum ama asıl sorun artık yetişkin olduğumu anlamamasıydı. Nutkunu sürdürdü, fakat hayret, tizlere çıkmıyor, neredeyse başımı okşayacak. Madem artık adam oldum diyorsun, ol o zaman. Yakında çok paran olacak ama ben malımı biliyorum, su gibi harcayacaksın. Hazıra dağ dayanmaz, satıp satıp yersen ileride çok pişman olursun. Sonra bir posta da Teoman övgüsü. Bak Teoman'a? Küçüğün diye sana verdiğim kadar bile harçlık vermiyorum ona ama banka hesabında 500 bin lirası var. Vay anasını, 500 bin lira ha? Ulan eşşoğlueşşek ne zaman biriktirdin o kadar parayı? Teo büyük pintidir gerçi, arkadaşları arasında hesap ödeneceği zaman ortadan kaybolmasıyla ünlüdür ama nasıl bir şeytan tüyü varsa serseride vazgeçemezler de. İş bitiricidir çünkü, insanları kendine borçlandırmayı iyi bilir. Sonunda dava sonuçlandı. Bu kez de hangi mülk kaça satılacak, hangisinin kirası kime yatacak tartışması başladı. Teo konuya ânında katıldı tabii ki, para söz konusuydu çünkü. Ama çok ince bir politika yürüttü kurnaz, babamın gözünden düşmeden, mal mülk düşkünü sıfatını tümüyle bana yakıştırarak. Sonunda Etiler'deki ev satıldı. Babam parasıyla sana daire alalım diye tutturdu. Daire baktırıyor sağda solda, bak şurada şöyle bir şey var, onu alıyoruz. Ya istemiyorum, para benim değil mi, istediğim gibi harcarım. Dinlemedim, kiray'a çıkacağım dedim. Çok kızdı ama baktı kararlıyım, bu kez de emlakçılara yedirme paranı diye tutturdu. Sonunda kendi beğendiğim evi emlakçıdan tuttum. Bir de o yüzden fırça, bir kira parasını sokağa attın. Son fırçalar diye sesimi çıkarmıyorum. Evde bakım onarım işleri başladı. Yine her şeye karışıyor, öyle yaptırma, böyle yaptırma. Ya sana ne? Ben böyle istiyorum! Gene de bir şey demedim, niyeti iyi, ayrı yaşayacağımı kabullendi artık, kendince babalık etmek istiyor. Ama bir gün eve gittim ki salon iğrenç bir şampanya sarısı olmuş. Babam ustaların başında, kafasına göre bir şeyler yaptırıyor. Çok fena kapıştık. Sana yardımcı olanda kabahat zaten diye bağırdı çağırdı, gitti. O günden beri dargınız, konuşmuyoruz. Payıma düşen parayı bankaya yatırdım, mis gibi faizi var. Tuttuğum ev için epeyce harcama yaptım, en az beş yıl oturacağım sonuçta ama onun dışında hiç de su gibi para harcamıyorum. Salak değilim, ben de biliyorum hazıra dağ dayanmayacağını. Kira gelirleri istediğim gibi yaşamama yeter de artar bile ayrıca. Nur içinde yat anneciğim. Sen de Harun Dedeciğim. Senden anneme, annemden bize kalanlar olmasaydı, Necmi Bey'in çalışma kampında yaşamayı sürdürmekten başka yolum yoktu. Saat dört olmuş. Hiç uykum yok ama yatmam gerek artık. Yarın hamallar gelecek.

Kazanın görgü tanığı Ceyda K.

"Ya adam öldü öldü! Ne demek unut gitsin?"

Soyadımı söylemem yalnız.. ona göre.

Söylemenize gerek yok. Telefonda söylediğim gibi.. görüşmemiz bir yerde yayınlanmayacak, sadece bilgi almak istiyorum.. kitap için.
Ne kitabı?

Ölen adam hakkında bir kitap yazıyorum.
Neden?

Anlamadım..
Neden ölen adam hakkında kitap yazıyorsunuz..

Bence yazmaya değer bir hayatı vardı.
Nasıl değer.. meşhur falan mıydı?

Hayır, meşhur değildi. Ama iyi eğitim görmüş, varlıklı bir aileden gelen bir adammış. Hayata herkesin imreneceği türden bir başlangıç yapmış. Ama hayatı bir başarı öyküsü değil. Sahip olduğu her şeyi kaybetmiş.. trajik bir şekilde de ölmüş. Bunun ne kadarı kendi suçu.. ne kadarı hayattan kaynaklanıyor.. onu anlamak istiyorum.
N'olacak anlayınca?

Anlamak iyi bir şey değil mi sizce?
Adam ölmüş gitmiş zaten, nesini anlayacaksınız ki. Başarılı biri hakkında yazsanız daha çok okunur bence. Başarısız birinin hayatını kim niye merak etsin..

Ben ediyorum. Ben başarısızları daha çok merak ederim.
Ben hiç etmem.

Sizce kendi suçu mudur hayatının başarısızlık olması?
Ne bileyim.. kendi suçudur herhalde. Ailesi zenginmiş diyorsunuz baksanıza.. demek ki güzel bir hayatı olabilirdi.

Zenginlik yeterli mi güzel bir hayat için?
Zengin olunca hayat kolay. Zenginlere her şey kolay. Öyle değil mi?

Belki. Çok emin değilim. Sık mı gelirsiniz bu otele?
Ayda bir.. bazen iki.

Özel müşterileriniz mi var?
Özel derken?

Yani sürekli görüştüğünüz..
Haa.. var evet.

Kaza sırasında otelde miydiniz?
Oteldeydim.

Yalnız mıydınız?
Değildim.

Kim vardı yanınızda?
Onu söyleyemem.

Peki. Yanınızdaki kişi de gördü mü kazayı?
Görmedi, duştaydı o sıra.

Ölen adamı tanıyor muydunuz?
Birkaç kere otelde görmüştüm. Müşteri sanıyordum ben onu.

Neden müşteri sanıyordunuz?
Ekmek parası peşinde birine benzemiyordu. Otel müşterisi gibiydi. Havalıydı çok..

Merak ettiniz mi neden böyle havalı bir adam burada çalışıyor diye..
Etmedim..

Neden?
Kimse dışardan göründüğü gibi değil ki.. herkes olduğundan başka türlü görünmeye çalışıyor..

Siz de öyle mi yapıyorsunuz?
Siz yapmıyor musunuz?

Yapıyorumdur herhalde.. farkında değilim. Kazanın nasıl olduğunu anlatır mısınız?
İçerisi çok sıcak olmuştu, camı açtım. Ölen adam otelden çıktı, kaldırımda durdu. Taksi bekliyor sandım. Sonra bir şey çıkardı cebinden.. baktım sigara sarıyor..

Karşıya geçerken sigara mı içiyordu?
Yakamadı ki. Ceplerini yokladı.. ateş bulamadı herhalde, geri koydu. Sonra yolun karşısına yürümeye başladı.

Kamyonun geldiğini gördü mü?
Görmüş olması lazım. O tarafa doğru bakıyordu.

Kamyonu gördüğü halde mi karşıya geçti?
Valla o kadarını bilemeyeceğim.. zaten çok hızlı oldu her şey. Kamyon çarptı, adam havaya uçtu, öldü gitti. Benim gördüğüm bu. Kafası parçalanmış dediler.

Kamyon durmadı mı?
Yok canım ne durması.. aynen devam etti.. hiçbir şey olmamış gibi.

Siz ne yaptınız?
Hiç. Ne yapılır ki? Çok kötü oldum, sanki bir kova soğuk

su dökmüşler kafamdan aşağı, kalbim güm güm atıyor. O sırada Şeref çıktı duştan. Ay! Ağzımdan kaçtı.. yazmayın sakın.. lütfen bak.

Yazmayacağım, merak etmeyin. Sonra?
Geldi işte bu.. ne yapıyorsun pencerenin önünde dedi. Adamın birine kamyon çarptı dedim. Gelip bakacak sandım ama bakmadı.

Bakmadı mı?
Bakmadı.. çok panik oldu zaten. Hemen ışıkları söndürdü, perdeleri örttü. Ben öyle kötü olmuşum ki, kendime gelemiyorum. İnsan konuşmak istiyor o anda.. yani öyle korkunç bir şey ki.. insan hep onu anlatmak istiyor.. ama kaza olmuş işte ne var.. unut gitsin dedi. Ya adam öldü öldü! Kamyon çarptı adama! Ne demek unut gitsin? Kapı falan çalarsa sakın ortaya çıkma, ben polisi savarım dedi. Adı gazetelere çıkacak diye çekiniyordu. Ama yani ne bileyim.. gözümün önünde bir adam öldü.. insan konuşmak istiyor.

Başkalarına anlattınız mı peki kazayı?
Anlatmadım tabii ki.. ben de o gece Maison oteldeydim diyecek halim yok. Bir tek Hatice'yle konuştuk.. o da duymuş. Bütün otel sadece kazayı konuşmuş birkaç gün.

Siz Hatice'yle otelden mi tanışıyorsunuz?
Yok.. aynı mahallede oturuyoruz biz.

Ne iş yaptığınızı biliyor mu?
E tabii..

Siz mi söylediniz? Nasıl öğrendi?
Kendim söyler miyim? Hatice'nin bir otelde çalıştığını biliyordum ama Maison otel olduğunu bilmiyordum. Koridorda burun buruna geldik bir gün. Şok oldum. Ne yapıyorsun burda dedi. Tam bir bahane uyduracağım,

müşteri çıktı odadan. Hemen anladı tabii. Ben bir şey görmedim, görmem de.. merak etme dedi.

Bir karşılık bekledi mi peki? Sustuğu için..
Tabii ki. Kim kime karşılıksız iyilik yapıyor ki bu dünyada? Hayat dediğin al gülüm ver gülüm.

Nasıl bir iyilik yapıyorsunuz ona? Pay mı veriyorsunuz?
Veriyorum işte bir şeyler.. ama şikâyetçi değilim, çok yardımcı olur.. yeri gelir idare eder.

Nasıl idare eder?
Kat görevlisi olduğu için her şeyden haberi olur.. otelin sahibi gelecekse filan haber verir.

Otelin sahibi bilmiyor o zaman sizi..
Bilmiyor herhalde.. bir sıkıntı olmadı bugüne kadar.

Ne iş yaptığınızı ailenizden bilen var mı?
Ailem yok. Öldüler. Aracılık yapan kişi dışında bilen yok. Olmasın zaten.

Aracı otelden mi?
Değil. Dışardan. Otel çok sıkıdır aslında da.. o idare ediyor.

Nasıl idare ediyor? Resepsiyoncuları mı görüyor?
Herhalde, onları görüyordur.. başkalarını görüyordur.. bir şekilde idare ediyor işte. Sormuyorum. Bazı şeyleri bilmemek daha iyi.

O beyle sık mı görüşüyorsunuz?
İstanbul'a geldikçe görüşüyoruz işte.. ayda bir falan.. bazen iki.

İstanbul'da yaşamıyor o zaman.
Hayır.. Ankara'da oturuyor.

Tanınmış biri mi? Gazetecilerden çekindiğine göre..

Yani öyle bildiğimiz ünlülerden değil ama kendine göre tanınıyor tabii. Ondan bahsetmesek olmaz mı?

Tamam bahsetmeyelim. Panik oldu, perdeleri kapattı. Daha sonra ne yaptınız?
Duramadım ki, gene cama gittim. Çok korkunçtu ama insan bakmak istiyor gene de. Karanlıkta perdeyi araladım, seyrettim. Polis geldi. Otoparkçı çocuk eski gazete getirdi, örttüler üstüne. Bir şey yiyordu polisler.. dürüm galiba. Yerken öyle baktılar cesede, arabaya bindiler sonra.. ama gitmiyorlar, öyle duruyorlar. Şeref'e niye öyle duruyorlar dedim, savcıyı bekliyorlardır dedi. Polislerin hallerinde de bir telaş falan yoktu, her gün ölü görüyorlarsa demek. Sonra bir köpek geldi, sokak köpeği.. ölüyü koklamaya başladı, kanını yalıyordu adamın, çok fenaydı. Allahtan polislerden biri çıktı arabadan, köpeği kovaladı.

Yağmur çok mu şiddetliydi?
Ne yağmuru..

Yağmur yağıyormuş.
Yağmur mu yağıyormuş? Yoo.. yağmur falan yağmıyordu.

Yağıyordu diyenler var.. hatta cesedin üstüne örttükleri gazeteler ıslanmış.
Valla hiç dikkat etmedim.

Peki.. başka?
Başka bir şey yok. Aslında gitmem lazımdı ama Şeref göndermedi. Gazeteciler gelir şimdi, kapının önü kalabalık olur, sorarlar ederler.. sabah gidersin dedi. Ben de kaldım mecbur.

Neden gitmeniz lazımdı?
Oğlum var benim.. beş yaşında.. kalmam hiç.. saat kaç olursa olsun mutlaka eve giderim.

Siz işe çıktığınızda kim bakıyor oğlunuza?

Bir arkadaşım var.. aynı sokakta oturuyoruz, o gelip bakıyor. Sabaha kadar oturur o, hiç yatmaz. Uyku sorunu var. Onun için sorun olmuyor yani..

Oğlunuzun babasıyla boşandınız mı?
Hiç evlenmedik ki..

Görüşüyor musunuz peki?
Görüşmüyoruz.. hapiste zaten.

Arkadaşınız biliyor mu ne iş yaptığınızı?
Bilmiyor tabii ki. Allah muhafaza.

O gece nerde olduğunuzu sanıyordu?
İşte.

Nasıl yani.. bilmiyor dediniz.
Yok hayır, onu değil. Bir özel hastanede çalışıyorum ben gündüzleri.. İncirli'de.

Ne iş yapıyorsunuz orada?
Veznedeyim. Ödemelere bakıyorum. Arkadaşım geceleri saatle hasta bakıyorum diye biliyor. Maaşla geçinemediğimiz için.. herkes başka bir iş daha yapıyor zaten. Geçim çok zor.

Anladım. Kazaya dönelim. Sizce Osman bey intihar mı etti?
İntihar mı? Nerden çıktı o?

Öyle diyenler var. Siz ne düşünüyorsunuz? Kazayı gören birkaç kişiden birisiniz.
Yok canım, ne alakası var.. bildiğin kazaydı işte. Niye öyle dediler ki..

Kamyonu gördüğü halde durmamış, önüne yürümüş.
Bana hiç öyle gelmedi valla.. basbayağı kazaydı. Öyle miymiş peki? Neden intihar etmiş? Ne derdi varmış adamcağızın?

Ettiği kesin değil.. iddia sadece. Ama mutsuzdu diyenler var.
Bu sebep değil ki. Herkes mutsuz.. her mutsuz olan kendini mi öldürüyor?

Bazıları öldürüyor işte..
Çocuğu yoktu o zaman. Var mıymış?

Yokmuş.
Olsa yapamazdı. Ben de kaç kere düşündüm. Burama geldiği çok zaman oldu ama oğlum var, yapamam. Gerçi babalar yapar, yapıyorlar.. duyuyoruz hep. Çoğu çocuğunu bırakıp gidiyor.

Çocuğunuz olmasaydı siz yapar mıydınız?
Yapardım herhalde.. bilmiyorum. Ne bileyim ya.. çok zor bir şey soruyorsunuz. Hayat acı ama can tatlı sonuçta.

Osman'ın 1. defteri (devam)

11 Şubat 1990 Pazar

Kar tam yağacak günü buldu, ağzıma sıçtı resmen. Sabah ne güzel erkenden kalkmışım, sonunda kendi evime taşınıyorum diye sevinçten uçuyorum. Ziya Abi'yle konuşup her şeyi ayarlamışım. Önce evden koliler yüklenecek, kamyon Horhor'a gidecek, oradan satın aldığım mobilyalar alınacak. Güllü'nün kardeşi de tamam, öğleden sonra bana yardıma gelecek. Böylece kendi evimde yaşamaya başlayacağım. Bir baktım yerler bembeyaz. Salak salak sevindim. Aaa ne güzel, kar yağmış! Ama kabahat bende. Kadri'nin bulacağı hamallar bu kadar olur. Benim amcaoğulları taşır Osman Bey, hiç başka adam arama. Emin misin Kadri? Bak Horhor'dan alınacak eşya ağır. Güçlü kuvvetli aslan gibi çocuklar, bütün gün halde kasa indiriyorlar, alışıklar. Hem ucuza taşırlar, konuşurum ben. İyi güzel. Onlar taşısın o zaman. Tipi başlayınca birden aydım. Ulan ben bugün taşınıyorum, göz gözü görmüyor kardan, ne halt yiyeceğim? Ertelemem gerek. Kadri'yi aradım. Çırağı çıktı, Kadri Abi bugün gelmeyecek dedi. Gelecek mi diye sormuyorum ki geri zekâlı, nasıl bulurum diye soruyorum. Saat on oldu, gelen giden yok. Havayı görünce gelmekten vazgeçtiler herhalde dedim. Çok canım sıkıldı, gene de gideceğim evime, en azından yatağım var, kalorifer de yanıyor. Alırım walkman'imi, kasetlerimi, babamın suratını çekeceğime boş da olsa kendi evimde yatarım. Oh mis. Güllü'ye bugün taşınma işi yattı, kardeşine söyle gelmesin derken iki ızbandut geldi. Kadri'nin dediği kadar varlar, kapı gibi ikisi de. Geldiniz, iyi hoş da her yer kar buz, erteleyelim, biriki güne kadar hava açar, o zaman taşırsınız dedim. Hava önemli değil, biz alışığız dediler, eşya az zaten, indirme çıkarma iki saatlik iş. Peki dedim, sevindim, pederin suratından kurtuluyorum. Her zamanki gibi salonda Nişantaşı kontu, koltuğuna kurulmuş, televizyonu açmış, kahvesini içiyor. Tuhaf bir gülümseme yüzünde, gidiyorum diye seviniyor mu, kendi başıma yapamayıp döneceğimi mi sanıyor, ondan mı sırıtıyor anlamadım. Teo evde yoktu, arkadaşında kalmıştı. İyi ki de yoktu, beni sinir edecek bir şey bulurdu mutlaka. Taşınmam tam dokuz saat sürdü. Hani iki saatlik işti? O iki itin kolilerin ağırlığına ses çıkarmamalarından anlamam gerekirdi aslında, tıklım tıklım kitap dolu, yerinden kalkmıyor hiçbiri. Çok ağır bunlar falan demediler, güzel güzel indirdiler, kamyona yüklediler, doğru Horhor'a. İyi dedim, aferin, ne efendi çocuklar. Bok efendi çocuklar! Kapıdan çıkarken, durup içeri bir baktım, içimde ince bir hüzün, 24 yılımı geçirmişim bu evde, çoğu kötü de olsa bir sürü anım var. Babam Osmaan! diye gürledi. Eyvah! Giderayak kavga geliyor. Dikildim karşısına. Yeni evinde güle güle otur dedi. Çok şaşırdım. Benim bildiğim Necmi Bey selametle uğurlamaz beni, bu girizgâh, arkasından uzun bir nutuk gelecek. Kolay mı sanıyorsun ev idare etmeyi, ne demekmiş göreceksin, madem gidiyorsun, hiç yapamadım diye kapıma gelip ağlama diye başlayacak, sen diplomanı alacaksın da göreceğim, neyini eksik ettim de böyle oldun sen, profesör Necmi Bey'in oğlu böyle serseri mi olacaktı diye bitirecek. Her kavgada lafı ille buraya getirir. Bekliyorum ama demiyor. Bir an kaldım öyle, elini öpmem mi gerekiyor, dargınız sonuçta. Sağol dedim hafif soğuk. Kapıdan çıkarken yine seslendi. Şunu da al. Başıyla gösteriyor. Baktım ayaklı abajur. Bunu mu? Evet onu, al götür, senin olsun. Allah Allah. Hangi dağda kurt öldü? Necmi Bey'in birine karşılıksız günahını bile verdiği görülmüş değildir, hele bana. Dalga mı geçiyor diye baktım yüzüne, tam elimi uzattığım anda ne yapıyorsun, ciddiyim mi sandın diyecek, gülecek. Ne bakıyorsun oğlum alsana dedi. İstemiyordum aslında. Beğendiğim bir şey değil bu abajur. Dedemden kalma o, bu evin eşyası dedim. Dedenden kaldı, ben de sana veriyorum dedi. Ciddi ciddi üsteliyor. İstemesem de aldım, sevinmiş gibi yaptım. E dargındık biz, ne olacak şimdi? Bir an kaldık öyle karşılıklı, elini öpeyim diye elimi uzattım. O da bunu bekliyormuş meğer. Sarıldık öpüştük. Yumuşak nutuklarını unutmadı tabii. Elektriğini suyunu zamanında yatır, savsaklarsan keserler. Tamam baba. Kapıcına fazla yüz verme. Tamam baba. Komşularınla iyi geçin. Tamam baba. Bir elimde abajurun gövdesi bir elimde şapkası, kar altında yürüyorum. Bir de ağır anasını sattığımın çirkin şeyi. Hafif sanmıştım ama değilmiş, bronz tabii. Bırakayım bir köşeye, belki biri alır diye düşündüm ama babamın göreceği tutar. Metal ellerime yapışıyor soğuktan, eldivenlerimi de bavula koymuştum, iki sokak gidene kadar dondum. Neyse ki evim sıcacıktı, kar fena diye yönetici kaloriferi köklemiş. Perdeci storları dün getirip takacaktı sözde, getirmedi. Gecenin bu saatinde kabak gibi görünüyor içerisi. Karşı dairedekiler sabahtan beri beni izliyorlar, hiç gizlenmeden hem de, açık açık. Kel adam ortadan kayboldu, yattı herhalde, ama sarışın karısı şu anda gözünü dikmiş bana bakıyor. Hiç de utanmıyor, el mi sallasam ne yapsam? Merhaba ben yeni komşunuz Osman Koryürek. Hayır, beş hececi şairlerden Enis Behiç Koryürek'le bir akrabalığım yok. Yoksa yedi meşaleci miydi? Ne çektim lisede, her edebiyat hocası sorar. Yok hocam, beş hececilerle de yedi meşalecilerle de servet-i fünuncularla da en ufak bir akrabalığım yok! Ben ikinci yeniciyim. Hı? Yaa! Bilmiyorsunuz değil mi? Tek bilen çıkmıştı, Oya Hoca. Oya Sağdıç. Dağlarca'cıydı o. Dağlarca'yı ben de severim de hastası değilim. Tayin oldu gitti. Dergilerde birkaç şiirine rastladım sonra, şaşırdım, şairmiş meğer. Gerçi bayağı kötü şiirlerdi. Aldırış etmemeye çalışıyorum ama birilerinin beni izlediğini bilmek hoş değil. Nerede kaldı sizin uygarlığınız, nezaketiniz hanfendi? Yakışıyor mu size böyle röntgencilik yapmak? Tamam anlıyorum, sokaklar dar, perdeleri çekince hafakanlar basıyordur ama gene de ayıp diye bir şey var. Duvarlarındaki klasik tabloların pek üfürük şeylere benzemediği dikkatimi çekti yalnız. Zevk sahibi insanlar diyeceğim ama tavan spotları salonlarını fazla aydınlatıyor. Bunlar da babam gibi yoğun ışık seviyorlar demek. Babamın salonundaki gözümü kamaştıran onlarca tavan spotuna artık maruz kalmayacağım için de ayrıca mutluyum. Babam dedemin abajurunu ondan mı verdi acaba bana? Tavana cayır cayır spot döşettiğinden beri yaktığı yoktu. Çirkin mirkin ama iyi ki almışım, onun ışığında oturuyorum şimdi, içime sinecek bir şey bulana kadar idare eder. Neyse... Öğlen Ziya Abi aradı, kamyon yola çıktı dedi. İyi ki ertelememişim diye düşündüm. Rocky chair'imde oturuyordum, el yapımı, Aybars Abi'nin atölyesinden. Çok yetenekli herif bu Aybars Abi, tasarımları çok güzel. Gerçi çalıntı. Arada bir Milano'ya filan gidiyor, dönüyor, bir bakıyorum, şahane bir şey yapmış. Hafif hafif sallanarak masif ahşap kitaplığıma bakıyordum, o da Aybars Abi'nin tasarımı, İngilizceleri göz hizasına dizerim, Türkçe romanları ve şiirleri şuraya, yazar adına göre alfabetik, müzik ve sinema kitaplarım buraya, alt raflarda tümüyle uzunçalarlarım olacak. Kamyonu beklerken bir kahve içeyim dedim. Mutfağa gittim. Neskafe Gold, kesmeşeker, beş litrelik pet şişe hepsi tezgâhta duruyor, gelip gittikçe mutfak için bir şeyler alıyordum, tabak çanak, çaydanlık da almışım, hazır. Kendi evimde içeceğim ilk kahve olacak. Çaydanlığı doldurdum, ocağa koydum, düğmesini çevirdim. Çıt çıt ediyor ama alev almıyor. Nasıl yani? Dünyanın parasını verdim ben bu orijinal Boschlara, bozuk ocak mı kakaladılar bana diye sinirlenmişken birden fark ettim ki tüp yok. Evet. Tüp diye bir şey var ama bende yok. Tuttuğumdan beri kaç kere gittim geldim, boyadır bakımdır, kitaplığın montajıdır, bir sürü iş yapıldı ama tüpü taktırmak aklıma gelmedi. Bugüne kadar bu tür şeylerle ilgilenmem gerekmedi hiç. Ne yapılması gerekiyorsa hep birileri halletti, neyin yapılması gerektiğini bilmem bile gerekmedi. Hazır kamyonu beklerken bu işi de halledeyim dedim. Yaşamımı kendim yönetiyorum artık, bu işleri yapmak bana düşüyor. Eve taşınacağım tarih belli olunca elim ayağıma dolaşmıştı. Allahtan Çağatay var, her boktan anlar, her şeyi onarır, nasıl beceriyor, hiç aklım almıyor. Kapıcıyı bulayım da Aygazın numarasını sorayım derken etiketini gördüğümü anımsadım, kapı pervazına yapıştırmışlar. İyi ki telefonlu ev tutmuşum diye sevine sevine aradım ama açılmadı. Kar yüzünden kapalıydı herhalde. Bir su ısıtıcı almayı akıl etmediğim için kendime kızdım. Babamla dargınız diye kahvaltı da yapmamıştım. Kapıcıyı şarküteriye göndereyim bir şeyler alsın derken kapı çalındı. Hah dedim, geldiler. Açtım, iki ızbandudun da suratı bir karış. Hayırdır, ne oldu? Kamyonu kapıya çekemiyoruz. Neden? Yokuş buz tutmuş, kamyon çıkamıyor. Tepem attı. Size söyledim, erteleyelim dedim, alışığız, hallederiz dediniz. Buranın yokuş olduğunu bilmiyorduk demezler mi? Nasıl bilmiyordunuz! Topağacı'nın yokuş olduğunu nasıl bilmezsiniz? Bilmiyorduk, bu mahalleye ilk defa geliyoruz. Yalana bak, ilk defa geliyorlarmış. Ulan manav Kadri'nin dükkânı Patagonya'da mı? İki adım aşağısı Topağacı! Eee? Ne olacak peki? Kamyonu bizim oraya çekeceğiz, Alibeyköy'e, birkaç gün bekleyeceğiz artık. Siz aklınızı mı kaçırdınız? Botlarımdan donlarıma kadar her şeyim kamyonda. Eşyamı iç eder bunlar ayrıca, haydut suratlı ikisi de, toz olsalar kime soracağım hesabını, Kadri'ye mi? Hayır dedim olmaz öyle şey, Alibeyköy'e filan götüremezsiniz. Ne yapacağız peki? Bilmiyorum, bir çare bulacaksınız. O zaman yokuşta sırtımızda taşıyacağız dediler. Tamam, öyle yapın o zaman. Ama konuştuğumuz paraya olmaz. 300 bine taşırız. Anlamadım? Konuştuğumuz paranın neredeyse dört katını istedi aşağılık yaratıklar. Vermiyorum dedim. Hayır, konuştuğumuz paraya taşıyacaksınız. Kırkar binden iki kişi seksen bin diye konuşmadık mı? İki çift manyak göz üstüme dikildi. Geri götürüyoruz o zaman kamyonu dediler, kar kalkınca geliriz. Öyle bir bakıyorlar ki polise git istersen. Bunların üstünde bıçak, falçata falan da vardır kesin, tabanca bile olabilir. Çaresiz çıkarıp verdim. Kapıcı denen dallama da asansörü kilitlemiş. Bu iki it öyle duruyor kapıda, zaten sırtlarında eşyayla yokuş çıkacaklarmış bir de dört kat yukarı çıkaramazlarmış. Kamyon hiç de öyle sokağın alt başında filan değil ama, eve yirmi metre ya var ya yok. Akıl veriyorlar bir de gidin söyleyin kapıcıya asansörü çalıştırsın diye. O sinirle indim kapıcı dairesine, kapı önünde bir yığın eski püskü eşya, leş gibi ortalık, küf kokusundan soluk alınmıyor. Çaldım ama açan yok. Yöneticiye gittim, o da ayrı bir ruh hastası, pijamalarıyla açtı. İçeriden berbat bir yemek kokusu geliyor, lahana mı karnabahar mı neyse, iğrenç, açlıktan midem bulanıyor zaten. Asansör çalışmıyor demeye kalmadan yük asansörü değil bu, eşya taşıyamazsınız demez mi? Beyefendi koliler yalnızca, bavullar. Tatilden bavulumla gelsem binemeyecek miydim asansöre? Adam dinlemedi bile, çat diye suratıma kapattı kapıyı. Bir de bu yüzden tartıştık o iki hırtla. Biz asansör var diye o fiyatı vermiştik. Bir yirmi bin de öyle eklendi. Taşınma bitti ama duruyorlar hâlâ. Bir de üstüne bahşiş vereceğimi sanıyorlardı herhalde. Tamam dedim, hadi güle güle. Bir duraksadı ikisi, bakıştılar, ama yeterince üstüme geldiklerini anladılar herhalde, bozuk bir suratla gittiler. Ben baş edemiyorum bu ayaktakımıyla. Bunların dillerinden anlamıyorum, kafalarından geçeni anlamıyorum. Teo olsa haklarından gelirdi, o bir karış boyuyla canına okurdu ikisinin de. Bunlara Teo gibi manyak olmak gerek. Hamalların sinirlerimi altüst etmesi yetmezmiş gibi bir de babam telefon etti. Ne oldu taşındın mı? Taşındım. Bir sorun çıktı mı? Yo, bir sorun çıkmadı, neden? Sırtlarında taşımış eşyanı hamallar, Nurettin görmüş. O Nurettin'in ben! Taşıdılarsa taşıdılar sana ne? İlle öğrenecek, zevk alıyor çünkü, zor durumda kalmamdan zevk alıyor. Kaç para verdin, adam başı ellişer binden fazlasını vermeseydin. Kadri tembihlemiştir bunları. Kaça anlaşmıştın? Ananın nikâhına anlaşmıştım! Sanki ben bilmiyorum Kadri'nin tembihlediğini. Gel de yemek ye dedi, Güllü ıspanaklı börek yapmış. Tokum, yedim dışarda dedim. Dünden beri bir şey yememiştim oysa, açlıktan midemi hissetmiyordum artık. Keşke Petek Büfe'nin numarasını alsaydım, sipariş verirdim. Eşyayı öylece bıraktım ortada, çıktım. Kapımı kilitlerken keyfim yerine geldi. İnsanın kendi kapısını kilitlemesi çok hoş bir duyguymuş. Baktım asansör tıkır tıkır çalışıyor. Tabii, taşınma işi bitti çünkü. Yönetici olacak pijamalı ruh hastasıyla puşt kapıcının mükemmel işbirliği. Yağış durmuş ama yerler bir karış kar. Valikonağı'na yürüdüm, Pino Cafe'ye. Ama kapalı. Yalnız Pino değil her yer kapalı anasını satayım, Güzelbahçe'deki Yıldırım Büfe bile. Bayılacağım artık açlıktan. Atlayayım bir taksiye, Taksim'e gideyim, İstiklal'de Hacı Abdullah falan açıktır en azından. Ama taksi yok, tek bir taksi geçmiyor. Kar yağdı yaşam durdu! En iyisi Beşiktaş'a yürüyeyim dedim, yokuş aşağı, daha kolay. Islık çala çala yürüdüm. Açlıktan ölsem de keyfim yerinde, bağımsızım artık, özgürüm. Bir sürü açık meyhane ve hava kar tipi olduğu halde hepsi tıklım tıklım dolu. Meyhane pek sevmem aslında, hele yalnız başıma, ama başka şansım yoktu. İçeride sigara dumanından göz gözü görmüyor. Garson balık çorbası ister misiniz dedi. İstemem mi? Donmuşum zaten. Çorba içimi ısıttı. Balıkla üç duble de rakı içtim. Doydum, ısındım, yaşam iyice güzelleşti. Çıktım. Bu kez tek tük de olsa taksi var ama bu havada yokuş çıkamayız diyor Allah'ın belaları. O yorgunluğun üstüne bir de yokuş yukarı yürüdüm. Hemen bir duş yaparım, giyerim pijamalarımı, doğru yatağa, ölmüşüm zaten, kolileri de yarın açarım artık. Sucuk gibi ter içinde girdim evime. Bavulların üçünü de boşalttım ama havlularımı bulamıyorum. Buldum sonunda, banyoya girdim ve müjde: Şofben de Aygazla çalışıyor. Şu anda saat 23.35 ve karşı apartmandaki kadın hâlâ filmmişim gibi beni izliyor. Sıkılmadı da hiç. Bir şey yaptığım yok hanfendi, görüyorsunuz işte, bir şeyler yazıyorum, izlemelik bir durum yok. Kolilerimden neler çıkacağını merak ediyorsanız boşuna beklemeyin, bu gece açmayacağım, yatın uyuyun, yarın izlersiniz artık. Genç bir kız geldi kadının yanına, blucinli, beyaz bir kazak giymiş, saçları uzun, kadının kızı herhalde. Hiç tanıdık değil, hadi kadına dikkat etmemişimdir ama Topağacı'nda oturuyorsa bu kızı daha önce görmüş olmam gerek. O da bana bakıyor şimdi. Konuşuyorlar. Kesin benim hakkımda konuşuyorlar. Büyük olasılıkla babamı tanıyorlardır. Profesör Necmi Koryürek'i Nişantaşı'nda tanımayan mı var? Ne dedikodu dönüyordur şimdi mahallede. Babası evden kovmuş, bu da gitmiş ev tutmuş. Annesi daha yeni ölmedi mi bunun? Evimi Topağacı'nda tutmakla yanlış mı yaptım acaba ya, başka semte mi taşınsaydım? Boğaz'a örneğin. Aslında düşünmedim değil, Çağatay'la birlikte Baltalimanı'nda Rum kilisesinin sokağında bir eve de baktık. Güzeldi, balkonundan kısmen Boğaz'ı da görüyordu. Ama Çağatay sen yapamazsın oğlum burada dedi, bakkal çakkal hiçbirini tanımıyorsun. Bakkalla çakkalla ne ilgisi var dedim ama semt bana da çok yabancı geldi, kent değiştirmişim gibi. Çağatay haklı başka semtte yaşayamam ben, burada doğdum, burada büyüdüm, arkadaşlarım burada, bu mahalle benim evim. Çağatay'ın da ayağını kıracağı tuttu, üç gündür yatıyor. Taşınırken Gazi'yle ikisi yardıma geleceklerdi sözde. Gazi'nin de anneannesi ölmüş, cenazeye Bursa'ya gitti. Beni bir hafta yok say moruk dedi. Çağatay'ın alçısı çıksın hemen toplayacağım ekibi, *house warming* yapacağım. Geberene kadar içelim. Necmi Bey'in şerefine. Düşüncesi bile şahane. Kız başını öne eğdi, saçlarını aşağı saldı. Topluyor şimdi. Ona baktığımın farkında, şov mu yapıyor bana nedir? Güzelmiş yalnız. Ebru görürse, başka ev bulamadın mı diye bozuk çalar kesin. Benim kapıcı bunların kim olduğunu biliyordur ama ona sormam, gıcığın teki. Nurettin'e sorarım, o herkesi tanır. Bu arada kendi kapıcımın adını bilmiyorum, söylemişti ama unuttum. Ben bu kıza nasıl rastlamadım hiç, hayret. Gözümden uyku akıyor. Yatayım en iyisi.

* * *

Uyandım. Ortalık zifirî karanlık. Kar yine başlamış, toz gibi yağıyor ama çok yoğun, göz gözü görmüyor. Arabalar tümüyle kar altında kalmış. Yarın çoluk çocuk dökülür sokağa, kartopu oynamaya. Yarın derken yarın oldu, saat 03.55 ama güneş doğmadıkça bana yarın olmuş gibi gelmiyor. Duş yapamayınca üstüm başımla öylece yattım. Nasıl yorulmuşsam hemen uyumuşum. Bir gözümü açtım, saat 03.40. Sabaha daha çok var ama uykumu almışım, kendimi çok dinç, diri hissediyorum. Duramadım yatakta, kalktım. Rakı böyle yapıyor beni, rakı içince kısa ama çok derin uyuyorum, cin gibi de uyanıyorum. Karşı dairedekilerin pencereleri karanlık. Uyuyorlar, uyuyacaklar tabii. Gece akla uygun bir saatte yatıp sabah akla uygun bir saatte kalkan normal insanlar onlar. Bizim mahalledekilerin çoğu gibi röntgenciler aynı zamanda. Gerçi storlar gelince sorun çözülecek, bu şekilde izlenmeyi sevmiyorum. Babam da karşıdakiler gibi, perdeleri hiç kapatmaz. İzlenmekten hoşlanır o, bayılır, narsisist manyak. Her şeyi şov. Dayak hariç tabii. Bu yüzden annem yaşarken yalnızca arka odaların panjurları inikti, duvar piyanosu da dışarıdan görülmüyordu, böylece çalmak istemiyorum diye ağladığımda kapağını parmaklarıma tak tak indirebiliyordu küçükken. Nasıl tam parmaklarıma değecek kadar indirebiliyordu, hâlâ aklım almıyor. Canım pek acımazdı ama parmaklarım kırılacak korkusundan ölürdüm. Babam güzel döverdi yalnız, sık değil ama çok etkili. Eve geç gelmişim veya Şaban Bakkal'a borç yapmışım veya beni sigara içerken görmüşler, yetiştirmişler. Tatlı tatlı arka odaya çağırırdı. İnsan o tatlının nasıl bir acı olduğunu biliyor ama başa gelen çekilecek, yapman gereken dişini sıkmak. Baba yemin ederim sigara filan içmiyorum. Sirkeci'ye kırtasiye almaya gitmiştim, otobüs bozuldu, ondan geç kaldım. Hıhı hıhı diye dinlerdi, sonra hiç beklemediğim anda bir tokat çakardı, yıldızları sayardım. Elinden başka gereç kullanmazdı, ne kemer ne cetvel. Dedem onu meşin şeritlerden yaptığı kırbaçla dövermiş. Teo'yu da döverdi, sigara içtiği için özellikle. Teo karda yürür izini belli etmez, mükemmel yalan söyler ama 11 yaşından beri tiryaki. Eskiden otlakçıydı, bir ondan bir bundan paketi buluyordu, ciddi ciddi paket taşıyor şimdi. Pedere dikkat ederdim, Teo'ya da bana vurduğu kadar güçlü vuruyor mu diye. Evet, ona da çok güçlü vuruyor, en azından bu konuda çocuklarını ayırmıyor. Mahallede çocuklarla seninki nasıl dövüyor diye konuşurduk. Kızlara sormazdık. Niye sormazdık, kızların dayak yemediğini mi sanıyorduk acaba, yoksa soruyorduk da hayır mı diyorlardı, hiç anımsamıyorum. Zaten çok kız yoktu mahallede. Bizimle takılan yoktu daha doğrusu, kızlar kendi aralarında takılırlardı. Bir tek Sercan dayak yemezdi, o da anne babası boşanmış olduğu için. Ötekilerinki aşağı yukarı benimki gibiydi. Sağlam birkaç tokat, çok kızgınsa birkaç da tekme. Ama Fuat'ın babası feciydi, bir keresinde kolunu kırdı çocuğun. Amerika'ya yerleşti Fuat, hiç gelmiyor. Babasını Kalıpçı'daki kahvede görüyorum, salak salak tavla oynuyor esnafla, iyice de moruklamış, yakında ölür. Babam bu yüzden mi perdeleri hep açık tutuyordu acaba, mahalleye karşı istediğiniz gibi bakın, çok mutlu bir aileyiz, bizde dayak sopa olmaz demek için mi? Tabii, ne demezsin. Annem perdelerin açık olmasından çok rahatsız olurdu, ikide bir kendi oturduğu tarafı çekerdi. Babam daralıyorum aç şunu derdi. Ama Nazan Hanımlar görecek. Görsünler, bir şey mi saklıyoruz? Bu arada babamla Nazan Hanım'ı Divan Oteli'nden çıkarlarken gördüm. Gizli bir şey çeviriyorlarmış gibi telaş telaş ayrı yönlere yürüdüler. Kesin bir şey var bunların arasında, yakında çıkar. Gerçi hiç umurumda değil. Ne yaparsa yapsın, hatta evlense de yakamdan düşse ne iyi olur ama

Nazan Hanım evli zaten. Perdeci storları bugün de getirmezse kavga çıkaracağım yalnız. Keşke paranın hepsini vermeseydim. Adam isteyince yüzüm tutmadı. Ben niye hayır diyemiyorum bu insanlara? Peder Nurettin'i salmış peşime anlaşılan, perdeciye niye paranın hepsini verdin diyor. Sana ne? Sana ne! Karışma artık bana! Nutuk geldi tabii, birine bir iş ısmarladıysan paranın üçte birini peşin vereceksin, ortasında bir üçte bir daha, iş bitince de kalanı. Usul budur. Öğren bunları, madem çok meraklısın kendi evinde oturmaya. Meraklıyım evet, çok da mutluyum şu anda. Saat 04.20 ve hiç uykum yok. Deli gibi kahve içmek istiyorum. Ev buz gibi olmuş. Bu apartmanda kaçta söndürüyorlar acaba kaloriferleri? Babamın apartmanındaki gibi on ikideyse yandık. Dörtten önce yatmam ben, ne yapacağım, donacak mıyım bütün gece? Keşke odamdaki elektrik sobasını isteseydim babamdan. Gerçi vermezdi. Bir keresinde bu evdeki her şey bana ait, siz yalnızca kullanma hakkına sahipsiniz, o da ben izin verdiğim sürece demişti. Çok meraklıydım sanki senin boklu eşyana. Çok kötü ter kokuyorum. Ter koktuğum zaman nefret ediyorum kendimden. Sabah ilk işim Aygazı aramak, tüp bağlatmak, duş yapmak, sonra da gidip bir elektrikli radyatör almak. Elektrik sobası sevmiyorum, çok çirkin bir eşya. Radyatör nerede satılır acaba? Nişantaşı'nda hiç gözüme ilişmedi. Çağatay'a sorarım, o bilir. Bu arada Aygazı mı, Aygaz'ı mı yazmalıyım bilemedim, özel isim sayılır, kesmeyle ayırmam gerek sanırım. Ziya Abi'den aldığım turkuaz rengi *art nouveau* çini soba şahane, verdiğim paranın her kuruşuna değdi. Geçen yıl görmüştüm ilk, çoktan satılmıştır diyordum. Bir sürü müşteri çıkmış ama hep bir aksilik olmuş, satılmamış. Ziya Abi senin kısmetinmiş, seni bekliyordu demek ki dedi. Kızıltoprak'ta bilmem kim paşanın konağından çıkmaymış. Yıllardır boş duruyormuş konak, paşanın ANAP'lı mirasçıları birbirlerine girdikleri için kimse oturamıyormuş. Sonunda anlaşmışlar, konağı müteahhide vermişler. Tahliye etmeden önce eşyaya fiyat biçsin diye Ziya Abi'yi çağırmışlar. Akıllarınca büyük pazarlık yapmışlar. Eşyanın değerinden o kadar habersizlerdi ki çok daha ucuza alabilirdim ama vicdanım elvermedi dedi. Bir zamanlar asalet vardı, görgü vardı, bunlar bildiğin açgözlü diye sızlandı. Paşanın torunlarından birinin kızı Semra Hanım'ın papatyası olmak için dünyanın parasını harcamış, bir kare fotoğrafa bile girememiş, bir diğerinin oğlu Bayramoğlu'nda bir otelde ucuz bir şarkıcı kadınla basılmış, gazetelere çıkmış. Skandal tam. Ziya Abi sen paşa torunu ol sonra da bu hallere düş, paşa ters dönmüştür mezarında diye gülüyordu anlatırken. Müthiş şeyler çıkmış konaktan. Bronz heykeller, Limoge porselenler, jozefinler. Bir tablolar vardı aklın durur dedi. İsimsizlerin yanı sıra iki Zeki Faik İzer, iki Hikmet Onat, bir Nazmi Ziya, bir de Nurullah Berk çıkmış. Ziya Abi görür görmez tanımış ama bakmış mirasçıların ressamlar hakkında en ufak fikirleri yok. Orada acımadım işte dedi. Çok sıradan tablolar bunlar, para etmez ama yine de bir ekspertize gösterin isterseniz demiş. Nasıl aceleleri varsa artık size güveniyoruz demişler. O da kapmış resimleri, banka koleksiyonlarına okutmuş. Çini sobamın kitaplığın karşısındaki köşeye taşınması gerek, yeri orası. Taşımayı bir denedim ama öyle ağır ki, kıpırdatamadım bile. Kadri'nin itleri kapının yanına bırakmışlar. Şu köşeye taşınacak demiştim, dokunmadan gitti aşağılıklar. Yarın Ziya Abi'yi arayayım da taşıyacak birilerini göndersin. Yalnız mobilyaları nasıl iyi paket yaptırmışsa hiç hasar yok. Bir tek çalışma masamın bir tarafını düşürdü salaklar, çekmecelerinden biri basamağa çarptı, yerine oturmuyor şimdi. Kolileri de patlattılar, uzunçalarlarım yere saçıldı. Eşyayı taşımadılar ki zaten, ortalığa attı Allah'ın belaları. Turkuaz sobamla acı kahverengi deri Chesterfield kanepem çok iyi duruyor, iyi oldu ikisini de aldığım. Derinin hafif yıpranmışlığı çok güzel. Berjerleri döşemeleri kötü diye istememiştim ama Ziya Abi antrasit kadife kaplatınca çok güzel oldu. Mermer tablalı konsolu almakla iyi ettim mi, pek emin değilim. Kendi başına çok güzel bir eşya ama pembemsi mermeri ahşap masam ve iskemlelerimle uyumlu olmayabilir. Masalar Aybars Abi'den bir gelsin, bakacağım. Belki Ziya Abi'ye geri veririm. Kar bir anda şiddetlendi. Lapa lapa yağıyor şimdi. Yağsın. Taşındım nasıl olsa, artık istediği kadar yağabilir. Karlar düşer, düşer düşer ağlarım. Hep ismini, hep ismini anarım. Çok güzel bir şarkı bu, içime dokunuyor. Böyle bir şarkı yazmak isterdim. Bizim çocuklar duymasın, fena dalga geçerler benimle. Moruk musun oğlum sen, bu şarkıyı sevenlerin yaş ortalaması yetmiş! Doğru. Ama bu şarkı bana annemi anımsatıyor. Üşüyorum, yatağa girsem iyi olacak ama hiç uykum yok. Yarın Ebru'yu da aramam gerek, of.

Elit Antik'in sahibi Ziya Söylemezoğlu

"Sarhoş eğlendirsin diye mi senelerce piyano dersi aldırdı babası?"

Demek ölmüş ha. Vah vah vah..

Maalesef.. siz iyi tanırmışsınız.
Tanırdım, iyi müşterimdi, çok alışverişimiz oldu. Müzayedelerimi hiç kaçırmazdı. Gerçi en az on senedir gördüğüm yoktu.. uğramıyordu artık dükkâna. Çok üzüldüm.. yahu gençti daha.. elli bile yoktu.

Elli üç yaşındaymış.
Elli üç ne ki.. ben altmış sekiz yaşındayım, yirmi sene daha yaşarım diyorum. Eskidendi o elli-altmış yaşındakilere yaşlı demek.. ömürler uzadı şimdi. Ne zaman ölmüş?

9 Şubat Cumartesi gecesi. Sabaha karşı daha doğrusu, saat üç civarında.
Çok da zaman olmuş, hayret.. hiç duymadım. Allah rahmet eylesin. Nasıl olmuş peki? Kalpten mi gitmiş?

Hayır, kamyon çarpmış.
Ne diyorsunuz! Gecenin o saatinde nerden bulmuş kamyonu?

Caz kulübünden çıkmış, karşıya geçerken bir hafriyat kamyonu çarpmış.
Kadere bak. Ne yapıyormuş caz kulübünde? Eğlenmeye mi gitmiş?

Hayır, orada çalışıyormuş.
Ne iş yapıyormuş orda?

Piyanistmiş.
Piyanist miymiş? Vah yavrum.. vah canım.. bakın daha çok üzüldüm şimdi.

Piyanist olmasına mı üzüldünüz?
Gece kulübünde çalışmasına üzüldüm..

Neden?
Yahu büyük müzisyen olacaktı bu çocuk. Çok kabiliyetliydi.. çok hevesi vardı. Gece kulüplerinde sarhoş eğlendirsin diye mi senelerce piyano dersi aldırdı babası? Necmi bey çok uğraştı Osman'la.. çok emek verdi.. en iyi hocalardan ders aldırdı. Hatta konservatuvara sokacaktı ama Osman sınav sabahı hastalanmış, giremedi. Gerçi iyi de oldu. Klasik müzikte gönlü yoktu Osman'ın.. yeni şeyleri seviyordu o.. zamane müziklerini. Şart da değildi yani. İlla Fazıl Say olacaksın diye bir şart yok, öyle değil mi? Ben sevmem ayrı ama rock da iyi bir müzik. Şimdi bütün gençler rock dinliyor, rap diye bir şey çıkmış, onu dinliyorlar. Benim kafam kaldırmıyor ama gençler seviyor. Benim torunlarım hep rockçı mesela.. küçük torunum dizilere müzik yapıyor. Orçun Durak. Duymuşunuzdur belki. Üç-dört dizinin müziklerini yaptı. Adını televizyonda her gördüğümüzde anneannesinin de benim de göğsümüz kabarıyor. Mühim olan başarılı olmak,

öyle değil mi? Ne iş yaparsan yap. Ama işte Necmi bey avam buluyordu o cins müzikleri, illa klasik müzik olacak. Bu mevzuda çok dar görüşlüydü rahmetli. Çocuğu rahat bıraksaydı Osman çok güzel işler yapabilirdi.

Necmi beyi de iyi tanıyordunuz o zaman..
Tanımam mı.. babamın müşterisiydi.

Nasıl biriydi?
Haza beyefendi, görgülü, bilgili, zevk sahibi bir adamdı. Teknik üniversitede profesördü. Karısı da tam bir İstanbul hanımefendisiydi.. Mahmure hanım. Kanserden öldü. Kalburüstü bir aileydi bunlar. Necmi bey aslen Kastamonuluydu, babası oranın köklü ailelerinden. Mahmure hanım dört kuşaktan İstanbulluydu. Ailece de görüşürdük.. bayramda seyranda evlerimize gidip gelmişliğimiz çoktur.. hatta Osman'ın piyanosunu da babam satmıştı. Hiç unutmam, maun bir Henry Schwander'le tuşları fildişi bir Petrof arasında kararsız kalmışlardı. Mahmure hanım Petrof'u daha çok beğenmişti ama Necmi bey Çekoslovak malı diye istemedi, Schwander'i aldılar. Petrof daha iyiydi halbuki. Öyle takıntıları vardı Necmi beyin, bildiğinden şaşmazdı. Aklına kazınmış bir kere Alman veya Avusturya malı piyanolar daha iyi olur diye.

İkinci el almayı mı tercih ettiler?
O tarihte orijinalini bulmak çok zordu.. iyi piyanolar hep ikinci eldi o zamanlar.

Osman bey kaç yaşındaydı o sırada?
Ufaktı daha.. beş-altı anca..

Siz de babanızla mı çalışıyordunuz?
Öğrenciydim, okuldan vakit buldukça dükkâna yardıma geliyordum. İktisadi ve ticari ilimler akademisini bitirdim ben, Sultanahmet'teki. Ama şimdi öyle bir okul yok tabii.

Marmara üniversitesine bağlandı sanırım.
Maalesef.. İşte bunlar hep yanlış şeyler. Osmanlı zamanında kurulmuş bir okul.. yaşatsana.. niye adını sanını siliyorsun tarihten? Bak İngilizlere Almanlara.. okulları dört yüz-beş yüz senelik hepsinin.

Osman bey piyanoların hangisini istemişti, hatırlıyor musunuz?
O da Petrof'u istemişti. Daha sevimliydi Petrof.. çok şirin bir taburesi vardı, dönüyor falan, çocuk tabii.. Oturdu tabureye, babamlar konuşurken dönüp durdu. Annesi jilet gibi giydirmiş, mavi beyaz pötikare bir papyon takmış, lacivert pantolon askısı. Çok tatlıydı, dün gibi gözümün önünde. Çok güzel bir çocuktu. Annesine çekmişti. Mahmure hanım da çok güzel bir kadındı.

Schwander alınınca öbürünü istiyorum diye itiraz etmedi mi?
Etmedi. Edemezdi de zaten. Son söz babanın. Necmi bey ne derse o olurdu.

Osman beyin papyonundan piyanoların markasına kadar her şeyi hatırlıyorsunuz. Herkesi hatırlar mısınız böyle?
Her şeyi hatırlarım, hiçbir şeyi unutmam. Hafızam çok kuvvetlidir. Mesleğin kendisi de geliştiriyor tabii ister istemez. Bizim meslekte hafıza çok önemlidir. Neyi kimden aldınız, kaça satmanız lazım, ne zamandır dükkânda.. bunları bileceksiniz. Öyle dur deftere bakayım derseniz müşteri malından haberi yok der. Eşyanın tarihini de aklınızda tutacaksınız. En önemlisi de budur aslında. Müşteri merak eder çünkü, kiminmiş, kimden kime geçmiş, neden satılmış.. takılmadan anlatacaksınız. Bilmiyorum derseniz size güvenini kaybeder. İnsanlar antikayı sadece güzel yahut değerli olduğu için almazlar, tarihine de

sahip olmak isterler. Antikayı antika yapan hikâyesidir. Millet televizyonda niye bayılıyor tarihî şeyleri seyretmeye? Çarın hayatı, kraliçenin hayatı. Şöyle olmuş, böyle olmuş..

Sattığınız her şeyin hikâyesini bilir misiniz?
Bilirim. Yurtdışından getirdiklerimin varsa onları da bilirim. Bilgi verirler zaten, bilhassa İngilizler. Adamlar çok ciddiye alıyor işlerini. Belgeleri var bir kere.. çok tertipli kayıt tutmuşlar. Öyle evler var ki.. ev dediğim kırk-elli odalı şatolar.. iğneden ipliğe her şeyi envantere kalem kalem yazmışlar. Bizde kayıttır faturadır öyle şeyler yok. Müzelerin bile envanteri yarım yamalaktır bizde. Kim bilir hangi saraylardan ne kıymetli şeyler kimlerin eline geçti.. kimler nelerin üstünden haksız servet sahibi oldu. Hiç bilmiyoruz. Neyse.. üzücü mevzular bunlar.

Osman beyin piyanosunun da bir hikâyesi var mıydı?
Vardı tabii.. olmaz mı? Yahudi bir ailenin evinden çıkmaydı o Schwander.. Goldberglerin.. iki oğulları vardı, ikisi de genç yaşta bir deniz kazasında öldü, Güney Afrika'da. Bindikleri feribot batmış. Bir de kızları vardı, Eliza.. abileri ölünce Amerika'ya gitti. Karıkoca yalnız kaldılar, madam Goldberg yaşayan ölü haline gelmişti zaten. Her şeyi sattılar savdılar, Eliza'nın peşinden Amerika'ya gittiler. O vesileyle geldi bize o Schwander.

Eski eşyaların hikâyeleri ilginç midir hep?
Aslına bakarsanız hepsi aynıdır. Sahipleri yaşlanırlar, ölürler, mirasçıları kıymet bilmez yahut paragözdürler yahut zorda kalmışlardır, satarlar. Bu kadar. Gerisini siz hikâye edeceksiniz. Uyduracaksınız demiyorum, yanlış anlamayın, anlatmayı bileceksiniz. Bakın mesela şu şandöliye yüz bir yaşında ölen Galatalı bir Lövanten hanımın evinden geldi, Madam Karla'nın. Madam Karla Pi-

latti ailesinin geliniydi. Pilattilerin hepsi öldü gitti, bir madam kalmıştı, o da gitti sonunda. Silindiler tarihten.

Kimdi bu Pilattiler?

Pilattiler cam ve ayna ithalatçısıydılar, Venedik aynaları getirtirlerdi bilhassa. Dolmabahçe Sarayı'nda onların aynaları hâlâ durur mesela. Sadece Türkiye'de de değil, Mısır, Ürdün, Lübnan, İran.. Ortadoğu'nun bütün saraylarında, büyük ailelerinin konaklarında hep onların aynaları vardı bir zamanlar. İngilizler İstanbul'u işgal ettikleri zaman işgal komutanı bunların Pilatti apartmanındaki dairelerine ziyarete geliyor. Bu şandöliyenin altındaki masada oturuyorlar. Baba Edmondo Pilatti İngiliz komutanın maksadının İstanbul Lövantenlerini kendi taraflarına çekmek olduğunu anlayınca, benim atalarım üç yüz sene önce bu topraklara gelmiş, üç yüz senedir bu topraklarda yaşıyoruz, atalarımızın anayurtları gibi sevdiği topraklara ihanet etmeyiz diyor ve komutanı evinden kovuyor. Şimdi bu hikâye birebir yaşanmış, Edmondo Pilatti'nin anılarında yazıyor, kitabını bulun bakın. Bunu anlattığınız anda müşterinin gözünde şandöliyenin değeri kat kat artar. Eşya tarihe bir nevi şahit olmuştur çünkü. Demek istediğim antikacılık sadece aldım sattım işi değil, neyiniz var, kıymeti ne, hikâyesi ne, hangisi kime satılır bunları bilmek bizim mesleğin icabı. Ama şimdikiler öyle değil. Şimdikiler eşyaya para olarak bakıyorlar, hikâyesi umurlarında değil. Yüzde doksan dokuzu da dükkânında kaç parça mal var bilmez, ille bilgisayara bakar.

Siz biliyor musunuz?

Biliyorum tabii. Mesela bu sabah dükkânı açtığımda irili ufaklı 1367 parça vardı. Sekizini sattım, kaldı 1359. Depodakiler hariç.. depoda 78 adet büyük parça var. Dükkânda çok yer tutuyor onlar, sergilemek zor. Diyeceğim..

malımın sayısını da bilirim, hikâyesini de bilirim, yerlerini de bilirim. Yardımcım küçücük bir şeyin yerini değiştirsin mesela.. hemen fark ederim.

Bugün ne sattınız?
Barok bir vitrin sattım sabah. Şu gördüğünüz. Sigortası yetişmedi, cumartesiye teslim edeceğiz. Nefis bir şey değil mi?

Harika gerçekten. Kime sattınız?
İsmi lazım değil bir işadamı aldı, çok zevkli bir şahıstır, koleksiyonerdir aynı zamanda.

Kendisi mi gelip gördü?
Kendisi nadiren gelir, vakti yok. Uzmanları var, onlar sık sık gelirler dolaşırlar, fotoğraf çekerler, beyefendiye bilgi verirler. İlgileneceğini düşündüğüm bir şey gelirse ben arar haber veririm. Müşterilerimin hepsinin neye meraklı olduğunu bilirim.

Hiçbir şey satamadığınız gün oluyor mu?
Çok. Günü gününe uymaz bizim işin. Gün olur satmaya yetişemezsiniz ama kasaya giren paraya değmez. Gün olur tek bir parça satarsınız ama dükkânın bir aylık masrafını çıkarır.

Burada gördüğümüz her şey antika mı?
Değil efendim, olur mu.. bazıları antika sınıfına girer ama çoğu ikinci eldir. Antika nadir bulunur. Mesela şu aslan ayaklı ceviz masa sandalye takımı seksen senelik ama çok var bunlardan, zamanının harcıâlem işlerinden. O yüzden antika değildir, iyi bir ikinci eldir, antika unique olur.. ait olduğu dönemi ifade edecek bir işareti olur aynı zamanda. Ustası biliniyorsa önemlidir, mührü veya belgesi varsa değeri kat kat artar.

Bütün antikacıların internet üzerinden satışı var, sizin niye yok?
Ben internetten satışa taraftar değilim. İnternetten alışveriş yapanların yüzde doksanı ucuza alıp pahalıya satar mıyım diye aranan fırsatçılar. Antikadan anlamayan benim malıma talip olsun istemem. Benim müşterim hakiki alıcıdır, görmeden almaz. Gelir bakar inceler.. hikâyesini dinler. Önce sever yani. Gerçi eski müşteri profili de yok artık.. on beş-yirmi sene öncesine kadar esas müşterilerim İstanbul'un köklü aileleriydi. Kültürlü, zevk sahibi insanlardı. Paraları az bile olsa zevkleri için küçük bir şey de olsa almak isterlerdi, öyle aileler kalmadı. Ama koleksiyonerlerin sayısı arttı, kendine koleksiyoner diyenlerin daha doğrusu. Zengin olup sınıf atlayan hemen bir şeylerin koleksiyonunu yapmaya başlıyor.. sırf gösteriş. Çeşmibülbül veya ferman koleksiyonu yapıyor diye kültür sahibi olmuyor insan. Bir şey soracağım, Osman babasının yanına mı defnedilmiş? Zincirlikuyu'ya.

Hayır. Kilyos Mezarlığı'na defnedilmiş.
Kilyos mu? Yahu Kilyos İstanbul bile değil. Niye Zincirlikuyu'ya defnedilmemiş? Babası aile mezarlığı almıştı Zincirlikuyu'da.

Aile mezarlığı almamış.. iki parsel almış sadece.. karısı ve kendisi için.
Öyle mi? Ben aile mezarlığı aldı diye biliyordum.. demek öyle..

Ne kadar süre ailece görüşmüştünüz Necmi beylerle?
Valla Osman liseye başlayıncaya kadar görüşmüşüzdür. Babamın ani vefatından sonra koptuk, ailece görüşmeler bitti haliyle ama Osman'la alışverişimiz devam etti.

Osman bey çok alışveriş yapar mıydı sizden?
Babası hayattayken fazla yapmazdı ama Necmi beyin

vefatından sonra çok geldi. Dükkândan çıkmıyordu bir ara. Müzayedelerimi de hiç kaçırmazdı.

Babasının evinin eşyasını da siz almışsınız.
Ben aldım. Teoman her birine tek tek fiyat biçtirdi.. kıran kırana pazarlık etti. Lafını sözünü de bilmiyordu, kaba bir çocuktu zaten. Necmi beyin hatırı olmasa olduğu gibi bırakıp çıkardım ama hadi dedim.. köpeğin yoksa bile sahibinin hatırı var.

Osman bey ne alırdı daha çok? Müzikle ilgili şeyler mi?
Ne beğenirse.. rasgele yani. Müzikle alakasını bildiğimden bazı parçaları ona ayırırdım. Cihat Günaydın'ın gitarını aldı mesela, elyazması nota kâğıtları aldı. Aldıklarının bir mantığı yoktu, neden aldığını da anlamazdım.. almayı severdi. Sonra sıkılırdı, geri vermek isterdi.. alırdım.

Necmi bey peki? O da çok şey alır mıydı?
Çok sayılmaz. Necmi bey çok varlıklıydı ama eli sıkı bir adamdı, hesabını çok iyi bilirdi, sırf almış olmak için bir şey almazdı. Ama eşini dostunu çok getirirdi. Kimi müşteri vardır, alışverişi azdır ama müşteri getirir, kimisi devamlı bir şeyler alır ama kendinden başka kimsenin ayağını bastırmaz. Müşteri getiren müşteri daha kıymetlidir her zaman.

Teoman'ı da iyi tanır mıydınız?
Onu fazla tanımamam. Ne yapıyor ne ediyor hiç bilgim yok. O böyle şeylere meraklı değildi zaten.

Necmi bey Osman'a mı daha çok düşkündü, Teoman'a mı?
İkisini de severdi, çocuklarını ayırmazdı. Ama Osman'dan beklentisi daha büyüktü tabii.

Nasıl bir beklentisi vardı?
E sanatçı olacaktı Osman.. evvel ezel hülyalı bir çocuk-

tu.. sanatın her çeşidine meraklıydı. Ama Teoman'ın bu taraklarda hiç bezi yoktu. Necmi bey çok yakınırdı resim müzik hak getire diye.

Necmi bey baskıcı bir baba mıydı?
Baskıcı mı? Neden?

Son söz babanın dediniz..
Canım son söz babanın demek baskıcıydı demek değil ki. Baba nihayetinde.. elbet son söz onun olacak. Osman da Teoman da iyi okusunlar, adam olsunlar istiyordu.

Çocuklarına şiddet uygular mıydı? Ailece görüşüyormuşsunuz.. biliyor olabilirsiniz.
Kusura bakmayın ama hiç sevmiyorum bu lafı. Ne demek şiddet uygulamak? Sana döneceğim.. geri arayacağım.. hep tercüme Türkçesi bunlar. Bir de tüketmek çıktı şimdi. Benim kız torun da böyle.. sinir ediyor beni. Sebze tüketiyorum.. su tüketiyorum. Yiyorum içiyorum desene şuna. Türkçe diye bir şey kalmadı, çok üzülüyorum.

Döver miydi diyelim o zaman. Necmi bey çocuklarını döver miydi?
Döver miydi derken bir-iki şamar diyorsanız atmıştır herhalde.. bilemem. Evin içinde olan şeyler bunlar. Ne şahit oldum ne de Osman'dan böyle bir şikâyet duydum. Terbiye için atılan bir-iki şamar da dövmek sayılmaz. Biz de zamanında çok şamar yedik babamızdan.

Ne olursa dövmek sayılır?
Sahi mi soruyorsunuz bunu?

Evet.. sizin fikrinizi öğrenmek istiyorum.
Şimdi dövmek.. yani.. adamakıllı dayak atmak. Öyle babalar var.. biliyoruz, kemerle dövüyor mesela veya işte.. çocuğun ağzından burnundan kan getiriyor. Benim gençliğimde de vardı böyle babalar. Ama zaman çok değişti.

Ana baba fiske vursa ortalık ayağa kalkıyor şimdi. Necmi beyin de attıysa bir-iki tokattan ileri gittiğini hiç zannetmiyorum. Çok iyi bir babaydı Necmi Bey.

Sizce karısını döver miydi?
Karısını mı? Asla. Katiyen. Mahmure hanım buna müsaade edecek bir kadın değildi.

Osman beyi en son ne zaman görmüştünüz?
En son telefonla konuşmuştuk. Başına gelen hadiseden sonra evinin eşyasını satmak için beni aramıştı.

O hadiseyi anlatır mısınız?
Siz bilmiyor musunuz?

Kabaca biliyorum. Ama bir de sizden duymak isterim. Herkes farklı şeyler anlatıyor.
Valla ben de fazla şey bilmiyorum aslında.. gazetelerden ne öğrendimse o.

Bildiğiniz kadarını anlatın.
Bildiğim şu. Osman'ın karısı çok yüksek mevkide bir emniyetçiyle beraber oluyor, gizlice videoya çekiyor, basına gönderiyor. Hadisenin akabinde de emniyetçi görevden alınıyor. Kadın hangi maksatla yaptı bunu bilmiyorum.. bir sürü rivayet dolaştı o tarihte.. Teoman da işin içindeymiş güya. Hatta bir gazete Osman'ın maddi çıkar için karısını emniyetçiye peşkeş çektiğini bile yazdı. Mümkün değil.. Osman yakinen tanıdığım bir kişi, gözümle görsem inanmam. Ama büyük skandal oldu tabii.. o hadiseden sonra kimsenin yüzüne bakamayacak duruma düştü çocuk. Maddi sıkıntısı varmış diye duydum, toparlar dedim ama toparlayamamış demek..

Karısını tanır mıydınız?
Birkaç kere beraber gelmişlerdi dükkâna. İlk geldiklerinde evli değillerdi, aniden evlendiler.. düğün dernek yap-

madan. İkisi gitmiş nikâh dairesine, iki de şahit bulmuşlar, oldu bitti. Niye öyle tercih ettiler bilmiyorum. Gerçi Osman tamam.. anne babası rahmetli olmuş.. mürüvvetini görecek kimsesi yok.. niye düğün masrafı yapsın? Ama karısı niye istemedi bilmiyorum. Yeni evliyken de bir kere geldiler. Kahve içtik, sohbet ettik..

Osman bey karısına âşık mıydı?
Hem de nasıl.. çok dikkatimi çekmişti. Gözleri parlıyordu kadına bakarken.

Kadın değil miydi?
Âşıktı.. o da âşıktı..

Kadın hakkındaki izleniminiz ne olmuştu?
Çok güzeldi. Boylu boslu, endamlı, kestane rengi saçlar, biçimli bir ağız burun, iri, renkli gözler. Hani insanın nutku tutulur ya bakarken.. o cinsten bir güzellikti. Osman'ın niye bu kadar âşık olduğunu anlıyor insan. İlk geldiğinde çok ürkekti yalnız. Eşyaya dokunmaya çekiniyordu. Rahat olun, elinize alıp bakın demiştim de düşürüp kırarsam diye korkuyorum demişti. Evlendikten sonra geldiklerinde baktım, bir kendine güven gelmiş, dükkânda rahatça dolaşıyor. Çok da meraklı.. sorular soruyor. Büyük değişim vardı yani.

Siz nasıl yorumladınız bu değişimi?
Açıkçası zengin kocayla nikâhlanınca rahatladı diye düşündüm. Osman da daha bir.. şeydi.. nasıl söylemeli.. gururlu.. karım çok güzel diye iftihar ediyor. Öyle bir hali vardı yani. Kadın çok güzeldi, hoştu, nazikti.. ama rahatsız edici bir tarafı da vardı aslına bakarsanız.

Ne gibi? Hafifmeşrep mi bulmuştunuz kadını?
Öyleymiş gerçi ama o bakımdan dikkatimi çekmemişti. Sağı solu belli olmayan kadınlardan gibi gelmişti bana. Bakışları çok kuvvetliydi. Hani ters bir şey söylense için-

den canavar çıkacak sanki.. içi başka dışı başka. Güven vermiyordu. Bir şey gördüğümden söylemiyorum bunları.. his sadece. Gittiklerinde ağzımda acı bir tat kaldı. Osman'a yazık olacak diye düşündüğümü hatırlıyorum. Haksız da değilmişim. Kadın hayatını mahvetti çocuğun.

Osman evinin eşyasını satmak için aramıştı dediniz, aldınız mı eşyasını?
Aldım. Yok pahasına gitmesin diye tencere tavaya varana kadar bütün eşyasını aldım. Para eder mi etmez mi bakmadım.. değerinin epeyce de üstünde bir ödeme yaptım.

Neden? Ticari olarak pek akıllıca bir iş olmasa gerek.
Değildi zaten.. ama bizim ilişkimiz ticaretten öteydi, yardım etmek vazifem diye düşündüm. Borç istese onu da verirdim. Ama hiç istemedi, çok gururluydu.

Eşyasını ne yaptınız?
Benim dükkâna uyanları ayırdım, kalanları Kurtuluş'ta bir eskiciye devrettim. Değerli olanların çoğunu önceden satmış zaten.. tablolarını falan. Kitaplarını da bir sahaf arkadaş aldı.

Öncekileri de siz mi almıştınız?
Hayır, onları bana getirmedi.. eşyasını satacak vaziyete düştüğü için utanıyordu herhalde.

Ne gibi değerli eşyaları vardı?
İrili ufaklı bir sürü şey. Mobilyaları değerliydi, güzel tabloları vardı. Para edecek bir şey kalmamıştı evinde. Bu işten zararla çıktık anlayacağınız.. ama helali hoş olsun.

Dolmakalemlerini de aldınız mı? Değerlileri varmış.
Onları da daha evvelden satmış. Kime sattı bilmiyorum, ben almadım.. ben o cins malzemenin alıcısı değilim zaten. Evinden birkaç tane harcıâlem dolmakalem çıktı, o kadar.

Bir de çini soba almış sizden.. evlenmeden önce.
Almıştı evet. Yeşil bir arnuvo çini soba.. çok sevmişti onu. Nefis bir şeydi hakikaten.

Onu da önceden satmış mıydı?
O duruyordu, çok ağır olduğu için satamadı muhtemelen. Belki de sona saklamıştı. Evinin eşyasından bir o para ediyordu zaten. Eksper üç yüz yıla tarihledi o sobayı. Kanepe, berjer falan almıştı benden vaktiyle. Onları geri aldım. Getirdik çocuklarla depoya koyduk. Bir zaman öyle baktım. Hayat ne acayip.. nereden nereye. Allah kimseyi düşürmesin.

Sözünü ettiğiniz hadiseyi Osman beyin ağzından dinleyebildiniz mi?
Dinleyemedim maalesef. Evde yoktu. Ben bizzat gitmiştim işin aslını sorayım diye ama eşyanın başında Teoman vardı. Teoman'ı da en son o zaman gördüm zaten. Tanımadım baştan, çok kilo almış, hali derbeder, yaka paça bir tarafta. Birileriyle bağıra çağıra telefonda konuşuyordu. Baktım beni tanımamazlıktan geldi, ben de hiç oralı olmadım artık.

Eşyanın parasını kime ödediniz?
Teoman'a. Osman öyle istedi. Kardeşiydi sonuçta.

Sizce bu hadisenin aslı ne olabilir?
Hiçbir fikrim yok. Tamam.. karısı aklına eseni yapan, dengesiz birine benziyordu ama kadına kötü bir maksat da kondurmak istemiyorum. İnsan kendini rezil edecek şeyi eliyle televizyona gönderir mi? Göndermez. Var demek ki altında bir şey. Kim bilir ne yaşadılar.. neler oldu. Hakikati bilmiyoruz, öğrenemeyeceğiz de.

Osman'ın 1. defteri (devam)

21 Şubat 1990

Bugün Nurettin'i çağırdım çini sobamı taşıtmak için. Ziya Abi hâlâ adam gönderecek, kaç gündür oyalıyor beni. Çağatay da adam kazıklamış seni diye tutturdu. Ziya Abi yapmaz öyle şey, aile dostumuz, kaç yıldır tanışıyoruz dedim. Asıl aile dostundan kork, dost kazığı diye bir şey duymadın mı dedi. Saçmalama dedim ama içime de bir kurt düştü. Ziya Abi beni gerçekten kazıklamış olabilir mi? Sanmam, Çağatay antikadan anlamaz, ucuz mu pahalı mı nereden bilecek? Kazıkladıysa da kazıkladı ayrıca, ne yapayım. Tamam, biraz fazla para vermiş olabilirim ama hiç pişman değilim, bu çini sobanın bir eşi daha yok. Çağatay'a bana ilk geldiği gün bozuldum aslında. Hiç öyle evimi beğenmiş gibi davranmadı. Çöktü kanepeye, ekşi ekşi sağa sola bakıyor. Bir de akıl veriyor, şunu şuraya koy bunu buraya koy, daha iyi olur diye. Sen ev döşemekten ne anlarsın, odan hurda deposu gibi dedim. Gülüyor. Sen de ayrı eve çıksana, kendi evinde yaşamak harika bir şey dedim. Manyak mıyım lan ben, babamın evinde ekmek elden su gölden dedi. İçi gitti aslında, kıskandı, hissettim. Ara sıra anahtarı ver de kız atayım diyor. Oldu. Sen kız atasın diye tuttum zaten bu evi. Bu arada galiba Ebru'yla ayrıldık. Yani umarım ayrılmışızdır. Dün okula gittim, baktım kantinde. Hadi bana gidelim hâlâ evimi görmedin dedim. Derse gireceğim dedi. Ya bırak dersi, şart mı? Bir parladı. Sen okulu niye ciddiye almıyorsun'dan girdi, arkadaşlarınla benden daha fazla zaman geçiriyorsun'dan çıktı. Burama geldi. Zaten pamuk ipliği aramızdaki. Birden sinirlendim, madem çok şikâyetçisin düş o zaman yakamdan dedim. Başladı bağırmaya, ne demek düş yakamdan, yakana mı yapıştım, bilmem ne. Bitsin o zaman dedi. Tamam bitsin dedim. Akşam zır telefon. İlle konuşalım, böyle bitemez. Tam da böyle biter aslında. Tamam konuşuruz dedim kapattım. Sabah gene çaldırıyor, açmasam yüz kere arayacak. Açtım, soğuk soğuk, ben düşündüm biraz ara verelim dedim. Ara vermek ne demek biliyorum ben falan. Ooof... çok sıkıcısın Ebru çok. Tamam bitti artık. Çağatay'ın alçısı daha bir ay duracakmış. Sen de imza at diye tutturdu. Bizim çocukların hepsi atmış, komiklik olsun diye abuk sabuk şeyler yazmışlar. Alçıya niye imza atılır, niye saçma sapan şeyler yazılır hiç anlamış değilim, çok gereksiz. Alçısı da leş gibi olmuş, uçları tirfillenmiş, kapkara, ayak parmakları pis pis görünüyor, midem bulandı. Oğlum yıkansana, at gibi kokuyorsun dedim. Alçılı alçılı nasıl yıkanayım diyor, sanki alçılı olmasa yıkanacak. Bu herif nasıl kız götürüyor hiç anlamıyorum, ben kız olsam elli metre yanına yaklaşmam. Karşıkilerin evinde yine temizlik var, camlar ardına kadar açık. Nurettin geldiğinde sarışın kadın bir şey silkeliyordu, şunları tanıyor musun dedim, tanımıyormuş. Hayret, fahri Nişantaşı muhtarının tanımadığı birileri çıktı. Bizim mahalleye yeni taşınmışlar meğer. Kızı ondan görmemişim demek ki. Adamın 90 model 1.6 otomatik Honda Civic'i varmış, sık sık babamların oraya park ediyormuş. Apartmandakiler Nurettin'e bizim arabalara yer kalmıyor, engel ol demişler. Nasıl olayım, bütün gün kapıda durup bekleyeyim mi diye yakınıyor. Babam da bir güzel doldurmuş bunu, sen sokağın sahibi misin, sana ne, arabası olan düşünsün diye. Kendisi araba kullanamadığı için tabii, milletin arabalarına da düşman, fesatlıkta başa güreşiyor peder bey. Her zaman bok gibi parası vardı ama bir araba almadı. Çocukken bir tek bizim arabamızın olmaması çok ağırıma gidiyordu. Annem arada bir, eşref saatini yakaladığında herkesin var, biz de bir araba alalım artık derdi. Gerek yok, İstanbul'un bütün taksileri benim derdi bizimki. Neden istemediğini uzun süre anlayamamıştım, annem öldüğü sırada Münevver Halamdan öğrendim. Korkunç bir kaza yüzündenmiş. Peder bir gün dedemin Anadol pikabını alıyor, lise sonda filan o zamanlar, ehliyeti yok. Abisi pikabın kasasına bir battaniye atmış uyuyor ama branda kapalı olduğu için babam görmüyor. İniyor sahil yoluna, basıyor gaza, Anadol pikapla ne kadar basılırsa artık, Sepetçiler Kasrı'nın oralarda bir yerde direksiyonun kontrolünü mü kaybediyor, teker mi fırlıyor, ne oluyorsa, pikap denize uçuyor. Bizimki burnu bile kanamadan kurtuluyor ama kasada uyuduğunu bilmediği için kimse kurtarmayınca abisi boğularak ölüyor. Büyük dram tabii ailede, abisi yeni evli, karısı üç aylık hamile, kadın üzüntüden çocuğunu düşürüyor, babaannem büyük oğlunun acısına dayanamayıp hastalanıyor. Babamla dedemin arası açılıyor bu yüzden, uzun süre konuşmuyorlar. Ben doğmadan ölen amcamın öyküsü buymuş yani, tam bizim aileye göre bir öykü. Babam abim kazada öldü deyip geçerdi, ne kazası, nasıl oldu hiç anlatmazdı. Abisinin ölümüne neden olduğu için kazanın konuşulmasını istemiyor demek ki, gerçi araba kullanmayı beceremediğinin anlaşılmasını istemediği için de olabilir. Her şeyi çok iyi yapar çünkü, en iyi hoca o, en iyi baba o, en iyi o yüzer, en iyi o tenis oynar, briçte bir numaradır. Yalnız briçte gerçekten bir numaradır. Sen önce öldürdüğün abinin hesabını ver desem ne yapar acaba? Kesin suratıma geçirir bir tane, yaşlıyım beni yere yıkar bu demez. Teo da babam gibi, arabaya hiç hevesi yok, oysa ben araba delisiyim. 18 yaşına girer girmez babamdan gizli ehliyet aldım. Direksiyon sınavını ilk girişimde geçtim. Pedere de harçlıklarımı biriktirdim hoca tuttum dedim. Coşkun Abi'nin arabasında öğrendiğimi bilse boğardı herhalde beni. Kaç yıldır gözüm arabalarda. Sonunda alabileceğim. Çağatay, oğlum bok gibi paran var, şöyle yakışıklı, pahalı bir araba al da havan olsun dedi. Örneğin? Örneğin Aston Martin. Gazi'yle öldük gülmekten. Moruk senin Aston Martin'in fiyatından haberin var mı? Koç, Sabancı filan alır ancak, sıfırı 500 milyondan başlıyor. Şaşırdı salak, hadi ya diyor. Gazi Harley Davidson'cu, gözü onda daha doğrusu, beş yaşında bir Yamaha'sı var, babası para verse hemen bir Harley çekecek altına da vermiyor adam. Boş ver arabayı motor al dedi, motor bir kültür. Aman istemem, kalsın dedim. Ne anlıyorsa motordan. Kültürmüş. Ben konfor severim. Karda kışta dona dona ne işim var motor tepesinde? Balmumcu'da bir galeride 1967 beyaz bir Mustang Shelby gördüm, şahane bir şey. Onu mu alayım, yoksa 7 serisinden sıfır BMW 735i Long mu, hâlâ kararsızım. BMW alacağım galiba. Mustang harika ama arıza yapsa parçası bulunmaz, çok uğraştırır beni. Honda monda deyince Nurettin'e sen arabadan anlıyor musun dedim. Bozuldu, yakıştıramadınız mı diyor. Ağırına gitti salağın. Yok hayır, marka model çok iyi biliyorsun da ondan, valla, bravo filan dedim. İşi bitince İskender getirttim, o zaman yüzü güldü. Nurettin'i hoş tutmam gerek, her işime koşuyor, parasıyla tabii de, koşuyor gene de. Karşıkilerin temizlikçisi camları siliyordu. Nurettin gözünü dikti, kadını dikizliyor. Bugün öğrenirim ben bunları, kimlermiş necilermiş dedi. Bırak şimdi karşıkileri, önce sobayı taşı dedim. Bir yüklendi, kaldıramadı. Celal'i çağırayım dedi. Yuh! Benim kapıcıyı da tanıyor. Ne yapıyorum, ne ediyorum, evime kimler girip çıkıyor, Celal'den öğrenip babama yetiştiriyordur kesin. Yok yok, çok yanlış yaptım. Hisar'a taşınacaktım, Nurettin'den uzağa. Neyse. Celal geldi, surat bir karış. Bahşişini vereceğiz herhalde geri zekâlı, ne surat asıyorsun? Nasıl kapıcı bu anlamadım, biri görecek de iş yaptıracak diye ödü kopuyor. Yan gelip yatarsan nasıl bahşiş alacaksın salak? Bak Nurettin'e, herif ta babamın oradan bütün işlerime yetişiyor, sayemde zengin oldu, Bakkalköy'de ev yaptırıyormuş. Nurettin, Celal'e karşıdakileri sordu. Şu dairede güzel bir kız var, adı ne, nerede okuyor, sevgilisi var mı falan. Nasıl rahat soruyor. Ben utanırım, soramam. Gülin'miş kızın adı, üniversitede okuyormuş. Hangisinde? Celal salağı bilmiyor tabii ki. Kızın babasının Şişli Etfal'in karşısında eczanesi varmış, annesi ev hanımıymış. Onu biliyoruz, bütün gün pencerede, beni dikizliyor. Dikiz demişken yemin ediyorum bu perdeci elimde kalacak. Storlar hâlâ gelmedi. Kabak gibi görünmek bir yana, pederin maskarası oldum, ona yanıyorum. Dün aradı, gevrek gevrek konuşuyor gene. N'oldu senin storlar? Evinin önünden gelip geçiyorum, pencerelerin hâlâ boş. Unut sen o storları unut! Adam bayılıyor bana laf sokmaya. Aybars Abi'den masayla sandalyeler de hâlâ gelmedi. Hadi o tamam, bir buçuk-iki ay sürer demişti. Ama camlarda perde yok, yemeğimi sehpada yiyorum, banyoya da dolap yaptırmak gerek, bir sürü eksik var. Evde de sürekli bir sorun çıkıyor. Mutfak dolaplarından birinin kapağı düştü, Nurettin yetiş. Duş başlığının hortumu yırtıldı, Nurettin yetiş. Ev sahibinin umurunda değil. Bir de alt katımda oturan uyuz karı çıktı başıma. Celal'le haber göndermiş, sabaha kadar müzik dinliyormuşum da rahatsız oluyormuş hanfendi. Yahu ben müzik setinin yanında duyamıyorum, sen aşağıdan nasıl duyuyorsun? Kimin nesi diye sordum. İstanbul Radyosu'ndan emekliymiş. Sokağa çıktığında bir havalar, bir kurumlu kurumlu yürümeler, sanırsın TRT genel müdürü. Memurmuşsun teyzeciğim işte, öğrendik, kayıt memuruymuşsun radyoda. Bir şarkı yazmaya başladım. Dün akşam *City of Glass*'ı okuyordum, Paul Auster diye Amerikalı bir yazar çıkmış, onun romanı. Tunca Şikago'ya gidiyordu, ona ısmarlamıştım, gitmiş *hardcover*'ını almış salak. 29.99 dolar. *Paperback*'ini alsaydın keşke dedim, sen kitaplara düşkünsün diye *hardcover* aldım dedi. Bozmadım artık. Beş-on sayfa okumuştum ki telefon çaldı. Gene Ebru'dur diye açmayayım dedim, ama bu kez de gelmeye kalkar. Açtım, Çağatay. Sıraselviler'de yeni bir yer açılmış, süper müzik yapıyorlarmış, tam kadro ordayız, sen de gel dedi. Alçı malçı umurunda değil, gecelere tam gaz devam. İyi geleyim dedim. Giyinirken bir melodi takıldı dilime. Dur şunu bir çalışayım diye başladım, bir baktım saat bir olmuş, telefon çalıyor. Açtım, yine bu. Neredesin, seni bekliyoruz. Gelemiyorum dedim. Bir sürü saydırdı, dinlemedim bile, kapattım, çalışmaya devam ettim. Dörde kadar bir şeyler çıkardım. Yazdığım sözler tam oturmuyor ama melodiyle oynamak da istemiyorum. Sözler içime bir sinsin önce. Acaba şarkıya ara verip tekrar romanıma mı dönsem? Geçen sene başlamıştım, kırk küsur sayfa yazmıştım, öyle kaldı. Dün kitaplığımı düzenlerken defterlerimi de elden geçirdim, niye kopmuşum ki romanımdan? Tekrar okudum yazdığım kısımları, hiç fena değil. Sürdürsem iyi olacak ama havaya girmem gerek önce.

* * *

26 Şubat 1990

Bugün arabamı aldım. Füme rengi BMW 735i Long. Müzik seti, klima, full aksesuar. Harika bir şey. Perşembe günü Mustang'e bir kez daha bakmaya gitmiştim, satılmış. Karar vermem gerekmedi, iyi oldu. Hemen atladım bir taksiye, doğru galeriye. Şansıma istediğim model hazırda varmış. Uçtum sevinçten. Deneme sürüşü yapmak ister misiniz dedi satan adam. Gerek yoktu aslında ama bindik birlikte. Bir tur attım, bayıldım. İşte bu, araba bu! İşlemler bugün tamamlandı. Plakası 34 BNZ 45. Anahtarı aldım, inanamıyorum, sevinçten ayaklarım yere basmıyor. Bindim arabama, Beşiktaş'tan bastım köprüye, doğru Bağdat Caddesi'ne. Bir yerlerden şehirlerarası yola çıktım, Hereke mereke oralara kadar gitmişim, farkında değilim. Çığlık atıyorum yolda sevinçten. Gerçekten özgürlükmüş araba sahibi olmak. Akşam Çağatayların kapısının önünde dat dat yaptım. Çağatay gördü, şaşkınlıktan dilini yuttu. Ulan ne zaman aldın? Gazi'yi de aldık, bütün gece Boğaz'da gezdik. Çağatay gerçekten sevindi galiba. Çok iyi yaptın moruk, araba diye buna denir diyor. Gazi manyağı ikide bir beline kadar camdan sarkıp kızlaaar diye bağırdı. Motor alsaydın keşke diyor hâlâ. Motorda bu keyif var mı? Gezdik gezdik, ikisini de evlerine bıraktım, kendi evime geldim ve benim sokakta park yeri yok. Bütün Nişantaşı'nı turladım, birkaç yer buldum ama gözüme hiç güvenli görünmedi. Canım arabamı nerede bırakacağım? Çizilir mizilir. Hiç düşünmemişim bunu. Birden Gürbüzler Garajı aklıma geldi, üst katında Cananlar oturuyor. İnşallah açıktır diye gittim, baktım açık, oh. Kerim diye bir oğlan bakıyormuş, abi sabaha kadar açığız biz, 24 saat dedi. Hemen aylık abone oldum. Sokakta bırakacak değilim gıpgıcır arabamı.

Babamın aldığımdan haberi yok. Bakalım ne zaman olacak.

* * *

3 Mart 1990

Gazi aradı. Kenan'la Mert Feriköy'ün arkalarında bir yerde stüdyo kurmuşlar, gidip bakalım mı dedi. Olur dedim, duymuştum zaten, merak ediyordum. Taksiyle gidelim yalnız, oralarda arabamı bırakamam dedim. Gündüz vakti ne olacak diyor. Olsun. Feriköy orası, belli mi olur? Çağatay da geldi alçılı bacağını sürükleyerek. Bodrumdan bozma bir dükkânı ciddi ciddi stüdyo yapmışlar. Bayağı geniş bir yer, iyi para harcamışlar, belli. Aygıtların bir bölümü ikinci el ama hepsi taş gibi. Küçük bir mutfağı, duşlu bir tuvaleti var. Orta alana kocaman bir kanepeyle iki de koltuk atmışlar, duvarlarda afişler mafişler... Gerçekten çok güzel olmuş, üçümüz de bayağı kıskandık. Kenan'la Mert profesyonel olma yolunda bize ciddi fark atmış oldular, zaten Karanlık'ta çıkıyorlar hâlâ. Çok sürmez, sıkılırlar demiştim ama sürdürüyorlar, şaşırtıcı. Gazi gitmiş dinlemeye, barı ağzına kadar doldurmuşlar dedi. Yakında bir de albüm patlatırlar, tamam artık. Havalarından geçilmez. Bence iyi değiller, çok zayıf müzikleri ama şanslılar işte, çevreleri de güçlü. İki kız vardı stüdyoda, biri Mert'inki, bir kere birlikte gördüm ikisini ama beni tanıştırmadı, elinden alacağım sanki. Kız da tam dünya benim çevremde dönmezse yakarım buraları diyen cinsten, Mert'i ikide bir içeri çağırdı, iki dakika oturtmadı çocuğu. Mert de gider böylelerini bulur, sonra abi nasıl kurtulacağım ben bu kızdan diye ağlar. Oğlum görünen köy kılavuz istemez ki, baştan takılmayacaktın. Öbür kız dikenli bir şeydi, her lafıma atlıyor, ters ters, ille ilgimi çekecek. Bayağı güzeldi yalnız, kızıl saçlı falan, gözler mözler. Bir düşünmedim değil ama gözüm yemedi. Bela olur böylesi. Zaten baktım Gazi yanlıyor. Kızların işleri varmış, gittiler ama Gazi kesin numarasını almıştır. Çağatay kaça mal oldu burası diye sordu ama Mert kıvırdı, söylemedi. Asıl parayı ses yalıtımına harcamışlar, duvarla pleksiglas panellerin arasında 15 santimlik ses emici sünger varmış. Çağatay tak tak vurdu, çok anlarmış gibi. Kenan tam daha şunu yapacağız, bunu yapacağız diye kasılırken zzzzz diye bir ses başladı. Duruyor, gene başlıyor, insanın beynini oyuyor resmen. Nerden geliyor bu ses deyince Kenanların suratlar düştü. Önce bir boğuntuya getirmeye çalıştılar, sonra döküldüler. Bitişiklerinde mermer atölyesi varmış. Nasıl yani? Gülmemek için kendimi zor tuttum. Fark etmemişler. Nasıl fark etmezsin kardeşim, müzik stüdyosu yapıyorsun, işin ses, sağda solda ne var diye bakmaz mısın? Ses yalıtımıyla çözeriz diye düşündüler herhalde. Eee ne olacak peki dedim, bu seste kayıt yapılmaz. Kenan biz zaten gece çalışıyoruz, geceleri sessiz oluyor dedi. Çağatay tabii canım dedi ama için için gülüyor, kaş göz ediyor bana. Yalnız semt tehlikeli değil mi dedim, geceleri buralarda adam kesseler kimsenin ruhu duymaz, burada stüdyo yapmak büyük cesaret. Ciddi ciddi sinirlendiler, ne ilgisi var, niye tehlikeli olsun, dağ başı mı burası, bilmem ne. Bir şey demedim ama evet dağ başı. İki adım ötesi Dolapdere. Katili hırsızı keşi hep orada. Gece karanlıkta adımımı atmam ben bu semte. Çağatay belki daha iyi bir yere taşınırsınız dedi. Aslında onlar da düşünüyorlarmış. Yalan. Hadi aygıtları yeni stüdyoya taşıdınız da o çok havalı pleksiglas panellerinizle ses emici süngerleriniz ne olacak? Parayı ziyan etmişler resmen, yazık.

* * *

11 Mart 1990

Dün gece nihayet *house warming*'imi yaptım. Her hafta birinin bir işi çıkıyordu, bu cumartesi gelebilen gelsin daha fazla ertelemeyeceğim dedim. Herkes geldi. Şahane oldu. Nedim Şarküteri'ye *finger food* sipariş etmiştim, sosis, köfte, füme somon, gouda, rokfor falan. Peynirleri küçük küçük kesin demiştim, kesmemişler, çok sinirlendim, dünya kadar para veriyorum, yaptıkları işe bak. Nurettin'e de Rokoko Pastanesi'nden mini pizza, sebzeli kiş falan aldırdım, biraz da mini ekler, cips, kuruyemiş, kuru meyve, bolca da plastik bardakla tabak tabii ki, bu kadar insana yetecek kadehim yok. Ama kürdan aldırmayı unuttuğum için elle giriştiler, çok canım sıkıldı, Feridun pisinin yağlı ellerini koltuğa sildiğini gördüm. Daha dokuz olmadan ev tıklım tıklım doldu. Semiha'yla Nihan gelmedi, bir de Ebru. Ebru'nun gelemeyeceğini biliyordum zaten, ailesi kesinlikle göndermez, gece en geç onda evde olmak zorunda. İyi oldu gelmediği, İrem'le bayağı yakınlaştık. Hoş kızmış İrem, çok tatlı bir esmer. Ebru gibi boş teneke de değil ayrıca. Gazi bu gece itibariyle Esin'le çıkmaya başladı sanırım, tek kız yetmez zaten ona, Esin'le iki dakika ayrılmadılar. Miras meselesini halletti diye Coşkun Abi'yi de çağırmıştım, geleceğini hiç sanmıyordum ama Sonnur Abla'yla birlikte geldiler, bir şişe de Johnny Walker getirmişler. Teo da geldi tabii ki, kambersiz düğün olur mu? Çağırmamıştım oysa. Babama rapor vermek için gelmiştir, yoksa benim arkadaşlarımı hiç sevmez. Bedava içki var diye gelmiş de olabilir gerçi, bedava mezar bulsa girip yatacak herif. Yiyeceklerin yarısını o yedi zaten, baktım somonları lüp lüp atıyor ağzına. Çerez tabaklarında da hep şamfıstıklarını seçti arsız. Selim DJ'liği bana bırakır mısın dedi, seve seve dedim. Çok iyi yaptı, acayip coşturdu milleti. Senin grup ne oldu dedim, ya işte takılıyoruz dedi ama dağıldılar, biliyorum. Niye gizliyorsa... Çok güzel geçti gece, çok eğlendik. Herkesin keyfi çok yerindeydi. Mutlu oldum. Öğlen uyandım, baktım salonda Gazi bir tarafta, Çağatay bir tarafta horluyor. Ötekiler ne zaman gitti hiç anımsamıyorum. Kahvaltıya gidelim dedik ama pazar, her yer tıklım tıklım doludur. Gazi Kürt böreği aldı geldi. Bende çay yok diye sallama çay da almış. Baktım salonu bok götürüyor, Zeliha da pazarları gelmiyor, Çağatay hadi birlikte toparlayalım dedi. Bir giriştik, altı tane battal boy çöp poşeti doldurduk. Üç tanesi ful şişe. Ortalık bayağı açıldı. Akşama doğru gittiler, ben de duş aldım, gitarla çalışmaya oturdum ama nasıl içmişsem artık, kafam hâlâ bir dünya.

* * *

28 Mart 1990

Dün Rokoko Pastanesi'nde karşı apartmanda oturan kızla karşılaştık, Gülin'le. Büyük düş kırıklığı oldu, hiç de ahım şahım değilmiş. Boyu çok kısa bir kere, iki gözünün arası fazla açık, şaşı etkisi yapıyor. Çağatay beğendi ama, o da vardı yanımda. Dürtüklüyor beni, nesi var, mis gibi kız diyor. Oğlum insan hangi gözüne bakacağını şaşırır dedim. Gözüne bakıp ne yapacaksın diyor, gülüyor. Dur mur demeye kalmadan gitti kızın yanına, hemen ayaküstü tanıştı. Osman da sizin tam karşınızdaki daireye taşındı falan. Kız aaa öyle mi, güle güle oturun demez mi? Yahu annen de sen de taşındığım günden beri beni kesip duruyorsunuz, ne bu şimdi bilmiyormuş havaları? İstanbul kimyada okuyormuş. İnsan niye kimya okur ki? Gerçi jeoloji niye okur? Ama benim nedenim belli, babam. Hazırlıktayken, babam İTÜ'de hoca diye okuldaki Türk hocalardan acayip ilgi görünce çok havam olmuştu. Bir gün merak ettim, sen niye jeoloji okudun diye sordum babama. Yeni bir daldı, ilgimi çekiyordu dedi. Mühendislikte okurken Jeoloji Enstitüsü'nün derslerine dışarıdan giriyormuş. Daha o zamanlar kafaya koymuş hoca olmayı. Maden Fakültesi kurulunca oraya geçmiş. Hocaları çok ısrar etmişler sözde. Gerçi olabilir de, şeytantüyü vardır pederde. Münevver Halam babanın gözü çok yükseklerdeydi, kimseleri beğenmezdi, makam mevki sahibi olmak istiyordu dedi, doğrudur. Babam için ilim irfan da önemlidir öte yandan. Yalnız kabul etmem gerek, kötü bir hoca değil. Öğrencileri tarafından sevildiğinden emin değilim ama önemsendiği kesin. Fakültede çok saygı gösteriyorlar. Peki neden hoca olmak istedin dedim. Çünkü üniversite hocalığı çok saygıdeğer bir mertebeymiş, memleketin en iyi üç teknik üniversitesinden birinde hoca olmanın değeri, saygınlığı başka şeyle ölçülür müymüş? Dört yapsak şunu baba? Yıldız Teknik ağlamasın. Memleketine yararlı, saygıdeğer bir insan olmanın önemi ile başlayıp kafana koyarsan en üst mertebelere erişirsin konulu nutku iki saat sürdü. Bana da illa kendi okulunu yazdırdı, tıp mühendislik falan kazanamazsam bari izinden gideyim istiyordu, madem dünyaca ünlü bir piyanist olup onu gururdan kanatlandıramadım, bari ben de onun gibi saygıdeğer bir hoca olayım. Benim de işime geldi, bütün hocalar arkadaşı, torpilim olur kolay geçerim dedim. Çok yanılmışım, acıyan bile yok, süründürüyorlar resmen. Hocalarımın çoğu Necmi Bey'in arkadaşı sözümona. Gerçi dürüst olmam gerek, bana babamı sevmediklerinden takmış değiller, seviyorlar zaten, en azından sayıyorlar, ben okul denen şeyi sevmiyorum. Askerlik işi olmasa çoktan bırakacağım da, kısa dönemin hatırına. Baktım kız paso okulunu övüyor, şöyle laboratuvarları varmış, böyle bilmem neleri varmış, mezunları falanca holdinglerde çalışıyormuş. Çağatay da beni kıza pazarlıyor, Osman da sizin okulda, jeoloji mühendisliğinde dedi. Aynı okul değil, ben İTÜ'deyim dedim. Gıcıklığım da nasıl üstümde. Kızı beğenmemişim, ver oradan iki zeytinli poğaça da gidelim halindeyim ama Çağatay'ın gitmeye niyeti yok, vır vır konuşuyor. Akıllı kızmış, benden hayır gelmeyeceğini anladı, dümeni ânında Çağatay'a kırdı. Çağatay da kıza yanladı. Bizim okulun bahçesi çok güzel, bir gün gelsene diyor. O da benim gibi altı senedir okulu bitiremedi ama Boğaziçili olmanın ekmeğini çok güzel yiyor, çok takdir ediyorum. Benim işim var dedim, bıraktım ikisini, çıktım. Akşam sordum nedir Gülin'le durumlar, çıkıyor musunuz? Yok ya, yaramaz, çok sıkıcı kız dedi. Çizdik yani üstünü. Storlarım da geldi zaten. Ana kız beni dikizleyemiyorlar artık. Perdeci Ayhan geri zekâlısı ölçüyü yanlış aldığı için iki parmak aralık kaldı ama idare edeceğiz artık, ne yapalım. Bugün Ziya Abi'yi aradım, ben de seni arayacaktım, çocukları yarın gönderiyorum dedi. Gerek kalmadı, ben hallettim dedim bozuk bozuk. Bir buçuk aydır adam gönderecek de sobam taşınacak. Eşyama uymadığı için mermer tablalı konsolu geri vermek istediğimi söyledim. Hay hay, ne zaman istersen dedi. Bir de görmemi istediği bir şey varmış. Çok üsteledim ama ne olduğunu söylemedi, sürprizmiş. Yarın gidip bakacağım. Umarım boşa gitmiş olmam.

* * *

29 Mart 1990

Bugün biri beni çok sevindiren, ikisi de sinirlerimi feci bozan üç şey oldu. Sabahın körü, kapı güm güm çalınıyor. Ödüm koptu, fırladım yataktan, açtım, karşımda dangalak Celal'le yönetici olacak ruh hastası. Daha buyurun demeye kalmadan adam başladı. Burada yaşlı başlı insanlar oturuyormuş, millet benim gürültümü çekmek zorunda mıymış, evime giren çıkan belli değilmiş, babama mı güveniyormuşum, babamın forsu bu apartmanda sökmezmiş. Neye uğradığımı şaşırdım. Yatalı iki saat olmamış, adam tükürüğünü suratıma saça saça konuşuyor. Özür dilerim Akın Bey inanın farkında değilim, bundan sonra dikkat ederim dedim, sabah sabah hiç tartışacak halim yok. Tamam, git, özür diledik işte, hâlâ konuşuyor. Gecenin yarısında yemek getirtiyormuşum, gelip gidenler sabaha karşı asansör çalıştırıyorlarmış, sesinden uyuyamıyorlarmış. Allah Allah, yurt mu kardeşim burası, giriş çıkışın saati mi var? Ev benim ayrıca, kimi istersem doldururum, sana ne? Eve kadın getiriyormuşum. Asıl derdi o tabii. Burası aile apartmanıymış, kadın madın getiremezmişim. Ulan bir kere getirdim yalnızca, tek bir kere. Onda da sessizce geldik. Gecenin ikisinde beni mi dikizliyorsunuz da gördünüz? Hayır yanılıyorsunuz falan dedim, bir an önce başımdan gitsin yeter ki ama adam susmuyor. 15 dakika da, bir daha olursa ev sahibine bildireceğim diye konuştu, sonunda yürü dedi Celal'e, gittiler. Bir sinirlerim bozuldu, niye dinledim ki bu herifi diye kendimi yiyorum. Çarp suratına kapıyı, kendi kendine bağırsın dışarıda. Celal hırtı da herifin bir adım arkasında durmuş sırıtıyor. Şeytan dedi çak şunun suratına bir yumruk, ver dişlerini eline, bak bir daha sırıtabiliyor mu? İşim var bunlarla. Ah benim yerimde Teo olacaktı, ne diyorsun lan sen, senin geçmişini sikerim diye başlardı. Hiç tanımaz, kafası attı mı dümdüz gider. Ama Teo gibi küfredemiyorum ben, yapamıyorum. Bizim evde küfür yasaktı, yalnızca bize yasaktı tabii, babam kendisi çok güzel söverdi. Teoman babamı fersah fersah geçti. Gittim yattım ama hırsımdan uyuyamıyorum ki. Bari Ziya Abi'ye gideyim dedim, kalktım, kahve bile içmeden çıktım. Eve geldim, keyfim müthiş yerinde ama iki saatlik uykuyla durduğum için gözlerim kapanıyor, gittim yattım. Daldım dalmadım, salondan bir tıkırtı geldi. Gün ortasında hırsız mı girdi diye fırladım ki babam. Sen evde miydin diyor. Pişkinliğe bak. Ben sana anahtar vermedim ki nasıl girdin içeri, anahtar mı yaptırdın? Baktım elinde bir poşet, bunları evde bırakmışsın. Eski postallarım, Güllü yer bezi yapsın diye bıraktığım tişörtler falan. Almış getirmiş. İstemiyorum ki bıraktım değil mi? Gerekli olsaydı alırdım. Atılacaktı onlar dedim. Atsaydın o zaman diyor. Taşındığımdan beri gelip gidiyor mu bu adam evime? Kaç kere geldi Allah bilir. Kilidi değiştirmem gerekirdi, savsakladım. Rocky chair'ime çöktü, dangır dangır sallanmaya başladı. İçim gitti, kıyıp da ben sallanmıyorum öyle. Ben de çıkacaktım, Çağataylar bekliyor dedim. Beklesinlermiş, Çağataylar kaçmıyormuş. Bir çay yap da içelim dedi beyefendi. İlle oturacak yani. Evde çay yok, ben çay içmem, biliyorsun dedim. Neskafe yap o zaman dedi. Yaptım getirdim. Mübin yarın sabah onda seni bekliyor dedi. Mübin kim ve beni niye bekliyor? Mübin'i nasıl anımsamazsın, asistanımdı, fakülteden ayrıldı, bilmem ne holdinge genel müdür oldu, onunla konuştum, seni işe alacak. Kime sordun da konuştun, ben çalışmak istiyor muyum bakalım? Daha okul bitmedi ki dedim. Bitmesine gerek yokmuş, Mübin idare edecekmiş beni, zaten doğru dürüst okula gittiğim mi varmış, bütün gün orada burada sürteceğime bir işte çalışsaymışım. Aynı laflar gene, ben duymaktan bıktım, o söylemekten bıkmadı. Baktım uzayacak, tamam giderim dedim. Bakındı sağa sola, ortalığı inceledi, temizliğini kim yapıyor dedi. Zeliha'nın geldiğini bilmiyor sanki. Kendi başıma yaşayabiliyorum diye sinir oluyor. Ne sanıyordu acaba, babacığım yapamadım deyip evine döneceğimi mi? Bir yığın öğüt verdi yine, Mübin'le görüşmeye giderken takım elbise giy, gıravat tak, tıraş ol, randevuna geç kalma. İTÜ'de anlı şanlı profesör olmuşsun ama hâlâ gıravat diyorsun, pezemenk diyorsun, önce dilini öğren. İyi ki gitmişim Ziya Abi'ye. Soba için adam göndermedi diye suratlıydım. İçeri girer girmez bekle getiriyorum dedi. Kesin çalışma lambasıdır diyorum içimden. Orijinal bir şey aradığımı söylemiştim, bulabilirse bir Bauhaus örneğin. Babamın var bir tane, dedemden kalma. İçim gidiyor. Bana verse keşke de isteyemem, malımda gözün mü var der. İsmail Dedemin öyle güzel bir nesneye neden ve nasıl sahip olduğu da merak konusu benim için. Gerçi zevkli adammış, hakkını yemeyeyim, fotoğraflarına baktığımda hayran oluyorum. Giysilerime özeniyorum diye annem dedene çekmişsin derdi. Ziya Abi elinde siyah bir kılıfla geldi, gitar, belli. Bu mu yani, bunun için mi çağırdın? Sırıtarak kılıfı açtı, çıkardı, eski püskü bir şey. İyi de ben gitar istemiyorum ki, üç tane şahane gitarım var zaten. Ziya Abi bu benlik değil dedim. Oğlum al eline, tellerin altına filan bir bak. Bir baktım, gözlerime inanamadım. Gerçekten Cihat Günaydın'ın gitarı mı bu, nasıl geçti eline? Cihat Günaydın uzaktan akrabasıymış meğer. İlk sana gösteriyorum, ilgilenmiyorsan konsolun parasını geri vereyim dedi. Dedim sen ne diyorsun, ilgilenmez olur muyum? Yalnız bu Cihat'ın Mavi Işıklar'dan önce çaldığı gitar dedi, sahne görmüş değil, ona göre. Fark etmez, Cihat Günaydın'ın eli gezinmiş şu tellerin üstünde. İstediğin zaman gönder çocukları konsolu alsınlar dedim. Atladım taksiye, doğru eve. Gazi'ye, Çağatay'a telefon hemen. Yönetici mönetici umurumda değil, parti var bu akşam. Kenan da geldi. Mert'in işi varmış, gelemedi. Celal salağını içki almaya gönderecektim ama her zamanki gibi yerinde değil. İlkyardım servisi Nurettin'i aradım. Cin, votka falan al, bolca bira, çerez, cips, Schweppes tonik, bir de büyük boy kola. Önce Çağatay damladı, Levent'i de getirmiş, sonra Gazi'yle Kenan geldi. Dedim millet iyi bakın, Türk rock'ının gelmiş geçmiş en klas grubu Mavi Işıklar'dan Cihat Günaydın'ın gitarını görüyorsunuz. Gazi'yle Kenan uçtu, bana ver bana ver diye bağrışıyorlar. Levent'in müzikle pek ilgisi olmadığı için şaşkın, bir gitar için niye birbirlerini yiyor bunlar. Çağatay her zamanki kıl Çağatay olarak iyi güzel de Cihat Günaydın'ın gitarı olduğunu nereden bileceğiz dedi. İyice bir bak dedim. Bakıyor ama görmüyor salak. Gazi ânında gördü tabii. Oha, adam adını kazımış, tarih bile atmış dedi. 29 Mart 1960. Otuz yıl önce bugün. Vay rastlantıya bak muhabbeti yaptık. Çok hoşuma gitti bu gitarı otuz yıl sonra bugün almış olmak. Kıl Çağatay yine durmadı tabii, gerçekten Cihat Günaydın'ın yazdığı ne malum? Gazi, oğlum kim yapar böyle bir şeyi, salak mısın dedi, herifin elyazısı tanınıyor. Ziya Bey de tanınan bilinen bir antikacı, bir gitar için mesleki saygınlığını tehlikeye atar mı? Hayır yani Osman kazıklanmasın diye diyor hâlâ. Hadi bir plağını koy da dinleyelim dediler. Mavi Işıklar'ın bütün plakları bende var, gözüm gibi bakıyorum. Yerli gruplardan bir Mavi Işıklar, bir Silüetler eksiksiz. İzlediğim fazla yerli grup yok, bugünkülerin yüzde doksanı felaket. Hangisini çalayım dedim. Çağatay "Helvacı Helva"yı istedi. Kenan "I Know What I Want" diye tutturdu. Levent "İyi Düşün Taşın"ı isteyince şaşırdık. Vay Levo? Sen nereden biliyorsun bu şarkıyı? Öküz değilim herhalde, Mavi Işıklar'ı da bileyim artık. Çok kafa çocuk bu Levent. Çağatay'ın Kadıköy Anadolu'dan arkadaşı, az görüşüyoruz ama ikimiz Çağatay'la olduğundan daha samimi olduk nerdeyse. Allahtan Çağatay böyle şeylere takılmıyor. Gazi olsa bozulur, kıskançtır o. Levent çok iyi kitap okuyor, Çağatay gibi değil. Oğlum biraz oku, kör cahilsin diyorum, okuyorum lan işte diyor. Üç ayda bir kitap bitirmek okumak mı? Levent'in muhabbeti de çok iyi. Geçen Moda'da karşılaştık, baktım elinde bir sürü kitap, biri Oktay Rifat'ın *Yaşayıp Ölmek Aşk ve Avarelik Üstüne Şiirler*'inin ilk baskısı, Yeditepe Yayınları. Bahariye'de yeni bir sahaf açılmış, orada bulmuş. Bomonti'de çay bahçesine çöktük. James Joyce'tan girdik, *Tutunamayanlar*'dan çıktık. İngiliz dili edebiyatında okuyor ya, *Ulysses*'i çevirmek istiyormuş. Yok artık, iyi düşün taşın istersen. Bir sayfa çevirmeyi başarsın dişimi kırarım. Ben daha okurken ellinci sayfaya gelemedim, ki İngilizce kitap okumakta çok iddialıyımdır. Mavi Işıklar gerçekten zamanının çok ilerisinde bir grupmuş yalnız. Her dinleyişimde hayran oluyorum. Bütün plaklarını dinledik, öküz gibi de içtik. Kenan *joint* getirmiş, ben kendi evimde istemiyorum aslında ama bozuntuya vermedim. Mavi Işıklar'ı konuştuk, yok olup gitti şahane grup diye üzüldük, Silüetler de dağıldı. Bunları konuşunca bir hüzün çöktü üstümüze, kader mi oğlum bu dağılmak? Biz de mi dağılacağız? Çağatay önce grubu bir kuralım, dağılmayı sonra düşünürüz dedi. Kurduk ya lan işte. Gene itiraz, kurduk da ne yaptık, beste mi yaptık, albüm mü çıkardık, bir yerde mi çıkıyoruz? Arkadaşlar da bir tür grup dedim. Gazi de destekledi, amaç birlikte müzik yapmaksa grubuz işte. Kopmuşuz, dağılmışız diye bir an gözümde canlandı, çok yalnız hissettim kendimi. Galiba hepimiz aynı şeyi düşündük o an. Gazi, Zamir Manisa'yla Ayzer Danga'nın adlarına takmış, böyle ad soyad mı olur diyor. Ne güzel işte, akılda kalıcı. Ama adları tuhaf iki kişinin aynı grupta olması ilginç. Levent, anımsıyorsunuz değil mi, Silüetler'in Mesut Aytunca'sı cinayete kurban gitmişti dedi. Ne cinayeti? Benim haberim yok. Kenan'ın da yokmuş. Çullandılar üstümüze, nasıl bilmiyorsunuz bütün gazeteler yazmıştı. Ne zaman olmuş? Biri diyor 1975, öbürü diyor 76. Bilmiyoruz, ben on yaşında falanmışım zaten. Mesut Aytunca'nın ölüsünü bir pansiyonda bulmuşlar, kadın çorabıyla boğazı sıkılmış. Katili yakalanmış sonra. Eşcinselmiş Mesut Aytunca, bilmiyordum. Ölüm şekline çok üzüldüm, içime dokundu. Kimse böyle ölmemeli. Gazi pansiyonda yaşamasına takmış, sen koskoca Silüetler'in en kral müzisyeni ol, git sefil gibi Tarlabaşı'nda bir pansiyon odasında boğularak öldürül, olacak şey mi diyor. Olur, niye olmasın? Yaşam bu. Hangimizin yaşamının nerede, nasıl sona ereceği belli mi? Acıktık. Pizza söyleyelim dediler. Gene mi pizza, Taksim'e çıkalım, ıslak hamburger yiyelim dedim. Merdivende hayvan gibi bağrışıyorlar, oğlum saat iki, millet uyuyor, sessiz olun. Tamam yöneticiye gıcık oluyorum ama adam haksız da değil şimdi, herkes uyumuş biz hâlâ kakara kikiri. Neyse çıktık. Hava bayağı ılınmış, hadi yürüyelim dedik. Sokaklar bomboştu, meydan bomboştu, içimizdeki ıssızlık Taksim'de de devam etti galiba, erken dağıldık. Şu anda saat 03.47 ve zerre kadar uykum yok. Yarın onda Mübin denen adamla görüşmem var, Fındıklı'da. Hiç gitmek istemiyorum ama pederin azarlarını gözüm yemiyor. Gidip kendimi işe aldırmamak en iyisi.

* * *

30 Mart 1990

Pazartesi işe başlayacağıma inanamıyorum. Sabah babam yine kavga çıkarmasın diye kalktım, görüşmeye gittim. İnadıma bir saat geç gittim, kravat mravat da takmadım. Sekreteri Mübin Bey toplantıda, biraz bekleteceğim sizi dedi. Bütün nemrutluğumla esneye esneye bekliyorum, uykumu alamamışım zaten. Yarım saat sonra kadın buyurun dedi, Mübin'in odasına aldı beni. Oda dedi ama oda değil odaman, benim evimden daha büyük. Yekpare camlarda harika bir Fındıklı manzarası, yerler duvardan duvara halı, öyle halıfleks falan değil, çok kaliteli, insanın ayakları gömülüyor. İnce jaluziler, iki metrelik maun masa, deri koltuklar, lambalar, tablolar, daha bir sürü şey, hepsi de çok zevkli, bayıldım. Mübin Bey de İtalyan takımlı, kol düğmesi, saat, ful aksesuar, hele ayakkabılar, konuşuyor. Görür görmez anımsadım tabii, Mübin Abi bu. Çocukken babamın ders notlarını, kitaplarını filan getirmeye bize gelirdi. Sümsük bir oğlandı, hiç ciddiye almazdım ama şimdi karşımda bir kral vardı. Nasıl olmuş da buralara gelmiş bu adam, helal olsun. Kalktı, elimi sıktı, Osman hoş geldin dedi. Hoş bulduk Mübin Bey dedim. Mübin Abi diyecektim ama nasıl bir etkileme gücü varsa adamda, diyemedim. Önce bir saat Necmi Hoca övgüsü yaptı. Çok şey borçluymuş babama. Ulan herkes de babama çok şey borçlu, bir ben mi değilim? İngilizcen çok iyiymiş senin, hocam öyle söylüyor dedi. Form doldurtacak ya da bir şeyler soracak sanıyorum. Yalan yanlış yanıtlar vereceğim. O da babama hocam kusura bakma, oğlun bize yaramaz diyecek. Ama hiç öyle olmadı. Form filan doldurtmadan pazartesi başlarsın demez mi? Bir de arkadaş gibi konuşuyor, çok hoşuma gitti. Maaş da başlangıç olarak 800 bin, hiç fena değil. Çağatay'a söyledim, şaşırdı, bir gün bile bir işte çalışmışlığın yok, adam Necmi Amca'nın oğlusun diye sana kıyak geçmiş dedi. Babası Beşiktaş'taki mağazasının müdürüne 700 bin veriyormuş. Kiramın 650 bin olduğu düşünülürse, evet fena sayılmaz. Çalışma yaşamına başlıyorum resmen. Hadi hayırlısı. Bakalım ne iş yapacağım. İnşallah jeolojiyle ilgili bir iş vermez, fena çakılırım. Romanımı çok boşladım bu arada. Bu gece sabaha kadar yazmaya kararlıyım. Anlatacak ne çok şeyim varmış. Kendim bile şaşırıyorum. Kafam bomboş oturuyorum masaya, hemen annem aklıma geliyor, içime bir hüzün doluyor, sonra bir başlıyorum, akıyor da akıyor tümceler.

* * *

31 Mart 1990

Çok kötü bir gün yaşadım. Sinirlerim altüst oldu, hâlâ kendimi toplayamıyorum. Önce Ebru geldi. Niye kaç gündür beni aramıyorsun? Kızım ayrıldık ya, niye arayayım? Hayır ayrılmadık, ben öylesine söylemiştim, niye ciddiye aldın diye ağlamaya başladı. Tamam bir sakin ol, konuşuruz. Daha kahvesinin ilk yudumunda başka biri mi var diye başladı. Ne var diyorum ne yok, çıldırıyor. Yürümüyor Ebru, görüyorsun dedikçe yürümeyen ne, söyle düzeltmeye hazırım diyor. Çok üstüme düşüyorsun, bunalıyorum dedim. Geldi sarıldı, sensiz yapamıyorum, senden ayrılmak istemiyorum, üstüne düşmeyeceğim artık, sıkmayacağım seni, söz. Hadi dedim biraz daha gidelim bakalım, sonunda bitecek nasıl olsa, hazırda başka kız da yok. Öpüşmeye başladık. Ufak ufak içeri götüreceğim, zır kapı. Önce oralı olmadım ama susmuyor. Açtım, yönetici adisi gene, bu kez yanında TRT emeklisi, kız kurusu Tülay da var. Herif bir başladı bağırmaya, seni daha yeni uyarmadım mı? Bütün apartman duysun istiyor belli. İstemiyoruz seni, çıkıp gideceksin diye inletiyor ortalığı. Hasta mısın sen ya, kim oluyorsun da çıkıp gideceksin diyorsun? Tülay cadısı ikide bir içerde kadın var Akın Bey diyor. Sana ne be? Varsa var, sana ne! Kimse yok Tülay Hanım sabahın köründe kim gelsin diyorum, hâlâ içeri girerken gördüm diyor. Yememiş içmemiş beni gözetlemiş ruh hastası karı. Ne yapıyorsunuz demeye kalmadan daldı içeri, ânında Ebru'ya girişti. Kızım senin utanman arlanman yok mu, bekâr adamın evinde ne işin var, yollu musun sen diye hakaret etmeye başladı. Ebru şoke oldu, bir şey söyle diye yüzüme bakıyor. Ebru okuldan arkadaşım, ders notlarımı getirmek için uğradı diyorum. Uğrayamaz efendim diyor. Aşağıdan zile basar, inersiniz, alırsınız notlarınızı. Ebru baş edemedi, ağlayarak çıktı gitti. Akın manyağı babanı arayacağım dedi. Ulan ben 24 yaşındayım, babam velim mi? Elim ayağım boşandı sinirden. Yaşanmaz bu ruh hastalarıyla, başka eve taşınmam gerek ama daha yeni taşındım, bir sürü de masraf yaptım. Çok geçmeden peder damladı, Akın puştu onu aramış hemen. O da sen beni mahalleye rezil etmek için mi ayrı eve çıktın diye başladı. Yok baba, Çağataylar geldi yalnızca, aşağıdaki kadın manyak, yöneticiyi de o azdırıyor. Ben anlamam, bir şikâyet daha duyarsam ananı ağlatırım dedi. Yeteri kadar ağlattın zaten, mezara soktun kadını. Neyse ki fazla uzatmadı. Mübin Bey aramış, Osman'ı çok sevdim, çok efendi bir çocuk demiş. Acayip gururlanmış bizimki, aferin işte böyle ol diyor. Söyledikleri benim de hoşuma gitti. Konu Ebru'ya geldi tabii, bekliyordum. Kız atmışsın eve dedi. Baba vallahi okul arkadaşımdı, ders notu getirmeye geldi dedim. Baktım pek kızmış gibi bir hali yok ama yüz göz de olmuyor sözde. Evine kimin gelip gideceğine karışamazlar, sen apartmanın huzurunu bozmamakla yükümlüsün, o kadar dedi. İlk defa arkamda durdu, şaşırdım. Ama araba aldığımı öğrenince ne yapacak bakalım. Babam gitti, telefon çaldı, Çağatay bu kez. Gazi dün gece İstiklal'de kavgaya karışmış, beyin sarsıntısı geçirmiş, Taksim İlk Yardım'a kaldırmışlar. Fırladık gittik. Dört kişilik bir odada yatıyor, bir gözü mosmor, kafası sargılı, ciddi dayak yemiş. Gazi nasılsın? Ses yok, uyuyor mu, uyutuyorlar mı anlamadık. Bir hastanın refakatçisine anne babası nerde diye sorduk, o kadın da bir cins çıktı, aman aman diye yakasını silkiyor. Ne oluyor demeye kalmadan bir gürültü koptu koridorda. Bir çıktık ki annesiyle babası kavga ediyorlar. Vildan Teyze ben oğlumu sokakta bulmadım, burada yatırmam, Alman'a götüreceğim diyor. Muammer Amca kopmuş resmen, sinirden boyun damarları şişmiş, sokaklarda berduşlarla it gibi kavgaya karışan çocuk için bir kuruş vermem Alman'a diye bağırıyor. Araya girip geçmiş olsun diyeceğiz, Muammer Amca hangi yüzle geliyorsunuz, zaten sizin yüzünüzden yoldan çıktı bu çocuk diye üstümüze yürüdü. Neye uğradığımızı şaşırdık. Bu kez Vildan Teyze patladı, bizi bütün hastaneye rezil ettiğin yetmedi mi, çocuklardan ne istiyorsun? İkisi de zıvanadan çıkmış. Ulan ne yapmışız da yoldan çıkarmışız acaba, biz mi kavgaya gir dedik. Apar topar çıktık. Çağatay'ı evine bıraktım, garaja geldim, arabayı koyacağım, Kerim, abi kapıyı nereye sürttün demez mi? Hastanenin orada bir otoparka bırakmıştım, sağ yan kapı çizilmiş. Delirdim, aklım başımdan gitti. Durduk yere boyaya girecek yepyeni arabam. Yetmedi, eve geldim zır telefon, bu kez Ebru. Buluşalım konuşalım. Gelemem telefonda söyle dedim, çok bozuldu, ben de bozulsun istiyordum. O kadına Ebru benim kız arkadaşım diyemedin, böyle mi devam edeceğiz? Ebru bitsin dedim, bak yapamıyoruz ikimiz de, bitsin en iyisi. Başkası var o zaman, kesin başkası var dedi. Var dedim sonunda, evet var. Kim diye tutturdu. Abuk sabuk isimler sayıyor. Neslihan, Demet, Ayça... Tanımazsın dedim. Bir sürü küfür hakaret, kapattı. İyice sinirlerim bozuldu. Ne okuyabildim ne çalışabildim. Berbat bir cumartesi oldu. Millet şu anda ne güzel eğleniyor. Ben sinirimden kendimi yiyorum.

* * *

9 Nisan 1990

Vildan Teyze başarmış. Bizden sonra Gazi'yi Alman'a geçirmişler, bugün taburcu oluyormuş. İş çıkışı Çağatay'la buluştuk. Evlerine gitsek Muammer Amca gene sorun çıkarabilir, gitmesek, en yakın arkadaşımız, gitmeden olmaz. Bir yerden telefon ettik. Vildan Teyze çıktı, Muammer'in bu akşam ameliyatı var, geç gelecek, gelebilirsiniz dedi. Gittik. Gazi kanepeye uzanmış, yüzü gözü hâlâ şiş ama gülüyor. Oğlum nasıl oldu, anlat şu kavgayı. Bir kızla Capri'ye gidiyormuş, ayının teki kıza laf atmış. Gazi üstüne yürümüş. Meğer herifin arkadaşları oralardaymış, üç-dört kişi girişmişler. Dayak yedim ama ben de iyi benzettim herifleri dedi. Kavga çıkınca kız bir taksiye atlamış gitmiş. En çok o koymuş. Ulan insan bir telefon eder hiç olmazsa, öldüm mü kaldım mı umurunda bile olmadı diyor. Vildan Teyze geldi, ilaçlarını içirdi. Bir saat oturduk, Vildan Teyze bir saat susmadı. Yüreğime mi indirmek istiyorsun, yumruklu tekmeli kavga ne demek, Muammer İleri'nin oğluna itle kopukla dalaşmak yakışıyor mu? Aynı şeyleri yineleyip duruyor. Nasıl dayanıyor bu çocuk annesine? Sonra bize sardı. Çok iyi ailelerin çocuklarısınız, analarınız babalarınız üstünüze titriyor, ne idüğü belirsiz yerlerde serserilerle ne işiniz var? Derslerinizle alakadar olun, üçünüz de hâlâ bir okul bitiremediniz. Tanrım... fenalık geldi. Gazi en sonunda anne bir sus artık diye bağırdı, aynı şeyleri söylemekten bıkmadın mı? Hadi bu kez anne oğul giriştiler birbirlerine. Vildan Teyze seni babana karşı korumaktan bıktım diyor, Gazi koruma, koru mu dedim diyor. Bağrıştılar bağrıştılar, sonra sakinleşti ortalık. Bunlar da bir garip. Birden dalga gibi yükseliyorlar, sonra hop iniyorlar. Kalkalım dedik, Vildan Teyze hayır çay yaptırdım, içmeden göndermem dedi. Hizmetçileri yine değişmiş, bu seferki çok suratsız. Meyveli kekle peynirli börek getirdi ama şeker getirmemiş, çatal yok. Vildan Teyze'nin canı burnunda. Her şeyi kırk kere söylemem mi gerek, niye kendin akıl edemiyorsun diye bağırıyor. Ama kız nasıl rahat, sağır taklidi yapıyor. Ölmüşüz açlıktan, bir lokmada yuttuk. Vildan Teyze mutfağa gitti, biz de kalktık. Abi geçmiş olsun, sonra görüşürüz dedik. Gazi gidin abi, kaçın kurtarın kendinizi dedi, gülüştük. Tam çıkarken Muammer Amca gelmesin mi? Şimdi sıçtık dedi Çağatay. Ama adamda bir tatlı diller, bir neşe. Hastanede bizi dövmeye kalkan o değil sanki. Gördünüz Ali Gazi'nin başına geleni, ders alın çocuğum, itlik serserilik etmeyin. Tabii Muammer Amca. Çıktık. Oh dünya varmış. Çağatay Solo'ya gidelim mi dedi. Benim erken yatmam gerek, yarın iş var dedim. Sen ne zamana kadar çalışmayı düşünüyorsun orada dedi. Daha bir hafta oldu. Nasıl geçti o bir hafta? Düşündüm. Saçma sapan İngilizce metinleri çevirmekle geçti. Çok çok sıkıcı. Bu mu yani iş dedikleri? Yok, bu işi sürdüremem ben, bırakacağım da, dur bakalım. Bir aylık maaşımı alayım. Kaç gündür akşamlara kadar çeviri yapıyorum. Maaşımı Mübin'e bırakmaya niyetim yok.

Osman'ın arkadaşı işadamı Çağatay Dertsiz

"Tembel değil de.. amaçsızdı diyelim, maymun iştahlıydı."

Osman Koryürek'le mahalleden mi arkadaştınız?
Mahalleden evet.. ikimiz de Nişantaşı'nda oturuyorduk. Onlar Poyracık'taydılar, biz Güzelbahçe'deydik, çok yakındı evlerimiz. Sonra Osman kendi evine çıktı Topağacı'nda.. gene aynı mahalle tabii.

Öldüğünden nasıl haberiniz oldu?
Kardeşinden. Teoman haber verdi.. çok üzüldüm. Bu nasıl bir talihsizlik, hâlâ aklım almıyor. Hadi gündüz kalabalık, trafik falan olsa anlayacağım da.. sabaha karşı bomboş sokakta kamyon çarpması ne demek?

Sizce intihar etmiş olabilir mi?
Yok canım.. nerden çıktı o?

Bilerek kamyonun önüne çıktığını söyleyenler var.
Çok saçma.. benim tanıdığım Osman intihar edecek son insandı. Hayata çok bağlıydı, eğlenmeyi severdi, hiçbir şeyi kafasına takmazdı. Olan olmuş, önümüze bakalım-

cıydı yani. Depresif biri değildi. Osman'ın intihar etmiş olmasına hiç ihtimal vermiyorum.

En son ne zaman görüşmüştünüz?
99'da. Marmara depreminden hemen sonra.

Yirmi yıldır görüşmüyordunuz yani. Neden? Dargın mıydınız?
Yo hayır, dargın falan değildik. Olmadı. Hani olur ya.. ilişkiler gevşer, araya başka şeyler girer, arkadaşınız önceliğiniz olmaktan çıkar.. öyle bir durum oldu. Yoksa kavga gürültü yoktu aramızda. Tamamen hayat.

Ne zaman tanışmıştınız, hatırlıyor musunuz?
78 sonbaharında tanıştık, Güzelbahçe'deki apartmana o zaman taşınmıştık. Ondan önce Akaretler'de otururken de sima olarak tanıyordum tabii.. karşılaşıyorduk. 80'de filan iyice samimi olmuşuzdur. 92'ye kadar Gazi, Osman, ben çok yakındık. 7/24 beraberdik.

Sonra görüşmez mi oldunuz?
Az görüşür olduk.

Neden?
92'de Boğaziçi'nden mezun oldum ben, hemen işe başladım. İş hayatım da çok yoğundu, öyle her istediğiniz zaman hadi buluşalım diyemiyorsunuz. Osman'ın da bir işe girip çalışmak gibi bir niyeti yoktu. İşime yakın diye karşıya taşınmıştım zaten, çat kapı geldim olmuyordu artık. 99'dan sonra tamamen koptuk.

99'da ne oldu da koptunuz?
Somut bir şey olmadı aslında. Daha öncesinde azalmıştı görüşmelerimiz. Ben 94'te Ürdün'e gittim.. çalıştığım şirket Amman'a gönderdi beni.

Nerde çalışıyordunuz?
Bright and McDorman'da.. Ortadoğu operasyon müdürü olarak gittim, üç yıl kaldım.

Üç yıl boyunca hiç gelmediniz mi İstanbul'a?
Geldim ama Osman'la denk gelemedik bir türlü.

Bir ara Osman Amman'a gelmiş..
Evet geldi. 95'ti yanlış hatırlamıyorsam.. 96 da olabilir.. bahar ayları. On beş-yirmi gün kaldı.

Sizde mi kaldı?
Bende kal dedim ama istemedi. Sheraton'da kaldı.

Sheraton'da..
Öyle.. daha aşağısı kurtarmazdı Osman'ı. Lüksü çok severdi.

Niye geldi Amman'a, sizi ziyarete mi?
Ziyarete.. gezmeye..

Nereleri gezdi?
Valla çok iyi tadını çıkardı. Ürdün pek öyle turizm ülkesi sayılmaz, gezecek fazla yer yok ama o gezdi. Araba kiraladı, Ölüdeniz'e gitti.. Akabe'ye gitti.. Petra'ya gitti. Çölde geceledi. Ben üç yıl kaldım Ürdün'de ama Petra'yı görmeden döndüm mesela.

Yalnız başına mı gezdi buraları?
Yalnız kalmaktan hoşlanmazdı Osman. Hemen arkadaş buldu, çok çabuk arkadaş edinirdi zaten. Daha geldiğinin üçüncü günü Amman'ın gece hayatını öğrenmişti bile. Bir gece kulübüne gitmiş, kulübün sahibi Arap'la kanka olmuş. Adam kendi arabasıyla kulüp kulüp gezdirmiş bunu. Benim buralardan haberim bile yok, Ürdünlülerle çalışıyorum güya. Otelde bir Fransız'la tanışmış, ikisi Ürdün'ün altını üstüne getirdiler. Ben de fırsat buldukça takıldım, çok güzel zaman geçirdik. Sonra o Fransız'la Mısır'a geçti. 99'da deprem oldu. Yalova'da yakınlarım vardı, haber alamayınca atladım İstanbul'a geldim. O zaman görüştük. O gelişimde bir akşam bu-

luştuk, içtik, sohbet ettik uzun uzun.. özlemişim herifi. Ertesi gün Amman'a döndüm. Son görüşmemiz o oldu yani.

Gazi yok muydu o görüşmenizde?
Yoktu, onu da aramıştım ama gelmedi. Osman'la eskisi gibi samimi değillerdi sanırım.

Ne zaman temelli döndünüz Amman'dan?
2000'in sonunda.

Osman'la yine de görüşmediniz..
Görüşmedik değil, görüşemedik. 2004'te kendi şirketimi kurdum.. İstanbul'daydım artık ama o zamana kadar bir şeyler bitiyor.. insan eski arkadaşlarla eskisi gibi olayım diyemiyor. Zaten evlenmiştim. İş hayatı, ev hayatı.. vakit yok.

Osman düğününüze geldi mi?
Gelmedi, çağırmadım. Eski arkadaşların hiçbirini çağırmadım, bir onu değil.

Neden?
Ya şimdi.. birini çağırsam öbürü alınacak.. hepsini çağırmaya kalksam fazla kalabalık olacak.. kopmuşuz zaten.. herkes bir tarafa dağılmış..

Kendinize başka bir hayat kurmuştunuz yani.
Biraz öyle oldu. Herkesin öyle olmuyor mu? Gençlik arkadaşlarından çok azı insanın hayatında kalıyor. İşe güce dalmıştım. İnsan kendi şirketi olunca daha az çalışırım sanıyor ama öyle değil.. kendi işinde çalışmanın stresi daha fazla.

Ne şirketiniz var?
Bilişim teknolojisi. Şirketlerin bilişim altyapısını kuruyoruz.

Mühendis misiniz?
Değilim, Boğaziçi İşletme mezunuyum ben.

Osman'ın cenazesine gittiniz mi?
Gittim. Düğünüme çağırmadım ama cenazesine gittim. Cenaze başka..

Diğer arkadaşlarınız var mıydı cenazede? Gazi, Kenan, Mert..
Onları da mı biliyorsunuz? Siz bu kitap işini bayağı ciddiye almışsınız anlaşılan..

Saçma mı geliyor size?
Saçma değil de.. yani bilmiyorum. Ne düşüneceğimi bilemiyorum aslında. Tamam.. Osman ilginç tarafları olan bir adamdı ama kitap yazmanızı gerektirecek kadar önemli nesi vardı, onu anlayamıyorum. Gerçekten niye.. nedir Osman'ın hayatını yazmak istemenizin sebebi?

Elime defterleri geçti.. günlükleri daha doğrusu. Çok ilgimi çekti.
Nesi çekti? Çok mu ilginç şeyler anlatmış?

Çok ilginç sayılmaz ama bir hayatın içine sızdığını hissediyor insan.
Sizin elinize nasıl geçti?

Sahaf bir arkadaşım ilgileneceğimi düşünmüş, o verdi.
Onun eline nasıl geçmiş?

Topluca gelen malzemelerin içinden çıkmış. Kaynağını o da bilmiyor.
Sırf defterleri mi oldu yani ilginizi çeken?

Bir de karısıyla ilgili şu skandal var. Emniyet müdürü olayı.. biliyorsunuzdur herhalde.
Evet. Benim de medyadan haberim oldu.

Defterlerin bu olayın kahramanlarından birine ait oldu-

ğunu anlayınca çok şaşırdım. Bu kitabı yazma fikri de o zaman doğdu.

Evet.. ilginç hakikaten. Peki soyadımı bile bilmeden bana nasıl ulaştınız?

Valla pek zor olmadı. Google'a Çağatay Kadıköy Anadolu 1983 yazınca dört Çağatay çıkıyor. Facebook'taki Kadıköy Anadolu sayfasında da varsınız. Resimleriniz bile var.

Adımı da günlüğünden öğrendiniz yani. Osman nasıl bahsediyor benden günlüğünde?

Hangi anlamda soruyorsunuz?

Yani iyi mi kötü mü.. neler yazmış hakkımda..

Sizce?

İyi şeyler yazmıştır herhalde.. yakın arkadaştık. Sonra koptuk diye küsmüş de olabilir tabii. Neler yazmış?

Günlüğe yazılacak türden sıradan olaylar. Sözünü etmeye değecek bir şey yok. Ortak arkadaşlarınızı Osman'ın cenazesinde gördünüz mü?

Hayır, görmedim.

Gelmediler mi?

Bilmiyorum, belki gelmişlerdir. Ben trafik yüzünden geç kalmıştım, cenazeyi arabaya koyarlarken yetiştim. Bir tek Teo'yu görebildim.. o da ayaküstü.

Birlikte yaşadığı kadını da görmediniz o zaman.

Birlikte yaşadığı kadın mı varmış?

Evet, Pakize Korkmaz adında bir kadınla yaşıyormuş.

İlk sizden duyuyorum. Teo da hiç bahsetmedi. Buna sevindim aslında biliyor musunuz? Yapayalnız değildi demek ki. Siz o kadınla görüştünüz mü?

Daha değil ama görüşeceğim. Anladığım kadarıyla siz Teoman'la görüşüyordunuz.

Görüşüyorduk. Teo Osman'la görüşmüyordu.. ama biz Teo'yla görüşüyorduk. Birkaç yıl önce başladık daha doğrusu. Bir iş için beni aramıştı.

Nasıl bir iş için aramıştı?
Bazı şirketler için aracılık yapıyordu. İş kovalıyordu daha doğrusu, bağlarsa komisyon alıyordu. Nijerya'ya kablo ihraç etmek isteyen bir şirketle irtibattaymış. Ben de bilişim işinde olduğum için aklına ben gelmişim. Öyle başladık görüşmeye. O iş olmadı ama sonra başka işler yaptık. Kendi şirketi de vardı.. babasının şirketini Teo devralmıştı ama yürütemedi.

Teoman için başarılı bir işadamı diyebilir misiniz?
Valla sonuca bakarsak diyemem.. çok iş batırmış. Hâlâ elle tutulur bir şey yaptığı da yok. Teo için işadamından çok iş takipçisi demek daha doğru olur zaten.

Hâlâ görüşüyorsunuz değil mi?
Nadiren. O da iş için.. arkadaş sayılmayız yani.

En son kayınpederinden kazık yemiş. Defterlerin arasında bazı maillerin çıktıları vardı, abisine yazdığı bir mailde öyle diyor.
Bana da öyle dedi ama bence aşırı ataklığından kaybetti. Teo kendine fazla güvenir, gereksiz risk alır. Ama hep iş peşinde koşar, Osman gibi değildir o, çalışkandır, hep çalışkandı.

Osman tembel miydi?
Ya şimdi tembeldi demek doğru olmaz, amaçsızdı diyelim. Çok çalışırdı ama bir yere varmazdı çalışması, maymun iştahlıydı çok.. Bir şarkı yazıyor mesela, günlerce evden çıkmaz, sabahlara kadar çalışır, sonra vazgeçer. Niye vazgeçtin? İçime sinmedi. E dün çok sinmişti, n'oldu? Hep böyleydi yani.. bitmiş bir işi yoktu. Aslında ergen kalmıştı Osman.. büyüyemedi. Çok parası var diye

hayatı da ciddiye almadı. Babası kaç kere çok iyi şirketlerde işe soktu, hiçbirinde durmadı. Yok ben illa müzik yapacağım. Buyur yap.. tamam. Ama yap yani, attığın taş ürküttüğün kurbağaya değsin.

Sizce neden ergen kaldı? Sizin düşünceniz ne?
Bilmiyorum. Belki annesinin etkisi olmuştur. Biraz fazlaca el bebek gül bebek büyütülmüştü. Mahmure teyze çocuklarına çok düşkündü, Necmi amca da öyleydi gerçi.

Nasıl düşkünlerdi mesela?
Üstlerine titrerlerdi. İkisinin de her istediğini yaparlardı.. ne isterlerse alınır falan.. Benim babam öyle yetiştirmedi bizi. Her istediğimiz alınmazdı bizim.

Necmi bey çocuklarını döver miydi?
Yok canım, ne dövmesi.. günlüklerinde öyle mi yazmış?

Babasının attığı tokatlardan bahsediyor..
Valla benim bildiğim bir şey yok. Çok şaşırdım. Mahmure teyzeye daha çok şaşırdım, engel olmamış demek ki.. hayret.

Mahmure hanımı iyi tanır mıydınız?
Tabii ki. Dünya tatlısı bir kadındı. Onlara gittiğim zaman yemek yedirmeden göndermezdi. Nefis de yemek yapardı. Evlerinde yatılı kadın vardı ama Necmi amca ondan başkasının yaptığı yemeği yemezdi. Kabak tatlısı efsaneydi.

Ev kadını mıydı?
İngiliz filolojisi mezunuydu sanırım.. ama hiç çalışmamış.. ev hanımı yani.

Teoman Osman gibi ergen kalmamış ama öyle değil mi? Sizce neden?
Valla herkesin karakteri farklı. Aynı ana babadan olup

aynı evde büyüseler de kardeşler bir olmuyor işte. Benim de bir kızım bir oğlum var, ikiz oldukları halde huyları birbirine hiç benzemiyor. Tabii Necmi amca gibi bir adamın oğlu olmak kolay değildi.. o da var. Çok dominant bir karakterdi Necmi amca.. her şey onun istediği gibi olacak.. kararları ille o verecek.

Baskıcı mıydı yani?

Yani.. baskıcıydı evet. Şimdi siz tokat falan deyince. Ama bir yanıyla da çok destekleyiciydi. Osman'ın müzik yapmasını çok destekledi mesela. Benim babam beni hiç desteklememiştir o konuda. Teo çok iyi idare ederdi Necmi amcayı ama Osman nahifti.. her şeyden etkileniyordu. Babasına inat böyle bir hayatı seçti bence.

Nasıl tanımlıyorsunuz Osman'ın hayatını?

Sorumsuz.. plansız.. amaçsız.. Osman'ın hayalleri vardı ama gerçekleştirmek için çabası yoktu. Aklı çok dağınıktı. Aşırı müsrifti ayrıca.. annesi ölünce bayağı bir mal mülk kaldı. Necmi amca oğullarımın ikisi de çok genç, parayı idare etmeyi bilmezler demedi, hemen çocuklarına bölüştürdü. Gerçi bence yanlış yaptı. Osman ilk iş, gitti son model bir BMW aldı mesela. O yaşta bir adam için çok gereksiz bir lükstü.

Babası öldüğünde de epeyce miras kalmış.

Kalmıştır.. çok varlıklı bir adamdı Necmi amca. Ama Osman onu da har vurup harman savurmuş diye duydum. Gece kulüplerinde çalışacak duruma düştüğüne bakılırsa doğru. Teoman'ın da elinde avucunda pek bir şey kalmamış gerçi.. Osman gibi müsrif değildi o.. hatta cimriydi. Kardeşimin cebinde akrep var derdi Osman.

Ailece görüşür müydünüz Osmanlarla?

Ailelerimiz tanışıyordu ama ailece gitme gelme olmazdı. Osman bize gelirdi.. ben onlara giderdim.. o kadar.

Neden ailece görüşmezdiniz?
Babam Necmi amcadan hazzetmezdi.

Neden?
Çok kasıntı buluyordu. Haksız da değildi.. çok kibirli bir adamdı.. herkese selam vermez, hep bir üstünlük taslar.. mütevazı biri değildi yani. Babam bu hallerine çok sinir oluyordu. Nişantaşı'nda otursa da sonuçta bayramlarda Sinop'a köyüne giden adamdı benim babam, mütevazılığa çok önem verirdi.

Babanız ne iş yapıyordu?
Kelebek mobilya bayisiydi. Biri Beşiktaş'ta, biri İzmit'te iki mağazası vardı.

Osman'la arkadaşlığınız hakkında ne düşünüyordu?
Necmi amcadan hoşlanmazdı ama Osman'ı severdi. Bir sorun olmadı hiç..

Kenan ve Mert'in soyadlarını hatırlıyor musunuz?
Tabii ki. Soyadlarını unutacak kadar bunamadım daha.

Estağfurullah, insan unutabilir, ben çoğunu hatırlamıyorum mesela.
Ben hatırlıyorum. Kenan Öztaş, Mert Kavuncuoğlu. Mert öldü, trafik kazasında. Ona da çok üzülmüştüm, gençti, otuz falandı.

O yıllardaki kız arkadaşlarınızı hatırlıyor musunuz?
Bazılarını. Hatırladıklarım Demet, Özge, Semiha.. Esin'le Yeşim vardı, hiç ayrılmazlardı, yapışık kardeşler diye dalga geçerdik. Esin bir ara Gazi'yle beraberdi hatta.. ama Yeşim'e de asıldığını öğrendi, kıyamet koptu.

Gazi bayağı hızlıydı yani. Kızların soyadlarını hatırlıyor musunuz?
Bir tek Semiha'nın soyadını biliyorum, Bakangör. Babası tekstilciydi, Bakangör tekstil. Oradan aklımda kalmış. Ba-

karkör diye takılırdık. Kızlar gelip giderdi zaten, arkadaşımız sayılmazlardı, hayatımızda kalıcı bir yerleri yoktu.

Neden?
Olmuyordu.. hele o yıllarda. Arkadaşlık anlamında diyorum. Biz erkekler çocukluktan beri birlikte büyümüşüz, evlerimize gide gele. Samimiyetimiz farklıydı haliyle.

Kızlar daha çok ilişki yaşamak için miydi?
Yani.. o yıllarda o kadar kolay değildi tabii ilişki yaşamak ama genellikle evet.

Canan diye bir kızdan da bahsediyor günlüklerinde.
Evet bir de Canan vardı, Osman tanıştırmıştı bizi. Hatta bir ara çıktılar. Ama bizim yıldızımız barışmadı Canan'la. Ayrıldılar. Osman bizi tercih etti yani.

Canan'la neden yıldızınız barışmadı?
Çok sığ bir kızdı, aklı fikri gezmede tozmada, marka düşkünü.. giyinsin kuşansın.. ünlü mekânlarda boy göstersin.. bugünkü deyimle tikiydi yani. Osman da o yüzden ayrıldı zaten.

Canan zengindi o zaman..
Zengindi, babası ne iş yapıyordu bilmiyorum ama varlıklı olduğu belliydi. Canan'a magazin dergilerinde falan rastlardım eskiden ama sonra görünmez oldu. Evlendi, duruldu herhalde ya da eski zenginliği kalmadı.. bilmiyorum artık.

Bir de Levent varmış, sizin arkadaşınız.
Evet. Levent Birdir. Kadıköy Anadolu'dan arkadaşımdı. Osman'la çok samimi oldular bir ara.

Onunla görüşüyor musunuz?
Bazen.. sınıf toplantılarında filan. Yayıncı oldu Levent.. yayınevi var, kitap basıyor.

Gülin'i hatırlıyor musunuz peki?
Hatırlamıyorum, o kim?

Eczacının kızı. Osman'ın dairesinin tam karşısında oturuyormuş. Kimya öğrencisi..
Haa evet.. hatırladım şimdi.. pek bir yakınlığımız olmadı o kızla. Ondan da mı söz etmiş?

Biraz. Ama tanışınca beğenmemiş.
Güzel bir kız değildi.. doğru.

Siz eşinizle nasıl tanıştınız?
Eşimle tanışmamın Osman'la ne alakası var?

Bir grup genç nasıl oldu da farklı yolları seçti, onu merak ediyorum.. Osman'ın kişiliğini anlamakta yardımı olabilir.
Evet.. herkes farklı yollara gitti gerçekten. İşyerinde tanıştık biz eşimle.. Amman'dan dönünce çıkmaya başladık, nişanlandık, evlendik, çocuklarımız oldu. Böyle. Pek orijinal bir hikâye değil yani.. tanışma hikâyesi bizim gibi olan binlerce çift vardır herhalde.

Sizin hayatınız doğal akışında seyretmiş.
Öyle denebilir, evet.

Babanız destek olmuyormuş gerçi ama siz de müzikle uğraşıyordunuz değil mi?
Uğraşıyordum.. evet.

Siz de basçı mıydınız?
Hayır ben bateri çalıyordum.

Neden bıraktınız? Müzikte kendinize bir gelecek mi görmediniz?
Gençlik hevesiydi müzik. Osman kendini çok kaptırmıştı ama amatördük sonuçta. Bir şey yapabileceğimiz yoktu. Aslında müzikle ilgilenmemde biraz da Osman'ın

etkisi oldu, ona özendim. Öyle büyük bir yeteneğim yoktu benim.. hatta hiç yoktu.

Osman'ın var mıydı?
Bence onun da yoktu ama o var sanıyordu. Tamam, iyi basçıydı.. piyano çalıyordu.. ama bunlar beceri.. yetenek başka bir şey. Gerçekten yeteneğiniz varsa önleyemezsiniz, mutlaka çıkar ortaya. Osman yıllarca müzikle uğraştı ama sonuç sıfır oldu. Fazla hayalciydi.. bir gün çok ünlü olacağına inanıyordu mesela.

Siz inanmıyor muydunuz?
Ben inanmıyordum. Öyle kolay değil o işler.. ünlü olmak sadece yetenekle ilgili değil ki, bir sürü unsur var. Sağlam bir network'ünüz olacak bir kere. Şöhret bir public relation işi. Bin kişi başarı elde etmek için uğraşıyor ama ancak bir-ikisi hedefine ulaşabiliyor..

Gazi yetenekli miydi peki?
O da çok iyi basçıydı.. hatta en yeteneklimiz oydu ama o da ciddiye almıyordu. Müzik yapmak tamamen eğlenceydi Gazi için. Ama beste yapıyordu bir taraftan.. çok güzel şarkılar yazdı, Osman'ın amatör aletleriyle kaydetmiştik hatta..

Osman kıskanır mıydı Gazi'nin yeteneğini?
Pek belli etmezdi ama bence içten içe kıskanıyordu. Gazi yeni bir şarkıyla gelir mesela.. Osman beğenmedim demez ama bin tane kusur bulur.. sonunda Gazi tamam vazgeçtim diye atardı bir kenara.

Gazi müzik eğitimi almış mıydı?
Hayır. İstanbul Siyasal'ı bitirdi o. Yedi senede filan bitirdi ama bitirdi sonuçta.

Hayatını müzikten mi kazanıyordu?
Hayır hayır.. müzikten bir şey kazandığını sanmıyorum.

Zaten para kazanmaya ihtiyacı yoktu Gazi'nin. Babası çok ünlü bir cerrahtı, röportajları çıkardı gazetelerde. Aileden zenginlerdi.. Arnavutköy'de yalıda oturuyorlardı. Yalı nasıl bir şeymiş.. onlara gittiğimde gördüm.

Nasıl bir şeydi?
Müthiş. Sanki gemidesiniz de deniz tutmuş gibi hissediyorsunuz. Camdan sarkıyorsunuz eliniz suda. Bugün en az on milyon dolar eder o yalı. Öyle bir ailenin çocuğu nasıl oldu da sıfıra indi.. insan merak ediyor.

Gazi de mi sıfıra indi?
İndi.. inmiş yani. Birkaç yıl önce karşılaştık. Zor tanıdım.. bayağı çökmüş. En son Milliyet gazetesinde çalışıyor diye duymuştum, ayrılmış oradan, başka işlere girmiş çıkmış. Hayatı hiç iyi gitmemiş. Evlenmiş boşanmış işsiz.. perişan haldeydi kısacası. Asıl kitabı yazılacak kişi Gazi'dir bence. Ağzında gümüş kaşıkla doğmuş bir insan nasıl bu hale gelir?

Nedenini sormadınız mı?
Aile meseleleri yüzünden dedi ama inandırıcı gelmedi bana. Kurcalamadım tabii.. anlatmak istese anlatır diye düşündüm.

Osman'ın karısıyla ilgili olayı öğrendiğiniz ânı hatırlıyor musunuz?
Çok net. Astana'daydım, iş için gitmiştim. Annem aradı. Şaşırdım, hiç âdeti değildir beni yurtdışındayken cepten aramak.. çok yazıyor diye. O zamanlar çok yazıyordu gerçekten. Osman'ın başına gelenleri duydun mu dedi. Ne oldu dedim. Karısı çok kötü şeyler yapmış, televizyonu aç görürsün dedi. Kazakistan'da nerde bulayım Türk televizyonunu? O zamanlar şimdiki gibi her şeyi youtube'a koyma âdeti de yoktu.. ya da vardı da yaygın değildi, hatırlamıyorum şimdi. İstanbul'a dönünce baktım internet kaynıyor.

Ne hissettiniz olayı öğrendiğinizde?
Aklım durdu. Nasıl yani? Osman'ın karısı emniyet müdürüyle.. kadın üçlü ilişkiyi videoya çekmiş, medyaya yollamış.. o üçüncü kişi de intihar ediyor.. Çok karanlık, gizemli bir olay. Osman için korktum, yaşatmazlar bu çocuğu dedim. Adam görevden alınmış ama emniyet müdürü sonuçta, eli kolu her yere uzanıyordur, insanın hayatını bitirir. Bir şekilde yırttı neyse ki. Ama kadın sağ mı ölü mü bilmiyorum. Bir daha bir şey çıkmadı hakkında. Siz biliyor musunuz?

Kadının öldüğüne dair bir bilgiye ulaşamadım.
Onunla da konuşacaksınız herhalde.

Bulabilirsem. Henüz izini bulmuş değilim. Teoman bu olayla ilgili size ne anlattı?
Kadın hayatımızı mahvetti dedi. Olay patlayınca Osman kaçmış. Nişanlısı Teo'yu terk etmiş, emniyet müdürü nişanlısının akrabasıymış çünkü. Teo şirketini satmak zorunda kalmış, evinden taşınmış.. daha bir sürü şey. İkisi de bitmişler özetle.

Teoman şirketini neden satmış?
Valla söylediğine göre kayınpederinin çok güçlü siyasi bağlantıları varmış. O da kayınpederinin gücüne güvenip fazla açılmış, büyük miktarda dolarla kredi almış bankalardan. Olaydan sonra nişan da bozulunca borçlarını ödeyememiş. Öyle anlattı ama ne kadar doğru bilemem tabii.

Osman kaçıp nereye gitmiş?
Bodrum'a sanırım. Uzun bir süre oralarda bir yerlerde saklanmış. Sonra müdür peşlerini bırakmış herhalde ki Osman tekrar İstanbul'a dönmüş. Teo Osman'la bu yüzden görüşmüyordu. Benim de hayatımı mahvetti diyordu.

Osman'ın karısı hakkında ne diyordu?
Nefret ediyordu kadından, eline geçirseydi öldürürdü yani.. o derece. Abim salağın teki, kadın onu kandırdı ama ben kendimi açıkgöz sanırdım, kaşar olduğunu nasıl anlamadım dedi. Kadın porno dergilere poz vermiş gençliğinde. İkisinin de haberi yokmuş, olaydan sonra öğrenmişler.

Siz dergiyi gördünüz mü?
Gördüm. Merak ettim çünkü. Çok karanlık bir olay, bir zamanlar çok yakın olduğum arkadaşımın başına gelmiş.. insan merak ediyor haliyle.

Teoman mı gösterdi?
İnternetten buldum. Olay patlayınca fiyatı uçmuş tabii.. bir tür skandal özel sayısı olmuş. Geçmiş gün, ne kadardı hatırlamıyorum ama fiyatına çok şaşırmıştım.

Fotoğraflar hakkında ne düşündünüz?
Valla bayağı erotikti.. bildiğimiz erkek dergisiydi işte.

Kadın hakkında ne düşündünüz?
Şaşırmadım. O pozları veren her şeyi yapar. Osman niye böyle bir kadınla evlendi ya da kadın geçmişini nasıl sakladı.. sakladıysa tabii.. asıl bunlar aklımı kurcaladı. Gerçi dedim ya.. saf bir tarafı vardı Osman'ın.. insanlara çabuk inanırdı.. herkese güvenirdi.

Kadına âşık olmuş muydu sizce?
Olmuştur herhalde. Kadın çok güzelmiş çünkü. Osman güzelliğe gereğinden fazla önem verirdi.

Kendisi de çok yakışıklıymış.
Öyleydi.. ona âşık olmayan kız yoktu bizim çevrede.

Çapkın mıydı peki?
Valla bir Gazi değildi. Gazi aynı anda üç kızla falan çıkardı. Osman öyle değildi.

Ya siz?
Ben üç kızla aynı anda çıkmadım hiç..

Osman defterlerinde hayatına giren kadınlardan üstünkörü bahsediyor. Ama karısına sayfalar ayırmış.
Gerçekten âşık olmuş demek ki.. kızları pek ciddiye almazdı aslında. Fazla seçiciydi, kolay kolay kimseyi beğenmezdi. Kızlar da çok üstüne düşüyordu. Öyle olunca değersizleşiyor tabii.. şimdi düşünüyorum da pek konuşmamışız bunları. Çok garip. Ya da konuştuk hatırlamıyorum.

Teoman video olayının nedeni hakkında ne söyledi?
Siyaset..

Nasıl yani?
Yengesinin musallat olduğu emniyet müdürü siyasete girmeye hazırlanıyormuş. Adam nişanlısının akrabası olduğu için Teo biliyordu durumu. Kadın için adamın siyasi rakiplerinden büyük para aldı, önce ayarttı, sonra da tuzağa düşürdü dedi.

Sizce de öyle mi olmuştur? Kadının emniyet müdürüne kurduğu bir tuzak mıdır bu?
Bence öyle. Sizin aklınıza başka bir sebep geliyor mu?

Osman'ın 1. defteri (devam)

18 Nisan 1990

Bugün işi bıraktım. Mübin Bey'in tepeme koyduğu Ramazan denen geri zekâlı ilk günden beri nefes aldırmıyordu, sonunda canıma tak dedi. Herif resmen takmıştı bana. Zaten Mübin Bey'den torpilliyim diye çok gıcık oluyordu. Sabah işe geliyorum, masama dağ gibi belge yığmış. Osman bugün bunların çevrilmesi gerek. Hemen, başüstüne! Ulan okumakla bitmez bunlar, akşama kadar nasıl çevireyim? Beğenmiyor bir de. Beğenmiyorsan sen yap ama *how are you*'dan başka İngilizce bilmiyorsun, nasıl olacak? Yıldız İnşaat'tan dereceyle mezun olmuşmuş. Her tarafı derece olsa ne olur? Üstü başı dökülüyor. O giydiği sentetik gömlekleri yarım saat giysem alerji olurum, bakarken bile kaşıntım tutuyor. Her sabah kendimi yataktan zor kazıyordum, bu sabah hiç uyanamadım. İşe gittiğimde saat on biri geçiyordu. Ramazan'da surat bir karış. Mesainin dokuzda başladığını anımsatmam mı gerek? Zaten her gün geç kalıyormuşum, idare ediyormuş beni. Salağa bak, sanki idare et diyen var, etme. Tecil için askerlik şubesine gittim dedim. Sinirlendi beyimiz. Öyle kafana göre gidemezsin, önce benden izin alacaksın. Tamam, bir dahakine öyle yaparım dedim ama içim içimi yedi sinirden. Öğle tatilinde yemeğe çıkıyorum diye çıktım, dönmedim. Doğru eve. Vurdum kafayı yattım. Bir uyandım ki gece olmuş, ev zifirî karanlık. Saate baktım dokuz buçuk. Oh be. Kalktım, biyolojik saatim yerine geldi. O saatten beri de romanıma çalışıyorum. Ara verdim, yemek söyledim dışarıdan. Yarın yedide kalkmak zorunda olmamak harika bir şey. Niye bu saçma sapan işte çalışıyordum ki zaten, paraya gereksinmem mi var? Zaten önümüz yaz, yaz sıcağında o saçma çeviriler yapılır mı? Bu yazı nasıl geçireceğiz bakalım. Çağatay Bodrum'a kaçalım diyor, Gazi Kaş'a gidelim diyor. Saçmalamayın yurtdışına çıkalım, araba kiralayalım, İtalya'nın kuzeyinden başlayalım, geçelim Fransa'ya, bütün Riviera' yı dolaşalım, ta İspanya'ya kadar. Tatil dediğin öyle olur. Söylemedim tabii, yapamayacaklarını biliyorum. Gazi belki bir şekilde ayarlar da Çağatay'ın babası öyle uzun bir Avrupa tatili için asla para vermez. Gazi'yle ikimiz gitsek Çağatay yüzümüze bakmaz bir daha. Bakalım ne yapacağız. Babam işi bıraktığımı ne zaman öğrenip kapıya dayanacak merak ediyorum. Dayansa ne olacak gerçi, bağıracak çağıracak, ben ağzımı bile açmayacağım, sonunda gidecek. Daha fazla ne yapabilir? Zorla mı çalıştıracak beni o şirkette? Bu aralar bana pek uğradığı yok yalnız, günde on kere aramayı da kesti, bir kadın mı buldu nedir? Kilidi değiştirdiğimi anladı herhalde. Teo anahtarımı istedi, içeride unutursun, bir şey olur, bende de olsun bir tane dedi. Babam istetti kesin. Ama yemez. Çağatay'da var, gerekirse ondan alırım dedim, vermedim. Geçen gün de Zeliha istedi. Beni uyandırmak istemiyormuş. Kalkar açarım dedim. Bozuldu, bana güveniniz yok o zaman dedi. Yok evet. Sana anahtar verdim mi Güllü'ye de verdim demek, Güllü de ânında babam için yaptırır.

Babamın açık açık bana anahtarını ver dememesini neye yormalıyım bilmiyorum. Artık kendime ait bir yaşamım olduğunu onaylıyor mu, istemeye cesaret mi edemiyor yoksa sinsilik mi yapıyor, anlamadım. Açıkça istese de vermeyeceğim ama, kesin kararlıyım. Gece yine bar bar gezdik. Çağatay, Gazi, Feridun, Erdal. Bir ara Levo da geldi. Oğlum nerelerdesin, ne zamandır geldiğin yok dedim. Aile sorunları varmış çıkamamış. Bir şey sormadım, sonra Çağatay söyledi, babasının on beş yıldır bir kadınla ilişkisi olduğu ortaya çıkmış, on iki yaşında bir kızı varmış üstelik. Annesi babasını evden kovmuş, ciddi ciddi boşanıyorlarmış. Çok şaşırdım, adam on iki yıl boyunca çocuğunu nasıl saklayabilmiş? Ama Levent pek morali bozuk görünmüyordu, duruma razı olmuş anlaşılan. Kardeşi hakkında ne düşünüyor diye sordum. Ne bileyim dedi, sormamış bile. Merak etmedin mi dedim, nesini merak edeyim, durup dururken bir kardeşi daha olmuş işte diyor. Bu Çağatay da bir tuhaf. Barları gezerken Karanlık'a da uğradık. Kenan'la Mert yoktu, çarşambaları çıkmıyorlar sandık ama işi bırakmışlar. Kenan Mert'le bozuşmuş, büyük kavga etmişler, stüdyodaki ortaklığı da bozmuşlar. Feridun anlattı. Çok şaşırdık, hiç haberimiz olmadı. Ondan görünmüyorlardı demek ortada. Ulan daha dün açtınız, ne çabuk kapıştınız? Feridun ellerinde avuçlarında ne varsa o boktan stüdyoya yatırdılar, iş yağacak sanıyorlardı ama sinek avladılar diye anlattı. Çağatay olacağı buydu diyor. Levent erken gitti, Feridun bir arkadaşına takıldı, biz üçümüz kaldık. Karanlık'ta iki kız bayağı asıldı, hangimiz olursak hesabı, ama üç kişiyiz, üçe iki olmaz, Gazi çöp çekelim dedi, Çağatay'la musluk yaptık, üçüncü kızı da bulamayınca uzadık. Ben hiç havamda değildim zaten, kızlar da çok pespaye tiplerdi. Gece İstiklal'de girmediğimiz yer kalmadı. Birkaçında müzik fena değil ama çoğu kötü, çok kötü. Müşterisi de giderek varoşlaşıyor, abuk sabuk tipler doluyor. Doğru dürüst mekânlara gidelim diyorum, Inn diye bir yer açılmış, müşterisi en üst kalite, Codeine'de DJ'ler yıkıp geçiyor diyorlar. Çağatay ikisine de gitmiş. Niye haberimiz yok diye kızdık, herife bak, hadi gittin niye söylemiyorsun? Londra'da yaşayan bir kuzeni varmış, o gelmiş, onunla gitmişler. Bok gibi müzik yapıyorlar, sosyete mekânları zaten, bizi açmaz diyor. Bahane. Mesele para aslında. Inn de Codeine de çok kazık yerler çünkü. Hadi Çağatay tamam, meteliğe kurşun atıyor ama Gazi'de cukka sağlam, o niye gitmem diyor anlamıyorum. Gerçi yalıda yaşasa da ruhu süflidir Gazi'nin, ondan herhalde. Bu varoş mekânları gerçekten seviyor o. Geçen arabamı garaja bırakırken Canan'la karşılaştık, arkadaşlarıyla Inn'e gidiyormuş, sen de gel dedi. Çok istedim ama gitsem Gazi, Çağatay ikisi de fena bozuk çalarlar. Bir dahakine dedim. Gideceğim bakalım, bizimkiler gibi değilim ben, kalite mekân seviyorum. Dün gece roman defterimi açtım yine ama fazla çalışamadım. Bir daktilo alsam iyi olacak, elle yazmak çok yorucu, aslında bilgisayar almam gerek ama onun da öğrenmesi sorun. Bir sürü iş. Yeni bir şarkıya başladım. Lal. Uçurum dursun, demlensin biraz. Uçurum'un sözleri çok iyi oldu diyordum ama o kadar da iyi değilmiş. Aşkın demir çelik ne ya, Ereğli demir çelik gibi. Söz yazmaya biraz daha fazla çalışmam gerek.

* * *

27 Nisan 1990

Beklediğim oldu. Akşam tam çıkacağım, Cananlarla Inn'e gideceğiz, zil çaldı. Açtım, Necmi Bey bombok bir suratla kapıda. Mübin hıyarı bugün aramış, Osman hasta mı, on gündür işe gelmiyor demiş. Niye gitmiyorsun dedi. İşi bıraktım dedim. Sebep? Tam anlatıyorum, çok sıkıldım, bana saçma sapan çeviriler yaptırıyorlar. Daha sözümü bitirmeden ulan it, ben senin için millete ağız eğiyorum sen bunu mu yapıyorsun diye suratıma iki tokat geçirdi. Neye uğradığımı şaşırdım. Karşılık vermek istedim ama kolum kıpırdamadı, felç oldu sanki. Baba bunu yapmayacaktın diyebildim yalnızca. Gözlerimden nasıl bir ateş çıktıysa, öyle kalakaldı bir süre. Sonra da benim senin gibi oğlum yok artık, ne halin varsa gör dedi, çıktı gitti. Bir saat sonra telefon çaldı. Açtım, beni dinle dedi, ânında kapattım yüzüne, telefonun fişini çektim. Bu kez kapı. Teo. Abi aç diyor. Git dedim ama zilden çekmiyor elini. Çok üzülmüş beyefendi, Teo'yu yollamış, gelsin konuşalım demiş. Manyağa bak. Nasıl bir adam bu ya, hâlâ ne yüzle çağırıyor beni? Teo da salak salak gülüyor. Babamı bilmiyor musun, ruh hastasının teki, annemi kanser etti be, sana iki tokat atmış çok mu dedi. İyice delirdim. Tokat attığı yetmemiş, bir de Teo'ya söylemiş. Ne takıyorsun boş ver dedi. Üç ay sonra 25 oluyorum dedim, 25 ne demek, koskoca adamım, bana nasıl tokat atar? Bunu der demez çocuk gibi ağlamaya başladım, kendimi tutamıyorum, kriz halinde ağlıyorum. Teo'nun da gözleri doldu. Ben taşındığımdan beri ona sarmış. Bir de benim halimi düşün, hâlâ onunla oturuyorum dedi. Oturma, zorunlu musun? Paran var pulun var, sen de tut kendine bir ev, çık. Acıyormuş, yaşlıymış, yalnızmış. Nesine acıyorsun? O sana acıyor mu? Anneme acıdı mı? Kan kusturdu kadına kan! Ondan habersiz çarşıya bile çıkamazdı. Kaç kere bu ayakkabılar kutusundaydı, niye çıktı, benden gizli süslenip bir yere mi gittin diye kavga çıkarmadı mı? Roma'daki yılbaşını anımsa dedim, fakülteden arkadaşlarıyla gitmiştik hani. Sermet Bey annemi dansa kaldırdı diye sudan bir bahane bulup kıyamet koparmadı mı? Saat daha bir olmadan apar topar yukarı çıkmadık mı? Annem üç gün odadan dışarı adımını atmadı. Millete hiç belli etmedi nasıl kıskanç bir ruh hastası olduğunu, herkese Mahmure midesini bozmuş, yatıyor dedi diye anımsatıyordum. Dövmüştü dedi. Annemi hep dövüyordu bilmiyor musun? Kalakaldım. Tabii ki biliyordum ama bildiğimi bilmek istemiyordum ki. Öyle bakıştık bir süre, benim gözlerimden hâlâ yaş akıyor. Bir keresinde okuldan gelmiştim, baktım annem evde yok. Necmi salonda oturuyor, teyzen hastaymış annen ona bakmaya gitti dedi. Salak salak inandım. İnanmamıştım aslında ama çocuktum, inanmak daha kolay geliyordu. Dört-beş gün sonra nasıl tehdit ettiyse artık annem geri döndü. Çok zayıflamıştı, ip gibi olmuştu, gözleri içine çökmüştü ağlamaktan. Bitti dedim Teo'ya, benim Necmi denen adamla bir ilgim kalmadı artık, babam falan değil. Ayrıca da söyle, BMW aldım, gelsin sıkıyorsa bir tokat da onun için atsın. Biliyor ki dedi. Nereden biliyor? Arabamı Gürbüz Garajı'na bırakırken görmüş beni. Kerim'e sormuş, o salak da söylemiş. Bana niye araba mı aldın diye sormadı, niyeti ne? Eğer bir şey yapmaya kalkarsa çok fena ödetirim yalnız. Yemin ediyorum kolum bu kez yerinden kalkar, hastanelik ederim. Çocukken bile Teo'nun karşısında ağlamamıştım ben. Kendimi parçalamak istiyorum şu anda. Necmi'den yediğim tokattan daha fazla canımı acıtıyor bu.

* * *

7 Haziran 1990

Teo'ya ne diyeyim bilmiyorum, aslan kardeşim mi diyeyim Allah'ın psikopatı mı diyeyim, ne diyeyim? Telefon etti, ayın 24'ünde ÖYS varmış, beni fizik çalıştırsana dedi. Oğlum dershaneye gidiyorsun ya. Dershanede anlamıyormuş, ancak ben anlatınca kafasına giriyormuş. Lisedeyken de ben çalıştırınca öğrenirdi, az çalıştırmadım serseriyi. Geçen yıl paso dalga geçtiği için bir yeri kazanamadı. Necmi köpürdü tabii, üç ay canına okudu. Geldi, açtık kitabı, test çözüyoruz. Şaşırdım, o kadar da salak değilmiş meğer, çabuk anlıyor. Zil çaldı. Gittim açtım. Yine Akın denen dallama. Küstah bir surat. Artık seni uyarmak için hiç kendimi yormayacağım, ev sahibini aradım, seni evden çıkaracak, toplanmaya başla dedi, pis pis sırıtıyor. Teo geldi arkamdan, ne oluyor dedi. Akın iti Teo'yu bir süzdü, 19 yaşında tıfıl bir oğlan, hiç ciddiye almadı, büyük bir hata yaparak, evladım sen ne karışıyorsun, sana kemik atan oldu mu dedi. Kemik öyle mi? Eyvah! Teo delirdi. Ne diyorsun ulan sen, asıl sensin köpek, bu apartmanı senin başına geçiririm diye yakasından tuttuğu gibi duvara yapıştırdı. Boğacak herifi. Elim ayağım boşandı, başımız derde girecek. Teo'nun boyu kısa ama deli gücü var herifte. Bırak adamın yakasını diyorum, ne bırakacağım ulan, ne sanıyor bu dalyarak kendini diye bas bas bağırıyor. Celal koştu geldi, üst kattakiler, alt kattakiler, herkes çıktı. Akın'ı zor aldılar Teo'nun elinden. Akın polis çağıracağım, bana saldırmak ne demekmiş, ikiniz de göreceksiniz diye bağıra bağıra gitti, ama Teo hâlâ çağır ulan, bütün emniyeti çağır, çağırmazsan şerefsizsin diye bağırıyor. Zorla soktum içeri. Kabahat senin diye bana bağırmaya başladı bu kez. Niye yüz verdin bu puşta, daha en başta indirecektin yumruğu tepesine, bilmem ne. Polis çağırıyor herif dedim. Çağırsın, bekliyorum dedi. Tanrım nasıl da rahat, hayret içindeyim. Kavga mavga, böyle şeyler hiç bana göre değil, ânında kilitlenip kalıyorum. Ev sahibinin telefonunu ver diye tutturdu. Ben sonra konuşurum dedim, hayır şimdi arayacaksın. Baktım yakamı bırakmayacak, iyi tamam sen ara dedim. Aradı, abimi neden evden çıkarmak istiyorsunuz diye sordu. Nereden çıktı o dedi ev sahibim, adamın haberi bile yok. O da burada otururken Akın'la papaz olmuş, hiç muhatap olmayın, delinin teki dedi. İçim rahatladı. Ama bir saat geçmedi kapıda iki polis, hakkınızda şikâyet var. Hadi buyur. Baktım, Teo az önceki Teo değil. Bir tatlı konuşmalar, bir şeker diller, masum bir surat, sevimli bir oğlan çocuğu. Ne yapmışız memur bey, ne hatamız olmuş? Elinde de fizik kitabı, ders çalışıyoruz biz abimle, ÖYS'ye gireceğim, beni fizik çalıştırıyor. Yöneticiye saldırmışsınız dedi polis. Biz mi diyor bizimki hayret içinde, biz mi saldırmışız? Yalan. Bizim babamız İTÜ'de profesör, biz çok düzgün bir aileyiz, kavga falan bilmeyiz. İnanmıyorsanız komşulara sorun demez mi? Baktım apartmandakilerden tıs yok, başta hepsi merdivenlere toplanmış sırıtarak izliyorlardı. Teo komşulara sorun isterseniz deyince hepsinin suratı değişti, girdiler evlerine, kapılar kapandı, nasıl korktular birden. Polisler bir-iki öğüt verip gittiler. Ama Teo rahat durur mu? Giriş katta oturuyordu bu dalyarak değil mi? Oğlum bırak, polis daha şimdi gitti, ille karakolluk mu olalım? Asansörü bile beklemeden patır patır iniyor aşağı. Ben de arkasından, Teo dur, ne gerek var? Şimdi yandık dedim, polis bu kez kesin götürecek bizi. Karakolda Coşkun Abi'yi ararım, o gelir diye düşünüyorum. İndi aşağıya, zile bastı. Teo'nun kapısına dayanacağı Akın manyağının aklına bile gelmemiş ki açtı kapıyı. Teo'yu görünce yalvarmaya geldik sandı. Hiç özür mözür dilemeye kalkma derken Teo ne özrü laaan! diye bir bağırdı, sesinden sokak kapısının camları zangırdadı. Akın kapısını kapatacak ama Teo ayağını koymuş eşiğe. Bir daha abimi rahatsız edersen senin sülaleni sikerim anladın mı, bundan sonra kapısını çalmadan önce kırk kere düşüneceksin dedi. Sen beni tehdit mi ediyorsun diye diklenmeye kalktı hâlâ salak, sesi ördek gibi çıkıyor. Evet ediyorum dedi Teo, tehdit ediyorum ulan, bütün apartman da şahit. Hadi ara gene karakolu, beni tehdit ediyorlar de. Akın apartmandakiler koşup gelecek sanıyor ama gelen giden yok, herkes sağır numarası yapıyor. Eve döndük. Ne yapabilirsin ki adama, niye boş boş tehdit ediyorsun dedim, gülüyor. Nasıl bir çocuk bu Teo, nereden öğreniyor böyle şeyleri anlamıyorum. Akın manyağı gerçekten korktu demek ki, ne polis geldi ne kapıyı çalan oldu. Teo, bir daha asla rahatsız edemez seni, ne istiyorsan yap diyor.

* * *

15 Haziran 1990

Teo Akın'ı tehdit ettiğinden beri kapıma dayanan yok. Ne müziği kısıyorum artık ne çocuklara sessiz olun diyorum. Ne zaman çağırsam Celal beş dakikada geliyor, serviste de beni pas geçmiyor artık, gazetem, ekmeğim her sabah kapıda. Tülay denen kız kurusu selam verdi geçen gün. Dün de Akın'la girişte karşılaştık. Beni görünce beti benzi attı, elinin titremesinden anahtarı kilide sokamadı. Gazi'ye anlattım, Teo bu cesareti nereden buluyor? Babam böyle bir konuda asla arka çıkmaz ona. Görünmüşlerdir dedi Gazi. Ne demek görünmüşlerdir? Kimler görünecek? Teo toplamıştır arkadaşlarını yolunu kesmişlerdir, Akın'ın da ödü bokuna karışmıştır. Saçmalama, koskoca adam üç-beş çocuk yolunu kesti diye korkacak değil dedim. Moruk sen kardeşinin arkadaşlarının kim olduğunu bilmiyor musun? Kimmiş ki arkadaşları? Davut Can'ın oğlu Bedir'le Teo'nun arasından su sızmıyor. Davut Can da kim diyecektim ki birden aydım. Ulan mafya babası bu adam, çok ünlü, ikide bir gazetelere çıkıyor. Senin yönetici niye bu kadar tırstı sanıyorsun? Kesin Bedir toplamıştır takımını, Akın'ın yolunu kesmişlerdir, silahın kabzasını da bir gösterdiler mi tamam. İyi de Teo nereden tanışıyor mafya babasının oğluyla? Ohoo... moruk senin dünyadan haberin yok dedi. Aynı lisede okudu ya bunlar, can ciğer kuzu sarması oldular. Çok şaşırdım, gerçekten haberim yok. O kadar uzakmışım demek ki kardeşime. Sen nereden biliyorsun? Ben bile bilmiyorum, sen nasıl biliyorsun? Herkes biliyor bir sen bilmiyorsun dedi. Babam da biliyor mu? Ne bileyim? Babana sor. Buna sevineyim mi şimdi dedim, iyi bir şey mi yani bir mafya babasının oğlunun kardeşimin arkadaşı olması? Biz böyle bir aile değiliz ki. Silah külah, bizim ailede böyle şeyler olmaz. Ne ailesi moruk dedi, sen hangi kafadasın? O iyi aile çocukları devri çoktan kapandı. Şimdi yaşam böyle. Güç konuşuyor artık, yalnızca para yetmiyor, farkında değil misin? Değilim Gazi. Değilmişim meğer. Tamam değişen bir şeyler var, farkındayım ama bu kadarını aklım almıyor. Öte yandan Akın'ı altına sıçırttığından beri çok yakınlaştık Teo'yla, daha sık görüşüyoruz. Hemen her gün bana uğruyor, ara sıra yemeğe gidiyoruz. Hesap ödediği yok tabii. Çağatay'la Gazi koruma tuttun oğlum, o kadar olacak diye gülüyorlar. Gazi dün iki milyon borç istedi. Harley alacağım diye Yamaha'sını satmıştı, parayı denkleştirememiş. İki milyon açığın varsa niye Harley almaya kalkıyorsun? Git babandan iste ayrıca, adam muayenehanesinde para kesiyor. Anladı herhalde aklımdan geçeni, pederle çok fena papazız dedi. Muammer Amca geberip gideceksin, motor alman için kuruş vermem demiş. Vermek istemedim ama param yok desem olduğunu biliyor, veremem desem olmaz. Verdim. Bir ay sonra öderim diyor. Bok ödersin. Daha öncekiler gibi o para da geri gelmeyecek, biliyorum da arkadaşız işte.

* * *

17 Haziran 1990

Teo'yla yakınlaşmanın bir bedeli olacağını tahmin etmem gerekirdi, aptallık bende. Böyledir bu çocuk, bir iyilik yaparsa karşılığını mutlaka ister. Sabahın köründe geldi, daha gözümü açamamışım, bugün arabayı ben alacağım dedi. Lafa bak, ortak arabamız sanki. Benim oğlum o araba, ne demek arabayı bugün ben alacağım? Ehliyetin yok, nasıl kullanacaksın dedim. Çıkardı gösterdi, yeni almış. Kusura bakma bugün araba bana gerekli dedim. Sen taksiye bin diyor hayvan. Asıl sen bin taksiye ya da sen de kendine bir araba al, madem ehliyetin var artık. Annemden kalan dairelerin parası banka hesabında kuzu kuzu yatıyor, bir kuruş harcadığın yok, Necmi'nin evinde her şey bedava. Ne yapacaksın arabayı dedim. Manitasını Kilyos'a götürecekmiş beyefendi. Senin manitan mı var dedim. Ne var, olamaz mı diye terslendi, ağırına gitti tipsizin. Tanıştırmadın da ondan dedim. Manita demiş, sevgili dememiş, manitalar tanıştırılır mıymış? Senin yok mu diye bana soruyor. Ciddi biri yok dedim, geçiştirdim. Yok gerçekten. Gerçi Canan'a göre kesin çıkıyoruz da, benim bir türlü içim ısınmıyor bu kıza. Geçen hafta ilk kez bende kaldı. Öğlen uyandım baktım yatağımda çıplak bir kadın, uyku sersemi şaşırdım, bu da kim? Hayal meyal anımsadım, gece birkaç yer dolaştıktan sonra Inn'e gitmiştik. Sabaha karşı taksiyle benim eve geldik ama ben mi bana gel dedim, o mu sana gidelim dedi orası karanlık, film bir yerde kopmuş. Normal tabii, çok içtik, zurna olduk resmen. Canan, Ferhat, Ferhat'ın arkadaşları extacy de attılar, tam oldular, bana da ısrar ettiler ama istemedim, ot mot tamam da kimyasalla işim olmaz, ödüm kopar benim kimyasaldan. Ertesi gün kendime kahve yaptım, salonda içiyorum, tanrım kalkıp gitse artık şu kız diyorum, fitness'a gideceğim ama evde bırakıp çıkamıyorum. Saat oldu bir, nihayet uyandı, şiş bir surat, makyajı akmış, suaygırı gibi de esniyor. Geldi sarıldı, ekşi ekşi kokuyor. Tanrım bu kızla mı yattım ben? Nasıl da boş, tın tın. Salak salak esprilere güldü bütün gece. Çevresi sağlam ama. Beni Ferhat'la tanıştıran da o. Babasının holdinginde çalışıyormuş Ferhat. Bizim pederde acıma yok, oğlum filan demiyor, hayvan gibi çalıştırıyor dedi. Herkesin babası başka bir cins anlaşılan. Beni de bir sevdi, moruk sık sık çıkalım böyle diyor. Pek hoşlanmadım aslında Ferhat'tan. Bir sürü şampanya açtırdı Inn'de, denizde kum onda para tabii. Ama görgüsüzlük. Bir de çalkalayıp köpürtüyor, kızların üstüne fışkırtıyor, kızlar kırılıyorlar gülmekten falan, iğrenç. Aslında eğlendim mi o gece emin değilim, kendimi ara ara iyi hissettim, of be ne güzel dedim ama bu ne ya, çekip gitsem şuradan dediğim de oldu. Inn'deki müzik konusunda da Çağatay haklıymış, tam coşturmaca, müzik falan değil. Ne desem de savsam şu kızı başımdan diye düşünüyorum, hadi bizim çocukları arayayım da Bebek'e kahvaltıya gidelim dedi. Çok işime geldi, bir bahaneyle Bebek'ten kaçarım. Kalktık gittik, Anemon diye bir kafe açılmış, tüm gün kahvaltı servisi var, mutfağı fena değil, pancake'ler, ev poğaçaları, omletler. Hafta içi olduğundan sakindi. Inn tayfası da geldi, Ferhat dışında, o gün Londra'ya uçacakmış beyefendi. Kahvaltıda Canan'ın kolu boynumdan inmedi, yerli yersiz yılışıyor. Çevreye sevgiliyiz diyor yani. Duş yapmadan çıktı bu kız diye düşündüm, iyice soğudum. Arabamı Inn'in valesine vermiştim. Gidip almam gerek dedim, öyle kurtuldum elinden. Yakamı kolay kolay bırakacağa benzemiyor, dur bakalım. Böylesinden kurtulmanın zor olduğunu biliyordum. Kendini bana yıkmasına izin vermemeliydim, yaptım bir hata. Aslında yalnız yaşamaya bayılmıyorum, birlikte yaşayabileceğim bir kadın olsa çok hoşuma gidecek. Âşık olmak istiyorum, bir şey hissedemediğim kızlardan bıktım dedim bir keresinde. Gazi ne aşkı oğlum, kız buldun mu vur geç diyor, gülüyor. Yalnızlık bir yanıyla harika, kimsenin isteklerine uymak zorunda değilim. Ama yatağa girdiğimde anlamsız bir korkuya kapılıyorum, sanki kimsem yokmuş, ölsem kimsenin haberi olmayacakmış gibi. Çok saçma ama annem öldüğünden beri geceleri böyle hissediyorum kendimi. Neden deli divane âşık olacağım biri çıkmıyor karşıma? Var da bana mı denk gelmiyor, bende mi bir sorun var nedir, anlamadım. Doğru dürüst bir ilişkim olmuyor, çok çabuk sıkılıyorum bu boş kızlardan. Teo'ya arabamı vermek istemedim. Ehliyetini daha yeni almış, çarpacak edecek. Ama öyle bir gözüme bakıyor ki hayvan, sıkıysa verme. İyi al dedim, ne zaman getireceksin? Gece garaja koyarım dedi, aldı anahtarı gitti. *Kara Kitap*'ı açtım, okumaya başladım ama aklım arabamda. Canan aradı. Hazırlan, Melisa'yla seni almaya geliyoruz. Haydaaa... Nereye gideceğiz? Ferhat'ın yatıyla adalara gidecekmişiz. Programı da yapmışlar. Büyükada açıklarında yüzme, Eskibağ'daki meyhanede yemek, gece de Boğaz'a geçecekmişiz. Kalabalık olmuyoruz, sen, ben, Ferhat, Melisa, Hakan, Ela o kadarız dedi. Melisa Ferhat'ın sevgilisi, Inn'de onunla da tanıştık. Çok güzel bir kız ama fazla kasıntı, şımarık hatta, hiç sevmem bu yapay şımarıklıkları. Hakan'la Ela'yı tanımıyordum. Umarım gıcık tipler değillerdir diye düşündüm. Sıcaklar bastırdığı için yüzme önerisi çok hoşuma gitti. Hâlâ bir yaz programı yapamadık bu arada. Çağatay beyefendi staj yapmaya karar vermiş, buna da bir okul merakı geldi. Gazi, gidelim bir ay Kaş'ta takılalım, sonrasına bakarız diyor. Aslında kötü öneri değil ama Gazi'yi tek başına çekemem. Levo da bir yayınevinde işe girmiş, beni hesaba katmayın, yokum diyor. Ne halt yiyeceğiz, doğru dürüst bir tatil yapmadan mı geçecek koca yaz? Gazi'ye Harley'ini ne zaman alacaksın dedim, bekliyormuş, daha galeriye gelmemiş. Bakalım gelecek mi, Allah bilir belki de Harley marley yok ortada. Necmi haziran başında Burgaz'a geçmişti, mutfağı banyoları yeniletmiş, verandanın karolarını değiştirtmiş, üst kat balkonunun demirlerini söktürmüş, alüminyum çerçeveli cam taktırmış. Ev cillop gibi oldu diyor Teo. İyi, aferin Necmi'ye, çok umurumdaydı. Cumartesi yaz partisi verecekmiş, neyine parti veriyorsa, ada tayfasının yaş ortalaması yüz. Teo gülüyor, dans ederken ölür bunlar diyor. Nazan Hanım da gelecek miymiş dedim. Gülme kadın boşanıyormuş, yakında babama kancayı atar, basar nikâhı, biz de görürüz ebemizinki dedi. Ne güzel işte, keşke evlense, sen de kendi evine çıkarsın fena mı? Cicianneyle oturacak değilsin dedim. Bir sinirlendi. Evlenmesi şart mı, nikâhsız otursun diyor. Sana ne dedim ama sonra uyandım, evlenirse kadın mirasa ortak olacak, Teo'nun asıl derdi o. Aslında haklı, annemin yiyemediği parayı Nazan Hanım mı yesin? İyi ki yeni blucin almışım Armani'den, onu giydim, üstüne tiril tiril beyaz keten gömlek. Çantamı hazırladım, şort havlu terlik boxer deodorant güneş kremi. Bir de *Kara Kitap*'ı attım içine. Levo Orhan Pamuk'u çok övdü, ben okumadım daha, *Cevdet Bey ve Oğulları*'na başlamıştım ama yirminci sayfada bıraktım, araya başka şeyler girdi, iyi gidiyordu aslında. Bakalım *Kara Kitap*'ı beğenecek miyim. Gerçi Levo beğendiyse iyidir. Zil çaldı, Canan diafonda, aşağı in diyor. Pencereden baktım, Melisa'nın beyaz spor Mercedes'i kapıda, güzel arabaymış, beğendim. Atladık arabaya doğru Bebek'e. Marinadan Ferhat'ın yatına bindik. Kaptanı karşıladı. Herifle aynı yaştayız ama onun kaptanı var, yatında da üç kişi çalışıyor. Ayakkabıları çıkardık, güverteye geçtik. Hakan'la Ela'yla tanıştık, ikisi de gıcık tipler, sevmedim, soğuklar. Ferhat'ın yatı müthişti yalnız. Ful döşeli üç kamara, üst seyir terası, kıç güverte, şahane bir salon, içinde televizyon, müzik seti, yok yok.

Bir içki dolabı yapmış, üç ay içmekle bitmez içindekiler. Çok kıskandım. Bir gün böyle bir yat alacak kadar param olacağını sanmıyorum, Necmi'den miras kalırsa ancak. Evet Teo haklı, Necmi istediği kadınla birlikte yaşayabilir, yeter ki nikâh kıymasın. Madem Çağatay'la Gazi'den hayır yok, ben de Ferhatlarla takılırım bu yaz diyordum ama olanaksızmış, anladım. Ferhat çok garip biri, dakikası dakikasına uymuyor, uyuşturucudan kafa gitmiş. Durduk yere sorun çıkardı. Anlamadım ne olduğunu. Bebek'ten çıktık, iyi gidiyor her şey, hava güzel, içkiler güzel, müzik güzel. Büyükada açıklarına geldik, kızlar bikinileri çektiler, ben de şortumu giyeceğim, atlayacağız suya. Ferhat hava serin, bu havada yüzülmez diye tutturdu. Saçmalığa bak. Bir, tamam hava bulutlu ama serin değil. İki, sana ne? Gireriz, üşürsek de çıkarız. Yatına bindik diye sen mi karar vereceksin denize girip girmeyeceğimize? Canan'a nedir bunun derdi dedim. Bilmiyorum dedi, Melisa'yla bir ara kamaraya indiler, kavga mı ettiler ne olduysa tatları kaçık geldiler. Suratı beton kesildi herifin, yaktı purosunu, dergi karıştırıyor. Madem suratımıza bakmayacaktın niye çağırdın? Hakan'la Ela muhabbet açmaya çalışıyorlar, ama hiç oralı olduğu yok. Eskibağ'da yemek yiyecektik, Büyükada'ya yanaşalım mı artık dedik. O da nerden çıktı demez mi? Canan öyle konuştuk ya dedi. Hayır ben öyle bir şey söylemedim, oradaki meyhaneyi de hiç sevmem ayrıca dedi. Ortam buz gibi oldu. Bebek'e geri döndük. Daha akşam olmadan marinaya çektirdi yatı. Benim akşama bir programım var, siz kendiniz takılırsınız artık dedi. İndik kös kös. Hasta mıdır nedir? Melisa ağlıyordu. Canan'a yalnız bırakma kızı dedim, tüydüm. Dağıldık. Pazarımın içine sıçtı herif. Gerçi iyi oldu, romanıma çalıştım biraz.

* * *

17 Temmuz 1990

Cuma günü tatilden döndük ve bugün doğum günüm. Ela hastalanmasaydı yeni yaşıma Santorini'de girecektim. Karnım ağrıyor, İstanbul'a dönelim diye tutturunca Hakan'a kapris yaptığını sandım ama apar topar ameliyata almışlar, bir gün daha gecikseymiş ölebilirmiş, apandisiti patlamış meğer. Gerçi Canan abartıyor da olabilir, çok seviyor küçücük olayları kriz haline getirmeyi. Böylece erken döndük. Zaten doğum günüm olduğunu onlara söylemeyecektim. Doğum günlerinden nefret ederim. Annem öldüğünden beri de kutlamıyorum. Çıktığım kızlara bile söylemiyorum doğum tarihimi. Gereksiz şaklabanlıklar, sürpriz partiler falan yapmaya kalkar, ki yapanlar oldu. Bundan sonra her doğum günümde kendime bir dolmakalem almaya karar verdim. Ecem Kırtasiye'ye uğramıştım, Emral Hanım'ın tavsiyesi üzerine gümüş rengi bir Kaweco aldım. Bu markayı bilmiyordum, Alman malıymış, Emral Hanım Heidelberg güzeli bu diyor. Şu anda onunla yazıyorum, gerçekten nefis bir kalem. Biz küçükken annem doğum günlerimize çok özenirdi. Bir gün önceden börekler çörekler yaptırılır, içecekler alınır, büyükler için viskiler, şaraplar, Rokoko Pastanesi'ne çikolatalı pasta ısmarlanır. Teyzemler, halamlar hepsi tam kadro gelir, çocukları kocaları, ev sevmediğim bir sürü insanla dolu, doğum günümüz mü en sıkıcısından aile toplantısı mı belli değil. Armağan sevinci bile yaşayamazdım. Münevver Halam hep pijama alırdı çünkü, Teo'ya da bana da her yıl aynı çirkinlikte yeni bir pijama. Teyzemler ya pantolon ya gömlek. Biriniz de oyuncak getirin, plak getirin, ne bileyim ilginç bir şey getirin, uyduruk bir uçurtmaya bile razıyım ama nerde? Babam kitap, atlas, pergel takımı, ille okulda gerekecek bir şey. Liseye geçtiğim yıl dolmakalem almıştı, mermer desenli orta karar bir Pelikan, edebiyat ödevlerimi onunla hazırlardım, fena değildi, yitirdim onu, belki de çalındı. Babamın Talat diye bir amcaoğlu var, Allahtan görmüyorum artık, hiç sevmem, ölemedi gitti, zayıf, sevimsiz bir herif. Emekli valiyim diyor, ama babam vali mali değil, 12 Eylül'de adamsızlıktan üç aylığına Balıkesir'e vali yaptılar, hâlâ onun ekmeğini yiyor dedi. O hıyar armağan da getirmezdi, patlayıncaya kadar yiyip içer, konuşurdu yalnızca. Babam bu yıl arayıp doğum günümü kutlamadı bile, kendi evime çıktım diye herhalde. Burulmadım desem yalan olur, her ne kadar aramız limoni de olsa doğum günümü anımsaması hoşuma giderdi. Teo da aramadı, o zaten hiç kutlamaz. Ben onunkileri kutlarım oysa, unutmam. Burgaz'daki ev alındıktan sonra benim doğum günlerim küçük kutlanır oldu, annem, babam, Teo, adadaki komşular, onların çocukları, o kadar. Ama Teo'nunki kışa denk geldiğinden onun doğum günlerinin İstanbul'da aynı kalabalık kadroyla kutlanması sürdü. Orta sona geçtiğim yaz doğum günüm babamın çok önem verdiği bir işadamının oğlunun düğünüyle aynı tarihe denk geldiği için kutlanmadı. Yaz sıcağında ceketli meketli giyindik, Hilton'a gittik. Çok şatafatlı bir düğündü. Her yer şıkır şıkır, içkiler su gibi. Kadınların şıklığından gözüm kamaşıyor. Teo'yla benim gömleklerimiz terziden çıkmaydı. Teo küçük olduğu için onunki düğmeli, benimki kol düğmeli. O çok güzel gece kol düğmelerimin tekini yitirdiğim için babamdan yediğim dayakla bitti. Teo'nun anımsadığım ilk hainliğidir bu, yitirdiğim kol düğmemin tekini ancak ben dayak yedikten sonra, buldum diye ortaya çıkarması. Teo'nun hainliği doğuştan geliyor. Ben dayak yerken suratında gizlemeye çalıştığı gülümsemesini gördüğümde sekiz yaşındaydı, o yaşta hainliği öğrenmiş olamaz. Kol düğmesini eve döndükten sonra düşürmediğimi biliyordum, yolda fark etmiştim yitirdiğimi, babam inşallah anlamaz diye dua ediyordum. Teo nerede buldu, ne zaman buldu bilmiyorum ama babamdan dayak yememi beklediğinden-----

(1. defter burada bitiyor.)

Osman'ın arkadaşı motorcu Ali Gazi İleri

"Ama hayat işte. Koptuk.. dağıldık.."

Osman, Çağatay ve siz bir zamanlar çok yakın arkadaşmışsınız. İlk hangisiyle tanıştınız?
Osman'la. Çağatay'la beni Osman tanıştırdı. Osman'ı High School'dan tanıyordum.. ama okuldayken görüşmezdik Osman'la.. selamlaşmazdık bile. O zamanlar sevmezdim ben Osman'ı.

Neden?
Kıskanırdım. Çok yakışıklıydı piç.. acayip yakışıklıydı. Gözüme kestirdiğim kızlar hep buna hasta diye kıl oluyordum. Tam bir kıza yürüyeceğim, kız başlıyor Osman şöyle Osman böyle demeye.. beni de sinir basıyor tabii..

Rakiptiniz yani.
Rakip falan değildik. Osman beş sıfır öndeydi. Sadece yakışıklı değildi ki piç.. İngilizcesi çok iyiydi. Türkçesi daha da iyiydi. Okul gazetesine yazı yazıyordu. Kızlar biterdi yazılarına.. on parmağında on marifet vardı yani..

Sonra nasıl yakın arkadaş oldunuz?

İlginç oldu aslında. Liseden sonra birbirimizi pek görmüyorduk. Ben İstanbul Siyasal'daydım, o İTÜ'de, yolumuz kesişmiyordu. Ben Boğaz çocuğuyum ayrıca.. o zamanlar mekânım Arnavutköy, Bebek, Hisar.. Osman Nişantaşı çocuğu, Boğaz'a pek inmez, Taksim'e çıkar daha çok. Bir gün Gezi pastanesinde bir kızla buluşacağım.. havalı mekân diye oraya çağırmışım. Ama bir saat olmuş kız ortada yok.. ekmiş beni belli. Tam kalkacağım Osman geldi. Nasıl yakışıklı gene allahın cezası, nefis bir deri mont giymiş, saçlar maçlar.. orman gibi saçı vardı zaten. Resmen yıkılıyor. Gezi'ye de o gün tiyatrocular doluşmuş devlet tiyatrosundan, bütün masalar dolu. Osman'la göz göze geldik, burası boş diye işaret ettim. Salak salak da sırıtıyorum, bir-iki adım gelsin n'aber diyeceğim. Oturdu ama beni tanımadı. Bir bozuldum. Ulan o kadar da silik bir tip değiliz.. bizim de bir giderimiz vardı okuldayken. Benim surat fena düştü tabii.. yüzüne bile bakmıyorum, acayip koymuş beni tanımaması. Hesabımı ödedim, gidiyorum.. bir dakika ya.. sen Nişantaşı Anadolu'dan Gazi değil misin dedi.

Nişantaşı Anadolu mu?
Biz okurken Nişantaşı Anadolu oldu bizim okul. High School diye başladık, Nişantaşı Anadolu diploması aldık. İngilizler dehledi bizi.

Peki sonra?
Ya kusura bakma.. ilk anda tanıyamadım, acayip değişmişin dedi.. sakal makal. Meğer sakaldan tanımamış. Baktım gülüyor.. beni gördüğüne çok sevinmiş gibi de bir hali var. Ama beni hemen tanımadı ya.. ben de gıcıklığına onu çıkaramıyormuşum gibi yapıyorum. Sözde adını hatırlayamıyorum.. köpek gibi biliyorum aslında.. unutur muyum? Bir şaşırdı bu.. tanımadın mı? Osman ben dedi, aynı okuldaydık. Tamam dedim ya.. şimdi ha-

tırladım, Osman.. Osman Koryürek. Konuşmaya başladık.. ne yapıyorsun, nerde okuyorsun falan. Sanki bilmiyoruz. Kim nereyi kazanmış, puanına kadar biliyoruz da seni o kadar da önemsemiyorum havası yapıyoruz işte. Çağatay diye bir arkadaşıyla buluşacakmış. Benim de kızın teki beni ekti diyecek halim yok.. bir de entel ya, bir arkadaşın oyunu var akşam, ona gideceğim, vakit geçiriyorum dedim. O sırada bizim okulda tiyatro kulübü kurulmuş, beni eken kız da kulüpte, Godot'yu Beklerken'i çalışıyor. Hangi tiyatroda arkadaşın diye sormaz mı? Anasını satayım bir tane tiyatro adı aklıma gelmiyor.. atacağım bir şey, atamıyorum.. bilir çünkü, tiyatro, sinema, resim mesim.. hepsini bilir.

Ne dediniz peki?
Bir şey demedim. Çağatay geldi, soru kaynadı. Osman tanıştırdı bizi, Gazi bizim liseden, Çağatay mahalleden falan. Çağatay da kafa çocuk. Konuşmaya başladık.. muhabbet öyle tatlı ki kalkasım yok. Osman Çağatay'a hadi bira alalım, bize gidelim dedi. İçim gitti. Ulan ne eğlenecekler şimdi.. Tam kalktılar, gidiyorlar, Osman ya boş ver oyunu, sen de bize gel dedi. Bir sevindim.. ama küçük bir nazlandım tabii, hay allah arkadaşa da söz vermiştim falan. Neyse gittik. Acayip kaynaştık, ikisi de çok kafa herifler. Salona yayıldık. Bira mira.. sohbet. Bir ara gitarını gördüm, dedim biraz çalabilir miyim? Tabii dedi. Aldım, çaldım biraz.

Ne çaldınız, hatırlıyor musunuz?
Another Brick in The Wall. Pink Floyd. Gitarlık parça değildi ama hava yapacağım ya.. tak tak atıyorum, numaralar yapıyorum falan..

Osman şaşırdı mı gitar çalmanıza?
Çoook. Bu kadar iyi çaldığını bilmiyordum, hiç çalmaz-

dın okulda dedi. Ben tabii mütevazılık ediyorum, işte biraz çalıyoruz, ancak tıngırdatabiliyoruz falan. Birkaç gün sonra gene buluştuk. Sonra her gün görüşmeye başladık. Derken üçümüz ayrılmaz olduk. Gece gündüz bir aradayız.

Teoman'la da o zamanlar mı tanıştınız?
O zamanlar.. ama Teo'yla bir samimiyetimiz olmadı bizim. Bizden çok farklıydı Teo.

Nasıl farklıydı?
Barzonun tekiydi.. tam Kurtlar Vadisi çocuğu.. o zamanlar yoktu tabii o dizi. Bugün o yaşta olsa nargile kahvelerinden çıkmaz.. o tiplerden yani. Mafyadan falan arkadaşları vardı. Takılmazdı zaten bizimle, Osman da istemezdi. Müzikle hiç işi yoktu Teo'nun. Bir de çok paracıydı, üç kuruş için kavga ederdi Osman'la. İki kardeş acayip farklıydılar. Gerçi bütün kardeşler öyle oluyor, kimin huyu suyu kardeşine benziyor ki.. ama bunlar geceyle gündüz gibiydi.

Osman'ın anne babasıyla da tanıştınız mı?
Tabii ki. Necmi amcayla Makbule teyze.

Mahmure değil mi?
Mahmure miydi? Aklımda Makbule diye kalmış. Necmi'yi doğru hatırlıyorum inşallah.. doğru mu?

Doğru. Necmi Koryürek.
İyi bari. O kadar da gitmemiş hafıza.

Nasıl insanlardı anne babası?
Valla Necmi amca çok şahsına münhasır bir tipti. Tane tane konuşur, ilginç kelimeler kullanır.. duruşu muruşu havalıydı çok.. otoriter olduğu belliydi. İTÜ'de profesör sonuçta adam, normal. Acayip de şık giyinirdi. Çok güzel kaşkoller bağlar, balıksırtı ceketler giyer, yazın Pana-

ma şapkalar takar. Ama gülünç değildi.. gerçekten şık bir adamdı. Osman da babasına çekmişti, o da üstüne başına çok özenirdi. Bir de makam mevki falan.. bunları çok önemserdi Necmi amca. Osman bir gün tanıştırdı bizi. İşte.. bizim liseden Gazi.. hani babası gazeteye çıktı, anlatmıştım falan.. Necmi amca demek şu meşhur cerrahın oğlu sensin dedi. Bir sürü soru sordu, baban ihtisasını nerede yaptı, Amerika'da mı, Avrupa'da mı, hocaları kim. Ne bileyim hacı ben? Babama hiç sormamışım ki hocaların kimlerdi diye.. bana ne? Benimki de az değildi ama. Necmi amcadan aşağı kalır yeri yoktu. Osman'ın babası İTÜ'de profesör deyince akan sular durdu. Tanışalım ailece görüşelim filan..

Görüştünüz mü ailece?
Görüşür müyüz.. Osman da ben de oyaladık, görüştürmedik. Ne lüzum var? Delikanlıyız o zamanlar. Babası babamla kanka olacak.. annesi annemle kanka olacak.. bizi takip edecekler.. bir annen baban varken iki olacak.. al başına belayı..

Hangi vesileyle gazeteye çıkmıştı babanız?
Babam mikro cerrahtı, iş kazalarında kopan elleri kolları falan dikiyordu. O tarihte adamın biri demiryoluna düşmüş, tren kolunu koparmış. Babam ameliyat etti. Kopan kolu diken cerrah diye röportajı çıktı. Gazete niye bu kadar önemsedi bilmiyorum, daha önce bir sürü yapmıştı o ameliyattan. Ama bayağı hava attı o zamanlar millete..

Annesi peki? Ne hatırlıyorsunuz Osman'ın annesi hakkında?
Çok tatlı bir kadındı.. hoş, yumuşak. Çok alçak sesle konuşurdu, mırıl mırıl. Benim annem de yengelerim de kendilerini yedi düvele dinlettiklerinden herhalde.. çok değişik gelmişti bana. Kadıncağız hastalandı sonra, kan-

ser oldu. Annesi hastayken Osman'la fazla takılamıyorduk, hep annesiyle ilgileniyordu, o baktı diyebilirim. İyi evlattı, çok takdir etmiştim. Hastaneye yattığında bir gün bile yanından ayrılmadı. Bayağı da yattı kadıncağız.. çıkamadı zaten. Öldüğünde de başında bir tek Osman varmış. Babası üç-dört saat sonra gelmiş. Çok üzülmüştüm. Benim annem ölecek.. babam üç-dört saat ortada olmayacak.. yıkarım o hastaneyi başına.

Osman size sık sık gelir miydi?
Gelirdi, Çağatay da gelirdi. En çok bizde buluşurduk zaten. Bazen Osmanlara da giderdik..

Çağataylara?
Çağataylara gitmezdik.

Neden? Ailesi mi istemezdi?
Yo ondan değil. Evde ablasıyla kız kardeşi vardı. Üç ayı herif gidip de niye kızlara rahatsızlık verelim? Zaten küçücük bir odası var, tıklım tıkış. Bizim evde daha rahat ediyorduk..

Ev dediğiniz yalı..
Nerden biliyorsunuz? Onu da mı yazmış yoksa? Vay arkadaş.. ne yazmış?

Özel bir şey yazmamış, Gazilerin yalısına gittik diye yazmış.
Evet. Mavi Yalı'da oturuyorduk.. Arnavutköy'de. Büyük amcamlar üst katta, küçük amcamlar orta katta, en altta da biz.

En güzeli sizinki tabii, lebiderya..
Valla önümüzden kazıklı yol geçene kadar öyleydi. Yoldan sonra çok bozuldu.

Neden?
Yol akıntıyı kestiği için çok fena koku yapıyordu.. ama

nasıl.. leş bildiğin.. duramazsın. Sivrisinek kaynıyordu ortalık. Zaten pis milletiz, restoranlar, yatlar matlar.. hepsi çöpünü Boğaz'a döker.. bizim önümüzde birikir.. iğrenç. Annem her gün sinir krizi geçiriyordu.

Yalıyı aileniz mi yaptırmıştı?
Dedem yaptırmış. Çok eski değildi bizim yalı, tarihî eser değildi yani. Kırklarda yapılmış. Dedemin dedesinin ahşap yalısı varmış eskiden, yanmış. Sonra dedem yaptırmış yerine. Babamlar ufakken yekpareymiş. Dedem ölünce bizimkiler üç kata bölmüşler. Allahtan üç kardeşlermiş. Dört olsalar birbirlerini boğazlarlardı herhalde.

Yalıda yaşamak nasıl bir şeydi?
Valla yalı hayatı dışarıdan çok havalı görünür ama zordur. Çok masraflıdır bir kere. Deniz suyuna maruz kaldığı için sürekli orası burası çürür, bakımı bitmez. Çok fena rutubet olur. Kaloriferi imanına kadar yaktığımız halde kışın kemiklerimiz donardı. Boğaz'ın soğuğu olduğu gibi içerde. O zamanlar pimapenmiş.. çift cammış, böyle şeyler de yoktu. Bir de çok kış yapardı İstanbul.. ama bir taraftan da Boğaz yani.. dünyanın en güzel manzarası. Denizin rengi günde on kere değişir, durmadan gemi geçer. Bilirdik gemileri, bu koster, bu yük gemisi, bu tanker. Bazen dünyanın en büyük gemisi geçecekmiş diye duyarız.. rıhtımda bekleriz.. güzeldi, yazın ekstra güzel oluyordu. Toplaşırız, biraları açarız, yardımcıya bir ton patates kızarttırırız, köfte möfte.. Osmanlar fazla gelemedi ama.. bir-iki yaz.. kazıklı yol inşaatı başlayıncaya kadar. Hepsi tarih oldu be.. valla.. üzüldüm şimdi. Bitişik yalıda Şahap amcalar oturuyordu, ufak bir sürat motoru vardı, oğluna motoru al da gezelim derdik, iyi çocuktu Özcan, hiç itiraz etmezdi. Dördümüz atlarız motora, rüzgâr gibi.. Şahap amca duyunca kıyameti koparırdı tabii.

Neden?
Tehlikeliydi. Vızır vızır trafik var Boğaz'da. Bir keresinde bir tankerin altında kalıyorduk nerdeyse. Birileri görmüş, Şahap amcaya yetiştirmiş. Adam motoru zincirlemeye başladı. Bir keresinde de.. demirden bir merdiven vardı bizim iskelede. Bakmamışız o sene.. çürümüş.. hava da nasıl sıcak.. hadi bir suya girelim dedik. Osman'ın basmasıyla basamak koptu, kafasını betona çarptı, karpuz gibi yarıldı. Akıntı da nasıl kuvvetli o gün.. hem kafası kanıyor hem kapılmış akıntıya gidiyor. Atladık Çağatay'la suya.. çıkarana kadar anamız ağladı. Kan da durmuyor, havluyu bastırıyoruz, ânında kıpkırmızı kesiliyor. Attık bir taksiye, hastaneye götürdük, bir sürü dikiş attılar kafasına. Böyle kazalar oldu ama çok eğlenirdik.

Osman bir akşam yalıda sizin dairenizin yerine açılan balık lokantasına gittiğinizi yazmış.
Öyle mi yapmışız? Ne yapmışız gidip, kafa mı çekmişiz?

Hatırlamıyor musunuz?
Hatırlamıyorum valla. Yani yalı satıldıktan sonra lokantaya gittim de Osman'la gittiğimizi hatırlamıyorum. Yazmışsa doğrudur.. gitmişizdir.

Neden satıldı yalınız? Maddi nedenlerden mi?
E tabii. Babam ölünce sıkıntıya düştük. Annem de pislik yüzünden oturmak istemiyordu zaten, bir de amcamlar falan.. aile kavgaları..

Sıkıntıya neden düştünüz?
Babam ölünce musluk kesildi. Cerrahlık öyle bir iş.. çalıştıkça kazanıyorsunuz. Gerçi çok malı mülkü vardı pederin ama ölümünden sonra abilerinin yamyam olduğu ortaya çıktı. Amcamlar bizim mülklere çöktüler. Annemle benim mücadele etmeye gücümüz yetmedi. Sonuçta parçalandı gitti koca servet. Karışık işler. Aile işte.. paranın olduğu yerde aile maile kalmıyor.

Hepsini mi kaybettiniz mirasınızın?
Büyük kısmına çöktüler ama onlar da hayrını görmedi. Küçük amcam acayip bir hastalığa yakalandı, Amerika'ya gitti tedavi için.. dünyanın parasını harcadı ama teşhis bile koyamadılar, oralarda öldü gitti. Bizden çaldığı hastane parası oldu yani. Büyük amcamın damadının karanlık işler yaptığı ortaya çıktı, mafyanın parasını aklıyor dediler, hapse girdi, kızı intihara kalkıştı, amcam felç geçirdi, mahkemeler, rezillikler.. kalmadı yanlarına özetle.

Amcalarınız ne iş yapıyordu?
Büyük amcam da doktordu, dahiliyeciydi. Şişli'de muayenehanesi vardı ama son zamanlarda bırakmıştı, bütün gün eller arkada Arnavutköy esnafına fırça atıyordu.. bayılırdı zaten fırça atmaya. Küçük amcam Türk Ticaret Bankası'nda hukuk müşaviriydi, emekli olduktan sonra büro açtı. Zaten onun dümeniyle çöktüler mülklerimize. Nerdeyse borçlu çıkacaktık.

Yalı satılınca mı bu yakaya geçtiniz?
Evet.. Caddebostan'a taşındık. Annem bu tarafı istedi. İskele Sokak'ta bir daire aldık. Anadolu yakalı olduk. Fanatik bir Galatasaraylı olarak Fenerbahçe camiasının içine düşmüş olmak baştan zor geldi ama zamanla alıştım. Şimdi Fenerli arkadaşlarla tatlı tatlı atışıyoruz.

Futbola ilginiz var o zaman.
Olmaz mı? Kulüp üyesiyim ben, maç kaçırdığım vaki değildir. Gerekirse borca girerim, yurtdışı deplasmanlarına bile giderim. Barselona'ya gideceğim mesela bu yıl.

Osman futboldan hiç bahsetmiyor günlüklerinde..
Osman'ın alakası yoktu, futbolu sevmezdi hiç. Çağatay da meraklı değildi. Aslında o zamanlar ben de fazla düşkün değildim, sonra sonra arttı futbol sevgim. Bir futbol bir motor zaten. Hayatımda başka bir şey yok. Bir de kızım tabii.

Kızınız mı var?
Var. İlk eşimden bir kızım var.

Kaç yaşında?
On beş. Annesiyle oturuyor.

Müzik peki? O üçlüden en yetenekli olan sizmişsiniz.
Yoo.. nerden çıktı o? Yetenekli falan değildim ben. Basgitarda fena değildim, o kadar.

Güzel besteler yapıyormuşsunuz.
Ben mi yapıyormuşum? Osman öyle mi yazmış?

Hayır Çağatay bey öyle söyledi.
Yanlış hatırlıyor. Bunamış mı o kadar ya.. yok beni Osman'la karıştırmış. Osman beste yapardı.. nota mota biliyordu herif. Ben gitarı bile çala çala öğrendim, kendi kendime.

Çağatay bey, Osman çok maymun iştahlıydı, bitirdiği bir bestesi yoktu dedi.
Ohoo.. Çağatay'da kafa iyice gitmiş. Olur mu ya.. Lal mesela, çok güzel şarkıydı. Bir tane daha vardı, adını hatırlayamadım şimdi. O iki şarkıyı da satmıştı. Ama meşhur olamadı o güzelim şarkılar.. doğru şarkıcıların eline geçmedi.

Osman maymun iştahlı mıydı peki?
Ya maymun iştahlıydı diyemem de.. mükemmeliyetçiydi. Bir türlü vedalaşamazdı besteleriyle.

Yazdığı romandan haberiniz var mı?
Var.. hatta ver de bir okuyayım dedim ama istediğim gibi olmadı, yayımlatmayacağım dedi. Bir daha da sözünü etmedi. Sonra ne oldu bilmiyorum. Belki yırtıp atmıştır.

Levent diye bir arkadaşınız varmış, ona okutmuş.
Öyle mi? Levent beğenmediyse o yüzden yayımlatma-

yacağım demiş olabilir o zaman. Merak etmemişim demek.. hiç sormadım.

Levent'le görüşüyor musunuz?
Hiç görüştüğümüz yok. Bir keresinde bir tweetine yorum yazdım, o da DM'den selam yolladı, o kadar. Levent bizle de takılırdı ama Osman'la daha samimiydi. Onlar ikili görüşürlerdi bazen. Çok ortak noktaları vardı, edebiyat.. şiir..

Siz ilgilenmez miydiniz edebiyatla?
İlgileniyordum tabii de Osman kadar değil. O çok okurdu, deli okurdu. İngilizce de okurdu çok.

Müzikle hâlâ uğraşıyor musunuz?
Yok. Eski hevesim yok, bıraktım. Müziği dinlemeyi seviyorum ben, sahne adamı değilim.

Evli misiniz?
Değilim, boşandım. İki kere evlendim boşandım. İsteyen olsa üçüncüye evleneceğim de.. beni kim ne yapsın?

Neden böyle düşünüyorsunuz?
Param yok. Parasız adamı hangi kadın ister? Bütün kadınların dini imanı para olmuş. Gerçi erkeklerin de öyle. Herkes para peşinde.

Neden paranız yok? Çalışmıyor musunuz?
On yıldır boştayım. İlk hanımla geçinemiyoruz diye ben ayrılmak istedim.. ikincisi çalışmıyorum diye beni boşadı.

İstemiyor musunuz çalışmayı?
Kafama göre bir iş bulsam çalışırım da.. yok.

Neden yok? Yaşınız nedeniyle mi?
O da var ama asıl şartlarım uymuyor. Benim yapacağım iş açık havada olacak bir kere. Hareketli olacak. Masa başı olmayacak yani. Mesai saati.. şu bu da olmayacak.

Maddi olarak da çalıştığıma değecek ayrıca. E öylesini de bulamıyorum. En iyisi çalışmamak..

Bir ara gazetecilik yapmışsınız.
Yaptım evet. Siyasalı bitirince banka manka bakanlık.. hiçbir sınava girmedim. Babam baktı kendi başıma bir işe gireceğim yok.. bir arkadaşının vasıtasıyla beni Milliyet'e soktu.

Ne yapıyordunuz Milliyet'te?
Muhabirlik. İki yıla yakın muhabirlik yaptım. Güya..

Neden güya?
Ciddiye almıyordum ki, takılıyordum öyle. Habere diye çıkarım mesela.. Refik'e giderim veya Yakup'a. Bir şeyler yiyip habere gideceğim. Ama illa ki bir-iki arkadaş ordadır. Hadi çökeriz rakıya, bir kadeh içip kalkacağım diye oturduğum masadan akşam kalkarım. Sonunda kapıya koydular. Aslında beceremiyordum ben gazeteciliği, ondan.. bana göre bir iş değildi.

Neden değildi?
Ya.. bir kere meraklı olmak lazım gazetecilik için. Harbiden merak edeceksin yani olayı. Ben etmiyordum ki.. bana ne? Habercilikte 5N1K ilkesi var ya hani.. ne olmuş, ne zaman olmuş, kim yapmış falan.. Hangi habere gitsem bende en fazla üç N. İstihbarat şefi Rahmi abiydi, kulakları çınlasın, çıldırırdı adam. Neden olmuş Gazi? Abi bilmiyorum ya. Ne zaman olmuş peki? Valla dün akşam galiba. Galiba mı? Oğlum sen gazeteci değil misin? Veya bir röportaja giderim, en önemli soruyu sormayı unuturum ya da ayıp olur şimdi diye soramam. Olur mu öyle şey? Soracaksın, işin bu. İyi gazeteci olmak için yırtık olmak lazım. Gazeteci dediğin soru sormayı bilecek, cevabını alana kadar da adamın yakasını bırakmayacak.. sizin gibi olacak yani.

Ben gazeteci değilim ki..
Onun gibi bir şeysiniz ama..

Yakanızı bırakmıyor muyum?
Yok öyle demek istemedim. Kusura bakmayın ya.. yanlış oldu. Çok takdir ettim sizi aslında.. gerçekten. Ölmüş gitmiş bir adam hakkında kitap yazmak ne demek? İğneyle kuyu kazıyorsunuz. Valla büyük sabır işi.

Bu kitabı neden yazdığımı sormayacak mısınız?
Osman'ın hayatını merak ettiniz herhalde.. ne bileyim. İyi yapıyorsunuz ama.. gerçekten.. çok ilginç bir adamdı Osman..

Gazetecilik dışında bir iş yaptınız mı?
Yaptım, bir sürü iş yaptım. Manajans'ta reklam yazarlığı yaptım mesela. Yapamadım daha doğrusu. Tamam hazırcevabız falan ama bu iş için acayip hırslı olmak lazım, bende de hırsın h'si yok.. bir süre sonra aynen topuk tabii. Bir ara Kalamış'ta bar açtık bir arkadaşla.. gelene bedava, gidene bedava.. altı ayda batırdık. Bir müzik şirketi için konser organizasyonları yaptım. Başta iyiydi o iş, hareket vardı, heyecan vardı ama çok yorucuydu. Günde on-on iki saat çalışıyordum. Hele konser zamanları üç gün uyumadığım oluyordu. Bir gün durdum.. ulan niye ayağı yanmış it gibi koşturuyorum ki dedim, madalya mı takacaklar? Zaten elime geçen para komik. Yaş da kaldırmıyor artık. Son çalıştığım iş o oldu. Ya.. aslında doğrusunu söyleyeyim mi? Tembel bir herifim ben ya.. valla. Sevmiyorum çalışmayı. Pavese'nin miydi o laf? Çalışmak yorar. Hakikaten de yoruyor.

On yıldır çalışmıyorsanız nasıl geçiniyorsunuz?
Pederden kalan dairelerin kirası var. Zaten annemle oturuyorum.

Kira geliriniz yalnız oturmanızı sağlamıyor mu?
Kendimi çok sıksam sağlar belki de istemiyorum ki.. annemle oturmaktan bir şikâyetim yok. Çok yaşlandı zaten, yalnız kalmasın. İkimiz iyiyiz..

Kaç kardeşsiniz?
İki. Bir ablam var ama görüşmüyoruz. O da amcamlar gibi yamyam çıktı.. babam ölünce mirastan payını istedi, aldı gitti.

Nereye gitti?
Önce Londra'ya gitti. Altı-yedi yıl orda yaşadı. Şimdi Dubai'de bir İngiliz şirketinde çalışıyor.

Çalışmıyorsanız bütün gün ne yapıyorsunuz?
Bir işte çalışmadığıma bakmayın, çok meşgulüm aslında.. yirmi dört saat yetmiyor bile. İnternette motorculuk hakkında bir blogum var, yoldakiler nokta com. Blogu haftada bir yenilemek başlı başına iş zaten. Motosiklet federasyonuyla bağlantılarım var.. şampiyona zamanlarında gönüllü çalışıyorum. Öyle altına her motor çekeni almadığımız, seçme bir motorcu grubumuz var, federasyon dışı yarışlar düzenliyoruz, turlar yapıyoruz. Futbol grubuyla da faaliyetlerim oluyor, sitelere futbol yazıları yazıyorum. Hiç para kazanmıyor değilim yani.. ama sözünü etmeye değecek kadar değil.. zevkine yapıyorum zaten.

Motorunuz ne marka?
Kawasaki. Niye?

Osman sizin için Harley'ci diye yazmış.
Harley'i yazmış mı?

Evet ama Yamaha'nız varmış o zamanlar.
Onu da mı yazmış? Ne yazmış? Hangi vesileyle yazmış yani..

Ona motor al demişsiniz, istememiş.
İstemedi ya.. gitti BMW aldı. Çok gezdik ama o BMW'yle. Ne güzel günlerdi be.. valla burnumun direği sızladı şimdi. Yamaha'm vardı doğru.. RX ateş kırmızı, tek silindir bir canavar.. Harley'i çok severdim gençken.. sonra sonra overrated bulmaya başladım. Altı-yedi yıl önce ilk Kawasaki'mi aldım, tutkunu oldum. Motor buymuş meğer. Kawasaki motorların ağır abisi diye bilinir. Gerçi Türkiye için iyi bir marka sayılmaz, yedek parçası falan.. bayağı sıkıntılı. Ama ben hastasıyım, en kralına değişmem.

Bir ara Harley almak için Osman'dan borç almışsınız. Alabildiniz mi o Harley'i?
Onu da mı yazmış? Vay arkadaş, ne kadar sırrımız varsa dökmüş ortaya.. alamadım.. olmadı. Osman'a borcumu da ödeyemedim galiba, hatırlamıyorum. Belki de ödemişimdir. Yazmış mı onu?

Hayır yazmamış. Osman ve Çağatay'la arkadaşlığınız bir yerden sonra kopmuş, defterlerinde adlarınız geçmez oluyor. Ne zamana kadar sürdü arkadaşlığınız? Neden bitti?
Valla Çağatay Boğaziçi'ni bitirdi, ânında koptu bizden. Yabancı bir şirkette işe girmişti, ille en tepeye çıkacak. Çok yoğunum.. çok yoğunum. Anladık hacı yoğunsun da biz de kendimize göre yoğunuz yani. O eski kafa dengi Çağatay başka bir adam olunca görüşmez olduk, gelmiyordu herif. Aslında yeni bir hayat kurmuştu kendine, bizimle görüşmek istemiyordu artık. Ne yapacağız, zorla mı devam ettireceğiz arkadaşlığımızı? Evlendi zaten. Libya'ya mı, Arabistan'a mı.. bir yerlere gitti, döndü, evlendi, hemen de çocuk yaptı. Sonra da şirket mirket kurmuş. Başardı yani.. Çağatay bizim gibi loser değil.. boş gezenin boş kalfası olmadı.

Siz kendinizi başarısız mı buluyorsunuz?
E yani.. on yıldır boşta gezen adama başarılı denir mi? Gerçi ne olsaydım başarılı olurdum o da ayrı konu. Pek de istemedim yani.. başarı ne? Al Çağatay başarılı, kendi şirketini kurdu herif.. ama rahat uyku uyuyabiliyor mu bilmiyorum.. borç harç personel maaşları. Yok hacı.. hiç bana göre değil. Ben azıcık aşım kaygısız başımcıyım.

Zamanında pek de azıcık aşım değilmiş ama durumunuz..
Pederden allah razı olsun. Sayesinde sokağa düşmedik. Yaşasaydı çok üzülürdü tabii.. o kadar okuttuk ettik falan.. ama ben memnunum ya hayatımdan.. valla. Hırs hırs.. hırs kötü şey.. bir kere geliyoruz dünyaya.. onu da vay ille de en büyük ben olacağım kavgasıyla mı geçirelim?

Çağatay düğününe çağırmamış eski arkadaşlarını.
Çağırmadı. Evlendiğini bile kaç ay sonra duyduk.

Çağırmadığı için bozuldunuz mu?
Ya.. istesek de eskisi gibi olamayacağımız belliydi aslında.. yollar değişmiş.. herkes başka tarafa sapmış. Ama gene de bozulduk tabii. Çağatay'ı gömmelere doyamadık. Aslında çok garip biliyor musunuz? İnsan gençlik arkadaşlarıyla bağları hiç kopmayacak, ölene kadar sürecek sanıyor. Ama hayat işte. Koptuk.. dağıldık.. herkes bir tarafa gitti. Acıklı be.. valla.. çok acıklı..

Osman'la arkadaşlığınız ne zamana kadar devam etti?
Onunla da biz bu yakaya geçtikten sonra tavsadı.. gene de on beşte bir falan buluşuyorduk ama o da o kızla çıkmaya başladıktan sonra görüşmez olduk. Şebnem'le.. o sıra aklı fikri Şebnem'deydi Osman'ın. Fotoğrafçı bir çiftle tanışmış, onlarla takılıyordu. Şebnem'i de onlar tanıştırmış zaten. Benim can arkadaşım başkalarının arkadaşı oldu yani. Aslında Çağatay bizden koptuktan sonra

arkadaşlığımızın büyüsü kaçmıştı. Beraber olmaktan zevk almıyorduk artık.. konuşacak şey bulamıyorduk. İkimizden biri ben gidiyorum dese öbürü çoktan kalkıp gidecek.. Zoraki görüşüyorduk yani.. ben de motorcularla takılmaya başlamıştım.. çevrem değişmişti.

Şebnem'i tanıyordunuz o zaman.
Bir kere gördüm. Tesadüfen karşılaştık. Fenerbahçe'de bir kafede oturduk.. o kadar.

Şebnem hakkındaki izleniminiz ne oldu?
Valla bir izlenimim olmadı. O gün hiç konuşmadı gibi bir şey.. Osman şöyle yapardık böyle yapardık diye eski hikâyeleri anlatıyor ama kızda bir tepki yok. Hiç anlayamadım zaten ben o kızı. Kaprisli desem değil.. ezik desem değil.. sırnaşık, şımarık hiç değil. Kendine göre bir asaleti de var gibiydi. Çok da ilgilenmedim açıkçası.

Osman âşık mıydı Şebnem'e?
Köpek gibi! Ölüyordu. Çok şaşırmıştım, bir sürü kızla çıktı bu herif ama hiç böyle deli âşık olmamıştı. Bir ara ikimiz kaldık masada, sen gerçekten âşıksın galiba bu kıza dedim. Belli olmuyor mu dedi. Evlenecek misin dedim. Evleneceğim. O zaman konu kapandı. İlk defa bir kızla evlenmeyi düşünüyor. Ama o kadar âşık olacak nesi vardı.. hiç anlayamadım.

Çok güzelmiş. Osman da güzelliğe çok önem verirmiş.
Orası öyle. Osman için güzellik çok önemliydi, Şebnem de çok güzeldi gerçekten.. afetti yani. Ama onun kadar güzel başka kızlarla da çıkmıştı, hiçbirine âşık olmadı. Gerçi çok az gördüm kızı.. tanıyorum diyemem, belki âşık olunacak bir özelliği varmıştır.

Osman günlüklerinde sizin çok çapkın olduğunuzu ima etmiş. Çağatay da üç kızla aynı anda çıkardı dedi sizin için. Öyle miydiniz gerçekten?

Amma abartmış ha.. ya üç kızla aynı anda çıktığım oldu da hangisiyle çıkayım diye karar veremediğim için. Osman'ın da benden aşağı kalır tarafı yoktu yalnız. O da az değildi. Benim bıraktığım kızlar arkamdan ağlamazdı hiç olmazsa.. temiz ayrılırdım ben.

Osman temiz ayrılmaz mıydı?
Her ayrılması bir krizdi Osman'ın.

Neden?
Açıkça bitti demezdi çünkü. Kıvırır, dolandırır.. başkasını bulur.. kız öğrenir.. kıyamet kopar. Bittiyse bitti diyeceksin hacı.. kıvırmaya lüzum yok.

Hâlâ çapkın mısınız peki?
Param olsa olacağım da param yok. Şaka şaka.. gençlikte kaldı öyle şeyler. Şimdi ne hevesim var ne de halim. Yaş oldu elli beş ya.. bu saatten sonra çapkın olunur mu? Gülünç olursun anca.

Osman'ın ölümünden nasıl haberiniz oldu?
Ya.. çok alakasız bir şekilde haberim oldu benim. Hâlâ hatırladığımda üstüm titriyor. Antalyaspor maçındaydım.. Galatasaray Arena'da. Daha maç başlamamış, üçbeş kişi geyik yapıyoruz. Tam yanımda da tanımadığım bir adam.. birine bir kaza anlatıyor. Adamın tekine kamyon çarpmış, ölmüş, beyni patlamış, sokağa dağılmış falan. Bir ara Osman adı geçti. Yemin ederim o anda bizim Osman olduğunu anladım, içim cız etti. Çok acayip değil mi? Beş bin tane Osman vardır İstanbul'da. Bilmiyorum neden ama hissettim işte.. Adama pardon bu Osman'ın soyadı neydi dedim. Koryürek dedi. Şoka uğradım ya.. aklım havsalam durdu.. ama inanmak istemiyorum.. Hâlâ soruyorum kaç yaşındaydı.. nasıl biriydi. Dedim bu benim arkadaşım. Adam da şaşırdı. Caz kulübü varmış, Osman onun kulübünde çalışıyormuş. Üç gün kendime gelemedim. Saçma sapan bir kaza..

Osman sizce intihar etmiş olabilir mi?
İntihar mı etmiş?

Hayır hayır.. kesin bir şey yok, öyle diyenler var sadece.
Olabilir, hiç şaşırmam. Çok hassas çocuktu Osman. Öyle gülerdi ederdi.. dünya yansa bir çuval samanı yanmaz gibi görünürdü ama hiç öyle değildi aslında. İçine atardı. Kimseye hayır diyemez, kimseyle kavga edemez. Ben öyle değilimdir mesela.. ben içimde ne varsa adamın yüzüne tak tak söylerim, o söylemezdi. Duygularını saklardı. Şebnem'in olayı mahvetmişti zaten. Bitmişti çocuk. Olayı biliyorsunuz herhalde..

Biliyorum. O olaydan sonra Osman'la konuştunuz mu?
Bir gün Beşiktaş'ta karşılaştık, bir sene sonra filan.. belki daha fazla. Baktım karşıdan geliyor bu. Tak.. yapıştım koluna. Gel iki kadeh bir şey içelim. Gazi çok işim var, başka zaman dedi. Ayaküstü birkaç kelime konuşabildik sadece.

Olayı sordunuz mu?
Valla istedim de soramadım, halinden anladım zaten. Bitmiş. O dünya yakışıklısı, şahane gülen adam gitmiş, yerini canlı cenaze almış. Telefonunu istedim, vermedi.

Vermedi mi?
Hayır vermedi.

Vermem mi dedi?
Senin numaran bende var, ararım dedi. Nerden olacak benim numaram sende, hiç görüşmedik ki. Bir şey demedim. Görüşmek istemiyor demek ki, niye ısrar edeyim?

Şebnem olayını öğrendiğiniz ânı hatırlıyor musunuz?
O da çok acayip oldu ya. Bizim motorcu takımıyla İznik'teydik. Bir restoranda yemek yiyoruz, muhabbet eğlence.. içki masası halleri. Çocuklardan biri oha olaya

bak dedi. Televizyonda altyazı geçiyor o sırada. Şok şok şok. İstanbul emniyet müdürünün seks skandalı. Vay anasını! Açtırdık televizyonun sesini. Hepimiz kilitlendik tabii.. bütün restoran. Hakikaten de büyük bir olay. Ben kadının Şebnem olduğunu anlamadım. Televizyon bir dergiye çıplak pozlar vermiş, Ş.K. adlı bir kadın diyor. Osman'ın karısı olacağı aklımın ucundan geçmedi. Profesörün çocuğu.. karısı çıplak pozlar çektirecek.. adı seks skandalına karışacak.. mümkün değil. Ortada bir seks videosu var.. televizyon buzlu muzlu bir şeyler gösteriyor da bir şey anlaşılmıyor. Millet video derdine düştü, hadi bulalım seyredelim. Fikret vardı Hürriyet'ten, motor haberleri için filan görüşürüz sık sık. Onu aradım. Dedim Fikret şu videoyu bana bir mail atsana. Oğlum manyak mısın yaktıracak mısın beni dedi. Emniyet ânında ambargo koydurmuş. Kıyamet kopmuş zaten. Herkes Osman'ın peşine düşmüş.. ama ben bilmiyorum tabii işin içinde Osman'ın da olduğunu.

Sonra nasıl öğrendiniz?
İstanbul'a döndüğümde birileri söyledi, bu herif senin arkadaşın değil miydi diye.. isimler misimler.. her şey açığa çıkmıştı zaten.

Sizce bu işin aslı ne olabilir?
Valla her şey olabilir. Ama bence mafya.

Nasıl mafya?
Emniyet müdürü mafyadan birilerinin işine taş koydu, adamlar da şantajla mantajla Osman'ın karısını kullandılar. Arada Osman da gitti. Böyle olmuştur bence. Mafyanın kankası Teoman da işin içindeymiş zaten, başka türlüsü olamaz.

Şebnem kendisini istismar eden emniyet müdürünü ifşa etmek için yaptığını söylemiş.

O da olabilir. Öyle olmuşsa ona da şaşırmam. Öyleyse de helal olsun kıza. O zaman Osman bu kıza niye âşık oldu, anlarım. Büyük cesaret çünkü. Emniyet müdürünü ifşa etmek ne demek ya, sıkar biraz. Adamın anasını sikerler.. pardon çok özür dilerim..

Rica ederim önemli değil.
Öyle yani.. yok ederler insanı. Kolay mı o işler?

* * *

Hirundo Yayınları'nın sahibi Levent Birdir

"Çok mu okurmuş? Osman mı?"

Hirundo Latince kırlangıç demekmiş. Neden kırlangıç yerine Latincesini tercih ettiniz?
Başta kırlangıç koyacaktık aslında.. ama Hirundo'nun merak ettiren bir tarafı var.. tınısı da güzel geldi. Hirundo olsun dedik.

Okurlar için zor değil mi peki?
Alıştılar. Hurundo.. Hironda.. bir şekilde buluyorlar doğrusunu. Türk okuru değişik yayınevi adlarına alışıktır zaten. Norgunk mesela. Oğuz Atay okurları bilir ne olduğunu.

Kırlangıcı seçmenizin özel bir nedeni var mıydı?
Kırlangıçları severim çok güzel kuşlar ama onun dışında öyle uçmak, özgürlük falan gibi metaforik bir nedeni yoktu. Duygusal bir tarafı yoktu yani.

Ne zaman kurdunuz yayınevini?
2009'da.

Tek başınıza mı?

O zamanki eşimle ortak. Ama artık tek başıma yürütüyorum.

Genellikle düşünce kitapları basıyorsunuz.. felsefe, siyaset, sosyoloji..
Evet. Edebiyat da var ama çok az, o da çeviri zaten.

Düşünce kitapları tercihiniz miydi zorunluluk mu oldu?
Aslında yayıncılığa edebiyatla başladım ben, Hirundo'da bastığım ilk kitap Ed McCarthy'nin Suçluluk romanıydı. Ama yayınevini döndürebilmek için kurgu dışı kitaplara ağırlık vermem gerektiği ortaya çıktı. Düşünce kitaplarının alanı daha geniş, okuruna daha çabuk ulaşıyor. Ben de ona yöneldim. Zorunluluk diyebiliriz yani.. evet..

İlk kitap olarak neden Ed McCarthy gibi pek bilinmeyen bir yazarı seçtiniz?
Çevirmiştim çünkü, hazırdı. Büyük yayınevlerinden biri için çevirmiştim. Teslim edeceğim sırada yayımlamaktan vazgeçtiklerini bildirdiler. Beş-altı yıl öylece durdu çevirim. Yayınevi kurmaya karar verdiğim sırada telifi serbest kaldı.. ben de bastım.

Çeviri ücretinizi ödediler mi?
Hayır tabii ki. Küçük bir avans almıştım başlarken.. bütün kazancım o oldu.

Hangi yayıneviydi?
Söylemeyeyim şimdi.. doğru olmaz. Sonuçta aynı sektördeyiz, sorunlarımız ortak.

Anlıyorum. Siz düzenli ödüyor musunuz çevirmenlerinizin teliflerini?
Zamana yaydığım oluyor ama mutlaka ödüyorum. Çeviri geçinmek için yapılacak bir iş değil zaten. Çeviriyle geçinmek isteyenler bizimle çalışmıyor, bu işe gönül verenler çalışıyor.

Ed McCarthy iyi sattı mı?
Hayır. Neye güvendiysem beş bin basmıştım. Çok acemi de değildim ama oldu işte. Birkaç yıl önce tüketebildik. Hirundo'nun en ağır giden kitabı oldu. Demek Osman günlüklerinde benden de bahsetmiş..

Şaşırdınız mı?
Yani öyle çok yakın arkadaş değildik. Ama sonuçta günlük tabii. İnsan ne yaşadıysa onu yazar.. nasıl bahsetmiş benden?

Çağatay bey vasıtasıyla tanışmışsınız.
Doğru. Çağatay tanıştırmıştı bizi. Başka?

Ulysses'i çevirmeyi düşünüyormuşsunuz.
Osman'a söylemiş miyim bunu? Ne zaman söylemişim?

Moda'da karşılaşmışınız bir gün. Bomonti çay bahçesinde oturmuşsunuz, uzun uzun konuşmuşsunuz o gün.
Hiç hatırlamıyorum. Çok kısa süren bir heves olmuştu zaten Ulysses'i çevirmek.

Çevirmeyi denediniz mi peki?
Denedim ama birkaç sayfa sonra vazgeçtim.. çok zor geldi o dönem.

Yayıncılığa başladığınız yayınevi hangisiydi?
Step Yayınları, orada başladım ilk.

Nasıl oldu?
Beklenmedik bir şekilde oldu. Kafamda yoktu yayıncı olmak, yayıncılık hakkında bir fikrim de yoktu aslına bakarsanız. Filolojide öğrenciydim. Step'in sahibi Aytekin Erkoca Moda'dan komşumuzdu. Yayınevi kuruyorum, benimle çalışır mısın dedi. İsterim ama yayınevinde ne yapılır bilmiyorum dedim. Ben de bilmiyorum, beraber öğreniriz dedi. Çok damardan başladım.. edebiyattan. Yayıncılıkta büyük umutları vardı Aytekin abinin. Dün-

yanın farklı dillerinden genç, orijinal yazarlar basmak istiyordu.. bastı da.

Kimleri bastı?
Japoncadan Aya Mizoki'yi bastı mesela, Japonya'da bütün ödülleri toplamış genç bir kadın. Bulgarcadan Georgi Dobrev'i bastı. İlk romanıyla çok ses getirmiş genç bir romancı ama bizde bin bile satmadı. Kongolu bir yazarın öykülerini bastı. Moğolcadan bir roman bastı. Epey ilginç kitaplar bastı.. dünyanın dört bir tarafından.. İngilizceden çeviri tabii..

Siz Step'te editörlük mü yapıyordunuz?
Evet ama o zamanlar adı editörlük değildi, bir yayınevinde çalışıyorum'du. Her işi yapıyordum, düzelti, redaksiyon, satış, pazarlama. O zamanlar öyleydi.. yayınevlerinde herkes her işi yapardı. Kapak da çizerdim, matbaaya da giderdim.. az kitap paketlemedim depoda. Step kapanınca mecburen başka yayınevine geçtim ama yayıncılığın temelini Step'te öğrendim.

Neden kapandı Step?
Ekonomik nedenlerden. Step'te ikinci baskıyı gören kitap çok nadirdi. Telif hakları da yeni başlamıştı o zamanlar. Millet hâlâ telif melif dinlemeden basıyordu ama Aytekin Abi çok dürüst adamdı çatır çatır ödüyordu telifleri. Reklam bütçemiz de yoktu, bastığımız yazarları tanıtamıyorduk. Satacak isimlere ihtiyacımız vardı ama Aytekin Abi biz bir ilkeyle yola çıktık, bizim yayın çizgimiz bu diyordu. Kitap da bassanız yaptığınız iş ticaret sonuçta. Ürettiğiniz malı satmanız şart. Satamadık. Dağıtımcılardan da kazık yiyince kapandı.

Osman'la nasıl tanıştığınızı hatırlıyor musunuz?
Onu yazmamış mı günlüğüne? Ulysses'i falan yazmış. Onu da yazmıştır.

Günlükleri 10 Şubat 1990'dan başlıyor. Ondan öncekileri yok ettiğini yazmış.
Niye yok etmiş öncekileri?

Temiz bir sayfa açmak istemiş.
Temiz bir sayfa.

Evet.. öyle yazmış.
Hımm.. Aslında kimle nasıl tanıştım pek hatırlamam ama Osman'la tanışmamızı iyi hatırlıyorum. Uzun uzun John le Carré'yi konuşmuştuk çünkü. Bir akşam Kadıköy Anadolu'dan birkaç arkadaş Moda'da buluşacaktık. Çağatay Osman'ı da getirmiş. Bütün gece John le Carré'nin casusluk romanlarından konuştuk. Çok zevk almıştım o gece Osman'la sohbet etmekten.

Osman'ın sizin edebî beğeninize çok değer verdiği günlüklerinden anlaşılıyor.. buluşup kitaplardan söz edermişsiniz. Çok okurmuş.
Çok mu okurmuş? Osman mı?

Evet. Gazi bey deli gibi kitap okurdu dedi. Okumaz mıydı?
Yani.. okurdu da benim ölçütlerime göre çok okuyan biri değildi Osman. Gerçi Çağatay'la, Gazi'yle falan karşılaştırırsak okuyordu.. en azından kitap dergi alıyordu.. ne çıkmış, kim yeni kitap çıkarmış, takip etmeye çalışırdı. Aslında ilk tanıştığımız zamanlarda daha çok okuyordu, giderek azaldı. Boş biri sayılmazdı Osman, bir edebiyat birikimi vardı ama bu birikimini doğru yere kanalize etmiyordu.

Nereye edebilirdi mesela?
Üretime dönüştürebilirdi. İngilizcesi fena değildi, çeviri yapabilirdi, dergilere yazı yazabilirdi. Gerçi müzikle ilgiliydi asıl.. ama müzikte de bir yere varamadı. O birikimini de kullanamadı.

Sizce neden? Yetenekli değil miydi?
Valla yetenekliydi veya değildi diyecek kadar müzik bilgim yok, neden varamadı bilemiyorum ama hayatının bu derece savrulmasında mirasyedi olmasının etkisi var diye düşünüyorum. Para kazanmaya ihtiyacı yoktu, hayat eğlenceden ibaretti Osman için. Tabii ki para kazanmak hayatın amacı değil ama paranın yokluğu ya da azlığı insanı bir hedefe yöneltir ister istemez. Bir keresinde gelecekte ne iş yapmayı düşünüyorsun diye sormuştum, çok bozuldu. Bir iş yapıyorum zaten, müzisyenim dedi. Tamam o zaman dedim, tartışmadım.

Müzikten para kazanamayacağını mı düşünüyordunuz?
Benim açımdan mesele para kazanmak değildi. Mesele bir hedefe doğru yürümekti. Osman'ın yürüdüğü bir yol yoktu. Olduğu yerde dönüp duruyordu.

Çağatay bey de hayalleri vardı ama çabası yoktu dedi.
Doğru demiş. Bence de öyleydi. Gerçi Osman'ı iyi tanıdığımı söyleyemem, ara sıra buluşurduk, edebiyat sanat konuşurduk ama yakın arkadaş değildik. Özel hayatını filan bilmezdim pek. Çağatay'ın arkadaşıydı asıl.

Çağatay beyle sık görüşüyor musunuz?
Sık değil ama görüşüyoruz. Kadıköy Anadolu grubunda yazışıyoruz.. toplu yemekler falan oluyor. O da çok meşgul ben de.. olmuyor yani.

Osman'ın öldüğünü nasıl öğrendiniz? Çağatay bey mi söyledi?
O zamanki ortak arkadaşların birinden duydum. Yeni öğrendim zaten, bir-iki ay önce. Çok üzüldüm. Bir kulüpte piyanistmiş.

Şaşırdınız mı piyanist olmasına?
Şaşırmadım aslında. Ağustosböceğiyle karınca hikâyesi. Tam bir ağustosböceğiydi Osman. Çal, söyle, eğlen, yarın

yokmuş gibi yaşa. Ama hayat öyle değil işte. Hiç beklemediğiniz zamanda öyle bir şey olur ki her şey rayından çıkar, anlayamazsınız bile. Nitekim de öyle olmuş. Bu mirasyedilik hali Osman'ın hayatını heba etmesine neden oldu.

Osman günlüklerinde sizin babanızla ilgili bir durumdan da söz ediyor. On iki yaşında bir kardeşiniz olduğu ortaya çıkmış.
Onu da mı yazmış? Ne yazmış?

Babanızın onca yıl bir ilişkiyi nasıl saklayabildiğini merak etmiş.
Onu biz de merak ettik.

Nasıl saklamış peki?
Saklamamış, biz burnumuzun ucundakini görmemişiz. Babamın ilişkisi olan kadınla aynı apartmanda oturduğumuz ortaya çıktı.

Aynı apartmanda mı?
Evet. Biz dördüncü katta oturuyorduk, Sevil hanımla babamdan olan kızı ikinci katta oturuyorlardı. Üstelik oturdukları daire annemindi. Kadın annemin kiracısıydı yani. Babam Sevil hanımın kirasını her ay annemin hesabına yatırıyormuş.. bir cepten öbür cebe..

Büyük cesaret değil mi?
Valla artık cesaret mi, yüzsüzlük mü.. Biz babamı toplantıda, geç gelecek diye biliyoruz ama o sırada iki kat aşağıda kızına ödev yaptırıyor.. acı yani. İşin ilginç yanı bütün apartman kadının kim olduğunu biliyormuş, tek bilmeyen bizmişiz. Yazdım aslında bütün bunları..

Nerede yazdınız?
Romanımda.

Romanınız mı? Hirundo'nun yayın listesine bakmıştım ama size ait bir roman görmedim..

Uç Yayınları bastı çünkü. Çıkalı çok oldu zaten, 2011'de yayımlandı.

Neden kendi yayınevinizden çıkarmadınız?
Kimse basmayınca kendi bastı demesinler diye.

Ciddi misiniz, ironi mi yapıyorsunuz?
Yo ciddiyim. Gerçi Türkiye'de pek çok yazar kendi yayınevini kurmuştur, kendi kitaplarını basmıştır ama ben istemedim. Kendimi yazar olarak göremiyordum aslında, biraz ondan. Ama kitap da çıksın istiyordum.. kararsızdım yani. Uç'un sahibi filolojiden arkadaşımdı, sen kendin basmayacaksın anlaşılan, ver ben basayım dedi.

Adı neydi romanınızın?
Babaya Veda. Babam öldükten sonra yazdım. Bir çeşit katarsisti.. yazma süreci.

Hemen okuyacağım..
Bulamazsınız, baskısı tükendi. İyi bir roman değil zaten.

Size öyle geliyor olabilir mi?
Hayır, gerçekten iyi değil. Ben iyi bir edebiyat okuruyum, bilirim. Diyeceksiniz ki madem kötüydü arkadaşınız niye bastı. Gerçek bir hikâye olduğu için ilginç gelmişti ona.

Romanda bütün hikâyeyi aynen anlattınız mı, değiştirdiniz mi?
Biraz oynadım tabii.. isimleri falan değiştirdim ama beni tanıyanlar kim kimdir anlıyor.

Babanızın ilişkisini apartmandan size söyleyen olmadı mı hiç?
Hayır. Çok ilginç değil mi? Dedikoduyu bu kadar seven bir millet.. Beş yıl boyunca hiç kimse tek kelime etmedi bize.

Neden sizce?
Bilmiyorum. Annemin nasıl bir tepki göstereceğini kestirememiş olabilirler, kendi aralarında bu sırrı konuşmaya doyamamış olabilirler. Belki de Sevil hanımı annemden daha çok seviyorlardı, bilmiyorum. Ya da Nazlı'yı düşündüler, babamın kızını. Kapılarını çalıp niye söylemediniz diye soracak halim yoktu. Gerçi annem yıktı geçirdi ortalığı.

Hâlâ orada mı oturuyor anneniz?
Evet. Taşınalım dedim ama utanması gereken ben değilim, hiçbir yere gitmem dedi. Eskilerden de kimse kalmadı zaten artık apartmanda.. hikâyemizi bilen yok.

Beş yıl boyunca şüphelendiğiniz bir durum da mı olmadı?
Benim olmadı, eve yatmadan yatmaya uğruyordum zaten. Annemin de aklının ucundan geçmiyormuş demek ki. Gerçi ablam şüphelenmişti.. bu Sevil hanımda bir şey var diyordu.

Ne kastediyordu bir şey var derken?
Çalışmadığı halde fazla iyi yaşıyordu kadın. Kocasından boşanmış, nafakayla geçiniyor.. yani biz öyle biliyorduk. Ablam nasıl bir nafaka alıyor ki altında arabası var, giyimi kuşamı yerinde, kirasını sektirmeden ödüyor diyordu. Haklıydı, pahalı bir apartmandı bizimki.

Babanız ne iş yapıyordu?
Makine mühendisiydi, bir otomotiv şirketinde genel müdürdü.

Geliri iyiydi yani.
İkinci bir eve bakacak kadar iyiymiş meğer.. biz de niye sıkıntı çekiyoruz diyorduk.

Sıkıntı mı çekiyordunuz?

Yani.. durumumuz iyiydi ama bolluk içinde de sayılmazdık.

Annenizin dairesinde oturmaya başladıktan sonra mı başlamış ilişkileri?
Keşke öyle olsaydı. Kadın aklını çeldi, babam da şeytana uydu derdik. Ama öyle olmadı. Babam kızı yedi yaşındayken bizim daireye kiracı olarak getirdi.

Nasıl getirdi? Kiracı buldum mu dedi, nasıl oldu?
Bizim şirkette bir arkadaşın akrabası yeni boşanmış, ev arıyormuş, o kadıncağıza verelim dedi. Annem de vah vah.. boşanmış diye üzüldü. Taşınmalarına yardım etmiştim. Annem de börek götürmüştü karınları açtır şimdi diye. Senelerce her önüne gelene anlattı bunu..

Çok dokunmuş demek. Anneniz romanınızı okudu mu?
Hayır. Reddetti okumayı. Çok kızdı zaten yazdım diye. Uzun süre küstü bana, konuşmadı.

Ablanız?
O okudu ama hiç memnun olmadı. Kadını yerden yere vurmamı bekliyordu herhalde. Ben çok tarafsız anlatmıştım çünkü.

Neden tarafsız anlattınız? Tarafsız mıydınız daha doğrusu..
Babamın ölümünden sonra yazdım. Babamı anlamaya çalışıyordum.

Anlamanıza bir yararı oldu mu?
Oldu.. bu travmayı sizinle rahatça konuşabiliyorum mesela.

Ortaya nasıl çıktı ilişkileri?
Kaderin cilvesi diyelim. Kızı okulda merdivenlerden düşmüş, kolu kırılmış. İdare hastaneye kaldırmış. Sevil hanıma ulaşamamışlar, babamı aramışlar. Babam toplan-

tıdaymış o sırada. Sekreteri de ablam düştü sanmış, nerden bilsin babamın bir kızı daha olduğunu. Annemi aramış. Okuldan aradılar, Nazlı Birdir'in velisi gelsin diyorlar demiş. Annem tam bizim kızımızın adı Nazlı değil diyecekken birden uyanmış. Hiç bozuntuya vermemiş. Kalkmış hastaneye gitmiş. Bir bakmış ki Sevil hanımın kızı, kolu alçıda, annem gelsin babam gelsin diye zırıl zırıl ağlıyor. O zaman bütün parçaları birleştirmiş. Daha önce dikkat etmediği şeyler..

Ne gibi şeyler?
Sokakta yer var ama babam arabasını bizim sokağa park etmiyor mesela. Hafta sonları yarım saat bir saat ortadan kaybolmalar.. böyle ufak tefek şeyler.

Sonra ne yapmış anneniz? Hastanede Sevil hanımı mı beklemiş?
Eve dönmüş. Ama babamın bütün eşyalarını götürüp Sevil hanımın kapısına yığmış.

Siz ne yaptınız o gün?
Ben yoktum, bir arkadaşta kalmıştım. Evde olsaydım ne yapardım bilmiyorum. Kadına saldırır mıydım, babama mı bir şey yapardım. Bazen soruyorum kendime ama bir cevap veremiyorum. İyi ki yokmuşum.

Anneniz hemen boşandı mı?
Hemen. İlk celsede. Bir daha babamın yüzünü bile görmedi. Ablam da öyle. Ablam nişanlıydı bu olay olduğunda, babamı düğününe çağırmadı mesela.

Siz babanızla görüşmeye devam ettiniz mi?
Ölümünden bir ay öncesine kadar ben de görüşmüyordum. Silmiştim, yok öyle bir babam. Bir gün aradı, çok hastayım, fazla ömrüm kalmadı, son bir kere yüzünü göreyim dedi. Ablamı da aramış ama ablam telefonu yüzüne kapatmış. Annem seni görmek için yalan söylüyor,

gitme dedi ama dinlemedim. İyi ki de gitmişim. Bir ay sonra öldü.

Hastalığı neydi?
Kalp. Bizimleyken iyiydi. Sevil hanımla evlendikten sonra kalp hastası olduğu ortaya çıkmış. Belki eskiden de iyi değildi ama bir şikâyeti yoktu.. bilmiyorum. Stent takmak için ameliyata almışlardı, bakmışlar olmuyor, açık kalp ameliyatına çevirmişler ama ameliyattan çıkamadı.

Siz hastanede miydiniz ameliyat sırasında?
Evet. Hastaneye ben götürmüştüm. Ben teslim aldım cenazesini. Toprağa vermek bana düştü.. oğlu olarak.

Çok zor olmuştur sizin için.
Çok. Artık yetişkin bir adam olduğumu anladığım an oldu. İnsan babası ölünce yetişkin oluyor.

Babanız neden annenize ait dairede oturtmuş onları? Başka bir semtte de ev tutabilirdi.
Gözünün önünde olsunlar diye herhalde.. bilmiyorum.

Sormadınız mı?
Sordum ama söylemedi. Bence bir şekilde ortaya çıksın istiyordu. Annemden boşanmaya cesareti yoktu. Bazıları böyle bir musibet bekler kopabilmek için, babam da onlardandı. Zaten mutlu bir evlilik değildi bizimkilerinki. Hemen evlendi Sevil hanımla. Ama uzun sürmedi, boşandılar.

Neden?
Bilmiyorum. Boşanmayı Sevil hanım istemiş. Babamdan sonra başka bir adamla evlenmiş zaten, genç biriyle. Babamla aralarında bayağı yaş farkı vardı. Aslında çok yaygın bir hikâye bu, çok var böyle. İnsan başına gelince bu tür hikâyelere daha fazla kulak veriyor. O zaman görüyorsunuz ne kadar yaygın olduğunu.

Kız kardeşinizle görüşüyor musunuz?
Çok nadir. Ama Nazlı'nın kardeşim olduğunu kabullendim artık.. çok zaman geçti üstünden.

Ablanız? O da kabullendi mi?
Katiyen. Tanışmadı bile.

Osman bu konu hakkında sizin için hiç morali bozuk görünmüyordu diye yazmış. Gerçekten moraliniz bozulmadı mı?
Öyle mi yazmış? İyi saklamışım demek ki, aferin bana. Moral bozukluğu çok hafif bir kelime. Mahvolmuştum, millet beş yıldır amma eğlenmiştir bizimle diye kahroluyordum. Günlerce kendime gelemedim. Ama nasıl başardıysam dışarıya belli etmedim. Uzun süre reddettim zaten, öyle bir şey olmamış gibi davrandım. Aslında annemle babamın boşanmalarına taraftardım ama bu şekilde değil. Bir evi, bir karısı, bir çocuğu daha var ve asıl evinin iki kat altında oturtuyor.

Sizi en çok etkileyen bu mu oldu? Annenizin dairesinde oturtması mı?
Evet. Bir kardeşim olduğunu öğrenmekten daha fazla dokundu bu bana. Romanı yazmamdaki nedenlerden biri de budur aslında. İnsan ruhunu ezen bir şeyden kurtulmak istiyor.

Anlıyorum. Peki Osman'ın karısıyla ilgili skandaldan nasıl haberiniz oldu?
Şu emniyet müdürü hikâyesi mi? Çağatay anlattı. Olaydan epey sonra.. tesadüfen.

Nasıl tesadüfen?
Sınıf grubuyla toplanmıştık bir gece. Osman kaybolmuş ortadan, nerde acaba, ne yapıyor dedi. Niye kayboldu ki dedim. Senin haberin yok mu dedi, anlattı. O zaman öğrendim.

Skandaldan da mı haberiniz yoktu?
Skandaldan vardı da Osman'la alakası olduğunu bilmiyordum. Pek ilgilenmemiştim.. rezilliğin dibi artık, nesiyle ilgileneyim? Zaten yayınevini yeni kurmuşum, işim başımdan aşkın, batacak mıyız çıkacak mıyız belli değil..

Osman'la ilgisini öğrenince şaşırdınız mı?
Yani şaşırdım tabii.. içten içe Osman'ın hayatı n'olacak diye merak ediyordum. Hem çok pahalı bir hayat yaşıyordu hem de çalışıp para kazanmak gibi bir niyeti yoktu. Tamam hazırdan yiyorsun da, yediğin miras da atla deve değil yani, sonuçta bir profesörün bıraktığı mal mülk. Hayat uzun. Bitince ne olacak? Bir şekilde birilerinin yancısı olacaksın. O kişiler de verdiklerinin karşılığını almayı bilirler.

Sizce neden oldu bu olay? Çok farklı düşünceler var..
Valla benim tahminim Osman parası bitince o şaşaalı hayatını sürdürebilmek için olmadık ilişkilerin içine girdi, sonra da çıkamadı, bedeli de ağır oldu. Bu olaydan benim anladığım bu.

Osman'ın karısını tanımış mıydınız?
Hayır, hiç tanışmadım.

Sizce Osman'ın bu duruma düşmesinde karısının etkisi olmuş mudur?
Tabii ki olmuştur.. karısının bu tür ilişkilere yatkın olması lazım, başka türlü olmaz. Aklıselim sahibi bir kadın olsaydı Osman'a bir yerde dur demeyi bilirdi. Demek ki o da teşneymiş. Gerçi olmayabilir de.. bilmiyorum.. önyargılı olmak istemem. Ama olayın merkezinde kadının olduğunu düşünürsek.. çok da masum görünmüyor.

Osman gençken bir roman yazmış, size vermiş okumanız için.

Onu da mı yazmış günlüğüne?

Gazi bey söyledi taslağı size verdiğini. Okudunuz mu?
Evet.. okudum.

Beğenmiş miydiniz?
Pek değil..

Konusu neydi?
Belli bir konusu yoktu. Detaylarını hatırlamıyorum şimdi, çok zaman oldu. Dili güzeldi yalnız, onu hatırlıyorum. Osman'ın bir ifade gücü vardı, insanın zihninde canlanıyordu anlattıkları ama çok dağınıktı, bir kurgusu yoktu, ne anlatmak istediği belli değildi. Tabii benim de çıtam çok yüksekti o zamanlar, kolay kolay beğenmezdim. Bugün okusam belki beğenirim.. belki de daha kötü bulurum, bilmiyorum. Yayıncı olduktan sonra ilk roman dosyalarına bakışım değişti.

Nasıl değişti?
Şimdi yayıncı gözüyle bakıyorum. Kriterlerim değişti, piyasa şartlarını, okur ilgisini de dikkate alıyorum artık. Çıtayı bayağı indirdim yani. Osman'ın romanı otobiyografik bir anlatıydı. İlk kitaplar otobiyografik olur genellikle ama bir yere kadar. Onunki çok fazlaydı.

Romanı hakkındaki düşüncelerinizi Osman'a söylediniz tabii..
Hayır, söylemedim.

Söylemediniz mi?
Söylemedim.. kırmak istemedim. Bunca yıllık yayıncıyım hâlâ çok zor geliyor olmamış, beğenmedim demek.

Ne dediniz peki?
Hiç. Okudun mu diye sordu bir kere. Bayağı olmuştu dosyasını vereli. Okuyorum daha bitirmedim dedim, bir daha da sormadı. Anladı herhalde. Ben de bir şey söyle-

mek zorunda kalmadım. Söylemem gerekirdi ama yapamadım işte. Aslına bakarsanız Osman gibi birinin roman yazacak cesareti bulması sinirime dokunmuştu.

Bir yazar olarak küçümsüyor muydunuz Osman'ı?
Anlı şanlı yazarları bile küçümsüyordum o zamanlar, yalnızca Osman'ı değil. Ama Osman'ın o ağustosböceği hallerinden de olumsuz etkilenmiş olabilirim.

Roman yazmış olmasını kıskanmış mıydınız?
Roman yazacak cesareti bulmasını kıskanmıştım. Ben ondan çok daha iyi bir okurum ama yazmaya cesaret edemiyorum.. o oturmuş yazmış. O yaştayken insan kıskanıyor tabii.

Kıskandığınız için beğenmemiş olabilir misiniz?
Yo hayır. Beğenmiş olsaydım daha fazla kıskanırdım, cesareti sinirime dokunmuştu.

Osman tuzu kuru mu geliyordu size?
Evet. Doğru kelimeyi söylediniz. Tuzu kuruydu.

Sizce o roman yayımlansaydı Osman'ın hayatı değişir miydi?
Romancı olabilseydi değişirdi muhtemelen. Ama bir roman daha yazabilmesi çok düşük bir ihtimaldi.. yazabileceği her şeyi yazmıştı bence.

Osman'ın romanını yaktığından haberiniz var mı?
Yakmış mı?

Evet.. günlüğünde yaktığını yazmış.
Hımm.. onun da içine sinmemiş demek.

Osman'ın babasına hitaben yazdığı 2. defter

(tarihsiz)

Bugün öldün baba. Böylece kahverengi ve puslu bir ağustos sonu çarşambasından, leylak rengi bir ağustos sonu perşembesine geçmiş olduk. Senin masmavi bir haziran başı pazartesisinde ölmeni tercih ederdim, çünkü ağustosta Burgaz'da yaz bitti sayılır, gitmeye değmez. Gerçi eylülde de tadı olur ama ben eylülde İstanbul'u daha çok seviyorum. Altmış dokuz yaşındaydın. Kahverengi bir adamdın. Daima tıraşlı yüzün, babanın bir zamanlar Gedikpaşa'daki imalathanesinde karın tokluğuna çalıştırdığı garibanların ellerinden çıkan birinci sınıf ayakkabıların derileri gibi parlardı. Hâlâ iki çifti evde, özel yaptırdığın, üstü camlı sehpanın içinde durur o ayakkabıların; sırma nakışlı, ipekli bir kumaş üstünde biri kadın, ötekisi erkek ayakkabısı. İkisi de çok güzel ve ikisi de gerçekten müzelik. Sahi, sen öldün artık, ne yapacağız biz bunları? Gösterişi çok severdin ve eve gelen her konuğuna babanın çok zeki ve öncü bir sanayici olduğuna ilişkin uydurma bir öykü anlatırdın. Senin öyküne göre Kastamonulu, köklü bir ailenin tek erkek evladı olan baban dönümlerce çiftin çubuğun başına geçmesini isteyen dedene, ben burada kalıp körelmek değil, önemli işler başarmak istiyorum diye isyan ederek İstanbul'a gelmiş, bir Yahudi dostunun önayak olmasıyla ayakkabı işine girmiş ve küçük bir imalathaneden büyük bir deri işleme fabrikası yaratarak memleket sanayisine çok önemli katkılarda bulunmuş, değerli bir adamdı. Oysa anne tarafımın sitem ve nefret karışık bir tonla anlattıklarına göre yoksul bir köy çocuğuydu senin baban. Kurtuluş Savaşı sırasında yaşıtları cephede çarpışırlarken samanlıklarda saklanan bir asker kaçağıydı. İstanbul'a geldikten sonra, önce işçi, zaman içinde küçük bir imalathane sahibi, İkinci Dünya Savaşı sırasında karaborsacı, sonraları da ayakkabı imalatçısı olmanın yanı sıra, emlak simsarı ve tefeci olarak yaşamını sürdürmüştü. Zenginliğini de ürettiği ayakkabılara değil, zor duruma düşen Gedikpaşalı komşularının mülklerinin üstüne oturmasına borçluydu. Ama senin kendin için uydurduğun özgeçmişe babanın savaştan kaçan bir asker kaçağı olması değil, çeşitli talihsizlikler nedeniyle ADINI ÜLKE TARİHİNE YAZDIRAMADAN ÖLEN bir sanayici olması yakışıyordu. Öykünü dinleyicilerinin durumuna göre değiştirirdin. Baban kimi zaman Kafkas dağlarından göçmüş, Çerkes soylusu bir ailenin Kastamonu'da doğan prensi, kimi zaman Orta Anadolu'yu örgütlemiş amansız bir ittihatçı, kimi zaman da dönemin şartları nedeniyle Darülfünun'u yarıda bırakmak zorunda kalmış bir aydın olurdu. Ama her zaman yüce bir kişilik, bir ticaret dehası ve merhametli, vicdanlı, yurdu için seve seve canını verecek bir Türk evladıydı. Böylesine yüce bir adamın oğlu olan sen de ticaret dehası olmak dışında babanla aynı niteliklere sahiptin elbette, üstüne üstlük sayısız öğrenci yetiştirmiş değerli bir hoca, öncü bir bilimadamı ve ailesine düşkün, mükemmel bir koca, eşsiz bir babaydın. YERSEK. Öte yandan her ne kadar söylemekten kaçınsan da kayınpederin dürüst ve sanırım asil ruhlu bir adamdı, –bu tümceyi annemin asaletini düşünerek yazıyorum– ve senin anlattıklarına göre İstanbul'un en zorba fırsatçılarının eline düşen, zekâsız Harun Dedemi kurtaran senin baban olmuştu. Kısacası baba öyle iyi bir öykücüydün ki sen, bizzat kendi kullandığın deyimle anlatacak olursam, yalancıyı sikseler sen bir dakika kucaktan inmezdin. Bize bıraktığın en büyük miras da bu oldu. Kahverengiliğin esmer doğmuş olmandan değildi, aksine, beyaz tenli bir adamdın. Ama yazlarını Burgaz'da, bedeninin her noktasına kakao yağları, havuç yağları, hindistancevizi yağları sürerek güneş altında geçirdiğin için tenin bol sütlü kahve renginde cilalı bir deriyi andırırdı. Yaşına göre çok yakışıklı ve fazlasıyla havalıydın. Yazlarını da sanki Burgaz'da değil, Cote d'Azure'de geçiriyormuş gibi davranırdın. İstesen geçirirdin, her yaz Fransa'nın güneyinde en az bir ay kalmaya gücün yeterdi ama oraların sana fazla büyük geldiğinin farkındaydın, ecnebi memleketlerinde kime höt zöt edebilirdin ki? Akıllı bir adamdın sonuçta, daima kendi küçük çevrenin imparatoru olmayı yeğledin. Hâlâ o iğrenç slip mayoları giymen sayılmazsa zevkliydin de, iyi giyinirdin, biraz fazla gösterişli ama iyi. Gösteriş sevdiğin halde fular bağlamazdın, papyon takmazdın, robdöşambrdan nefret ederdin. Demode bulurdun bunları ve geçmişte yaşamaya şiddetle karşıydın. Burgaz'ın yaz akşamlarında kulüp yemeklerine toz mavi, uçuk lila veya saman sarısı has keten gömleklerle giderdin, hâlâ gencim ve hâlâ çok yakışıklıyım hallerin, lacivert veya tarçın rengi loafer'ların ve yanında Hale Abla'nın bronz dekoltesiyle. Yüzerdin, yürürdün, kışın Hilton'un kortlarında tenis, Nişantaşı'nın özel kulüplerinde briç oynardın. Önümüzdeki yıldan itibaren Burgaz'daki yazlığını satıp yılın altı ayını Yalıkavak'ta yeni aldığın, Moskova Büyükelçiliği'nden emekli diplomat bilmem kime komşu olacağın, tripleks villanda geçirmeyi; rüzgâr sörfüne başlamayı ve ekim başında Hale Abla'yla birlikte bir cruise gemisiyle Karayip Adaları'na üç haftalık bir geziye çıkmayı planlıyordun. Ama TANRI planlarına GÜLDÜ, çok da iyi yaptı. Sanırım Teo'yla satıp yiyeceğimiz ilk mülk Yalıkavak'taki o tripleks villan olacak. Henüz bitmemiş olduğu için ucuza gidebilir, pazarlığı Teo'ya bırakmak en iyisi. Para söz konusu oldu mu asla yaş tahtaya basmaz benim kardeşim. Karayip gezisinin parasını da ödemişsindir kesin, ben tenezzül etmem ama Teo söke söke geri alır, bana da çok uğraştım ama vermiyorlar deyip üstüne yatar. En erken seksen beş yaşında ölmeyi, ölene kadar bütün malını mülkünü satıp yemeyi ve açıkça söylemesen de bana bir kuruş bile miras bırakmamayı planlıyordun. Teo'ya bir şeyler bırakacaktın sanırım. Bu aralar sık görüştüğünüz dikkatimi çekmişti, büyük olasılıkla şirketini ona devredecektin ama bir boka yaramayan bu tabela şirketine sahip olmak Teo'ya yetmeyeceği için sanırım şirketle birlikte epeyce mal mülkü de onun üstüne geçirmeye niyetin vardı. Şu anda gülmemek için kendimi nasıl zor tuttuğumu anlatamam babacığım. Teo'nun patlak gözlerinin iyice dışarı fırlamış, tombalak yanaklarının aşağıya sarkmış olmasına bakılırsa yattı o iş. Senin zamansız ölümün nedeniyle mirası paylaşacak olmamız çok canını sıkıyor. Ölümünü çok kuşkulu bulduğu da belli. Nerden çıktı bu kalp krizi? Daha yeni check-up yaptırmıştı Alman'da, hiçbir şeyi yoktu, aslan gibiydi deyip duruyor. Hale Abla'yla nikâhlı olsaydın otopsi isterdi eminim. Neyse ki kadıncağızın senin ölümünden bir çıkarı yok, hatta musluğu kesildi denebilir, beş yıldır tek gelir kaynağı sendin, yeni birini bulmak için de yaşı geçti sayılır, işi çok zor. Teo'nun bakışları arada bir bana takılıyor baba. Senin ölümüne ben sebep olmuş olabilir miyim diye düşündüğünü gözlerinden okuyorum. Dün Burgaz'daydım ya, seni kalbini durduracak kadar koşturdum mu örneğin, adanın yokuşlarında yordum mu ya da içkine bir şey mi kattım? Ama sonra cık diyor içinden, yapamaz, abimde nerede o cesaret? Ama o kadar emin olmasa iyi olur, belki de seni ben öldürmüşümdür. Şu anda Poyracık'taki evindeyiz. Emekli olduktan sonra fakültedeki odandan getirdiğin antika çalışma masanda oturuyorum. O kadar kendini beğenmiş bir karakterdin ki sen, devletin ruhsuz mobilyalarına burun kıvırmış, fakültedeki odanı bile kendi zevkine göre döşemiştin. Çok da iyi döşemiştin Allah için, zevkli adamdın zaten. Kendini olmak istediğin kişi gibi gösterecek yeteneğe sahiptin. Odana girenler sanki siktiriboktan bir İTÜ hocasının değil, bir Cambridge profesörünün odasına girmişler gibi saygılı olmak zorunda hissederlerdi kendilerini. Sen de kendini Cambridge profesörü zannederdin. Masan taş gibi bu arada, gomalak cilasını Ziya Abi'nin ustasına mı yaptırdın? Çekmecelerini karıştırdım, dolmakalemlerin, kırtasiye malzemelerin, tatil broşürleri, faturalar, bir sürü ıvır zıvır. Hepsini çok düzenli yerleştirmişsin, çok düzenli adamdın zaten, düzeni her anlamda çok severdin. Kullanılmamış, çizgisiz bir defter buldum çekmecende, küçük, cep boyu, ince, çok şık bir şey, Musee d'Orsay'dan almışsın. Açtım, ona yazmaya başladım. Çok uzun süredir bir şey yazdığım yoktu, senin ölümünle başlamış oldum, iyi oldu. Tapularını bulamadım, kim bilir nereye koydun, belki avukatındadır. Vasiyet bıraktın mı bilmiyorum, kolay kolay ölmeyeceğini sandığın için bırakmamış olabilirsin. Önemli değil zaten. Bizim hukuk sistemimize göre çocuğu olanların vasiyet bırakmasının pek de önemi yokmuş, bundan haberin var mıydı? Sen vasiyetinde beni mirasından mahrum mu ettin? Açıyormuşum davayı, babacığımın beynini yediler, kandırdılar diyormuşum, mahkeme de bana haklısın diyormuş. Genellikle böyle oluyormuş yani. Dolmakalemlerine el koydum bu arada. Hepsi güzel ama ikisini çok beğendim, biri maun görünümlü, altın uçlu bir Faber-Castell, onunla yazıyorum şu anda, harika bir şey, öbürü amber gövdeli bir Benu, pek kullanışlı değil ama görünümü şahane. Üç şişe de mürekkep buldum, ikisi kurumuş, demek ki sen de uzun süredir bir şey yazmıyordun. Anılarını yazmak için kaç yaşına gelmeyi bekliyordun acaba? Gümüş grisi, parfümlü Atramentis'in dibinde iki parmak kalmış, onu da aldım. Dolmakalemin ve mürekkebin en iyisini kullanmayı senden öğrendim, bununla övünebilirsin, başka iyi bir şey öğrenmedim senden. Ama bunun için suçlamıyorum seni, belki sen de bana öğretecek iyi bir şey bilmiyordun. Salonun şu anda insan dolu. Apartman komşuların, Hale Abla'nın birkaç arkadaşı var. Münevver Halamla şehla Ruhsar da gelmiş. Adadaki dostlarından gelen yok, bu sıcakta gelmeye üşenmişlerdir, belki yarın cenazene gelirler. Teo'nun o tuhaf, birbirini tutmayan arkadaşları da gelmiş, ya beyaz gömlekli, kara gözlüklü, ellerinde araba anahtarları, cep telefonları olan mafya tipli kırolar ya da leş tişörtlü, yağlı saçlı hırtlar. Nasıl bir arkadaş çevresi var bu çocuğun anlamadım gitti. Davut Can'ın oğlu Bedir yok. Araları bozuldu galiba diyecektim ki, arandığı için kaçtığını anımsadım. Gazeteler Rusya'ya kaçtı diyorlar. Bilmiyorum artık ne kadar doğru. Teo cep telefonunu değiştirmiş, Nokia 6110 almış, beş satıra kadar mesaj gönderebiliyorsun diye önüne gelene anlatıyor. Arkadaşlarından en kıro olanı ben de değiştireceğim diyor. Bundan al, bu süper diyor Teo, elindekini birazdan bu salağa satarsa hiç şaşırmam. Tam senin yeni telefonuna el koymayı düşünüyordum, bir baktım Hale Abla'da. Babamın telefonu mu o dedim, çok şaşırdı, bu soruyu benim sormamı beklemiyordu herhalde. İkimizindi, ortak kullanıyorduk dedi. Teo'nun kulaklar ânında dikildi tabii, yer mi uyanıkların kralı? Niye ortak kullanasınız ki, babam sana da telefon almıştı dedi. Senin de var demiyor bak, dikkat et, babam sana da almıştı diyor. Sen belki telefonun Hale Abla'ya kalsın isterdin ama üzgünüm baba, benim bildiğim Teo o yepyeni telefonu sevgiline bırakmaz, kadıncağız kürek kadar Motorola'yı kullanmaya devam edecek. Fakülteden birkaç profesör arkadaşınla tiridi çıkmış eski dekan da gelmiş. Dekan Alzheimer olmuş herhalde, saçmaladıkça karısı susturuyor. Münevver Halamla şehla Ruhsar başköşede oturuyorlar. Ne zaman duydular da damladılar anlamadım. Münevver Halama Feryal Halam ne zaman gelecek diye sordum. Ne bileyim ben dedi ters ters. Öldüğünü ona haber vermemiş anlaşılan. Feryal Halam da nasıl bir aile dramı değil mi? Gecekondulu bir adama âşık olup köylü gibi kaçarak evlendi diye dedem evlatlıktan reddettiğinde sen ne düşünmüştün baba? Hiç konuşmadık bunları, ne mal olduğun ortaya çıkar diye geçmişini ya da aileni anlatmazdın hiç. Ama ben biliyorum, teyzem anlatmıştı. İsmail Dedem ölünce Münevver Halamla ikiniz bir olup Feryal Halama düşen mirasın üstüne konmaya çalışmışsınız, o da yıllarca mahkemelerde süründürmüş sizi. Ama ne dolaplar çevirdiyseniz bir bok alamamış kadıncağız, süründüğüyle kalmış. Bu yüzden mi nefret ederdiniz Feryal Halamdan, onu yoksulluğa mahkûm etmenize razı gelmedi diye mi? Telefonunu bilseydim sırf Münevver Halamı delirtmek için arayıp öldüğünü haber verirdim. Sevinirdi herhalde, bilmiyorum, öldüğüne sevinirdi demek istiyorum, haber verdiğime değil. Münevver Halam konuklara kardeşim mübarek günde defnedilecek diyor, Zincirlikuyu'daki aile kabristanına gömülecek. Mahmureciğim vefat ettiğinde dört parsel yer almıştı, çok ileri görüşlüydü rahmetli, ileride dolacak buralar, mendil kadar yer bulunmayacak demişti, dediği de çıktı diye uzun uzun anlatıyor. Yanlış biliyor, iki parsel almıştın. Annemin ölüm acısıyla gaza geldin, annemin yanında kendine de mezar yeri aldın, o kadar. Bize de almış olsaydın ben satmazdım ama Teo kesin satardı. Bir kere söyledim Teo'ya, birlikte mezar yeri alalım mı, sonuçta kardeşiz, bir aile mezarlığımız olsun dedim. Teo, ne alacağım, beni gömecek olan düşünsün dedi. Bu arada hangimiz hangimizi gömecek acaba? Ya Teo beni ya ben Teo'yu. Aynı anda ölmemiz düşük ihtimal. Teo'nun şişkoluğuna bakılırsa onu ben gömeceğim gibi görünüyor, daha otuz yaşına bile gelmedi ama öküz gibi soluk alıyor. Annemin cenazesinde ebediyete kadar yan yana yatacağız Mahmure'm diye ağladın ama üç gün sonra Mahmure'ni unuttun. Ne üç günü, üç saat sonra. Teşvikiye Camii'nin avlusunda Nazan Hanım'la anlamlı bakışmalarınızı ilk o zaman yakalamıştım. Ama hemen unutmak istedim biliyor musun baba, hemen. O an unuttum da. Sonra anımsadım, annemin ölüm acısı geçtikten sonra. Oldu değil mi sizin Nazan Hanım'la aranızda bir şey? Kadın kesin senin yüzünden boşandı kocasından sessiz sedasız. Sonra da ortadan kayboldu. Ne oldu, yakalandınız da kocası mı boşadı, yoksa boşanınca üstüne kalmasın diye yol mu verdin? Halam Teo'ya vefat ilanını verdiniz mi diye sordu. *Hürriyet*'e ve *Milliyet*'e, yarımşar sayfa aile adına, ayrıca da şirket adına verilmesi gerekiyormuş. Yarımşar sayfa hem de, yuh! Kaç para tutuyor o ilanlar haberi var mı? Öldün diye ilan vermeye niyetimiz yok baba, öldün gittin işte, ne olacak yani, *Hürriyet*'e yarım sayfa ilan verirsek ruhun mu şad olacak? Kaldı ki ben kendi adıma senin ruhunu şad etmeyi hiç istemem, aksine, MUAZZEP olsun isterim. Ne kadar hoş bir sözcük bu muazzep. Muazzezle arasında bir harf fark var ama o bir harf iki sözcük arasında uçurum açıyor. Halam yıllardır değişmeyen leydilerin leydisi oturuşuyla oturuyor yine, bu yaşta bile güzel bacaklarını zarifçe sağa doğru yan yana uzatmış. Zor bir duruş şekli ama leydiliğin gereği. 75 yaşına geldiği halde sırtı hâlâ dimdik. Halam ne kadar zarif bir Suadiye leydisiyse Ruhsar da o kadar kaknem, yedi zaten yumruğu sırtına, dik otur diye. Bu kız salak mı yoksa özel bir cins mi yıllardır karar veremedim. Halam Dame de Sion'a sokamayınca Tarhan Koleji'nde okumasına razı olduğu torununu bir ara bana itelemeye çalışmıştı, anımsarsın, hiç oralı olmadım. Şimdi de Teo'ya kakalamaya çalışıyor. Yaşasaydın ne sinir olurdun. Ama merak etme, Teo ancak zengin bir kızla evlenir. Suadiye sahilinde yayla gibi lebiderya daireden Küçükyalı'da kısmen ve uzaktan deniz gören kiralık bir apartman dairesine düşen halamın ve enişte tarafının çoktan çökmüş bir debdebenin son kırıntılarını da tükettiklerinin farkında. Aslında Ruhsar güzel kız, şehlalığı biraz rahatsız edici ama ağzı burnu biçimli, annesine çekmiş. Zişan Abla da gençken çok güzeldi, gitti kazmanın tekiyle evlendi, daha doğrusu hamile kalınca evlenmek zorunda kaldı. Çocuktum ama Ruhsar'ımız erken doğdu müjdesini yutmadığını çok iyi anımsıyorum. Öz yeğenine çok çirkin sözcükler uygun görmüştün de annem daha fazla duymamak için içeri gitmişti. Halam yıllarca sümsüklüğünden yakındığı, aileden zengin, aylak kocasını birkaç yıl önce gömmeyi başardı ama sonra ortaya çıktı ki Suat Enişte gırtlağına kadar borçluymuş, anımsarsın. Halamın şimdi bizim kapımızda siftinmesine bakılırsa iki yeğenimden birini torunumla evlendiririm, böylece kardeşimin Nişantaşı'ndaki dairesine geçip oturamasam bile yazın birkaç ay Burgaz'ın keyfini sürerim diye umuyor. Çok bekler, Teo suratına bile bakmıyor Ruhsar'ın. Halama Zişan

Abla'yı da sordum, halamda bir ağız kalabalığı. Geçen hafta Manisa'ya gittiler, zeytinyağı şey yapacaklar, Turgutların zeytinlikleri var ya. Zişan Ablan şey yapacak ama cenazeye gelecek, Turgut Enişten de işlerini şey yapabilirse gelecek. Senin de her zaman söylediğin gibi Turgut Eniştelerin zeytinlikleri falan yok ama varmış gibi yapıyoruz, Zişan Abla'yla Turgut Enişte'nin yıllardır ayrı yaşadıklarını da bilmiyormuşuz gibi yapmayı sürdürüyoruz. Teo'ya bunlara niye haber verdin dedim. Halamız lan, tabii vereceğim dedi, yarın cenazede kimse olmasa mıydı? Kimse olmasa da olurdu bence, hatta daha iyi olurdu. Bu insanların senin ölümüne gerçekten üzüldüklerini mi sanıyor salak oğlun? Halam ilan vermek gerekir diyor ama vermeyeceğiz herhalde dedim Teo'ya. Sevinir sandım. Ben verdim bile dedi. Hem şirket adına hem aile adına iki çeyrek sayfa ilan vermiş, yalnızca *Hürriyet*'e ama. İki gazete çok pahalı oluyormuş. Hiç vermeseydin, ne gerek vardı dedim. Sinirlendi geri zekâlı. Ne demek ne gerek vardı? Babam koskoca profesördü, Koryürek Jeoteknik'in sahibiydi, AYAKTAKIMI gibi mi gömülsün? Ooo! Teo senin parasal mirasının üstüne oturamamışsa da sözcük mirasına oturmuş, zaten senin başkalarının arkasından hakaret ederken kullandığın sözcükleri kullanmayı çok sever. Ayaktakımı senin en nazik hakaretindi baba, hakaret bile denemez aslında. Ne bu kılık ayaktakımı gibi? Senin o kendine özgü sözlüğünün büyük bölümünü oluşturan aşağılama sözlerin ve bize kesinlikle yasakladığın küfürlerin o anki öfkenin şiddetine ve bulunduğun ortama göre değişirdi. Ayaktakımı, lümpen, it kopuk, serkeş serseri, düşük kalibre, devaynası cücesi, boş bakkal, donsuz vülger başkalarının yanında kullandığın aşağılayıcı sözlerdi. Nazik olman gerekmiyorsa, çekirdek aile olarak biz bizeysek, puştun dölü, ibikli pezemenk, kavat eniği, karısını peşkeşçi, düdüklü orospu, dıncık ağızlı, taşağı bokludan başlayıp annemin taş kesilmesine yol açan, en pis küfürlere kadar uzanırdın. Keşke zamanında hepsini yazsaydım, şimdi elimde çok yaratıcı bir küfür sözlüğü olurdu. Karısını peşkeşçinin nasıl bir Türkçe olduğunu hâlâ çözebilmiş değilim bu arada. Ece Ayhan tüzüklerle çarpışa çarpışa büyüdük demiş, biz de senin bu küfürlerinle çarpışa çarpışa büyüdük baba, arada annemi de şehit verdik. Teo paraya kıyıp *Hürriyet*'e ilan verdiğine göre birilerine önemli ve saygın olduğunu kanıtlamaya çalışıyor sanırım. Değişiktir senin oğlun, çok pintidir ama bir çıkarı olacaksa lükse para harcamaktan çekinmez, biliyorsun. New York'a bir gidişimde gömlek mont falan istemişti. Kaliteli giysi sever ama paraya kıyıp buradan almaz, hep yurtdışına giden birilerine ısmarlar. Döndüğümde siparişlerini almak için bana uğrayacaktı. Apartmanın önünde metalik gri bir Volvo durdu, içinden Teo indi. Şaşırdım, Teo araba mı aldın? Çok da şık giyinmiş, siyah takım, beyaz gömlek, kravat takmış, o bodur boyuna rağmen bayağı havalı olmuş. Birileriyle iş görüşecekmiş, onun için kiralamış Volvo'yu. Senin haberin olmayabilir ama Teo daha bu yaşta katakullili işler peşinde baba, bilgin olsun, ille de bir vurgun vuracak, senden kalacak miras kesmiyor onu, büyük para istiyor, çok büyük para, hatta bir suyun başını tutmak istiyor, hırs küpü bir manyak çünkü. Araba kiraladığını duyunca görüşmeye Ankara'ya falan gidecek sandım. Conrad'a gideceğim dedi. Conrad'a mı? Beşiktaş Conrad'a. Evet. Yürüsen yarım saat sürmez, bunun için Volvo mu kiraladın? Görüşeceğim adamlar tekstil imparatoru, taksiyle mi gideyim dedi, arabanın anahtarını salladı yüzüme, eşşek kadar Volvo amblemi üstünde. Kırk yıl düşünsem görüşeceğim adamları etkilemek için Volvo kiralamak aklıma gelmez. Üzüleceksin ama Teo senin Mercedes'ini istemiyormuş. Ne yapacağız peki diye sordum, sorar sormaz da pişman oldum, adamın öldüğü gün bunu mu düşünüyorsun diyecek ama demedi. Gördün mü baba? Hatırana hiç saygı duymuyor. Bütün bu hayırlı evlat halleri yalan yani, gösteriş. Ben hiç olmazsa dürüstüm. Onu istemiyorum, sıfırını alacağım, sen istiyorsan al, hesaplaşırız dedi. Vay! Teo sıfır araba alacak ha? Tamam, o da dursun kapının önünde, satmaya kalksak doğru dürüst para etmez zaten. Alfa Romeo'mu aldığımda bana çok kızmıştın, bitmeyecek mi senin bu araba sevdan diye kıyameti koparmıştın. Bitmeyecek. Sen İstanbul'un bütün taksilerini leş, taksicilerini de kaba saba ve tehlikeli bulmaya başlayınca araba almıştın sonunda. Kullanamadığın için şoför tutman da şart olmuştu. Yıllardır arabasız gezdiğine pişman olduğunu ağzından kaçırmıştın anımsıyor musun? Sırıtma sırıtma demiştin bana, kendini tutamayıp gülmüştün, bir sıcaklık olmuştu aramızda. Hiç olmadı demiyorum zaten, arada böyle sıcak anlar yaşadığımız oldu ama pek anımsamıyorum, bende iz bırakmamış demek ki. Neyse boş ver, öldün gittin işte. Morg soğuk olduğu için farkında değilsindir ama hava çok sıcak baba, yanıyor İstanbul. Sehpada bir sürahi soğuk su vardı bitti, herkes durmadan su içiyor. Halamla Hale Abla arasında bir ev sahipliği yarışı olduğu dikkatimden kaçmadı. Halam Hamide'ye bir limonata yap da konuklarımız serin serin içsinler dedi. Hale Abla'nın yüzü gözü bir attı, görecektin, suratı sen kim oluyorsun da benim evimde benim hizmetçime emir veriyorsun diyor. Hamide'ye bırak şimdi limonatayı, bir koşu markete git dedi ama Hamide dinlemedi, halamın emrini yerine getirmek için mutfağa koştu. Hamide patronun artık Hale Abla olmadığını biliyor ama patron halam da değil, bu evin bir patronu yok artık. Elli yıldır tek bir patron vardı, o da sendin, sen de şu anda, metal bir kutunun içinde soğuk soğuk yatıyorsun. Hale

Abla'nın çok kaygılı olduğu belli, kadıncağız gelecek korkusuna kapılmış. Haklı tabii, seni nikâh masasına oturtamadan yitirdi sonuçta. Evi boşaltırken babanıza beş yılımı verdim diye ağlayacağı kesin. Teo hiç acımaz, eminim, Paris'ten Londra'ya geze geze, kraliçeler gibi yaşadığına say diyebilir, bir iğne bile vermeden kovabilir evden. Ama sen de az değildin be baba. Ha bu yaz, ha bu kış diye diye az oyalamadın kadını. Sana bir keresinde ne zaman evlenmeyi düşünüyorsun diye sormuştum da, ne evlenmesi, evlenecek olsam Hale'yle mi evlenirim demiştin. Çok şaşırmıştım, Hale Abla'yı sevdiğini sanıyordum. O zaman anladım herkesi kullandığın gibi onu da kullandığını. Apartman komşularından bir kadın, hiç esmiyor, bu mevsimde Nişantaşı hakikaten çekilmiyor diyor. Halam başını sallıyor, öyle öyle... rahmetlinin de sıcağa hiç dayanası yoktu, o yüzden yazları hep Burgaz'da geçirirdi. Seni çok iyi tanırmış, çok değerli kardeşiymişsin rolü yapıyor. En son Suat Enişte'nin ölümünden birkaç ay sonra görüşmüştünüz. Sendeydim o gün, yine bir nedenle azarlamaya çağırmıştın beni, ben de salak gibi gelmiştim. Beni çağırdığın zaman gelmemezlik edemiyordum baba, bir daha gitmeyeceğim ayağına diyordum ama yine de gidiyordum. Artık bitti. Asansöre binip senin katının düğmesine basmak, çıkarken yine neye kızdı acaba diye düşünmek zorunda değilim artık, bunun nasıl bir özgürlük olduğunu anlatamam. Halam soluk soluğa geldi o gün. Mahvolduk Necmi, mahvolduk, Suat uçan kuşa borçlanmış! Sen gayet sakin, reddimiras yap, üstüne kalmasın dedin. Bu kadar. Halamın yüzünün bütün çizgilerinin derin bir nefretle dolduğunu gördüm o an. Şimdi Teo'yu tavlasın diye Ruhsar'ı dürtüp duruyor ama Ruhsar da pek oralı değil, sanırım Teo'yu uzun bir aradan sonra görünce düş kırıklığına uğradı. Haksız sayılmaz, düpedüz çirkin bir kardeşim var. Teo bir ara arkadaşlarıyla gülüşüyordu. Kulak verdim, Clinton'a sakso çeken kızdan söz ediyorlar. Teo'nun, Clinton büyük jüriye itiraf etmiş ama bir şey çıkmaz, senatodan döner o azil dediğini duydum. Çok şaşırdım baba, dilimi yuttum. Gerçi konu Monica Lewinsky, sakso makso olmasaydı Amerikan başkanının adını bile bilmezdi bu cahil ama yine de azilden, senatodan falan söz etmesi şaşırtıcı. Duysaydın benim oğlum neler biliyormuş diye sevinirdin. Gerçi sevinir miydin emin değilim. Ben pek çok şey biliyordum ama hiç sevindiğini görmedim. Belki sevindiğin olmuştur da ben anımsamıyorumdur, sonuçta seninle ilgili anımsadıklarım hep olumsuz şeyler. Ölü evi ne tuhaf şey. Annemin öldüğü gün de sen Humeyni'nin Salman Rüşdi hakkında verdiği ölüm fetvasını konuşuyordun birileriyle. Çok kızmıştım sana annemin cansız bedeni morgda yatarken bunları konuştuğun için ama en azından bir ciddiyeti vardı o konunun. SENİ ÖLDÜRMÜŞ sayılır mıyım bilmiyorum baba. Sayılırım herhalde, en azından "ihmal yoluyla ölüme sebebiyet vermek"ten suçluyumdur. Dün Selim Bey'in bıraktığı kirayı sana getirmem için aradığında yarın getiririm diyecektim ama hava yine çok sıcaktı, gideyim, hiç olmazsa Burgaz'da denize girerim diye düşündüm, geliyorum dedim. Evde yalnızdın. Hale Abla'nın bir tanıdığının düğünü varmış, İstanbul'a gitmiş. Sen niye gitmedin baba? Gitseydin belki de ölmezdin. Hadi kulübe gidelim, denize gireriz dedim. Sen git, benim canım istemiyor dedin. Hasta mısın diye sordum. Niye hasta olayım, aslan gibiyim dedin. Pek de aslan gibi görünmüyordun, gözlerinin çöküklüğü, yüzünün kararmışlığı dikkatimi çekmişti, iyi olmadığını hissetmiştim ama hadi itiraf edeyim umursamadım. Kulübe gittim, uzun uzun yüzdüm, özlemişim Burgaz'ı. Yazı Altanlarla güneyde geçirince Burgaz'a gitmeye fırsatım olmamıştı. Son anda bir de mavi yolculuk çaktım, İngiliz bir kızla. Görsen çok beğenirdin Kelly'yi, tam senin tipin, sarışın, ince, sarman kedi gibi bir şey. Keşke âşık olabilsem şu İngiliz köylüsü kıza diye düşündüm teknedeyken, peşinden Bristollere filan giderim. Yeni bir şey olur yaşamımda, en azından saçma da olsa bir amacım olur. Müzik kapıları bir türlü açılmıyor çünkü. Bilseydin çok mutlu olurdun, eminim, sakalım yok ki sözüm dinlensin derdin. Kulüpte Aleks'i gördüm. Benim Burgazlı tayfanın hiçbiri bir haftadan fazla kalmıyor artık adada, o derece sıkıcı bir yer artık bizim yaştakiler için. Ama Aleks demirbaş, bıkmıyor herif üç ayı burada geçirmekten. Oturduk balık yedik, bira içtik, çocukluğumuzu, eski arkadaşları konuştuk. Arman Kaliforniya'ya yerleşmiş, adadaki evi satılığa çıkarmış, bir daha gelmeyi düşünmüyormuş. Üzüldüm, severdim Arman'ı. Oğuz boşandıktan sonra hap içerek kendini öldürmeye kalkışmış. Salak. Hap içerek ölündüğü nerede görülmüş? Ölmek istiyorsan güçlü bir nedenin olsun ayrıca, boşandım diye kendini öldürmeye kalkışmak ne demek? Eskiden sutopu takımının kaptanı olan Murat, çalıştığı şirkette genel müdür olmuş. Bunu bilmiyordun sanırım, bilsen kafama kakmadan duramazdın çünkü. İlk yaz aşkım Şila'nın kızı olmuş. Vay be... Şila anne olmuş ha? Aleks bunları anlatırken yaşam yolunda akıyor diye düşündüm, yaşam akıyor da benim yaşamım nereye akıyor? Tam hüzünleniyordum ki Altan aradı, bu akşam kayıt yapalım mı dedi. Canıma minnet. Hemen İstanbul'a döndüm. Sen de kal demedin zaten, çok sıkılırdın benden, ben de senden çok sıkılırdım. Bütün gece Altanların stüdyosunda kayıt yaptık. Eve geldiğimde güneş doğmuştu. Kafayı koyduğum gibi sızacağım belli, dünyanın içkisini içmişiz, kalın da bir cıgara gezdirmişiz, ben biriki nefes çektim yalnızca ama gene de kafa yaptı. Yatacağım sırada cebim çaldı. Çiğdem sandım, Soydan gittikten sonra bana çok asıldı çünkü, kesin sana geleyim mi diyecek. Ama senin sesini duyunca şaşırdım baba, sen ancak Teo'ya ulaşamazsan beni ararsın. Saate baktım, beşe çeyrek var var. Baba hayırdır? Hiç iyi değilim Osman, geceden beri göğsümde bir ağrı var. Hüsam'a git, onun teknesiyle gelin beni alın da Alman Hastanesi'ne gidelim, bir baksınlar dedin. Tutamadım kendimi, niye Teo'yu aramadığını sordum. Tuzla'daymış, bir arkadaşının yazlığında, ben daha kolay gelirmişim. Sevgili oğlunu rahatsız etmek istemediğini düşündüm, bozuldum biraz. Yine de tamam, geliyorum dedim, kapattım. Ama kafam nasıl güzel, gözüm yastıkta. İki saatten bir şey olmaz dedim, biraz uyuyayım, yedi gibi kalkar giderim. Geç kaldığım için fırça atarsın diye Hüsam Abi'yi de tembihlerim, aman abi gözünü seveyim, ancak bulabildim seni ona göre. Yattım, ânında sızmışım. Güm güm kapının çalmasıyla uyandım. Fırladım, saat on bir buçuk. Kapıcı yıkıyor kapıyı. Teoman Bey size ulaşamıyormuş, onu arayacakmışsınız dedi. Telesekreterde yüz tane mesaj, cebimde bir sürü yanıtsız çağrı. Aradım. Teo ne oldu? Babamı yitirdik. Ne? Hale Abla eve gelmiş, ölü bulmuş seni, cebin elindeymiş ama şarjı bitikmiş. Doktor tahminen dokuz civarında öldüğünü söylemiş. Yatacağıma Hüsam Abi'ye gitseydim hastaneye yetiştirebilirdim seni ve şu anda yaşıyor olurdun. Aslında vicdan azabı duymak istiyorum baba, gerçekten. Seni öldürmüş sayılırım çünkü. Ama öyle garip ki sözcükler, BABA, VİCDAN ÖLÜM, hepsi ANLAMSIZ sesler gibi geliyor.

* * *

Sevinebilirsin baba, cenazen çok kalabalık oldu. Teo, Münevver Halam ve ben tabutunun başında dikildik. Halan niye dikildi diye kızacaksan onu Teo'ya sor, sen öldüğünden beri halamı yıkama yağlama halinde. Bir anlam veremedim ama vardır bir hesabı, yakında anlarız. Hale Abla'yı da yanımıza çağıracaktım ama Teo bırak, gitsin ötede dikilsin dedi. Halamla ikisi taktılar kadına. Halam nikâhlı karısı değil, bir şey değil, ne işi var cenazede diye söylenip durdu. Hale Abla'nın haline acımadım değil, birkaç arkadaşıyla bahçenin bir köşesinde dikildi, ikide bir kocaman güneş gözlüklerini çıkarıp gözyaşlarını sildi. Halama göre gitti paracıklar, ona ağlıyor. Haklı olabilir, Hale Abla seni seviyor muydu emin olamadım, gerçi umurumda da olmadı. Bir sürü akrabamız geldi cenazene, çoğunu tanımıyorum, kimdirler, neyimiz oluyorlar, en ufak bir fikrim yok. Halamla Teo çoğunu tanıyorlardı. Teo'nun da tanımasına şaşırmadım, aile üyelerine meraklıdır o, kim ne yapıyor, ekonomik durumları iyi mi kötü mü, takip ediyordur. Nişantaşı'ndaki komşularının çoğu geldi, briç kulübündekiler, kuru temizlemeci Hayri'den Nedim Şarküteri'ye kadar bütün esnaf. Adadan çok az gelen oldu, bilgin olsun, yere göğe sığdıramadığın Polat Bey gelmedi örneğin. Kendi cenazeni görebilme şansın olsaydı çok bozulurdun ama belli etmezdin, vapuru kaçırmışlardır, ikindi namazı diye biliyorlardır türünden bir sürü uyduruk gerekçe bulurdun. Gelenlerle yalnızca el sıkışmak istiyordum, ama yok, ille öpecekler. Ömrümde hiç öpüşmediğim kadar çok insanla öpüştüm, zaten sıcak, herkes terli, midem bulandı. Talat Amca denen vali bozuntusu tabii ki geldi, millete cenaze sahibi havası atmak için yanımıza dikildi, başsağlığı dileyenlere dostlar sağ olsun diye bizden önce atılıyor. Teo sen git şu tarafta dur deyince çok bozuldu. Okkalı bir laf söyleyecek sandım ama tabii oğlum, ben kalabalık etmeyeyim başınızda dedi, uzaklaştı. Koca herif Teo'dan çekiniyor resmen. Talat Amca Feryal Halama haber vermiş öldüğünü ama gelmedi, haberin olsun.

Gerçi niye gelsin ki, öyle değil mi? En son 25 yıl önce görüşmüşsünüzdür herhalde. Coşkun Abi'yle Sonnur Abla da geldi, senin için değil tabii, benim için geldiler. Halamın ikisine de sinir olduğu gözümden kaçmadı. Hanzade Abla İsviçre'de pediatri kongresindeymiş, gelememiş ama çelenk yollamış. Anne tarafımızdan başka kimse yoktu, olmasını da beklemiyordum, kim kaldı ki? Teo yakışıklı bir fotoğrafını fotokopi yaptırmış, birileri her gelenin yakasına iğneliyordu. Onu bile düşünmüş senin hayırlı oğlun. Atmaca gibiydi gözleri, kim geldi, kim gelmedi tek tek saydı. Arkadaşları ordu halinde geldiler. Benim tayfadan Altan, Muzaffer, Soydan bir de Çiğdem geldi. Öbürleri hâlâ tatildeler ama aradılar. Eskilerden gelen olmadı. Gazi telefon etti, motorcularla Patara'daymış, çok sıcak konuştu, seni andık, çok üzülmüşüm gibi yaptım. Çağatay hâlâ Amman'da, aradım, sekreterine not bıraktım ama aramadı, belki sekreteri iletmemiştir. Levent duyduysa gelir diye gerilmiştim, gelmedi Allahtan. Onunla da romanımı yerden yere vurduğu günden beri görüşmüyoruz. Hiç unutamıyorum bana olan davranışını. Kusura bakma ama bok gibi bir şey bu diye başlamıştı. Rezil olmak istiyorsan bastır tabii. Hiçbir yayınevi basmaz ama bir matbaada filan kendi paranla bastırabilirsin. Zevk duyuyordu bunları söylerken, yüzünden okuyordum, gizleyemiyordu çünkü. Ömrümde bu kadar büyük acı duyduğum çok az gün olmuştur baba. Beni sen bile üzemedin Levent kadar. İnandım çünkü arkadaşıma biliyor musun? O gün gerçekten çok kötü bir roman yazdığıma inandım. Eve dönünce sinirimden ağladım. Bugün aslında kıskanmış olduğunu anlıyorum, çok kıskandı, çekemedi, roman yazmamı sindiremedi. Keşke ona inanıp yakmasaydım. Sayfaları küvette tutuştururken kendimi bok gibi hissetmiştim. Kenan aradı, başsağlığı diledi. En son Mert'in cenazesinde görüşmüştük. Onun aramasını hiç beklemiyordum, sevindim. Gazi'den duymuş öldüğünü. Bayağı uzun konuştuk. Bursalı bir kızla evlenmiş, Bursa'ya yerleşmiş, beyaz eşya mağazası açmış. Bir şey demedim ama çok avam buldum, beyaz eşya mağazası ne, buzdolabı mı satıyor yani millete? Stüdyolarını anımsadım, kasım kasım kasıldıkları günü. Yaşam ne tuhaf. Bir amaçla yola çıkıyorsun ama olmadık bir yerde buluyorsun kendini. Onlardan biri olmamaya kararlıyım. Görüşelim falan dedik Kenan'la ama görüşmeyeceğiz, biliyorum, eski arkadaşlarla yol çoktan bitti, ne varsa yenilerde var. Mübin Bey de geldi bu arada. Bana nasıl gidiyor müzik işleri dedi. Sesinde hafif bir alay mı vardı bana mı öyle geldi emin değilim ama yine de tadım kaçtı. Çıkışta arabasına binerken gördüm, E serisi, siyah bir Mercedes Elegance, şoförlü moförlü, zaten klastı, iyice klas olmuş. Bir sürü de çelenk vardı, şaşırdım, amma da itibarın varmış senin. Teo çelenklerin kuşaklarını eve getirdi, isimleri bir kâğıda yazdı, ne işine yarayacaksa. Öğrencilerinden de çok gelen oldu, hocalar mocalar, kimileri benim de hocam. Başın sağ olsun Osman, memleket çok değerli bir bilimadamını yitirdi dediler. Ya ne demezsiniz. En büyük yapıtı da Gençliğe Altın Nasihatler risalesiydi. Baba salak mıydın acaba ya... kendini ne sanıyordun da oturdun, sana göre yoldan çıkmış bu gençliğe çekidüzen verecek o saçmalığı yazdın? Anımsadıkça utanıyorum biliyor musun? Allahtan bilen yok. Gerçi sen de utanmışsın ki, bastırdıktan sonra pişman olmuşsun, dağıttırmamışsın, annem öyle demişti, gülmemek için dudaklarını kemiriyordu anlatırken. Öyle bir moda varmış bir zamanlar, kendini toplumun efendisi sananlar bu cahil halkı eğitmek için akıl fikir kitapları yazıyorlarmış. Senin hocalarından biri adabımuaşeret kitabı, karısı da genç kız terbiyesi hakkında bir risale yazmış. Sen de onlara özenmişsin. Ama çok geç kalmışsın be baba, yirmilerde otuzlarda yazılıyormuş bunlar. Değerli bilimadamına bak. Gençlerin terbiyesiyle uğraşacağına doğru dürüst makale yazsaydın da bilime gerçekten bir katkın olsaydı. Akademik olarak yaza yaza iki tane uyduruk kitap yazabildin. Ben de okumuştum üniversitede. Salak bir hocamız vardı, Ersun, sen ezbere biliyorsundur Osman, ne de olsa baban yazdı derdi. Evet, ben de senin kadar salağım zaten, oturup babamın kitaplarını ezberleyeceğim. Mezarlıkta hoca hanginiz indireceksiniz dedi. Boş boş bakıyordum, ne demek indirmek? Teo ben indiririm dedi. Mezara indi, tabutunu açtılar, seni çıkardılar. Ayakların bağlanmış, bembeyaz bir kütle haline gelmişsin. Çok acayip bir hal içindeydim. Bakıyordum ama hiçbir şey hissetmiyordum, ne acı ne keder. Sıkıntı bile yoktu içimde. Görevliler kürekle giriştiler, bir anda toprakla doldu mezarın. Teo her şeye egemen, haldır haldır toprak atıyor, ben de attım birkaç kürek. Hoca Kuran okudu sonra. Teo su döken çocuklara bahşiş verdi, bütün bu ritüelleri nereden biliyor? Bitti, millet dağıldı. Şimdi ne yapacağız dedim. Halam başsağlığına gelen olur, eve gideceğiz dedi, akşama okuman varmış zaten, hoca ayarlamışlar. Ne gerek varsa, sanki camiye gitmişliği olan bir adamdın. Akşam biz evde otururken Hale Abla geldi, yanında suratsız bir kadın, kuziniymiş. Sevgilin çok bozuktu baba, dünkü ev sahibi havasından eser kalmamıştı. Teo'yla mezarlık çıkışında kavga etmişler, Teo eve geleyim deme, orası senin evin değil artık demiş. Ben görmedim, aklım neredeydiyse o sırada. Halam Teo'ya ne zaman konuşacaksın bununla dedi. Okuma bitsin, millet bir çekilsin, öyle dedi Teo. Halam Hamide'ye helvanı kavurttu, ben de yedim, çok güzel olmuştu helvan. Okuma bitti, kısa sürdü zaten, herkes dağıldı. Biz bize kaldık. Teo Hale Abla'ya sen bir gelsene dedi. Kuzini de ayaklandı. Teo yolunu kesti kadının, sen nereye? Konuşurken ben de yanınızda olacağım dedi kadın. Daha o anda başladı kavga. Amacınızı biliyorum, Hale'yi beş kuruşsuz kovacaksınız ama yok öyle yağma, beş yıl senin o huysuz, geçimsiz babanın kahrını çekti bu kız, eşyada da hakkı var, mirasta da hakkı var, her şeyde de hakkı var diye başladı. Kadını bir süre sessizce dinleyen Teo'dan beklediğim tümce 120 desibel gücünde geldi: Senin ananı sikerim orospu! Bir bağırış çağırış oldu, bir şeyler uçuştu havada. Ben çıktım. Kapıda durdum, apartmanın cama yaldızla yazılmış adına baktım bir süre. Ülgen Apartmanı. Satacağız burayı baba. Dairende kim bilir kimler oturacak. Pencerenden başkaları bakacak yıllarca baktığın sokağa. BİR ŞEY BİTTİ. Annemle yarıya inmişti, şimdi tümüyle bitti. Taksim'e yürüdüm. Sıraselviler'de Aramis duman dumana, ayakta duracak yer yok. White'takiler dışarı taşmış, içeriden boktan bir canlı müzik sesi geliyor. Hiçbirine giresim gelmedi. Üzgün olduğumdan sanma, içeridekileri pespaye bulduğumdan. Kazancı'dan aşağı saldım kendimi, daha o saatte sarhoş doluydu sokaklar. Kabataş'a kadar yürüdüm. Yoruldum, ne yapacağımı da bilemedim, evime dönmek için bir taksiye bindim. Hüsrev Gerede'de birden midem bulandı. İndim. Kendimi leş gibi hissediyordum, evde duşa girdim, soğuk su iyi geldi, dirildim. Bir kadeh viski koydum, rocky chair'ime oturdum, sallanırken eskisi kadar sağlam değil diye düşündüm. Kırılsın, kendim gibi evimi de yenileyeceğim çünkü, her şeyimi yenileyeceğim. Yarından sonra yepyeni bir yaşamım olacak. Babam öldü diye mırıldandım arka arkaya. Babamöldübabamöldübabamöldü. Hiçbir anlam ifade etmedi. Etsin diye Necmi Koryürek bugün MEZARA GİRDİ dedim yüksek sesle, toprağın altında artık, GELEMEZ, beni ayağına çağıramaz. Senin öldüğüne inanmam gerek baba, biraz da üzülmemem gerek. Ölmüş olmana ne seviniyorum ne üzülüyorum. Suçluluk da hissetmiyorum. Sanki benim için çok da önemi olmayan bir olay olmuş gibi. Öylesine duyarsızım anlayacağın. Belki üzülüyorumdur da farkında değilimdir, birkaç gün sonra yokluğunu hissedince üzüleceğimdir, keşke yatıp uyumasaydım diye vicdan azabı çekeceğimdir, bilmiyorum, doğrusunu istersen pek sanmıyorum. Annemin ölümüyle kıyasladığımda aradaki uçurumu görüyorum çünkü. Makineler ötmeye başlayıp beni dışarı çıkardıklarında ayaklarımın altından yer kaymıştı, kendimi günlerce dövülmüşüm, tek bir sağlam kemiğim kalmamış gibi hırpalanmış hissetmiştim. Aylarca ağrı çektim, sırtım öyle ağrıyordu ki ikide bir kendimi yere atıyordum. Baştan inanmadın bana. Sonunda kaygılandın, bir babalık geldi üstüne, yürü doktora gidiyoruz dedin. Gittik, bir sürü tahlilden sonra strese bağlı kas romatizması dedi doktor, anımsarsın. Gerçi ölüler anımsayabilir mi bilmiyorum. Bir yolu olsa da söyleyebilsen. Yaşlı bir doktordu gittiğimiz, Ayhan Işık'ın beyaz bıyıklısıydı, tabii ki senin tanıdığın birilerinin tanıdığıydı. Onluktan başlayıp iki çarpı ona ve yirmi beşe çıkan, sonra tekrar ona inen bir buçuk aylık bir laroxyl tedavisiyle geçti. Bu kez o halimin hiçbiri yok baba, ayaklarımın altından yer falan kaymadı. Yarından sonra da bir şey olmasını beklemiyorum. Sanırım seni öldürdüğüm için vicdan azabı çekmeyeceğim, üzgünüm. Şu anda saat daha iki, bizim çocuklar için gece daha yeni başlıyor. Ama canım hiçbir şey yapmak istemiyor. Ne istersem yapabilirim oysa. Kalkıp dünyanın öbür ucuna gidebilirim, kendimi uyuşturucuya boğabilirim, bir kumarhaneye gidip bütün servetimi harcayabilirim, kavgaya girebilirim, hapse düşebilirim, rezalet çıkarabilirim, kendimi öldürebilirim. Her şeyi yapabilirim. Hüsrev Gerede'de duvara dayanmış mide bulantımın geçmesini beklerken genç birileri gülüşerek bir kapıdan çıktı, neşeleri çok hoşuma gitti, baktım Atlas Palas'ın önündeyim. Kapıda da Erkin Emlak'tan satılık daire ilanı. Başımı kaldırıp baktım, şahane bir apartman bu Atlas Palas, yüzyıl başından kalma. Yapılış tarihi 1920 falan olabilir. Mermer döşeli girişi nasıl zarif, hele cilalı ahşap kafesli asansörü. Hep önünden geçerdim ama burada oturmak hiç aklıma gelmemişti. Birden oturabilirim diye düşündüm. Bu apartmanda oturabilirim. İstediğim yerde yaşayabilirim. Sen öldün çünkü. 32 yaşındayım ve ancak şimdi gerçekten özgürüm. Ama hissedemiyorum baba. Sence neden hissedemiyorum?

* * *

Atlas Palas'taki o harika daireyi alacağım baba. Kesin kararımı verdim. Bugün gezdim ve bayıldım. Görebilseydin sen de bayılırdın ama ulan sen kimsin ki böyle bir daire alıyorsun, beş kuruş kazandın mı bugüne kadar diye hevesimin içine sıçardın. En üst kat olduğu halde tavanları yüksek, uçsuz bucaksız bir salonu ve olağanüstü bir manzarası var. Ama sağlam bir bakım onarım istiyor, mutfağıyla banyosu kötü durumda. Çok da pahalı ayrıca, fiyatını duysan dudağın uçuklar, ama senden öyle çok mülk kaldı ki, Hayati Bey mülklerini sayarken benim dudağım uçukladı. Senin bu kadar varlıklı olduğunu bilmiyordum. Sen de bayağı pintiymişsin demek ki. Bu varlıkla çok daha görkemli bir yaşam sürebilirdin. Vasiyet bırakmamışsın bu arada, tapuların da Hayati Bey'deymiş. Teo'nun suratı bir karıştı Hayati Bey'i dinlerken. Mirası kardeş kardeş paylaşacak olmamızı hâlâ sindiremiyor. Emlakçı, Hatice adında, bol bilezikli, küpeli kolyeli, şıngır şıngır bir kadın. Çok tatlı, çok da cin. Almak istiyorum ama parayı hazırlamam için biraz zaman gerek dedim. Siz on bin dolar falan bir kaparo verin, ben mal sahibini oyalarım dedi. Teo'ya Levent'teki villayı satalım diyeceğim. Hemen satılır. İçindeki şirket almak istemişti de sen vermemiştin. Bakalım Teo ne diyecek, almayı çok istiyorlar diye ciğerini söker artık adamların. Neyse ki tam zamanında öldün. O daireyi alamazsam ben ölürüm çünkü. Sen hesabını bilen adamdın, iyi yaşardın ama senden gizli iki biber dolması yedi diye Hamide'ye hırsız muamelesi yapardın. Mirasını çarçur edeceğim diye ödün kopuyordu. O yüzden gizli gizli görüşüyordun Teo'yla. Sordum, babam yaşasaydı daireleri senin üstüne mi yapacaktı, zamansız mı öldü dedim. Önce bir irkildi, ne biçim konuşuyorsun lan, olur mu öyle şey diye sinirlendi, sonra başını hafif sağa yatırıp yukarı baktı. Yalan söylediği zaman öyle yapar bilirsin, kaygılı olduğu zaman da senin gibi işaretparmaklarıyla başparmaklarının üstünde daireler çizer. Biz kardeşiz, babamız da öldü, kimsemiz kalmadı, birbirimize destek olmamız gerek diye bir sürü palavra sıktı. Henüz haberi yok bu daireyi almak istediğimden, öğrenince ne diyecek çok merak ediyorum. Aldıktan sonra söyleyeceğim. Kıskanacaktır, deli gibi kıskanacaktır ama giden benim param olduğu için sevinecektir de aynı zamanda, keş sever çünkü, paranın kendisini sever o, harcamaya kıyamaz. Bu arada Yalıkavak'taki yarım villana alıcı çıkmış bile, Teo satışı bugün yarın halledecek. Cenaze masraflarının bana düşen kısmını Teo'ya ödedim. Helvanın malzemelerini bile yazmış açgözlü oğlun, bir kilo şeker, yarım kilo tereyağı, 200 gram çamfıstığı. Yuh artık. İki aydır aidatı ödememişsin, onu da ödemiş yöneticiye. Daha su, elektrik, telefon faturaların varmış, payına düşeni söylerim dedi. Ben de Tahsin'in de bir aylık maaşı var dedim. Geç onu dedi, yaz boyunca babam adadaydı, şoförlük bir işi olmadı. Olsun olmasın, çalıştı sonuçta. Ama dinlemedi. Diyorum sana baba, gerçekten vicdansız senin bu oğlun. Tahsin Teo'dan para alamayınca benim kapıma dayanır kesin, benim de yüzüm tutmaz, vereceğim. Olsun. Başımın gözümün sadakası olsun diye vereceğim. Sabah da adamın teki aramış Teo'yu, ben Hale Hanım'ın avukatıyım, konuşup anlaşalım, aksi takdirde mahkemeye gideceğiz demiş. Sen ne dedin dedim. Ananın amına kadar yolun var dedim kapattım dedi. Çok huzursuz oldum. Şişli'deki giriş daireyi verelim konu kapansın dedim. Salak mısın diye bir sinirlendi, adam avukat mavukat değil, Hale orospusu mahkemeyle bizi korkutacak aklınca. Nereden biliyorsun, belki avukat? Yahu değil diyorum, değil diyor. Sinirden gözleri fırladı yine dışarı. Zaten Hayati Bey'le de konuşmuş, mendil bile alamaz, yatın kulağınızın üstüne demiş. O geceki kavganın benim tanık olduğum kısmı da uvertürmüş meğer, asıl kıyamet ben gittikten sonra kopmuş baba, saç saça baş başa dövüşmüşler. Halamın kafası yarılmış, Hale Abla burnum kırıldı diye yıktırmış ortalığı, hastanelik olmuşlar, polis gelmiş. Teo gülüyordu bir de anlatırken, rezalet. Kilidi değiştirmiş, kadını almamış eve, hiçbir şeyini de vermemiş. Kişisel eşyalarını bari gönderseydin dedim. Niye göndereyim, donuna kadar neyi varsa babam aldı dedi. Kadını sırtındaki elbiseyle postalamış yani. Bu arada bir sürü eksik belirlemiş evinde, annemin Amsterdam'dan aldığı dantel masa örtüsü, fildişi saplı büyütecin, 24 kişilik gümüş çatal bıçak takımının yarısı, Petersburg gezimizde aldığın incili Faberge yumurtası, Meissen çiçekçi kız biblosu falan, bir sürü şey saydı. Neyin var neyin yok, nasıl da aklında tutmuş manyak, hayret ettim. O çiçekçi kız biblosunun bir eşini geçende Ziya Abi'nin dükkânında gördüm bu arada, yüz milyon fiyat vardı üstünde, vay be dedim, küçücük biblonun fiyatına bak. Teo'ya göre Hale Abla sen ölmeden önce yürüttü bunları. Belki doğrudur, belki günahını alıyor kadının, bilmiyorum, umurumda da değil. Henry Schwander'i de soruşturmuş Teo efendi, çok iyi para veriyorlarmış. O piyano benim, ben alacağım onu dedim. Bir an bir şimşek çaktı gözlerinde ama çabuk söndü, üstelemedi. Bir pislik çıkarır buradan, kesin. O piyanoyu bana yaşattığın kötü anıları unutmamak için alıyor değilim baba, rahat ol. Müzisyenim ben, evimde bir piyano olması iyi bir şey, Atlas Palas'taki daireme de çok yakışacak. Bu arada Teo'ya halamla samimiyeti ilerlettin, hayırdır Ruhsar'a mı yanlayacaksın dedim. Ne işim olur lan benim Ruhsar acuzesiyle diye çok kızdı. Hale Abla'yı paketledikten sonra halamı da dehlemiş zaten. Bir daha da yüzünü görmem diyor. E neydi o zaman o haller can ciğer kuzu sarması? Öyle gerekiyordu dedi. Kadını kullandı bitti işte, ele güne karşı güzel bir cenaze töreni yaptırdı, Hale Abla'yı da birlikte paraladılar, tamam. Gerçi bunda şaşılacak bir şey yok, Teo da senin gibi, biriyle işi bitti mi bir daha yüzüne bakmaz. Ayrıca halama umut verip yüzüstü bırakmaktan da çok zevk almıştır eminim. Baba, Teo bir de dedi ki, halam o gece ölü yatağı demedi, gitti babamın yatağında yattı dedi. Çok etkiledi beni bu sözü. Babamın yatağı artık ölü yatağı diye düşündüm. Seninle birlikte evimiz de öldü, biz de öldük, canlı bir hücre kalmadı artık ailemizden. Ama iyi bir şey bu, merak etme, ben çok hoşnutum, yenilenebilirim artık. Tazelenmiş bir yılan gibi deri değiştirebilirim, eski derimi eski anılarımla birlikte senin evinde bırakabilirim.

(2. defter burada bitiyor.)

Kazayı yapan kamyonun şoförü İsmail Saka

"Hatırlamıyorum."

Geçmiş olsun. Tutuksuz yargılanmak üzere serbest bırakılmışsınız.
Sağolun, allah razı olsun. Bıraktılar da mahkeme devam ediyor. Beş ay sonra duruşmam var. Tekrar girecek miyiz girmeyecek miyiz.. orası belli değil.

N'olacak sizce?
Gireceğiz herhalde.. öyle görünüyor. Şirket arkamızda durmadı ki. Bir avukat bile göndermedi. Eşe dosta borçlandık da öyle tuttuk.

İnşaat şirketi miydi arkanızda durmayan?
Değil. İnşaat şirketiyle bir alakam yok benim. Taşerona çalışıyordum ben.

Taşeron şirket de suçlanıyormuş kazayla ilgili.
Suçlansa n'olacak? Patron inşaat sahibinin akrabası, kum gibi para var adamlarda. Bulacaklar bir yolunu, olan bana olacak. Olan hep bizim gibi garibanlara olmuyor mu zaten? Parası olmayana adalet yok ki bu memlekette..

Haklısınız. Adalet çok pahalı bir şey oldu gerçekten. Kaç yaşındasınız?
Kırk dört.. ama daha yaşlı gösteriyorum. Bu kaza en az on yaş ihtiyarlattı beni.

Bence abartıyorsunuz.. Çocuğunuz var mı?
Var. İki kız bir oğlan.

Allah bağışlasın, okuyorlar mı?
Sağolun. Oğlan okumadı.. en büyükleri. Gebze'de sanayide çalışıyor. Onun küçüğü kız.. Adnan Menderes üniversitesinde okuyor, tıpta. Nasipse iki seneye doktor çıkacak ama o iki seneyi nasıl okutacağız bilmiyorum. Allah büyük gerçi, yardım eder. Ufak kız lisede daha.

Ne güzel.. kızlarınızı okutuyorsunuz.
Asıl onların okuması lazım. Öyle değil mi?

Doğru. Kaç yıldır kamyon şoförlüğü yapıyorsunuz?
Kamyonda yeni sayılırım daha.. iki sene olmadı.

Ondan önce ne iş yapıyordunuz?
Evvelce bir toptancı şirketinde çalışıyordum.. depocuydum, marketlere gıda gönderiyorduk. İki sene çalıştım orda.. iyiydi ama patron batınca işsiz kaldık. Ondan önce bir seneye yakın boştaydım. Arada inşaatlarda çalıştım. Bir müddet Tuzla organizede plastik fabrikasında çalıştım ama paramızı alamayınca bıraktık. Tahtakale'de seyyar işi yaptım, kazancı iyiydi ama zabıta rahat vermedi. Baktım astarı yüzünden pahalıya geliyor, korsan taksiye geçtim. Ama onda da şansımız yaver gitmedi. Polis yakaladı, aracı bağladı, gene boşta kaldık. Sonra ağır vasıta al, ağır vasıta ehliyeti olana iş gırla dediler, inandık. Bir ton da para harcadık. Aldık da ne oldu?

Çok iş yok mu ağır vasıtada?
Var da.. iş iş değil ki zulüm. Gecen yok, gündüzün yok,

aldığın para üç kuruş.. onu da ya verirler ya vermezler. Sonunda da bu hadise geldi başımıza.

Kazanın olduğu gece saat kaçta işe çıkmıştınız?
On ikide. Öğlen on ikide direksiyonun başına geçmiştim.

Nasıl yani.. on beş saattir mi çalışıyordunuz?
Evet. Ondan önceki gün de on yedi saat çalışmıştım.

Bütün gün yani. Ne yaptınız bütün gün?
Gündüz Halkalı tarafındaydım. Akşama kadar moloz döktüm. Beş sefer yaptım Altınşehir'e. Saat oldu gece yarısı. Paydos ederiz artık derken şirketten aradılar. Sabri bey aradı, bizim müdür. Dedi temel toprağı çekilecek ama gece ikiden sonra. Dikkatli ol.. şikâyet eden olmasın.

Şikâyet niye?
Kaçak çalışıyorduk. Ruhsat yok.. izin yok.. yolda yakalanmayalım.

Yolda polis kontrolü olmuyor mu?
Oluyor olmaz mı? Ama çevirme olmayan güzergâhı kullanıyorduk biz. Bana hiç denk gelmedi de.. gelirse polis kamyonu bağlıyor, ceza kesiyor, cezayı da şirket ödüyor zaten.

Cezaya rağmen kaçak çalıştırıyorlardı yani sizi.
Cezadan n'olacak.. kayıtlı kuyutlu işten ucuza geliyor patrona.

Kazanın olduğu sırada inşaata kaçıncı seferinizdi?
İlkti daha. Gece ikiye doğru vardım Bayrak sokağa.

Toplam kaç saat çalışmış olacaktınız?
On dokuz-yirmiyi bulurdu herhalde. Diyorum ya iş değil, zulüm. Günde on altı-on yedi saatten az çalıştığım olmadı. Yirmi dörtten çıkar, ne kalır? Yedi-sekiz. Bu yedi-sekiz saatte yemek mi yiyeceksin, uyku mu uyuyacak-

sın, banyonu mu yapacaksın, namazını mı kılacaksın, çoluk çocuğunu mu göreceksin?

Çalışma şartları gerçekten insanlık dışıymış. Kaza nasıl oldu, anlatır mısınız?
Hatırlamıyorum ki.

Karanlık mıydı yol? Çaptığınız kişiyi görmediniz mi?
Onu da hatırlamıyorum. Polis yüz elli metre sonra fren yapmışsın dedi. Hiç hatırlamıyorum.

Niye hatırlamıyorsunuz? Unutmak mı istediniz?
Uyuyordum çünkü.

Uyuyor muydunuz? Kamyonu kullanırken mi?
Kullanırken.. evet. Çarpınca bir açtım gözümü.. hayal meyal hatırlıyorum onu da. Bayağı bir gitmişim, durmuşum, sonra tekrar gözüm kapanmış.

Uyurken nasıl gidebildiniz?
Gittim işte.. hep gidiyordum. Acayip bir uyku bu, bir tarafın uyuyor ama bir tarafın uyanık. Bazen eve gidip yattığımı bile hatırlamadığım oluyor. Eve gelmişim, yemek yemişim, hatta kömür taşımışım sobaya.. hiç hatırlamıyorum. Hanım söylüyor ertesi gün.

O gece ne zaman uyandınız?
Sarıyer civarına geldiğimde.. polis sirenlerini duyunca. Kesti zaten yolumu polis, yaka paça indirdiler. Doğru karakola.

Adama çarptığınızı o zaman mı hatırladınız?
Bir şeye çarptığımı hatırlar gibi oldum da.. köpektir herhalde dedim.. çok sokak köpeği var oralarda.

İnsana çarptığınızı öğrenince ne yaptınız?
İnanmadım ki.. baştan inanmadım ama polis ısrar ediyor.. adamı öldürdün diyorlar.

Ne düşündünüz peki?
Uyumayı. Sadece uyumayı düşündüm.

Birine çarpmış olduğunuzu hiç düşünmediniz mi?
Ertesi gün düşündüm ancak.. uyuduktan sonra.

Ne hissettiniz?
Hiç.. hiçbir şey hissetmedim o an. Ama sonra sonra işte.. koyuyor insana.. ölmüş. Kimmiş diye sordum, müzikçi dediler. Beşiktaş'ta bir kadınla oturuyormuş. Gideceğim.. avukattan adresini istedim, ne yapacaksın boşver dedi. Kaldı öyle. Ama gideceğim.. bulacağım adresini.

Ne diyeceksiniz bulunca?
Anlatacağım.. böyle böyle oldu diyeceğim.. bilerek yapmadım..

Sizi affetmesini mi umuyorsunuz?
Affetse ne olur ki.. giden gitti. Polisler kazanın resimlerini gösterdiler karakolda, adamın hali aklımdan çıkmıyor..

Seyir halindeyken uyuduğunuzu polise söylediniz mi?
Söylemedim.. korktum o anda.

Şimdi bana niye söylüyorsunuz?
Doğru çünkü.. uyuyordum.

Artık korkmuyor musunuz?
Korkmaktan usandım. Çaptığım adamı düşünmekten usandım. Uyuduğumu gizlemekten usandım. Avukata da söyledim.. mahkemede uyuyordum diyeceğim dedim.. sakın öyle bir şey yapmaya kalkma, katiyen kurtaramam seni dedi. Ama söyleyeceğim, ne olacaksa olsun artık.. kaç sene verirlerse versinler. Uyuyamıyorum. Çarptığım adamı düşünmekten uyuyamıyorum.

Bazı görgü tanıkları çarptığınız kişinin kendini öldürmek istediğini, bilerek kamyonun önüne yürüdüğünü söylüyor. Bundan haberiniz var mı?

Var, avukat söyledi de ne fark eder ki? Çarptım adama, öldü.

* * *

Osman'ın kuzeni Avukat Coşkun Hersekli

"Yaşama tarzına karşı çıkmamdan sıkılmıştı."

Osman Koryürek kuzeninizdi değil mi..
Evet.. teyzemin oğluydu.

Kaç yaş vardı aranızda?
On. Benden on yaş küçüktü.

Öldüğünü nasıl öğrendiniz?
Kardeşi haber verdi.. Teoman. Duruşmam vardı o gün, büroya geldim, sekreterim sizi Teoman diye biri aradı, çok önemliymiş dedi. Şaşırdım.. yıllardır görüştüğümüz yoktu Teoman'la. Hemen aradım. Abime kamyon çarpmış, ölmüş dedi. Ne? Kahroldum kahroldum.. çok üzüldüm. Aramız bozuktu ama severdim ben Osman'ı. Cumartesiyi pazara bağlayan gece ölmüş aslında ama Teoman'a ancak salı sabahı ulaşabilmişler. Cenazeyi salı akşamı teslim alabildik, çarşamba öğlen namazına da defnettik.

Neden o kadar geç ulaşmışlar Teoman'a?
Bir kardeşi olduğunu bilmiyorlardı demek ki. Osman kardeşiyle görüşmüyordu çünkü. Pakize adında bir hanımla birlikte yaşıyormuş.. haberim yoktu benim.. bağımız kopmuştu Osman'la. Gerçi Teoman'la da kopmuştu da ölüm sonuçta.. ikisi de teyzemin oğlu. Pakize hanım bir yerlerden Teoman'ın numarasını bulmuş, haber vermiş, o da öyle öğrenmiş. Morga ben yalnız gidemem dedi, beraber gittik.

Pakize hanım da var mıydı?
Morgda yoktu. Ama cenazeye geldi, orada tanıştık.

Konuştunuz mu?
Valla pek konuşmadık. Zaten pek konuşacak halde değildi kadıncağız.

Morgda Teoman mı teşhis etti abisini?
Teşhis edilecek bir tarafı kalmamıştı ki, kafasından darbe almış. Adli tıp doktoru bence bakmayın dedi. Gerekmedi zaten, kimliği üstündeymiş, çalıştığı kulüptekiler de Osman olduğunu doğrulamışlar. Cesedin onun olmadığına dair bir şüphe yoktu yani.

Kulüpte çalıştığını öğrenince ne hissettiniz?
İçim çok acıdı, o hale düşmemeliydi. Nerden nereye.. cenaze de tam bir sefaletti, birlikte yaşadığı hanım falan.. küçümsediğimden değil yanlış anlamayın.. ama yani.. Osman'a göre biri değildi.

Hangi açıdan değildi?
Sosyal açıdan.. kültürel açıdan. Osman profesör çocuğuydu, kolej mezunuydu, müzisyendi. Kadın iyi bir kadındı.. ama seviyesi başkaydı.. anlatabildim mi..

Anlıyorum. Cenaze kalabalık mıydı?
Cami avlusu kalabalıktı, birkaç cenaze birden kalktığı için. Başkalarıyla birlikte kılındı namazı. İyi âdet bu aslında, mecburiyetten doğmuş ama cami avlusu bomboş olmuyor hiç olmazsa.

Kimler vardı cenazede?
Valla Teoman'dan başka tanıdığım kimse yoktu. Kulüpten arkadaşları.. patronu falan geldiler. Sekiz-on kişi anca. Patronu cenazeye geldi ama mezarlığa gelmedi.

Cenazesini Teoman mı kaldırdı?
Beraber kaldırdık. Pakize hanımın cenazeye sahip çık-

maya niyeti yoktu.. ayrılmışlar zaten ama Osman parasızlıktan bir ev bulup çıkamadığı için mecburen beraber oturuyorlarmış. Kadıncağız böyle olacağını bilseydim deyip durdu cenazede.

Ne demek istedi sizce?
Sormadım. Ben böyle olacağını biliyordum çünkü.

Yani?
Yani öyle hayat böyle biter. Osman hayatını heba etti, göz göre göre bitirdi kendini. Çok üzüldüm. Ama bir yerde de kendi etti kendi buldu diyorum.. o kadar çok yanlış yaptı ki. Hayatına sahip çıkmadı, yarını düşünmedi. Saçtı savurdu koca serveti.

İntihar etmiş olabilir mi sizce?
Valla Teoman da söyledi.. intihar etti diyorlar dedi ama bence olamaz.

Neden olamaz?
İki sebepten. Bir, kazanın oluş şekli. Yukarıdan gelen bir kamyonun önüne intihar etmek amaçlı çıkması pek mantıklı değil. Muhtemelen sarhoştu, kamyonun geldiğini görmedi.

Sarhoş değilmiş.
Dalgındı o zaman.

İkincisi?
İkincisi intihar edecek olsaydı karısının olayından sonra yapardı. Çok ağır bir itham ama aklıma geldikçe.. yani çok niteliksiz, düşük bir kadınla evlenmiş. Kadın adını sanını şerefini yerin dibine batırmış.. olayın içindeki kişi yüzünden İstanbul'u terk edip kaçmak zorunda kalmış.. ama bütün bunlara rağmen yaşamaya devam etmiş. Bu kadar ağır şeyler yaşamış bir adamın yıllar sonra hayatım çok sefil diye intihar edeceğine ben ihtimal vermiyorum açıkçası.

Bunalımda olamaz mıydı?
Olabilirdi tabii, muhtemeldir. Hali vakti fazlasıyla yerinde, seçkin bir ailenin oğlu yevmiyeyle kulüplerde piyano çalacak duruma düşmüş, başını sokacak bir ev tutup çıkamıyor, sığıntı gibi yaşıyor. Evet.. bütün bunlar intihar sebebi olabilir ama gene de bilemiyorum.. belki de haklısınız, birden yeter dedi, ani bir kararla kamyonun önüne çıktı. Olabilir yani.

İntihar etmiş olduğunu bilseydiniz ne düşünürdünüz?
Ölümü intihar gibi bir şey zaten.. farklı bir şey düşünmezdim. Ama suçluluk duyar mıydınız diye soruyorsanız hayır. Ben bir abisi olarak Osman için elimden geleni yaptığım kanaatindeyim. Vicdanım rahat bu bakımdan.

Yakın mıydınız gençliğinizde? Annesinin ölümünden sonra kendi hayatını kurması için yüreklendirdiğiniz defterlerinden anlaşılıyor.
Arkadaş sayılmazdık, yaş farkından ötürü.. ama abilik ederdim. Annemle babam eniştemden hazzetmezlerdi, fazla görüşmezdik.. bayramlar, doğum günleri falan o kadar. Ama ben çok severdim Osman'ı. Eniştemin baskısından kurtulup kendi ayaklarının üstünde durması için çok cesaret verdim, destek oldum, doğrudur. Ama geldiği noktaya bakınca acaba yapmasa mıydım dediğim oluyor. Gerçi değişen bir şey olmayacaktı. Babası öldükten sonra her halükârda alacaktı o mirası, yine har vurup harman savuracaktı. Kopmasaydık hayatını yoluna koyması için zorlamaya çalışırdım gene de. Ama olmadı.

Bağınız karısının olayı nedeniyle mi koptu?
Hayır, çok daha önce kopmuştu.

Neden koptu?
Eniştemin ölümünden sonra çok fena dağıtmıştı. Daha bir sene olmadan bir daire parasını sefahatte harcadı. Bir

işe girip çalışmadı. Müzisyendi sözde ama bir kuruş kazandığı yoktu. Hadi tamam çalışmasın.. mirasına güveniyor.. rantiye olmak istiyor demek ki.. olsun. Ama onun da bir adabı var. Rantiye adam hesap bilir, satıp satıp yemez. Osman mevduat faizi ne kadar, onu bile bilmezdi. Çok uyardım, bu har vurup harman savurmaların bir sonu var dedim ama dinletemedim. Sonunda da eniştemin şirketi mesele oldu.. öyle koptuk.

Neden mesele oldu?
Teoman'a ben şirketle uğraşmak istemiyorum, senin olsun demiş, karşılığında da bazı mülkleri talep etmiş. Teoman çok uyanıktır, zaten kardeşlik bağları da zayıf.. hemen kabul etmiş. Yani Osman'ın bana söylediği bu.. bilmiyorum artık ne kadar doğru. Hisse devri falan yapılacak. Coşkun abi sen halleder misin dedi. Etmem dedim, deli misin, niye devrediyorsun? İki kardeş el ele verin, çalışın, ikinize de kaç tane mülk aldırır bu şirket. Yapma etme falan derken biraz tartıştık. Ben gene tabii.. savurganlığını eleştiriyorum. Sonunda avukatım değil misin, senin işin ben ne istiyorsam onu yapmak dedi. Başımdan aşağı kaynar sular döküldü. Kardeşim gibi gördüğüm çocuğun ağzından çıkan söze bak. Öyle mi? Al dedim vekâletini geri, bitti! Bundan böyle ne avukatınım ne de Coşkun abinim. O oldu. Bir daha görüşmedik. Çok nazik bir çocuktu aslında, çok saygılıydı, beni de çok severdi, nasıl böyle bir cümle kurabildi hâlâ anlamış değilim. Muhtemelen yaşama tarzına karşı çıkmamdan sıkılmıştı, tamamen özgür olmak istiyordu. Dediğim de çıktı, depremden sonra şirket aldı yürüdü, zemin etüdü yapmaya yetişemiyordu.

Evet.. defterlerinde bahsediyor bundan. Coşkun Abi yapma demişti, dinlemedim diyor.
Öyle mi? Aklı başına gelmiş demek ama çok geç olmuş. Şirket Teoman'ı zengin etti.

Ama Teoman'ın da sonu pek parlak olmamış anladığım kadarıyla..

Onunki açgözlülükten. Çok yanlış yatırımlar yapmış, çok büyük paralar kaybetmiş diye duydum. Zaten gözünü çok yukarılara dikmişti. İyi de kardeşim, sen kimsin, tepedeki kurtlarla danş etmek kim? Babası varlıklı bir profesör de olsa sonuçta memur çocuğuydu.. yetişme tarzı farklı.. yaşama tarzı farklı. Halbuki tepedeki kurtlar çekirdekten yetişme. Bu işlerin içine doğmuşlar, silah milah, karanlık işlerin her türlüsü.. bir çeşit mafya. Ben otuz dokuz yıllık şirket avukatıyım. Bu adamların her cinsini gördüm. İçine doğmamışsanız boy ölçüşemezsiniz onlarla, sizi yutarlar. Nitekim de yuttular.

Müvekkilleriniz arasında bu tür adamlar var mı?

Yok. Ben yasal iş yapan, düzgün şirketlerle çalışırım ama iş sebebiyle karşıma çıkıyorlar. Siz istediğiniz kadar temiz, dürüst olmaya çalışın, sistem öyle kirli ki bir şekilde karşınıza çıkıyor bu adamlar.

Mücadele edebiliyor musunuz?

Mücadele etmemi gerektirecek bir durum olmuyor, hukuk neyse o bizimki. Zaten güçlü şirketlerle çalışıyorum ben.. çoğu yabancı ortaklı. Ama meslek icabı duyuyoruz.. görüyoruz.

Yıllar sonra karşılaştığınızda nasıl buldunuz Teoman'ı? Ne düşündünüz?

Valla kuyruğu dik tutmaya çalışıyordu ama maddi açıdan perişan olduğu belliydi. Arabası bile yoktu. Çok ayıp böyle şeyleri konuşmak ama baktım cenaze masraflarını karşılamaya gücü yok, ben üstlendim. Bir zamanlar para içinde yüzdüğü düşünülürse.. onun hali de çok acıklı tabii.

Maddi durumu hakkında konuştunuz mu?

Konuşmadık. Sorsam da bir şey söylemezdi. Çocukluğundan beri durumu çok iyiymiş gibi davranırdı zaten, gene öyle yaptı. Mezar yeri için ödeme yapılacak, abi üstümde yok, sen hallet sonra sana öderim dedi. Tamam dedim, mesele değil. Karısını sordum sadece.. evlendiğini biliyordum, boşandık dedi, o kadar. Anladım, konuşmak istemiyor. Zaten cenaze işlemleri falan.. meşguldük. Cenazeden birkaç gün sonra aradım, baktım çok soğuk konuşuyor, uzatmadım. Teyzemin oğlu diye görüşmeye zorlayacak değilim. Görüşmedik bir daha.

Cenaze masraflarını size geri ödedi mi?
Ödemedi. Önemli değil. Helali hoş olsun. Akrabalık vazifemi yaptım ben.

Teoman'ın bu tür karanlık insanlarla arkadaş olmaya eğilimi mi vardı? Osman defterlerinde bunu ima ediyor.
Vardı, küçüklüğünden beri vardı. Gücü çok severdi Teoman.. kabadayılığa çok özenirdi. O zamanki mafya babalarından birinin oğluyla da arkadaş olmuştu. Biraz da onun tesiri oldu sanıyorum. O çocuğun belinde silah varmış daha o zamanlar.. kulağıma geliyordu. Ergenlikte tesir ediyor böyle şeyler. Osman öyle değildi ama.. çok farklıydı iki kardeş. Osman ne kadar nazik, duygulu bir çocuksa Teoman da o kadar malın gözüydü. Menfaatçiydi, yağmur olsa kimsenin tarlasına yağmaz yani.. o cinsten. Osman öyle değildi. Ama o da fazla hassastı, çok korkaktı, çok üzülürdüm haline. Biraz erkek ol oğlum derdim, dik dur, her şeye boyun eğme. Aşırı itaatkârdı, eniştemden ödü kopardı. Teoman ise tam bir oportünistti, eniştemi parmağında oynatırdı.

Osman babam bana miras bırakmayacaktı ama Teo'ya bırakmaya niyeti vardı diye yazmış. Gerçi babası bunu yapacak fırsatı bulamadan ölmüş.
Doğrudur, olabilir, Teoman bir şekilde ikna etmiştir eniştemi.

Enişteniz çocuklarını niye bu kadar ayırıyordu sizce?
Şimdi eniştem gayet seçkin bir çevresi olan, elit bir profesördü. Ama aynı zamanda derin kompleksleri olan bir adamdı. Kendini çok beğenirdi.. kimsenin aklına fikrine değer vermezdi. Osman'ı hem çok eziyordu.. hem de bu kadar kolay ezebildiği için kızıyordu. Teyzemi çok suçlamıştır bu konuda, muhallebi çocuğu gibi yetiştiriyor diye..

Öyle mi yetiştiriyordu?
Hayır efendim, o zamanki terbiye nasılsa öyle. Bu biraz da yapı meselesi.. sırf terbiye değil.. Osman teyzeme çekmişti, yumuşak başlıydı çok. Teoman yırtıcıydı. Eniştem teyzemi de ezerdi, koskoca edebiyat fakültesini bitirmiş bir kadın, hem de o yıllarda.. ama kocasının karşısında yaprak gibi titrerdi. Eniştem çalışmasını istemedi mesela. Çok da eziyet ederdi.

Döver miydi?
Valla teyzem hep inkâr etti ama dövüyordu. Osman'ı da az dövmemiştir. Annem kaç kere boşan şu adamdan, al çocuklarını bize gel, arkanda dururuz dedi ama boşanmak o kadar kolay değildi tabii o zamanlar. Teyzem de cesaret edemedi.

Bu kadar seçkin bir çevreye mensup bir adam oğlunun bu kabadayılık özentisine karşı çıkmıyor muydu?
Babasının yanında öyle davranmıyordu ki. Evdeyken peki babacım, peki babacım. Babasının ölümünden sonra yeni zengin takımından bir ailenin kızıyla nişanlandı. Kızın dayısı şu olaydaki adam, o tarihteki İstanbul emniyet müdürü, çok önemli bir mevkide, kızın babası deseniz bürokratlıktan gelme bir fabrikatör, siyasi bağlantıları çok kuvvetli. Teoman'ın tam içinde olmak istediği aile yani. İktidara kolayca ulaşabilsin, emeksiz servet kazan-

sın, bugünküler gibi kısacası. Her şey de yolunda gidiyordu Teoman için ama o olay patladı. Bir öğrendik ki başrolünde Osman'ın karısıyla Teoman'ın nişanlısının dayısı var.

O olay nedeniyle mi koptunuz Teoman'la?
O olaydan önce görüşmez olmuştuk. Aslında Teoman'la kopuşumuzda Osman'la olduğu gibi belli bir neden yoktu. Kendi yavaş yavaş uzaklaştı bizden. O kızla tanıştıktan sonra irtibatı tamamen kesti. Sanırım siyasi olarak da hayat tarzı olarak da uyuşamayacağımızı biliyordu. Biz başka bir çevreye mensubuz, cumhuriyet değerlerine bağlı, ilkeleri, prensipleri olan bir aileyiz.. ama bunlar bildiğiniz harami takımındandı. Yapamazdık yani.

Osman'ın karısıyla tanışmış mıydınız?
Hayır. O da karısıyla tanıştırmadı bizi.

Neden? Siz mi istemediniz?
Biz isterdik.. neden istemeyelim? Ama Osman tasvip etmeyeceğimizi düşünüyordu herhalde. Kadının sağlam ayakkabı olmadığını bir şekilde hissederiz, evlenmesine karşı çıkarız sanıyordu belki. Gerçi bir aile ilişkimiz kalmamıştı artık, bu kadınla evlenme desek bizi mi dinleyecek? Ama Osman'ın çöküşünde o kadının etkisinin büyük olduğu kanısındayım. O olay yüzünden yerle bir oldu çocuk.. Teoman da tabii.

Sizce Teoman bu olaya nasıl dahil olmuş olabilir?
Nişanlısı vasıtasıyla. Gerçi Teoman'ın haberi yokmuş bu ilişkiden.. o da olaydan sonra öğrenmiş. Yengenin emniyet müdürüyle ilişkisi olduğunu hiç mi sezmedin dedim. Hiç, zerre kadar dedi. Akıl fikir danışmak için büroma gelmişti bir gün. Çok korkuyordu, eli ayağı titriyordu korkudan. Osman kaçmış gitmiş emniyet müdürü ödetir bana bunu diye..

Sizce ödetir miydi?
Şimdi adamın mevkiini düşünürsek ödetebilirdi. Sonuçta Osman'ın karısıyla ilişkisi geleceğine mal oldu, tahtından indi adam. Allahtan kendi derdine düştü de uğraşmadı bizimkilerle.

Sizce Osman'ın karısı emniyet müdürüyle neden bir ilişki yaşadı? Ya da aşk ilişkisi miydi?
Orasını bilemiyorum, Teoman detaylı bir şey anlatmadı ama aşk olduğunu sanmıyorum. Güçlü bir adam.. hoppa bir kadın.. adam da istediği kadını almaya alışmış. Çok tipik bir durum yani. Benim tahminim, kadın Osman'la hayatlarının madden çöküşe gittiğinin farkındaydı. E adam da güçlü, iktidar sahibi.. dostluk ahbaplık vasıtasıyla bir çıkar yol bulurum diye düşünmüş olabilir. İlişki de ilerleyince.. aşk olmasa da gönül rızasıyla başlamıştır yani.

Gönül rızasıyla başlamışsa kadın niye video kaydı yapmış olabilir?
İstediğini elde edemediyse şantaj yapmak istemiş olabilir veya bir fanteziydi, adamın fantezisi de olabilir.. sonra kayıtlar kötü niyetli kişilerin eline geçti. Pek çok ihtimal var..

Kadın videoyu medyaya kendi yollamış, emniyet müdürünü ifşa etmek istemiş.
Söylenen o. Ama hakikatin öyle olduğunu nerden biliyoruz? Birilerinin kadının başına silah dayamadığı ne malum? Çok karanlık ilişkiler bunlar. Bizim gördüğümüz buzdağının görünen kısmı. Neler oldu gerçekte bilemiyoruz. Siz Teoman'la hâlâ görüşmediniz değil mi? Aslında en doğrusu ona sormanız.

Görüşemedim. Çok ısrar ettim ama kabul etmiyor.
Evet. Siz arayıp kitap meselesini söyleyince ben de ara-

dım. Pek hoş şeyler söylemedi. Bu kitabı yazarsanız size dava açacakmış.

Evet bana da söyledi telefonda. Ama bir dayanağı olacağını sanmıyorum, siz ne dersiniz?
Söyleşiler sıkıntı olmaz. İsteyerek verilmiş mülakatlar sonuçta. Ama abisinin defterlerini kullanıyor olmanız mesele olabilir. Gerçi tam da bilemiyorum, bir bakmak lazım. Birlikte yaşadığı kadınla görüştünüz mü? Pakize hanımla.

Telefonunu değiştirmiş. Ona da ulaşamıyorum. Sizde olma ihtimali var mı?
Yok maalesef. Bir soruştururum ama. Onunla konuşsanız iyi olur. Osman son yıllarını onunla geçirmiş. Size anlatacağı şeyler vardır.

Bence de.

Osman'ın 3. defteri

1 Ocak 1999

Yeni bir yıl, yeni bir defter. Şarap rengi karton kapaklı, ince bir Moleskine bu kez. Yeni bir günlüğe başlamak için şöyle epeyce kalın, sert kapaklı bir defter istiyordum aslında. Bu ince defterleri, kısa öyküler, şarkı sözleri yazmak ya da not almak için kullanıyorum ama evde bir tek bunlardan kalmış. Neyse ki kapak rengi çok güzel, insanda yazarken özenme isteği uyandırıyor. Ecem kapandığından beri kırtasiye stoklarımı savsaklıyorum, sonra da böyle deftersiz kalemsiz kalıyorum. Ecem ne güzel, yolumun üstündeydi, geçerken uğrardım Emral Hanım'a, hem çok güzel sohbet ederdik hem eksiklerimi tamamlardım. Ben tatildeyken dükkânı kapatmış. Neden kapattı, nereye gitti, bilen yok. Bitişiğindeki eczacı mal sahibi kirayı dolara çevirmek istedi, o yüzden diyor ama sanmıyorum, yoruldu bence. Bu ara Nişantaşı'nda ne çok yer kapandı. Ecem Kırtasiye kapandı, Rokoko Pastanesi kapandı, Şirince Şarküteri, İmansız Börekçisi, spor malzemelerimi aldığım Aktan Spor. Gerçi yerlerine çok daha şık mağazalar açıldı, daha bir güzelleşti mahallemiz. Ama yine de bu eskiler kapanınca sanki benden de bir şeyler gidiyormuş gibi hüzünleniyorum. Allahtan çabuk geçiyor, böyle içimi ezen duygulara dayanıklı değilim. Yazmaya bir ayine hazırlanır gibi hazırlandım yine. Bütün dolmakalemlerimi çıkardım, masama dizdim. Kimi çok değerli, kimi sıradan 32 tane dolmakalemim var. Her doğum günümde kendime bir dolmakalem alma alışkanlığımı sürdürüyorum. Bu da, diyelim seksen yaşında ölürsem en az seksen tane dolmakalemim olacak demek. Öldüğüm zaman kalemlerim ne olacak diye düşünmeden edemiyorum. Yalnızca kalemlerim de değil, üstüne titrediğim pek çok şeyim var, uzunçalarlarım örneğin, parasal olarak çok değerli sayılmazlar ama hepsi az bulunur cinsten. Asıl tablolarım ne olacak? İki Ateş Yamaner, bir Ersoy Kutlu, iki Arzuhan Çamlıca, bir Sinem Kamberoğlu, bir Mustafa Tokluca'm var, ayrıca Yeliz Şekerci'nin Erken Millennium serisinden iki, Nazif Karakoçak'ın Bakışlar serisinden üç desen ve Yonca Domaniç'in dört pastel işi. Yonca'yı tanıyan yok henüz ama çok parlayacak bu kız, çok yetenekli bence, bienale falan seçilirse kimse tutamaz artık, o dört işi de altın gibi değerlenir. Bana da fena âşık. Biraz kilo verse, saçına başına özense yüzüne bakılır aslında ama giyinmeyi hiç bilmiyor, memure kılıklı çok. İyi giyinmek de bir kadına öğretilemez ki. Hiç anlamıyorum, bu kadar yetenekli ressam ol ama giyim kuşamda bir tarzın olmasın. Ne olacak resimlerim, plaklarım, kalemlerim ya da İsmail Dedemden kalan Bauhaus lambam? Ben yaşlandığımda Ziya Abi çoktan ölmüş olacağı için tanımadığım birinin dükkânında müşteri mi bekleyecek? Öldüğüm zaman eşyamın ne olacağını düşünmek için çok erken elbette, daha gencim ama Teo'dan başka yakın akrabam yok, ona da akraba değil akbaba denir. Teo'dan önce çoluksuz çocuksuz ölürsem bütün eşyamın ikinci el dükkânlarına düşeceği düşüncesi içimi eziyor. Bir sürü arkadaşım olduğu halde zaman zaman kendimi çok yalnız hissediyorum, bu akşam olduğu gibi. Yalnızca çok sevdiğim eşyalarımla dolu bir dünyam olduğu, insansız, dolayısıyla cansız bir varlık sayılabileceğim hissine kapılıyorum. Rengin'den ayrıldığımdan beri kısa süreli ilişkiler dışında yaşamıma giren doğru dürüst biri de olmadı. Başlarda umutluydum Rengin'den, bu kızla evlenebilirim diyordum, hangi kafayla düşündüysem. Boşuna demiyorlar birini tanımak istiyorsan birlikte tatile çık diye. Ne kadar körmüşüm, nasıl anlamamışım ne mal olduğunu. Ucuz ucuz kaprislerle Positano'yu burnumdan getirdi, resmen yoldu beni. Bikinimi almayı unutmuşum Osman. Peki Rengin alalım. Gece kremimi almayı unutmuşum Osman. Peki Rengin alalım. Şu elbise ne güzelmiş Osman. Peki Rengin, alalım anasını satayım, eşşek kadar bavulunda daha yer vardır nasıl olsa, onu da alalım. Sadrazamın sol taşağı ayrıca, otel beğenmez, restoran beğenmez. Yemeği burada mı yiyeceğiz Osman? Ananın örekesinde yiyeceğiz Rengin. Kızım kimsin sen ya? Tamam güzelsin, millet peşinden koşuyor falan da sonuçta Fulya'da, sıradan bir apartman dairesinde oturan, elinden bir bok gelmeyen birisin işte, ne bu sanayici kızı ayakları? Teo anlamıştı ama. Allah'ın belası her şeyi de hemen anlıyor. Kız güzel, eyvallah da, kafa koparanlardan yalnız bu, dikkat et dedi. Ne demek o? Hale Abla modeli demek ama o zavallı babama çattı dedi, babam yedirir mi malını? Ben de nasıl sik gibi ayazda bıraktım ama kevaşeyi, çöp bile vermeden gönderdim diye gülüyor. Kızdım, sinirlendim, ille bir kulp tak çıktığım kadınlara diye söylendim. Ama haklı çıktı. Teo gibi bir geri zekâlının haklı çıkması beni daha da delirtiyor. Rengin orospusu yüzünden kaç yıldır yazdığım defterimi uçakta unuttum. Hâlâ aklıma geldikçe sinirlerim oynuyor. Hanfendi tutturduğu için Positano'dan Roma'ya geçmişiz, üç günü de orada geçirmişiz, dönüyoruz artık, Allahım sana şükürler olsun, İstanbul'a bir gidelim, kazasız belasız kurtulacağım bundan diyorum. Kaza bela çıkmadı ama rezillikle bitirdik. Daha havalimanında başladı. Bir Calvin Klein çanta gördü. Ay ne güzel, şuna bir bakacağım dedi, girdi mağazaya, yarım İngilizcesiyle tezgâhtara bin tane soru soruyor, ikide bir bana gösteriyor, Osman bak şurası da şöyle, burası da böyle. Ulan bavulunu doldurduk zaten yetmedi mi? Sonra bakarız, önce bir şeyler yiyelim dedim, acayip bozuldu. Bir restorana gittik, oturduk, hanfendide surat bir karış, ben bir şey yemeyeceğim. Neden? Canım istemiyor. Döndü kıçını, ters ters hareketler. Bir şey iç o zaman, bira ister misin diyorum, ses yok. Ya sabır. Salağım ben ya, gerçekten salağım, hâlâ yüzünü güldürmeye uğraşıyordum kaltağın. Böyle gerilimleri hiç sevmiyorum çünkü, tadım tuzum kalmıyor. Sonunda tamam gidip alalım o lanet çantayı, yeter ki bitsin bu işkence diyecektim, bir baktım uçağa kalmış yirmi dakika, oh, yırttık. Ama asıl uçakta rezil etti beni. Business class'tayız, çevremizde düzgün düzgün insanlar, herkes sessiz nazik, kimi kitabını açmış okuyor, kimi kulaklığını takmış, müzik dinliyor. Bu paçoz beni delirtmek için sürekli yüksek sesle hosteslerden bir şeyler istiyor, canım bakar mısın? Lafa bak, hostese canım bakar mısın diye seslenmek nasıl bir düşüklük. Millet dönüp dönüp bize bakıyor, ben yerin dibine giriyorum. İçtikçe de içti, şarap viski karıştırdı, tümüyle zurna oldu. Kendime sürekli telkinde bulunuyorum, sakin ol Osman, sabırlı ol Osman, az kaldı, dayan. Defterimi çıkardım, birkaç satır yazacağım. Bu gene hostese çemkirince sinirden ellerim titremeye başladı. İyi ki bana taşın dememiştim Allah'ın asalağına. Çok yolunu yaptı ama hep duymazlıktan geldim. Gerçi çıktığım hiçbir kadına gel bana taşın demedim bugüne kadar. Bu konuda kendimi tutabiliyorum neyse ki, biliyorum çünkü evime gireni kolay kolay çıkaramam. Evime çok düşkünüm ayrıca, evim benim kozam. Yeşilköy'de indik, bu paçoz üstüme yıkılıyor sarhoşluktan. Takside ben senin için ne ifade ediyorum diye başladı. Yandık. Hiçbir şey ifade etmiyorsun da şimdi bunu söylersem yol bitmez. Böyle mi sürdürecekmişiz bu ilişkiyi, artık adını koymamız gerekmez miymiş? Tatlım sonra konuşuruz diyorum, susmuyor. Evine geldik, hadi dedim, hayır sana gideceğiz. Renginciğim sen şimdi evine git, güzelce uyu, yarın konuşuruz. Hâlâ yumuşak olmaya çalışıyorum. Sonunda patladım, nasıl patladığımı ben de bilmiyorum, birden nevrim döndü. Taksinin kapısını açtım, ittim bunu dışarı, in dedim ya, in! Tamam ayrıldık, bitti, istemiyorum seni. Çat kapattım kapıyı. Ölsem yapmayacağım şeyleri yaptırdı bana. Taksici bavulunu koydu kapıya, dedim hocam çabuk, bin gidelim hadi. Kaltak kriz geçiriyor çünkü. Arkamdan bas bas bağırdı, ayakkabısının tekini fırlattı, millet camlara çıktı, rezillikte Nirvana'ya ulaştık. İnşallah beni kimse görmemiştir, gerçi o mahalledekiler görse ne olacak? Taksici, abi Allah sabır versin, iyi dayandın, ben olsam yolda atardım aşağı dedi. Tanrım, üç ay nasıl birlikte oldum ben bu kızla? Büyük ders oldu ama. Paçozluk işaretlerini görmüştüm aslında da üstünde durmamıştım, durmam gerekiyormuş. Şimdi çok dikkat ediyorum. O sinirle eve geldim, valizlerimi filan açmadan doğru duşa. Sinirlerim nasıl bozulmuşsa hemen serildim yattım. Sabah zır zil. Baktım kapıda, süt dökmüş kedi. Özür dilerim Osman, çok sarhoştum. Dilersin de bitti artık. Bu kez evde bir posta kavga. Hayır bitemez, o kadar kolay değil, bilmem ne. Pis pis sırnaşıyor, elini pantolonumdan içeri sokmaya kalkıyor. Böyle kandıracak beni aklınca. Benim aklım defterimde, arıyorum arıyorum yok. Tanrım çıldıracağım. Kenara koymuştum, yere mi düştü ne olduysa. Çok panikledim, üç buçuk yıldır yazdığım defter, bütün yaşadıklarım var içinde, şarkı sözlerim var. Bu paçoz hâlâ saçma sapan konuşuyor. Ben havalimanına gidiyorum, defterimi uçakta unutmuşum dedim. Defterin benden önemli mi deyince sigortalarım iyice attı. Önemli dedim evet, defterim senden çok daha önemli. Şimdi evimden çıkıp gider misin? Baktı, üstelemesinin bir yararı olmayacak, kül tablamı tuttuğu gibi duvara fırlattı, tuzla buz oldu. Kapıyı güm diye vurdu çıktı. Neyse, bir kül tablasıyla kurtardık diyordum tam, apartman küfürleriyle inlemeye başladı. Nasıl bir çirkef olduğunu bütün apartmana göstermesi şarttı tabii. Asansörle de inmiyor ki herkes duysun. Orospu çocuğunun tekisin diye yırtınıyor merdivenlerde, ağzına geldiği gibi küfrediyor. Millet kapılara çıktı, utancımdan yerin dibine girdim. İsterik bir manyak yüzünden apartmana rezil oldum. Ertesi gün asansörde İsmet Bey'le karşılaştık, şimdi size yakıştıramadım diye başlayacak. Ama derin bir yaşam ve ahlak bilgisiyle donattı beni İsmet Bey. Sen daha gençsin Osmancığım, bilmezsin bu tip kadınları, kene gibidirler, kanını emerler, aman ha, evine sokma böylelerini'den girdi, İstanbul'da otel mi yok canım, götür bir otele'den çıktı. Şaşkınlıktan ne diyeceğimi bilemedim. Apartmanımızın yaşlı başlı, saygıdeğer yöneticisi öyle yapıyor demek ki. Rengin'in küfürleri duyulmaz olduktan sonra bir süre sakinleşmeyi bekledim. Sonra doğru havalimanına, kayıp eşyaya. Anlatıyorum, kalın, tarçın rengi, güderi kapaklı bir defter, çöpün içinde yitip gidecek bir şey değil, benim için çok önemli, şu uçuş numaralı uçak, şu koltuk. Yok diyorlar. Bize defter falan getiren olmadı. Tanrım çıldıracağım. Form doldurdum, adres telefon, altı ay oldu, bir sonuç çıkmadı. Biri aldı mutlaka. Yaşamımın üç buçuk yılı kim bilir kimin elinde şimdi, belki de çöp olup gitmiştir. 35 yaşından önce evlenirim, bir çocuğum olur diye umuyordum ama temmuzda 33 olacağım ve ufukta öyle bir olasılık görünmüyor. Umarım kırktan önce baba olmayı başarırım. Bende mi bir sorun var nedir, anlamıyorum, içimin akacağı, her şeyimle kendimi adayacağım bir kadın çıkmıyor karşıma. Belki yanlış yerde arıyorumdur. Gerçi nerede aramam gerektiğini de bilmiyorum ya. Kendi çevremdeki kadınlar Rengin'den farklı değiller. Bir gün olursa çocuklarım sahip çıkar herhalde eşyalarıma. Ya da neyim var neyim yok toptan satarlar. Teo'yla yaptığımız gibi. Babamın 170 metrekarelik evini tıklım tıklım dolduran eşyasını nasıl da zevkle satmıştık. Ziya Abi'nin adamları her şeyi götürdükten sonra bomboş salonun ortasında durup Teo'ya baktım. Hüzünlü bir şey söylesin diye bekliyordum, vay be... bir çağ kapandı desin, artık büyüdük desin, Koryürek ailesinden bir ikimiz kaldık desin, anlamlı bir şey söylesin. Ama umurunda bile değildi, telefonla konuşuyordu, yine acelesi vardı, hep acele bir işi vardır zaten. O gün sanki babam bir kez daha öldü. Kötü bir duyguydu diyemem, tersine, o bomboş salonda kendimi çok iyi hissettim. Babamın ölümü bana iyi geldi. Kötücül bir tümce bu ama gerçek. Babamın öldüğüne inanmam bayağı zaman aldı. Bir süre ne zaman telefonum çalsa gene Necmi Bey arıyor diye yerimden sıçrıyordum. Sonra anımsıyordum, öldü. Teo'yla hangi mülk satılacak, hangisinin kirası kime yatacak kavgası yaptık bir süre. Dehşet bir avukat tutmuş, adam sırf çene, bir başlıyor konuşmaya, tanrım ne istiyorsa vereyim yeter ki bu işkence bitsin. Mülklerimizin yönetimini Teo'ya bıraktım sonunda. Kesin beni kazıklıyordur ama ne kadar kazıklayabilir? Diyelim ki yüzde on. Olsun, hesaplarıma baksın diye birini tutsam daha pahalıya gelir, tutacağım muhasebecinin kazıklamayacağı ne malum ayrıca? Babamın, annemin eşyasını dağıttığını sanıyordum, mücevherlerini ne yaptığını sormak aklıma gelmemişti. Babamın evini boşaltırken Teo'ya sordum, inci kolyesi, elmas damla yüzüğü vardı annemin, yakut küpeleri, astragan kürkü. Nerede bunlar? Ohoo babam çoktan sattı onları dedi. Nasıl sattı? Ne zaman, neden? Saklayıp ne yapacaktı dedi, soruma çok şaşırmış gibi. Bize verseydi dedim, annemden anı olarak saklardık. Doğru diyorsun dedi ama bakışlarını kaçırdı, gözüme bakamadı. O zaman anladım, annemin mücevherlerinden o da sebeplenmiş, ayazda kalan yine ben olmuşum. Babam bir kez daha öldü diye kapıldığım o iyicil duygu uçtu, içim gene o bildik acıyla doldu. Asla olmam ama babam gibi bir baba olacaksam çocuğum olmasın daha iyi. Benden kalanları zevkle satacak bir çocuk yetiştireceğime dağılsın gitsin her şeyim, kimin eline geçerse geçsin. Babam tarafından kazıklanmış olmanın verdiği o acıyı unutmam uzun sürmedi. Lanet olsun ki böyleyim, kötü duyguları hep unutuyorum, her şeyi biraz da bu yüzden yazıyorum zaten, unutmamak için. Ama yine de unutuyorum, eski defterlerimi okumam gerekiyor anımsamam için. Teo bana uğramıştı geçenlerde, gözü Bauhaus lambama takıldı. Dedemin lambası değil mi bu dedi. Evet onun, babamın eşyasını paylaşırken bir fiyat biçmiştik anımsarsan. Değerini öğrenmiş olmalı ki, yüzünden bir an bir hayıflanma geçti ama bir şey diyemedi. Babamın eşyasını sattığımız için üzülüyor musun dedim. Çok dedi. Bir an duygulandı sandım. Ziya denen soyguncu çok ucuza kapattı, ona üzülüyorum, bugün olsa o fiyata kesinlikle vermezdim demez mi? Teo işte. Adam karaktersiz ama tutarlı, hiç yanıltmıyor. O da Nergis'ten ayrılmış. Zerrin miydi yoksa o tombalağın adı? Ne haltsa. Bir kere karşılaştık, Teo tanıştırmak zorunda kaldı. Onun da Rengin gibi paçozun teki olduğu belliydi ama Teo'luktu tam, yumuk gözlü, kedi gibi bir şey. Çok iyi anlaşıyor görünüyordunuz, niye ayrıldınız dedim. Evlenecek değildim herhalde dedi. Neden? Evlenilmez öyle kızlarla diye kestirip attı. Aşk öykülerini hiç anlatmaz, neyi anlatır ki zaten? Bir kardeşlik hüznü çöktü üstüme, amca olamayacağız bu gidişle dedim. Niye olmayalım, biz de evleneceğiz elbet dedi. O da çocuk sahibi olmak istiyormuş ama zamansız baba olmak yaşam planlarını engellermiş. Ne gibi bir yaşam planı var acaba, parasına para katmaktan başka. Bu deftere başlamadan önce kalemlerimi dizdim masama, bir süre baktım ama hangisiyle yazacağıma karar veremedim bir türlü. İlkgençliğimden kalma Caran d'ache'ım akıtıyor artık, kullanım süresi doldu demek ki. Babamdan kalan amber Benu'yu yine denedim yine sevmedim, elimdeki hissi fazla kalın. Sonunda koyu mavi Visconti Mirage'ımı seçtim. Koca bir fincan zencefil-bal-limon karışımı yaptım, bir rulo da tuvalet kâğıdı koydum masama. Defterimi açtım. Saatin 00.00 olmasını bekledim, herkes yeni yıla giriyoruz diye neşeyle kucaklaşırken ben kapak rengine bayıldığım bu deftere yazmaya başladım. Özel tarihlerde yeni bir deftere başlamayı seviyorum. Bir de düzenli yazabilsem. Yazmak geçip giden günlerin ya da küçük önemsiz şeylerin kişisel tarihime kaydını düştüğüm bir gereksinme, bazen de zihnimde biriken bir yığın düşünce kırıntısını, irili ufaklı sorunu kendimden uzaklaştırarak arındığım bir tür ayin. Büyük şeyler bir yana, yaşamımda olup biten küçük, önemsiz şeyleri yazmanın beni rahatlatan bir yanı var. Zaman zaman yazdıklarımı okuduğumda kimilerini o kadar önemsiz buluyorum ki niye yazmışım bunu diyorum. Sonra gerisini okuyorum ve bu türden küçük şeyler üstüne yazarak anılarımın kapısını açtığımı, kendi hakkımda düşündüğümü anlıyorum. Hoşuma gittiği için masamdaki sumenin altına sakladığım ve sakladığımı unuttuğum paket kâğıdını bulunca duyduğum saçma sevinci yazmak gibi örneğin. O şal desenli paket kâğıdıyla anılarımın kapısı ardına kadar açılmıştı ve annemin şal desenli bir nevresim takımı aldığı gün aklıma gelmişti. İlkokuldayken Filiz diye bir kıza âşık olmuştum. Filiz Kocadağ. Kumral bukleleri yüzüne dökülen, iri gözleri yemyeşil bir kızdı. Dehşetengiz kirpikleri vardı, dokunsam batar mı acaba diye çok merak ederdim. Bizim evimizde aşk yoktu, çevremde canlı canlı yaşanan bir aşka da tanık olmamıştım, bu yüzden aşk nasıl bir şeydir bilmiyordum. Ama varlığını seziyordum aşkın, sabahları Filiz'i göreceğim için sevinerek uyanıyordum çünkü. Bir yandan da duygularımı anlayacak, alay edecek diye ödüm kopuyordu. Bir gün nasılsa cesaretimi topladım, arkasından yaklaştım, ellerimle gözlerini kapatıp bil bakalım ben kimim dedim. Dediğim anda da beni Ayten Öğretmen'e şikâyet edecek diye korkudan yüreğim ağzıma geldi. Ama ellerini ellerimin üstüne koydu, kıkırdayarak Osman dedi. Sesinde öyle bir sevinç vardı ki o an onun da bana âşık olduğunu anladım ve çok şaşırdım. Aşk bu kadar kolaymış diye düşündüm, günlerce boşuna acı çekmişim, çok kolay bir şeymiş aşk. Kirpikleri de batmıyordu ayrıca. Filiz'den sonra aşk beni hiç korkutmadı. Okuldaki bütün oğlanların âşık olduğu bir kızın kalbini çalmış olmak bana büyük cesaret ve özgüven verdi. Aynı zamanda fark ettim ki, sınıftaki öteki kızlar da bana âşıkmış meğer, özgüvenim katlandı böylece. Bacak kadar boyumuzla ciddi ciddi aşk yaşamaya başladık Filiz'le, teneffüslerde el ele dolaşmalar, ders sırasında bakışıp öpücük göndermeler. Ne komikmiş halimiz. Herkes bizi konuşuyor, kızlar Filiz'e cephe almış, oğlanlar bana bozuk çalıyor. Ama öyle bir kendine güven gelmiş ki üstüme, umurumda değil. Özgüven çok kırılgan bir şey öte yandan, sürekli yenilenmesi gerekiyor. Bir gün Filiz'e bir şiir yazdım. Yeşil gözleri, uzun kirpikleri falan, güzelliğini öven çocukça dizeler. Bir sürü de kalp çizdiğim kâğıdı gizlice çantasına attım. Nasıl mutluyum, eve gidince bulacak, okuyacak, beni düşünecek, belki o da bana bir şiir yazacak. Babam geç şunun başına da çalış biraz, Madam Gülezyan'a boşuna mı dünyanın parasını veriyorum dediğinde sevinçle oturdum piyanonun başına. İstediği bütün parçaları çaldım, çok da güzel çaldım, babamın aferin diyerek başımı okşadığı ender akşamlardan birini yaşadık. Ama Filiz ertesi gün okula gelmedi. Şiirim yüzünden diye çok korktum. Babası savcıydı, şiirimi buldu, beni tutuklayacak, hapse atacak diye korkudan ölüyordum. Bu şiiri sen mi yazdın diye sorarlarsa yadsıyacağım, hayır, ben yazmadım, Filiz'e niye şiir yazayım ki? Ama ya senin elyazın bu derlerse? Filiz'e âşık olmakla kazandığım cesaret uçtu gitti. Okuldan geldim, hastayım deyip erkenden yattım, gerçekten de korkudan ateşim çıkmıştı. Kulağım kapıda, babam eve gelecek, sen savcının kızına nasıl şiir yazarsın diye beni eşek sudan gelinceye kadar dövecek. Babam geldi, beni sordu, annem ateşi çıkmış, uyuyor dedi. İyi dedi babam, ilişmedi. Ama Filiz sonraki gün de gelmedi, bir sonraki gün de. Bir hafta on gün sonraydı. Annem yeni nevresim almış, şal desenlerine bakıyorum, hüzünlüyüm, eflatunlar maviler, birbirine dolanıyor. Filiz'in babasının tayini çıkmış dedi. Nasıl yani? Tayini çıkmış işte, Bursa'ya taşınmışlar, Filiz sana hoşça kal demedi mi? Dünyam yıkıldı. Yalnız dünyam değil aşka inancım da yıkıldı. Günlerce aşk acısı çektim. Hiç de kolay değilmiş aşk, çok zormuş. Ama sonra başka sevgilim oldu, Filiz'in acısı geçti, gene kolaymış diye düşündüm, aşkın acısı da geçiyormuş, demek ki dert edilecek bir şey değil. Yıllar sonra, şal desenli paket kâğıdını bulduğum günü, Filiz'e olan aşkımı ve daha birçok şeyi Rengin orospusu yüzünden yitirdiğim defterime yazmıştım. Aşk üstüne düşünceler yazmıştım o deftere. Bir gün Buğra'yla aşktan konuşuyorduk. Buğra belki de aşk üstüne bildiğimiz her şey sezgiseldir, belki de doğamızda vardır aşk, öğrenmemiz gerekmez demişti. Çok hoşuma gitti, eve gidince hemen defterime yazdım. Öte yandan utanç ve korku da doğamızda var ve daha ilk deneyimde öyle bir yerleşiyor ki içimize, kurtulamıyoruz. Utanç ve korku aşkı zehirliyor, yalnızca aşkı da değil her şeyi zehirliyor, bütün yaşamı. Eski defterlerimi okuduğumda çoğu zaman tasarlayarak yazmadığımı, kalemimin zihnimin önünde olduğunu görüyorum. Bir düzeni olmuyor yazdıklarımın, kalemime üşüştüğü sırayla yazıyorum. Babamın öldüğü gün başladığım defter dışında. Ona yazarken zihnim kalemimin önünde gidiyordu, aklımdan geçenleri yazmaya yetişmek için durup soluk almam, zihnimi durdurmam gerekiyordu. Şimdi yine büyük küçük bir yığın şey geçiyor aklımdan, hangisini yazarım, hangisini yazmam, bilmiyorum, kalemim ne yazarsa. Yazmak çok iyi geliyor ama yazmak arzusu ya da ilham perisi çok nazlı, gel deyince gelmiyor. Bir dolu şey yaşadığım halde tek tümce yazamadığım çok oluyor. En çok romanımı yazarken hissetmiştim bunu. Başlangıçta her gece görev gibi başına geçiyordum, bir satır yazmak için bir top kâğıt harcıyordum, bir şey çıkmayınca çok canım sıkılıyordu. Sonra oluruna bıraktım, yazma arzusunun çağrısına. O zaman çağlamaya başladı tümceler. Biraz da o nedenle adını ÇAĞLAYAN koymuştum romanımın. Elektrikli bir daktilo almıştım, elyazmalarımı daktiloya geçirmem bir ay sürdü, boşa geçen bir ay. Sonra bilgisayar aldım, bir Macintosh color classic. Uzun süre kullanamadım, çok zor geldi ama kurcalaya kurcalaya öğrendim. Levent'e inanmakla hata yaptığıma karar vermiştim, aklımda kalanlarla romanımı tekrar yazmak istiyordum. Ama olmadı. Günlerce monitöre bakıp durdum. Yazdıklarım benden çıkmış gitmiş artık, istesem de geri gelmiyor. Bu arada Apple, iMac diye yeni bir bilgisayar çıkarmış, monitörü kasası bir arada, harika bir şey, kesinlikle ondan almalıyım. Aşağıdan müzik sesi ve kahkahalar geliyor. Ferhat Beylerde yılbaşı partisi var anlaşılan. Yaşamımda tek başıma geçirdiğim ilk yılbaşı gecesi bu. Yılbaşında evde yalnız kalmayı istemezdim ama çok hastayım. Fitness'ta şifayı kaptım. Salonun duşları yeterince temiz değil diye evde yapıyorum duşumu. Terli terli çıktım, üstüm de ince, kapıda Özlem'le karşılaştık, bir saat ayakta sohbet ettik, albümü büyük olasılıkla mart gibi Mors Müzik'ten çıkacakmış. Çok canım sıkıldı, belli etmemek için çok zorlandım. Özlem'e de albüm yapıyorlarsa artık, sektöre söyleyecek sözüm yok. Onunla konuşurken fena rüzgâr yedim. Üzüldüğüm zaman direncim düşer zaten. Üç gündür ateşim bir çıkıyor bir iniyor, burnum çeşme gibi, kaç rulo tuvalet kâğıdı tükettim bilmiyorum. Hiç sevmiyorum hasta olmayı, iyice yalnızlık ve hüzün çöküyor üstüme. Annem de yok ki bana baksın. Bakardı anneciğim, çok sık hasta olurdum küçükken, portakal sularıyla, tavuk suyuna çorbalarla iyileştirirdi beni, ne güzel nazlanırdım anneme. Sağlığıma dikkat etmek zorundayım. Neyse ki çok sık hasta olmuyorum. Sabah Gün aradı, evde yalnız geçirme yılbaşını bize gel, biz sana bakarız dedi ama onların da tadını kaçırmak istemedim. Araba kullanacak halim yoktu zaten. Meryem'e tavuk suyuna çorba yaptırmıştım, onu içtim. Sağlam bir ter attım. Sonra bir duş, temiz çamaşır. Zencefil bal karışımı da iyi geldi galiba, gözüm bayağı açıldı. Kapı çalınıyor. Ferhat Bey'in karısı buz isteyecek kesin. Biri Filipinli iki hizmetçisi olduğu halde ikide bir saçma bir şey istemeye geliyor kadın. En son uzatma kablosu istemeye geldi, fildişi rengi ipek bir sabahlıkla. Azade Hanımcım derdinizin farkındayım ama ı-ıh, hiç benlik değilsiniz.

* * *

Kubilay'la Gün'ün beni yalnız bırakmayacaklarını bilmem gerekirdi. Kapıyı açtım, ikisi de karşımda, tatlı tatlı gülümsüyorlar. Nasıl olduğumu merak etmişler. Gün beni iyi görünce madem kendini toparlamıştın, niye bize gelmedin diye kızdı. Yeteri kadar içmişler, içki istemediler. Kahve yaptım, içtik. Kalabalık mıydınız dedim, on kişi falandık dediler. Tipik yılbaşı gecesi halleriymiş, yemek içki müzik. Ama bir süre sonra sıkılmışlar. Hadi Taksim'e çıkalım demişler, doluşmuşlar arabalara. Yolda alkol muayenesine denk gelmişler, Kubilay kaçmış ama Muzafferler yakalanmış. Gülmekten öldüler anlatırken. Gün evden çıkarken aklıma geldi, Taksim'den Osman'ın evi bir adım, baskın yapalım dedim, kalan hindiyi paketledim bir güzel, yılbaşı pastasından kalanı da aldım dedi. O kadar hoşuma gitti ki beni düşünmüş olması. Ne güzel insanlar bunlar. Kubilay, Şebnem de senin gibi ekti bizi, babası hastaymış, gelmedi dedi. Şebnem kim? Aaa, biz seni Şebnem'le tanıştırmadık mı? Yoo. Tanıştırırız o zaman. İyi tanışalım. Onunla da tanışalım. Günler sayesinde bir dolu insanla tanıştım. Onlarla da Muzaffer sayesinde tanıştım. Şimdi hüzünle düşünüyorum da ne kadar tuhaf bir yaşamımız var. Hepimizin. Ergen gibiyiz, ne çok arkadaş yitiriyoruz. Bir dönem yakınımızda olan arkadaşlarla çeşitli nedenlerle kopuyoruz. Kimi evlenip ya da boşanıp uzaklaşıyor, kimi ülke ya da kent değiştiriyor, kimiyle uyuşamadığımızı anlıyoruz, yerlerini yenileri alıyor. Sonra onlar da yerlerini yeni arkadaşlara bırakıyor. Kavgalar, küslükler, kıskançlıklar, çekememezlikler. İşin en acıklı yanı da gidenlerden pek iz kalmıyor geride. Niye kopulan arkadaşlardan bende bir iz kalmıyor, onu da anlamıyorum, hiç mi derin bir şey oluşmuyor aramızda? Belki Çağatay'la Gazi yüzündendir. O ikisinin arkadaşlığı bende o kadar derin bir iz bırakmış ki, yenilerin hiçbiri o ikisinin yerini tutamıyor.

Birlikte geçen günlerimiz aklıma geldiğinde göğsüme öküz oturuyor, niye bu kadar acı duyuyorum anlamıyorum. Çok şey paylaştık diye mi, yoksa ilkgençliğim uçup gitti diye mi? Gazi'yle ender de olsa görüşüyoruz ama kafayı iyice motorla bozmuş, tadı olmuyor buluşmalarımızın. Çağatay hâlâ Ürdün'de. Dönse de görüşecek miyiz emin değilim. Babamın ölümünde aramadığı için hâlâ kırgınım ona. Babama düşkün olmasam da aramalıydı, ben onun dayısının cenazesine bile gittim ki yüzünü bile görmediğim bir adamdı. Gün ve Kubilay'la çok yeni tanıştık. Evime taşındığımda küçük bir parti vermiştim. Muzaffer, Soydan, Çiğdem, Altan, Tolga, Yağız, Pelin, Serra, bir de Serra'nın kuzeni Dilek. Dilek'i kesin bana yapmak için takmışlar peşlerine. Kız zaten tipim değildi, bir de ağzı açık yemek yediğini gördüm, dişlerinde somon füme parlıyor, iyice tiksindim. Dilek dışında hepsi evime bayıldı. Ben de iyi döşedim Allah için. E tabii... paraya bayılınca oluyor. Birkaç gün sonra Muzaffer aradı, moruk fotoğrafçı bir arkadaşım var, bir moda çekimi yapacakmış, sofistike bir yer arıyor, stil sahibi, şık bir ev, senin evden söz ettim, görmek istiyor, ne dersin dedi. Buyursun gelsin dedim, çok da hoşuma gitti, Muzaffer'in gözünde evim dergiye çıkacak kadar güzel demek ki. Hemen o gün geldiler, Kubilay'la o zaman tanıştık. Gerçi evimin içine sıçacaklarını bilseydim asla evet demezdim. Allahtan Kubilay çok sevimli bir herif de üstünde fazla durmadım. Asistanları, makyöz, moda editörü, daha bir sürü insan çamurlu botlarıyla doluştular, insan bir galoş takar hiç olmazsa. Yardımcım halıları kaldırsın da diyemedim. Her şeyi yerinden oynattılar. Tabloları indirdiler, masaları çektiler, içim gidiyor, çıldırıyorum ama tamam demişim bir kere. Sonunda Meryem'e sen başlarında dur, ben çıkıyorum dedim. Çıkarken fotomodel kız geldi, sülün gibi bir şey, yanında menajeri, gözleri velfecri okuyan, acuze bir kadın. Kızı görünce bir an geri mi dönsem demedim değil ama gözüm yemedi, Kate Moss gelse evimin o hale geldiğini izlemeye dayanamayacaktım. Ben de Altanların stüdyoya gittim. Onların üstüne de ölü toprağı serpilmiş, herkes bir yanından öbür yanına devriliyor. Bir de lahmacun yemişler, leş gibi soğan kokuyor içerisi. Bir reklam cıngılı işi almışlardı, müşteriye beğendirememişler, cumaya kadar birkaç alternatif yapmaları gerekiyormuş. Bir-iki saat gevezelik ettik, bir yandan da bir şeyler çıkarmaya çalışıyorlar. Çıkmadı tabii ki, bu gevşeklikle çıkar mı? Altan sonunda sikerim cıngılını, ben eve gidip yatacağım dedi, gitti. Baktım keyifli bir şey yok, ben de çıktım. Benim eski evin sokağındaki Umut Video'ya gittim, biraz film CD'lerine baktım. *Veronique'in İkili Yaşamı*'nı aldım, izlememiştim onu. Meryem gittiler diye haber verdi. Eve döndüm. Ortalığı toplamışlar, Meryem de temizliği yapmış ama hiçbir şey doğru yerde değil, müzik setimin kapağı yerine oturmuyor, Afgan halımda ne olduğunu anlamadığım bir leke, mutfakta bardak kırılmış. O sırada Kubilay aradı, özür diledi, biraz zarar ziyan oldu galiba ama ödeyeceğiz dedi. O kadar tatlı konuşuyor ki, önemli değil, olur böyle şeyler dedim. Halımı da ertesi gün temizleyiciye gönderdim. O gün Kubilay'la çok standart bir tanışma yaşadık. Osman, Kubilay, tanıştığımıza sevindim. O kadar. Sonra bir gün Muzaffer aradı, Ortaköy'de zevkine çalacağız, sen de gel dedi. Joybar'ın sahibi arkadaşlarıymış, ara sıra takılıyorlarmış, çok eğleniyorlarmış. Kalktım gittim. Baktım Kubilay da orada. Çok sıcak davrandı. Gün'le de o gece tanıştım ve çok sevdim. Bir kadın bu kadar mı şeker olur tanrım, bu kadar mı tatlı olur, inanılmaz. Neşe topu gibi bir şey. Çok da komik bir kadın, çok güldürdü beni. Klasik anlamda güzel sayılmaz ama öyle bir cazibesi var ki hangi ortamda olursa olsun beş dakikada odak noktası haline geliyor. Gün'le Kubi benden sekiz-on yaş büyükler ama çok genç ruhlular. Zehir gibi akıllılar ayrıca, en çok bu yanları çekiyor beni, aptallara hiç katlanamaz oldum artık. *Veronique'in İkili Yaşamı*'nı izledim bu arada, bayıldım, nefis bir film, Kieślowski olağanüstü bir yönetmen, hiç boş yok. İnanamıyorum saat altı buçuk olmuş. Güneş doğacak neredeyse. Gün'le Kubi hakkında daha yazacak çok şeyim var ama yatmazsam hiç iyileşemem. Bugünlük bu kadar olsun. Eyvallah yeni defterim. Çok sevdim seni ama bu gidişle çabuk dolacaksın gibime geliyor.

* * *

5 Ocak 1999

Çok üzüldüm. Çok çok üzüldüm. Dün Kubilay aradı, bu cumartesi Joybar'da Gün'ümün kanseri yenmesiyle doğum gününü birlikte kutlayacağız dedi. Gün kanser atlatmış meğer. Ama iyiymiş, son testleri temiz çıkmış, doktoru yeniden doğdun, yaşamının değerini bil demiş, o yüzden bu doğum günü çok önemliymiş. İçim sızladı. Umarım gerçekten yenmiştir. Gün'deki o sonsuz coşkunun, o delice yaşama sevincinin nedeni bu olsa gerek. Yaşamı Gün kadar seven kimseyi görmedim bugüne dek. Hep mi böyleydi acaba, yoksa bu belayla baş etme yolu mu bu coşku? Kubi yalnız hepimiz siyah giyeceğiz, bir tek Gün kırmızı giyecek, ona göre dedi. DJ de olmayacakmış. Gün'ün sevdiği şarkıları canlı çalacakmışız. Seve seve, yalnız ben Gün'ün sevdiği şarkıları bilmiyorum dedim. Daha listesini yapmadım, yapınca vereceğim dedi. Gün'e özel bir armağan almak istiyordum, arkadaşlıklarına değer verdiğimi gösterecek, sıradan olmayan bir şey. Muzaffer'i aradım, sordum. Ne bileyim moruk, ben ne anlarım armağan almaktan dedi, Pelin bir şey alacakmış işte. Soydan da aynı kafadadır kesin, o da Çiğdem'e yıkmıştır armağan işini. İnsan biraz özen gösterir, kadın kanserden kurtulmuş. Neyse haklarını yemeyeyim, ikisi de Gün'e çok düşkünler aslında. Çıktım, bütün gün dolaştım. Giysi alsam, giysinin nesi özel olabilir, takı alsam şöyle özgün, almaya değer bir şey bulamıyorum. İçim sıkıldı. Foto Zümrüt'ün önünden geçerken birden fotoğrafımız aklıma geldi. Fotoğrafla birlikte öküzlüğüm elbette. Joybar'da Gün'le tanıştığımız gece Muzaffer, Kubilay, Soydan, ben resmen döktürdük. Çalmadığımız parça kalmadı, çok güzel bir gece oldu. Altan da geldi eklendi bir ara. Oturduk sonra, tatlı tatlı muhabbet ettik, Kubilay'la iyice ısındık birbirimize, sanki kırk yıllık arkadaşız. Birkaç gün sonra aradı, bize yemeğe gelsene bu akşam dedi. Muzaffer'in işi varmış ama Soydan'la Çiğdem gelecekmiş. Geçen yaz Tunus'a moda çekimine gitmişler, bir mayo firması için, Gün acayip acayip baharatlar almış oradan, Tunus yemekleri yapacakmış. Yalnız sevmezsen peynir ekmeğe talim edeceksin ona göre dedi. Sesi nasıl sıcak, nasıl arkadaşça konuşuyor. Beni evlerine çağırmaları çok hoşuma gitti, ilk kez Çağatay'la Gazi'nin yerini tutacak arkadaşlar bulduğumu hissettim. Bir şişe Fransız şarabı aldım, ucuzundan değil, çok pahalısından da değil, orta kalite, bir de köşe başındaki çiçekçiden bir demet yavruağzı renginde karanfil. Bindim arabama, doğru Kubilere. Beylerbeyi sırtlarında, Boğaz'a bakan, çok şirin bir evde oturuyorlar. Evleri küçük ama harika bir manzarası var, önü boydan boya balkon, Boğaz ışık ışık ayaklarının altında. Kubi'nin ekipmanları ortalığı kaplamış olmasa çok güzel döşendiği belli olacak. Gün karanfillere bayıldı, Kubi şarabı açtı hemen, ayakta bir kadeh yuvarladı. Soydanları bekliyoruz, sofraya oturacağız, Soydan yalnız geldi, suratı bir karış. Çiğdem'le kavga etmişler. Ama sofrayı görünce neşesi yerine geldi. Bu ikilinin ne zaman ayrılacaklarını merak ediyorum, Çiğdem'in bende fena gözü var, ne zaman karşılaşsak bir iş atmalar, bir şeyler. Soydan'la arkadaşlığımız ilerledikçe rahatsızlığım artıyor, yalnız gelmesine sevindim bu yüzden. Bakalım Tunus yemeklerini nasıl yiyeceğim demiştim ama çok lezzetliydi. Gün kuskuslu tavuk yapmış, karanfil taneleri vardı içinde, daha bir sürü bilmediğim baharat, balıklı bir börek, acayip salatalar. Yemekten iyi anlıyor, çok güçlü bir damak zevki var, sofraya da öyle özendi ki, çok hoşuma gitti. Yemekten sonra Gün'le Kubi masayı topladılar, tabak çanağı bulaşık makinesine yerleştirdiler. Her şeye ikisi koşuyordu. Soydan dikilmiş fotoğraf makinelerini kurcalıyor, ben yardım mı etsem, Soydan gibi dursam mı, ne yapmam gerektiğini bilemedim. Sizin kadın yarın izinli mi diye soracağım tuttu. Densizlik işte, öküzlük, ille belli edeceğim Necmi Bey'in oğlu olduğumu. Aklımca niye kendinizi yoruyorsunuz, yarın kadın halleder demek istiyorum. Ben öyle yapıyorum çünkü, konuklarım gittikten sonra her şeyi öylece bırakıyorum, Meryem sabah gelip topluyor. Gün, Osmancığım biz yoksulluktan geliyoruz, dar gelirli memur çocuklarıyız biz, evimizde insan çalıştırmaya alışık değiliz dedi. Utancımdan yerin dibine girdim. Gün güldü, sen bizi zengin mi sanıyordun? Biz para kazanmaya daha yeni başladık, haftada bir Ayşe Ablamız temizliğe geliyor, o kadar. Söyleyecek bir şey bulamadım, put gibi kaldım öyle. Yoksulluk günlerini anlattılar sonra. Şaşkınlıkla dinledim. Bu kadar zor günler geçirdiklerini bilmiyordum. Eskiden Ortaköy'de oturuyorlarmış. Beşiktaş'ta, bodrum katta, duvarları nemden ıslak bir stüdyoları varmış. Şiddetli yağmurlarda arkadaki avluda biriken su içeri doluyormuş. Ne olur ne olmaz diye yerden en az bir metre yükseğe koyuyorlarmış malzemelerini. O kadar az iş geliyormuş ki, meteliğe kurşun atıyorlarmış. Bir keresinde beş kuruşsuz kalmışlar. Kubi emekli maaşıyla geçinmeye çalışan annesinden para almak zorunda kalmış. Gün o parayla pazara gitmiş, bakmış peynir çok pahalı, çökelek almış, evdeki baharatlarla karıştırmış, biraz da Sana yağı eritmiş içine, tereyağı zeytinyağı falan ateş pahasıymış. Nefis olmuş. Taze ekmek de almıştık dedi Kubi, bir giriştik, beş dakikada sildik süpürdük, nasıl mutlu olduk anlatamam. Şimdi paramız var ama en iyi peynirde bile o çökeleğin tadını bulamıyoruz. Gün, aşkımız olmasa mutsuzluktan ölebilirdik dedi, ama sevgimiz parasızlığımızı unutturuyordu bize. Sonra anne babalarını anlattılar, çok şanslı çocuklarmış, yoksulluk çekmişler ama mutsuz olmamışlar. Onları dinlerken kendimi düşündüm. Ben hiç yoksulluk çekmedim, beş kuruşsuz kalmak ne demek bilmiyorum ama aile mutluluğu nedir, onu da bilmiyorum. Paramız olacağına birbirlerini çok seven mutlu bir annem babam olsaydı nasıl bir yaşamım olurdu diye düşündüm. Annem erken ölmezdi belki. Sevgisizlik insanı yaşatmayabilir ama sevgi gerçekten yaşatır mı, bilmiyorum. Yoksulluğa nasıl dayanılır öte yandan, insanın yarın harcayacak parası olmadığı halde mutlu olmasını aklım almıyor. Gün yokluk yaratıcı kılıyordu bizi dedi, hoş bir öykü daha anlattı. Bir gün işsiz oturuyorlarmış yine, evlerinde aydınlığa bakan küçük bir pencereleri varmış, para bulup da oraya bir perde alamamışlar. Çok çirkin görünüyormuş, su boruları, örümcek ağları falan. Buraya bir şey yapmalı diye düşünmüş. Evdeki eski giysileri toparlamış, Kubi'nin küçülmüş blucini, solmuş tişörtler falan. Şerit şerit kesmiş hepsini, bir güzel örmüş, saçaklardan oluşan bir perde yapmış, asmış. Çok güzel olmuş. O sırada bir iş gelmiş, bir kot pantolon kataloğu, Kubilay çekimde bunu kullanacağım diye tutturmuş. Gün saçmalama, kırk yılda bir doğru düzgün bir iş geldi, mahvedersek biteriz demiş. Ama Kubi dinlememiş, kullanmış o saçakları, öyle bir kullanmış ki ajans çok beğenmiş, bu efekti nasıl sağladınız diye sormuşlar. Uğurlu mu geldi ne olduysa, ondan sonra işlerimiz açıldı dedi Gün, bu eve taşınınca duvarımıza astık, uğurumuz oldu. Kubi hadi geçin önüne de fotoğrafınızı çekeyim dedi. İkili, üçlü bir sürü fotoğraf çekti. Ben de ikisini çektim, Soydan üçümüzü çekti. Öyle neşeyle gülüşerek geçti gece. Kendimi çok iyi hissettim, sıcacık arkadaşlarımın arasındayım, mutluyum. O saçakları anımsayınca fotoğraf aklıma geldi, Gün'le Kubi saçakların altında sarmaş dolaş, birbirlerine bakıyorlar, ikisinin de gözlerinden aşk akıyor. Eve gittim, fotoğrafı aldım, doğru Yonca'nın atölyesine. Yoncacığım bana şu fotoğrafın tablosunu yapar mısın? Yağlıboya, suluboya, akrilik, pastel hiç fark etmez. İş geldi diye sevinecek sanıyorum, saf saf sırıtıyorum. Sen ne demek istiyorsun diye bir sinirlendi. Neyim yani ben, parasıyla yap şunu diyorlar ben de yapıyorum öyle mi? Sanatçıyım oğlum ben, ressamım diye bas bas bağırmaya başladı. Neye uğradığımı şaşırdım. Yapıyor aslında, biliyorum, yapmasa nasıl geçinecek? Turan Bey'e yeni yapmış daha. Asansörde karşılaştık, koltuğunun altında paket, nasıl gururlanıyorsa artık, tutamadı kendini, açtı gösterdi. Kraliyet ailesi gibi kanepeye sıralanmışlar. Turan Bey'in annesiyle babası ortada, karısıyla kendisi yanlarında, çocukları ayakta, sırıtıyorlar. Yonca Domaniç yaptı dedi, çok yetenekli bir ressam bu kız, geleceği çok parlak, henüz kimse bilmiyorken ucuz ucuz al tablolarını. Aldım zaten dedim, dört tane resmi var bende. Aferin, anlıyorsun sen bu işten dedi. Herhalde yani. Herkes biliyor Yonca'nın sipariş resim yaptığını. Ama ben dan diye söyleyince ağırına gitti, çok bozuldu. Bunda bu kadar sorun edecek ne var anlamıyorum, ressam sonuçta, sipariş iş yapmasında yanlış bir şey yok ki. Ama üstüne gitmedim artık. Yapmadığını biliyorum, aşk olsun, sen sanatçısın ama fotoğraftaki bu kadın yakın bir arkadaşım, kanseri yendi, ona özel bir doğum günü armağanı vermek istedim, onun için rica ettim falan filan. En duyarlı yerinden yakaladığımı biliyordum, onun annesi de kanser tedavisi görüyor çünkü. O zaman bir duraksadı, ne kanseriydi dedi. Bilmiyorum ki, Kubilay'a sormadım, soramadım daha doğrusu. Attım kafadan, göğüs. Yendiği kesin mi peki, ne zaman iyileşti, kemoterapiyle mi iyileşti, radyoterapi de gördü mü? Bir sürü soru sordu. Çok içim acıdı, hiç tanımadığı birinin kanseri yendiğine inanmak istiyor, annesinin de yeneceğine inancı artacak böylece. Testleri temiz çıkmış, doktoru yeniden doğdun demiş, lütfen Yonca, kırma beni. Peki dedi sonunda. Ne zamana? Cumaya. Cumaya mı? Aklını kaçırdın herhalde, olanaksız, yetiştiremem. Birden ağzımdan çıktı, 500 milyon vereceğim dedim, para gerek Yonca'ya, biliyorum, kanser çok pahalı bir hastalık çünkü. Aslında taş çatlasa 150-200 milyon eder de ağzımdan çıktı bir kere. Sanki para için yapmıyormuş gibi, peki o zaman dedi, madem arkadaşın kanserle boğuşmuş. Gittim bankadan para çektim, peşin ödedim. Cumaya teslim edecek, hemen Yalçınkaya'ya çerçeveye vereceğim. Çok özenli yapıyor onlar, işçilikleri kusursuz. Yeni tanıştığım biri için fazla pahalı bir armağan olacak ama olsun, anlamlı bir şey buldum sonunda. Gün umarım beğenir. Sevine sevine çıkmıştım ki Gazi aradı. Bu tarafa geçmiş, bizim yalıda buluşalım mı dedi. Sizin yalı satılmadı mı? Balık restoranı açılmış onların evinin yerinde, bilmiyordum. Gel orada bir kafa çekelim, eski günleri anarız dedi. İçime bir hüzün doldu, eski günler anılacak bir şey oldu demek, daha 35 olmadan yaşlandık. Pek içimden gelmiyordu ama kırmak istemedim. Restoranın kapısında buluştuk.

O canım yalı tanınmaz hale gelmiş. Tamam, öyle çok bakımlı bir yapı değildi ama yine de üstüne bir eskimişlik çökmüş, kimliksiz sanki. Üst katların camlarında ışık yok, çerçeveler kir içinde, çok hazin bir görüntü, artık bir yuva olmadığı belli. İçeri girdik, yıllarca gelip gittiğim evi tanıyamadım, Gazilerin evinden eser kalmamış, duvarları yıkmışlar, ön bölüme saçma sapan çıkma bir şey yapmışlar, çok zevksiz bir yer olmuş. Müşterisi de dekorasyonu da berbat. Konumundan başka ilgiye değer hiçbir yanı yok. Camın önünde bir masaya oturduk. Gazi lakerdadan taratora bir sürü meze istedi, bir de kalkan söyledi. Saçmalama, iki kişi nasıl yiyeceğiz koca kalkanı? Yeriz yeriz. Yeriz tabii, sen yersin daha doğrusu, herif sırf boğaz. O rakıcı, ben balıkla beyaz şarap severim, içkilerimiz geldi, başladık içmeye. Her zamanki gibi çok neşeliydi, bir sürü komik hikâye anlattı, gülmekten yerlere düştüm. Son kız arkadaşını sordum, sürüyor mu, yoksa gene boynuzladın da sepetledi mi? Eski Gazi değilim oğlum ben, karda yürüyorum izimi belli etmiyorum diyor, gülüyor. Eski günleri anmaya geldik diye evden, ailesinden söz edeceğiz sanmıştım ama geçiştirdi sorularımı. Hep yaptığımız gibi Çağatay'ı çekiştirdik. Ben babam öldü, bir arayıp başın sağolsun demedi diye sitemlerime başladım. Gazi de bok vardı Amman'a görmeye gittin diye bozuk çaldı. Onu görmeye gitmedim dedim, Çağatay bahane, Ürdün'ü görmeye gittim ben. Sanki Nevada çölü, Ürdün lan işte, gördün de ne oldu, başın göğe mi erdi? Sonra sözü Çağatay'ın hırslarına getirdi, sattı oğlum bizi, sikindirik bir şirkette kıytırık bir makam için sattı resmen, yanlış tanımışız arkadaşımızı, bize şu kadar değer vermiyormuş aslında falan derken ağlamaklı bir hal çöktü üstüne. Önce Çağatay'ın bizi yaşamından çıkarması ona benden daha fazla dokunmuş, ondan içlendi sandım. Çağatay'ın bizi dışlaması benim de ağırıma gidiyor, insan sevdiği arkadaşları yaşamında hep olsun istiyor, hiçbir şey değişmesin. Ama gelecek derdine düştü Çağatay, haksız da sayılmazdı. Babasının işleri kötüye gidiyor diye duymuştum, İzmit'teki mağazasını kapatmıştı. Hem bizim gibi gerçek müzisyen değildi ki, müzikte bir yere geleceğimize inanmıyordu, kendine farklı bir gelecek kurmaya kararlı olduğunu hissediyordum, bizden kopacağı belliydi. Dört-beş kadehten sonra Gazi birden tuhaflaştı. Durup dururken ayağa kalktı, şurada bordo berjerlerimiz vardı anımsıyor musun, burada oyun masamız vardı, hani hava yağmurluysa king oynardık diye masadan masaya gitmeye başladı. Bağıra bağıra konuşuyor, sanki restoranda değiliz, sanki ortamda bizden başka kimse yok. Telaşlandım, elim ayağım birbirine karıştı. Kalktım, koluna girdim, gel oturalım diyorum ama dinlemiyor. Babam bir keresinde yürüme bandı almıştı, şurada duruyordu, bir gün durduramayınca düştü, suratı darmadağın oldu, bir hafta insan içine çıkamadı diye anlatıyor, bir yandan da deli deli gülüyor. Tam sarhoş muhabbeti. Oturanların suratlar asıldı, rahatsız oldular, bu kez millete sataşmaya başladı. Garsonlar geldi. İyice panikledim. Gazi geç oldu, hadi gidelim. Ne gideceğiz ulan, burası benim evim diye bas bas bağırmaya başlayınca ortalık iyice karıştı, müşteriler de ayağa fırladı. Restoranın sahibi geldi, beyefendi götürün arkadaşınızı buradan diyor. Nasıl götüreyim? Görmüyor musun adam zilzurna, gitmiyorum ulan diyor başka bir şey demiyor. Garsonlar kolundan tutup dışarı çıkarmaya kalkışınca küfrederek itip kakmaya başladı. Eyvah, şimdi biri geçirecek yumruğu suratına, kavga çıkacak. Ama garsonlar hâlâ saygılı, ellerini kaldırmıyorlar. Tam sabırları taşacaktı, hissettim, fena bir yumruk geliyor, birden yere çöktü, ağlamaya başladı, salya sümük ağlıyor. Bir şeyler diyor ama tek sözcüğü anlaşılmıyor. Garsonlarla birlikte kaldırdık, zorla dışarı çıkardık. Hadi biraz yürüyelim, temiz hava alalım diyorum ama kendine gelecek gibi değil. Bu kez dışarıda böyle yaşamın amına koyayım diye sokağı inletmeye başladı. Gelen geçen bize bakıyor, bakanlara sarıyor, ne bakıyorsun ulan film mi oynuyor diye. Tam rezillik. Garsonlardan biri beyefendi bindirin bir taksiye götürün, iş daha da büyüyecek yoksa dedi. Allah'ın sarhoşu kaldı başıma. Köşedeki taksilerden birine işaret ettim, adam fırladı geldi, güçbela bindirdik, arka koltuğa yatırdık. Caddebostan'a götür dedim, parasını da verdim. Taksici, abi Caddebostan'ın neresine diyor. Oturduğu sokağın adını bilmiyorum ki. Dedim sen yola bir çık, ayılırsa sokağını söyler, ayılmazsa da Caddebostan'ın bir yerinde bırakırsın. Taksiye bindiği gibi sızdı. İçeri girdim, hesabı ödedim, restoran sahibinden özür diledim, burada oturuyorlardı eskiden, kendini kötü hissetti herhalde. Adam hâlâ ama olmaz yani böyle diye bik bik ediyor. Okkalı bir bahşiş bırakınca konu kapandı. Atladım taksiye, evime geldim. Duşa girdim çıktım, rocky chair'ime oturdum, Gazi'yi düşündüm. Çok üzüldüm, bu hale düşmemeliydi. Yarın bir arayayım, bakalım evine varabilmiş mi.

* * *

10 Ocak 1999

Cuma günü Yonca'dan bir ses çıkmayınca telaşlandım, hazır mı resim, ne zaman bitiyor diye aradım. Daha bitmedi ama yarına yetiştireceğim merak etme dedi. Hadi bakalım, umarım. Cumartesi öğlene kadar yine ses çıkmadı. Bu kez arıyorum açmıyor. Çok canım sıkıldı. Şurada kalmış dört saat, gel al dese bile çerçevesi yetişmeyecek, ne yapacağım? Nasıl güvendim diye kendimi yiyorum, paranın hepsini de verdim salak gibi, tanrım benim bu kerizliklerim bitmeyecek mi? Söylene söylene Rumeli'deki Şencan Kuyumcusu'na gittim, iyi kötü ne bulursam bir şey alacağım artık, eli boş gidecek değilim. Şencan'ın eski sahibi Nurullah Bey babamın arkadaşıydı, ölünce mağazayı biri devralmıştı, altınla işim olmadığı için alanı tanımıyordum. Küpe, kolye bir şeyler çıkarttırdım, hepsi de birbirinden zevksiz, işte bu diyebileceğim bir şey yok. Bakarken kuyumcu siz Necmi Bey'in oğluydunuz değil mi dedi. Meğer Nurullah Bey'in yeğeni Halit'miş, beni de tanıyormuş, çok karşılaşmışız. Ne kadar silik bir tipse, yüzü hiç aklımda kalmamış. İlk anda çıkaramadım diye kem küm ettim. Bir de geveze çıktı herif, babanızla gelirdiniz, şu bu diye anlatıyor. Bir küpe gösterdi, kardeşiniz de bunun bir eşini aldı dedi. Teo mu? Ulan Teo kime altın küpe almış? Cebinde akrep vardır onun, kimseye altın maltın almaz. Teo'yla halı sahadan arkadaşlarmış, çarşamba akşamları Ihlamur'daki halı sahada futbol oynuyorlarmış. Şaşkınlıktan dilimi yuttum. Halı sahada maç mı yapıyormuş benim futbolun f'sinden anlamaz sandığım, bodur şişko tıknaz kardeşim? Daha neler öğreneceğim kardeşim hakkında? Hangi takımı tutuyor acaba? Ben bir türlü bir şey beğenmedikçe Halit durmadan içeriden yenilerini getiriyor, kalpler, melekler, nazar boncuklu yoncalar, hepsi birbirinden çirkin, kusacağım artık. Bir de yardımcı olmaya çalışıyor aklınca, saat alın, bilezik alın. Yok Trabzon burması alayım, gelin mi oluyor kardeşim kadın, doğum günü diyoruz. Burcu ne diye sordu. Ne bileyim ben? Doğum günü bugün işte, anlamam ki burçlardan. Bugünse oğlak dedi, birkaç kolye çıkardı. Nasıl yani, burç kolyesi mi alacağım Gün'e? Biri bana yengeçli bir şey alsa selamı sabahı keserim. Ama kadınlar meraklı oluyor burç işlerine, Rengin denen kaltak örneğin, o akrepmiş de, ben yengeçmişim de ikimiz de su grubuymuşuz, çok iyi anlaşırmışız, bok anlaştık. Başka yerlere bakacak zamanım da kalmadı, umarım Gün meraklıdır burçlara, oğlak kafası bu çiçekli böcekli, çirkin şeylerden iyidir dedim, birini seçtim, pek de kötü değildi, hoş bir tasarımdı en azından. Tam çıkıyorum Yonca aradı. Tablon hazır, gel al. Hey Allahım, beş dakika önce arayamaz mıydın! Gerek kalmadı deyip kolyeyi geri vermeye de utandım, adam parayı çekmiş artık kartımdan, paketi attım cebime. Oğlak burcu bir tanıdığım vardır herhalde, her kimse, ona kısmet olacak bu oğlak kafası. Umarım Yonca içime sinecek bir şey yapmıştır, çerçevesiz merçevesiz vereceğim artık, beğenmezsem oğlak yedekte. Gittim atölyesine, gel gel, bir bak bakalım ne diyeceksin dedi, gösterdi. İnanamadım. Bambaşka bir şey yapmış, verdiğim fotoğrafla yakından uzaktan ilgisi yok. Ama bakar bakmaz Gün'le Kubi olduğu anlaşılıyor. Bu kız gerçekten çok yetenekli. Kraft kâğıda pastel çalışmış, salyangoz kabuğunu andıran bir desen, ortada Gün'le Kubi olduğu hissedilen iki yüz, gözlerindeki aşk fotoğraftakinden daha güçlü. Kıvrımlar boyunca eller uzanıyor, bir sürü detay, belli belirsiz bir Gaudi havası var. Şahane olmuş. Hafif buruşuk kâğıdı iki cam arasına yerleştirmiş, ham bir malzemeden de ipi var. Çerçeve yaptırmana da gerek kalmadı dedi. İyi bari. Aferin be Yonca, beş yüz milyonu son kuruşuna kadar hak ettin. Kraft kâğıtla paketledi, aynı ham iple de bağladı. Aldım koltuğumun altına, çıktım. Gün'e özel bir armağan almayı başardım diye ser ser seviniyorum, bir yandan da fazla mı güzel oldu acaba, umarım Kubi yanlış anlamaz diye düşünüyorum. Allahtan ikisi de var resimde. Yalnızca Gün olsaydı Kubi moruk hayırdır, ne iş diyebilirdi. Yolda Gazi aklıma geldi. Arayacaktım vazgeçtim. Takside sorun çıktıysa kafamı siker şimdi. Eve geldim, ne kadar siyah giysim varsa çıkardım ama hiçbiri içime sinmedi. Kubi'yi aradım sonunda, siyah smokin ceketin altına blucin giysem sorun olur mu? Ne smokini lan, yok bir de smokin giy dedi, güldü. Şaka yapıyorum sandı. Moruk siyaha takılma, ne giyersen giy, gel yeter dedi. Gel yeter demesi içimi ısıttı. Giyinmem bayağı zaman aldı, birkaç blucin giydim çıkardım. Hem farklı görünmek istiyordum, hem de onlardan biri olmak. Hazırlanınca aynaya baktım, bir an kendime yabancılaştım, otuzu geçmiş bir adam, hâlâ yakışıklı, saçları hâlâ gür. Ne yapıyorum ben, niye bu kadar özeniyorum ki, ilk kez yeni insanlar arasına girecek değilim. Nedir Günlerin farkı? Sıradan bir blucinle siyah bir kazak giysem daha mı iyi olurdu diye düşündüm. Hayır, böyle gideceğim, evet biraz iddialı ama ben buyum. İyi de bu muyum gerçekten? Kafamda yığınla düşünce. Prova yaparız diye erken gittim. Muzo'yla Kubi çoktan gelmişler, ellerinde bira, gitar tıngırdatıyorlar. Kubi beni görünce şaşırdı, ulan dalga geçiyorsun sanmıştım, harbiden smokin ceket giymişsin. Kötü mü olmuş? Ne kötü olması, çözük papyonla süper şekil olmuş. Snop bulmadılar, gerçekten beğendiler, rahatladım. Muzaffer spor ayakkabılarıma da bayıldı. Bu herif fazla tarz dedi Kubi'ye, tutmayalım oğlum bunu aramızda, gölgesinde kalıyoruz. Gülüştük, ikisi de çok candan. Sanki bin yıldır tanışıyormuşuz gibi hissediyorum kendimi onlarla birlikteyken. Kubi tepeden tırnağa siyah giymiş, siyah kot, siyah tişört, siyah bot, tam rock'çı kılığı. Ona yakışıyor ama ben sevmiyorum bu kadar rock'çı havasını. Muzaffer koyu gri gömlek, siyah kanvas pantolon, siyah deri yelek giymiş. O da acayip havalı, iyi giyiniyor zaten, kel mel ama yakışıklı herif, karizması çok yerinde, hafif bir Fuat Güner havası da var, kıskanmıyor değilim. Kubi bileğinin iç tarafına GÜN yazdırmış. Gün'ün haberi yokmuş daha, ona doğum günü armağanıymış bu dövme. Gün bileğindeki pansumanı görünce sormuş, Kubi gitara tel takarken kestim demiş. Dövmesini gösterirken gözleri yaşardı. Nasıl mutluyum anlatamam, Gün'üm yeniden doğdu, o korkunç günler bitti artık derken yüzünde anlatması zor bir acılık belirdi. O korkunç günlerin bittiğine mi inanmıyor, yoksa o günleri anımsıyor da acısını mı içinden atamıyor, anlayamadım. Liste ne oldu dedim, hani Gün'ün sevdiği şarkıların listesini verecektin? Ya boş ver, hepsi kafamda dedi, ben bir yerden başlarım, siz gerisini getirirsiniz. Peki. Prova yapmak da istemediler, doğal olsun, akışına bırakalımcı ikisi de. Bana uyar, bayılırım akışına bırakmaya. Soydan nerede kaldı diye soracaktım ki aradı. Çiğdem'le ayrılmışlar, kafası çok bozukmuş, atlamış Bodrum'a gitmiş, Kubi onun adına Gün'den özür dilesinmiş. Gelince kendin dilersin dedi Kubi, pek takılmadı, Soydan'a çok bayılmıyor sanırım. Çiğdem'le ayrılmışlar deyince Muzaffer kıs kıs güldü. Kubilay gülme lan, hiç de utanmıyorsun dedi. Muzo niye utanayım kardeşim, Çiğdem'i bir ben mi götürdüm deyince şoke oldum. Muzo'yla da mı yatmış Çiğdem denen kaltak? Ben de yalnızca bana asılıyor sanıyordum. O kadar da özel değilmişim yani. Kubi hayırlı oldu dedi, ebesini sikti attı Soydan'ın, kurtuldu çocuk. Muzo boş versene dedi, bizim salak gene koşar peşinden, üç güne kalmaz tekrar bir araya gelirler. Yok artık, bu kez bitirir herhalde, kaçıncı bu falan. Epeyce kaynattık, arkadaşımız için üzüldük sözde. Sonra üçümüzü de bir gülme aldı. Gün geldi, saçları ateş kırmızısı olmuş. Boyadı sandım sonra anladım peruk olduğunu ve o bal rengi uzun saçlarının da peruk olduğunu. İçimde o bildik ateş parladı yine. Peruk annemin başını kaşındırınca eşarp bağlamaya başlamıştı. Rengârenk, çiçekli eşarplar almıştım ona, çiçeklerin rengi yüzüne neşe versin, solgunluğunu gidersin diye. Bir gün eşarbın kumaşı gözüme fazla göründü, anne bu eşarp daha mı büyük diye sordum. Hayır aynı dedi, yüzüm küçüldü biraz, ondan sana öyle geliyor. Nasıl küçülmüşse artık o güzelim yüzü, iki kat sarmıştı eşarbı başına. Son günleriydi. Gün gelir gelmez armağanımı gördü, Kubi'nin yapma etme demesine kalmadan kâğıdını yırttı ve dondu kaldı. Allah kahretsin, beğenmediler işte, fazla buldular. Sonuçta yeni tanıştık, bu kadar özel bir armağana gerek yoktu, yanlış anladılar, gösteriş yaptığımı düşünüyorlar. Kubi moruk ne yaptın sen dedi. Oğlum bu biziz ya, Gün'le ben resmen. Baktım, yüzünde şaşkınlıkla karışık bir beğeni, kim abi bunun ressamı? Muzo da bir resim bu kadar mı güzel olur deyince derin bir soluk aldım, oh, korktuğum olmadı ama Gün Osman bu gerçekten harika bir şey ama bu kadar pahalı bir armağana gerek yoktu dedi. Para vermedim demek zorunda kaldım. Yonca'dan senin için bir tablo yapmasını rica ettim, beni kırmadı, hatta o da doğum gününü kutluyor falan diye saçmaladım. Gün'ün yüzü güldü, bayıldım diye boynuma atıldı, bu ömrümde aldığım en güzel armağan. Öyle içten sarıldı ki bir ablam olsaydı bu kadar içten olurdu herhalde. Biraz utandım aslında. Bu armağanı kimseye rol yapma gereği duymayan bu sevgililer tarafından sevilmek için seçtiğimi, çok da içten olmadığımı, ölçüp biçtiğimi, yakınlıklarının bu kadarını hak etmediğimi düşündüm. Yüreğim sevgiyle doldu öte yandan, içimi bu insanlar için ölebilirim duygusu kapladı. Önemsediğim bir grubun parçası olduğumu, onlardan biri olarak kabul gördüğümü, içtenlikle sevildiğimi hissettiğim pek olmamıştı bugüne kadar. Çevrem her zaman kalabalıktır benim, her zaman çok arkadaşım oldu ama Çağatay'la Gazi sayılmazsa, gerçekten sevildiğimden hiç emin olamadım, yüzeyseldi eskilerin sevmeleri. Hep belirsiz bir çekişmenin içinde olduğumu, bir tökezlesem arkadaşım dediğim bu insanların gizli gizli sevineceklerini düşünürdüm. İlk kez gerçekten sevildiğimi hissettim, çok mutlu oldum. Aynı anda da neden seviyorlar ki beni diye düşündüm, daha yeni tanıştık. Nedeni açık aslında, çünkü hırsları yok, çünkü öncekiler gibi gizledikleri kıskançlıkları, hasetleri yok, dostlukları hesapsız, oldukları gibiler. Belki de yanılıyorumdur, belki ilerde bir nedenle bozuşacağız, onlar da çıkıp gidecek yaşamımdan, yine yenilerle sıfırdan başlayacağız ama böyle bir olasılığı düşünerek geleceği bulandırmaya gerek yok. Üçü de tabloya bayıldı ve üçü de yanlış anladı. Yonca'yı sevgilim sandılar. Haksız sayılmazlar, hangi ressam hatır için bu kadar şahane bir tablo yapar ki? Gün yapıştı koluma, kimmiş bakalım bu Yonca, niye onu da getirmedin, sevgilini bizden niye saklıyorsun diye sorguya başladı. Çok yetenekli buldukları bir ressamı sevgilim sanmaları hoşuma gitmedi değil. Gün, ara Yonca da gelsin, tanışalım diye tutturdu, bir de sitem ediyor, aşk olsun ille sevgilini de getir dememiz mi gerekirdi, o kadar yakınlığımız yok mu? Yonca'yı arayıp gel desem ânında damlar, biliyorum, gözümün içine bakıyor. Ama yanlış anlar, onunla çıkmak istediğimi sanır, sonra nasıl kurtulacağım? İstanbul'da değil filan diye kıvıracakken etekleri uçuşan siyah elbisesiyle, incecik bir kadın fırtına gibi içeri girdi. Bir anda Gün'le sarmaş dolaş oldular. Tanrım nasıl güzel bir kadın, dudak uçuklatacak kadar güzel. Seninle tanıştıralım dedikleri Şebnem buymuş. Tanıştırın tabii, bugüne kadar tanıştırmadığınız kabahat. Bar ne zaman o kadar kalabalık oldu anlayamadım. Şebnem'in arkasından millet içeri akın etti. Gün her biriyle ayrı ayrı kucaklaşıyor, hepsinin Gün'ü çok sevdiği belli. Benim gözüm kalabalıkta Şebnem'i arıyor. Sahneye çıktık. Ben basta, Kubi elektrogitarda, davulda Muzaffer. Kubi hem çalacak hem söyleyecek. Kubi'nin öyle ahım şahım bir sesi yok ama çok içten söylüyor, bu kadar içten söyleyince de oluyor tabii, detone metone, takılmıyor insan. Hangi parçaya girecek diye merakla bekliyordum, "Yerine Sevemem"e başladı. Nasıl yani, sevgilisinin ölümü yendiğini kutladığımız geceye bu şarkıyla mı başlıyoruz? Çok şaşırdım. Ama milletten çılgınca alkış koptu, herkes bir ağızdan başladı: Yerine sevemem, olmuyor, denedim, olmuyor. Meğer ikisinin şarkısıymış. İnsan aşkımızın şarkısı diye niye bunu seçer ki? Annemden beri bu şarkıyı ölümle özdeşleştiriyorum, yerine sevemem deyince aklıma annem geliyor. Ayrılamamaktan çok ölümü düşündürüyor bana, bence ölüp de beni sensiz bırakma, senin yerine kimseyi koyamam demek istiyor. Ama benden başka kimseye öyle gelmiyor anlaşılan. Gecenin sonuna doğru kafam iyice güzel oldu, Gün'ün kulağına eğildim, denediniz mi gerçekten, olmadı mı dedim. Hiç denemedik dedi, bir gün bile. O zaman niye bu şarkı? Olmayacağını biliyoruz çünkü, denemeden biliyoruz. Çok imrendim aşklarına. Ne kadar şanslılar. Yeryüzünde kaç kişi ruh eşini bulabiliyor ki, kaç çift bir elmanın iki yarısı olabiliyor? Herkesin aşkı yalan dolan. İşte Soydan'la Çiğdem. Muzaffer Soydan'ın haline gülüyor ama Pelin'in de Çiğdem'den pek farkı yok, gel desem ânında gelecek, eminim. Ama yapmam, yakın arkadaşlarıma böyle bir şeyi asla yapmam. Herkes siyahlar içindeydi, aralarında Gün uçuşan kırmızı elbisesi ve ateş kırmızısı peruğuyla ateş gibi, gül gibi, kırmızı bir su gibi oradan oraya akıyordu. Sahnede olduğumuz süre boyunca gözlerim Şebnem'i aradı. Tam yakalıyordum, yine kalabalığın içinde yitiriyordum. O yüzden ne çaldım, ne söyledim hiç bilmiyorum. Pasta geldi, iki kişi masasıyla getirdi daha doğrusu. Kubi kırmızı şeker gülleriyle donatılmış dev bir pasta yaptırmış ama gerçekten dev. Üstüne de destan yazdırmış. Gün'üm, sevgilim, her şeyim, iyi ki doğdun, yeniden doğdun, sensiz bir hiçim falan filan, bir sürü klişe laf. Daha yaratıcı sözler beklerdim ama Kubi'de yazma yeteneği yok anlaşılan. Gün yüksek sesle okudu, kıkır kıkır güldü, hepimiz güldük. Sonra birden ağlamaya başladı. Kubi de başladı, birbirlerine sarıldılar, ikisi de hıçkırıyor. Çok acıklıydı halleri, yürek burkucu. Onca insan sessizleştik, bir hüzün bulutu geldi üstümüze çöktü. Herkes aynı şeyi düşünüyordu sanırım, sevdiğinin her an elinden kayıp gidebilecek olmasını. Dayanılmaz bir şey bu, sevdiğini yitirmek korkusu. Neyse ki çok uzun sürmedi, hepimiz ağlayacaktık yoksa. Gün Kubi'nin bileğindeki Gün dövmesini öptü. Kutlamalar, sarılıp öpüşmeler, Kubi'nin şampanya patlatması derken neşemiz geri geldi. Yine sahneye çıktık, bu kez "Fırtınam Felaketim Hasretim." Güzel, bu olur, şahane bir şarkı bu, yetmiyor, sevişmeler yetmiyor. Millet yine coştu. Yüzlerine bakıyordum insanların, aralarında Şebnem'i arıyordum, herkes öyle ya da böyle, eski ya da yeni bir aşkla dolup taşıyor diye düşünüyordum, eski aşklarını anımsayanlar, o anki aşklarının yüzüne dalıp gidenler, yaşanmamış aşklarına hayıflananlar, yitirdiklerine kahrolanlar, yalnızlar, aşksızlar. Bütün salon ölene kadar peşindeyim bırakmam diye inliyordu. Şebnem'i gördüm sonunda, şiir gibiydi, peri gibiydi, anlatılamaz bir doğa parçası gibiydi. Eve döndüğümde saat dördü geçiyordu. Millet erken gitti aslında, çoluğu çocuğu olanlar çabuk kaçtı, çoğunun da vardı anladığım kadarıyla, iş güç, aile sahibi insanlar hepsi. İkiye doğru biz müzisyen tayfasıyla Günlerin fakülte arkadaşları sekizon kişi kaldık. Gün'le Kubi bir köşede sarmaş dolaş, herkes kafasına göre takılıyor. Bir ara nasıl oldu anlamadım, kendimi bir masada Şebnem'le karşılıklı otururken buldum. Sinemadan, edebiyattan konuştuk. Müzikten de söz açtım ama ben müzikten anlamam dedi. Nasıl anlamazsın? Müzikten herkes anlar. Ben anlamam, grupları, şarkıcıları filan hiç bilmem. Şaşırtıcı ama peki. Edebiyattan anlıyorsun ya, şiirden anlıyorsun, yeter. Çok hoşlandım onunla konuşmaktan, zeki çünkü, öbür kadınlar gibi tın tın değil. Güzelliği de öyle başka ki, konuşurken gözlerimi yüzünden alamadım. Ama bir o kadar da garip, halinde anlaşılmaz bir şey var. Gülerken bütün bedeniyle gülüyor, gözlerinin dibine kadar, sonra birden suskunlaşıyor, yeni ağlamış gibi bir hal geliyor üstüne. İnsanın nedir seni üzen diye sorası geliyor. *Veronique'in İkili Yaşamı*'nı anımsadım, sanki karşımda oturan kadın Veronique, onun kadar gizemli, onun kadar kırılgan ve hüzünlü. Çarpıştık bir ara, içkilerimiz dökülüyordu neredeyse, gülüştük. Gözlerinin rengi dikkatimi çekti, mora çalan bir lacivert. Spotun ışığı mı öyle gösteriyor yoksa gerçekten menekşe rengi mi? Elizabeth Taylor'ı anımsadım, Necmi Bey'in platonik aşkı, menekşe gözlü yıldız. Televizyonda ne zaman bir Elizabeth Taylor filmi olsa susmazdı. Ne kadın be! Kadında ne gözler var be! Sırf şu gözlere servet feda edilir! Aklınca anneme laf sokuyor, kendisi Richard Burton çünkü. Annemi üzüyor diye babamı boğazlamak isterdim. Babamı öldürdüğüm ne çok hayal kurdum. Arka balkondan usulca itiyorum örneğin, aşağıdakileri görmek için sarktığı sırada, parmak uçlarına kadar yükselmiş, bir bacağını tutup kaldırdığım anda dengesini kaybediyor, tepe üstü yere çakılıyor. İçkisine havanda dövdüğüm cam parçaları koyuyorum, camlar organlarını lime lime kesiyor, kan gölü oluyor içi ya da çalışma masasının dibine akrep bırakıyorum, iri sarı bir akrep, en zehirli olanlarından, topuğundan ısırıyor. Öldü gitti ya da öldürdüm gitti, hâlâ iyi şeyler anımsayamıyorum babamla ilgili, defterlerimin tümünü okusam onun hakkında olumlu bir tümce bulabilir miyim hiç emin değilim. Şebnem'le konuşmaya doymamıştım ki Gün'le Kubi başımızda bittiler. Gün tabloyu iki yanından tutmuş, Şebnem'e gösteriyor. Bak? Osman'ın sevgilisi benim için yapmış. Allah kahretsin, değil! Yonca sevgilim değil! Kabahat bende, daha en başında bu yanlış anlamayı düzeltmem gerekirdi. Düzeltecektim ama daha ağzımı açmadan, Gün bir dahakine Yonca'yı da getir demez mi? Tanrım, battıkça batıyorum. O sırada ötekiler de geldi, herkeste bir hareketlenme, hadi artık, çalışanlar bizi bekliyor, gidelim onlar da evlerine gidip yatsınlar. O anda yalnızca Şebnem'e Yonca sevgilim değil, benim sevgilim yok, olsaydı da hemen terk ederdim, çünkü seni tanıdım artık demek istiyordum. Dışarı çıktık. Birkaç taksi durdu önümüzde. Kubi bir taksinin kapısını açtı. Gün Şebnem'e sen de bize gel dedi, Şebnem eve gidecekmiş, babası keyifsizmiş biraz. Hah dedim, ben bırakayım evine, yolda Gün'ün yanlış anladığını söylerim. Ama fırsat kalmadan Kubi o zaman sen bin buna dedi, Şebnem de hemen bindi. Saatlerce diz dize konuşmamışız gibi beni unuttu, bir hoşça kal bile demeden gitti. Sanki az içmişim gibi eve dönünce bir şişe Lagavulin açtım. Biraz çalışırım kafamı dağıtırım, güneşin doğmasına daha çok var, bir süredir de kafamda bir ezgi dönüyor. Ama kelle olmuşum, nereye çalışıyorum? Zaten Şebnem'in yüzü gözümün önünden gitmiyor. Biraz gitar çaldığımı, birkaç satır karaladığımı anımsıyorum ama sonrası yok. Uyandığımda kanepedeydim, öğlen olmuş, üşümekten kemiklerim kaskatı kesilmiş, susuzluktan ölüyorum. Kalktım, kana kana su içtim, sonra duşa girdim, kendime gelene kadar kaldım. Kurt gibi acıkmıştım. Meryem pazarları gelmiyor, dışarıda tek başıma yemeyi de sevmiyorum, mutfağa girdim, kendime kahvaltı hazırladım. Sucuklu yumurta yapabiliyorum neyse ki. İlk yaptığım berbattı. Sucukları önce yağda kızartmak gerekiyormuş, ne bileyim? İzmir tulumu, beyazpeynir çıkardım, portakal suyu, bal mal. Ama evde ekmek yok. Mevlüt'ü fırına gönderdim, ekmek aldırdım. O salak ekmeği getirene kadar sucuklu yumurtanın yağları dondu, doğru çöpe. Yenisini yaptım, kıtlıktan çıkmışım gibi yedim. Aklımda yine Şebnem vardı. Pasta yerken onu izliyordum, birileriyle gülüşüyordu. Ona baktığımı ilk o zaman fark etti, göz göze geldik, gülümsedi. Bana, ister misin der gibi tabağını kaldırıp gösterdi. Kızardım, kendime kızdım, bu ne şimdi, kızarmak da neyin nesi, ergen miyim ben? Şu anda çok gülünç geliyor halim, öte yandan da hoşuma gidiyor, arı duru bir şeyler buluyorum kendimde, o sayısız yalan dolan aşkımsı ilişkileri yaşamamışçasına temiz. Şebnem fena çarptı beni, çok başka çünkü, duruşu bakışı tanıdığım kadınların hiçbirine benzemiyor. Öylesine derinden işledi ki içime, fırtınam, felaketim ol, hasretim ol, hep yanımda ol demek istiyorum. Öğleden sonra Gün aradı. Kubi uğurlu saçaklarını stüdyoya götürmüş, yerine Yonca'nın tablosunu asmışlar. Bir akşam bize yemeğe gel de gör dedi. Armağanıma bu kadar değer vermesi çok hoşuma gitti ama yanlış anlamayı yine düzeltemeden Kubi aldı telefonu. Soydan Bodrum'da bir barda olay çıkarmış, temiz bir sopa atmışlar. Ama asıl bomba haber Altan'ın yılbaşı biletine sekiz milyar çıkmış. Bu salak unutmuş bilet aldığını, montunun cebinde bulunca listeye bakmış, inanamamış. Kutlamak için Altan'ı aradım. Moruk hâlâ inanamıyorum, hadi canım naş, liste yanlış basılmış diyecekler diye ödüm patlıyor dedi. Ömrümde ilk kez milli piyangodan doğru dürüst ikramiye kazanmış birini tanımış oldum. Necmi Bey her yılbaşı tam seri bilet alırdı, öyle bir-iki seri de değil, en az beş. E adamcağız yoksuldu tabii, büyük ikramiyeye çok gereksinimi vardı. Bir keresinde iyi bir para çıkmıştı biletine. Fakülteden arkadaşlarıyla Bebek Oteli'ne yemeğe gitmiştik. Yemekten sonra annemle bizi taksiye bindirip eve gönderdi. Teo annemin kucağında uyuyordu. Yolda anneme babam niye bizimle gelmedi dedim. Baban arkadaşlarıyla biraz daha eğlenecek dedi. Kadınlarla mı dedim. 12 yaşındaydım, babamın kadınlara bakışlarında kendimde yeni yeni keşfettiğim duyguları görmeye başlamıştım. Annem çok şaşırdı, hayır oğlum, poker oynayacaklar dedi, nereden çıkarıyorsun kadınları falan, çok ayıp, baban yapar mı öyle şey? Ah anneciğim, yapardı, sen de biliyordun ama bilmezden geliyordun, böylesi daha kolaydı çünkü. Belki de bizim için katlanıyordun babama, belki değil yalnızca bizim için, bizden ayrı kalamayacağın için. Altan'a ne yapacaksın parayı dedim, araba alacakmış. 91 model, füme rengi bir Renault Broadway'i var, kaportasında çürüme başlamış. Onu okutacakmış, BMW çekecekmiş. Yalnız sekiz milyar sıfır almaya yetmez diyecektim, parayı alınca beraber Kartal oto pazarına gider miyiz, sen arabadan iyi anlıyorsun dedi. Benim ne işim var Kartal'da martalda? Pis pis heriflerle pazarlık mı yapacağım? Şeytana pabucunu ters giydirir onlar, kazıklayacaklar Altan'ı, sonra suçlu ben olacağım, adımımı bile atmam. Oto pazarı da olur tabii ama galerici tanıdıklarım var, istersen önce onlara bir bakarız, üç-dört yaşında çok temiz bir BMW 318 buluruz dedim, uçtu. Eyvallah moruk, tamamdır, anlaştık. Sekiz milyarın tamamının eline geçeceğini sanıyordu, kol gibi intikal vergisi var demedim artık, keyfini niye kaçırayım çocuğun? Sonra karaladığım satırları anımsadım. Sarhoş kafayla bir sürü şey yazmışım gibi gelmişti, hepsi hepsi bir paragrafmış meğer: "Neden mutlu aşk yoktur diye mırıldanıp durdum ki bütün gece, mutlu etmeyecekse aşk neden var? Neden bütün gece onun soluğunun buğusunu izledim, kadehinin çın sesini bekledim, sigaramın dumanı sigarasının dumanına karışsın diye çakmağına uzandığı ânı gözledim? Çok ateşlendim bu gece, nabzım hâlâ yüksek. Şu anda saat sabahın beşi. Yaşadığım bu olağanüstü gecenin her ânını yazarak aklıma kazımak istiyorum ama öyle sarhoşum ki." İki de dize yazmışım, bestelerim diye düşündüm herhalde. "Dünyanın en insansız yerlerine giden bir gemideyiz / Saçların saç denizi / Deniz değil okyanus." Ne demek istemişim anlamadım, o an ne hayal ettiysem artık. Mutlu aşk yoktur dizesi neden aklıma geldi, onu da çözemedim. Gün'le Kubi'nin aşkı mutlu aşk. Gün ölürse o mutlu aşk acıya dönüşür diye mi düşündüm, kim bilir. Sarhoşken insanın kafası başka türlü çalışıyor. Yonca konusu yüzünden bütün gün kıvrandım, içim rahat etmedi bir türlü. Ama telefon edip Gün dinle, Yonca sevgilim değil desem, niye durup dururken söyleme gereği duydu diye gereksiz kuşkuya kapılacak. Doğal bir yol bulmam gerek. En iyisi yüz yüze söylemek, geçiyordum uğradım yapayım. Kalktım giyindim. Tam çıkarken Gazi aradı. Moruk o gece nasıl kelle olmuşuz ya, en son tuvalete gittim geldim sonra film kopmuş, gerisini anımsamıyorum dedi. Ne yaptık, bir arıza falan koymadık değil mi? Rezalet çıkardın, millet neredeyse tekme tokat girişecekti bize desem üzülecek. Ne olacaktı ki, bindin taksiye gittin dedim. Valla güneş doğuyordu uyandığımda dedi, adamın teki dürtüp duruyor, açtım gözümü, taksideyim, şoför çekmiş kenara, abin evin nerde, söyle de götüreyim diyor. Ömrümde ilk kez gördüğüm bir yerdeyiz, Cevizli miymiş neymiş diye anlattı. Gülüyor, hiç aldırdığı yok, ne kadar rahat herif. Taksici de puştun önde gideniymiş yalnız. Sabaha kadar dolaştırmış çocuğu, gece tarifesi üstelik, 15 milyonunu almış. Ben taksi parasını vermiştim demedim. Takar kafayı, gelir taksiciyi bulup dövmeye kalkar. Sonuçta sağ salim varmış evine. Nedim'den bir şişe kırmızı şarap aldım, bindim arabama, doğru Beylerbeyi'ne. Elim zilde, çalsam mı çalmasam mı, kararsızım. Tamam, yakın arkadaş olduk ama çat kapı evlerine gitmek biraz fazla mı? O sırada Kubi kapıyı açtı, markete gidiyormuş burun buruna geldik. Vay moruk? Kaynanan seviyormuş, biz de tam yemeğe oturacaktık, gel. Yalan attım ayaküstü. Çengelköy'de kuzenimi görmeye gelmişken size de bir uğrayayım dedim. Ne iyi ettin de geldin, geç. İçeri seslendi, Gün bak Osman geldi. Gün geldi sarıldı, hadi gel, mantı var, mis gibi mantı yaptık. Salona geçtik. Yonca'nın tablosunu gerçekten saçakların yerine asmışlar. Öyle de güzel durmuş ki, evin havası değişmiş. Baktım masa hazırlanmış ama beş kişilik. Konukları var demek ki. Bizim çocuklar mı acaba diye bozuldum bir an ama Kubi'nin annesiyle ablası gelmiş, kuzeni de yoldaymış. Aile toplantısı yani. Hiç benlik değil. Gün sana da tabak koyayım dedi. Rahatsız etmeyeyim, zaten öyle kapıdan bir uğramıştım dedim ama şarabı gördü elimde, yabancı değilsin ki, ailemizle de tanışırsın işte dedi. Oturdum artık. Hem beni ailesiyle tanıştıracak kadar yakın görmeleri hoşuma gitti, hem de rahatsız oldum, sonuçta aile, aralarında yabancıyım. Kubi'yle Gün evli değiller ama aileleri sorun etmiyor demek ki. Benim peder olsa ederdi. Kendisi Hale Abla'yla nikâhsız oturuyordu ama ona yasak yok, bütün yasaklar bize. Kubi'nin annesi tam emekli memur tarzı bir kadın, ablası da öyle, bir şirkette çalışıyormuş. İyi insanlar oldukları belli. Kubi yoğurtla geldi, kuzeni geldi sonra, hâlâ plili kumaş pantolon giyen cinsten bir adam ama sıcakkanlı, sevimli biri, bana da çok yakın davrandı. Kızı İzmir'de diş hekimliğinde okuyormuş. Şaşırdım, en fazla 45 yaşında ama üniversitede okuyan kızı var. Ben hâlâ aile kuracağım. Önce biraz siyaset konuştular, hiç ilgimi çekmiyor, sonra akrabalarından söz ettiler, falanca nişanlanmış, filanca işe girmiş, fişmanca daire almış. Sohbet süsü verilmiş aile dedikoduları ama zararsız, kötü niyetli değil. Bu tür bir aile sohbetine uzun zamandır tanık olmamıştım. Çocukluğumda annemle teyzem konuşurdu böyle. Mantıyla gitmez diye şarabı yemekten sonra içtik. Kubi'nin ablası içmedi, şarap başını ağrıtıyormuş, kuzeni tam rakıcı, Kubi ona rakı koydu, annesine de çay demlediler. Onların yanında konuyu açamadım tabii ki. Yonca'yı hâlâ sevgilim biliyorlar, çok canım sıkılıyor. Dün gece içim dışım Şebnem'le doluydu. Hâlâ onunla dolu. Düşünüyorum da, içim ilk kez bir kadının aşkıyla böylesine dolu.

* * *

16 Ocak 1999

Söyledim sonunda. Gün'le telefonda konuşuyorduk, çekimdelermiş, ara vermişler, o da bir sesini duyayım diye beni aramış. Canım benim, çok seviyorum bu ikisini. Hadi bana yemeğe gelin dedim, nerede ne yiyelim diye uğraşmayın hiç. Valla çok iyi olur, iki saate kadar işimiz bitiyor dedi kapattı. Çok sevindim. Zaten bir programım da yoktu, Öktemlerle Martı'ya gideriz diye konuşmuştuk ama ses çıkmadı. İyi oldu, canım istemiyordu zaten, Öktem'i de arkadaşlarını da çekemiyorum, hepsi salağa çeyrek kalmış tipler. Kubiler bu kadar yoğun olmasa yüzlerine bakmam da, zorunluluktan bunlarla takılıyorum. Gün sakın bir şey yapmaya kalkma, evde ne varsa yeriz dedi. Olur mu öyle şey? Meryem'in yemekleri pek ahım şahım değil, standart. İyi yemek yapan bir kadın gerek bana, Ferhat Beylerin aşçısı gibi. Bir akşam apartmandan birkaç komşuyla birlikte beni de yemeğe davet ettiler. Tanrım nasıl sıkıcı bir geceydi, patlayacaktım. Turan'la karısı sürekli apartmandan yakındı, sanki yönetim toplantısındayız. İsmet Bey de konuşacak ne saçma konular buluyor, karısı bütün gece uyukladı, haklı kadın. Ferhat desen tek bildiği döviz, bono, tahvil, hisse senedi. Menkul kıymetler şirketi varmış, bilmiyordum. Bana yatırım yapıyor musun diye sordu. Valla bir şey yapıyorum diyemem dedim, bankacım ne derse o. Bankacılara bırakılır mı bu iş, onlar kendilerine çalışır, bir gün benim ofise gel de güzel bir sepet yapalım sana dedi. Bir de açıklıyor, ben geri zekâlıyım ya, yatırım sepeti, biraz döviz, biraz hisse senedi, bu aralar repo çok iyi kazandırıyor filan. Çokbilmişin teki diye bir sinirlendim önce ama kötü bir düşünce değil aslında, bir ara uğrasam iyi olur. Azade kocasının yanında mumdu yalnız, gün ortası sabahlıkla kapımı çalan o değil sanki. Yemekler şahaneydi. Badem turşusundan ıspanaklı pilava, fırında ördekten hardallı yumurtaya kadar bir sürü şey yapmış aşçıları. Özellikle armut tatlısına bayıldık. İsmet Bey'in karısı tarif diye tutturdu. Azade Hanım aşçıyı çağırdı. Genç, modern birini bekliyordum, başı yemenili, uzun etekli, ellili yaşlarda bir teyze geldi. Kadın armutları önce vermutta bekletiyorum demez mi? Vermutu nereden biliyorsun teyze sen? Önyargılı olmamak gerek işte. Günlere dışarıdan yemek söyleyeceğim de ne? Pizzayla falan ağırlayacak değilim. Pino Cafe'den bir şeyler isteyeyim ama çok bozdu onlar. Kebap söylesem Kubi bayılıyor ama Gün'ün pek arası yok. Orası olmaz, burası olmaz derken aklıma Hamiyet Lokantası geldi. Teyzemler müdavimidir oranın, Coşkun Abi'yle de çok gitmişliğimiz var. Ara sıra yokluğunu hissediyordum Coşkun Abi'nin. Bir süredir bürosuna bir uğrasam da arayı düzeltsek diyordum ama vazgeçiyordum. Barışırsak gene yaşantıma karışmaya başlar çünkü. Bu kadar para harcama Osman. Şununla şöyle yatırım yap Osman. Sana ne? Ben paramın hesabını Necmi Bey'e vermemişim sana mı vereceğim? Baştan he he deyip geçiyordum ama iyice üstüme gelmeye başladı. Şirket konusunda da birbirimize girince ipler koptu sonunda. Çok sinirlendi, ben de Coşkun Abin değilim o zaman dedi. Değilsen değilsin, sanki sana muhtacım. Bak? Ferhat Bey bu işin uzmanı. Gerekirse ona danışırım. Hamiyet Lokantası'na gidip alayım ama Salacak'a kadar gitmeye değer mi? Kesinlikle değer, hele tandır varsa. Bindim arabama, lanet olsun, bir de trafik, cumartesi diye herkes mi sokağa dökülmüş? Gittim, her zamanki Hamiyet Lokantası, tıklım

tıklım dolu ama ağırbaşlı bir soyluluk içinde yine. Bembeyaz örtülü masalarda, kıranta adamlar, hoş zarif kadınlar Türk mutfağı eşliğinde demleniyorlar. Arkada hafif hafif sanat müziği. Başgarsona gittim, eve götürmek üzere sipariş vereceğim dedim, hazırlayabilir misiniz? Üç kişilik, hatta dört. Ne olur ne olmaz, belki Şebnem'i de getirirler. Adam bizde öyle bir âdet yok, yapamayız diyor. Lütfen, bir ayrıcalık yapın, ta Nişantaşı'ndan geldim, İngiliz konuklarım var, sizi çok övdüm, konuklarımdan biri çok yaşlı, gelemiyor falan yalvarıyorum. Ama Nuh diyor peygamber demiyor, yapamayız. Birden arkamda bir ses gürledi, yaparsın Çetin yaparsın. Döndüm ki Coşkun Abi. Rastlantıya bak. Yolda aklıma gelmişti ama yok artık demiştim. Sonnur Abla da masadan el sallıyor, Sonnur Abla'nın abisi yengesi falan, kalabalık bir masa. Gittim yanlarına, sarıldık, öpüştük. Coşkun Abi hafif sitemli ama Sonnur Abla nasıl candan. Hayırsız, hiç aradığın sorduğun yok diye tatlı bir fırça çekti. Otur diye üstelediler ama konuklarım gelecek dedim. Bir gün eve bekliyoruz mutlaka dediler. Siparişim hazırlanırken Coşkun Abi ince ince sorguya çekti tabii gene. Palas dairesi almışsın, hayırlı olsun. Teo söyledi kesin. Bunlardan uzak durmakla doğru yapıyorum. Arkasından asıl soru geldi. İş güç ne âlemde? Bir küçümseme var yüzünde. Başıma ateş çıktı sinirden. Albüm hazırlıyorum dedim, bitmek üzere. Sonnur Abla valla heyecanla bekliyoruz dedi, seni görür müyüz diye gözümüz hep Kral TV'de. İçime bir sıkıntı çöktü. Her yerde bir sürü yeteneksizin iğrenç iğrenç klipleri dönüyor. Özlem salağı bile albüm yapıyor ya, Özlem. Kız pepe bir kere. Güzel, seksi bir şey olsa prodüktörleri nasıl bağladığını anlayacağım da sıradanın sıradanı. Ama çenebaz, çevresi çok geniş ayrıca, kimle dostluk edeceğini iyi biliyor. Benim de Mors Müzik'in tepesindekilerle tanışmam gerek, yalnız onlarla değil, ötekilerle de. Bu işler böyle yürüyor, sektörün önemli adamlarıyla tanışacaksın, yakın ilişkiler kuracaksın, çevrende sözü geçen müzisyenler olacak. Ama hâlâ demomu bitirebilmiş değilim ki, ne diyeceğim kapılarını çalıp, ben çok iyi bir besteciyim mi? Boş ver şimdi bunları dedim, düşünüp de gecenin tadını kaçırma. Özlem salağı boyunun ölçüsünü alacak nasıl olsa, sanat yetenek ister, ilişkilerle bir yere kadar gelinir, geldiğin yerden tepetaklak düşersin, yığınla örneği var. Garsonlar mukavva bir kutu hazırlamışlar. Alüminyum kaplarda yemekler, gidene kadar soğursa fırına atın, beş dakika ısınsın dediler. Ama fırını yakamıyorum bir türlü. Sonunda hallettim, beğendili tandırla iç pilavı fırına koydum. O sırada Günler geldi. İyi ki de geldiler, elim ayağıma karışmıştı. Gün kızdı, evde ne varsa yeriz dememdim mi diyor. İkisi de sıvadılar kolları, mezelerle zeytinyağlıları tabaklara koyduk. Salataya zeytinyağı koyacağız ama bulamıyorum, bütün dolapları açtım, Kubi buldu sonunda. Gün senin evinin mutfağından haberin yok mu, tek başına yaşıyorsun, hiç mi bir şey pişirmiyorsun dedi. Valla bir tek sucuklu yumurta yapmayı biliyorum dedim, ama çok güzel yapıyorum, bir gün size de yapayım. Yonca gelmeyecek mi dediler, onu da çağırmışsındır diye düşündük. Hah, işte tam sırası. Siz o gece yanlış anladınız dedim, Yonca kız arkadaşım değil, yalnızca arkadaşım. Ha, öyle mi? Çok da önemsemediler, rahatladım. Sofraya oturduk, aklım Şebnem'de. Sözü ona getiremiyorum bir türlü. Niye getiremedim anlamıyorum. Ben böyle biri değildim eskiden. Allahtan Kubi bilseydik Şebnem'i de çağırırdık dedi. Bir sevindim, hadi çağıralım, arayalım o da gelsin. Yakında mı oturuyor? Kubi hayırdır diye gülmeye başladı, bütün gece mırıl mırıldınız, gözümden kaçtı sanma. Gün hiç fark etmemiş, nasıl yani diyor. Çifte kumrular gibiydiler, görmedin mi? Geceyi konuştuk sonra, Gün'üm canım hüzünlendi, yaşadığım en güzel doğum günüm oldu dedi. Kubi elini tuttu öptü, gözüm yaşardı. Ama ikisinin de Şebnem'i aradığı yok. E hadi, arasanıza? Gün aradı sonunda ama ulaşılamıyor. Birazdan gene ararız dedi, başladık yemeğe. Nasıl sabırsızım, Şebnem'in evime gelmesi olasılığıyla kanatlandım sanki. On dakika sonra bir daha arasana dedim, belki çekmeyen bir yerdedir. Kubi, bu iyiden iyiye kapılmış Şebnem'e dedi. Şaşırdın mı? Tabii ki şaşırmadım. Ne diyorsunuz anlamadım, neye şaşırmadınız? Şebnem'i görüp de kapılmayanı bugüne kadar görmedik dediler. Bütün bedenimden acı bir duygu geçti. Daha önce hiç yaşamadığım türden bir kıskançlık. O gece birtakım heriflerin Şebnem'in çevresinde dört döndüğünü anımsadım. Onu birileriyle konuşurken gördükçe yüzümü ateş basıyordu. İki kadeh şaraptan sonra özgüvenim geri geldi, Şebnem'in numarasını bir versene dedim Gün'e, bir de ben arayayım. Anlamlı anlamlı baktı yüzüme, gülümsedi. Aradım yine kapalı. Yarım saat sonra yine aradım, yine kapalı. Yemekten sonra koltuklara geçtik, Kubi şu besteni çalsana dedi. Hangisini? Var ya hani, tanrı bizi unuttu muydu, neydi adı? Tanrı öykümüzü unuttu. Bayılıyorum ben ona dedi Gün, hadi çal, ne olur. Hazır kafam da güzel, Kubi gitarımı aldı, ufak ufak başladı, ben de piyanomun başına geçtim. Sesimin içimde bir ırmak gibi aktığını hissediyordum, bir yanıyla acı ama bana iyi gelen bir duygu damarlarımda dolaşıyordu. "Dağıldı uzağa renkler, biri su biri kan biri toprak. / Bembeyaz bulutlarda saklı karanlık. / Kiminkiydi berrak olan, solup giden kiminkiydi. / Tanrı öykümüzü unuttu, bizi bilen kimse yok artık." Geçen yıl annemin ölüm yıldönümünde yazmıştım bunu, uzun bir aradan sonra mezarına gitmiştim. Babamla yan yana yatmaktan hoşnut musun anne diye sormuştum, sana gün göstermeyen, kanserinin en büyük nedeni Necmi Bey'i başka yere defnetseydik keşke. Tek başıma orada burada dolaşarak günü geçirdikten sonra eve döndüğümde anneme bir şarkı armağan etmek istedim. Niyetim bu türden sözler yazmak değildi, annemi anımsatan sözler için oturmuştum, birden bu çıktı. Yaşamım boyunca bir solukta yazdığım tek söz, tek beste oldu bu. Kana kana söyledim, son notayı vurdum, baktım Gün ağlıyor. Gün ne oldu? Bu şarkın o kadar güzel ki. İnanılmaz mutlu oldum, bulutların üstüne çıktım. Şebnem'i aradım. Kubiler gittikten ve üç kişi beş şişe şarabın dibini gördükten sonra. Tanrım nasıl sarhoşum, hem şaraptan hem şarkımın yarattığı etkiden. Sesini duyar duymaz Şebnem ben sana âşık oldum dedim. Sessizlik. Şebnem? Duydum. Bir şey söylemeyecek misin? Saat kaç? Saate baktım, dördü çeyrek geçiyor. Uyandırdım mı? Önemli değil. Yarın konuşuruz o zaman. Kapattım. Duşa girdim buz gibi. Kendime geldim. Lanet olsun, ne yaptım ben?

* * *

17 Ocak 1999

Hiç keyfim yok. Sabaha kadar içim içimi yedi, gözüme bir damla uyku girmedi. Karşıma ilk kez içimi böylesine aşkla doldurup taşıran biri çıktı ama yaptığıma bak, öküz gibi dördü çeyrek geçe arayıp uyandırdım, Allah bilir ağzım da kayıyordu sana âşık oldum derken, niye ciddiye alsın ki beni? Üstelik sevgilim var sanıyor. Bu düşüncelerle kanepede uyuyakalalı daha bir saat olmamıştı ki telefonum çaldı. Şebnem diye fırladım ama Gün. Osman kahvaltıya gel. Vaniköy'de Sevgi Abla'nın kahvesinde buluşuyoruz. Yoldayken kafamda düşünceler cirit atıyordu. Kahvaltı bahane. Kesin Şebnem beni şikâyet etti, Günler de benimle konuşmak istiyorlar. Ne diyecekler? İyi de ne diyebilirler, ne var bunda, âşık olmak ayıp mı? Üstelik Yonca'nın sevgilim olmadığını da söyledim. Kimseyi kandırmış değilim. Geçeceğim karşılarına, evet, o saatte sarhoş kafayla aramam çok yanlıştı, ama şimdi ayığım, Şebnem'e âşık oldum diyeceğim. Kimse bu Sevgi Abla, kahvesini bulana kadar canım çıktı. Şık bir yer arıyordum, bildiğimiz düz kahvehaneymiş meğer. İçeri girdim upuzun bir masa, sevgilileriyle birlikte ful müzisyen tayfası, çoktan gelmişler de kahvaltıya başlamışlar bile. Şebnem de orada. Görür görmez dizlerim titredi, yine çok güzeldi, tanrım o geceki halinden bile güzeldi. Sanki aylardır görüşmemişiz gibi hepsiyle kucaklaştık öpüştük. Bir de her lafa kih kih ederek gülen yeni bir herif gelmiş, Şebnem'in karşısında oturuyor. Bu dallama da nereden çıktı? Başka boş yer olmadığı için masanın sonuna oturdum, hiç rahat değilim, masa uçlarında oturmayı zaten sevmem, sanki davetli değilmişim de madem geldin otur bari demişler gibi hissederim kendimi, bir de Şebnem'le aramızda Altan'la Pelin var. Sucuklu yumurta istedim. Zaten fazla seçenek yoktu, simit peynir yumurta. Kubi, millet Osman çok güzel sucuklu yumurta yapıyormuş, bir gün gidelim, bize de yapsın dedi. Şebnem ben sucuklu yumurta yemem dedi, çok bozuldum. Ama sonra başını uzattı, Osman yanlış anlama, bütün çocukluğum sucuklu yumurta yiyerek geçti, ondan, yoksa eminim çok güzel yapıyorsundur dedi. O zaman sana peynirli omlet yaparım dedim. Güzel güzel konuşuyoruz, öyle bir hali var ki, sanki sabahın dördünde arayıp Şebnem ben sana âşık oldum dememişim, öyle bir şey olmamış, o kadar etkilenmemiş yani, beni hiç ciddiye almamış. Kih kih gülen tipsiz kalktı, hadi size afiyet olsun. Karşıya geçiyormuş, işi varmış. Sevindim gitmesine, onun yerine geçerim, Şebnem'le karşılıklı otururuz. Ama Şebnem de kalktı, o tipsiz yavşağa beni de Taksim'e bırakır mısın dedi. Birlikte gittiler. Bütün neşem uçtu. Gün'e sordum, niye gitti ki? Çekimi var. Ne çekimi? Bilmem ne dizisinde oyunculuk yapıyormuş. Nasıl, Şebnem oyuncu mu? Sayılmaz, ara sıra yardımcı oyunculuk yapıyor işte, herkesin bir şekilde para kazanması gerekiyor sonuçta, öyle değil mi? Öyle. En azından tipsiz yavşakla birlikte olmak için gitmedi. Kahveler geldi, Kubi yine eğlenceli hikâyeler anlatıyor, millet ölüyor gülmekten. Soydan Çiğdem'ine omzundan sarılmış, ikide bir saçlarını kokluyor. Altan haklı çıktı, kurtulamayacak bu kadından, anlaşıldı dedim. Ama o an anladım Soydan'ı. Çocuk kurtulmak istemiyor ki, Çiğdem'i seviyor. Herkes birini seviyor, ihanete uğrayacağını ya da mutsuz olacağını ya da kötü biteceğini bile bile seviyor. Pelin Özgür'e fal bakmaya başladı, Altan'la Leyla *Usual Suspects*'i konuşuyorlar, Gün'ün yanına geçtim. Dün gece siz gittikten sonra ben yanlış bir şey yaptım, Şebnem'i aradım dedim. Öyleymiş dedi. O kadar. Hiç oralı olmadı. Bu mu yani? Bu kadar mı? Keşke Osman sen manyak mısın, ne yaptığını sanıyordun diye canıma okusaydı. Kahvaltıdan sonra eve geldim. Şebnem'i aradım, kaç kez, ama telefonu hep kapalı.

Osman'ın arkadaşı, yerleştirme sanatçısı Yonca Domaniç

"Bizde ödüllendirilir çünkü bir kadını mahvetmek."

Kusura bakmayın.. sizi böyle karmakarışık bir ortamda kabul ediyorum ama.. on beş gün sonra sergim açılıyor.. gördüğünüz gibi, hazırlıklar tam gaz..

Asıl siz kusura bakmayın.. bu yoğunluğunuzun arasında görüşmeyi kabul ettiniz.. çok teşekkür ederim.
Rica ederim. Osman'ı konuşmak istiyorum dediniz.. Osman'ın bende hatırı büyüktür..

Ben de öyle düşünmüştüm. Gelmeden önce serginizin içeriğini araştırdım ama haberi vardı sadece.
Yarından sonra göreceksiniz. PR çalışmaları yarın başlıyor..

Adı ne serginizin?
İki seçenek vardı, bir türlü karar veremedik, PR o yüzden gecikti zaten. Biri, sürekli ve sonuçsuz. Diğeri, zaman biçimlerinde arayışlar. Sizce hangisi olmalıydı? Bakalım siz de bizimle aynı fikirde misiniz..

Sürekli ve sonuçsuz daha ilgi çekici bence.. siz hangisini seçtiniz?
Biz de onu seçtik. Güzel.. doğru bir karar vermişiz demek ki.

Retrospektif mi sergi, yoksa bir tema çerçevesinde mi?
Tema. Gerçi benim için tema tartışmalı bir mesele ya..

Neden?
Temayı şu diye tariflemek zor benim için. Bir kavrama indirgemekte güçlük çekiyorum. Bu sergimin özünde yine zaman var mesela.. ama zaman çok geniş bir kavram, zamanın tarif edilme biçimini temel aldım bu sergideki işlerimde.. öyle diyebilirim.

Tarif edilme biçimi derken neyi kastediyorsunuz?
Çok kabaca söylersek, zaman akıp giden bir çizgi mi, yoksa birbirine geçen farklı biçimlerin yarattığı bir kaos mu? Biraz da belleğin yanıltıcı olması meselesi var..

Biraz açabilir misiniz bunu?
Diyelim ki iki farklı zamanda, birbiriyle ilgisiz iki olay yaşadınız ama hafızanız ikisini karıştırıp üçüncü bir hikâye anlatıyor.. siz de buna inanıyorsunuz.. hafızanıza güveniyorsunuz çünkü. Ama biri çıkıyor, o öyle olmadı diyor. O da kendi hafızasına güveniyor, öyle olmadığına sizin kadar inanıyor. Farklı biçimlerin birbirine geçmesi dediğim bu. Zaman düz bir çizgi olsa hafıza lineer kaydederdi ama öyle yapmıyor.. epizodik kaydediyor.. biraz oradan biraz buradan.. tabii bir mantığı var aslında.

İşlerinizden bir örnek verebilir misiniz buna?
Cetvel gibi düz adlı işim mesela. Dünya tarihi kitabının sayfalarını karıştırarak bir cetvelin üstüne yerleştirdim. Cetvel dediğim iki metrelik bir çelik direk.. üstünde ölçüm birimleri yerine zaman aralıkları var. 1900-2000 arası. Kitabın diyelim 1922'yi anlatan sayfası 1985'te,

1985'i anlatan sayfası 1963'te. Olayları bu şekilde karıştırarak dizince 20. yüzyılın tarihi de değişiyor. Sadece geçmiş geleceği değil, gelecek de geçmişi etkiliyor. Bir olayın 1972'deki anlatılma biçimi 1905'teki gerçeğini değiştirme gücüne sahip olabilir, nitekim oluyor da.. Tarih dediğimiz şey sürekli bir geçmişi düzeltme çabası aslında. Dün ak denilen bugün kara olabiliyor ya da tersi. Bizim geçmişimizde de birçok örneği var. Demokrat Parti mesela.. en bilineni. Ama size daha ilginç bir örnek vereyim. Bir ankette İkinci Dünya Savaşı'nda Almanları kim durdurdu diye sorulmuş. Seçenekler Sovyetler, Amerikalılar, İngilizler. 1946'da ankete katılanların yüzde 70'i Sovyetler demiş, Amerikalılar diyenler yüzde 15. Anket 1972'de tekrarlandığında Sovyetler yüzde 55'e düşmüş, Amerikalılar yüzde 30'a çıkmış. 2010'a geldiğimizde Sovyetler yüzde 20, Amerikalılar yüzde 70. İngilizleri dikkate alan yok bu arada..

Gerçek mi bu anket? İşinizin parçası mı?

Yo yo.. işimle alakası yok, twitter'da rastladım. Gerçek olduğunu düşünmüyorum ama çok inandırıcı görünen bir grafik hazırlanmış. Bu da tarihi ve gerçeği değiştirmenin yaygınlaşan bir yolu.. ne yazık ki giderek de güçleniyor. Uydur bir şey, at sosyal medyaya, uydurduğun şey gerçeğe dönüşsün. Komplo teorileri gibi. Gerçi bu anket özelinde o dönemlerin gazetelerini karıştırsak oranların aşağı yukarı böyle olduğunu görebiliriz. Bugün gençlerin çoğu Vietnam savaşını Amerikalıların kazandığını sanıyor mesela. PR'ın gücü işte.. aynı zamanda yaşasın Hollywood tabii. Tarih gerçeklik değil inançtır ve inançlar değiştirilebilir. Ama bir de gerçek "gerçek" var. O tarihte Almanları gerçekten kim durdurdu? Sahte ya da gerçek, bu anket güncelden bakılan tarihin ne kadar güvenilmez olduğunu göstermesi açısından iyi bir örnek.

Evet. Sosyal medyanın manipülasyon gücüne de iyi bir örnek. Bu iş için hangi tarih kitabını kullandınız?
Chronicle of 20th Century History. Yazarı Sandra Johnson. Öyle biri yok tabii.. kitabın kendisi de bir iş çünkü..

Nasıl yaptınız peki? Kitabı da mı siz yazdınız?
Ben yazmadım. Yirminci yüzyıl tarihi hakkında pek çok kitaptan sayfalar seçtim.. bir kitabın boyutlarının yirmi katına büyüterek yeni bir kitap yaptım.

Kitabı da imal ettiniz yani. Ya insanlar bu kitabın varlığına inanıp aramaya başlarlarsa?
Benim istediğim de o zaten. Bir de otuz santim çapında bir büyüteç olacak yanında..

Çok ilginçmiş.. öbür işlerinizi de merak ettim.
Sergiye beklerim o zaman..

Geleceğim. Osman'ı konuşalım mı?
Konuşalım.

En son ne zaman görüşmüştünüz, hatırlıyor musunuz?
Çok iyi hatırlıyorum, benim için önemli bir gündü çünkü. 19 Mayıs 2003. Atölyemi on yıldır yaşadığım Nişantaşı'ndan Sanayi Mahallesi'ne taşıyordum. Osman kapıda kamyonu görmüş, daldı içeri..

Niye taşıyordunuz?
Kaçıyordum aslında.. mal sahibime iki aylık kira takmıştım. Yani o da vardı da, yerleştirme sanatına merak sarmıştım asıl.. ondan. Nişantaşı'ndaki atölyem tipik ressam atölyesiydi benim.. filmlerde filan çok romantize edilir hani, bilirsiniz.. yerler ahşap, her yer boya.. karmakarışık tuvaller falan.. kirli ve dağınık olması şarttır. Bir de yoksul görünmesi lazım.

Tabii.. sanatçının değeri öldükten sonra bilinecek..
Evet.. benimki de tam öyleydi işte. Yerleştirme işleri için müsait değildi yani.

Siz enstalasyon yerine yerleştirme demeyi tercih ediyorsunuz sanırım.
E Türkçesi var.. gayet de anlaşılır.. yerleştirme iyi karşılıyor bence.

Nişantaşı'nda başlamış mıydınız yerleştirme işlerine?
Sayılır.. ufak tefek işler yapıyordum ama hacimli malzemelerle çalışmak istiyordum, çelik, beton, cam.. hele blok cam.. ağzımın suyu akıyordu. Kafam fikir kaynıyordu ama bunlar için büyük bir yer lazım. Sanayi Mahallesi'nde de hem büyük mekânları ucuza kiralayabiliyordunuz, hem de her taraf usta doluydu. Usta şu çeliği şu şekle nasıl sokarız desem adam yandaki kapı.. Nişantaşı'nda böyle bir şansım yok.

Sanayi Mahallesi'nin neresindeydi atölyeniz?
İlki metro durağının arkasındaydı. Metro henüz açılmamıştı.. sonra fast food'cu oldu orası. İki yer daha değiştirdim yine o civarda. Şimdiki Oto Sanayii'nin içinde.. yedi yıldır oradayım.

Ortamdan memnun musunuz?
Çok memnunum. Komşularım oto tamircileri.. kaporta boyacılar.. her sabah hayırlı işler komşu diyerek açıyoruz dükkânı..

Yaptığınız işi yadırgayan olmuyor mu?
Başlarda oluyordu, anlam veremiyorlardı, ne yapmaya çalışıyor bu kadın.. ama alıştılar. Bazen abla onu öyle yapacağına böyle yapsana diye fikir veriyorlar, bazen ben soruyorum şunu nasıl yapsak diye.. malzemeyle benden daha fazla içli dışlılar çünkü.

Osman'a atölyenizi niye değiştirdiğinizi söylemiş miydiniz?
İki aylık kirayı taktım kaçıyorum demedim tabii.. yerleştirme işleri yapacağım, burası çok küçük geliyor dedim.

Ama yerleştirmeyi sanat olarak görmüyordu Osman. O saçmalıklarla uğraşmayı gerçekten istiyor olamazsın dedi. Sen de sanatçısın, müzisyensin, nasıl böyle yaklaşırsın? Marcel Duchamp'ı düşün, Joseph Beuys'u düşün.. ama anlatamıyorum.

Biliyor muydu sizce o isimleri?
Derinlemesine bildiğini sanmıyorum ama adlarını biliyordu, sanatla ilgiliydi. Uzun uzun beni övdü, şöyle iyisin, böyle iyisin, çok başarılı bir sergi açtın. Neresi başarılı? Anca iki tablom satıldı. Olsun diyor, çok yakında adını herkes duyacak.. ağzından bal damlıyordu anlayacağınız.

Kişisel sergi açmıştınız yani o tarihte.
Açmıştım da.. önemsiz bir galerideydi. Kapandı zaten, hiç umduğum gibi olmadı.

Gitmenizi enstalasyonu saçma bulduğu için mi istemiyordu?
Yok canım, alakası yok. Nişantaşı'nda doğmuş büyümüş, mahallesiyle çok derin bağları var, birinin mahallesinden gitmek istemesini aklı almıyor. Çevresine çok bağlıydı, arkadaşlarını kaybetmek istemezdi. Atölyeyi taşırsam az görüşeceğiz.. belki de kopacağız. Söyledikleri aklımı karıştırmadı değil aslında. Tablo-it'ten sergi teklifi almıştım o sırada, o zamanların çok havalı galerilerinden, küratörü kanonda önemli bir ses. Ben de çok emin değilim yerleştirmeden.. ne olacak, nasıl olacak bilmiyorum.. bindik bir alamete gidiyoruz kıyamete durumu tam.. ama aklım kaymış bir kere.. neye baksam malzeme görüyorum.. yerleştirme görüyorum.. fikirler yığınla. Ayaküstü epeyce konuştuk. Bu arada eşyalar kamyona taşınıyor, öyle bir haldeyiz. Sonunda, Osmancım başarırım ya da başaramam ama denemeye kararlıyım dedim. Baktı vaz-

geçiremeyecek.. umarım senin için daha iyi olur dedi. Vedalaştık, bindim taksiye, kamyonun peşinden.. yeni mekânıma.

Bir daha hiç mi görüşmediniz?

Yüz yüze görüşmedik. Atölyeye gelmek istiyordu ama fırsat olmadı. Bir artist in rezidans programından davet almıştım, iki aylığına Viyana'ya gittim. Orda da Münih üniversitesinin güncel sanat bursuna başvurdum. Tam döndüm, kabulüm geldi. Hadi bu sefer de Almanya'ya.. bir yıl kaldım. Sonrasında bienaller, burslar, workshop'lar derken bir türlü denk getirip görüşemez olduk. O hay-huy içinde de insanın aklından çıkıyor eski arkadaşlar. Keşke görüşseymişiz. Hayat gerçekten tahmin edilemez bir süreç. Bazı insanların hayat yolunun belli olduğunu sanıyorsunuz ama öyle olmuyor. Osman'ın öldüğünü siz arayınca öğrendim, kahroldum. İnternette ölüm haberini buldum, fotoğrafını görünce gözümden yaş geldi. Nasıl çökmüş, o gülen yüzünden iz kalmamış. Caz kulübünde çalışıyormuş, inanamadım.. niye çalışsın ki? Durumu çok iyiydi çünkü biz arkadaşken..

Evet, çok iyi bir hayat yaşıyormuş o zamanlar.

Nasıl o hale düşmüş peki? Karısının olayı yüzünden mi?

O olaydan çok önce maddi sıkıntıları başlamış..

Öyle mi? Hazırdan yiye yiye tabii.. arada bir google'a bakıyordum, benim güncel müzikle pek ilgim yok, belki badireyi atlatmıştır, meşhur olmuştur, duymamışımdır diye.. ama o skandaldan başka bir şey çıkmayınca müziği bıraktı herhalde demiştim.. bir iş falan kurdu. Bu duruma düşeceği hiç aklıma gelmezdi..

Görüştüğüm kişilerden bazıları aşırı harcamalar yaptığını, fazla pahalı bir hayat yaşadığını söylediler. Sizce de öyle miydi?

O kadarını bilmiyorum ama Nişantaşı'nda oturuyordu sonuçta. Nişantaşı sakinlerinin çoğu zengindi, iyi para harcarlardı. Ben onlardan değildim, babam elektrik teknisyeniydi benim.. annem ev kadınıydı. Belli bir harcama limitinin üstünü düşünemezdim bile.. kendimle kıyaslayamam yani. Dolayısıyla Osman'ın harcamaları aşırı mıydı? Nişantaşı'nda yaşayan herkes gibiydi bence. Ama şimdi düşündüm de evet.. haklı olabilirler..

Neden?
Bir keresinde benden bir iş istemişti.. bir arkadaşı için. Şimdi miktarını hatırlamıyorum ama çok büyük bir rakam teklif etti. Henüz kişisel sergimi bile açmamışım, bir-iki karma sergiye katılmışım sadece.. adımı sanımı bilen yok. Ancak tanınan ressamların işleri o paraya satılıyor.. Hemen üstüne atladım tabii. Bu mesela.. bayağı aşırı bir harcamaydı.

Beş yüz milyon ödemiş size o iş için.. defterine öyle yazmış.
Öyle mi? Beş yüz milyon mu almışım?

Evet.. ama hiç de öyle üstüne falan atlamamışsınız teklifin.. sorun çıkarmışsınız..
Nasıl sorun çıkarmışım..

Ben sipariş resim mi yapıyorum diye kızmışsınız. Yonca'nın ağırına gitti diye yazmış.
Ha, evet. Ama yapıyordum, nasıl geçinecektim ki başka? Önüme gelene sipariş resim yapıyordum.. ama ağırıma da gitti.. doğru.

Neden gitti? Bilinmesini mi istemiyordunuz?
Hayır hayır.. ondan değil. Osman'a körkütük âşıktım ben.. gözünden düşmek istemiyordum. Müthiş bir ressamım ben ya.. gerçek sanatçıyım.. kendime öyle bir hava

vermeye çalışıyordum yani.. halbuki kapıyı gözlüyordum, biri içeri girse de bana şöyle bir iş yap dese diye..

Ona âşık olduğunuzdan da bahsetmiş defterlerinde..
Sahi mi? Ay heyecanlandım şimdi.. ne yazmış?

Ayrıntılı bir şey yazmamış.. bana ilgisi var diyor.
Farkındaymış demek, bak sen. Hiç belli etmemişti.. peki karşılık vermeye niyeti var mıymış? Yazmış mı öyle bir şey?

Yokmuş..
Vay alçak.. kendimi boşuna harap etmişim desenize.. Gülüyorum ama hüzünlendim aslında. Öyle uzak bir geçmişte kaldı ki o günler..

Nasıl tanışmıştınız peki? Onu hatırlıyor musunuz?
Evet.. çekirdek bir çevrem vardı Nişantaşı'ndayken.. benim gibi genç ressamlar, galericiler, sanat yazarları falan. Kafelerde sık sık bir kesişim kümesi oluyordu, tanışmayanlar tanışıyordu. Osman'la tanıştığımız an dün gibi aklımda.. çok etkilenmiştim çünkü, kim bu adam? Ama aylardan nisan mıydı mayıs mıydı, hangi kafedeydik, masada kimler vardı, onlar uçmuş gitmiş. Hafıza işte.. dediğim gibi.. sadece kendine lazım olanı tutuyor, gerisini siliyor. Osman doğma büyüme Nişantaşlı olduğu için bir tür buralar bizim havasındaydı. Kötü anlamda söylemiyorum.. burada herkesi tanırım.. herkes de beni tanır hali. O gün öyle fazla bir muhabbetimiz olmadı.. tekrar tekrar karşılaştıkça arkadaş olduk.

Sık gelir miydi atölyenize?
Gelirdi. Yalnız benim atölyeme değil, galerilere de giderdi, kafeler zaten mekânıydı.. birinden kalkar diğerine geçer.. bütün Nişantaşı'nı evi gibi görüyordu.

Dört pastel işinizi aldığını yazmış. O nasıl oldu?

Onu da mı yazmış? İlginçtir o dört pastelin hikâyesi. Nişantaşı'ndaki küçük galerilerden birinde sergi açacaktım.. sahibiyle konuşmuşuz anlaşmışız, bir seri hazırlayacağım, taze resimler olacak. Ama resim pahalı bir sanat, hele iyi iş yapmak istiyorsanız iyi malzeme kullanacaksınız. Ben kaliteden hiç taviz vermem, o zaman da vermezdim. Galerinin sahibi de sergiyi bana lütfettiği için, çerçevesi şusu busu.. her şeyi sana ait diyor. Ama o kadar parasızım ki, babamı yeni kaybetmişiz. Baktım bu işin oluru yok, vazgeçtim. Ama annem hayır açacaksın dedi, kredi çekti. Kredi çekecek kadar büyük bir para mı lazımdı diyeceksiniz.. hayır, gülünç bir rakamdı. Ama ihtiyaç halinde küçücük bir miktar bile büyük oluyor, para çok göreceli bir şey. Malzemelerimi aldım, hevesle çalışmaya başladım. İçeriden dışarıya diye bir seri yaptım. Yirmi beş parça.. on sekizi yağlıboya, gerisi pastel. Ama tarih yaklaştıkça Ulvi beyde bir gönülsüzlük başladı, açılışla ilgili bir şeyler soruyorum, geçiştiriyor. Sonunda Yonca kusura bakma bu sergiyi açmaktan vazgeçtim dedi. Tabii ne sözleşme.. ne bir şey o zamanlar..

Neden vazgeçti?
Bir gerekçe söylemedi.. yeterince iyi olmadığımı düşündü sanırım, söz verdiğine pişman oldu. Tabii hayallerim yıkıldı. Sergiyi açamadığımdan çok annem için üzülüyorum, o yoklukta borca girmiş kadın. Bir gün Osman atölyeme uğradı, açılışı sordu. O kadar gururluyum ki, Ulvi bey beni yarı yolda bıraktı demiyorum.. vazgeçtim Galeri Uz'un resim anlayışını beğenmiyorum, seneye başka yerde açacağım dedim. Peki dedi, dolaşıyor ama.. uzun uzun resimlere bakıyor. Şu pastelleri ben alsam olur mu dedi. Öyle de dört parça seçmiş ki, hem kendi içinde bir bütünlüğü var, hem onlar olmadan da sergi olur. İstiyorsan al, onları zaten koymayacaktım sergiye dedim. Al-

dım o zaman dedi. Beni tabii bir ateş bastı.. neden alıyor? O da bana âşık ondan mı, yoksa gerçekten iyi bir ressam olduğumu mu düşünüyor?

Neden almıştı sizce?
Bana acıdığı için.

Acıdığı için mi?
Evet.. annemin kredi çektiğini biliyordu.. sergi açılmayınca bana destek olmak istedi..

İyi ressam olduğunuzu düşünmüş olamaz mı?
O da olabilir ama iyi bir insandı Osman.. asıl sergiden vazgeçenin Ulvi bey olduğu duyulmuştu. Çok üzüldüğümün farkındaydı.

Ama defterine Yonca çok parlayacak, hele bienale filan seçilirse kimse tutamaz artık, bu dört işi de çok değerlenir diye yazmış.
Ciddi misiniz? Bienale seçilirse diye mi yazmış? Çok şaşırdım, o kadar atıp tutmuştu ki bienaller hakkında. Aslında sizinle konuşmaya başladıktan sonra her şeye şaşırdığımı fark ettim. Osman'ı iyi tanıdığımı sanıyordum. İnsan hiç kimseyi tanıdığından emin olmamalı. Gurur ve önyargı işte.. ikisi de karşınızdakini tanımanıza engel oluyor. Bende ikisinden de mebzul miktarda vardı o zamanlar.

O dört işinizi size acıdığı için aldığına nasıl karar verdiniz?
Şebnem'le evlenince. O zamana kadar bir şekilde kendimi kandırmaya devam ediyordum. Tabii canım.. o da benden hoşlanıyor.. yoksa niye işlerimi alsın? Bir gün birkaç kişi bir yerde oturuyoruz, Şebnem'le el ele geldi, millet biz evlendik dedi. Şok tabii ben. O zaman demek ki bana acımış, o yüzden almış diye düşündüm. Kendimi çok değersiz hissettim çünkü. Böyle zamanlarda sahip

olduğunuza inandığınız olumlu nitelikler de kendi gözünüzde değerini kaybediyor. Osman'ın bana karşı bir şey hissetmediğini için için biliyordum aslında ama ümit işte.. yarına uyanmanızı sağlayan şey.

Osman'a âşık olduğunuz süre boyunca hayatınıza kimse girmedi mi?
Nişantaşı'ndayken öyle ciddi biri olmadı. Hem Osman'a âşıktım hem de işime çok odaklanmıştım. Osman'ın evleneceğine de hiç ihtimal vermiyordum. Yalnız Şebnem'le değil, herhangi biriyle. Evlenmek isteyecek bir adam olmadığını sanıyordum.

Neden?
Havaiydi, uçarıydı. Evlenmek ciddi bir karar.. biriyle birlikte yaşamaya başlamak sorumluluk alıyorum demek. Osman'ın sorumluluk alacak biri olmadığını düşünüyordum. Bu yönü rahatsız ediciydi aslında.. bazen merak ederdim, bir ilişkiye başlasak ne kadar sürer acaba diye.

Ne kadar sürerdi sizce?
Çok kısa.. kadınlarla çok rahattı çünkü. Kaldıramazdım, kesin büyük kavgalar çıkardı aramızda.

Evlenmelerinden önce Şebnem'le tanışmış mıydınız?
Birkaç kere Osman'la görmüştüm ama evlendik dediği gün tanıştık. Sonrasında da bir yakınlığımız olmadı. Semiha'yla iyi arkadaş oldular bir ara. Semiha Bakangör, moda tasarımcısı. Biz Osman'la ara sıra görüşüyorduk, atölyeye de geliyordu ama Şebnem hiç gelmedi. Ben de pek yakınlık göstermedim aslına bakarsanız..

Sizce nasıl bir kadındı Şebnem? Dikkatinizi çeken bir tarafı var mıydı?
Güzelliği tabii ki. Herkesin dikkatini çeken şey oydu. Çok konuşuluyordu. İtiraf edeyim kıskanıyordum. Ama bir yandan da ayrıksı buluyordum, halinde sıra dışı bir

şey vardı. Duruşu, havası Nişantaşı'nın diğer kadınlarından farklıydı. Belki de Osman'la evlenmiş olduğu için öyle görüyordum. Osman evlendiğine göre kadının güzelliğinden başka bir özelliğinin olması lazım.

Skandaldan nasıl haberiniz oldu?
Uzun zaman olmadı. Altı aylığına New York'a gitmiştim. Olay o sırada olmuş bitmiş, unutulmuş bile. Sharjah bienali için bir kadın işi hazırlayacaktım, Şebnem aklıma geldi.. güzelliği ve o ayrıksı hali özellikle. Kıskandığım kadın bir bakıma ilham kaynağım oldu. Tabii çok yol almıştım o arada. Ciddi ilişkiler yaşamışım, hayatıma başkaları girmiş çıkmış. Osman'a karşı romantik bir duygum kalmamıştı. Şebnem'e de daha objektif bakabiliyordum. İnternete bir bakayım, belki ikisinin bir fotoğrafı vardır diye bir girdim ki.. kıyamet kopmuş.. haberim yok.

Video duruyor muydu o tarihte?
Hayır.. kaldırılmıştı. Haberler vardı sadece, Osman'ın çarşaf çarşaf fotoğrafları, Şebnem'in bir dergiye verdiği çıplak pozlar, abuk sabuk yazılar.. fecaatti, nasıl cinsiyetçi, nasıl aşağılayıcı.. Bütün bunlar o kadar şaşırttı ki beni, düşündüğüm işe odaklanamadım, vazgeçtim sonunda.

Nasıl bir iş vardı aklınızda?
Çirkin ördek yavrusunun tersi, fazla güzel ördek yavrusu. Şebnem o kadar güzeldi ki istisnasız bütün kadınlar nefret ediyordu ondan. Şebnem sırf var olduğu için bile pek çok kavganın sebebi olabiliyordu. Aslında başka bir açıdan baktığımızda bilindik durumlar.. kadın kocasından boşanır mesela.. bir zamanlar dostum arkadaşım dediği kadınlar bir anda uzaklaşır çevresinden. Neden? Tehdit çünkü. Hele Şebnem gibi çok güzel bir kadınsa. Erkeklerin tutumu konuşmakla bitmeyecek kadar önemli bir konu.. ama böyle durumlarda kadınların tutumu beni daha çok üzer. Kadınların büyük kısmı kişilik sahibi ol-

mak, kendi başlarına bir değer ifade etmek yerine hayatlarını pazarlıkla yürütmeyi seçiyorlar. Sözsüz bir pazarlık, konuşulmayan.. sen bana şunları şunları sağla, ben de şunları şunları görmezden geleyim. Yaygın bir şey bu. Alt sınıflarda da var üst sınıflarda da, siz de tanık olmuşsunuzdur mutlaka. Şebnem tam da bu tür kadınların nefret objesiydi. İşin özüne bunu yerleştirmeyi düşünüyordum.

Olay internette karşınıza çıkınca çok şaşırdınız mı?
Çok.. aklım havsalam durdu. Emniyet müdürünün de içinde olduğu, üç kişilik bir seks videosu.. siyasi yankılar, sosyal yankılar. Çok da akıl durduracak bir şey yoktu aslında, ülke geçmişimizde kamuoyu tarafından bilinen ya da bilinmeyen onlarca skandal var böyle. Beni bir kadın olarak üzen Şebnem'in harcanma biçimiydi. Gerçi asıl bunda şaşılacak bir şey yoktu. Ortada bir kadın meselesi vardı çünkü. Bu toprakların bitmek tükenmek bilmeyen kadın meselesi. Kadını sindirmek, her durumda kadını suçlu çıkarmak milli sporumuz bizim. Her ne olursa olsun kadın sebep olmuştur anlayışı.. İşin en acıklı tarafı da bu iddia bir kısım kadınlar tarafından da desteklenir. Tabii Şebnem olayının ezber bozan tarafı, işin içinde bir erkeğin daha olmasıydı. Bu nedenle müdürün bileti kesildi bence. O ikinci erkek olmasaydı o müdür içişleri bakanı falan olurdu herhalde. Bizde ödüllendirilir çünkü bir kadını mahvetmek.

Şebnem bu eyleminin kişisel bir intikam ve ifşa olduğunu söylemiş. Sizce doğru olabilir mi?
Şebnem'i konuşmaya başladığımızdan beri ben de bunu düşünüyorum biliyor musunuz? Bence doğrudur. Bir yıkıcılık pırıltısı vardı gözlerinde, çok acı bir şey. Kim bilir neler yaşadı.. emniyet müdürünün tacizi canına tak etti muhtemelen.. ne olacaksa olsun dedi. Sonra neler yaşadığını siz biliyor musunuz? Nerde.. ne yapıyor?

Bilmiyorum ne yazık ki. Ben de peşindeyim ama ulaşamadım. Son bir sorum var.. anneniz hayatta mı?
Evet, neden?

Merak ettim. Sizi böylesine destekleyen bir anneye sahip olduğunuz için çok şanslısınız.
Kesinlikle. Bizde anneler statükocu olur, korumacıdırlar, düzen bozulmasın isterler. Ama birey olmuş, kendi ayaklarının üstünde durmayı başarmış kadınlara bir bakın, hemen hepsinin arkasında onu destekleyen bir anne bulursunuz. Beni annemin desteği ben yaptı. Beni birey yaptı annem. Ben de kızıma annem gibi bir anne olmaya çalışıyorum ama annemin tırnağı olamam.

Osman'ın 3. defteri (devam)

19 Şubat 1999

Günlerdir Şebnem'i düşünmekten başka bir şey yaptığım yok. Spora bile gitmez oldum. Öktemler, Sunaylar telefon ediyorlar, açıp konuşmak gelmiyor içimden. Çok keyifsizim. Bazı geceler bir coşuyorum, arıyorum birini, hadi dışarı çıkalım, eğlenelim diyorum, çıkıyoruz ama daha gecenin başında o kadar sıkılıyorum ki, bir bahane bulup eve dönüyorum. İçimde dizginleyemediğim bir coşku ile koyu bir depresyon çarpışıp duruyor. Şebnem'i görmüyor değilim, arada bir Günlerde görüşüyoruz. Sevgililer gününde Gün yemeğe çağırdı örneğin. İkiniz baş başa kutlamayacak mısınız dedim. Osmancığım bize her gün sevgililer günü, hâlâ anlayamadın mı dedi. Yine de bir şişe Dom Pérignon aldım gittim, Şebnem de gelecekmiş, belki umudumu artıracak bir şey olur. Olmadı. Altan'la Pelin de geldi, bütün gece sessiz sinema oynadık, ot bile içmedik. Nasıl salak bir geceydi. Kubi sululuklar yaptı bir sürü ama eğlendirdi de, her durumda eğlenebilen bir adam. Gün deli bu, bir de şampanya almış gelmiş dedi benim için. Açtık içtik ama öylesine. Soydan sevgililer günü için Çırağan Kempinski'de oda tutmuş. Ayranı yok içmeye diye dalga geçtiler, ben de katıldım, iyi bir şey yaptığını düşünüyordum oysa. Şebnem de ben de sarhoş kafayla yaptığım o densizliği unutmuşuz, öyle bir şey olmamış gibi davranıyoruz. Gün'le Kubi'nin de öyle yapmaları cesaretimi kırıyor. Şebnem'in ya uzakta, kopamadığı bir sevgilisi var ya da kötü bir deneyim yaşadı, yeni bir ilişki istemiyor. Belki de duygularımın onda bir karşılığı yoktur, kendim anlayayım istiyordur, bilmiyorum, kafam çok karışık. Geçen cumartesi Kubi'nin stüdyosunda birlikteydik yine. Gün, sevgilim pis herifin teki olduğu için stüdyoyu bok götürüyor, gel de hep birlikte bir girişelim, bunun kendi kendine ortalığı toparlamaya niyeti yok demişti. Nasıl yani, ciddi ciddi temizlik mi yapacağız diye gittim ama bir şey yaptırmadılar. Ayşe Ablaları gelmiş zaten, neye elimizi atsak siz bırakın diyor. Biz de bütün gün geyik yaptık. Ama anlam veremediğim bir şey oldu. Kubi çekmecelerini temizliyordu, sürekli bir şey çıkarıyor, Gün bu dursun mu? Durmasın. O zaman çöpe. Bu dursun mu? O dursun. O zaman şuraya. Bir çekmeceden bir tomar fotoğraf çıkardı, neymiş bunlar ya derken hüzünlendi. Gün'le Şebnem'in fotoğraflarıymış. Ortaköy'de otururlarken bir gün çamaşır makineleri bozulmuş, Şebnem'le Gün çarşafları leğende çiğneyerek yıkamışlar, Kubi de fotoğraflarını çekmiş. Üçünün de yüzüne acı bir ifade çöktü. Keyifsizce bakıştılar. Ne oluyor dedim. Hiç, yoksul günlerimizin anıları dedi Gün. Bakıyordum, Şebnem elimden çekip aldı. Kubi'ye niye tutuyorsun ki bunları dedi, atmaya kalkti, Gün engel oldu. Anlayamadım, atmasını gerektirecek bir şey yoktu, çok tatlı fotoğraflardı. Bir şey var. Sır mı, nedir bilmiyorum ama Şebnem'in çevresinde bir türlü aşamadığım bir dikenli tel var. Bazen gözlerimiz konuşmasa hiç umut yok diyeceğim ama o kısacık bakışmalarımız öyle sıcak ki içimi umutla dolduruyor. Niye bu kadar tutuğum, niye arayıp seni görmek istiyorum diyemiyorum? Nedir bu halim, ilk kez mi âşık oldum? Daha önce olmamışım demek ki, olduğumu sanmışım, kendimi ilk kez böyle hissettiğime göre. Annem dışında bir kadını düşünürken aklımın yerini kalbimin alması da bir ilk. Pek konuşmayan soğuk kalbim sürekli konuşuyor şimdi. Şebnem bana kalbimi dinletiyor. Bazen öyle güzel şeyler söylüyor ki, ilham kaynağım oluyor. Bir akşam Yonca'nın tablosuna bakıyorduk. İçleri sevişiyor dedi. Anlamadım dedim. Gün'le Kubi dedi, onlardaki o içleri sevişme halini kimsede görmedim. Aşklarını ne kadar güzel tanımladı. O gece eve dönünce iki dize yazdım. Nasıl sevişir iki kalple iki nabız / Birbirine nasıl dolanır iki ruh. Bunu bestelemek istiyorum ama kafamı toplayamıyorum. Nedir varlığındaki gizem, çözemiyorum. Bir an çok güçlü görünüyor, ne olursa olsun yıkılmazmış gibi. Ama hemen ardından kırılgan bir hal çöküyor üstüne. Aynı anda hem neşeli hem hüzünlü olabiliyor. Cesaretimi toplasam da ona doğru yine bir adım atsam ne yapacağını kestirememek elimi ayağımı bağlıyor, kendimi Filiz'e âşık olmadan önceki çocukmuşum gibi korkak hissediyorum.

* * *

24 Şubat 1999

Dün Kubi'ye asistanlık yaptım. Talsan mı Tulsan mı, bir yerli giyim markası piyasaya giriyormuş, katalog çekimini Kubi yapacakmış. Sen de gel, eğleniriz dedi. Olur dedim, zaten yapacak işim yok, hâlâ Mors Müzik'ten haber bekliyorum. Sabahın köründe Karaköy'deki balıkçı teknelerinin orada buluştuk. Marka ajansa parayı fena saçmış, karavan getirtmişler, katlanır koltuklar, bilmem neler. Öyle bir set kurdular ki sanki Oscar'lık film çekecekler. Ajanstan, bir sürü insan gelmiş. Biri kendini Donna Karan sanan bir kadın, bütün gün tasarımlarım da tasarımlarım diye beynimi yedi. Telefonda bangır bangır yalan yanlış İngilizce konuşan bir kadın da ben styling'ciyim diye her şeye karışıyor. Markayı kadın giyim sanmıştım, erkekmiş. İki genç model, 25 yaşında yoklar, çok yakışıklı çocuklar ama biraz konuştuk, bu geri zekâlılıkla nasıl hayatta kalabiliyorlar, şaşırdım. Saat 11 gibi Kubi mola verdi, kahve servisi yapıldı. Asistanı Mehmet telefonla konuşuyordu, birden yere çöktü ağlamaya başladı. Babası kalp krizi geçirmiş, hastaneye kaldırmışlar. Kubi hemen gönderdi çocuğu. Bana geç dedi. Nereye geçeceğim? Sen asistanlık yapacaksın. Kubi saçmalama, ben ne anlarım asistanlıktan? Anlayacak bir şey yok, ben söyleyeceğim ne yapacağını. Peki. Gerçekten de anlayacak bir şey yokmuş, ayak işi çünkü, şunu getir, bunu götür. Kubi'yi işbaşında izlemek çok zevkliydi yalnız. Daha, evet arkadaşlar hazır mıyız dediği anda bizim Kubi gitti, yerine başka bir adam geldi, nasıl ciddi, nasıl otoriter. Ekip hazır ola geçti, modellerin ikisi de mum kesildi. Akşamüstü iş bitti, bindik arabaya, doğru Beylerbeyi'ne. Öncesinde bir yerden lakerdayla balık aldık, eve geldik. Şebnem de gelmiş, onu görünce yüzüm güldü ama yine aynı arkadaşça haller içindeydi. Masayı hazırladık, oturduk, yemeğe başladık. Şebnem lakerdadan bir çatal aldı, aferin, torikten yapmışlar dedi, şimdikiler ucuza kaçıyor, palamuttan yapıyorlar. Lakerdanın iyisi torikten olur ama işin sırrı temizlemekte, iliğini ince bir telle temizleyeceksin, kan pıhtısı kalmayacak diye kırk yıllık balıkçı gibi anlatmaya başladı. Güzel güzel dinliyoruz, çok hoşuma gitti böyle şeyleri bilmesi. Biz babamla tenekeye basardık, bir kat iri tuz, bir kat balık dedi, birden sustu. Eee dedi Kubi, sonra?

Öyle işte dedi, bir kat tuz bir kat balık. Yüzüne siyah bir kelebek kondu sanki, kirpikleri titreşiyor. Lakerda bir şeyi anımsatmış olmalı. Kubi konuyu değiştirdi. Tunus'taki çekimlerde çölde vantilatörle kum fırtınası yaptırmak istemiş ama yönünü iyi hesap edememişler, kumlar olduğu gibi suratlarına gelmiş, günlerce kum tükürmüşler. İlginç şeyler anlatıyordu ama gözüm Şebnem'deydi benim, o siyah kelebek yüzünde hâlâ duruyor. Başka şeylerden konuştuk. Belgrad Ormanı'nda yürüyüş yaparken gördüğümüz ayıyı anımsadık. Kubi ayılar insanlara âşık oluyormuş dedi. Gün olur mu canım öyle saçma şey deyince, ben sana oldum ya dedi. Bir kahkaha kopardık ama halimizde daha önce olmayan acı bir şey var gibi geldi bana. Masayı topladık sonra. Gün mutfağa geldi. Şebnem zor kızdır Osman dedi. Yani? Yanisi bu işte, zordur, üsteleme. Şebnem'in çok zor bir yaşamı oldu. Nasıl zor? Zor işte. Herkes senin gibi varlık içinde doğmuyor, insanlar neler yaşıyor bilmiyorsun. Şebnem'in sana âşık olması iyi bir şey değil, üstüne gitme. Anlat o zaman dedim. İsterse kendisi anlatır dedi, çıktı. Peşinden gittim, konuşturmak istedim ama ağzını bile açmadı. Şebnem'le Kubi film seçiyorlardı. Onlarla oturup film izleyemeyeceğimi hissettim. Benim gitmem gerek diye kalktım. Kubi saçmalama ne güzel oturuyoruz derken Gün'le göz göze geldiler, sustu. Şebnem neler yaşamış olabilir diye düşünmekten deli olacağım.

* * *

(tarihsiz)

Bu sabah hastaneden çıktım, sonunda evimdeyim. Akşamüstü Teo uğradı, meyve getirmiş. İlaçlarım eksikti, gitti onları aldı eczaneden. Meryem'e mercimek çorbası yaptırdı. Uzun uzun da nutuk attı Necmi Bey'in oğlu. Bir bok bilmiyorsun dedim. Geberiyordun ulan, daha ne bileceğim dedi. İtin teki ama kardeşim gene de. Bazen böyle iyiliği tutuyor, seviyorum lan bu herifi diyorum. Doktor bir süre kolunu zorlama dedi ama inat ettim, başlamadan biten bu kısacık aşk öyküsünü yazacağım. Sait Faik'in dediği gibi, yazmazsam deli olacağım çünkü. Başlamıştık aslında. Ben başladığımızı sandım daha doğrusu. Bir akşam Kubilerdeydik yine, dördümüz bir yandan şarap içiyoruz, bir yandan king oynuyoruz. Gün'ü teyzesi aradı, annesi banyoda düşmüş, kolunu kırmış. Kubi'yle Gün hemen fırladılar. Biz de gelelim dedik ama gerek yok, siz oturun dediler. Canıma minnet, Şebnem'le yalnız kalacağım. Müziği açtım, kanepeye oturduk, bir ucuna o, öbür ucuna ben. Havadan sudan konuşuyorduk, bir yandan kalan şarabı içiyorduk. Birbirimize yakınlaştığımızı hissediyordum. Sormak istiyordum, neydi yaşamını zor kılan şey, neler yaşadın? Ama yanıt vermenin pek de kolay olmayacağını tahmin ettiğim sorular sorarak bu büyülü ânı bozmak istemiyordum. Filmlere bakıyorduk, birini koyalım. Onu izledim, bunu izledim. Ama sen de her şeyi izlemişsin derken nasıl oldu anlamadım, öpüşmeye başladık. İçim dehşetli bir mutlulukla doldu. Varlığını iliklerimde hissediyordum, işte bu ateş, sonsuza kadar yanmak istediğim bu ateş sonunda tutuşturdu ikimizi. Tanrım zaman dursun, bu an bitmesin. İstediğim sevişmek değil sevmekti. Öylesine derin bir sevmek ki Gün'le Kubi gibi bir elmanın iki yarısı olalım, çözülmeyen bir düğüm olalım, havayla toprak, denizle güneş olalım. Şarabımız bitti. Hemen alıp geleyim dedim, fırtına gibi çıktım, çabucak gidip gelmeliyim, dışarda olduğum her an onunla geçireceğim zamandan çalıyor. İçimde müthiş bir coşku vardı, aşktan gözlerim yaşarıyordu. Günlerin evinin orada tekel bulamadım, Boğaz'a inmem gerekti, Çengelköy'de açık bir yer buldum, şarap aldım, geldim. Daire kapısının aralık olduğunu görünce şaşırdım, çıkarken kapattığımdan eminim. İçime bir korku doldu. İçeri girdim. Evde her şey bıraktığım gibiydi ama Şebnem yoktu. Kanepede ikiye katlanmış bir kâğıt parçası gördüm, üstünde Osman yazıyor. Az önce içimi dolduran aşk sevinci uçtu, içim boşlukla doldu, böyle bir anda bırakılmış bir mektupta iyi şeyler yazmaz çünkü. İçimi kanırtan şeyler yazmış. Hemen aradım, açmadı. Konuşalım diye mesaj attım, aşkı dilenen sen değilsin, asıl ben senden aşkını dileniyorum dedim, yanıt yazmadı. Günler geldi sonra. Ben elimde mektupla kanepede kalakalmıştım. Şebnem'i sordular. Mektubunu gösterdim, okudular, bakıştılar. Anlatın artık dedim. Osman boş ver. Hayır anlatın. Şebnem eğer kendi kazdığım kuyuya düşmediysem Gün beni tuttuğu için demiş, ne demek bu? Sonunda anlattılar. Yazıya geçirmek istemediğim, yazarak gerçekliğini silinmez, unutulmaz hale getirmek istemediğim bir Şebnem anlattılar bana ve bu Şebnem'in oluşumunda kendi paylarını. İnanamadım, aklım durdu. Nasıl yani? Siz çektiniz öyle mi? Siz ikiniz, Şebnem'in o fotoğraflarını. Gün'ün gözlerinde yaş vardı, Kubi yere bakıyordu. Bana öylesine acı ve öfke dolu bir yaşam anlattılar ki, tümüyle onları suçlamanın haksızlık olacağını düşündüm. Üstelik bir bakıma, kurtarmış da sayılırlardı. Çıktım gittim, sabaha kadar sokaklarda ruh gibi dolaştım. Asla görmek istemediğim o fotoğrafları ve Şebnem'in yaşadıklarını sindirmeye çalıştım, başardım da. Ama Şebnem yine telefonlarıma çıkmadı, beni görmek istemedi. Sonunda bir gün babasının evinden çıkarken yakaladım. Dünyanın bu en kısa aşkını unutalım dedi, unutamam dedim, yaşadıklarının benim için anlamı yok, geçmişin bir önemi yok, hiçbir zaman da olmayacak. Ben düne değil yarına bakıyorum, seninle birlikte yarına bakmak istiyorum. Ama ben dünden geliyorum dedi, dün yaşanmamış gibi yapamam, boşuna zorlama. Sonra onu eskisi gibi göremez oldum. Gördüğümde de o dikenli telle sarılı oluyordu yine. Herifin biriyle birlikte olduğunu duyunca fena dağıttım. Günlerce ondan nefret ettiğimi düşünüp öfkelendim, ağladım. Geceleri yeni edindiğim arkadaşlarla kulüp kulüp gezmeye başladım. Her gece başka bir kadınla çıktım kulüplerden. Yaşadığım düş kırıklığının acısını suçsuz kadınlardan çıkardım. Yarı yolda bıraktım onları, kırdım, aşağıladım. Bu yaptıklarım yarama merhem olmadı ama yaptım. Bir gece yıllar öncesinin Canan'ıyla karşılaştım, evlenmiş, bir oğlu olmuş, kocası iş gezisindeymiş. Bana gidelim mi dedim, hemen geldi. Yataktayken birden içimde bir öfke kabardı, durup dururken aşağılamaya başladım kadını. Kocan iş gezisinde diye hemen yatağıma girdin dedim, kocan senin nasıl bir kadın olduğunu biliyor mu? Ayda kaç kez boynuzluyorsun? Daha pek çok ağır şey söyledim. Bunu nasıl yapabildim hâlâ bilmiyorum. Ağlattım zavallıyı, gecenin bir yarısında ağlayarak çekti gitti. Yaptığımdan çok utandım ama haline üzülemedim. Bir gece sabaha karşı bir kulüpten çıktım, yanımda adını bile bilmediğim bir kız vardı. Nasıl tanıştık, bana mı gidecektik hiç anımsamıyorum. Çok içmiştim, Maslak'ta arabamın kontrolünü yitirdim. Takla atmışız. Günler sonra gözümü hastanede açtım, kaburgalarım kırılmış, sağ kolum zedelenmiş, beyin kanaması geçirmişim. Allahtan kıza bir şey olmamış. Arabam paramparçaymış. Teo o arabanın içinden nasıl sağ çıktın dedi. Bilmiyorum, çıktım işte. Kaza geçirdiğimi duyunca Kubi'yle Gün hemen hastaneye koşmuşlar. Yoğun bakımda yattığım günlerde kapının önünden ayrılmamışlar, Teo söyledi, bu kadar iyi arkadaşlarım olmasına şaşırmıştı. Yoğun bakım sonrası odaya geçince her gün elleri kolları dolu geldiler, tatlılar, meyveler. Kubi portatif bir müzik seti getirdi, bir sürü de CD, yeni çıkmış grupların CD'leri.

Moruk iyileş de şu grubumuzu kuralım artık dedi. Bütün arkadaşlarım sık sık beni görmeye geldiler, her geldiklerinde beni neşelendirmek için ellerinden geleni yaptılar. Ne güzel arkadaşlarım var dedim, mutlu oldum. On yedi gün hastanede yattım, Şebnem bir kere geldi, Gün'le birlikte. Gülten Akın'ın bir şiir kitabını getirmişti, *Sessiz Arka Bahçeler*. Güneş gözlüğü takmıştı, gözlerini görmek istiyordum, gözleri bana güzel bir şey söylesin istiyordum ama beklentimin farkındaydı, inatla çıkarmadı. Yanımda oturduğu yarım saat boyunca yine sıradan bir arkadaşımmış gibi davrandı. O kadar üzüldüm ki arkasından ağladım. Çok mutsuzum, sanki bir depresyon bulutunun içinde yaşıyorum. Onsuzluk mu daha ağır, yoksa bu aşkı başlamadan bitirmek mi bilmiyorum. Yaşasaydık belki de ayrılırdık, onsuz yaşayamam desem bile her aşk bitebilir, kimlerin aşkları bitmedi ki. Ama yaşayıp ayrılmak hiç yaşayamamaktan çok daha iyi. Bu aşkı yaşayamamış olmak boğazımda bir yumru, aklıma her geldiğinde yutkunamaz oluyorum, zaten aklımdan çıktığı da yok. Ne Gün'e soruyorum onu ne Kubi'ye. Bazen hâlâ ve umutsuzca sevdiğim kadını birlikte olduğu herifle düşünüyorum, delirecek gibi oluyorum. O herif o fotoğrafları kabul ediyor da ben mi etmiyorum? Ama Gün Şebnem'in geçmişinden kimseye söz etmediğini ima etti. Beni görmeye yalnız gelmişti bir gün. Şebnem yüzünden acı çektiğimin farkındaydı. Sözü nasıl getirdi anımsamıyorum ama insan sırlarını ancak değer verdiğine açar dedi, çünkü her sır utanç taşır, yaşamın gelip geçici konuklarına anlatılmaz. Bir keresinde gözlerini sevmediğini söylemişti Şebnem, öpüştüğümüz geceden çok önce. Gün'le Sirkeci'de buluşup fotoğraf malzemesi alacaktık, sonra Sultanahmet köftesi yiyecektik. Gün aradı, acil işi çıkmış, gelemiyormuş. İstediklerini mesaj at, biz alırız dedik. Aldık, üç-beş parça bir şey, Şebnem'in sırt çantasına doldurduk. Olağanüstü güzeldi o gün, ona bakarken içim eriyordu. Sultanahmet'e çıkmaya üşendik, Tahtakale'de bir yerlerde bir esnaf lokantasına gittik. Bildiği, sevdiği bir yermiş. Bir aralar bu taraflarda bir yerde çalışıyormuş, arkadaşlarıyla öğle yemeğini burada yerlermiş. Nedense doğru söylemediğini düşünmüştüm o gün. Yemeğimizi yerken neşeyle Gün'ün uykusu gelince gözlerinin küçülmesinin ona çok yakıştığından konuşuyorduk. Durup dururken hüzünlendi, ben gözlerimi sevmiyorum dedi. Neden? Çünkü susmuyorlar. Sandım ki gözlerim hiçbir şeyi gizleyemiyor, o anda ne hissediyorsam belli ediyor demek istiyor. Aynaya baktığımda fazla konuşuyor gözlerim dedi, gözlerimi sevmiyorum, gözlerimin gördüklerini sevmiyorum. Anlamadım, ne demek istiyorsun? Boş ver dedi sustu, o siyah kelebek ilk kez o gün konmuştu yüzüne. Bana mektup bırakıp yaşamımdan çıktığı gece, Gün her şeyi anlatınca anladım gözlerinin gördüklerini neden sevmediğini. Şimdi yanımda olsa unut derim, gözlerinin gördüklerini unut, unutmak harika bir armağan, ancak unutarak dayanabiliriz yaşama. Herkes öyle yapmıyor mu? Ellerim hâlâ ağrıyor, tekrar bas çalabilecek miyim bilmiyorum, umurumda da değil. Müzik bir anlam ifade etmiyor artık bana. Yaşamım bomboş, hiçbir amacım yok.

Osman'ın 3. defterinin arasından çıkan mektup

Osman,

Sana sevgilim demeyi isterdim Osman. Sana seni seviyorum, ölene kadar seninle olmak istiyorum demek isterdim. Çünkü sende sevilesi bir şey var. Yüzünde var, ellerinde var, çocuksu gülüşünde sevilmeyi hak eden, sevilmeye aç bir şey var. Ama bende de dinmeyen, dineceğe benzemeyen çok derin bir acı ve kirli, çok kirli günler-aylar-yıllar silsilesi var.

Seni sevmeyi isterdim. Seni, sanki ben doğurmuşum gibi, uğruna ölmek istermişim gibi, senin için dünyayı ateşe vermeye hazırmışım gibi sevmeyi isterdim. Ama ben yıllardır sevmekten bucak bucak kaçıyorum. Yarım kalır çünkü sevmek. İnsanı annesi terk eder, annesi babasını terk eder, insanı kollarından ya da organlarından biri terk eder. Yine de bir şekilde yaşarız ama gün gelir, bizi soluduğum hava, içtiğim su dediğimiz biri ansızın ve nedensizce terk eder. İyi ve güzel şeyler insanı hep terk eder, tecrübeyle sabittir bu.

Senden aşkını dilenmeyeceğim Osman. Senden aşkını dilenmediğimi, asla dilenmeyeceğimi, sana beni sev demediğimi, bunu asla demeyeceğimi bilmeni istiyorum. Ben çünkü hiç kimseden hiçbir şey dilenmemek için kendi yok oluşuma yürüdüm. Emin adımlarla, yerlere güm güm basarak yürüdüm. Düşünmedim bile bir saniye, ne yapıyorum ben, beni heba ederler, ziyan ederler diye. Düşünmedim çünkü en başta düşünmüştüm zaten, özümü yıkmaya karar verdiğim, saniyenin binde biri kadar kısa bir zaman parçası içinde. Bir anda görmüştüm çünkü önümde uzanan bu hain hayat yükseltmeyecek beni asla. Ama ben kendimi alçaltabilirim, kaza kaza yerin dibini bulabilirim, kendi sefaletimin tarihini en unutturmayacağım şekilde yazabilirim. Böylece dilenmeli, yalvarmalı, n'olur n'olur'lu bir hayatı yaşamayı reddederek kaderime diklenebilirim. Kendi hayatımı bizzat kendim ziyan ettim ki şu yaptı bana bunu, şunlar, şunlar, şunlar yaptılar demeyeyim. Yazık ettiler bana demeyeyim, beni heba ettiler, ziyan ettiler, sefil ettiler diye ağlamayayım. Başkalarını suçlayan ve suçladığı o başkalarının umurunda bile olmayan bir zavallı olmayayım, kendi sefaletimin efendisi olayım diye çok uğraştım. Kendimi ziyan etmek için o kadar çok uğraştım ki, otuz küsur yılıma nice sefil otuz yıllar sığdırdım. Bugün sefaletimin en dibini bulamadan kazmayı bırakmışsam, canımın parçası Gün beni sımsıkı tutup kendi kazdığım çukura düşmemi engellediği içindir.

Aşkların en güzeli başlamadan bitenidir, çünkü her aşk bitmeye mahkûmdur. Başlamadan biten bir aşkta da hayal kırıklığı, terk etme ya da yıkılış olmaz. Kısacası hayat bir kaybetme hikâyesidir Osman. Sonunda öleceğimize göre yaşamak yenilmektir. Yenilgiyle bitecek hayatlarımıza rağmen çok mutlu olmanı diliyorum.

Şebnem

Osman'ın 3. defteri (devam)

(tarihsiz)

Gün'ün hastalığı nüksetti, üstelik çok hızlı ilerliyor, kanser bütün organlarını sarmış durumda. Doktoru maksimum dört ay demiş. Zaman hızla azalıyor. Gün'e bakamıyorum, her gün biraz daha eridiğini, her geçen gün ölüme bir adım daha yaklaştığını görmeye dayanamıyorum. Ama onu öyle seviyorum ki, yine de zamanımın tümünü yanında geçiriyorum. Annesi de iyi değil, kalp hastası kadıncağız, zaten çok yaşlı, ara sıra geliyor, geldiğinde de ağlamaktan başka bir şey yapamıyor, biz de tatlı sözlerle evine gönderiyoruz. Şebnem birlikte olduğu o heriften ayrılmış. Bir şey sormuyorum, sorsam da anlatmayacağını biliyorum. Yalnızca arkadaşımmış gibi yapsam anlatır belki ama kalbim onun için çarpmıyormuş gibi yapamam. Gün'ü ikimiz kemoterapiye götürüyoruz. O odada ilacını alırken biz dışarıda, hastanenin önündeki banklarda yan yana oturup bekliyoruz. Havadan sudan konuşuyoruz, çok sıradan şeylerden. Sonra Gün'ü eve getiriyoruz. Kokuya aşırı duyarlı olduğu için Şebnem ona patates püresi, pilav gibi kokusuz yemekler yapıyor, kustuğu zaman temizliyor, evi sürekli dezenfekte ediyor. Gün'ün uyuduğu saatlerde ağlıyor. Onun ağladığını görmeye dayanamıyorum. İkimizi de avutacak bir söz bulabilsem keşke. Kubi de çok kötü durumda. Eve uğradığı yok, deli gibi çalışıyor, iş üstüne iş alıyor. Şebnem'le sürekli kavga ediyorlar bu yüzden. Karışmıyorum, Şebnem haklı ama Kubi diyorum yalnızca. Sinirli sinirli gülüyor, kemoterapi faturalarını gösteriyor, ilaç faturalarını, bir hafta hastanede yatması kaça mal oluyor haberin var mı diyor. Bir kısmını ben ödeyeyim dedim bir gün. Çıldırdı. Sen kendini ne sanıyorsun diye başladı, ne kendimi beğenmişliğimi bıraktı ne yeteneksizliğimi. Çok ağır şeyler söyledi. Zengin olduğunu göstermeye bayılıyorsun, paradan başka bir bokun olmadığı için ancak böyle var olabiliyorsun dedi. En kötüsü, Şebnem burada olduğu için geldiğini bilmiyor muyum sanıyorsun demesiydi. Bunları söyleyebildiğine inanamadım, mahvoldum. İçerde Gün'ün boğulurcasına öksürdüğünü duymasaydım yumruğumu suratına geçirecektim, ki hiç kimseye fiske vurmuş biri değilim. Hakkımda böyle düşündüğünü bilseydim çoktan çıkardım yaşamınızdan dedim yalnızca, vurdum kapıyı çıktım. Sokakta arabamı nereye bıraktığımı anımsayamadım, gözlerimden yaş akıyordu, yaşamım boyunca hiç bu kadar ağır sözler işitmemiştim. Şebnem koştu geldi, koluma yapıştı. Gitme dedi, hatırım için kal, Gün'ü düşün, Kubilay acıdan ne dediğini bilmiyor, sen Gün için geliyorsun, yalvarırım gitme. Bana sarılıp ağlamaya başladı, gözyaşlarını boynumda hissettim, içim acı veren bir sevgiyle doldu. Kubi'nin yanımızdan geçip gittiğini gördüm gözucuyla, o da ağlıyordu, ellerini başına vurup duruyordu, deli gibi görünüyordu. Salona döndüğümüzde Gün pencerenin önündeydi, o da ağlamıştı ama Kubi'nin söylediği o korkunç ağır sözleri duymamış gibi yaptı, bugün çok daha iyiyim, yeneceğim ben bu illeti, göreceksiniz dedi. Bütün bedeniyle gülümsemeye çalışıyordu. Tabii ki yeneceksin dedik, sen Gün'sün ya, senin elinden hiçbir şey kurtulmaz. Ertesi sabah kapım çalındı, açtım karşımda Kubilay. Çok kırgındım, yüzünü görmek istemiyordum. Ama bitkindi, kamburu çıkmıştı, gözlerinden acı akıyordu. Kendimden başka hiç kimsenin gözlerinde böyle büyük acı görmedim. Girebilir miyim dedi. Bir süre sessizce oturduk. Sonra birden ancak bunu yapabiliyorum dedi, ancak hastalık masraflarını ödeyebiliyorum, elimden yalnızca bu geliyor. Bileğine Gün dövmesini kapatan kalın siyah bir bileklik takmıştı, konuşurken sürekli çekip duruyordu. Bedeninde Gün'ün adını görmeye dayanamıyor diye düşündüm ama Gün bütün varlığıyla orada, bileğinde, benliğinde duruyor. Ölmek istiyorum Osman dedi. Gün'ümün öldüğünü görmeye dayanamayacağım çünkü, onu o halde gördükçe ölmek istiyorum. Ölmek çok kolay aslında biliyor musun? Köprüden geçerken arabamı korkuluklara sürsem tamam. Kaç kere niyetlendim. Ama her defasında Gün'ümün öldüğümü haber alacağı ânı düşündüm, ona bu acıyı yaşatamam. Yağmur gibi yaş akıyordu gözlerinden. Bana söylediği bütün o ağır sözleri unuttum, insanın canının yarısını gözünün önünde yitirmesi ne demektir, biliyorum. Grubumuz da kurulamadan dağıldı. Oysa çok güzel bir yer tutmuştuk, Bostancı oto sanayinin girişinde, istediğimiz kadar yüksek volümle prova yapabileceğimiz, geniş, aydınlık bir hangar. Kötü haberi aldığımız gün malzemelerimizi taşıyorduk. Stantlar, mikrofonlar, amfiler, hoparlörler, davullar, elektrolarımız, baslarımız, metrelerce uzatma kabloları, kutular. Her yer her yerde, kan ter içinde ama delicesine neşeyle yerleşmeye çalışıyoruz. Bir yanda elektrikçi matkapla bir yerleri deliyor, bir yanda tesisatçı yeni musluk takıyor, Muzo davullarına yer beğenemiyor, Soydan her şeye kusur buluyor. Ellerimizde biralar, konuşuyoruz. Hepimiz grup için isim önerisiyle gelelim demiştik. Benim önerim Günbatımı Laciverti dedim. İkisi de yerlere düştüler gülmekten. Özdemir Erdoğan mıyız lan biz, Grup Gündoğarken miyiz, Günbatımı Laciverti ne? Benimle dalga geçmeye doyamadılar, ben de güldüm. Muzo benim önerim Black Evil dedi, Soydan çok sıradan buldu, bence MOSK olsun dedi. MOSK ne? Moskova'nın kısaltması mı? SOMK olsun o zaman. O da olmaz, bir tuhaf geliyor kulağa. Peki SMOK nasıl? Güzel, valla ben tuttum, Kubi gelsin de, bakalım o ne diyecek. Soydan görüyorsunuz değil mi, bize yıktı yerleşme işini, ne tembel herif lan bu derken Kubi geldi. Ânında yüklendik, nerelerdesin, sabahtan beri eşşek gibi çalışıyoruz burada, tut bir işin ucundan. Kubi bageti aldı, zillere güm diye bir vurdu, mekân inledi. Yüzü acıdan dumanlanmış gibiydi. Neye uğradığımızı şaşırdık. Ne oluyor Kubi, ne bu halin? Eliyle dört yaptı. Dört ne? Dört ay, yani temmuz ağustos eylül ekim. Eee? E'si ekim sonunda cenazemiz var. Ne? Deli deli gülüyordu, ürperdim, Gün'ün dört ay ömrü kalmasından çok Kubi'nin bu acayip gülüşü ürpertti beni. Hepimiz öylece kaldık. Koca hangarda yalnızca matkap sesi. Kubi çekti gitti. Arkasından bindik arabalara, doğru Günlere. Kapıyı Şebnem açtı, gözleri ağlamaktan kıpkırmızı. Onu görünce tepeden tırnağa titredim, uzun zamandır görmemiştim. Gün hiç kötü görünmüyordu, içinin çürüdüğü yüzünden, o tatlı gülüşünden anlaşılmıyordu. Bu lanet hastalığın en kötü yanı bu zaten, son düzlüğe kadar varlığına inandırmamak. Gün bir elinde sigara, bir elinde cin-tonik, ne oldu, niye geldiniz dedi, yakında öleceğim, ne var yani. Muzo abuk sabuk şeyler anlatmaya başladı, halama da altı ay demişlerdi, on beş yıldır yaşıyor, bu doktorlar bir bok bilmez, onlara bakarsan çoktan öldük zaten. Soydan sigarasını tersten yaktı. Ben mutfağa kaçtım. Gün geldi arkamdan, ağlama gebertirim. Yok karnım acıktı dedim, buzdolabını açtım. Saçma sapan hareketler yaptık hepimiz. Kubi o gün eve gelmedi. Şimdi Gün'ümüzün başında ikimiz bekliyoruz, Şebnem'le ben. Ara sıra Muzo, Altan ya da kızlar uğruyor ama çok az kalıyorlar, kalmak istemediklerini hissediyoruz. Soydan tümden arazi oldu, ortalıkta göründüğü yok. Çiğdem başka biriyle nişanlanmış, o hiç uğramadı zaten, koptu bizden. Arkadaşlarımızla aramıza mesafe girdi, ölümün kokusundan rahatsız oluyorlar. Gün Boğaz'ı görmek istiyor diye yatağını pencerenin önüne taşıdık, o uyurken Şebnem'le karşılıklı koltuklarda oturuyoruz. Gün'ün kaşık kadar kalan yüzüne dalıp gittiğimiz anlarda, bizi Gün'ün ölümü birleştirecek diye düşünüyorum. Hastalığının nüksetmesi bizi Şebnem'le birbirimize bağladı. Depremden birkaç gün önceydi. Şebnem babasının ilaçlarını yazdıracakmış, iki saate kadar dönerim deyip gitti. Gitmeden önce şeftali soydu Gün için, yedirmeye çalış dedi bana, hiç değilse bir dilim yesin. Hiçbir şey yemez olmuştu Gün, birkaç yudum ayran içebiliyordu yalnızca. Salona geldim, tam sevdiğin gibi, olgun, sulu diye özendirmeye çalışıyordum. Bırak şimdi şeftaliyi, gel otur karşıma dedi, seninle konuşmak istiyorum. Çok kötü oldum, ben ölünce diye başlayacak, Kubi'yi yalnız bırakma diyecek. Tabii ki, zaten yalnız bırakmam Kubi'yi ama ya nasıl bir cenaze istediğini söylerse? Ben ölüm sonrası insanı değilim, yapamam. Koltuğu karşısına çektim, oturdum. Şebnem'le aşka başlamak için yanıp tutuşuyorsun, görüyorum dedi. Şaşırdım, sırası mı şimdi Gün? Şu anda hepimizi ilgilendiren tek şey iyileşmen. Gülümsedi canım Gün, tanrım nasıl güzel gülümsedi, hiç ölmeyecekmiş gibi. Senden tek bir şey rica ediyorum Osman dedi, üzeceksen Şebnem'den uzak dur. Üzmek mi dedim, deli misin, niye üzeyim, Şebnem'i nasıl sevdiğimi bilmiyor musun? Üzdüğünün farkında bile olmazsın, öyle bir an gelir ki asla söylemem dediğin sözler ağzından çıkar. Hiçbir zaman dedim, Şebnem'i üzecek tek bir sözcük çıkmayacak ağzımdan, söz. Söz verdin bak, unutma. Ellerini tuttum, bir yığın aşırı sıcak kemiği daha doğrusu. İyileşeceksin dedim, Şebnem'i üzmeyeceğimi göreceksin, o beni istese de, istemese de. O seni istiyor dedi, ama bir gün incitirsin diye korkuyor. İstiyor mu? Beni istiyor mu gerçekten? İçime müthiş bir sevinç doldu, Gün'e gösteremeyeceğim bir sevinç, aynı anda derin bir acı, yakında Günsüz kalacağız. Deprem sırasında evdeydim, ışıkları kapatmıştım, televizyonun karşısında uyukluyordum. Birden akıl almaz bir uğultuyla kanepe sarsılmaya başladı. Korkunç bir 45 saniye yaşadık. İlk aklıma gelen Şebnem oldu, Gün'le birliktedir, ne haldeler? Sokağa fırladım, merdivenlerden inerken Şebnem'i arıyordum. Telefon çalıyor, çok şükür çalıyor. Ama açılmadı, yine aradım bu kez hat yok. Çıldıracağım. Ortalık ana baba günü, bütün mahalle sokakta, ağlayanlar, kriz geçirenler, ama bizim tarafta bir şey yok, yalnızca korku ve panik. Öyle bir kaos yaşanıyor ki, karşıya geçmek olanaksız. Sokağın ortasında kalakaldım, bir Gün'ü arıyorum, bir Şebnem'i ama telefonlar iptal, kimse kimseyle konuşamıyor. Sabahı zor ettim, yola çıkabilecek hale gelince soluğu Günlerde aldım. Ama Şebnem orada yoktu, babasında kalmış o gece, Gün de meraktan ölüyor. Öğlene doğru Şebnem aradı. Gün'ün Şebnem dediğini duyunca yerimden fırladım. Aldım telefonu, Şebnem iyi misin? Gerçekten iyi misin? Deprem sırasında Gün'ün yanında Kubi varmış. Bahçeye çıkmışlar, bir saat geçmeden yoruldum demiş. Kubi bahçede kalalım diye yalvardığı halde eve girmiş, yatmış. Korkunç günler geçirdik, gerçekten korkunç. Anımsamak bile istemiyorum. Depremin üstünden bir aydan fazla zaman geçti ama herkes hâlâ depremi konuşuyor. Herkes bir şeyler yapmaya çalışıyor. Ben de AKUT'a ciddi bir bağış yaptım. Şebnem depremi konuşmuyor, zaten pek konuşmuyor, acı acı susuyor. Bütün gün konuşmadan sessizce oturuyoruz, sakin müzikler dinliyoruz, Gün inliyor.

Gün'ümüzü yitireli kırk iki gün oldu. Cenazeden beri Kubi'yi görmedik. Kaç kez aradık ama açmıyor. Demek ki konuşmak istemiyor, biz de üstelemiyoruz, acısı hafifleyince arar diyoruz. Önceki gün Gün'ün annesi Şebnem'i aradı, Zihni Paşa Camii'nde kırk mevlidi okutacaklarmış. Gidecek miyiz dedim, istiyor musun? Hayır dedi, gitmedik. Çok bulutlu, çok kasvetli bir günün sabahında, Şile'de, nemli bir otel odasında, dört ayı tamamlayamadan öldü Gün. Ölürken yanında yalnızca ikimiz vardık. Dakikalarca, ne yapacağımızı bilemeden öylece oturduk. Kubi'ye haber vermemiz gerek dedim. Kubi açmayınca annesini aradım, teyzesi çıktı, daha sesimi duyar duymaz anladı kadıncağız, bir çığlık koptu telefonda. Annesi, teyzesi, dayısı, kuzenleri, birkaç araba geldiler. Birtakım işlemler yapıldı herhalde, enişte gibi bir adam koşturup duruyordu, pek anımsamıyorum. Gün'ümüzü alıp götürdüler. Şebnem'le arkalarından baktık, sonra uzun süre otelin önünde bir taşın üstünde konuşmadan oturduk. İstanbul'a dönerken arabam bozuldu. Necmi Bey'in külüstür Mercedes'i yolda bırakmasa şaşardım zaten. Kendi arabam kazada pert olduğu için yenisini almak istiyordum ama Gün'ün hastalığı sırasında uğraşamadım. Yolda, ormanın içinde kendi pişir kendin ye tarzı bir yer gördüm. Gel şurada bir çay içelim dedim, bir-iki lokma da bir şeyler yiyelim. Yaz bitti diye kapatmışlar ama lokantaya bakan çocuk çay var, tost da yaparım dedi. Ormanın ortasındaydık, nemli, ısıran bir soğuk vardı, hava kapalıydı, yağmur yağdı yağacaktı. Bahçede bir çeşme gördük, şurada elimizi yüzümüzü yıkayalım dedik. Su buz gibiydi. Şebnem yüzünü yıkarken ağlamaya başladı. Sarıldım. Gün'ün yokluğunu Şebnem omzumda hıçkırırken hissettim, artık yok diye düşündüm, neşesi yok, coşkusu yok, çilleri, yaptığı o tuhaf baharatlı yemekler, Kubi'ye kızmaları yok, bitti. Ama erimesi, küçülmesi, iskelet haline gelmesi, inlemesi de yok artık, acısı dindi. Şebnem kana kana ağladı, bir daha da ağlamadı, cenazede bile. Lokantacı çocuk çaylarımızı tostlarımızı getirdi. Aferin, güzel kızarmış tostlar dedik, teşekkür ettik. Ormanı konuştuk sonra, sonbaharın harika renklerle geldiğini. Gün'ümüzün son sonbaharı oldu dememek için bu kış kar yağar mı acaba dedik, giderek daha az kar yağıyor İstanbul'a. Sonra arabaya bindik ama akü bitmiş, çalışmadı. Lokantacı çocuk, abi vurduralım dedi. Çok uğraştık, kan ter içinde kaldık ama yol düz olduğu için beceremedik. Çocuk takviye yapmak lazım, bende kablo olsaydı yapardık dedi. Yoldan geçen birkaç arabayı durdurup takviye kablosu sordu, bir kamyonette çıktı, çalıştırdık. Para vermek istedim almadılar, ne kamyonetin şoförü ne de lokantacı çocuk. Şaşırdım, insanlar bu kadar iyiliksever mi? Yol boyunca yağmur yağdı, biz de yol boyunca aynı şarkıyı dinledik. "Bu sabah yağmur var İstanbul'da." Şile'ye giderken Gün onu çalmamızı istemişti, Osman hadi bir daha çal, hadi bir daha. Arka koltukta, başı Şebnem'in kucağında, titreşim kadar hafif sesiyle mırıldanıyordu, anne sözü dinler gibi masum. Ağladım bu sabah. İstanbul karşımızda belirdiğinde akşam olmuştu, yağmur durmuştu. Boğaz Köprüsü'nden geçerken Şebnem konuştu sonunda, bizi ittiler dedi. Anlamadım, kim itti? Gün'ün ailesi. Birbirlerine kenetlendiler, bizi içlerine almadılar. Şaşırdım, ailesi gelince çok rahatlamıştım, ne yapacaklarını bilen insanlardı çünkü, ama Şebnem'e dokunmuş. Köprüyü geçtikten sonra trafik yine tıkandı. Karanlık iyice çöktü. Karanlık asıl içime çöktü. Birazdan onu istediği yere bırakacağım, evime gideceğim, evde yalnız kalınca Gün'ün acısı daha da katlanacak. Bir de Şebnemsizlik eklenecek buna. Ya telefonlarıma çıkmazsa artık, ya Gün öldü, görüşmemizi gerektirecek bir şey kalmadı derse? Onu bir daha göremeyeceğim korkusuna kapıldım. Evine mi bırakayım seni dedim, sanki başka bir olasılık varmış gibi, Gün kapısı kapandı artık, gidecek yerimiz kalmadı. Beni duymadı. Ne dedin? Gözlerinde yaş parlıyordu. O an cesaretlendim ya da dayanamayacağım bu acı beni cesaretlendirdi. Bana gelir misin dedim. Gelirim dedi. İnanamadım. Evimin kapısını açtım, içeride kuyu gibi bir karanlık. Karanlık eve girmekten hiç hoşlanmam, her zaman açık bir ışık bırakırım, genellikle salondaki abajurlardan birini ama bu kez unutmuşum. Karanlığı görünce evim de yas tutuyor diye düşündüm. Işığı açacaktım, Şebnem istemedi, pencerenin önündeki koltuğa oturdu. Konuşmuyordu. İstanbul'un ışıkları yüzüne yansıyordu, yüzünde ışıklar oynaşıyordu. Biraz piyano çaldım, karşısına oturdum sonra. Bakışıyorduk, gözlerimizde hâlâ Gün'ün acısı. Daha önce biri kucağında öldü mü dedi. Annemi ölürken izlediğimi söyledim. Nasıl öldü dedi. Anlattım, anlatırken annemin hâlâ burnumda tüttüğünü, acısının bir gram bile hafiflememiş olduğunu, annem öldüğünden beri kimsesizliğimin yerli yerinde durduğunu hissettim. Şebnem o geceden beri bende kalıyor, evden çıkarken ışığı açık bırakmak gereği duymuyorum artık.

(3. defter burada bitiyor.)

Osman'ın arkadaşı fotoğraf sanatçısı Kubilay Artam

"Bir kadını o kadar seviyorsan bu duruma düşmesine izin vermezsin."

Sizi bulmak çok zor oldu.
Ben de çok şaşırdım bulmanıza.. oğlum bile bulamıyor. Gerçi aradığı da yok ya.. Nasıl buldunuz?

Bir zamanlar iyi tanınan bir fotoğrafçıymışsınız. Eski reklamcılar sizi çok iyi hatırlıyor.
Ya boş versenize.. yüz yıl geçti o günlerin üstünden. Hakikaten.. nasıl buldunuz?

Biri son stüdyonuzdan bahsetmişti, oraya gittim. Mal sahibi eski eşinizin telefonunu verdi. O da Bodrum'a yerleştiğinizi söyledi. Bodrum'da Göcek'e gitti dediler. Göcek'te Kaş'a gitti dediler. Sora sora buldum anlayacağınız.
Amma da uğraşmışsınız ya.. deli misiniz, zorunuz ne?

Zorum hayat..
Hayat.. hepimizin zoru hayat. Osman'ı konuşacağız.. öyle mi?

Öyle..
Rakı içelim mi?

Önce konuşalım, sonra içeriz.
Hem konuşalım hem içelim.

Peki.

Vay be.. Osman'ım ölmüş ha.. Allah rahmet eylesin ne diyeyim. Çok pis ölmüş ama.. yakışmamış.

Nasıl ölmeliydi sizce?
Ne bileyim.. Paris'te tramvay falan çarpsaydı bari.. hafriyat kamyonu ne.. ama Frankofon değildi Osman, Paris'te ölmek istemezdi. Anglosakson'du o.. Londra'da pahalı bir otel odasında aşırı dozdan gitmek yakışırdı mesela. Gerçi sıfırı tükettiğine göre onu da yapamazmış.

Uyuşturucu kullanır mıydı? Ara sıra esrar içtiğini ama uyuşturucuya düşkün olmadığını yazmış..
Düşkün değildi.. doğru. Ama Şebnem'in olayından sonra uyuşturucunun dibine vurmuştur diye düşünmüştüm. Yapmamış mı? Ne yapmış o olaydan sonra?

Bilmiyorum, onu ayrıntılı yazmamış. Defterleri de çok kesintili, aradakiler kayıp ya da yazmamış. Ama defterlerinde uyuşturucu kullandığını düşündürecek bir şeye rastlamadım.
Doğrudur, kullanmamıştır. Kendini severdi Osman, hatta fazla severdi. Uyuşturucuyla kendini bitirmek istememiştir. Gerçi vaziyete bakılırsa başka türlü bitirmiş.

Sıfırı tükettiğinden haberiniz var mıydı?
Yoktu, nerden olsun? Yıllardır haber almadım ki.. merak da etmedim.

Neden etmediniz? Yakın arkadaş değil miydiniz?
Kimseyi merak etmedim.. sadece Osman'ı değil. Koptum ben herkesten..

Ne oldu da koptunuz?
Gün öldü.

Eski sevgiliniz..
Eski sevgilim.. yeni sevgilim.. daima sevgilim.

Bileğinizdeki Gün dövmesi duruyor mu?
Duruyor.. işte. Bunu da mı Osman'ın defterlerinden öğrendiniz?

Evet. Gün'e doğum günü hediyenizmiş.
Doğum günü.. evet. Gün öldü, ben öldüm. Ama uzun süre öldüğümü anlamadım biliyor musun? Tuhaf yani.. sonra bir gün kafama dank etti.. ulan ben Gün'le birlikte ölmüşüm zaten dedim.

Sonra?
Sonrası bu işte. Bıraktım hayatın ucunu.. suya düşen kuru yaprak misali.. su nereye götürürse oraya. Son durak burası.. kıytırık bir pansiyon köşesi.

Böyle düşünmeyin bence..
Nasıl düşüneyim? Daha iyi bir ihtimal var mı? Neyse ya.. boşverelim.. içelim en iyisi..

Gün ölünce öldüğünüzü ne zaman anladınız?
Nasıl?

Uzun süre anlamadım dediniz de..
Haa. Elli yaş doğum günümde anladım. Üşütük bir psikiyatristle tanışmıştım bir keresinde. İnsan ya yılbaşına ya da doğum gününe doğru hayatıyla hesaplaşır demişti. Bu da insanın ne kadar salak bir yaratık olduğunun ispatı işte. Herhangi bir zamanda dur.. bir bak arkana.. kendinle hesaplaş değil mi? Ama yok, illa önemli bir gün olması lazım. Ulan yaşlandık gene.. ne oluyor hesabı herhalde. Bende de öyle oldu. Elli yaş doğum günümdü. Karım ne kadar lüzumsuz arkadaşımız varsa eve topla-

mış.. kendi arkadaşlarını daha doğrusu.. benim kimsem kalmamıştı, Gün'ü tanıyan kim varsa hayatımdan çıkarmıştım.

Gün'ü mü hatırlatıyorlardı size? Ondan mı çıkarmıştınız?
Herhalde.. o acıyı silmek istedim herhalde. Gün'den bahsettikleri yoktu gerçi de varlıkları yetiyordu işte. Hiçbirini görmek istemiyordum. Bir işe yaradı mı peki diye sorarsanız, hiç yaramadı. Sıfır. Onları görmedim diye Gün'ü unutmadım. Bir saniye bile unutmadım. Unuturum sandım ama unutmadım. Yani unuttum da unutmadım aslında.. yani Gün hep aklımdaydı da dipte bir yerdeydi. Hatırlamıyorum sanıyorsun ama orda duruyor. Şu dövmenin durduğu gibi.

Doğum gününüzde ölmüşüm ben demenize yol açan bir şey mi oldu?
Özel bir şey olmadı.. durup dururken. Hümeyra sözde sürpriz parti yapmış.. bizim eve bir sürü dangalak toplanmış.. otuz iki diş sırıtıyorlar, manasız bir sevindirme hali. Bok var.. doğum günüm işte, nedir? Her sene oluyor. Pasta geldi, üstünde beş tane afili mum. Bakıyorum mumlara.. vay be.. elli olduk demek.. ulan ne zaman geçti bu seneler.. ne kadar yolumuz kaldı acaba falan diye düşünürken birden oğlum sen zaten öldün ki dedim, çoktan öldün sen.. seni Gün'le birlikte gömdüler. Ama birkaç yıl ölmemişim gibi yaptım.

Neden?
İnkâr. İnsan dediğin şey külliyen inkâr zaten. Yok be.. yaşanıyor işte.. hayat böyle bir şey zaten.. sanki eskiden farklı mıydı? Böyle salak sulak düşünceler. Bunlar hep inkâr. Oğlum çok küçüktü ondan aslında.. kıyamıyordum, zaten kırk yedi yaşında baba olmuşum.. büyük aptallık.

Baba olmak mı aptallık?
Kırk yedi yaşında olmak aptallık. Neye güveniyordum acaba.. karıma herhalde. Benden çok gençti karım, evlendiğimizde otuz yaşındaydı. Yeni evlenmişiz.. dan diye hamileyim dedi. Haydaa..

Ne hissettiniz o anda?
Başta çok heyecanlandım. Ulan baba olmak nasıl bir şey acaba?

Nasıl bir şeydi?
İlk zamanlar harika bir şeydi. Zordu tabii bir yandan.. ama kucağına alıyorsun, senden olan bir can. Ulan parmakları da var diyorsun, burnu da var.. çok acayip bir duygu. Ama sonra hayat üstüne üstüne gelmeye devam ediyor. Gene çok seviyorsun çocuğunu.. ölüyorsun sevmekten ama kurtarmıyor. Hep o daralmışlık hissi.. Ben de bensiz hayatı daha iyi olur dedim, aldım ceketimi çıktım. Annesiyle bıraktım oğlumu.

Gün'le neden çocuk sahibi olmamıştınız?
İlle çocuk yapalım diye bir isteğimiz olmadı. Birbirimize yetiyorduk biz.

Gün'ün ölümünden ne kadar sonra evlendiniz?
Dört ay sonra.. bok vardı.. koştur koştur gittim evlendim.

Önceden tanışıyor muydunuz eşinizle?
Çalıştığı şirkete iş yapmıştım bir zamanlar, tanışmıştık. Ama ismen.. o kadar.

Sonra nasıl oldu? Âşık mı oldunuz?
Aşk mı? Âşık olmak gerekmiyor ki. Bakıyorsun zaten çevrene. Hemen birini bulayım, unutayım bu acıyı diyorsun. O sırada Hümeyra denk geldi. Başkası da olabilirdi. Kim olduğunun bir önemi yoktu yani anlıyor mu-

sun? Sahte bir şey kuruyorsun kendine.. âşık oldum lan diyorsun, tamam işte.. bu kadın keser ağrımı. Bok keser. Kesmiyor. Çat evlendim Hümeyra'yla. Ulan ben Gün'le bile evlenmemişim.

Neden evlenmemiştiniz?
İhtiyaç duymadık. Bazen konuşurduk, ailelerimiz bozuk çalıyor, evlensek mi diye. Para bulunca evleniriz dedik.. bugün yarın derken geçti gitti. Gerçi evlensek ne değişecekti? Aynı Kubi, aynı Gün. Elli yaşıma kadar Gün'le birlikte öldüğümü inkâr halindeydim ben. Oğlum doğduğunda anasının dininde bir yerde çekimdeydim. Kendimi işe güce vermiştim. En büyük reklam fotoğrafçısı ben olacağım anasını satayım, yurtdışına açılacağım, bütün ödülleri toplayacağım.. abuk sabuk hayaller işte.

Neden abuk sabuk?
Öyleydi çünkü. Dayanmışım elli yaşına. O yaştan sonra hayal kurulur mu?

Kurulmaz mı?
Kurulmaz. O yaştan sonra ya niye yaşıyorum ki dersin, sıkarsın kafana ya da hayat denen boku buraya kadar getirdim dersin, oturursun kıçının üstüne. Ne oldu hayal kurdum da? Battım.

Neden battınız?
Yanlış üstüne yanlış yaptım çünkü. Asıl şımarasım geldi, ondan.. insan kendini en büyük zannetmeye başlayınca şımarıyor. Şımarmak da çok iyi geliyor biliyor musun? Hakkım lan diyorsun, çok çile çektim ben, şımarmak hakkım. O zaman da ona tafra buna tafra. Çok sürmedi tabii.. millet benim taframı mı çekecek? İşler kesildi, hacizler başladı. Arkasından da karım bastı kıçıma tekmeyi. Bassın diye bayağı uğraşmışım aslında.. sonra anladım. Bütün o saçma sapan girişimler, kendini bir bok

sanmalar, her gün başka kadınla aldatmalar falan.. hepsi dibe vurayım da Hümeyra beni terk etsin diyeymiş. Aşağılık herifin tekiymişim yani. Adamsan çıkarsın karının karşısına, canımın içi ben aslında ölüyüm, benden sana fayda yok dersin, o da bakar başının çaresine, değil mi? Ama ben her şey olacağına varsın halindeymişim demek ki. Salmışım ipin ucunu. Sonunda pes etti, bana da sepet havası. Bir dünya borç bırakmıştım, hepsini temizledi, yoluna devam etti. Vardı onun bir yolu.. oğlu vardı. Kendini oğluna adamıştı zaten. Babası işe yaramazın teki olunca tabii.. iş başa düşüyor..

Ne iş yapıyordu eşiniz?
PR'cıydı. Benden kurtulduktan sonra kendi şirketini kurmuş, füze hızıyla da ilerlemiş. Aslında çok taşaklı biriyle evlenmiş de öyle yırtmış. Pardon ya..

Önemli değil.. rahat olun.
Rahat konuşabilirim değil mi?

İstediğiniz gibi.
Aman iyi. Hiç kendimi tutasım yok. Herif için çok zengin.. network'ü acayip geniş dediler, Hümeyra gibi bir hırs küpünün tam aradığı şey. İyi oldu. Çok rahatladım evlendiğini duyunca, acayip rahatladım. Oğlum için. Annesi hayata dört elle sarılıyor.. sefil olmayacak çocuk.

Oğlunuzla hiç mi görüşmüyorsunuz?
Niye görüşeyim ki..

Aradığı yok dediniz de..
Haa.. ya ara sıra bir özlem geliyor tabii.. burnumun direği sızlıyor. Çabuk geçiyor allahtan. Kendime bir bakıyorum çünkü.. ulan böyle babayı aramasın zaten diyorum, öldü bilsin daha iyi. Ama insan ne hale düşerse düşsün kendini birileri için önemli sanmak istiyor işte. Babasıyım ben ya.. beni özlüyordur diyorsun. Sikine salladığı

yok halbuki. Niye sallasın ayrıca. Sen ona babalık yaptın mı? Beş yaşında bıraktın gittin.

Oğlunuzun durumu hakkında bilginiz var mı?
İyidir herhalde.. bilmiyorum. Annesiyle karşılaşmıştık bir kere. Ayaküstü konuştuk. Kolejde okuyor dedi. Lafını soktu yani, sen olsan kolejlerde okutamazdın diyor. Doğru.. loser'ın teki olmuşum, kendime faydam yok. Okulda da çok başarılıymış. Bilmiyorum gerçekten öyle miydi, Hümeyra bana nispet olsun diye mi öyle söyledi. Gerçi başarılıdır, ebesini sikmiştir çocuğun. Beni de çok zorlamıştı. İşi büyüt.. işi büyüt. Al büyüttük. Ne oldu? Gerçi o istiyor diye büyütmeye çalışmıyordum.. o kadar da haksızlık etmeyeyim şimdi.

Niye büyütmek istiyordunuz?
O ara acayip bir hırs basmıştı beni. Yeneceğim ulan bu hayatı, âlemin amına koyacağım, paraya para demeyeceğim.. Gün'den sonra yaşamaya devam etmek için bir amaç arıyordum herhalde ne bileyim.. ya da kendime ölmediğimi ispat etmeye çalışıyordum. Sonunda aydım. Neyi ispat ediyorsun ulan, ölmüşün işte, yürü git. Bari başkalarının hayatını zehirleme.

Burda ne iş yapıyorsunuz?
Ne iş olsa yaparım abiciyim. Yazın turist gezdiriyorum. Canım isterse on avroya portre çiziyorum. Geceleri boktan barlarda çalıyorum. Leş pop şarkıları öğrenmeye mecbur kalmasam fena iş değil aslında.. Hâlâ seviyorum müzik yapmayı. Müzik de olmasa hayat zaten yokmuş ki.

Çalıyor musunuz müşteri isteklerini?
Mecbur. Patron uyuzumu kaşıyım diye para vermiyor.. tabii ki müşteri ne istiyorsa onu çalacağım. Ulan bütün hayatım müşteri böyle istiyorla geçmiş fakat.. ne çok duydum bu lafı.. Abi müşteri böyle istiyor..

Fotoğraf? Çekmiyor musunuz artık?
Ne fotoğrafı.. fotoğraf mı kaldı? Iphone çıktı herkes fotoğrafçı oldu. Yalanın dibidir zaten fotoğraf. En kandırmacalı sanat. Hele şu aplikasyonlardan sonra külliyen sahtekârlık oldu. Ellerim titriyor ayrıca. İstesem de çekemem.

Neden titriyor? İçkiden mi?
Bilmiyorum.. belki Parkinson olmuşumdur..

Doktora gitmediniz mi?
Niye gideyim ki.. titreye titreye geberir giderim işte.. ne güzel.

Yapmayın ama.. niye böyle düşünüyorsunuz?
Geçti geçti.. o güzel günler geçti bitti.. ne yaşayacağım ki daha..

Fotoğraf neden yalanın dibidir?
Sahtekârlıktır çünkü, olmayanı olmuş gibi gösterme sanatıdır. Öyle bir kadraj yaparsın ki adamı ipe götürür fotoğraf. Ama sorarsan gerçek.

Kışın nasıl geçiniyorsunuz?
Kış kısa burada, çabuk geçiyor. Barlar marlar var, kış turisti geliyor. Bir şekilde idare ediyoruz. Etmesek ne olacak ayrıca. Sana bir şey söyleyeyim mi? Hayat diye bir şey varsa kırka kadar var. Gerçekten bak. Hâlâ gençsin ya.. salak salak umutlar besliyorsun. Kırkla elli arası ağır geri zekâlılık dönemi.. lan hayat denen bu boku kıvırdım galiba salaklığı. Elli altmış arası sallanma. Oldu olmadı.. yaptım yapamadım. Altmıştan sonra her şey boka sarıyor. Benim yaşıma gelince finiş zaten.. uzatmaları oynuyoruz şu anda. Her an her şey bitebilir. Çıt.. bir beyin kanaması.. hadi güle güle.

Çok mu içiyorsunuz?
İçmeyip ne halt edeyim? Ya.. Mimar Sinan'ı ikincilikle

bitirdim ben. Birinciliği kıl payı kaçırdım. Mezuniyet töreninde nah bu kadar plaket verdiler. Daha öğrenciyken ödül üstüne ödül alıyordum. Genç yetenek ödülü, yılın fotoğrafı ödülü, ebenin örekesi ödülü. Çok yetenekliydim. Kendimi övmek için söylemiyorum, neyimi öveyim zaten, halim ortada.. ama gerçekten çok iyiydim. Mezun olduğumda sanıyordum ki yetenek her şeydir, bende de yeteneğin allahı var. Sanatçıyım lan ben, fotoğraf sanatçısıyım var mı ötesi? Anasını sikeceğim ortalığın, milleti çarpa çarpa okutacağım. Ama yetenek bir bok değilmiş.. onu anladım. Başka şeyler lazımmış. Çevre lazımmış mesela.. ciğeri beş para etmez heriflerin masalarında yancı olmak lazımmış. Yalaka olacaksın, yavşak olacaksın, acımasız olacaksın, ayak kaydırmayı bileceksin, kalın bok heriflerin kapısında siftineceksin. Bunlar şart. Ama en önemlisi ne biliyor musun? Kendini pazarlamayı bileceksin. En önemlisi bu. Portfolyonu öyle bir kendine güvenle göstereceksin ki, o boktan fotoğraflarına bakıp ulan herif Sebastiao Salgado mübarek diyecekler, Kubilay Artam'ın yanında Mario Sorrenti nal toplar, al herifin şu fotoğrafını, koy Vogue'un kapağına diyecekler. Götün teki olacaksın yani, anlatabildim mi? Benim ikincilikle başladığım yolculukta vardığım yer burası oldu işte. On avroya kıçı pelte olmuş İngiliz karıların portrelerini çiziyorum ya.. geri zekâlılıkta birinci çocukların resimlerini yapıyorum, daha dibi var mı? Bir pansiyon köşesinde cesedimi bulacaklar bir gün. Bir an önce bulsunlar istiyorum da olmuyor işte. Bok var sanki.. illa yaşıyoruz. İntihar süper bir şey aslında.. ama yapabilene.

Kendinize haksızlık etmiyor musunuz? Reklam fotoğrafçılığında derin izler bırakmışsınız, sizi hâlâ hayranlıkla anıyorlar.

Asıl koyan da o ya. Kıçı toplayayım, adam sırasına gireyim diye kendimden çok şey verdim ben. Asla yapmam dediğim her şeyi yaptım. En boktan fotoğrafları çektim. Bir sürü şerefsizle arkadaş oldum. İş alabilmek için yapmadığım yalakalık kalmadı. Faydası oldu mu? Maalesef oldu. Çok büyük faydası oldu. Yavşakların dünyası çünkü bu dünya. Onca yalakalıktan sonra sektör nihayet yeteneğimi fark etti, ufaktan ünüm yayıldı, eskiden yüzüme bakmayan art direktörler kapımda yatmaya başladılar. Ulan randevu bile vermiyordunuz eskiden, ne oldu? Şerefsizlerin sofrasına oturunca mı kıymete bindik? Bir gün Bali'ye moda çekimine gidiyorum, business class'tayım. Hostes buğulu bir bardakta buz gibi bir şampanya uzattı. Baktım bardağa. Ulan ben olmuşum dedim, tamamdır, bana karada ölüm yok artık. Ama başka ölüm varmış, bilmiyordum ki. Gün'le parasızlıktan süründüğümüz günlerimiz en güzel günlerimizmiş. Kendimizmişiz çünkü, en saf, en insan halimizmiş. Onunla öldüğümü anladığım günden beri ne yapıyorum biliyor musun? Muhasebe. Her gün. Bazen günde on kere. O öyle olmasaydı, bu böyle olmasaydı, ot bitmeseydi, kök çıkmasaydı. Ama oldu. Oldu Kubi.. kurcalama artık. Gün öldü. Bitti.

Okulda mı tanışmıştınız Gün'le?
Okulda. Daha ilk gün âşık olduk birbirimize, görür görmez.

Nasıl bir andı?
Olağanüstü bir andı, anlatılamaz. Boğazın dibinde ya bizim okul.. daha ilk gün, Gün boğazın kenarında bir banka oturmuş, kucağında resim defteri, bir şeyler çiziyor. Baktım uzaktan.. gözüme bir salkım üzüm gibi göründü. Vardır ya hani.. çilli misket üzümü. Gün'ün renginin güzelliğini tarif edemem. Çilli üzüm salkımı gibiydi işte, o derece tatlı. Göz göze geldik, gülümsedi. Ben de gülümsedim. O an âşık olduk işte. Bir daha da ayrılmadık. Belki de

dünyadaki tek ilk bakışta aşk bizimkidir. Gün'ü hâlâ özlüyorum ya.. hâlâ köpek gibi özlüyorum, onu özlemeden geçirdiğim tek bir günüm yok. Biraz da o yüzden hayvan gibi çalışıyordum zaten. Acı çekiyorsun çünkü anlıyor musun? İçin çok ağrıyor, ulan ölüyorum ağrıdan diyorsun, bu ağrıyı geçirmem lazım. Nasıl geçireceksin? İşle güçle meşgul edeceksin kendini. Ama hikâye.. iş güç arkadaş eş çocuk para pul başarı ün şan şöhret.. hepsi hikâye. Acıya zerre faydası yok bunların.

After Life'ı seyrettiniz mi?
Hayır. Nedir o? Film mi?

İngiliz yapımı bir dizi, Ricky Gervais yazmış, yönetmiş, başrolünü de kendisi oynuyor.
Bilmiyorum.. diziyle miziyle hiç alakam yok. Ne anlatıyor?

Karısı kanserden ölünce kendini ölmüş kabul eden bir adamı anlatıyor.
Hiç seyretmeyeyim o zaman.. bana bir ben yetiyor, kendimin aynısından bir tane daha istemem.

Seyredin diye söylemedim. Yalnız değilsiniz, dünyanın bir yerinde birileri sizin hissettiklerinizi hissetmiş.
Dizi olmuşuz yani.. iyi bari. Ya bir şey diyeyim mi? Ben Gün'ü bir kere bile aldatmadım biliyor musun.. aklımdan bile geçirmedim. Ama Hümeyra'yla çıkmaya başlayalı daha üç gün olmuştu, çekime gelen bir kızla aldattım. Şu kadar da pişman olmadım. Gün varken biri bana asılmaya kalksa dakikasında koşar anlatırdım Gün'e şu karı bana yazıyor diye.

Ne yapardı?
Gülerdi, ne yapacak? Biz Gün'le etle tırnak gibiydik, tek yumurta ikizi gibiydik. Birbirimizi hissederdik ya.. şuramızda hissederdik. Onun o gün canı bir şeye sıkılsın, ben

uzakta olayım, hissederdim, ulan Gün'ümü kim üzüyor şu anda? O da öyleydi. Yekvücut olma hali gibi bir şeydi bizim halimiz. Şu bardaktaki rakıyla suyu ayırabilir misin? Ayıramazsın. Biz öyle bir şeydik işte. O bendim.. ben oydu.

Bu kadar derin bir aşk yaşamış olduğunuz için şanslı olduğunuzu hiç düşünmediniz mi? İnsanlar sizinki gibi bir aşkın kırıntısını bile yaşayamadan ölüp gidiyor.
İyi oluyor, yaşamasınlar, yaşayıp ne olacak? Asıl soru ne biliyor musun? Asıl soru şu: Bizim aşkımız nimet miydi, lanet miydi?

Lanet miydi?
Lanetti, evet. Gün'ü çok daha az sevmiş olmayı tercih ederdim. Keşke ağzıma sıçsaydı, nefret ettirseydi kendinden. Amına koduğumun karısı hayatımı mahvetti deseydim. Bu kadar derin bir aşk iyi bir şey değil. Gerçekten. Lüzum yok. Kaybedeceksen eğer birini bu kadar tutkuyla sevmeye hiç lüzum yok. Ama işte.. aşk insanın elinde olan bir şey değil ki.

Sizce bu kadar mutsuz olmanızın nedeni sadece Gün'ü zamansız kaybetmiş olmanız mı?
Hayatın kendisinin de payı vardır tabii ama azdır. Bana Gün'ün ölümü esas darbe oldu. Ölmeseydi kendimi tamir ederdim. Gene bir yerde patlak yapar mıydım? Belki. Ama muhtemelen şeytanlarımla barışırdım, iyi kötü yola devam ederdim. Herkes öyle yapıyor. İnsanlar nasıl yaşayabiliyor sanıyorsun? Hayat böyle bir şey diyorlar, bundan iyisi Şam'da kayısı diyorlar, alışıyorlar, yürüyorlar bir şekilde. Benim yıllardır her sabah uyandığımda aklımdan geçen ilk şey ulan allah kahretsin, gene ölmemişim oluyor. Ölsem Gün'e kavuşacağım sanki.. kavuşamayacağım.. ben de biliyorum. Evrenin bir yerinde kaybolup gitti o mutluluk. Öyle bir yok olmuş ki o güzel zamanlar,

hiç olmamış zaten. Ama anılarımız var geyiğine de hasta oluyorum. Anı ne ya.. anı yok demek.. yok. Her şey oldu bitti geçti gitti demek. Anıymış. Kimsin sen ya.. iki trilyon galaksiden oluşan evrende senin anılarının nasıl bir anlamı olabilir? Geçen gün bir şey okudum. Gözlenebilir evrenin yarıçapı kırk yedi milyar ışık yılı olarak hesaplanmış. Hubble teleskopuyla. Bir düşün bak, kırk yedi milyar ışık yılı. Bu sadece gözlenebilir olan üstelik. Ulan ben altmış dört yaşındayım. Kırk yedi milyar nerde, altmış dört nerde? İnsan önemsiz bir şey yani. Bırak insanı, evrende dünyanın bile esamisi okunmuyor. Ama insan olarak kendimizi bir bok sanıyoruz işte. Kardeşim senin gezegenin bile önemsiz, gezegenin. Hiçlik halbuki var olmak denen şey. Hiçtik, hiçliğe gidiyoruz. Olay bu. Ama işte.. ruh mudur ne boktur.. neyse o.. hayattaysan ağrıyor. Bitmiyor ağrısı amına koyayım. Neyse ya.. zor konular bunlar. Biz Osman'a dönelim en iyisi. Onun hayatı da benimkinden daha az rezil olmamış anladığım kadarıyla.

Maalesef.. Nasıl tanışmıştınız Osman'la, hatırlıyor musunuz?
Muzo tanıştırmıştı. Muzaffer diye bir arkadaşım vardı, çok kafa çocuktu. Ortaköy'de Joy diye bir bar vardı o tarihte, bazı akşamlar orada çalardık. Beş kuruş para aldığımız yoktu da.. içki bedavaydı en azından. Muzo bir gün Osman'ı getirdi. Tanıştık ettik. Sevdik de.. tatlı herifti.

Daha önce tanışmış olabilir misiniz? Evinde moda çekimi yaptığınızı yazmış.
Joy barda tanışmamızdan önce miymiş o?

Evet, öyle yazmış.
Allah allah.. ben sonra diye hatırlıyorum. Osman günlüğüne öyle yazdıysa doğrudur.

Tanıştığınızda nasıl bir izlenim bırakmıştı sizde?
Valla ilk izlenimim çok yakışıklı olduğuydu. Daha içeri girdiği anda bütün kadınların kafalar ona dönmüştü. Dün gibi gözümün önünde.

Kıskandınız mı?
Kıskandım tabii.. acayip bozuldum. Sonuçta sahneye çıkıyoruz, bir karizmamız var, bir havamız var. Millet hayran olsun diye yapıyoruz zaten bu işi. Adam gelmiş saçlarını savura savura rol çalıyor.. Ama dur şu vaziyetin ekmeğini bir yiyeyim demedi bak. Sezar'ın hakkı Sezar'a. Bir masumiyet vardı halinde. Hoşuma gitti. Konuşunca da sevdim. Çok da entelektüeldi, cahil kazmanın teki değildi. Arkadaş olarak da bir cazibesi vardı. Bir hafta görmeyeyim özlerdim herifi. Ama bir yandan da ne kokar ne bulaşır gibi gelirdi bana. Bir kavgaya falan girsek ânında arazi olur bu diye düşünürdüm. Bir de acayip zengindi. Babası ölmüş, bir sürü han hamam bırakmış buna. Çalışmasına lüzum yok. Asıl bu tarafını kıskanıyordum. Ulan nasıl adaletsiz bir allah bu kardeşim? Her şeyi mi Osman'a vermiş anasını satayım.. Yakışıklılık desen onda.. para desen onda.. yetenek desen onda. Benim götüm çıkmış çalışmaktan.. başımızın üstünde doğru dürüst bir dam olsun diye. Tipim desen eh işte.. idare eder. Haksızlık yani..

Siz de önemli bir fotoğraf sanatçısıymışsınız ama.. kendinize haksızlık etmeyin.
Bu saatten sonra etsem ne olur.. etmesem ne olur..

Sizce Osman müzisyen olarak yetenekli miydi?
İyiydi.. iyi müzisyendi. Besteleri vardı bir kere, çok iyi bas çalardı, piyano da çalmış yıllarca. Osman her şeydi ya.. hedonistti, gurmeydi, iyi yemekten anlar, iyi şaraptan anlar, ben anlamam mesela, Sana yağıyla tereyağını ayıra-

mam ama Osman öyle değildi. Çok iyi giyinirdi. Tenistir kayaktır hepsini çok iyi yapardı. Şimdi bunların hepsi içine doğduğun sınıfla ilgili. Parayı buldum, kayağa başladım. Oldu mu? Olmadı be canım.. olmuyor. Olması için daha beş yaşındayken o kayakları ayağına takmış olman lazım. Osman öyleydi işte. Üst sınıf zengin çocuğuydu yani. Ama bunları gözümüze sokmazdı, görgülüydü.

Öyle mi? Zengin olduğunu göstermekten hoşlanmıyor muydu?
Hayır hayır. O açıdan çok düzgün çocuktu. Bencildir diye düşünüyordum, el bebek gül bebek büyütülmüş, evinde çifter çifter hizmetçiler, kimse için zahmete girmez bu herif diyordum ama Gün'ün hastalığı sırasında yanımızdan ayrılmadı. Şebnem'le ikisi doktordur hastanedir her şeye koştular. O zaman fikrim değişti işte.. ulan iyi bir adam bu dedim. Tamam biraz da Şebnem aşkından ilgileniyordu Gün'le ama ilgilenmeyebilirdi. Bir sürü arkadaşımız o dönemde uzak durdu bizden. Neme lazım.. para mara isteriz allah muhafaza. Osman maddi destek de çıktı.

Öyle mi? Teklif ettiğini ama kabul etmediğinizi yazmış.
Yoo.. ettim, niye etmeyeyim? Çok pahalıydı Gün'ün tedavisi, su gibi para gidiyordu. Osman'da da bok gibi para vardı. Niye öyle yazmış ki.. allah allah.. enteresan.

Belki önce reddettiniz, hatırlamıyorsunuz.
Sanmıyorum.. reddetsem hatırlarım. Ama tuhaf.. olabilir de yani. Kendimde değildim ki o sıra.

Ne kanseriydi Gün, göğüs mü?
Mide bağırsak. İkinci turda ne karaciğer kaldı ne kemik ilik. Çok fenaydı. Osman'la Şebnem olmasaydı kendimi camdan atardım herhalde. Onlarla birlikteyken öldü zaten. Şile'ye gitmişlerdi üçü.

Evet. Osman öldüğü günü de yazmış.
Öyle mi? Benden bahsetmiş mi.. öldüğü gün neden onlarla birlikte olmadığımı..

Onu yazmamış. Neden değildiniz?
Dayanamıyordum.. Gün'ü o halde görmek beni mahvediyordu. Eve uğradığım yoktu. Bir keresinde Şebnem'le birbirimize girdik. Kaptı ekmek bıçağını.. Gün ölüm döşeğinde, sen hâlâ iş peşindesin diye bir girişti bana. Ağzına geleni söyledi. Ne bencilliğimi bıraktı ne vicdansızlığımı ne zalimliğimi. Dedim bu kız bıçaklayacak beni bu gece. O kadar büyük delirdi yani.

Anlamıyordu yani sizi.
Tam aksine anlıyordu. Çok iyi anlıyordu. Ama kabullenemiyordu işte.. İkimiz de hüngür hüngür ağladık sonunda.

Osman doğum gününde Gün'e bir resim hediye etmiş. Hatırlıyor musunuz o resmi?
Evet ya.. Gün bayılmıştı, çok güzel bir şeydi gerçekten.

Ne oldu o resim?
Gün'ün annesine verdim. Cenazeden sonra bir hafta on gün annesiyle beraber ağlaştık. Sonra bir darlandım ben.. çok fena darlandım. Evi değiştirdim. Değiştirirken Gün' ün bütün eşyalarını da annesine gönderdim.

Osman Şebnem'e duyduğu aşktan uzun uzun söz etmiş. Çok mu seviyordu Şebnem'i?
Valla biz görüşürken seviyordu.. yani herhalde seviyordu. O olaydan sonra ulan nasıl olur dedim. Bir kadını o kadar seviyorsan bu duruma düşmesine izin vermezsin. Ya.. ben Osman'ı tam çözemedim aslında biliyor musun? Çok ketumdu, duygularını belli etmezdi. Seviyor mu sevmiyor mu, şu anda hayatından memnun mu değil mi anlamazdın. Gün biraz anlardı gerçi. Zaten asıl arkadaşımız Şebnem'di bizim. Osman sonradan dahil oldu.

Siz bizim Şebnem'le hikâyemizi biliyor musunuz? Phoenix'i biliyor musunuz?

Şebnem'in fotoğraflarının olduğu erotik dergi..
Evet. Şebnem kapak olmuştu o dergiye.. fotoğraflarını ben çekmiştim.

Evet.. ama adınızı kullanmamışsınız. Fotoğrafçı adı K. Argın yazıyor.
Phoenix'e çektiğim bütün fotolarda öyle yazar. K. Kubilay. Artam'ı da Argın yaptık. Yorgundan argın yani. Bitik vaziyetteydim o dönem. Hayattan bezmiştim.

Nasıl oldu peki.. o günü hatırlıyor musunuz?
Ânı ânına. Gün'le aramızda mesele olmuştu çünkü. Beşiktaş'ta boktan bir stüdyomuz vardı.. dibin dibinde olduğumuz zamanlar. Ne iş gelirse çekiyorum. Ama ne gelirse.. erotik merotik, sınırım yok. Bir gün ajanstan bir kız geldi, Phoenix için fotoğrafları çekilecek. Gencecik, su gibi bir kız. Çok da güzel. Ama kaşara da benzemiyor. Phoenix'e daha önce çok kapak çekmiştim, gelen kızlar hep feleğin çemberini elinden almış, başına geçirmiş tipler ama bu öyle değil. Yanlış gönderdiler herhalde dedik. Gün ajansı aradı, yoo doğru, kendisi istiyor demişler. Allah allah.. ilginç. Kız içeride bekliyor. Önce kaç yaşındaymış git sor, sonra başımız belaya girmesin dedim. Çok gençti çünkü. On sekiz yaşındaymış, kimliğini göstermiş. Gün yapmayalım dedi, gönderelim, yazık olur kıza, çok genç, çok saf. Saf maf değildi aslında.. zehir gibi akıllıydı, tanışınca anladık tabii. Ama öfkeliydi, çok öfkeliydi, içinde bir yanardağ vardı sanki. İkide bir patlıyordu.

Kime öfkeliydi bu kadar?
Hayata.. ailesine.. her şeye. Babası inşaat mühendisiymiş, bir iş kazasında kolu kopmuş. Sakat kalınca şaftı dağıtmış herif. Annesi de bırakmış bunları.. çekmiş gitmiş.

Bunun da hayatı mahvolmuş. Kendini bitirmeye yemin etmiş gibiydi. Çok severdik biz Şebnem'i. Gün abla olmuştu Şebnem'e. Şimdi nerde, ne yapıyor kim bilir. Bir bilginiz var mı?

Yok maalesef.. arıyorum ama pek umutlu değilim. Yaşadığından bile şüpheliyim aslında.
Ne diyorsunuz? Ölmüş olabilir mi?

Olabilir, bilmiyorum. Sonuçta arı kovanına çomak sokmuş, yanına bırakmamış olabilirler. Neyse o konuya sonra geleceğiz. Fotoğraflarını çektiğiniz güne devam edelim. Baktınız yaşı on sekiz. Tamam mı dediniz?
Hemen demedik. Gün Şebnem'i aldı karşısına, yapma bak çok gençsin, bu işleri yapan bir kız olmadığın da belli falan.. öğüt vermeye kalktı. Sizi ilgilendirmez diye diklendi bu, istiyorum, yapacağım. Nasıl kararlı, gözlerinde acayip bir ateş. Ulan aldı bizi bir düşünce.. Açlıktan geberiyoruz.. Phoenix de çok iyi para veriyor ama hâlâ bir ahlak kırıntısı var demek ki içimizde. Gün diretiyor, olmaz, kızın hayatı kararır. Gün bak biz çekmezsek başkası çeker dedim. Kızı değiştirecek değiller, fotoğrafçıyı değiştirirler. Gönderecekler başka birine, adam artık kafadan tecavüz mü eder, başkasına mı satar? Ayağıyla çıplak fotoğraf çektirmeye gelmiş, küçücük bir kız. Gün o zaman ikna oldu. Tamam dedik. Ama işe çok özendik. Cidden sanat fotoğrafları çektim yani o gün. Adi bir erotik dergi pozları değildi. Benim yeteneğimden çok Şebnem'den kaynaklanıyordu tabii. Asildi çünkü, varoş değildi. Sonrasında çok daha kaliteli dergilere bir sürü kapak fotoğrafı çektim. Ama ondaki ruhu yakalayamadım bir daha.

Neden böyle bir şey yapmıştı? Şöhret olmak mı istiyordu?

Biz de baştan öyle sandık ama şöhret möhret umurunda değildi. İstese olurdu, o güzellikle alayını cebinden çıkarırdı. Şimdiki meşhurların çoğu geçti o yollardan.. eski Phoenix'lere bakın, kapaktaki kızların çoğu şöhret oldu, bırak fotoğrafı hepsinin seks kaseti var. Şebnem dizilerde falan da oynuyordu.. oynuyordu derken figüranlık yapıyordu.. ama ünlü olmak için değil.. para kazanmak için. Şöhret olmak isteseydi oradan yürümesi çok kolaydı. Yapmadı.

Yapmadı mı yapamadı mı?

Yapmadı. İstese yapardı. Şöhret olmak istiyorsan ya çok yetenekli olacaksın.. gerçekten oyuncu olacaksın yani.. o zaman ekstraya lüzum kalmaz. Gerçi öylesi bile azdır, yapımcısı yönetmeni.. rahat bırakmazlar çünkü. Ya da suyun başını tutmuş olanlara verirsin, ânında zirveye çıkarırlar. Zirvede kalırsın kalmazsın ayrı konu. Ama şöhret olursun sonuçta. Şebnem çok güzeldi, nefesi kesilirdi milletin. Fotojenikti de.. ama yetenekli değildi. Aslında kimseye eyvallahı yoktu da ondan.. hesapsız kitapsız bir kızdı. O anda içinden ne geliyorsa onu yapardı. Her sette bir arıza patlattı, sonunda da işlere çağırmaz oldular.

Fotoğrafları çekilirken nasıldı? Utanmış mıydı?

Ya tarif etmesi öyle zor ki.. çok garipti hali. Ne utandı diyebilirim ne utanmadı. Kendinde değil gibiydi. Hatta kafası mı güzel acaba dedik. Fakat değil, kafası güzel olanı hemen tanırız, bizim de kafamız çok güzel oldu. Çekimden sonra oturduk yemek yedik. Bakarken içim kanadı. Çocuk daha ya.. bildiğin kız çocuğu. Bakışlarından zekâ fışkırıyordu yalnız. O yüzden kafamız karıştı zaten, ne yapmak istiyor bu, derdi ne diye. Gün melekti, merhametli, vicdanlı. Daha o gün Şebnem'i himayesine aldı. İkisi beraber çıktılar stüdyodan, yolda konuşmuşlar, Gün akıl vermiş, bir daha yapma böyle şeyler demiş. Şebnem benim için kaygılanmana gerek yok, attığım her adımın sonuçlarının farkındayım demiş. Lafa bak, sonuçlarının farkındayım. Zaman içinde anladık tabii. Çok hırpalanmış, ruhu lime lime olmuş. Bu yüzden de tam bir serseri mayındı. İkide bir sevgili değiştirir, sarhoş olur, hap atar, asit atar, yerlerde sürünür. Gün toplar her seferinde. Bir süre hale yola girer, iş bulur, sonra gene dağıtır. Ben yıllardır kendimi bitirmek için uğraşıyorum ya.. benimki hiç kalır onun kendine yaptıklarının yanında. Hümeyra'nın o dallamayla evlendiğini duyunca aklıma Şebnem geldi. Ulan iyi ki oğlum olmuş dedim. Kızım olsaydı köpek gibi sürüne sürüne yaşardım.. gene de kızımı üvey baba eline bırakmazdım.

Üvey babası mı vardı Şebnem'in?
Babaları. Annesi kocadan kocaya gezmiş. Annesine çok öfkeliydi, nefret ederdi annesinden.

Tecavüze uğramış olabilir mi? Annesi görmezden gelmiş falan.. o nedenle nefret ediyor olabilir miydi?
Sanmıyorum, öyle bir şey yaşamış olsa Gün'e anlatırdı. Her şeyini anlatıyordu. Annesi annelik yapmadığı için nefret ediyordu.. babasıyla onu terk ettiği için.

Babasına düşkün müydü?
Düşkündü. Öyle mıç mıç değildi ama çok düşünürdü babasını, ilacı yemeği.. eli hep babasının üstündeydi.

Modellik, figürasyon dışında bir iş yapıyor muydu?
Bulursa yapıyordu. Bir ara bir mağazada çalışıyordu, tezgâhtar olarak.. çok güzel kız diye yapmadıklarını bırakmadılar. Güzelliğinden çok çekti. Kadınlar kıskanır, erkekler götürmek ister. Bazen zengin bir sevgili bulur, bir süre çalışmaz. Sonra adamı dehler. Şebnem çok yazık olmuş bir kızdı anlayacağınız. Bir keresinde çok acı bir şey söylemişti. Babam kaza geçirene kadar dünyanın en mutlu çocuğuydum, ailem vardı o zamanlar demişti.

Gün Osman'a Şebnem'in zor bir hayatı oldu, bırak yakasını demiş, öyle mi?
Öyle. Bir araya gelmelerini istemedi.

Neden? Şebnem'in geçmişi nedeniyle mi?
E yani. Geçmişini biliyoruz, fotoğraflarını bizzat ben çekmişim. Osman aman seveceğim kadının mazisi temiz olsun diye tutturacak bir adam değildi ama bu temiz mazi meselesini aşan bir durumdu. Erotik bir dergide kapak olmak ne demek ya.. yıllar önce bile olsa bir çeşit damga. Şimdi eğri oturup doğru konuşalım.. hangi sınıftan olursa olsun, isterse pezevenk olsun, bir Türk erkeği için kolay hazmedilecek bir durum değil. Amerikalı olsan bile değil. O fotoğraflar çıkar çünkü insanın karşısına. Çıktı da nitekim. Ha, hazmedenler yok mu? Var tabii.. olmaz mı? Bugünkü şöhretlerin geçmişini bir kazıyorsun yuh artık diyorsun da.. orada başka hesaplar dönüyor.. aynı şey değil yani. Gün birlikte olmalarını istemedi, Şebnem çok yaralanmış bir kızdı çünkü, Osman kırarsa bir daha yaralanacaktı.. o yüzden..

Osman kırar mıydı sizce?
Ne bileyim.. o kadar iyi tanımıyordum ki. Ama zengin çocuğuydu, kırabilirdi. Zengin çocukları kırmaya alışık olur.

Şebnem de âşık mıydı Osman'a?
Âşıktı. Ama uzak duruyordu..

Âşıksa niye uzak duruyordu?
Kendini değersiz hissediyordu çünkü, Osman'a layık olmadığını düşünüyordu. Bir gün bir mektup yazmış Osman'a.. uzamış. Osman dikildi tabii tepemize. Biz de anlattık mecburen.. Phoenix'i, babasını, annesinin çekip gitmesini falan.. her şeyi.

Osman nasıl tepki verdi?
Umurumda değil dedi. Her ne olduysa geçmişte kaldı, âşığım, seviyorum. Ama Gün tekrar hastalanıncaya kadar Şebnem yanaşmadı. Gün'ün öldüğü gün birlikte yaşamaya karar vermişler. Sonra evlenmişler diye duydum. Ama işte.. geçmiş günahların gölgesi uzun olur diye bir laf var ya.. şimdi herkesin ağzında. O günahların gölgesi çok uzun oldu gerçekten. Kaset olayı patlayınca Phoenix de çıktı ortaya. Medyada bir de öyle linç ettiler kızı, zaten orospuymuş diye.

Olayı nasıl duyduğunuzu hatırlıyor musunuz?
Hatırlıyorum. Bozburun'da bir otelde çalışıyordum o sıra. Televizyonda gördüm. Bir akşam mutfakta işim bitti, ineceğim aşağıya, serilip yatacağım, baktım lobide bir hareket. Millet televizyonun önünde yığılmış. Ulan savaş mı çıktı.. ne oluyor demeye kalmadan flaş haber. Şak bizim Şebnem'imiz karşımda. Mahvoldum..

Şebnem'i nasıl tanıdınız? Görüntüsü buzlanmıştı.
Onu tanımadım ki, çektiğim fotoğrafı tanıdım. Phoenix'in kapağı ekranda, bizim eski stüdyo, Gün'ün hazırladığı dekor. Hemen anladım Şebnem olduğunu, dünya başıma yıkıldı. Gün'ün kanserinin geri geldiğini öğrendiğimiz gün bu kadar acı çekmiştim, bir de Phoenix'in kapağını televizyonda gördüğüm an. Kahroldum ya.. bittim. Kendimi acayip suçlu hissettim. Duramadım, dışarı attım kendimi. Hava da nasıl sıcak.. yanıyor ortalık.

Yanıyor mu? Skandal kışın patladı.
Kış mıydı? Bir dakika o zaman ya.. Allah allah.. ben niye öyle hatırlıyorum ki.. emin misiniz?

Evet.. olayın tarihi 5 Aralık 2008.
2008'de ben Bozburun'da değildim ki.. yoksa orada mıydım? Valla hiç hatırlamıyorum. Kıştı demek. Hafıza işte.

En az fotoğraf kadar yalancıdır hafıza. Osman'la olaydan sonra nerede karşılaştım peki.. Bodrum'da mı..

Osman'la mı karşılaştınız?
Evet. Burun buruna geldik bir gün.

Bodrum olsa gerek. Çünkü olaydan sonra bir süre Bodrum'da saklanmış. Nasıl karşılaştığınızı hatırlıyor musunuz?
Valla şimdi hatırlıyorum desem kendim bile inanmayacağım ki. Kışın oldu diyorsunuz baksanıza. Yanlış hatırlıyor olabilirim. Neredeydik, nerde oturduk, karıştırıyorum. Ama insanın aklında bir görüntü kalıyor tabii.

Sizde nasıl bir görüntü kaldı?
Benim omzumdan öteye bakan bir Osman görüntüsü kaldı. Dikkatimi çekmişti çünkü. Gözlerime bakmıyordu, takip edildiğinden korkuyordu herhalde. Sakal bırakmıştı, çok pejmürde bir hali vardı. Ben de farklı değildim gerçi.. benim de saç sakal birbirine karışmış.. zor tanıdık birbirimizi. Aslında görmezden gelecektim de.. olay nasıl oldu, merak etmiştim.

Anlattı mı?
Anlatmadı. Oğlum ne iş bu dedim.. boşver dedi.

Yıllar sonra karşılaşınca ne hissettiniz?
Acı. Bir an o güzel günler geçti gözümün önünden. Çok acıydı.

Şebnem'i sordunuz mu.. nerde diye?
Sordum. Bilmiyorum dedi. Kaybolmuş ortadan, çok üzüldüm. Merak ettim, bir süre gazeteleri takip ettim ama bir şey çıkmadı.

Osman olaydan dolayı ne hissediyordu? Karısına kızgın mıydı, üzülmüş müydü?
Anlatmadı dedim ya. Ağzını bıçak açmadı.

Ne konuştunuz peki?
Hiç.. çok az oturduk zaten. Hep kapıya bakıyordu, birini mi bekliyorsun diye sordum. Yok mok diye geçiştirdi. Nerde kaldığını sordum. Onu da geçiştirdi. O zaman saklanıyor bu diye düşündüm. Sonra kalktı, görüşürüz dedi gitti. Ama görüşmedik. Benim de niyetim yoktu zaten.

Olayın aslını merak ettiniz mi?
Tabii ki ettim. Sonuçta o fotoğrafları ben çekmiştim.. kızın hayatı mahvoldu.

O fotoğraflar yüzünden sayılmaz ama.
Olsun. Benim de tuzum var. Belki de o fotoğraflar yüzünden şantaj yaptılar, tehdit ettiler. Olabilir yani.. bilmiyoruz ki.

Şebnem müdürü ifşa etmek için yaptığını söylemiş. Sizce doğru olabilir mi?
Olabilir. Tam Şebnem'lik bir hareket çünkü.

Şebnem'den hiç kuşkulanmadınız mı, belki bir organizasyonun parçasıydı veya bir komplo için kullanıldı. Böyle iddialar var çünkü.
Ne için yapacak bunu? Para için. Para umurunda değildi ki. Şebnem'i çok iyi tanıyordum ben.. kız kardeşim gibi olmuştu. Para için asla yapmaz böyle bir şeyi. Kendi başına karar vermiştir.

Sizce ne olmuştur da böyle bir şey yapmaya gerek duymuş olabilir?
O puşt kim bilir neler yapmıştır kıza. Adam emniyet müdürüydü ya.. padişah gibi bir şey. Aldım seni, bitti demiştir. Şebnem buna pabuç bırakacak bir kız değildi. Ulan nerede patlasam acaba diyen bir canlı bombaydı. Patladı işte sonunda. Gerçekten ölmüş olabilir mi?

Bilemiyorum.
Ölmemiştir herhalde ya. Ölse duyulurdu bir şekilde.. öyle değil mi?

Belki de sizin gibi bir kıyı kasabasına yerleşmiştir.
Keşke. Keşke o çektiklerini unutmuş olsa.. huzurlu bir hayat yaşıyor olsa. İnşallah öyledir.

İnşallah. Teoman'ı tanır mıydınız?
Teoman kim?

Osman'ın kardeşi.
Haa.. hayır. Osman arada bahsederdi ama bir yakınlığımız olmadı onunla, gördüm mü onu bile hatırlamıyorum. Görsem hatırlardım herhalde.

Nasıl bahsederdi kardeşinden? Sever miydi?
Valla sever miydi bilmiyorum da çok kızardı. Mal mülk yüzünden kavga ediyorlardı, gelip anlatırdı bazen. Para için buradan Fizan'a yürür derdi.

Osman'ın kamyonun çarpmasına göz yumduğunu söyleyenler var, birkaç kişi intihar etmek amacıyla kamyonun önüne yürüdü diyor. Sizce doğru olabilir mi?
İntihar amacıyla mı? Olamaz, mümkün değil.

Nasıl o kadar emin olabiliyorsunuz?
İntihar etmek o kadar kolay bir şey mi ya.. Al işte ben.. yapılabilse ben yaparım ama yapamıyorum.

Neden yapamıyorsunuz? Yapmayın tabii de..
Bilmiyorum neden. Hayatı sevmek deseniz değil. Şu kadar sevmiyorum hayatı. Eziyetten başka bir şey değil hayat. Ama galiba ölümden korkuyorum. Öleceğim andan değil ama. O ânın geldiğini bilmekten korkuyorum. Korku büyük bir duygu.. korkutucu büyüklükte.

Osman'ın 4. defteri

12 Nisan 2000

İnanılmaz mutluyum. Evlendik, Şebnem'le bugün evlendik. Yarın balayına, Paris'e gidiyoruz. Şebnem'in karım olduğuna hâlâ inanamıyorum. İkide bir evlenme cüzdanımıza bakıyorum. Tanrım ne kadar güzel bir karım var, soluğumu kesecek kadar güzel. Ben de hiç fena değilim ama, yan yana çok iyi duruyoruz. Dünyanın birbirine en çok yakışan çifti kesinlikle biziz. Öyle mutluyum ki, kendimi çok iyi hissediyorum, karımla önümüzde yepyeni bir gelecek var artık. Şebnem'e nasıl oldu da evlenelim diyebildim hâlâ bilmiyorum. Gün'ün ölümünden beri birlikte yaşıyor olsak da, varlığını sabah akşam benliğimde hissetsem de başlangıçta adını koyamadığım, zamanla sevgilimin ele avuca gelmezliği, bir tür bağımsızlık tutkusu olduğuna karar verdiğim şey aramızda duruyordu. Bir gün benden sıkılacak, beni bırakıp gidecek diye ölüyordum korkudan, ödüm kopuyordu. Gece korkuyla uyanıp yanımda mı diye bakıyordum. Melek gibi uyuduğunu görünce içim rahatlıyordu. İyice sokuluyordum, sarılıyordum, uykusunda sırtını göğsüme yaslıyordu, aşktan bitiyordum. Kanepede ayaklarını altına almış, kitap okurken güzel ötesi yüzüne bakıyordum. Yemekte bana bir şey anlatırken günbatımı laciverti gözlerine dalıp gidiyordum. Beni dinlemiyorsun diyordu, gözlerin öyle güzel ki bakmaya doyamıyorum diyordum. Ama beni bırakma, sensiz yaşamaya dayanamam diyecek cesareti bulamıyordum. Onun için bir şarkı yazmaya başlamıştım. Sözlerini mırıldanıyordum, beni duysun, onu nasıl sevdiğimi anlasın istiyordum, başını kaldırıp bakıyordu, gülümsüyordu ama bir şey söylemiyordu. Bir akşam birlikte yemek yapıyorduk. Daha doğrusu o yapıyordu, ben de yanında dikilmiş bir işe yaramaya çalışıyordum. Meryem hasta olduğu için gelmemişti. Yemeği dışarıda mı yiyelim, eve bir şeyler mi söyleyelim diyecektim, akşama ne yemek yapalım dedi. Akşama ne yemek yapalım mı? Bir anda yıllar öncesine gittim, annemin sağlıklı olduğu, o güzel zamanlara. Okuldan geldikten sonra ödevlerimi yaparken annem odama gelirdi, akşama ne yemek yapalım diye sorardı. Annem burnumda tüttü. Şebnem bakalım dolapta neler var dedi, kalktı mutfağa gitti, buzdolabını karıştırmaya başladı. Kapıda durmuş ona bakarken seninle aynı evde yaşamak ne kadar güzel dedim içimden, bu zamanı dondurmanın bir yolu bulunur mu? Göz göze geldik, niye öyle bakıyorsun, gel yardım et dedi. Birlikte yemek yapmak, sofra kurmak evi ev yapıyormuş meğer. İçinde yemek yapılıp sofra kurulmuyorsa rengi soluk, eksik bir imgeymiş ev, boşlukmuş daha doğrusu, bilmiyormuşum ki, evimi ev sanıyormuşum. Bir yerlere gidelim mi birkaç gün dedim, atlayalım uçağa, Bodrum'a gidelim örneğin. Mart soğuğunda Bodrum'da ne işimiz var dedi, buz gibidir şimdi orası. Harıl harıl iş yapıyordu, etleri fırın tepsisine diziyor, pirinç kavuruyor, soğan doğruyor. Sen de şu marulları yıkasana dedi. Aldım demeti, olduğu gibi suyun altına tuttum. Ne yapıyorsun? E yıka dedin. Öyle mi yıkanır? Önce yaprak yaprak ayıracaksın. Nasıl, böyle mi? Güldü, ver Allah'ın cezası, ver. Elimden aldı, yıkamaya başladı. Salata da mı yapmadın hiç, makarna da mı haşlamadın? Yapmadım dedim, inanmadı, vallahi yapmadım, gerekmedi ki. Gerekmesi şart mı? İnsan merak eder en azından. Ama sucuklu yumurta yapabiliyorum dedim. Marifet sanki dedi, onu babam da yapıyor. Bana kendinden söz etmeye başlamıştı, annesinin onları terk edip gittiğini, babasının tek koluyla günde üç öğün sucuklu yumurta yaptığını anlatmıştı. Baban nasıl dedim. Aynı dedi, her zamanki gibi evini bok götürüyordu, temizledim, alışverişini yaptım, şimdi koymuştur rakısını, kaderine söve söve içiyordur. Yüzüne o siyah kelebek kondu yine, artık nedenini bildiğim kelebek. Pilavı karıştırdı, üstüne kâğıt havlu örttü, tencerenin kapağını kapattı. O sırada birden ağzımdan çıktı, evlenelim mi dedim. Der demez pişman oldum. Hayır diyecek, kesin hayır diyecek. Ya benimle yaşamak istemezse artık? Ağzından evlenmeye ilişkin tek sözcük çıkmadı bugüne dek. Ama hiçbir şey söylemedi. Birlikte masayı hazırlarken duymazlıktan mı geldi, yoksa duymadı mı diye düşünüyordum. Yemek nefis olmuş dedim, ellerine sağlık, yediğim en güzel fırında bonfile, hele pilav. Yalan söyleme dedi, bonfile biraz daha kızarabilirdi, pilav da lapa olmuş. Söyleyeceğim dedim, dünyanın en kötü yemeğini bile yapsan ben her zaman harika olmuş diyeceğim. Ben de inanacağım sanki dedi, gülüştük. Sonra birden sen demin evlenelim derken ciddi miydin dedi, ciddi miydin, öylesine mi söyledin? Duymuş demek ki, duymuş ve bunu düşünüyormuş. Ciddiydim dedim, seninle yaşadığım için o kadar mutluyum ki, evlenmek istiyorum. Bir süre sessizlik. Böyle durumlarda zaman nasıl uzuyor, tam bir işkence. Tamam dedi. Nasıl tamam, evlenelim mi yani? Evet, evlenelim. Ne kadar uzun bakakalmışsam yüzüne, sevinçten dilim nasıl tutulmuşsa, pişman olduğumu sandı, vazgeçebilirsin dedi, hemen unuturuz. Deli misin dedim, vazgeçmek istemiyorum, ömrümün sonuna dek seninle yaşamak istiyorum. Gülümsedi, o zaman evlenelim. Gerçekten mi? Sen de benimle evlenmek istiyor musun gerçekten? Tanrım inanamıyorum! Daha güzel çatal bıçak takımları almamız gerektiğini düşündüm, daha güzel servis takımları, daha güzel masa örtüleri. Evli bir evde neler olur? Annemin zamanlarını anımsamam gerek. Hayır annem olmaz, annem mutlu bir kadın değildi. Bizim mutlu evimiz kimselerinkine benzememeli. Ah Şebnem, nasıl seviyorum seni, nasıl derin, nasıl yoğun. Sanki aşkın bir okyanus ve ben bu okyanusta boğulmak istiyorum. Yarın başvurumuzu yapalım, işlemler hazırlanana dek bir yerlere gidelim dedim, mutluluğumuza başka kentler de tanık olsun. Hemen karşı çıktı tabii ki. Evlenince balayına gideriz, ne acelemiz var? Balayına zaten gideceğiz, öncesinde de gidelim, ben bu coşkuyu bu eve sığdıramam. Nereye gideceğiz peki? Nereye istersen, Paris'e örneğin, âşıklar kentine. Yüzü bir an ışıldadı, sonra buruldu. Paris'e gidemeyiz. Neden? Pasaportumun süresi geçti. O zaman Paris'e balayına gideriz dedim, yarın öbür gün şu işleri halledelim sonra güzel bir yere gidelim. Hadi kalk, İzmirlere filan gidelim dedi, yüzünde hınzır bir gülümseme. Senden aşağı kalacağımı mı sanıyorsun dedim. Hadi kalk trenler kalkıyor duyuyorum, biliyorum. / Hadi kalk yorgun güzelim, hadi kalk. Canımız Turgut Uyar. Kalktı, sofrayı toplamaya başladı. Bırak, Meryem yarın gelince yapar diyecektim ama evim ev oldu, kirli tabakları ortada bırakmamalıyız, sabahları erken kalkmalıyız, pencereleri açmalıyız, evimizi taze havayla doldurmalıyız, bu ev bizim evimiz artık. Birlikte sofrayı topladık, bana bulaşıkların makineye nasıl yerleştirileceğini gösterdi, birlikte yerleştirdik, işimiz bitti. Hadi dışarı çıkalım dedim, sevincimden eve sığamıyorum, hem hava çok güzel. Giyindik, bindik arabaya, doğru Bebek'e. Yeni araba aldım bu arada, Necmi Bey'in Mercedes'i aküyü yenileyince canavar gibi olmuştu ama çok demodeydi, bana yakışmıyordu. Yine bir BMW aldım, vazgeçemiyorum BMW'den. Bu kez metalik mavi bir 318i Techno Plus, yarı otomatik, sunroof, klima, müzik seti, ful aksesuar, şahane. Galeriye Şebnem'le birlikte gittik. Üç renk seçeneği vardı, sütbeyazı, ateş kırmızısı, metalik mavi. Rengini sen seç dedim. Hangisini seçerse onu alacağım ama umarım maviyi seçer diyorum içimden. Senin araban, sen karar ver dedi. Ama sen seçersen gerçek bir çift gibi olacağız diyemedim, karar veremiyorum dedim, üçü de çok güzel. Mavi o zaman dedi, ben olsam maviyi alırım. Tamam, mavi olsun, bu maviyi alıyoruz. Aldık, sevgilimle ilk arabamız. Bebek'teki açık otoparkta zor yer bulduk, İstanbul'da hafta ortasında bile her yer kalabalık olmaya başladı. Ardı ardına kulüpler barlar açılıyor, hepsi de tıklım tıklım. Bir de fasıl meyhanesi modası çıktı şimdi. Pek sevmem ama millet çok eğleniyormuş. Belki bir gün Şebnem'le gideriz. İstanbul çok renklendi, Avrupa'yı aratmıyor neredeyse, mağazalar, restoranlar hepsi harika. Gerçi felaket tellalı Ferhat Bey'e göre bu tatlı tatlı yemelerin çok yakında acı sonuçları olacakmış. Tabii, işi para ya adamın, her zaman karanlık bir tablo çizmesi şart. Kapıdan çıkarken yakalandık karabuluta, yatırım sepeti yapmadığım için bana hâlâ bozuk, uzun uzun ekonomi dersi verdi, geleceğe borçlanıyormuşuz, bankacılık sektörü batışa gidiyormuş, bu eller havaya, vur patlasın çal oynasın durumları yakında bitecekmiş, bakalım ne olacakmış o zaman. Niye tadımızı kaçırıyorsun kardeşim? Millet ne güzel eğleniyor işte, niye batıyor sana? Sana ne ayrıca, herkesin kendi parası. He he dedik geçtik. Sahile indik, nereye gidelim dedim. Yürüyelim dedi, hava bahar kokuyor, cemreler düştü. Gerçekten de çılgınca bahar kokuyordu ya da öyle mutluyuz ki bize öyle geliyor. El ele Hisar'a kadar yürüdük. Bizim gibi sarmaş dolaş yürüyen onlarca çift vardı. Ali Baba'nın kahvesinde oturalım mı dedim, istemedi, öğrenci dolu orası, ben seninle baş başa olmak istiyorum. Ben de onu istiyorum sevgilim, ben de yanımda yalnızca sen ol istiyorum. Hisar iskelesinin orada bir banka oturduk, omzundan sarıldım, burnumu saçlarına gömdüm, kokusuna doyamıyorum. Karşının ışıkları suda titreşiyor, küçük tekneler pat pat pat geçiyor önümüzden. Arada arabalarında felaket müzikler çalarak geçen kırolar olmasa gece güzel, Boğaz güzel, İstanbul güzel, yaşamak güzel, aşkımız hepsinden güzel. Baharın kokusu vardı ama kendisi ortada yoktu, normal tabii, martın 15'i henüz. Ellerini tuttum, buz gibi olmuş, ovaladım. Mutluluktan aklımı kaçırabilirim dedim. Madem bu kadar istiyordun, niye daha önce evlenelim demedin? Hayır dersin diye korktum. Der miyim, ben sana Gün'ün doğum gününü kutladığımız gece âşık olmuştum. Niye benden uzak durdun o zaman? Bak onca zamanı boşuna harcadık. Sağa sola baktık, kimseler yok, öpüştük, liseli âşıklar gibi. Düğünümüzü nerede yapalım dedim, nerede evlenmek istersin? Düğün yapmasak olmaz mı dedi, gideriz nikâh dairesine, benim babamla senin kardeşin gelir, tamam işte. Şaşırdım, nasıl yani, düğün istemiyor musun? Her kadın güzel bir düğün ister. Çağıracak insanı olan ister dedi, benim kimsem yok, Gün de öldü, mutluluğuma sevinecek kimsem kalmadı. İçime ateş doldu, Günsüz kalışımızın ateşi. Ah Gün. Yaşasaydı şahane bir düğün yaptırırdı bize, eminim. Ne demek düğün istemiyoruz? Asla olmaz, ben sabaha kadar dans edeceğim düğününüzde. Ederdi de eminim, yorgunluktan bitkin düşene kadar dans ederdi. Sen peki dedi, sen ille düğün istiyor musun? Benim de çağıracak kimsem olmadığını düşündüm, yeni arkadaşlarım var, mahalleden bir sürü eşim dostum var ama evlenirken yanımda olmalarından sevinç duyacağım kimsem yok. Gün'ün ölümünden sonra Kubi tümüyle kayboldu ortadan, telefonunu da değiştirmiş, bu numara kullanılmamaktadır çıkıyor. Eski arkadaşlarımız birer ikişer çıktı yaşamımızdan. Altan karşıda bir yere taşındı, mahalleye uğradığı yok artık. Soydan zaten Çiğdem'den sonra kafayı sıyırdı, ne yapıyor ne ediyor, bilmiyoruz. Muzo'da da bir tuhaf haller, karşılaşırsak merhaba deyip geçiyor. Bizi bir arada tutan Gün'müş meğer. İstemiyorum dedim, benim istediğim tek şey seninle evlenmek. Hadi evlenelim deyince öyle bir günde evlenilmiyor tabii. Evrak hazırlıyorsun, başvuru yapıyorsun, bir sürü angaryası var. Nikâh için 12 Nisan'ı verdiler, en yakın tarih bu. Bize uyar, Şebnem'in pasaportunu yenileriz o arada. Aynı gün koştur koştur pasaport başvurusu yaptık, benim vizeciye gittik sonra. Schengen'i hızlı çıkarttırırım ama pahalıya mal olur dedi. Parası önemli değil dedim, hallet yeter. İlk gezimizde nereye gidelim dedim. Tabii ki İzmirlere filan dedi, gülüştük. Hemen ertesi gün yola çıkarız diyordum ama vize evrakını hazırlamak zaman aldı. Bir gün de alışveriş yapmamız sürdü. Şebnem gerek yok diye tutturdu ama üsteledim, yeni bir yaşama başlıyoruz, ikimiz de yepyeni giyineceğiz dedim. Abdi İpekçi'de ne kadar mağaza varsa girdik, ikimiz de tepeden tırnağa donandık. Karıma harika giysiler aldım, ayakkabılar, çantalar, montlar, kemerler, blucinler, her şey. Beyaz bir gece elbisesi görünce, peki gelinlik dedim, nasıl bir gelinlik istiyorsun? Gelinlik de istemiyormuş, hoş bir elbise giyecekmiş. Nasıl istersen ama hiç değilse *haute couture* olsun, seninle evleneceğim günden daha önemli bir gün yok benim için dedim, tanıdığım çok iyi modacılar var. Sözümü kesti, *haute couture*'ün âlâsı olacak, çok beğeneceksin, merak etme. Nasıl tatlı gülümsüyordu, tanrım, aşktan içim içime sığmıyor. Uçak bileti bakacaktım, arabayla gidelim dedi, yolculuk da gezimizin bir parçası. Peki, sen nasıl istersen sevgilim. Yürüyerek gidelim de, seni kucağımda taşıyayım. Perşembe sabah beşte yola çıktık. Hava çok bulutluydu ama arabalı vapur kuyruğundayken pırıl pırıl bir güneş açtı. Yolda çok eğlendik, bağıra çağıra şarkılar söyledik. Şebnem'le uzun yol çok başka bir şeymiş, her dakika bir heyecan, bir merak. Osman şuraya uğrayalım mı, Osman şurada duralım mı? Ben rota adamıyım, sağa sola pek dikkat etmem ama o öyle değil. Balıkesir'e gelirken yol üstünde lokanta demeye bin şahit isteyen bir lokanta gördü. Bahçesinde birkaç adam koyun kesmişler, derisini yüzüyorlar, kuyu kebabı var diye koca bir tabela. Çok acıktım, burada kuyu kebabı yiyelim dedi. Baktım çatallar teneke, tabaklar melamin, adamlar da öyle temizlikten ölüyor gibi görünmüyorlar ama çok istiyor. Hiç umutlu değildim, berbat bir yemek yiyeceğiz derken bir kuyu kebabı getirdiler, tadına doyamadık, hele köy yoğurdu, tadı damağımda kaldı. Garson soğan getirdi, yumruğunu vurmuş, kırmış, bu böyle yenir beyim diyor. Şebnem leş gibi soğan kokacağız arabada diyerek yiyince ben de yedim. İlk kez yumrukla kırılmış soğan yedim, ne kadar lezzetli oluyormuş, bazı tatları Şebnem'le öğrenmek çok hoşuma gidiyor. İzmir'e girdiğimizde çoktan gece olmuştu, kent ışık ışıktı, bir tur atmak güzel olurdu ama öyle yorulmuşuz ki doğru Hilton'a. Büyük Efes Oteli'ni düşünmüştüm önce, çok severim orayı ama Hilton açıldıktan sonra gözden düştü. Hilton'u da merak ediyordum zaten, olağanüstü bir manzarası varmış, işte fırsat. Lise birdeyken okuldan bir grup İzmir'e geziye gitmiştik, Efes'te kaldık. Alber adında Musevi bir çocukla aynı odadaydım. Benden bir sınıf yukarıdaydı. İçki içeceğiz diye sevinçten çıldırıyordu. Tekelden aldığımız viskiler yetmezmiş gibi mini barda da ne var ne yoksa içip sarhoş olduk, odanın her yerine kustuk, ertesi gün öğretmenlerden çok fena fırça yedik, disipline verecekler, pederlerin kulağına gidecek, yandık. Ama bedenci Gökay Hoca çok anlayışlı bir adamdı, Nursel Hanım'ı bir şekilde ikna etti, konu kapandı. Bir kere de ailece kalmıştık Efes'te, hazırlıktaydım, İzmir Fuarı zamanıydı. Babamın sorun çıkarmadığı, çok güzel geçen ender tatillerimizden biriydi. Teo nereden duymuşsa, Ajda Pekkan'ın Efes Oteli'nde kaldığını duymuş, babama sormaya da cesaret edemiyor, ikide bir bana soruyor Ajda Pekkan'ı görecek miyiz diye. Bir sabah kahvaltıya indik, Nil Burak'ı gördüm. Ajda Pekkan'ı unut dedim. Neden? Nil Burak burada, kavgalılar, birinin olduğu yere öteki gelmiyor. İnandı salak. Hilton'un kapısında durunca Şebnem şaşırdı, tutturdu burası çok pahalıdır, burada kalmayalım. Ne önemi var sevgilim, tabii ki layık olduğumuz yerlerde kalacağız. İstediğim gibi bir süit yalnızca 25. katta varmış, ne yapalım, yemeğimizi 33. katta yeriz artık dedim, panoramik deniz manzarasına karşı. İzmir gerçekten çok güzel bir kent, İstanbul'dan hatta Nişantaşı'ndan başka yerde yaşayamam ama zorunlusun deseler İzmir'i seçerim. Harika bir hafta geçirdik. Hava sıcak olsaydı daha iyi olurdu gerçi, montlarımızı, berelerimizi çıkaramadık soğuktan ama yine de çok güzeldi. Leica'mı almayı unuttuğum için Konak civarında bir mağazadan yeni bir Nikon aldım, bir sürü fotoğraf çektik. İzmir'in altını üstüne getirdik, ne Kemeraltı kaldı ne Asansör. Pasaport'ta kahveler içtik, Rum usulü meyhanelerde nefis yemekler yedik. Varyant'tan İzmir'e hiç bakmamıştım, kent oradan ne kadar güzel görünüyormuş. Çevreyi gezdik, Çeşme'ye, Urla'ya gittik. Sığacık diye bir köy var, antik adı Teos, duymuştum ama pek ilgimi çekmemişti, oraya da gittik, minicik, çok hoş bir köy. Bir yerleri keşfetmek çok güzel şeymiş. Niye keşif ruhu yok acaba bende? Her zaman arkadaşlarım nereye gidiyorsa oraya giderim, bildiğim yerlerde kendimi daha güvende hissediyorum herhalde. Ama Şebnem elimden tutup bilinmeze götürüyor beni, çok hoşuma gidiyor, beni korkularımdan kurtarıyor, onunla birlikteyken dünyayı alt edebilirmişim gibi geliyor, sanırım bu da aşkın bir parçası. Çok mutlu döndük İzmir'den, birbirimize daha çok âşık olarak. Ama Teo mutluluğumuzu zehir etmese olmazdı. Benim sevincim kardeşimin ıstırabı çünkü. Çok kötü kapıştık. Bir sürü mülkümüzün tapuları ortak, birini satmak istiyordum, bir uğra da konuşalım demiştim, Şebnem'le evleneceğimizi söyleyecektim ayrıca, nikâhımıza çağıracaktım, olup olan bir tane kardeşim var. Tatilden önce babamın Mercedes'ini satıp Şebnem'e bir tektaş yüzük almıştım. Necmi Bey'in arabasının parası, yaşamımı adamak istediğim karıma harika bir tektaş almama ve balayımızı Paris'te geçirmemize yetiyordu da artıyordu. Mercedes'i galeriye bıraktım, Necmi Bey'den kalan son hatıraya son bir kez baktım, hiç de içim sızlamadı, doğru Şencan Kuyumcusu'na gittim. Şebnem'den gizli tektaş siparişi verdim. Halit önce elindekileri gösterdi, hiçbirini beğenmedim, daha büyük, daha berrak bir elmas istiyorum. O da getirtmiş, 2,1 karat, hem kesimi hem berraklığı mükemmel. Bir de yakut küpe gösterdi, zevkimi anlamış, bunları beğeneceğimi düşünmüş, nasıl anladıysa artık. Tam satıcı herif, ağzı iyi laf yapıyor. Ama gerçekten şahane küpeler, altın yuvalarda minicik iki yakut damla. Hemen o akşam kadife kutusunda tektaş yüzük ve bir kucak kırmızı gülle teklifimi yineledim, benimle evlenir misin? Şebnem tektaşı görünce gözlerine inanamadı. Osman götür bunu geri ver, bu büyük bir şey, çok büyük bir şey. Senin aşkına az bile dedim. Çok pahalıdır bu, bu kadar pahalı bir yüzük istemiyorum. Ama ben istiyorum, dünyanın en güzel mücevherlerini senin üstünde görmek istiyorum sevgilim. Yüzünde öyle büyük bir şaşkınlık vardı ki hiç bozulmasın istedim. Yaşamımız boyunca ona hep güzellikler yaşatayım, o da hep böyle şaşırsın. Gece boyunca durup durup tektaşına baktı, ben de onun güzelliğine. Teo Şebnem'le tanışmıştı, bir gün Süha'nın orada Şebnem'le oturuyorduk, Teo geldi. Bizi görünce masamıza oturdu, tanıştırdım, sevgilimi hiç önemsemediğini, onun da yaşamıma girip çıkan kadınlardan biri olacağını düşündüğünü hissettim ama hiç üstünde durmadım. Nasıl olsa görecek, Şebnem'i nasıl sevdiğimi, onun için her şeyi yapabileceğimi anlayacak. Şebnem'in parmağına yüzüğü taktığım sırada kapı çalındı. Açtım Teo. Öyle mutluyum ki, uçuyorum sevinçten, bütün dünyaya evleneceğimizi haykırmak istiyorum. Daha ağzımı açmadan gülleri gördü, sonra Şebnem'in tektaşını. Hemen anladı, patlak gözleri dışarı fırladı, hayırdır evleniyor musunuz? Evet evleniyoruz. Sevinçten ağzım kulaklarımda, bizi kutlasın, sarılsın, çok sevindim desin. Çakal çakal sırıttı, gerçekten mi? Evet, niye öyle inanamıyormuş gibi bakıyorsun? Birden açtı ağzını yumdu gözünü kötülük kralı. Nasıl inanabilirmiş ki, ben evlenecek bir adam değilmişim çünkü, nerede akşam orada sabah bir yaşamım varmış, evime girip çıkan kadınların sayısı belli değilmiş, benimle değil evlenmek Taksim'e çıkılmazmış, doğru dürüst bir işim bile yokmuş, evlenmek ne demek farkında mıymışım? Avazım çıktığı kadar bağırdım. Sevin ulan sevin, abim mutlu olacak diye sevin! Susmadı Allah'ın belası. Şebnem'e aklın varsa bu heriften yakanı kurtar dedi, bundan koca moca olmaz, çok üzülürsün sonra. Siktir git dedim, defol evimden, bir daha da geleyim deme. Siktirdi gitti, mahvetti gecemizi. Şebnem çok üzüldü. Ben üzüldüm diye daha çok üzüldü. Sonra da babası onu üzdü, ben de o üzüldü diye üzüldüm. Müjde vermek için babasına gitmiştik, onu da alıp Boğaz'a yemeğe gidecektik. Babam balığı çok sever demişti, birlikte lakerda yaparlarmış eskiden. Nasıl mutluydu, babasının evleneceğimiz haberine çok sevineceğinden emindi. Suratsız Cavit Bey televizyonda maç izliyordu. Şebnem, baba biz Osman'la evleniyoruz dedi. Başını bile çevirmedi, iyi dedi, o kadar. Ne bir soru ne bir yorum. Nikâhımız bu çarşamba, dörtte dedi Şebnem, iki gibi seni evden alırız birlikte gideriz. Yine yanıt yok. Şebnem'imin sesi düştü iyice, nikâhtan sonra da yemeğe gidelim diyoruz, nereye gitmek istersin? Babası ben evden çıkıyor muyum ki dedi ters ters, hiçbir yere gidemem. Televizyondaki maça döndü. Çok şaşırdım, nikâhımıza gelmeyecek misiniz yani dedim. Bana da yanıt vermedi. Kalakaldık. Sonra Şebnem'e rakı al bana, rakım bitti dedi, gözlerini maçtan ayırmadan. İnanamadım, Şebnem'in haline kahroldum, dondu kaldı bir tanem, gözlerinde dolu dolu yaş, akamadan öyle duruyor. Bu adam benim babamdan bile kötü diye düşündüm, bu baba babaların en kötüsü. Şebnem arabada ağlarken tekele gittim, rakı aldım geldim. Kapıyı çaldım, açtı, rakıyı elimden aldı, teşekkür bile etmeden yüzüme kapattı. O gece ne yaptıysam avutamadım Şebnem'i, Teoman da bana aynını yaptı, gördün dedim, boş ver, bu insanlar için üzülmeye değmez. Kucağımda ağlaya ağlaya uyudu. Sabaha kadar içim kanadı. Neden mutlu olmuyor bu insanlar? Kızının, kardeşinin mutluluğuna sevinmek bu kadar mı zor? Nikâh günü ikimiz de mutluluğumuza sevinmeyenleri unuttuk. O da benim gibi alışmış kötü şeyleri unutmaya. Erkenden uyandık, yatakta yüzlerimiz birbirimize dönük yatıyoruz, gözlerimizin içine bakıyoruz. Heyecanlı mısın? Çok. Sen? Ben de. Yarım bir kahvaltı ettik, iştahımız kesilmiş heyecandan. Sen evde bekle, ben elbisemi alıp geleceğim dedi. Nereden alacaksın, terzin nerede, ben götüreyim. Hayır gerek yok. Çıktı gitti. Kaygıdan içim pır pır, ya dönmezse ya başına bir şey gelirse ya vazgeçerse? Yarım saat sürmedi, elinde bir Migros poşetiyle geldi. Allah Allah. Hiçbir terzi diktiği elbiseyi Migros poşetine koymaz, ne oluyor? Poşetten tülbende sarılı bir elbise çıkardı, beyaza yakın tozpembe, eteklerinde dantel, V dekolteli, ışıl ışıl, harika bir şey. Kim dikti dedim, hangi terzi bu? Vatuş'umun bir arkadaşı dedi, kolay kolay kimseye dikmez, bana da Vatuş'umun hatırı için dikti. Vatuş kim? Pangaltı'da otururlarken karşı komşularıymış, annesi işe giderken Şebnem'i ona bırakırmış, annesinden daha çok emeği varmış üstünde, en zor zamanlarda o avutmuş Şebnem'i. Nikâhımıza çağırdın mı dedim, onu da alalım giderken, madem bu kadar önemli biri senin için. Gelemez dedi, öldü, Şişli Ermeni mezarlığında yatıyor. Çok üzüldüm, istersen nikâhtan sonra mezarlığa gideriz dedim. Acı acı gülümsedi, Osman ne kadar iyi bir adamsın sen dedi, iyi ki seninle evleniyorum. Öyle mutlu oldum ki. Saçını makyajını kendi yaptı, kuaförde vakit geçirmeyi sevmiyor. Saat yaklaştıkça heyecanımız arttı. Kapıdan çıkarken dur dedim, daha bitmedi. Ona aldığım yakut küpeleri uzattım, bunlar elbisene çok yakışacak. Çok beğendiğini gözlerinin ışıldamasından anladım. Buruklaştı sonra. Çok güzel dedi, gerçekten harika küpeler ama yapma Osman, beni bu kadar şımartma. Seni sonsuza kadar şımartacağım, yeter ki sen beni sevmekten vazgeçme. Nikâh memuru konuğumuz olmamasına bozuldu. Adam için nikâh kıymak bir tür gösteri yapmak herhalde, izleyicisi yoksa tadı mı olmuyor nedir? Çok suratsızdı herif. Şebnem sinir oldu ama ben pek takmadım. İki kişiye şahit olmalarını rica ettik, biri genç bir çocuktu, temiz yüzlüydü, uğurlu gelir diye düşündüm, benim şahidim bu çocuk olsun. Rica ettik, çok sevindi, ilk kez nikâh şahidi olacakmış. Daha yaşın ne başın ne diyecektim ama kendi de evleniyormuş. Hazirana gün alacakmış, nikâhtan sonra birliğine teslim olacakmış. Deli midir nedir, insan yeni evlendiği karısını bırakıp askere gider mi? Şebnem sevdiğinin başı bağlansın, kimse göz koymasın diyedir dedi.

Doğru, hiç aklıma gelmedi. Bedelli çıktı da ben yırttım neyse ki. Şebnem'in şahidi belediyede çalışan bir kadın oldu. Kime rica edelim diye odalara bakıyorduk. Bir odada iki kadınla bir adamın çalıştığını gördük. Şebnem başıyla kadını işaret etti. Ne dersin? Olur, anlayışlı bir tipe benziyor. Masasına gittik, Şebnem benim nikâh şahidim olur musunuz dedi. Hiç şaşırmadı kadın, tabii olur dedi kalktı. Ölüyordu ama meraktan, aileler niye yok? Şebnem ayaküstü bir öykü uydurdu. Eşimin anne babası Amerika'da yaşıyor, yaşları da ileri, gelemiyorlar, nikâhtan sonra biz yanlarına gideceğiz. Sizin anne babanız? Yalancı bir hüzünle boynunu büktü oyuncuların en güzeli karım. Benim kimsem yok, yetiştirme yurdunda büyüdüm ben. Tanrım nasıl inandırıcıydı, ben bile inanacağım neredeyse. Kadın ağlamaklı oldu, ah canım, üzülme diye sarıldı. Gülmemek için kendimi zor tuttum. Çiçeğin nerede güzelim senin dedi, gelinin elinde çiçek olmadan olur mu damat bey? Unutmuşum dedim. Gerçekten unutmuştum: Hemen gidip alayım. Uğraşma şimdi, bende var dedi, gitti, bir demet papatyayla geldi, vazodan çıkarmış, saplarından su sızıyor. Bir peçeteyle kuruladı, Şebnem'in eline tutuşturdu. Valla böyle en iyisi aslında dedi. Kimsesiz evleniyoruz diye üzülüyoruz sanıyor, aklınca avutuyor bizi. Düğün boşuna masraf, gelecekler, sizin kesenizden yiyecekler içecekler, bir de düğünü beğenmedik diye dedikodu yapacaklar, yaranılmaz, en iyisi bu, ikiniz baş başa, oh. Şebnem'le bakıştık, tabii tabii dedik, yuva kuruyoruz, parayı sokağa atmaya ne gerek var? Fotoğrafımızı kim çekecek? Nikon'um yanımda ama kimin çekeceğini düşünmemişim. Ben çektiririm birine dedi. Yaşlıca bir hademeyi çağırdı. Bu kazma mı Nikon kullanacak? Ama adam zeki bir şeydi, hemen öğrendi. Stüdyo Zümrüt'e bıraktım filmi, balayı dönüşü alacağız. Becerebildi mi çok merak ediyorum, umarım güzel çekmiştir. Konuksuz olunca nikâh memuru töreni ciddiye almıyor anlaşılan, motor takmış gibi beş dakikada kıydı nikâhımızı, siz Necmi oğlu Osman, siz Cavit kızı Şebnem evlenmeyi kabul ediyor musunuz? Evet dedik, evet evet evet. Ben de sizi karıkoca ilan ediyorum. Hadi geçmiş olsun, güle güle. Bir dur be adam, bir tadını çıkaralım. İmzalarımızı attık, hademe sürekli deklanşöre basıyor. Memur evlenme cüzdanı tiradını aksatmadı ama, yuva şudur, yuva budur. Aldık cüzdanımızı. Genç çocuk bahşiş vereceğimi hissetti sanırım, dur mur demeye kalmadan bizi hızla kutlayıp gitti. Kadınla hademe alışıklar belli ki, bahşişlerini teşekkürlerle aldılar. Dışarı çıktık, şaşkınız. Biz evlendik mi yani şimdi? Akşam Nüvit'e yemeğe gittik. Önce barda birer içki içtik, sonra buyurun dediler, masamızı hazırlamışlar, bölmemizi daha doğrusu, terasın Boğaz'a bakan kısmını kapattırmıştım. Çıktık, her şeyi çok ince düşünmüşler, masamız şahane, çiçekler, mumlar, geceler soğuk oluyor diye ayaklı ısıtıcıyı dekorasyona gizlemişler. Şebnem niye tek masa var dedi. Çünkü yalnızca ikimiz olacağız dedim. Yine o tatlı şaşkınlık belirdi yüzünde. Ah Osman dedi. Adım senin ağzından ne kadar güzel çıkıyor, sen söylediğin zaman adımı seviyorum. Müzisyenler geldi, iki keman bir kontrbas, benim akustik gitarımı da getirdiler. Otelin müzisyenlerini ayarlamıştım, Şebnem'den gizli prova yapmıştık. Ona yazdığım şarkıyla başladık: Sensiz artı bensiz eşit değildir sen artı ben. Ben uzakta solan bir yıldız, günü aydınlatan güneş sen. Şarkıyı söylerken Şebnem ağlamaya başladı, gözlerinden inci taneleri gibi akıyordu yaşlar. Mutluluk gözyaşlarım dedi, yaşamımda ilk kez mutluluktan ağlıyorum. İlk gecemizi Çırağan'da geçirelim demiştim, Şebnem yeter ama diye payladı beni, ertesi gün Paris'e gideceğiz zaten hazırlık yapmamız gerek. Tamam, kızma, tamam. Ben senin mutlu olmanı istiyorum yalnızca. Mutluyum Osman, beni mutlu etmek için bu kadar çırpınmana gerek yok, seninle evlendiğim için çok mutluyum ben. Çakırkeyif bir halde evimize geldik, valizlerimizi yaptık, yattık. İlk kez sevişiyormuşuz gibi seviştik, karım benliğime doldu, damarlarıma sızdı, ben yok artık, biz var diye düşündüm, karım ve ben. Çocuğumuz da olunca tam bir aile olacağız. Şebnem uyurken kalktım, uykusunu izledim, evlenme cüzdanımıza baktım yine. Çekmecemden yepyeni bir defter çıkardım, yazmaya başladım. Neredeyse sabah olacak, birazdan öperek uyandıracağım karımı, hazırlanacağız, kahvaltımızı havalimanında yapalım diyeceğiz, çıkacağız. Öğle saatlerinde Paris bizi karşılayacak. Şebnem'imle Paris. Şanzelize, Montmartre, Eyfel Kulesi, müzeler, restoranlar, kafeler, Seine'de tekne gezileri. Sabırsızlanıyorum. Pek çok ünlünün kaldığı, eski bir otelde kalacağız, Hotel Lumiere'de, Anais Nin'in kaldığı odayı seçtim. Şebnem Paris'ten Londra'ya geçeceğimizi bilmiyor, pasaportunu inceler de İngiltere vizesini görür diye bende dursun dedim, vermedim. Paris'i sevsem de benim kentim Londra. Fransızcam hiç fena değil aslında ama Paris'te inatla İngilizce konuşmamalarına sinir oluyorum, Londra'da çok daha iyi hissediyorum kendimi. Şebnem uyandı galiba. Ama ben uyandıracaktım seni sevgilim.

* * *

5 Mayıs 2000

Paris'te yedi harika günden sonra Londra'da beş berbat gün yaşadık. Önce otelde rezervasyonumuzun yapılmamış olduğu ortaya çıktı. İnanamadım, Dalloway gibi bir otelde nasıl böyle bir aksaklık olabilir? Telefonla yaptırdım, Arthur diye bir arkadaş aldı rezervasyonumuzu diyorum, yok diye ekranı gözüme sokuyorlar. Arthur nerede? İzin günüymüş, arayın sorun dedim, bir şey değişmez dediler, boş odamız yok. Çıldıracağım. Şebnem boş ver, çıkarız buluruz bir yer diyor. Kocaman iki bavulla otel mi arayacağız? Bir de trende öve öve bitirememişim Londra'yı, düştüğüm duruma bak. Resepsiyondakiler de öküzün önde gidenleri çıktı, insan bir yardımcı olur, bir çare arar, oralı bile olmadılar. O zaman interneti kullanayım dedim, mırın kırın ettiler ama lütfettiler sonunda. Oturdum bilgisayarın başına, iyi otelleri arıyorum yer yok, orta hallileri arıyorum yer yok. Herkes mi Londra'ya geldi, anlamadım ki. Sonunda Camden Town'da, üç yıldız bir otelde yer bulabildim. Resepsiyondaki suratsız kız güzel oteldir, seversiniz dedi. Sağol canım be, çok yardımcı oldun. Bir zahmet taksi çağırsanız? İstemeye istemeye çağırdılar. Bindik taksiye, gittik. Oteli görünce yıkıldım, bu mu yani seveceğimiz otel? Kulakları çınlasın, Kubi derdi ama, fotoğrafa inanma, iyi fotoğrafçı öyle bir açıdan çeker ki, Ayşen Gruda'yı Cher sanırsın derdi. Karşımızda internetteki fotoğrafıyla ilgisi olmayan sıradan bir yapı, oda küçücük, hiçbir özelliği yok, üstelik Camden'ın da en kötü yerinde. Şebnem yine dert etmiyor, bütün gün gezecekmişiz zaten, yatmadan yatmaya gelecekmişiz, olsunmuş. Sevgilim, bu bizim balayımız, yalnızca yatıp uyumak için bile olsa, güzel bir otelde kalmamız gerekmez mi? Nasıl bezdirdiysem canımı, bunaldı sonunda, bul o zaman dedi, benim için fark etmez, ille de kalmam diyorsan gönlüne göresini bul, gidelim. Bulamıyorum ki, bulsam durur muyum? Şansımıza çalışanlar Dalloway'dekiler gibi suratsız değillerdi, onların yakınlığı beni otele bir parça ısıttı, odanın manzarası da fena değildi, bıraktık bavullarımızı, kendimizi dışarı attık ve tabii korktuğum başıma geldi, yağmur başladı. E Londra bu, normal, yanımıza şemsiye almayı akıl etmem gerekirdi. Bir yerden bir şemsiye alıncaya kadar bayağı ıslandık. Islandık diye gülüşüyoruz ama nereden bilebilirdim bu yağmurun bir sonucu olacağını? Otel krizi sayılmazsa o gün çok güzel geçti, gezdik, tozduk, yürüdük, ayaklarımıza kara sular indi. İkinci gün Picadilly'de bir kafede otururken Şebnem'in çantasını çaldılar, kimlik, kredi kartları her şey gitti. Hadi bankaları ara, kartları iptal ettir. Allahtan pasaportlar bendeydi, bir de onlar gitseydi yanmıştık. Polise gittik ama boşuna. Şebnem en çok Louis Vuitton çantasının gittiğine üzüldü, çok severek almıştı onu Paris'ten. Yenisini alırız dedim, söz aynından bulacağım sana. Üçüncü gün geç kalktık, küçücük ama çok şirin bir kafede nefis bir İngiliz kahvaltısı yaptık. British Museum'a gittik, daha üçte birini gezmişken yorulduk. Thames kıyısında Paula diye çok sevdiğim bir restoran var, nefis deniz ürünleri yapıyorlar, akşamüstü oraya gittik, gece de Soho'da bir kulübe gideceğiz. Ama Şebnem üşüyor, iştahı yok, ateşi çıkmış. Olacağı buydu, o günkü yağmurda üşütmüş. Erkenden otele döndük. Gece yatsın dinlensin, yarın gezeriz dedim ama sabah daha kötü uyandı, boğazı şişmiş, ateşi bir çıkıyor bir iniyor. Hastaneye gidelim dedim, istemedi. Resepsiyondakiler çok yardımcı oldu, ilaç getirdiler, biraz çay içti, birkaç bisküvi yedi. O gün yataktan çıkamadı, küçücük otel odasına tıkıldık. Bana sen çık gez, başımda beklemene gerek yok diyor. Olur mu öyle şey, sensiz bir yere gider miyim? Yarın iyileşeceksin, gezeceğiz, London Bridge'e gideceğiz, Buckingham'a gideceğiz diye anlatıyorum. Osman İstanbul'a dönelim dedi. Ama daha hiçbir yeri görmedin ki sevgilim. Gene geliriz, ben evimizde olmak istiyorum. Canım benim, yalvarır gibi bakıyor. Nasıl istersen dedim, madem evimizde olmak istiyorsun dönelim. Biletlerimizi değiştirdim, ertesi gün doğru Heathrow'a. Hoşça kal Londra, yakında yine geleceğiz. Bir hafta mutlu olduk ya, Paris'te yaşamımın en güzel haftasını geçirdim ya, burnumdan gelmesi şarttı.

Londra rezaleti yetmedi. Döndük evimize, bavulları kapıda bıraktım, koşturarak nikâh fotoğraflarımızı almaya gittim. Ama İlhami denen orospu çocuğu filmi yakmış, kapkaranlık bir rulodan başka bir şey yok. Bir de zeytinyağı gibi üste çıkıyor aşağılık herif, siz makineden çıkarırken ışık almıştır, bizde olmaz diyor. Gırtlağına sarılacaktım neredeyse. Öyle kızgınım ki, gece gidip dükkânını ateşe mi versem ne yapsam diye düşünüyorum. Halimi görünce Şebnem'in ödü koptu. Filmi yakmışlar dedim, ağlayacağım sinirimden. Ben de çok kötü bir şey oldu sandım dedi. Sinirlendim, sevgilim daha ne olsun? Nikâhımızdan bir kare bile fotoğrafımız yok. Ama hepsi belleğimizde duruyor dedi, ben nikâh günümüzün tek bir ânını bile unutmayacağım, sen unutacak mısın? Öyle tatlı bakıyor, öyle yumuşak konuşuyor ki, öfkem uçtu gitti. Bazen karımın bu Pollyanna hallerine sinir olmuyor değilim. Ne zaman nikâhımızdan fotoğrafımız yok desem ama Paris fotoğraflarımız çok güzel diyor. Aynı şey değil ki. Paris fotoğraflarımız gerçekten çok güzel. Onlarda da ikimiz azız, çoğunlukla ben Şebnem'i çekmişim. Hepsinde de öyle güzel çıkmış ki bakmaya doyamıyorum. Dün mahalledekilere evlendiğimizi söyledik. Aslında bir parti vermek istiyordum, Öktemleri, Müjdatları filan çağıracaktım, orada söyleyecektim ama kendiliğinden oldu. Sabah on buçuk gibi evden çıkmıştık, hiç gerekmediği halde erken kalkıyoruz, ikimiz de sekizde ayaktayız, erken yatıyoruz çünkü. Şebnem hastalığı hâlâ tam atlatamadığı için gece dışarı çıkmak istemiyor, kanepede kucak kucağa oturup film izliyoruz, çok hoşuma gidiyor. Mutluluk bu işte diyorum, bundan daha büyük bir mutluluk yok. On iki gibi esnemeye başlıyor, Osman yatalım mı? Hemen. Sana sarılıp uyumak en sevdiğim şey. Dün sabah kahvaltıda çok bunaldım, çıkalım bir yerlere gidelim dedi. Çıktık. Banyoya orijinal bir ayna almak istiyorduk, Ziya

Abi'nin dükkânında bulamamıştık, Çukurcuma'ya gidelim bakalım dedik. Ara sokaklardan birinde bir antikacı gördük, küçük bir dükkân, vitrinde de güzel bir ayna var. Girdik içeri, ayna biraz kararmış ama çerçevesi güzel. Buna yeni ayna taktırsak olur mu diye konuşuyoruz. Adam bir tane daha var dedi, ama biraz büyük, gelin bakın. Küçücük sandığımız dükkân hangarmış meğer, arkada kocaman bir alan, içeride de yok yok. Ziya Abi dükkân görsün. Adam aynayı gösterdi, dört parmak eninde altın varak çerçeve, öyle eskitme falan değil, orijinal, en az seksen yıllıkmış, deseni çok zarif, boyutları tam istediğimiz gibi. Ama onun aynası da çatlak. Adam değiştirtirim, evinize de gönderirim dedi. Kaparo verdim, adres bıraktık, çıktık. Öğle yemeğini nerede yiyelim diye bakıyoruz ama her yer çok kalabalık, hava da sıcak, mahalleye dönelim en iyisi dedik, Pino yine toparladı, orada yeriz. Pino'ya bir gittik ki bizimkiler orada, uzun bir masa yapmışlar yemek yiyorlar. Gülce de var. Bizi gördüler, hadi oturun dediler, yeni sipariş vermişler. Şebnem hepsiyle tanışmıştı ama milletle takılmaktan fazla hoşlanmıyor, yalnızlığı daha çok seviyor, evlenmeden önce de öyleydi gerçi, evde kitap okusun, birlikte film izleyelim, istediği bu. Çocuklar oturun diye ısrar edince oturduk. Gülce bir şey söyleyecek diye çok tedirgindim. Gün'ün tekrar hastalanmasından önce Şebnem'in bana uzak durduğu günlerde birkaç kere birlikte olmuştuk, bayağı bir umutlanmıştı, Şebnem ortaya çıkınca çok bozuldu. Şebnem de başka yer yokmuş gibi, gitti onun karşısına oturdu. Gülce kaltağı Şebnem'in tektaşını hemen gördü tabii. Evlendiniz mi siz? Renk vermemeye çalışıyor ama şoke oldu. Ne sanıyordu acaba, Şebnem'den ayrılacağımı mı? Herkes ayağa kalktı, kutlamalar, sarılmalar, sitem ediyorlar, aşk olsun bizi niye çağırmadınız? Kimseyi çağırmadık dedik, ikimiz gittik evlendik. Müjdat ben anlamıştım zaten dedi, halinizden belliydi, çifte kumrular gibiydiniz. Semiha ben de dedi, hepinizden eski tanıyorum ben Osman'ı, ilk kez bu kadar âşık olduğunu gördüm. Masada oöø sesleri. Semiha çok samimi geldi bana, iyi kızdır zaten. Müjdat'la Alihan kafa çocuklar. Müjdat çok komik ayrıca. Şebnem'e ânında yenge demeye başladı, yenge aşağı yenge yukarı. Yenge Osman'ın ara sıra bizimle takılmasına müsaade eder misin? Şebnem de hiç bozmuyor, olmaz, kocamı yoldan çıkarırsınız diyor. Bayılıyorum bu hallerine. Eski müzisyen tayfasından kopunca ikisiyle takılmaya başlamıştım, ikisi de iyi müzisyen. Müjdat beste de yapıyor. Alihan çok beğeniyor ama ben biraz üslupsuz buluyorum, daha çok yol alması gerek. Alihanların Teneke Mahallesi'nde bir binası var, üst katları tekstil atölyeleri, Alihan bodrum kata el koymuş, birkaç ekipman attık oraya, ara sıra prova yapıyoruz. Konforlu değil ama idare ediyor. İyi bir davulcu arıyoruz da yok. Bulsak ufak ufak gruba doğru gideriz diye konuşuyoruz. Müjdat çok ciddiye alıyor müzik işini, bu yanını çok seviyorum. Bu saatten sonra kıçı kırık barlarda çıkacak değiliz, doğrudan sektöre çalışmak gerek diyor, kesinlikle haklı. Ben zaten karşıyım. Albümüm çıkar, belli bir tanınırlığım oluşur, iyi mekânlardan teklif gelir, ancak o zaman. Albüme de yakın sayılırız. Müjdat'ın bestelerine bir el atarım, benimkiler de var, hepsini bir yeniden düzenlesek, tamam. Çevresi de hiç fena değil Müjdat'ın. Haftada bir Hit FM'in direktörüyle yemekte. Albümümüz Hit FM'de iki hafta dönse tamam. Evlendim diye Gülce nasıl bozulduysa erken kalktı, gitmeden önce sırtımdan sarıldı, karın biliyor mu dedi kulağıma. Tepeden tırnağa sinir kesildim. Manyak karı. Allahtan Şebnem görmedi. Ama Gülce'nin halinden kuşkulanmış belli ki, gece *Fight Club*'ı izliyorduk. Durup dururken sizin Gülce'yle aranızda bir şey mi geçti dedi. Gülce'yle mi? Hayır, ne geçebilir ki? Evlendik deyince niye o kadar bozuldu öyleyse? Bozulduğunu fark etmedim desem zeki karım asla yemez, salağa yatıyorum diye kızar. Boş ver dedim, uzaktan kesikti bana, ondandır. Ama ısrarlıydı. Bir şey geçmedi yani. Hayır, geçmiş olsa niye söylemeyeyim ki? Karıma doğruyu söylemediğim için huzursuzum aslında. Gülce birilerine söylemişse kulağına gidebilir, o zaman ne yapacağım, Gülce hayal görmüş mü diyeceğim? Ama birlikte olduğum kadınları anlatmaya başlarsam mahallede oturamayız. Birbirimizin geçmişindeki her şeyi bilmemize gerek yok ayrıca. Geçmiş geçmiştir dedik bitti, onunki de geçmiş benimki de.

* * *

25 Eylül 2000

BABA OLACAĞIM! İnanamıyorum, baba olacağım. Sevinçten içim içime sığmıyor. Durup durup bebeğimizin ultrason resmine bakıyorum, baba olacağım diye bağırıyorum, çocuğumuz olacak. Şebnem gülüyor. Bir hafta önce reglim gecikti demişti, o anda çok umutlandım ama bir şey söylemedim, erken sevinmekten korkarım. Test yaptık, pozitif çıktı, iki pembe çizgi. Gözlerime inanamadım, hemen doktora gidelim dedim, bekleyecek sabrım yok. Bu sabah gittik, altı haftalıkmış. Sevtap Hanım'ın hesabına göre nisan sonu, mayıs başı bebeğimiz geliyor. Her şey yolunda giderse mart sonunda doğumun tarihini belirleriz dedi. Tabii ki gidecek, her şeyin yolunda gitmesi için ne gerekiyorsa yapacağım. Başladım bile, eve gelir gelmez Şebnem'e bundan sonra şunu şuradan alıp şuraya koymak yok, ona göre dedim, öyle Meryem'e yardım edeyim, kadıncağız çok yoruldu falan yok, bitti. Mevlüt'e de bir sürü talimat verdim, bundan sonra her sabah gazete ve ekmekle birlikte günlük süt de getirecek, her iki günde bir de Mevsim manavından sebze meyve alacak, çok taze oluyor onun ürünleri. Eti balığı şarküteriyi gözümle görüp kendim alacağım. Meryem'i gönderelim, yatılı kadın alalım dedim, evimiz uygun. Tabii ki kabul etmedi inatçı karım, bebek doğunca zaten bakıcı tutmamız gerekecekmiş, onu o zaman düşünürmüşüz. Ama hamileliğinde de rahat etmeni istiyorum. Zaten rahatım, ne yapıyorum ki diyor. O zaman Meryem geç gitsin dedim, akşam yemeğinden sonra ortalığı toplasın, senin sütünü filan hazırlasın, öyle gitsin. Ben çok ısrar edince kabul etmek zorunda kaldı. Meryem'e maaşına yüzde elli zam yapacağım ama akşam ona kadar kalacaksın dedim. Olmaz demez mi? Meryem, yüzde elli zam diyorum bak, 300 milyon yerine 450 milyon alacaksın. Ben istemem mi Osman Bey dedi. Ama eve gitmesi gece yarısını bulurmuş, o saatte sokak it kopuk dolu oluyormuş. Nerede oturuyorsun sen dedim, Ünalan diye bir yerde oturuyormuş. Tamam, seni her akşam taksiyle göndereceğim evine, kapına kadar götürecek, anlaştık mı? Çok tutar ama diyor. Sana ne, senin cebinden mi çıkacak parası? Doktordan dönerken bir bebek mağazasının önünden geçiyorduk, o zamana kadar orada bir bebek mağazası olduğunun farkında bile değildim, artık aklım fikrim bebeğimizde, hemen gözüm takıldı. Şebnem'e şuraya bir bakalım mı dedim. Daha altı haftalıkken böyle yaparsan dokuz aylık olunca ne yaparsın düşünemiyorum dedi. Ama kendimi tutamıyorum ki, çocuk gibi yalvarıyorum, n'olur, birazcık bakalım, lütfen. İçeri girdik. Pusetler, kangurular, bebek arabaları, küvetler, ne güzel şeyler var. Hele giysiler, hepsi o kadar şirin ki bütün mağazayı almak istiyorum. Sevtap Hanım'a cinsiyetini ne zaman öğreniriz diye sordum, 12 haftadan önce söyleyemezmiş. Altı hafta bekleyeceğiz yani. Pembe dantelden bir bebek elbisesi gördüm, bayıldım, bunu alalım hiç olmazsa. Ya erkek olursa, cinsiyetini öğrenelim, alırız dedi, aldırmadı. Eve geldik. Kız mı istiyorsun erkek mi dedim. Birden ağlamaya başladı. İçime korku doldu, istemiyor mu yoksa? Ama konuşmuştuk, bir çocuğumuz olsun, iki hatta üç çocuğumuz olsun demiştik, hayal kurmuştuk, hayal kurarken yaşlanmıştık, çocuklarımızı evlendirmiştik. Şebnem neden ağlıyorsun? Korkuyorum dedi. Korkuyor musun? Neden? İyi bir anne olamazsam diye korkuyorum. Benden iyi bir anne olmaz çünkü, ben iyi bir anne nasıl olur bilmiyorum. Ben de iyi bir baba nasıl olur bilmiyorum dedim. Ama bir tek şey biliyorum, çocuğumuzu çok seveceğiz ve onu bu kadar çok sevmemiz iyi bir anne baba olmamıza yetecek. Sarıldım, gözyaşlarından öptüm, sakinleştirdim. Sevincimiz geri geldi. Üç aylık olmadan kimseye söylemek yok ama dedi. Neden? Nazar değer, bir şey olur. Babana da mı söylemeyeceğiz? Asıl babama söylemeyeceğiz, hiç kimseye. Peki dedim, nasıl istersen. Ama duramadım ki. Akşamüstü Teo'yu görmeye şirkete gitmiştim. Şişli'deki handa ikimizin de kiracıları var, benimkilerin zam zamanı geliyor. Kontratlarını getir, benim avukat halleder demişti. Masasına kurulmuş Allah'ın kırosu, bir de puro yakmış, tütünden çok anlarmış gibi, daha da kilo almış, masaya sığmıyor. Önündeki koltuklarda da kendisine benzeyen iki hıyar oturuyor, kah kah gülüyorlar. Beni görünce n'oldu dedi? Fotokopileri gösterdim, bakacaktık ya. Bırak sonra bakarım dedi, bir canım sıkıldı. Neyse ki o iki hıyar kalktı, Teo geçirdi misafirlerini, geldi. Sevinçten yerimde duramadığımı fark etti. Hayırdır dedi, ağzın kulaklarında, piyango mu çıktı, n'oldu? Kardeşim bu işte, ne kadar küçük bir adam, birini sevinçli görmesin, aklına sadece para geliyor. Amca oluyorsun dedim. Nasıl yani, Şebnem hamile mi? Evet. Çok şaşırdı. Sonra gülmeye başladı. Boşandığınız zaman yavrunuz hanginizde kalacak? Kanım dondu, inanamadım. Birden ayağa fırladım, ne diyorsun ulan sen dedim, boşanacağımızı nereden çıkarıyorsun? Öfkeden kıpkırmızı kesilmiştim, alnımda bir damarın şiştiğini hissediyordum. Hemen değişti hayvan, sana şaka da yapılmıyor, vallahi şaka söyledim, bu kadar kızacağını bilseydim söylemezdim diyor. Kalk bir öpeyim dedi, zorla tuttu kolumdan kaldırdı, boynuma sarıldı. Amca oluyorum ha dedi, vay be. Osman Koryürek baba oluyor, Teoman Koryürek'in yeğeni oluyor. Bunu kutlayalım. Hemen bir şişe viski açtı. Hadi yeğenimin şerefine. Hep böyle yapıyor, önce bir deli ediyor beni, sonra benim kadar seviniyor. Şebnem'e, kendimi tutamadım, Teoman'a söyledim dedim. Kızacak sanıyordum. Sevindi mi dedi. Çok dedim, çok sevindi, amca olacak diye uçuyor. Sen babana söylemeyecek misin? Bilmiyorum, belki de söylerim dedi. O da duramaz, söyler, eminim. Daha sayfalarca yazmak istiyorum ama sevinç yorgunuyum. Uzun zamandır günlük yazma gereksinimi duymuyordum. O şarkıdaki gibi, aşk yaşanır, anlatılmaz durumu. Pespaye bir şarkı ama doğru, doyasıya yaşanan bir aşk sözcüklere aktarılınca yavanlaşıyor, oysa çok mutluyuz, aşkımızı doyasıya yaşıyoruz. Evlendiğimizden beri her günümüz dolu. Partilere gidiyoruz, arkadaşlarımızı eve çağırıyoruz. Ara sıra küçük tatlı kavgalarımız olmuyor değil. Müjdatlarla da iyi gidiyor. Onun iki şarkısının, benim bir şarkımın aranje işlerini bitirdik, üçü de çok iyi oldu, albüm çıkınca hangimizinki patlayacak, merak ediyorum. Alihan bizden ayrıldı yalnız, müziği bıraktı daha doğrusu. Datça'dan toprak almış, oraya yerleşecekmiş. Bok mu var bu Datça'da, Bodrum'da anlamıyorum ki. Niye gidip duruyor bu insanlar? Ne yapacak yani, enginar yetiştirip pazarda mı satacak? Müjdat iyi oldu boş ver, yetersizdi zaten diyor. Doğru aslında, kayda değer bir katkısı yoktu bize. Davulcu da bulduk. Gürcan bizden genç ama çok iyi bir perküsyoncu, timpaniden bongoya, bendirden darbukaya ne kadar vurmalı varsa konuşturuyor. Müjdat oğlum Roman mısın sen doğru söyle, darbukayı bu kadar iyi ancak Romanlar çalar diye takılıyor. Bebeğimiz için günlük tutalım dedim Şebnem'e, ben başladım bile dedi. Nasıl, ne zaman? Ben Teo'ya gittiğimde çekmecemden bir defter almış, ilk sayfasına da ultrason resmini yapıştırmış. Açtı gösterdi. Birlikte yazacağız dedi. Tamam dedim, seve seve, kaytarmak yok ama. Ben kaytarabilirim, sen yazarsın diyor. İlk sayfasını birlikte yazdık. Sevtap Hanım ne söylediyse hepsini sıraladık. Seni dört gözle bekliyoruz diye bitirdik ilk günü. İkimiz de çok heyecanlıyız. Baba olacağıma hâlâ inanamıyorum, çocuğumu kucağıma alıncaya kadar da inanamayacağım sanırım.

(4. defter burada bitiyor.)

Osman'ın arkadaşı, moda tasarımcısı Semiha Bakangör

"Karıkoca çok yalnızdılar."

Osman'la nasıl tanışmıştınız?
Mahalleden tanışıyorduk biz.. çocukluktan. Osman'ı herkes tanırdı zaten mahallede, Nişantaşı'nın en yakışıklı çocuğuydu. Işık'ta okurken kız arkadaşlarım ölüp biterlerdi Osman için.. hepsi deli gibi âşıktı.

Siz değil miydiniz?
Değildim, ben çok kasıntı buluyordum Osman'ı. Kadın olsun erkek olsun, beğenildiğinin bu derece farkında olan insanlardan hoşlanmam zaten. Osman'ın halleri çok poz gelirdi bana. Sonra ben lisedeyken arkadaş olduk. Osman üniversitedeydi, daha da cool'du artık. Arkadaş olunca şaşırmıştım aslında.. hali tavrı o kadar da poz değilmiş.. doğal haliymiş..

Çağatay'la Gazi'yi de tanıyor muydunuz?
Tabii ki.. Çağatay gıcığın tekiydi, sevmezdim.. çok içten pazarlıklı gelirdi bana. Ama Gazi öyle değildi. Bizim mahallede oturmuyordu o, Bebekliydi. Motoru vardı.. motorla gelirdi mahalleye, hava yapardı. Çok eğlenceli bir

çocuktu, çok da komikti. Ben Gazi'ye âşıktım aslında ama bana hiç pas vermedi. Nerde boş beleş, fikirsiz kızlar var, onların peşinde koşardı. Ergenlik yıllarından bahsediyorum tabii.. üniversite ortamına girince aşka da, ilişkilere de bakış açım değişti. Büyüdüm yani.

Sonrasında Gazilerle arkadaşlığınız devam etti mi?
Etmedi. Gaziler karşıya taşındı. Çağatay da üniversiteyi bitirince mahalleden uzaklaştı.. koptuk.

Siz ne okudunuz? Moda tasarımı mı?
Tekstil mühendisliği okudum ben, Marmara Üniversitesi'nde. O yıllarda moda tasarımı okulları yoktu. Şimdi açıldı bir sürü.. önüne gelen modacı oldu, enflasyon var modada.

Gereksiz mi buluyorsunuz bu kadar çok modacı olmasını?
Değersiz buluyorum. Moda tasarımı bir sanat.. ama bu yenilerin çoğu kombinci, arkalarında bir yaratıcılık yok, bir felsefe, bir düşünce yok. Okullular yine bir derece.. az buçuk bir şey öğreniyorlar, malzemeyi tanıyorlar en azından. Yetmez tabii de.. gene de eğitim işte..

Sayıca çok olmaları nasıl bir sorun yaratıyor sektörünüzde?
Kirlilik yaratıyor.. işi ucuzlattılar, ayağa düşürdüler. İyi bir moda tasarımcısının geçmişinde büyük emek vardır, yoğun çalışma vardır, yetenek zaten şart.. ama yenilerde hiçbiri yok. Bütün sektörler aynı aslında.. memleketin sorunu bu. Liyakat, bilgi, deneyim, eğitim.. bunlar önemsenmiyor. Hele yetenek, hiç.

Sizin modaya ilginiz nasıl başladı? Babanız tekstilci olduğu için mi?
Babamın da etkisi vardı tabii.. evimizde her zaman çeşit çeşit malzeme bulunurdu, bir tür oyuncaktı benim için.

Ama sonuçta yaratıcı bir tarafınız yoksa bir faydası olmaz. Aynı evde büyüdüğümüz halde ablamda olmadı mesela..

İki kardeş misiniz?
Üç.. bir de tekne kazıntısı erkek kardeşim var..

Kardeşiniz de Osman'la arkadaş mıydı?
Değildi.. çok yaş farkı vardı aralarında. Osman ablamla yaşıttı.

Ablanız arkadaşı mıydı?
Mahalleden tanışıyorlardı ama arkadaş değillerdi. Ablam çok inekti benim.. gece gündüz ders çalışırdı. Üniversite sınavında ilk elliye girdi. Hacettepe Tıp'ı kazandı. Profesör şimdi üniversitede.. Osman'ı sorsanız hatırlamaz bile.

Siz tekstilden modaya nasıl geçtiniz peki? Babanızla çalışmaya mı başladınız, nasıl oldu?
Üniversitedeyken ufak ufak babamla çalışmaya başlamıştım, koleksiyonlar hazırlıyordum ama beni kesmiyordu. Babam işadamıydı, riske girmeyi sevmiyor, yaratıcı fikirlerimi uygulamak istemiyor. Çok kavga ediyorduk. O ara Domus Academy'ye mastıra başvurmuştum, kabul edildim. Dönünce de kendi tasarım şirketimi kurdum.

Babanız onunla çalışmadığınız için bozuldu mu?
Tam aksine, benden kurtulduğuna çok memnun oldu. Ben marka yaratmak istiyordum ama babamın öyle bir iddiası yoktu, bilançoya bakıyordu o.. kâr etmiş mi etmemiş mi? 2008 krizinden sonra bıraktı zaten, çekildi sektörden. Annemle Akçay'a yerleştiler.. bahçe çiçek böcek.. onlarla uğraşıyor.

Anne babanız Osman'ın anne babasını tanır mıydı?
Uzaktan tanırlardı, sonuçta eski Nişantaşlı aileler.. ama bir ahbaplıkları olmadı.

Neden olmadı? Necmi beyden mi kaynaklanıyordu?
Necmi beyden neden kaynaklansın?

Kendini beğenmiş biriydi diyenler oldu..
Haa.. yok. Necmi bey amca sevimsiz bir adamdı gerçekten ama ondan değil. Babamın arkadaşları kendi gibi işadamlarıydı. Annemin de kendi arkadaşları vardı. Osman'ın annesi sosyal bir kadın değildi, evden çıkmazdı pek.. genç öldü zaten.

Teoman'ı tanır mıydınız?
Osman'ın kardeşini mi? Tabii ki. Işık'ın kızlarına az asılmadı Teoman.. ama garip garip tiplerle takılırdı o. Babaları öldükten sonra taşındı mahalleden.. sonrasında pek görmedim.

Osman'ın karısı Şebnem'le iyi arkadaş olmuşsunuz bir dönem..
Bir dönem sık görüşüyorduk evet.. ben Milano'ya gitmeden önce. Ama çok da yakın değildik aslında. Hep bir mesafe vardı aramızda. Şebnem'in bir türlü açılmadığını düşünürdüm ben, içini açmazdı yani.. kimseye açmazdı, yalnız bana değil.

Osman'la sorunlarından falan bahsetmezdi o zaman.. var mıydı sorunları?
Olmuştur tabii, sorunsuz evlilik olur mu? Ama anlatmazdı, dinleyiciydi. Biz Şebnem'le düşük yaptığı sırada arkadaş olduk aslında.. ondan öncesinde fazla yakınlığımız yoktu.

Düşük mü yaptı?
Evet.. bebeklerini kaybettiler. Bir sabah kanamayla uyanmış, hastaneye gitmişler. Doktoru hamileliği sonlandırmak zorundayız demiş. Şebnem'in hamile olduğunu bile bilmiyordum, kimse bilmiyordu. Düşük yaptığı gün Amerikan'dan çıkarlarken gördüm. İkisi de perişan. N'oldu, ne

bu haliniz dedim.. yok bir şey diye geçiştirdiler. Sonra Osman aradı. Şebnem düşük yaptı, çok kötü hissediyor, onunla biraz arkadaşlık eder misin dedi, şok oldum. Yonca'nın atölyesindeydim o sırada. Yonca Domaniç, çağdaş sanatçı.. o da Osman'ın arkadaşıydı..

Öyleymiş. Görüştüm... o da Osman'a âşıkmış bir zamanlar..
Kendi mi söyledi? Canım ya.. Yonca çok şekerdir.. çok dalga geçerdi kendisiyle. Osman'a âşık olduğumu bütün Nişantaşı biliyor.. bir kendisi bilmiyor derdi..

Osman gerçekten bilmiyor muydu?
Bilmez olur mu? Bal gibi farkındaydı ama Yonca'yla birlikte olmak istemedi.

Neden istemedi? Kendisine ilgi duyan kadınlara pek de hayır demezmiş anladığım kadarıyla.
Bence Yonca'ya çok saygı duyuyordu.. iyi arkadaştılar. Ama Yonca güçlü bir kadın olduğu için korkmuş da olabilir tabii. Çok karakterli bir kızdı Yonca.. ayrılırlarsa aman aramızda ne geçtiyse geçti.. boşver deyip eskisi gibi devam edecek biri değildi. Osman da uzun süreli ilişki yürütecek bir adam değil. Ama bir erkek olarak Yonca'ya ilgi duymamış da olabilir yani.. gönül bu.

Şebnem'le evlendiklerini haber verdiklerinde siz de oradaymışsınız.
Evet, kalabalık bir masaydık, yemek yiyorduk. İkisi geldiler, biz evlendik dediler. Şok tabii biz. Hemen Yonca'ya baktım.. hiç renk vermedi ama çok üzüldü. Birkaç gün ruh gibi gezdi, sonra unuttu. Geriye takılıp kalan bir kadın değildir zaten, aşar böyle şeyleri, hep ileriye bakar.

Bir de Gülce çok sarsılmış galiba. Şebnem'den önce Gülce'yle bir ilişkisi olmuş Osman'ın.

Öyle miymiş? Gülce'yi bilmiyordum ama olmuştur. Şebnem'den önce çok ilişkisi olmuştu Osman'ın.. üç gün biriyle takılır, ayrılır, başkasıyla takılır. Bildim bileli öyleydi. Evlenmesine o nedenle çok şaşırmıştık zaten. Birkaç aya ayrılırlar diye düşünüyorduk.. evlenecek bir tip değildi hiç.

Osman neden sizden istedi Şebnem'i avutmanızı? Çok da yakın arkadaş değilmişsiniz.
Valla Nişantaşı'nda ilişki yaşamadığı bir Yonca'yla ben kalmıştım, herhalde ondan.. İşin şakası tabii.. kadınlar arkadaşıymış gibi davranıyorlardı ama Şebnem'i çekemiyorlardı aslında. Osman'ın kadın arkadaşlarıyla Şebnem arasında hep bir gerilim vardı. Benim de ciddi bir ilişkim vardı o sırada.. bana güvendi sanırım.

Neden çekemiyorlardı Şebnem'i? Güzel olduğu için mi?
Sadece güzel olduğu için değil.. o zamanlarda da bir sürü güzel kadın vardı Nişantaşı'nda, hep oldu. Gülce de çok güzeldi mesela. Asıl mesele Şebnem'in çok mağrur olmasıydı.. hatta kibirliydi, kadınlar da sinir oluyorlardı. Osman'la Şebnem bütün partilere çağrılırlardı. Şebnem hepsinde ilgi odağı oluyordu.. bu da kadınlar arasında bir kıskançlık yaratıyordu. Devamlı bir kazan kaynatıyorlardı Şebnem aleyhinde.

Ne diyorlardı mesela?
Güzelliğine laf edemedikleri için kibirli oluşunu çekiştiriyorlardı. Şebnem çok gizemliydi aynı zamanda. Kimin nesi, nerde okumuş, işi gücü ne, geçmişi ne.. bunları bilen yok. İç içe yaşayan gruplarda çok merak edilir böyle şeyler.. çok kurcalarlar.

Arkadaşlığınız nasıl gelişti peki? Şebnem hemen o gün yakınlık gösterdi mi size?

Ya ilginç oldu aslında. Osman beni arayınca ne yapacağımı bilemedim. Çok private bir durum.. Şebnem'le öyle bir yakınlığımız da yok. Karşılaştıkça n'aber nasılsın falan.. o kadar. Kapısını çaldım diyelim, ya terslerse? Seni avutayım diye kocan gönderdi beni mi diyeceğim?

Osman'ın sizden böyle bir şey istemesi biraz saçma olmamış mı?
Çok saçmaydı tabii ki. Belki de bir gerginlik vardı aralarında bilmiyorum, insan çaresiz kalınca çok saçma şeyler yapıyor. Ama bence karıkoca çok yalnızdılar. Görünürde bir sürü arkadaşları vardı ama gerçekten arkadaşımız diyebilecekleri kimseleri yoktu. Osman nasıl çaresiz hissettiyse artık. Çok etkilendim.. karısını çok seviyor diye düşündüm. Şebnem'in de bir yakını yokmuş demek ki.. annesi.. kardeşi.. asıl bu çok acıklı geldi bana.

Ne yaptınız peki? Gittiniz mi?
E gittim tabii, adam rica etmiş. O günlerde Hüsrev Gerede'de artisan bir pastane açılmıştı, bütün Nişantaşı'nın dilindeydi. Oradan bir pasta aldım, çaldım kapılarını. Refüze edilmeye de hazırım. Yardımcıları açtı. Şebnem hanım uyuyor dedi. Oh dedim. Osman'ı ararım, gittim ama karın uyuyordu derim. O sırada Şebnem kapıya geldi, beni görünce şaşırdı. Geri dönecek halim yok artık. Ama tuhaf bir haldeyiz yani.. o bana bakıyor, ben ona bakıyorum.. kaldık öyle.

Nasıl görünüyordu? Kötü müydü?
Çok normal görünüyordu. Hatta Osman büyütmüş diye düşündüm. Ama salona geçtik, birden ağlamaya başladı. Öyle acıklı bir hali vardı ki, ben de başladım ağlamaya. İkimiz iki taraftan epeyce ağlaştık. Oturduk, çay içtik, konuştuk. Osman'ı sordum. Stüdyoya gitmiş, Müjdatlarla çalışacaklarmış, albüm hazırlıyorlardı o sıralarda. Olmadı gerçi.. çıkaramadılar.

Hamileliğini konuştunuz mu Şebnem'le?
Pek konuşmadık. Osman çok üzüldü dedi sadece. Ben de üzülmesin, gene olur falan dedim.. ne diyeyim başka? Konuşacak konu da bulamıyorum, çok güzel bir çiftsiniz, herkes size gıpta ediyor dedim. O zaman çok tuhaf bir ifade belirdi yüzünde, hiç unutmuyorum.. dışı seni yakar, içi beni mi demek istiyor, ne demek istiyor.. tarif etmesi çok zor.

Ne düşündünüz? Aslında mutsuz olduğunu mu?
Yani öyle de düşünmedim aslında.. bir daha çocuğu mu olmayacak acaba.. ondan mı dedim.. Osman geldi sonra, birlikte yemek yedik..

Birlikteyken halleri nasıldı?
Fazla normaldi. Yemekten sonra Osman albümden birkaç şarkı dinletti falan.. sanki düşük hadisesi olmamış gibiydi, garibime gitti. Giderken Şebnem bana çok iyi geldin, sağol dedi. Çok samimiydi. Ertesi gün ben mi arayayım, onun mu aramasını bekleyeyim derken aradı. Öyle başladık.. güzel de vakit geçiriyorduk. Sonra Milano'dan kabulüm geldi, İtalya'ya gittim.. sonra da işe girdim orada. Ama baktım her horoz kendi çöplüğünde ötüyor, İstanbul'a döndüm. Şebnem'le yine yakın olmak istedim ama o istemedi.

İstemediğini nasıl belli etti? İstemiyorum mu dedi?
Açıkça bir şey söylemedi.. ama sokakta karşılaştığımızda görmezden geliyordu ya da iki kelime konuşup geçiyordu. Eski hali yoktu yani. Mutsuz olduklarını anlamıştım. Benim de işim gücüm başımdan aşkındı.. ısrarcı olmadım..

Neden mutsuzlardı sizce?
Bilmiyorum. Bence Osman'ın müzik işleri iyi gitmediği için.. başarısızlık en büyük mutsuzluk nedenlerinden biridir. Benim düşüncem, Osman bir türlü istediği başarıyı

elde edemedikçe gerginleşti, bu da evliliklerine yansıdı.

Şebnem'le evliyken Osman'ın başka kadınlarla ilişkisi oldu mu?
Başlarda olmadı. Osman ölüyordu Şebnem için. 7/24 beraberdiler. Ama İtalya'dan döndükten sonra kulağıma dedikodular gelmeye başladı. Osman şununla birlikte olmuş, bununla takılmış falan.. geçici ilişkiler.. ama ilişki sonuçta.

Şebnem'in kulağına gitmiyor muydu bu dedikodular?
Gitmiyordu herhalde.. gidiyorduysa da dışarıya belli etmiyordu, bilmiyorum. İyice eve kapanmıştı zaten. İkisinin de her gece eğlenelim, kopalım halleri kalmamıştı. Maddi durumlarının bozulmaya başladığını da o zaman öğrendim. Osman yine bütün gün stüdyolardaydı ama Müjdatlarla görüşmüyordu artık, başkalarıyla takılıyordu, tanımadığım tipler. Benim çevrem de değişmişti. Bir çeşit kopuş yaşadık yani. Ama o video skandalından sonra dedikodular ayyuka çıktı.. Şebnem'in nü fotoğrafları falan da ortaya döküldü. İkisi de kayboldular ortadan.

Skandaldan önce emniyet müdürü hakkında da dedikodu dönüyor muydu?
Dönüyormuş da ben kendi derdime düşmüştüm.. ekonomik kriz tekstili vurmuş, babam bir kapatacağım diyor, bir sen devam ettir diyor. Mahallede olup bitenlere kulak asacak halde değildim. O tarz insanlardan rahatsız olmaya da başlamıştım artık, fazla ilgilenmiyordum yani. Tabii video olayı çok büyük patladı.. o zaman geçmişe dönük de konuşuldu.

Ne konuşuldu?
Teoman koskoca İstanbul emniyet müdürünün damadı oldu, artık Osman'ın da sırtı yere gelmez falan diyorlarmış.. Teoman'ın nişanlısıyla Şebnem da kanka olmuşlar.

Olaydan sonra vay Şebnem neymiş meğer dendi.. geçmişi didik didik edildi kadının.

Siz nasıl karşılamıştınız bu video skandalını? Ne düşündünüz?
Ben de herkes gibi şok oldum tabii ki. Nasıl yani? Çocukluktan beri arkadaşımız Osman'ın o burnu havada karısı.. olamaz dedim. Ama oluyormuş.

Bu olayda Şebnem'in kurban olabileceğini düşünmediniz mi..
Valla pek kurban gibi durmuyordu. Geçmişi ortaya çıkınca Şebnem hakkındaki gizem de biraz aydınlandı tabii.. o dergi elden ele gezdi.. gizemli haller bu yüzdenmiş diye çok konuşuldu..

Siz hak verdiniz mi bu konuşmalara?
Yani.. o fotoğrafları çektirmiş sonuçta.

Sizce bu video olayı nasıl olmuş olabilir?
Hiç bilmiyorum. Ama Şebnem'in emniyet müdürüyle ilişkisi varmış, adamın karısı da biliyormuş, çıldırıyormuş dediler. Bana da mantıklı geldi açıkçası. Kadın yapmış olabilir.

Nasıl.. sizce videoyu basına sızdıran müdürün karısı mıydı?
Bilmiyorum ama olabilir, niye olmasın? Bir şey vardı hatırlarsınız.. su işleri müdürü.. onun da hayatını karısı bitirmemiş miydi? Bütün o belgeleri adamın karısı vermişti basına. Bu olayda başka şeyler de olabilir tabii. Komplo diyenler de oldu.. o da olabilir. Ya.. çok karışık bir mesele bu.. bilemiyorum.

* * *

Atlas Palas'ın eski kapıcısı Mevlüt Küçük'ün karısı Sultan Küçük

"O yolun yolcusuymuş.. öyle dediler."

Eşinizi kaybetmişsiniz. Başınız sağolsun.
Sağolun, allah razı olsun.

Ne zaman kaybettiniz?
Bugün on iki gün oldu.

Öyle mi? Daha çok yeniymiş.. isterseniz daha sonra görüşelim.
Yok yok konuşalım.. gelmişsiniz hazır. İyi olur hem.. kafam dağılır biraz.

Peki o zaman. Neden vefat etti eşiniz?
Zatürre dediler.

Hasta mıydı? Sağlık sorunu var mıydı?
Yoktu. Vefatından evvel biraz öksürüğü vardı sadece.. sigaradandır dedik.. şey yapmadık. Ama gitgide kötüledi. Hastaneye kaldırdığımız gece bir türlü uyuyamadı rahmetli. Baktım hali çok kötü.. oğlanı arayayım da hastaneye gidelim dedim. Ama bu saatte uyandırma çocuğu, sabah gideriz dedi. İyi dedim, sabaha bir şey kalmamış zaten. Ihlamur kaynattım, içirdim, yattı ama bu sefer de boğazından hırrr hırr diye bir ses çıkmaya başladı. Korktum, oğlanı aradım. Geldi çocuk.. anne sen ambulans çağır ben üstümü giyinip geleyim dedi. Koyduk ambulansa, doğru Okmeydanı acile. Muayene ettiler, film çektiler, yatırıyoruz dediler. İki gün öyle yattı, ama bir düzelme yok. Üçüncü günü zatürre olmuş, makineye takacağız dediler. Çoluk çocuk bekleşiyoruz. Mustafa işten izin almıştı, Zarife hep başında zaten..

Zarife gelininiz mi?
Yok.. büyük kızım. Çağlayan'da oturuyor. Bir kızım daha var ama Kırşehir'e evlendi o.. yeni de bebeği oldu, ancak cenazeye gelebildi. Helalleşemedi babasıyla. Gerçi biz de helalleştik sayılmaz. En son makineye takılmadan evvel konuştuyduk. Siz gidin, beklemeyin başımda, bir-iki güne çıkarım demişti rahmetli.. durmak istedik ama yoğun bakıma koyduk, göremezsiniz dediler.. ordayız tabii gene de.. bir ihtiyaç olur, bir şey olur.. bir gün ben gidiyorum, bir gün Zarife gidiyor. Öyle nöbetleşe yedi gün bitti. Sekizinci günü sabahla telefon geldi, Mevlüt Küçük vefat etti, başınız sağolsun dediler. Bir hafta içinde gitti yani dağ gibi adam.

Kaç yaşındaydı?
Beşinci ayda 50 olacaktı.

Gençmiş daha.. ne iş yapıyordu?
İGDAŞ'ın karşısında manav tezgâhı vardı, kaynımla birlikte. Şimdi tezgâh ne olacak bakalım.. kaynım tansiyon hastası, tek başına idare edemez..

Oğlunuz?
Belediyede çalışıyor o. İşi iyi.. bırakmaz. Bir tezgâh üç haneyi beslemez zaten.. bakacağız artık bir çaresine. Allah büyük..

Eşiniz Atlas Palas'taki işinden ne zaman ayrılmıştı?
2011'in yedinci ayında.

Neden ayrıldı? Memnun değil miydi?
Biz ayrılmadık ki, çıkarttılar. Memnunduk biz. Bir taraftan zordu tabii, Atlas'ın huysuzu çoktu.. ama maddi olarak iyiydi. Turan bey çıkarttı bizi, yönetici. Karısıyla ikisi çok uğraştılar bizimle. Karıkoca kapı kapı dolaşıp apartmanı doldurdular.

Ne diye doldurdular?
Bir Türkmenistanlı kadın geliyordu bunlara gündeliğe, bizim yerimize onun dostunu almak istiyorlardı. Kocası diyorlardı da kocası mocası değildi, dostuydu kadının.. herkes de biliyordu.

Neden onu almak istiyorlardı?
E sigorta yapmayacaklar, ucuza gelecek. Bir de adam kaçak.. höt desen korkar, kendi hizmetlerini gördürecekler..

Eşiniz sigortalı mıydı?
Sigortalıydık. İsmet bey girdiğimiz gibi sigortasını yapmıştı rahmetlinin. Doktordu İsmet bey, Yargıcı'nın karşısında muayenehanesi vardı. Felç indi, öldü.. mekânı cennet olsun. Senelerce yönetici oydu esasında, onun zamanında çok iyiydi apartman. İsmet bey hastalanınca Turan domuzu yönetici oldu. İmza verin çıkartayım bunları demiş. Kulağımıza geldi tabii.. üç daireye gündeliğe gidiyorum, duymam mı? Çıkarttı bizi. Türkmenistanlıyı aldılar. Ama n'oldu? Türkmenistanlı karıyla bir olmuşlar.. Turan domuzunun evini soyup kaçmışlar. Karısının altınları maltınları, cep telefonları hepsi gitmiş. Kalmaz kimsenin yanına.. işte kalmadı. Bizim çok ahımızı aldılar.

Siz ayrıldığınız sırada Osman beyler yoktu ama değil mi?
Yoklardı.. onlar çoktan gitmişti. Melek hanım gelmişti onların dairesine. Çok iyi kadındı Melek hanım. O savunmuş zaten hakkımızı. Veririz tazminatlarını, ancak öyle çıkarlar demiş. Bir taraftan iyi oldu. Biraz birikmişimiz vardı, tazminatı da koyduk üstüne, iki göz oda aldık. Mevlüt seyyara başladı. Bir zaman çok sıkıntı çektik tabii.. aylık gibi olmuyor. Ama oğlan askerden geldi, işe girdi. Kızlar tekstilde başladı. Öyle böyle bugünlere gel-

dik. Tam rahata erecekti rahmetli.. tezgâhtan dükkâna geçecektik, kısmet olmadı. Ömrü bu kadarmış.

Tekrar başınız sağolsun. Osman beyle karısını iyi hatırlıyor musunuz?
Hatırlamam mı? Şebnem hanımla Osman bey. Allah Osman beye de rahmet etsin..

Nasıl insanlardı, sever miydiniz?
Bize karşı iyiydiler. Durumları iyiyken hiç şey yapmazlardı.. iyiydiler yani. Başta durumları da vardı. Çok yiyip içerlerdi. Osman bey çok eli açık adamdı. Bir ekmek almaya gönderir iki ekmek parası bahşiş verir..

Ne iş yapıyordu, nasıl geçiniyorlardı?
Bir iş yaptığı yoktu. Babasından kalan daireler varmış. Onların kirasını yiyorlarmış. Sonra sonra durumları bozuldu.. aidatı bile ödeyemiyorlardı. Tam düzeldi, birikmişlerini ödediler, yine su gibi para harcamaya başladılar o olay oldu, apar topar gittiler. Tabii çok şey konuşuldu o vakit. Şebnem hanım televizyonlara düşünce..

Neler konuşuldu?
İşte o emniyetçi müdür.. Şebnem hanımın videosundaki, onu konuştular. O para veriyordu bunlara, vaziyetleri öyle düzelmişti dediler. Bilmem doğru bilmem yalan. En çok da Şebnem hanım hakkında konuştular.

Ne dediler onun hakkında?
Allah günah yazmasın da o yolun yolcusuymuş.. öyle dediler. Emniyetçi Şebnem hanım için veriyormuş parayı.. günahı söyleyenlerin boynuna artık.

Sizce de öyle miydi?
Nasıl..

Sizce de o yolun yolcusu muydu yani..
Ya şimdi değildi de diyemem.. öyleydi de diyemem.

Ama ne bileyim.. sanki öyle gibiydi. Baştan beri evlerine çok gelen giden olurdu bunların.. çok erkek gelirdi evlerine. Tanya isminde bir Rus çalışıyordu yanlarında. Tanya çok dert yanardı.. sabahlara kadar âlem yapıyorlar diye..

Âlem yapıyorlar derken.. ne yapıyorlarmış mesela?
Esrar içiyorlarmış.. içki içiyorlarmış.. ne yaptıkları belli değilmiş. Ben Şebnem hanımı gözümle görmedim, Rus karının yalancısıyım ama Osman beyi birkaç kere Müberra hanımlardan çıkarken gördüm. Haldun beyden kıyamet kopacak diye bekliyordum Şebnem hanımdan çıktı.

İlişkisi mi vardı Osman beyin bu Müberra hanımla?
O kadarını bilmiyorum. Ama Haldun bey işteyken bazen Osman bey onların evinden çıkardı. Kocası evde yokken ne işi var, yanında Şebnem hanım olsa oturmaya gittiler dersin de.. bir ara da Fazilet diye bir kadınla dedikodusu çıkmıştı karşı apartmandan. Artistti kadın, taşındı sonra.

Şebnem hanımın haberi yok muydu bunlardan?
Olsa ne olacak? Tencere dibin kara.

Nasıl yani? Onun da mı ilişkisi vardı?
Baştan gördüğümüz bir şey yoktu. Ama haberlere çıktığı olaydan birkaç ay evvel bir cip almaya başlamıştı Şebnem hanımı.. alıp o emniyetçiye götürüyormuş. Mevlüt görmüş, o söylemişti.

Ne görmüştü, ne söyledi?
Büyük siyah bir cip geldi, Şebnem hanımı alıp götürdü dedi. Eee ne var bunda, bir tanışlarına gitmiştir dedim. Ama daha evvel de gelmiş aynı cip.. aynı şoförle. O zaman çok şey yapmamış. İkinci gelişinde şoför kapıda Şebnem hanımı beklerken kurtlanmış bizimki, Şebnem hanımı mı bekliyorsunuz, akrabası mısınız diye sormuş.

Şoför terslemiş bunu, sen kendi işine bak demiş. Arabadan da telsiz sesi geliyormuş. Adamın polis olduğunu anlamış ama bir mana da verememiş. Sonra Şebnem hanım giyimli kuşamlı inmiş, şoför kapısını açmış, binmiş gitmiş. Osman bey karısının böyle affedersin orospu gibi giyinip elin arabasına binmesine nasıl müsaade ediyor dedi.. daha o geceden anlamıştı yani. Sabaha karşı geri getiriyordu aynı cip. Şebnem hanım sessiz sedasız içeri süzülüyordu.

Ne kadar süreyle geldi gitti bu cip?
Valla işte.. kıyamet kopana kadar.. bir-bir buçuk ay gelip gitmiştir..

Cip geldiğinde Osman bey evde olmuyor muydu?
İşte asıl işkillendiğimiz de oydu. Her seferinde Osman bey karısından evvel çıkıp gidiyor. Arkasından Şebnem hanım iniyor aşağı. Şoför alıp götürüyor. Sonra sabaha karşı dönüyor. Osman bey hiç gelmiyor yahut ertesi gün öğlene doğru geliyor. Sen olsan işkillenmez misin?

Olayın televizyonlarda çıktığı gün dikkatinizi çeken bir şey olmuş muydu?
O gün öğle vakti Şebnem hanımı giderken gördüm ben. Önce Osman bey gitti.. pek evde durmazdı zaten. Sonra Şebnem hanım çıktı. Omzuna kocaman bir çanta takmış, bayağıca büyük.. bavul gibi. Bir de güneş gözlüğü takmış.. kış günü niye güneş gözlüğü takmış ki bu kadın? Mevlüt'e söyledim. Osman bey dövdü mü acaba, gözü morardı falan da ondan mı diye. Allah bilir Teoman bey dövmüştür dedi. Bir kardeşi vardı Osman beyin Teoman isminde.

Teoman bey neden dövmüş olsun ki?
Bir kere kıyamet kopmuştu evlerinde.

Nasıl? Ne olmuştu?
Ne olmuş bilmem de bir akşam çok sinirli geldi Teoman bey. Suratsızın tekiydi zaten, selam sabah bilmez, haldır haldır girer, arabasını kapının önüne bırakır, anahtarı atar Mevlüt'ün suratına, çek bir yere der. Mecburuz sanki çekmeye. Bir akşam geldi gene ama bu sefer anahtarını vermedi, asansöre bindi çıktı. Allah allah dedik.. Osman bey evde yok.. niye geldi ki bu? Süheyla hanımın kuru temizlemeden kıyafetlerini almıştım, onu vermeye çıktım, Osman beylerin altında oturuyordu. O sıra yukarıdan bir gürültü koptu. Şebnem hanımın sesi geliyor, Teoman bey bas bas bağırıyor. Cam kırılma sesleri, gürültüler.. bir şey oluyor yani yukarıda.

Ne diyordu Teoman bey?
Valla ne dediği anlaşılmıyordu ama çok sinirliydi. Ben bir çıkıp bakayım dedim, Süheyla hanım sen karışma dedi. Bir müddet sonra gürültü kesildi. Sonra baktım.. arabası yok Teoman beyin.. gitmiş. Severdim ben Şebnem hanımı. Hatır sorar, konuşur. Sıkışırsak borç isteriz verir.. iyi zamanlarında tabii. Neyse.. çıktım yukarı, kapısını çaldım. Delikten baktı, n'oldu Sultan dedi. İyi misiniz Şebnem hanım dedim. İyiyim bir şey yok dedi ama kapıyı da açmadı. Birkaç gün yüzünü görmedik, evden çıkmadı hiç. O yüzden dedik Teoman bey mi dövdü acaba diye. O gün de işte.. kara kara giyinip gitti. Benim tabii nereden aklıma gelsin bu kadın bu gece televizyonlara düşecek diye.

O gün Şebnem hanım giderken Osman bey evde miydi?
Yoktu. Birkaç gündür yoktu zaten, yeni gelmişti. Berlin'e konsere gittim demiş Mevlüt'e. Artık konser mi başka bir şey mi? Aslında bir şey olacağı da belliydi.

Nasıl belliydi?
Bu emniyetçi iki-üç gün evveli gelmişti bunlara. Gece geç vakit aynı cip geldi. Tak tak kapı açıldı, emniyetçi indi, apartmana girdi, asansöre bindi. Mevlüt gitti baktı, Osman beylerin katına çıkmış asansör.

Siz adamı gördünüz mü?
Yüzünü görmedik ama aynı şoför getirmişti, onu tanıdık. Televizyonda çıkınca öğrendik emniyetçi olduğunu. Aynı gece geç vakit genç bir çocuk da gelmiş, onu giderken gördük.. ama Şebnem hanımlara geldiğini bilmiyorduk. Merak ettik hatta kimin misafiri bu diye. Sonra öğrendik, o da varmış o gece.. ölmüş çocuk, kendini pencereden atmış. Öyle dediler televizyonda.

Haber televizyonlarda çıktıktan sonra ne oldu?
Bütün apartman ayağa kalktı. Benim haberim yoktu baştan. Erken yatmıştım, apartmanda bir sesler oldu. Mevlüt çıktı baktı, ona demişler Şebnem hanım televizyonda diye. Geldi, açtık televizyonu. Aman aman aman.. Şebnem hanım diyorlar da televizyon pullu, bir şey görünmüyor. Apartmandakiler emniyetçiyi tanımış. Teoman beyi de göstermiş televizyon. Biz kaçırdık orasını, göremedik. Zaten sabaha karşı bir sürü gazeteci geldi kapının önüne.

Osman bey eve ne zaman geldi?
Osman bey televizyondan önce gelmişti. Evdeydi. Bira aldırmıştı hatta. Geç vakit Teoman bey de geldi, daha gazeteciler gelmeden. Bir müddet kaldı. Sonra bir hışım çıktı gitti.

Osman bey kaldı mı evde?
O da çıkmış gitmiş ama görmedik.. uyuduğumuz sıra gitti herhalde. Ertesi sabah erkenden polisler geldi. Bunların dairesine çıktılar ama kimse yoktu evde.

Sonra ne zaman gördünüz Osman beyi?
Çok sonra gördük. Aylar sonra belki, şimdi yalan olmasın. Arada Teoman bey gelip gidiyordu. Bir pazar sabah erken, baktık kapıda bir kamyon. Mevlüt çıktı sordu, Osman beylerin eşyasını almaya geldik demişler. Sonra Teoman bey geldi, bunların eşyaları taşımaya başladılar. Buzdolabı, çamaşır makinesi, koltuklar, kanepeler, Şebnem hanımın çizmelerine varana kadar her şeyi götürdüler. Teoman bey Mevlüt'e al anahtarı, daireyi mal sahibine teslim et dedi. Biz almak istemedik, mal sahibi Amerika'da, biz niye mesuliyet alalım? Birini göndersin aldırsın o zaman dedi, anahtarı fırlattı, çekti gitti. Biz de eve bir bakalım ne halde dedik. Çok mobilyaları vardı hiçbir şey kalmamış. Çeri çöpü öylece bırakmışlar. Mal sahibinin adamı gelince çok söylendi, bu nasıl ev teslim etmek diye. Engin bey dava açacağım demiş.. Osman beyi bulursan aç.

Osman bey ortadan kaybolduktan sonra da konuşuldu mu haklarında?
Konuşuldu tabii.. aylarca apartmanda başka mevzu olmadı..

Ne konuşuldu?
Osman beyi vurmuşlar sözde. Sonra yok vurulmamış dediler. Şebnem hanım için Amerika'ya gitmiştir diyenler oldu.

Öyle mi? Amerika'ya mı gitmiş?
Yok canım.. ne Amerikası.. uydurdular öyle.

Niye öyle bir şey uydurdular?
Ne bileyim? Bir sürü şey uydurdular. Biri Akmerkez'de gördüm, alışveriş yapıyordu dedi, biri Bodrum'da plajda gördüm dedi. Herkes bir şeyler söyledi de bilen yoktu aslında. Osman beyi gören olmuş ama.. Nadir beyin oğlu

vardı, Can.. barlara falan çok giderdi.. o karşılaşmış, gitar mı bir şey çalıyormuş. Gitmiş yanına, konuşmak istemiş ama konuşmamış Osman bey.

Şebnem hanım şimdi neredetir sizce?
Bence öldürülmüştür.

Öldürülmüş müdür? Neden böyle düşünüyorsunuz?
Emniyetçi adamın hayatı mahvoldu ya.. yanına bırakır mı? Bırakmaz. Bence öldürdüler kadını, attılar denize. Her gün çıkıyor haberlerde böyle şeyler..

Osman'ın 5. defteri

(tarihsiz)

Bu cumartesi akşamı Teo'yu öldüreceğim. Arayacağım, bize yemeğe gel de güzel güzel konuşalım diyeceğim, kardeşiz biz ya, niye kavga edip duruyoruz? Yemek dedin mi koşa koşa gelir, bayılıyor Dina'nın yemeklerine, o da döktürüyor. Dina'ya müthiş bir sofra kurduracağım. Balık Pazarı'ndaki Resul'den havyar alacağım, en ucuzundan. Resul şaşıracak, bu size yaramaz ama Osman Bey diyecek. Kendime değil Resul, komşuma alıyorum diyeceğim, komşum havyardan anlamaz. Kardeşim olacak şişko pezevenge Beluga havyarı yedirecek değilim. Hatta daha iyisi Dina getirsin. Vardır onun evinde stokta, Tiraspol'den döndüğünden beri bize memleketinin konserve havyarını kakalamaya çalışıyor. Bir kere getirdi, o kadar kötüydü ki yiyemedik, attık. Şebnem kesin Sovyetler zamanından kalmadır bu dedi. Olabilir, kutusu pas içindeydi, neden açıp yemeye kalktık ki zaten. Teo efendiye et yapmak gerek, balık sevmez çünkü haşmetmeap. Ona ille kırmızı löp et olacak, üstü parmak gibi yağ tabakasıyla kaplı bir kuzu budu örneğin. Bütün olarak fırına atılmış, taze kekikli, tane karabiberli filan şöyle, nar gibi kızarmış, yanında da kremalı patates, birkaç çeşit meze, beyefendi ağzına "zebze" sürmediği için zeytinyağlıya gerek yok. Necmi Bey gibi o da sebzeye zebze der. Annem de mutbak derdi, gerçi onunki yanlış değildi, İstanbulluluktandı. Önce nefis bir sofrayla Teo'nun aklını almam şart. Kolay mı Teoman Koryürek'i öldürmek? Şeytanın önde gidenidir. Ama kesin oltaya gelecek, bir lokmada yutacak havyarlı kanapeleri. Balık sevmez ama havyar bulursa kaçırmaz beleşçi. Sonra sofraya oturacağız. Çatal bıçakla başlayacak, elle devam edecek. Hep öyle yapar, başta kibar olmaya çalışır ayı, beş dakika sonra, ya biz bizeyiz, ayıp olmaz değil mi? Olmaz olmaz, keyfine bak. Kuzunun kızarmış yağlarını eliyle ağzına tıkacak, kıllı dolma parmaklarını yalayacak, ağzını şapırdata şapırdata, çiğnemeden yutacak. Bu gırtlakla bir gün ölecek zaten ama kendi kendine ölmesini bekleyecek sabrım kalmadı. Ayrıca ölümü benim elimden olsun istiyorum. Patlayıncaya kadar yedirdikten sonra bir kadeh Blue Label dolduracağım sevgili kardeşime. Blue Label için ruhunu satar ama parasını başkası vermişse içer ancak. Ne zamandır sakladığım bir şişe Blue Label'ım var. Son gidişimizde Londra'dan almıştım, valizde kırılacak diye ödüm kopmuştu, Şebnem kırk kat giysiyle sarmıştı, hâlâ kıyıp içemiyorum. Teo'ya feda edeceğim. Blue Label'ın fiyatı açısından bakarsak ölümü bayağı pahalı bir ölüm olacak kardeşimin, yakışacak ona. Şişeyi görünce ağzının suyu akacak, getir getir diyecek, çukulata da var mı? Var tabii, olmaz mı? Şemşiye de var, geri iade de var. Bir de kavrulmuş Datça bademi var, seversin viskinin yanında. Sen niye içmiyorsun diyecek. Antibiyotik alıyorum diyeceğim. Boş ver, bir şey olmaz, iç bir kadeh demez, koca şişeyi tek başına içmek ister, ulan benim malım benim, ben bayıldım parasını. Bir yudum alacak ama hemen yutmayacak, bir süre zevkle ağzında gezdirecek. Bu pintilikle viskinin iyisini nasıl öğrendi bu kazma hiç anlamıyorum, yancılığın böyle yararları var demek ki. Umarım Şebnem ben de içeceğim diye tutturmaz. Teo'yu öldüreceğimi ona söylemedim çünkü, bilse engel olmaya kalkışır. Siyanürlü viskinin daha ilk yudumunda çırpına çırpına gebermeye başlayacak canım kardeşim, ben de başucunda dikilip yerde yuvarlanmasını, soluk almak için kıvranmasını seyredeceğim. Gözlerine bakacağım can çekişirken. İnanamayacak. Bunu yapabildiğime inanamayacak. O kadar inanamayacak ki ölürken şoke olmuş bir ifade kalacak o şişman yağlı suratında. Yalnız şimdi düşündüm de bütün şişeyi zehirlememe gerek yok, 200 dolarlık Blue Label'ime yazık olur, siyanürü kadehine koymak en iyisi, mutfakta koyup getiririm. Hem o zaman ben de içebilirim. Evet, en doğrusu bu. Kadehleri karıştırmamaya dikkat etmem gerek yalnız. Teo'yu bu cumartesi akşamı öldürmek istiyorum ama internette epey araştırdığım halde siyanürü nasıl alabileceğimi bulamadım. Ne siyanür bulunuyor ne arsenik ne striknin. Fare zehri kullansam tadını değiştirir içkinin, uyanır, içmez. Anlaşıldı, zehir işi zor. Acaba bir tabanca mı alsam? El altından nereden tabanca alınır bir fikrim yok. Teo'nun kendisine sorabilirim aslında, o bilir. Teo bana bir tabanca bulsana derim. Çok takdir eder eminim, aferin be, erkek dediğinin tabancası olur, sonunda anladın der. Bulabilir miyiz? Buluruz tabii, sen paradan haber ver. Kimi öldürmeyi düşünüyorsun diye sorar sırıtarak. Şebnem'i dememi ister herhalde. Yanımda bulunsun derim, zaman kötü, başımıza ne geleceği belli mi? Zengin muhitte oturuyoruz. Doğru der, her evde bir tabanca bulunması şart. Kendisinin kaç tabancası var acaba, birini bana ver mi desem? Gerçi öldürmeyi kafaya koyduktan sonra tabanca da şart değil. Vintage'ın açıkartırmasından aldığım Büyük İskender büstü işimi görür, sekiz kiloluk mermer kütleyi kafasına indirdiğim gibi beynini delerim. Sırf açıkartırmada çok isteyeni çıktı diye aldığım büst de bir işe yaramış olur böylece. O çirkin şeyi niye aldım ki? Aptallık işte. Ama Teo işkenceyi bile hak etmiş olsa da, ölümü kanlı olsun istemiyorum. Şebnem kan görüntüsüne dayanamaz çünkü, çıldırır, tutamam. Halılarım da mahvolur ayrıca. Zaten Şebnem Teo'yu öldürmek istediğime inanmıyor, kızgınlıktan söylüyorum sanıyor. Geçen akşam bu herifin ölmesi gerek dedim, güldü. Gitti, çalışma odasında kitap okumaya başladı. Peşinden gittim, gerçekten ölmesi gerek, ancak Teo ölürse yırtarız dedim. Dua etmeye başla o zaman dedi. Sorun Teo'yu öldürmek değil, o kolay, öldürdükten sonra cesedini yok etmek asıl sorun. Herif 120 kilo. Kimseye görünmeden altıncı kattan nasıl indireceğim de bagaja koyacağım, götürüp Belgrad Ormanı'nda yakacağım veya gömeceğim veya denize atacağım? Olanaksız. Apartman caddeye açılıyor. Kesin bir gören olur. Demek ki kendim yapamayacağım bu işi, kiralık katil tutmak en iyisi. Nasıl bulunur acaba kiralık katil?

* * *

Ekonomik durumumuz fena halde kötüye gidiyor. Arzuhan Çamlıcalarım gitti, Ateş Yamanerlerim gitti. Mustafa Toklucam zaten gitmişti. Yeliz Şekerci'nin desenleri para eder sanıyordum, yüzüne bakan bile çıkmadı, bu kadına yatırım yapmakla çok yanlış yapmışım. Ama kabahat bende, ressamı hakkında iki satır övgü yazısı çıktı diye resim alınır mı? Bayağı sıkışmıştık, Yelda Şekercilerim para etmeyince Şebnem satmam için mücevherlerini verdi. Olmaz dedim, çok üsteledi, İsmet Bey'le her karşılaştığında utanıyormuş artık, apartman aidatını soruyormuş adam. O da niye soruyorsa, sanki kaçıyoruz. Tektaşını satmadım, o dursun. Ötekileri Şencan Kuyumcusu'na götürecektim, çoğunu oradan almıştım ama Halit'in ağzı durmaz, bütün Nişantaşı'na yayar diye vazgeçtim. Kapalıçarşı'da beni kandırmayacak bir kuyumcu aradım. En az beş kuyumcu gezdim, hepsi de üç aşağı beş yukarı aynı fiyatı verdi. Parayı mücevhere yatırmak hiç akıllıca değilmiş, satarken doğru düzgün para etmiyor. Gerçi yatırım olsun diye almamıştım, karımı sevdiğim için almıştım, üstünde görmek istediğim için. Teo'yla aldığımız kiralar dişimin kovuğuna bile yetmiyor, oldukça pahalı bir yaşam sürüyoruz. Bankada kalan para üç ay bile geçindirmez bizi. Bayağı kısmaya çalışıyorum daha da kısmam şart ama nereden? Kısacak bir şey kalmadı. Yeni evlendiğimizde sık sık yurtdışına giderdik. Birden aklımıza eserdi, hadi Viyana'ya gidelim, hadi Venedik'e gidelim. Hop, kalkar giderdik. Bırak yurtdışına gitmeyi, eskisi gibi gece bile çıkamıyoruz artık, mekânlar aşırı pahalılaştı, hele Vertigo. Çok seviyorum orayı ama hesabı bahşişi valesi, resmen yıkım. Şebnem'e kalsa hiç çıkmayalım zaten, bayılıyor evde oturmaya. Ama ben sıkılıyorum, alışmışım gece çıkmaya. Conrad'ın aidatlarını ödemedim, oranın tenis kulübü çok iyiydi oysa, ikisi kapalı, toprak zemin üç kort. Yosi'yle her cumartesi oynuyorduk. Gelmiyorsun dedi geçenlerde. Gelemiyorum *tennis elbow* oldum dedim. Amatör müsün oğlum, ne *tennis elbow*'u diye dalga geçti. Ne diyeyim, param yok mu diyeyim? Öleyim daha iyi. Şebnem de beni çıldırtmak için her şeyi yapıyor. Uzun zamandır giymediği bir sürü giysisini ikinci elciye satmış. Dolabını açtım ki yarısı boş. Bayağı tartıştık, artık giymiyorum diye giysileri ikinci ele satmak ne demek? Bence sen de giymediklerini ayır, onları da satalım diyor. Sattın da ne işe yaradı, ne kadar geçti eline dedim, harcadığımızın ellide biri bile değil. O da bunu söylememi bekliyormuş meğer, başladı nutuk atmaya, yıllarca çok gereksiz harcamalar yapmışız, her mevsim yeni giysi almaya ne gerek varmış. Ne yapsaydık, giyinmese miydik? Anlatamıyorum. Tamam, biraz aşırıya kaçmış olabiliriz ama bir standardımız var bizim, belli bir çevrenin içindeyiz, ben böyle gördüm, böyle alıştım ayrıca. Öngörmeliydin diyor. Neyi öngörecektim? Müzik sektörünün bu kadar daralacağını kestirebilir miydim? Kimse kestiremedi. Eskisi gibi evde parti falan yapmadığımız halde içkiye çok para gidiyor. Benim çocuklar çat kapı gelme âdeti çıkardılar. Hele Mutlu'yla Kaan hemen her gece bizdeler. Osman Abi biz geldik, Şebnem Abla biz geldik. İyi halt ettiniz. Ellerine birer şişe alıp gelmelerini beklemiyorum, tamam, meteliğe kurşun atıyorlar ama insan hiç değilse altılı birayla gelir. Bir de Uğur denen hıyarı takıyorlar peşlerine. Hiç sevmiyorum o herifi, Şebnem'e bakarken ağzının suyu akıyor, görüyorum. Ama Mutlu'yla Kaan bayılıyorlar, basgitarın kralıymış, götümün kralı. Yalnız tek eli boş gelmeyen de o, her gelişinde bir büyük Jack Daniels getiriyor. Gerçi Mutlu da ot getiriyor, iyi oluyor ot, tatlı bir kafa yapıyor. Geçenlerde kokain getirmiş. Sağol ama benim Beyza Hanım'la işim olmaz dedim, salak salak baktı, Beyza Hanım da kim diyor. Öf, şimdi edebiyat mı anlatacağım sana? Boş ver dedim, eskiden tanıdığım bir kadın, fena müptelaydı. İki çizgi çekti, bir süre kafa ütüledi. Sonra baktı bizde hareket yok, o kadar da yaşlı değilsiniz niye bu kadar sıkıcısınız anlamıyorum dedi, çekti gitti. Terbiyesize bak diye kızdım ama haklı aslında, çok sıkıcılaştık, ben kendimden bile sıkılıyorum artık. Kaan da piyanoma hasta, sormadan etmeden oturuyor başına, saatlerce çalıyor. Benim Henry Schwander'in sesi hiçbir piyanoda yokmuş. Orası öyle de sen uyuzunu kaşıyacaksın diye bütün gece gıygıyını dinlemek zorunda mıyım? İyi çalsa canım yanmaz.

Her geldiklerinde aynı şey oluyor. Şişeler dibini buluyor, ot acıktırıyor, hadi telefon, gelsin yemekler, gelsin tatlılar, tabii Osman ödesin. Şebnem benim bu tayfadan nefret ediyor. Sömürüyorlar seni diye kavga çıkarıyor, geliyorlar içkilerimizi bitiriyorlar, sana yemek ısmarlatıyorlar, sonra da siktirip gidiyorlar. Evet öyle yapıyorlar, ben de biliyorum ama gelmeyin desem kimle takılacağım? Başka arkadaşım mı var? Kaan'ın bestelerime yararı oluyor ayrıca, genç ama çok yetenekli çocuk. Bu Uğur ne ayak dedim geçen gün. Abi çok sağlam müziği var dedi. Dudak büktüm, yani dedim düşünceli düşünceli. Yani? Yani müziği iyi olabilir de... neyse, boş ver. Neden, bir şey mi var, söyle diye tutturdu. Önce biraz inlettim, sonra kulağıma bir şeyler geldi, senin hakkında pek iyi konuşmuyormuş diye girdim kafasına. Azmilere gönderdiğin demoda çok arak varmış, bir tarzın yokmuş falan, sağda solda böyle şeyler söylüyormuş işte. Kimden duydun söyle diye sıkıştırmaya çalıştı. Kimden duyduysam duydum, boş ver, belki de aranızı bozmak için söylüyorlardır ama sen gene de dikkatli ol dedim. Çok fena dağıldı. İki saat kafasını toplayıp da bir iş yapamadı. Uğur'un ayağı kesilir artık bizden.

* * *

Engin Bey iyi adammış gene de. Çok gıcık olmuştum baştan, Hatice'nin ofisinde ayırmış bacaklarını oturuyor, önünde futbol topu gibi malı, bir havalar, bir tepeden bakmalar. Kimsin baba sen? Anladık zenginsin, taşakların da büyük, tamam da kimsin yani? Sonradan görmenin tekisin, oturuşundan belli. Evimi bu herife satmayı hiç istemiyordum ama sekiz aydır başka alıcı çıkmayınca mecbur kaldım. Teo Şişli'deki dükkânı satmayı kabul etseydi gerek kalmayacaktı da etmedi piç. Depo olarak kullanıyormuş orayı, içeride malı varmış. Mal ne, kabzımal mısın sen, şirketin işi mühendislik değil mi derken birden aydım, bir dakika ya, orayı depo olarak kullandığından benim niye haberim yok? Kaç aydır dükkâna kiracı çıkmıyor diyordun bir de, aramıyormuşsun ki. Çok şaşırdı, acayip şaşırdı, boşa düştü. Ben de gittim üstüne. Madem kullanıyorsun bana kira ödeyeceksin. Ama çenede ve kendine acındırmakta Teo'yu geçebilir miyim ben, mümkün mü? Kardeşlikten başladı, maddi dertler silsilesine geçti, sonunda da beni paragözlükle, anlayışsızlıkla, insafsızlıkla ve nankörlükle suçlayarak kapanışını yaptı. Ulan paragöz de sensin, insafsız da sensin nankör de sensin. Senin yeryüzünde para için yapmayacağın şey var mı dalyarak? Nankörmüşüm, iyilikten de anlamıyormuşum, ne zaman para istesem zordayım demiyormuş, çıkarıp veriyormuş. Herife bak, sanki hibe ediyor, faizini çatır çatır alıyorsun, ne iyiliği? Ayrıca da ne zaman istediğim anda çıkarıp verdin? Yüz kere telefon etmeden alabildiğim oldu mu? Bayağı tartıştık, hiç geri adım atmadım, sonunda bana kira ödemesi gerektiğini kabul etti. Tabii bu kez de ne kadar kavgası çıktı. Ayda beş bin dolar kira getirir o dükkân, yarısını ödeyeceksin dedim. Çıldırdı resmen. Etmez o kadar, delirdin mi, kimse vermez o kirayı, bilmem ne. Salak değilim Teo, bodrum kat da olsa Şişli'nin göbeğinde, 400 metrekare, asma katı da olan bir dükkânın kirası ne kadardır bilirim dedim. Nereden bilecekmişim, benim piyasadan haberim mi varmış? Tamam dedim, tamam o zaman, arayayım Hatice'yi, beş bin dolar verecek kiracıyı dakikasında bulur, alıp gelsin. Baktı kararlıyım, sızlanmaya başladı bu kez, nasıl da yavşak, nasıl da dilenci ruhlu. Dolar yükselince kredi ödemeleri çok artmış da, fena halde darboğazdaymış. Bana ne? Ben mi dedim git dolarla kredi al diye. Darboğazda falan da değil ayrıca, bok gibi para kazandığını bilmiyorum sanki. Ulus'ta ev aldığı yetmedi, şimdi de Mercedes almış, tam ona yakışan cinsten, görmemiş arabası, E 200 Avantgarde serisi. Hayırlı olsun yeni araba almışsın dedim ilk gördüğümde, yine bir sürü yalan sıraladı. Leasing'le almışmış, kendisinin sayılmazmış, şirket bu kadar sıkıntıdayken nasıl alsınmış, krediyle ev aldığına da bin pişman olmuş zaten, alıcı çıksa hemen satacakmış. Kira konusunda da beynimi yedi. Yok, uğraşamıyorum ben Teo'yla, baş edemiyorum. Lanet olsun, tamam 1.500 dolar ver dedim sonunda. Şirket hisselerimi ona devrettiğim için çok pişmanım, köpek gibi pişmanım. Coşkun Abi söylemişti ama, yapma demişti. Uzun uzun anlattı adam, inşaat sektörü yükselişte, İstanbul'a her gün bir gökdelen dikilecek, köprüler otoyollar gırla gidecek, inşaat işi zeminde başlar, gün gelecek para basacak bu şirket diye. Dinlemedim. Teo beceremez, şirketi üç günde batırır, bana da bir sürü borç kalır diye korktum. Adam haklıymış meğer. Salak sandığım Teo işadamı olup çıktı başımıza, küçücük bir daireden koca plazaya taşıdı şirketi. Şanslı da piç. Deprem olmasaydı iş miş çıkmazdı da, şanslı işte. Hatice'ye evi satacağım ama oturmak istiyorum, ona göre alıcı bak demiştim. Birkaç alıcı o yüzden vazgeçti. Baktım satılacağı yok, Teo'ya borcum artıyor. Allahtan büyük taşaklı Engin Bey ben zaten kiraya vereceğim, isterlerse otursunlar demiş. Çok sevindim. Ama beş bin dolar kira istedi herif. Yuh! Hatice süper pazarlıkçı çıktı, dört bin beş yüzü kabul ettirdi. Türk parasına çevirmeyi de kabul etseydi daha iyiydi de çıkın kendim oturacağım diyebilirdi, buna da şükür. Evimden çıkmak istemiyorum. Çok seviyorum evimi. Şebnem'le yuvamız oldu bu ev, nasıl çıkıp gideriz?

* * *

Şebnem'e çok öfkeliyim. Umursamazlığına öfkeliyim, ilgisizliğine öfkeliyim, sessizliğine öfkeliyim. Dairemizi satalı sekiz ay oldu, hâlâ öfkeliyim. Benim öfkem içimde büyürken o gitgide içine kapanıyor. Eskisi gibi konuşmuyoruz artık, gülüşmüyoruz. Çok değişti. O neşeli, gülmeyi eğlenmeyi seven karım gitti, yerine bütün gün odaya kapanıp kitap okuyan, varla yok arası bir kadın geldi. Ortak yaptığımız bir şey kalmadı, yemeğimizi bile birlikte yemez olduk. Bu yüzden ben de evde olmak istemiyorum, bu sessiz gerilime dayanamıyorum. Sekiz ay önce Kodaman Sokak'taki dairenin parası suyunu çekince galiba bu evi satmak zorunda kalacağız demiştim. Tamam dedi. Şaşırdım, nasıl tamam? Sanki plak koleksiyonumdan bir plak satacağım demişim. Evimizi diyorum Şebnem, oturduğumuz bu şahane daireyi satmamız gerekecek. Tamam sat, senin evin, ne istersen yap. Ne demek o ya, ne demek senin evin, ne istersen yap? Ne zamandır senin benim diyoruz? Hem alacak olan çıkın derse? Çıkarız. Çıkar mıyız, çıkıp nereye gideceğiz? İstanbul'da ev mi yok? Buluruz bir ev taşınırız. Tanrım ne kadar rahat söylüyor, deli olacağım. Tartışmaya başladık. Senin için hiç mi anlamı yok bu evin dedim. Biz bu evde biz olduk ya, ilk bu evde seviştik, bu evde yaralarımızı birbirimize gösterdik, bu evde birbirimizi iyileştirdik. Hiç mi içini acıtmayacak buradan taşınmak? Ev sonuçta dedi soğuk soğuk, kutsal bir yer değil, dört duvar. Yine aynı ilgisizlikle kitabına döndü. Elinden aldığım gibi duvara fırlattım, hiç yaptığım bir şey değildi, karımın bu tavırları beni de değiştiriyor, yapmadığım şeyleri yaptırıyor bana. Konuşmak istiyorum dedim, konuşacağız. Neyi konuşacağız Osman diye alev aldı. Bankadaki para bitti, çatır çatır yedik çünkü, yarın yokmuş gibi yedik, kardeşin para için seni kapısında süründürüyor, yine bir şey satman gerek, öbür evlerinden birini satamazsın çünkü ortak mülkünüz, sattırmaz, demek ki bunu satacaksın. Durum bu.

Bunun nesini konuşacağız? Satacak ev mi kaldı diyemedim, ortak mülklerimizin hepsi Teo'nun üstüne geçti bile. Bu yaşamı nasıl sürdürdüğümüzü sanıyordu acaba? Evet zordayız dedim, evet Teo'ya borçlanıyoruz, evet daha idareli yaşamamız gerek. Ama bunları konuşmamız gerekmiyor mu? Sen benim çalışmamı mı istiyorsun dedi. Eve maddi bir katkın yok, benim sırtımdan geçiniyorsun demek istiyorsan eyvallah, gerçi ben liseyi bile bitirmedim, elimden gelen hiçbir şey yok ama yine de çalışırım, bir mağazada tezgâhtarlık yaparım örneğin, arkadaşlarının karıları gelir, sevgilileri gelir, ay çok yakıştı bu kombin size derim, boktan boktan giysileri kakalarım, bana prim yazarlar, maaşımla da aidatı öderiz, oh mis diye abuk sabuk şeyler sıralıyor. Saçmalama diye bağırdım, sana çalış diyen mi var? Sen benim karımsın, benim sırtımdan geçiniyorsun der miyim, ne zaman demişim? Tamam kapatalım bu konuyu. Ama kapatmadı. İstersen fotomodellik yaparım diyeceğim ama bu saatten sonra beni otuzbir dergilerine kapak yapacak kimse çıkmaz dedi. Buz kesildim. Ne biçim konuşuyorsun, bu konuya nereden geldik şimdi? Bu mu yani sorunumuz? Sorunumuz buydu, hep bu oldu deyince kan beynime çıktı, duramadım artık, vurdum kapıyı çıktım. Nereye gittiğimi bile düşünmeden saatlerce yürüdüm. İçim kaynıyordu. İçimde acayip bir öfke kaynıyordu, o öfke hâlâ kaynıyor, durmuyor, dinmiyor, çok acı veriyor. Şebnem bana haksızlık etme, ben senin bir zamanlar yaptığın şeyleri asla sorun etmedim, yüzüne vurmadım, incinirsin diye sormadım bile, bilmek istemedim. Bebek'te hiç gitmediğim bir bara girdim, bir içki içtim. Çok kötüydüm, kendimle kalmamam gerek diye düşündüm, kendimle kalırsam içimdeki bu acı beni bitirecek, bir şeylerle uğraşmam gerek. Kırkdokuz'a gittim, Mutlular bir film müziği işi almışlar, onunla uğraşıyorlar. Yönetmen kim? Bilmem kim.

Hiç duymadım öyle birini, matah biri olsa duyardım. Bir el atsana dediler, bak sahne şu. İzlettiler. Nasıl kötü bir sahne, kırlık bir yerde bir sürü koyun meliyor, biri genç iki köylü, ellerinde değnekler, genç olan koyunları dürtüyor, yaşlı olan yere çömelmiş, kasketini çıkarıp kafasını kaşıyor. İçim bayıldı. Hâlâ film diye bunları mı yapıyorlar, akıllanmadı mı bu yönetmen milleti? Koşmayın oğlum bu yeteneksiz heriflerin peşinde, sikindirik bir film için bu kadar uğraşmaya değmez. Osman Abi burada yaylılar girsin diyoruz, ne dersin dediler. Yaylılar mı? Ekrandan tezek kokusu geliyor, ne yaylısı? Bir de heyecanlılar, sanki bu boktan filmle altın portakal alacaklar. Yaylılar iyi fikir de başka bir de şey gerek dedim, bir-iki akıl verdim, uçtular. İşte Osman Koryürek farkı diyorlar. Keyfim biraz yerine geldi, içimdeki öfke hafifledi. Mutlu'nun kırıklarından bir kız geldi o sırada. Yaylı maylı derken iyice gaza gelmişim, Şebnem'in söylediklerini aklımdan çıkarmayı başarmışım, kendimi işe vermişim, şuraya bir tuşe, buraya bir vurgu, bu sekans perküsyon istiyor diye akıl veriyorum. Kız durmadan lafa karışıyor, saçma sapan konuşuyor, hiçbirimizin oralı olduğu yok. Sonunda başka türlü ilgi çekemeyeceğini düşündü herhalde, birden şarkı söylemeye başladı, sesi de nasıl kötü. Önce mırıl mırıl söylüyordu, biz oralı olmadıkça sesini yükseltti. Sonunda Kaan kes be! diye bir patladı, stüdyo inledi. Mutlu da nereden çıktın kızım sen, bu akşam çalışacağız demedim mi sana deyince ortalık karıştı. Kız su şişesini fırlattı bunlara, aletler maletler su içinde kaldı. Mutlu üstüne yürüdü, kız tam ruh hastası, çığlık çığlığa bağırıyor. Baktım olay büyüyecek, araya girdim, çocukları oturttum, kıza da boş ver bunları, işi yetiştirmeleri gerek, ikisinin de sinirleri tepesinde, hadi biz çıkalım da çalışsınlar dedim. Aldım salya sümük ağlayan kızı, çıktık. Hotel Operanti tam karşımızda, lobisini çok severim, sakin zevkli bir dekorasyonu var. Gittik dipte bir köşeye oturduk. Kız Mutlu'yla Kaan'a uzun uzun saydırdıktan ve iki kadeh Chivas'tan sonra sakinleşti, bana yazmaya başladı. Ayağında açık ayakkabılar, topuklar bir karış, bacaklar uzun, dar blucin iyi durmuş, elek gibi bir bluz giymiş, içinde şeffaf sutyen. Eski moda bir adı vardı bu kızın, neydi neydi, düşünüyorum ama gelmiyor aklıma. Evi uygun değilmiş, benimki de değil, ne yapacağız? Yukarı çıkacağız. İyi ki masraftan kısıyorum bu arada. Odaya çıktık. Fazla kolay oldu, aşırı kolay. Bir de Berra bu kadar aşırı kolay oluyor, kocasının ağır burjuva ailesiyle birlikteyken Müberra, âlemcilik sırasında Berra. Geçen hafta asansör bozulmuştu, lanet olsun niye en üst katta oturuyorum ki diye söylenerek merdivenleri çıkıyordum, tak diye koluma yapışıp içeri çekti. Haldun dallaması seyahate gitmiş. Şebnem evdeydi, iyiydik o gün, telefonlaşmıştık, Tanya çok güzel Borş çorbası yaptı, erken gel de birlikte yiyelim demişti. Nerede kaldın diye soracak, ne bahane bulsam diye düşünüyordum ama sormadı. Artık bir şey sormuyor zaten, çoğu zaman geldim mi gelmedim mi farkında bile olmuyor. Eve geldiğimde sofra hazırdı, oturduk, pek konuşmadan yemek yedik. Yemekten sonra yine aldı kitabını çalışma odasına kapandı. Madem birlikte zaman geçirmeyecektik niye erken gel diye tutturdun o zaman? Tartışacak gücüm yoktu, ben de açtım televizyon izledim, Şebnem'e öyle bozulmuştum ki, iyi ki Berra'ya gitmişim dedim, karım aldatılmayı hak ediyor, her şeyi hak ediyor. Aslında pek hoşlanmıyorum bu Mü-Berra'dan, ısırgan bir kadın, rahatsız edici. Ama kocasından hiç mi hiç hoşlanmadığım için hayır demiyorum. Haldun dallaması sık sık evine daldığımı bilse ne yapar acaba? Hiçbir şey yapmaz. Karısının nemfoman olduğunu bilmemesine olanak yok, görmezden gelir, Yosi gibi, Erhan gibi. Herkes böyle yürütüyor yaşamını, görmezden gelerek. Kız sabaha kadar koyun koyuna yatacağımızı sanıyordu herhalde, ben kalkıp giyinince çok bozuldu. Başladı saydırmaya, zaten sarhoş, hepsinde de aynı laflar, madem karın vardı niye geldin? Sen niye geldin? Sanki bilmiyordun karım olduğunu. Tanıştığımızda Şebnem de vardı dedim ve o anda anımsadım adını, Meral. Arkamdan hakaretler yağdırırken çıktım, Meral'i isterik bağırışlarıyla bıraktım odada. İçimde en ufak bir pişmanlık yoktu. Eve gitmeyi hem istiyordum hem istemiyordum. Şebnem bana o sözleri nasıl söyler? Bir saat sokaklarda dolaştım, Taksim'e çıktım, insanlara çarpa çarpa Tünel'e kadar yürüdüm. Sonunda geri döndüm. Baktım uyumuş, ev zifirî karanlık. Usulca yatağa girdim, sırtından sarıldım, çok sıcaktı, öyle yumuşaktı ki vücudu, gözlerim yaşardı. Seninle kavga etmek istemiyorum sevgilim dedim kulağına, ben kavga etmeyi sevmem bilirsin, edemem de. İstediğim bana güç vermesiydi, evimize evimiz demesi, evimizi satmamıza gerek yok, yakında bestelerinden birini satacağından eminim, hem konserlere bir başlayın, gerisi gelecek demesiydi. Senin yazdığın şarkılar kadar güzel şarkı yazabilen mi var demesini bekliyordum. Sen bana piyano çalarken zaman duruyor, dünya duruyor, elem keder ıstırap gam kasavet ne varsa soluyor, uçuyor, içim senin aşkınla doluyor demesini istiyordum. Başımı kucağına koyacaktım, parmaklarını saçlarımın arasına sokacaktı, ne kadar güzel saçların var, bayılıyorum saçlarına diyecekti, her şeyi unutacaktım. Teo'nun öz abisini her gün biraz daha kemirdiğini, ufukta bestelerimden birini alacak kimsenin görünmediğini, Argun'un vaatlerinin fos çıktığını, Mutlu, Kaan ve Tezcan denen angutlarla grubumuza hâlâ bir isim bulamadığımızı, bulsak da bir işe yaramayacağını, çünkü üçünün de çok boktan müzisyenler olduğunu, bana çok daha sağlam insanlar gerektiğini unutacaktım. İyi ki sen varsın, sen olmasaydın nasıl dayanırdım bu geleceksiz günlere diyecektim. Kendimi bildim bileli müzikte bir şeyler yapmaya çalışıyorum ama olmuyor sevgilim, görüyorsun, şans bana gülmüyor, tam istediğim yere ulaşmama ramak kala bir şey oluyor, Gün ölüyor örneğin, Kubi çekip gidiyor, Soydan piçi Londra'ya taşınıyor, Muzo şerefsizi HD Prodüksiyon'a direktör oluyor, telefonlarıma bile çıkmıyor, Pelin, Gün gibi kanser olup ölüyor, Yağız müziği bırakıp anasının amında bar açıyor, Alihan Datça'ya yerleşip tarıma başlıyor, Kenan taşrada buzdolapçı oluyor, Müjdat'ın sıçar gibi yaptığı birbirinden kötü besteler on bin yirmi bin dolarlara kapış kapış gidiyor, Tolga'yla Özlem denen iki yetenek fukarası ünlü oluyorlar, kısacası sevgilim herkes ilerlerken ben olduğum yerde sayıyorum diyecektim. Bak Çiğdem orospusu bile bir adam bulup evlendi, evlenmekle kalmadı bir de çocuk yaptı. Sahi biz neden tekrar denemiyoruz, hamile kaldığında ne kadar sevinmiştik unuttun mu, doktorumuz zor ama olabilir demişti, hadi çocuk yapalım, fazla zamanımız kalmadı, sen anne olmak istemiyor musun diyecektim. Sen gerçekten baba olmak istiyor musun diye soracaktı. Düşünecektim, sence benden iyi bir baba olur mu diyecektim. Olur tabii, senden dünyanın en güzel babası olur diyecekti. Babamı anımsayacaktım yine, babamdan ve Teo'dan nasıl nefret ettiğimi anlatacaktım. Yatışacaktım, karımın varlığı beni mutlu etmeye yetecekti. Neden bu kadar umursamaz oldun Şebnem? Beni, ilişkimizi, yaşamımızı niye bu kadar gözden çıkardın? Biz eskiden uyandığımızda birbirimizin gözünün içine bakmak için dakikalarca diğerimizin uyanmasını beklerdik. Ne güzel sevişirdik eskiden, birbirimize doyamazdık. Bir keresinde seni aldattığımı sanmıştın da şahane bir kavga çıkarmıştın, ki aldatmamıştım, o zamanlar senden başka kimseyi gözüm görmüyordu. Gözlerin çakmak çakmak olmuştu, öfkeden yay gibi gerilmiştin, eline ne geçerse fırlatıp atıyordun, salon salamanjemizi birleştiren o cânım çift kanatlı kapının camını kırmıştın, orijinal el işli kesme desenler vardı camda, çok üzülmüştün, dükkân dükkân dolaşmıştın, aynından bulamadığın için kahrolmuştun. Kıskançlığın bana o kadar iyi gelmişti ki o gece, içim hiç bilmediğim türden bir mutlulukla dolmuştu. Şimdi evimize Mü-Berra'nın veya Meral'in veya bir başka kadının yanından geldiğimi biliyorsun, bildiğini yüzünden okuyorum. Ama hiç umursamıyorsun. Niye umursamıyorsun Şebnem? Ne oldu bize? Neden oldu?

* * *

Nişanlanmış beyefendi, haber vermek lütfunda bulundu. Telefon etti, bu akşam size yemeğe geleceğim, ayrıntıları anlatırım dedi. Dina tavuk kievsky yapsınmış, çok güzel yapıyormuş, bir tek onun yaptığı tavuğu yiyebiliyormuş. Emrivaki Necmi Bey'in küçük oğlunun en sevdiği şeydir. Dina Tiraspol'e döndü dedim, Tanya diye biri başladı o da izinli, dışarıdan söyleriz. Dina niye gitti dedi sesinde bir küçümseme, bir alay, iyiydi o, tutamadınız mı yanınızda? Tutamadık beyefendi. Zatıâlinizin bu kadar üzüleceğini bilseydik ne yapar yapar yaşatırdık kızını. Bir gün Şebnem evde yoktu, Dina'ya telefon geldi, ben gidiyorum dedi. Nereye? Tiraspol'e. Tiraspol de nereden çıktı, aklını mı kaçırdın dedim. Kızım ölmüş dedi. Markete bir gidip geleceğim der gibi dümdüz söyledi bunu: Kızım ölmüş. İnanamıyordu herhalde. Dokuz yaşındaymış kızı, ateşlenmiş, ölmüş. Apar topar gitti. Yirmi dakika içinde uçak biletini aldım, birikmiş maaşlarını ödedim. Allahtan birkaç gün önce Teo'dan para almıştım, kadıncağıza maaşını veremeseydim çok üzülürdüm. Kısa ama korkunç bir andı, bembeyaz oldu Dinacık, sanki vücudunda kan diye bir şey kalmadı. Onun dışında ne ağladı ne çığlık attı. Varınca telefon et dedim, etmedi, bir daha haber alamadık Dina'dan. Dışardan söyleriz deyince, karın bir makarna haşlayamıyor mu diye lafını soktu aşağılık kardeşim. Haşlar, çok da güzel haşlar da sana haşlamaz. Şebnem sevmiyor Teo'yu, tamam sevilecek bir yanı yok ama kardeşim sonuçta, birbirimizi yesek de kardeşiz. Ben senin babanın kahrını az mı çektim ayrıca? Sen babanın devlet hastanelerinde sürünerek ölmesini istemiyorsun diye arabamı sattım, ki senden başka hiç kimse için yapmazdım bunu. Aslında kaderin sillesinin faturasını Şebnem'e çıkardığı için Cavit Bey'in hastanelerde sürünerek ölmeyi hak ettiğini düşünüyordum ama Şebnem çok acıyordu babasına, ağlıyordu, ben de onun ağlamasına dayanamıyordum. Aldık Osmanoğlu Kliniği'ne götürdük, orada öldü, hiç hak etmediği halde huzur içinde. Bence her baba hak ettiği şekilde ölmeli. Necmi Bey'in ölürken huzur içinde olduğunu hiç sanmıyorum. Şiddetli bir ölüm korkusu yaşamıştır bence, o korkuyu yaşamışsa da hak ettiği gibi ölmüştür. Çok yakın oturduğumuz halde Cavit Bey bir kere bile bize gelmedi, gerçi nikâhımıza bile gelmeyen adam. Ben de en fazla beş-altı kere gitmişimdir. Gelmemi isteseydi giderdim, o sidik kokan koltuklarında oturmaktan yüksünmezdim, zehirli diline, huysuzluklarına katlanırdım ama beni görmek istemiyordu. Baban beni sevmiyor diyordum Şebnem'e, babam kimseyi sevmez diyordu. Sık sık gidiyordu, yıkayıp paklıyordu babasını, bir keresinde camlarını silerken gördüm, sinirlendim. Benim karım babasının evi bile olsa nasıl cam siler? Dina gitsin, sen niye gidiyorsun dedim. Acı acı gülümsedi, sanki babasıyla ilgilenerek bir tür kefaret ödüyordu. Kefaret ödemesi gereken sen değildin Şebnem, sen alacaklıydın, borçlu değil. Ne zaman babasına gitse tepeden tırnağa acıyla dolmuş geliyordu, bir o kadar da sinirli. Ne söylesem batıyordu, ottan boktan kavga çıkarıyordu. Yeni evlendiğimizde bize davet etmek için babasına gittim bir gün. Şebnem çok üzülüyor diyeceğim, ikna edeceğim bir şekilde, alıp bize getireceğim. Dolabı boştur diye marketi yüklenmişim, bir büyük rakıyla bir karton da Marlboro almışım. Karımın babasına kendimi sevdireceğim ya, sanki babalar sevmeyi bilirmiş gibi. Kapıyı açtığı anda iğrenç bir hava çarptı yüzüme, yalnızca sigara ve yanık yağ kokusu değildi, teniyle kaynaşmış ekşi bir ter kokusu, bozuk yemek, bayat balık, sidik, hayvan leşi kokusuydu, boktan bir yaşamın bütün kötü kokuları bir aradaydı. Şaşırdı beni görünce, sen de nereden çıktın dedi. Sizi bize götürmeye geldim dedim, mutlu mutlu sırıtıyorum. Kapıyı yarım açmış, içeri buyur etmiyor. Poşetlere dikti gözünü. Ne var bunların içinde? Ufak tefek bir şeyler dedim. Söğüş dil almıştım, eski kaşar, beyazpeynir, yoğurt, değişmez yemeği sucuklu yumurta diye sucuk ve yumurta, neskafe, şeker, çay, daha bir sürü şey. Poşetleri karıştırmaya başladı, Malboro'yu kartonuyla içeri fırlattı, rakı şişesini kavradı, poşetleri ayağıyla içeri itti, kapıyı küt diye yüzüme kapattı. Birkaç gün sonra Şebnem sen babama alışveriş mi yaptın dedi. Yaptım dedim. Bir daha yapma. Neden? Yapma işte, istemiyorum, o benim yüküm, senin değil. Ama o yükü sen taşımadın ki sevgilim, peynirin en ucuzunu, deterjanın en kötüsünü alsan da benim paramla aldın sonuçta. Babası ölünce evinin Şebnem'e kalacağını sanmıştım. Satarız, hemen bir araba alırız, boktan da olsa Beşiktaş'ta bir daire en azından iyi bir araba aldırır. Ev meğer amcasınınmış, bedavaya oturtuyormuş babasını. Amcası cenazeye gelmedi. Şebnem haber vermedi çünkü. Ama adam öğrenmiş, aradı. Şebnem açtırma benim ağzımı, beni konuşturma diye avazı çıktığı kadar bağırdı, telefonu duvara fırlattı. Ne demek istedin dedim. O biliyor dedi. Neyi biliyor, bana da söyle. Söylemedi. Ailesindeki herkesten nefret ediyor, kötü yürekli insanlar, hepsinin içi kötülük kaynıyor diyor.

Kötü aile öyküleri. Herkesin var, herkesin ailesi kötülük öyküleriyle kaynıyor. Cenazeye Teo da gelmedi. Almanya'dayım demişti ama cenazeden sonra gördük. The Marmara'nın kafesinde arkadaşlarıyla oturmuş, ellerinde biralar, kah kah gülüyorlardı. Şebnem o zamana kadar az da olsa severdi Teo'yu, bize geleceği zaman sevdiği yemekleri yaptırırdı, maddi nedenlerden kızsa da sırf kardeşim olduğu için severdi. Teo'yu arkadaşlarıyla gülerken aynı anda gördük. Şebnem'in yüzüne acıdan daha büyük bir şey çöktü o gün, değersizlik. O değersizlik duygusu bir daha gitmedi yüzünden. Teo geldiğinde Şebnem evde yoktu, sonra geldi. Teo nişanlanmış dedim. Hayırlı olsun dedi umursamadan. İçeri gidecekti, Teo otur şuraya dedi, konuşacağız. Eyvah dedim, Şebnem arıza yapacak, Teo'yla yine birbirimize gireceğiz. Kiralar birikti, büyük taşaklı Engin Bey'in avukatı telefon üstüne telefon ediyor. Teo'nun ne söyleyeceğini merak mı etti, arıza çıkarmayı göze mi alamadı, ne olduysa oturdu. Teo dikenli dikenli konuşmaya başladı, giderek tonunu artırdı, bir sürü tehditle de bitirdi. Nişanlısının babası sanayiciymiş. Çeliktepe'de ısıtma sistemleri üzerine fabrikası varmış. Şu anda yurtiçine çalışıyorlarmış ama yakında ihracata başlayacaklarmış. Söz kesip nişan yapmaya Feryal Halamla Talat Amca'yı götürmüş, bize güvenememiş çünkü. Şebnem'le ben kendini beğenmiş ukala dümbelekleri olduğumuz için nişanlısının ailesini aşağılayacak bir şey bulurmuşuz mutlaka, kendimizi tutamazmışız, illa bir laf sokarmışız, alay edermişiz, yaparmışız bunu. Kardeşimizi nişanlısının ailesine mahcup etmeyelim demezmişiz. Örneğin demin fabrika yakında ihracata başlayacak deyince Şebnem dudaklarını öyle bir büzmüş ki dünyanın en salak insanı bile alay ettiğini anlarmış. Elinde olsa onlarla bizi asla karşı karşıya getirmezmiş, düğününe bile çağırmazmış ama nişanlısının geleneksel bir ailesi varmış, aile bağlarına çok önem veriyorlarmış. Cumartesi akşamı onlarla yemeğe gidecekmişiz. Yemekte adam gibi davransak iyi olurmuş. Zira yaşadığımız bu konforu sürdürmemiz onun iki dudağının arasındaymış. Bu minvalde saydı saydı, sonra da siktirdi gitti. Şebnem'e baktım, işte senin kardeşin bu diye başlayacak ama hayret, bir şey söylemedi, ben yatıyorum dedi, gitti yattı. Ben de Teo'nun nişanlısının ailesiyle tanışmaya bayılmıyorum ama düze çıkana kadar Teo'ya mahkûmuz, yakın bir tarihte de bizi düze çıkaracak bir gelişme görünmüyor. Aslında Teo'yu idare etmek o kadar da zor değil, Şebnem biraz ilgi gösterse, biraz yüzüne gülse tamam ama yapmamakta inat ediyor, Teo'nun karşısında mahkeme duvarı kesiliyor yüzü. Oysa Teo'dan başka desteğimiz yok, ısrarla anlamıyor bunu. Şu albümü bir çıkarsak hemen kurtulacağım Teo'dan. Ama zor, benim çocuklar çok yetersiz çünkü. Vasatlar, yüzeyseller, yeteneksizler, üstelik kendilerini bulunmaz Hint kumaşı sanıyorlar. Kaan'ın bana şarkı diye dinlettiği şeyler üçüncü sınıf pop ama sorarsan A1 parçaları, kesinlikle hit olacak. Mutlu'nun ne sound'dan haberi var, ne müzik teorisi hakkında en ufak bir bilgisi. Lirikleri çok banal, insan utanır o sözleri yazmaya, Tezcan desen konu mankeni. Samet Bey bu çocuklarla devam etmek istediğinden emin misin dedi, belki ilgilenir diye yarım bir demo götürmüştüm. Yenilerini arıyorum, doğru isimleri bir araya getireceğim, bomba gibi bir albüm yapacağım dedim. O zaman ben sana birkaç isim önereyim, onlarla çalış, on numara iş çıkarırsın dedi. Kaç ay oldu bekliyorum, hâlâ isim önerecek. Elimden gelenin fazlasını yapıyorum ama bir şey olduğu yok. Neden böyle? Neden yaşamımda hiçbir şey yolunda gitmiyor?

* * *

Aileyi sevdim aslında. Tamam, görgü kültür zevk sıfır, yanından bile geçmemişler ama çok tatlı insanlar. Bize de kırk yıldır tanışıyormuşuz gibi çok sıcak davrandılar, hoşuma gitti. Teo sakın geç kalmayın, tam sekizde orada olun diye tembih etmişti ama Şebnem'i ikna etmem zaman aldığı için yarım saat geç kaldık, ben gelmeyeceğim diye tutturdu. Sevgilim ikimizi de davet ettiler, ben sap gibi gidersem olur mu, nerede karın demezler mi? Ben Teo'yu memnun etmek zorunda değilim dedi. Gitmek zorundayız dedim, Teo'nun istediğini yapmak zorundayız, anladın mı? Şimdi git giyin. Bana emir mi veriyorsun diye başlayacak sandım ama peki dedi, giyinmeye gitti. Böyle davrandığı zaman mahvoluyorum, kavga çıkarsa daha iyi. Bu, benim istediğim bir şeyi ona kabul ettirmem değil çünkü. Bu, benim Teo'yla baş edemediğimi kabul etmesi. Az sonra giyindi geldi, gözlerinin rengini daha da belli eden kolsuz mor elbisesini giymiş, hafif bir makyaj yapmış, saçları gevşek bir topuz, tanrım nasıl güzeldi, soluğum kesildi. Karımın ne kadar güzel olduğunu unutmuşum. Çok güzelsin dedim, iyi ki benim karımsın, seni öyle çok seviyorum ki. Öylesine gülümsedi. Duraktan taksi çağırdık, doğru Beykoz'a. Biz varana kadar dokuz olacak, Teo yarın beynimi yiyecek diye çok gerilmiştim, neyse ki ikinci köprü boştu, çabucak geldik. Normalde adımımı atmayacağım, ultra lüks bir kebapçıda yer ayırtmış Teo efendi, kapıda sıralanmış arabaları görünce çok canım sıkıldı, hepsi en üst segment, gıcır gıcır, yanıyor ve ben ancak taksiyle gelebiliyorum. Restoran zevksizlik yarışında ilk üçe giriyordu öte yandan, şimdi para böylelerinde, para konuşuyor artık. Teoman Bey'in konuklarıyız dedik, kapıdaki adam ânında hazır ola geçti, buyurun diye önümüze düştü. Şaşırdık, Teo'nun amma da forsu varmış. Adamı izliyoruz, asansörlere biniyoruz iniyoruz, ulan nereye götürüyor bizi bu herif derken üçüncü katta, kendini Sait Halim Paşa Yalısı sanan, boydan boya Boğaz manzaralı bir salona geldik. Teoman'ınkilerden başka kimse yoktu. Beyaz örtülü büyük bir yuvarlak masa, ortada beyaz güllerle zambaklardan yapılmış dev bir aranjman, sandalyeler saten giydirilmiş, arkalarında kafam kadar fiyonklar, fiyonkların göbeğinde taşlar, şıngır şıngır avizeler, orada burada orkideler, altın yaldızlı tabaklar, simli mumlar, altın varaklar, altın varaklar, altın varaklar. Her bir ayrıntı *kitsch*'in doruğu ama sofra olağanüstü yemeklerle dolmuş taşıyor. Geciktiğimiz için özür diledik. Aman efendim, İstanbul burası, kim vaktinde gelebiliyor ki, zaten akrabayız artık kusura mı bakacağız? Hepsi anlayıştan kırılıyor. Şaşırdım, Allah Allah neymiş bu Teo? Ailenin bize ısındığını hissettim, hepsi çok samimiydi. Karımın güzelliği yine herkesin dikkatini çekti tabii, özellikle Uluç Bey'in karısı gözlerini ayıramadı Şebnem'den. Teo efendinin nişanlısıyla da tanıştık. Tam ona göre bir kız, kısa boylu, tombul, sıcak, fıkır fıkır, konuşurken insana dokunmayı çok seven türden. Şebnem'in deyimiyle düdüklü tencere gibi gülmese bayağı çekilebilir aslında. Şebnem'le hemen senlibenli oldu. Geleneksel bir ailenin kızı olarak bayağı da rahattı, Şebnem'den daha dekolte giyinmişti örneğin. Kayınvalide tatlı bir kadıncağız, sessiz, sakin. Kayınpeder biraz ahmak gibi geldi bana, gelinin kız kardeşi düz salaktı yalnız, zekâ geriliği bile olabilir. Kadınlar mücevherle dolmuş taşıyordu. Bu servet kimin eseri merak ettim, belki aileden zenginlerdir. Masanın ağır topu tabii ki gelin hanımın dayısıydı, İstanbul emniyet müdürüymüş adam. Öğrenince bir sallanmadım değil. İstanbul emniyet müdürü ne demek? İkisi salonun dışında, ikisi içinde dikilen siyah takımlı dört herifin korumaları olduklarına ancak o zaman uyandım. Restoranın otoparkında, öteki araçlardan ayrı duran çakarlı arabanın da nedeni anlaşıldı, Teo'nun sandığımız forsun aslında kimin olduğu da. Yalnız Uluç Bey müthiş bir adam, çok etkileyici. Giyimi kuşamı fazla bürokrat olsa da, hali tavrı hiç öyle resmî değil, zekâsının zehir gibi olduğu da çok açık. O ahmak kayınpederin açtığı salak sulak konuları evirdi çevirdi, ilginç hale getirmeyi başardı. Çok akıcı konuşuyor, en sıkıcı konuda bile ağzından bal damlıyor, çok bilgili ayrıca, boş konuşmuyor. Öyle olması gerek tabii, sonuçta bilgisiz bir geri zekâlıyı İstanbul emniyet müdürü yapacak değiller. Milliyetçi olduğu kesin, anlattıklarından anlaşılıyor ama mukaddesatçılığı biraz yama gibi, beş duble rakıyı götürdü zaten, tık da demedi, iyi içiyor. Ben de rakı içtim, masada bir ikimiz içtik. Teo efendi ağzına sürmedi. Uluç Bey teklif etti, baban hoşgörülü adamdır, çekinme, iç dedi. Bizimki sağ olun dayıcığım ama ben alkol kullanmıyorum demez mi? Tabii tabii, bizim viskileri de Tanya içiyor zaten. Uluç Bey çok karizmatik, çok da alçakgönüllü, ben onun yerinde olsam bizimle aynı sofraya bile oturmam. İstanbul emniyet müdürüyüm ya, Osman-Teoman Koryürek kardeşler kim? Teo çok iyi yere dükkân açmış, nasıl başardı anlamadım, aferin. Bütün kapılar ardına kadar açılır artık bizim salağa. Uluç Bey beni çok sevdi, özel numarasını verdi, bir sıkıntım olursa çekinmeden arayabilirmişim, akraba olmuşuz artık. Çok hoşuma gitti bizi de akraba olarak görmesi. Teo yüzde yüz uyum sağlamış aileye, konuşması bile değişmiş, o çevreye horozlanan halleri yoktu, yemek boyunca efendi efendi önüne baktı. Uluç Bey'i onaylamaktan da helak oldu, haklısınız dayıcığım, çok haklısınız dayıcığım. Aileye yalakalık ederken kardeşimi izledim, Necmi Bey görse ne derdi acaba diye düşündüm. Küçük oğlunun böyle bir aileye damat olmasını takdir eder miydi, yoksa bu zevksiz, görgüsüz, cahil cühela takımıyla ne işimiz olur bizim mi derdi? Gerçekten baba, her fırsatta aşağılamaktan zevk duyduğun, sonradan görme ama senin servetini bin kere katlayacak kadar zengin bu aileyle dünür olmak ister miydin merak ediyorum. Gerçi Uluç Bey'i severdin, sevmesen de önemli bir adam olduğu için takdir ederdin. Eder miydin acaba ya, çok da emin değilim biliyor musun... Adamın yüzüne gülüp arkasından dünyanın en güzel kentine emniyet müdürü yaptıkları adama bak, Allah'ın kırosu derdin kesin. Rektörün hakkında konuştuğun gibi. Senin yerine Dündar Bey dekan olunca acayip bozulmuştun, eskiden yere göğe koyamadığın rektörünü de, Dündar Bey'i de itin götüne sokmuştun arkalarından ama ertesi gün dev bir kutlama çelengi göndermiştin, en içten tebriklerinle birlikte. Eve döndükten sonra Şebnem'le tartıştık. Başta çok eğleniyorduk oysa, yemeği konuşuyorduk, restoranın *kitsch*'liğinden Leyla'nın topuklarına kadar her şeyle dalga geçtik, ahmak kayınpederinin ikide bir gaaark diye geğirip estaaağfurullah demesini taklit ettik, güldük. Teo'nun bu yemeğe neden bu kadar önem verdiğini Uluç Bey'in kim olduğunu öğrenince anladım. Ama anlamadığım şey, onlar niye Teo'ya bu kadar değer veriyorlar dedim. Teo salağından başka damat bulamadılar mı? Gerçi nişanlısı Teo'ya körkütük âşık, belli, nesine bu kadar âşık olduğunu çözemedim, çocukken de çözemezdim, herifte nasıl bir şeytantüyü varsa, yüzüne bakmaz dediğim her kız Teo'yla çıkardı. Tabii Leylacağız o tiple Brad Pitt bulacak değil, Teo'yu öpsün de başına koysun diye neşeli neşeli konuşuyorum. Gözlerini yüzüme dikmiş, buz gibi bakıyor. Niye öyle bakıyorsun, yalan mı dedim, Teo maymundan hallice değil mi? İşte bu yüzden dedi. Ne bu yüzden? Görmüyorsun, işine gelmeyen şeyleri görmek istemiyorsun diye başladı. Teo'nun aptal olduğundan çok eminmişim, ama yarın ne halt edeceğimiz Teo'nun iki dudağının arasında olduğuna göre oturup kimin aptal olduğunu düşünsem iyi olurmuş, gerçi bu saatten sonra düşünmenin bir yararı olacak değilmiş. Sen ne saçmaladığının farkında mısın dedim, bana Teo'yu mu savunuyorsun yani, ağzımıza sıçan herifin avukatı mı oldun? Ben iyi niyetimin kurbanıyım, öz kardeşime inanmanın, güvenmenin kurbanı oldum, sen de çok iyi biliyorsun bunu. Alay eder gibi güldü, döndü sırtını yattı. Üstelesem, tartışmayı sürdürmek istesem sabahı bulacağız. Ne halin varsa gör dedim, aldım yastığımı salona geçtim, ne uyku kaldı ne bir şey. Yarınımızın Teo'nun iki dudağının arasında olmasının nedeni benim hatam değil, insanın iyi niyetli olması, kardeşine güvenmesi ne zamandır hata? Teo kötü ruhlu bir insan, tıpkı Necmi Bey gibi, içi kötülük kaynıyor Teo'nun. Asıl sen bunu anlamıyorsun.

* * *

Dün Teo'yu cebinden aradım, açmadı. Para işini halleder misin diye mesaj attım, ses yok. Belki on kez aradım, sonunda açtı. Ankara'daymış beyefendi, daha ev kirası birikti dememle telefonda bağırmaya başladı, sen beni de kendin gibi boş gezenin boş kalfası mı sanıyorsun, müsteşarla toplantımın ortasında nasıl ararsın, ben burada kırk tilkiyle boğuşuyorum, senin siktirik kiranı mı düşüneceğim, bilmem ne. Canıma yetti artık, patladım. Yeter ulan, ben bayılıyor muyum senin peşinden koşmaya? Coşkun Abi'ye gidiyorum, bütün hesapları sereceğim önüne, üstüne konduğun her bir mülk için sana dava açacağım dedim. Elinden geleni ardına koyma dedi, çat kapattı suratıma. Çok kötü oldum, ağlayacaktım hırsımdan, gerçekten Coşkun Abi'ye gitsem mi diye düşünüyordum. Ama tehdidim etkili olmuş ki akşam damladı, bir kutu da baklava getirmiş. Çok yumuşak konuşuyor bu kez, ihaleyi kaybetmiş de çok sinirliymiş de tam o anda aramışım. Müneccim miyim ben, nereden bileyim ne durumda olduğunu? Mesajıma kısa bir yanıt yaz o zaman. Kardeşiz mardeşiz ayağı yaptı gene. Bir de çek yazdı, her zamankinden cömert bir rakam sayılırdı ama yine de sinirim tepemdeydi, bu yetmez dedim. Onda da yokmuş, aybaşında gene veririm dedi. Bitmiyor maddi sıkıntılar, bitmiyor, çıldıracağım artık. Teo'yu ortak piyano mağazası açmaya ikna edebilsem sorun çözülecek aslında. Baklava yerken önünden bir geçtim, öylesine aklıma gelmiş gibi, dünya amma değişti, biz küçükken yalnızca bizim gibi ailelerin evlerinde piyano olurdu, şimdi herkesin evinde var, spinetler konsollar, Çin malı Kore malı, kapış kapış gidiyor dedim, dijital piyano çıkınca millet rahatladı tabii, takıyorlar kulaklığı, kimse rahatsız olmuyor. Öylesine, sohbet eder gibi konuştum. Dikkatle baktı yüzüme, sanırım aklına yattı. Bir süre düşünür, sonra da sen bu müzik işlerinden anlıyorsun, bir piyano mağazası mı açsak der, kendi fikriymiş gibi bana satar. Satsın, razıyım, yeter ki açalım. Üç ayda bir numara yaparız, herif para kazanmanın ustası çünkü, elini attığını altına çeviriyor. Kabul etmek zorundayım artık, Teo'nun o küçücük beyninde para kazanma konusunda iyi çalışan bir bölge var. Yarın çeki bozdurup borçların bir kısmını kapatsam iyi olacak. Nedim Şarküteri'den Doğa Kasabı'na kadar surat asmayan kalmadı. Kalanıyla da dolar almak en iyisi.

* * *

Bugün sabahın köründe Engin Bey'in avukatı geldi. Buyurun dememle daldı içeri, size tahliye davası açıyorum. Bugün yatıracaktım Sinan Bey dedim, birikmiş kira borcumuzun üç ayını ödeyeceğim. Ya hepsini ödersiniz ya da davayı açarım diye tutturdu. Tamam haklısınız, ama biraz anlayış gösterseniz diye sabırla anlatmaya çalışıyorum ama dinlemiyor herif. O sırada Şebnem'in sesini duydum, kapıda dikilmiş, tatlı tatlı, kahve içer misiniz diyor. Karımın güzelliği herifin başını döndürdü, ânında gevşedi yavşak, içerim diye sırıttı. Kahve içiyoruz, Şebnem sürekli abuk sabuk sorular soruyor, uzmanlığınız ne, ticaret davaları da alıyor musunuz, ofisinizde kaç kişi çalışıyor? Bize ne, herifin ofisinde kaç kişi çalıştığından bize ne? Ama adam hiç de rahatsız değil, öğrenmek için ölüyormuşuz gibi uzun uzun yanıtlıyor. Şebnem adamı tatlı tatlı konuşturdu, bizi bir süre idare edin dedi sonunda. Çok isterim Şebnem Hanım ama inanın yapamam. Yaparsınız, ev sahibimiz Amerika'da yaşıyor zaten, idare etmek sizin elinizde. Gerçekten yapamam falan derken bu iyiliğinizi karşılıksız bırakacak değiliz dedi. Bir an gözleri parladı yavşağın, karımı baştan aşağı süzdü, nasıl bir iyilik? Şaşkınlıktan donakaldım, ne iyiliği, Şebnem ne demek istiyor? Üç aylık kirayı bugün ödeyelim, 1.000 dolar da bizi idare ettiğiniz için sizin hakkınız olsun dedi. Kulaklarıma inanamadım, aklım durdu, açık açık rüşvet teklif ediyor, adam canımıza okuyacak. Karımın kusuruna bakmayın, saçmalıyor diyecektim tam, herif şunu 2.000 dolar yapalım demez mi? Şebnem 1.500 yapalım, ama üç ay bize uğramayın dedi. Peki dedi Sinan Bey. İnanamadım. Peki dedi, aldı 1.500 doları gitti. Şebnem'e ne yaptın sen dedim, durup dururken adama bir sürü para verdik. Üç ay rahatız işte dedi, üç ay sonra kim öle kim kala. Hâlâ şoktayım.

* * *

Çok mutsuzuz. İkimiz de ölesiye mutsuzuz. Şebnem eskiden pek ağlamazdı, en son babası öldüğünde ağlamıştı, bu aralar sık sık ağlıyor. Öyle salya sümük değil, sessiz ince bir ağlayışı var. Annem de böyle ağlardı, içine içine. Ben ağlamalarla baş edemem, hele böylesiyle hiç. Ağlamaya başladığı zaman çıkıp gidiyorum. Ağlamasa da gidiyorum, onunla evde kalmaya dayanamıyorum artık. O da gideyim diye gözümün içine bakıyor. Mutlulara gidiyorum. Mutlular epeydir beni aralarında istemiyorlar oysa. Açıkça gelme demiyorlar ama stüdyoya girdiğimde susmalarından, sıkıntılı bakışmalarından, bugünlük bu kadar yeter deyip çalışmayı erken kesmelerinden anlıyorum. Onlara katacak bir şeyim kalmadığını sanıyorlar. Dün dan diye yüzüme söylediler bunu, Osman Abi senin kafa 90'larda kalmış, gelebiliyorsan biraz günümüze gel dediler. Gelebiliyorsammış. Oğlum siz giderken ben dönüyordum be! Peşimde dolaştığınız günleri ne çabuk unuttunuz? Sizi bir araya getirdiğim, size yol çizdiğim, liderlik ettiğim günler uçmuş gitmiş bakıyorum. 90'lar kafası iyidir dedim, hatta daha geriye gitmek gerek, 60'lara örneğin, müziğin saf olduğu yıllara. Kaan, abi senin yenilenmen gerek demez mi? Ne demek o, eski miyim, yaşlı mıyım, nedir yani? Müzik dünyada başka bir yere gidiyormuş, ben takılmıyormuşum ama benim tarzımla olmuyormuş artık, benim tarzımın alıcısı kalmamış. Kaancığım dünyada müziğin gittiği yol çok boktan bir yol, bu yollara çok girip çıktı müzik, sonuçta hep aynı yere geldi, yine gelecek dedim. Abi anlıyorum, seni sarmıyor bu yeni anlayış, olabilir, normal. Seninki de saygıdeğer bir tutum ama biz farklı bir yola girdik artık dedi. Git diyor yani, git bir daha da gelme. Farklı bir yolmuş, yolunuzu sikeyim. Bu yolun sonu duvar duvar! Toslayacaksınız o duvara, hem de öyle bir toslayacaksınız ki beşinci sınıf barlarda sevgili arayan varoş kızlara bile dinletemeyeceksiniz kendinizi. Aslında Kaan itinin sözlerinden çok yüzündeki o küçümseyen ifade dokundu. Öbür puştlar da yere bakıyorlar. Kimsiniz ulan siz diye kafa göz girmem gerekirdi bunlara. Söylediklerini ciddiye almamışım gibi konuyu değiştirdim. Kerim Çaplı'nın Jimmy

Hendrix'le sahne aldığını biliyor musunuz dedim, çok iyi anlaşmışlardı. Kerim, Hendrix'in davulcusu olacaktı ama Hendrix ölünce hayali suya düştü. Oğuz denen piç Kerim de kim dedi. Ohoo... müzisyenim diyorsun ama daha Kerim Çaplı'yı bilmiyorsun. Bilsem ne olacak, bugün var mı öyle biri demez mi? Cehalete bak, çıldırır insan. Zaten Oğuz denen içten pazarlıklı it değiştirdi bunları, kafalarına girdi, zehirledi. Bu dangalağı havada karada yerdim de hem sağlam paralı puşt hem de albümü patladı. Klibi bütün kanallarda dönüyor. Yere göğe koyamıyorlar dallamayı. Bu çocuklarla bağlarımı koparmam gerektiğini biliyorum, bana bu şekilde davranmalarını görmezden gelmek çok zor. Ama evden çıktığımda gidecek bir yerim yok. Düşünüyorum da zaten hiç olmamış, ömrüm boyunca evimde yaşamışım ben. Oysa erkeklere ikinci bir adres şartmış. İnsan çalışmasa da çalışıyormuş gibi yapabilmeliymiş. Yersizlik korkunç bir şey, hele kimsesizlik. Şebnem niye kimsem değil artık?

* * *

Müthiş bir gün yaşadım, sözcüğün tam anlamıyla müthiş! Uluç Bey'in aracında olmak tahminimin çok ötesinde bir şeymiş. İstanbul emniyet müdürlüğünün önemli bir makam olduğunu biliyordum elbette ama bu kadarını hayal etmeme olanak yoktu. Adamın forsu karşısında aklım dimağım durdu. Yemeğe gidiyoruz, önde motosikletli polisler, arkalarında bir koruma aracı, onun arkasında ayna gibi parlak, siyah bir Wrangler Rubicon'da biz, Uluç Bey'in sivil aracı üstelik, resmî de değil, ön koltukta kulağında kulaklığı, elinde telsiziyle zımba gibi genç bir koruma oturuyor, arkamızda yine bir koruma aracı. Çakarlar yanıp sönüyor, yollar hızla açılıyor, ne trafik kalıyor ne bir şey. Rüya gibiydi, inanılmazdı. Teo'nun davetinin ertesi günü Uluç Bey'e sizinle tanıştığıma çok memnun oldum diye bir mesaj yazmıştım, yanıt vermesini bile beklemiyordum ama yarım saat geçmeden aradı. O da benimle tanıştığına çok sevinmiş. Telefonda epeyce sohbet ettik, bir sıkıntın olursa beni arayabileceğini biliyorsun dedi, teşekkür ettim. Sıcak bir şekilde kapattık. Bu kadarla kalacak sanıyordum, nezaket konuşması sonuçta. Ama bu sabah aradı, Osman bir yemek yiyelim, seni daha yakından tanımak istiyorum dedi. Seve seve dedim, nerede buluşalım gibi salak ötesi bir laf edecektim neredeyse, yarım saate hazır ol dedi, kapattı. Şebnem'e Uluç Bey yemeğe çağırıyor dedim, beni daha yakından tanımak istiyormuş. Niye dedi, ne gereği varmış? Ne bileyim? Tanımak istiyormuş işte. Çok geçmeden şoförü aradı, kapınızın önündeyim Osman Bey. İndim, siyah bir Renault Megan kapıda. Doğrudan restorana gideceğiz sanıyordum ama emniyet müdürlüğüne gittik. Uluç Bey binadan çıktı. Daha doğrusu Uluç Bey ve arkasında hazır ol vaziyetinde bir ordu çıktı. Öyle etkilendim ki, Rubicon ne zaman geldi, ne zaman bindik de arkada yan yana oturmuş gidiyoruz, anlamadım. Çok varlıklı eşim dostum oldu benim, çok büyük paralar kazanan insanlarla yemek yedim ama böylesini görmedim. Uluç Bey'in olduğu yerde bir tür olağanüstü hal yaşanıyor resmen. Korumalar iki taraflı sıralanıyor, adım atmamıza beş metre kala kapılar açılıyor, yaşlı başlı, kıranta adamlar karşısında saygıdan yere yapışıyorlar. İstanbul emniyet müdürü böyleyse başbakanı, cumhurbaşkanını hayal bile edemiyorum. İnsanların devlette iktidar sahibi olmak için neden kıran kırana savaştıklarını anladım. İktidar çok acayip bir güçmüş, hoşlanmamak olanaksız. Nakkaştepe'de ağaçlarla çevrili bir villaya gittik. Teo'nun seçtiği gibi *kitsch* değildi, çok şıktı, fazlasıyla elitti. İstanbul'un üst tabaka bütün restoranlarını bildiğimi sanıyordum ama böyle bir yerin varlığından bile haberim yoktu. Oraya restoran demek doğru değil zaten, çok üst düzey kişilerin girebildiği özel bir mekân belli ki. Pencerenin önünde, süper şık hazırlanmış bir masa. Salonda yalnızca ikimiz vardık, bir de garsonlar ordusu. Uluç Bey şef garsona şarap içeceğiz dedi, o kadar. Garsonlar antrelerden iki çeşit ana yemeğe, tatlıdan meyveye sürekli şahane yemekler servis etti. Çok güzel sohbet ettik, bayağı da şarap içtik. Yine çok yakın davrandı bana, ailesinden söz etti, iki oğlu varmış, ikisi de Amerika'da okuyormuş. Karısı da Şebnem'i çok sevmiş. Hatta onlar da buluşsunlar, yemeğe falan gitsinler dedi. Şebnem de çok memnun olur dedim. Akşamüstü beni başka bir araçla eve bıraktırdı, kendisi valiliğe geçecekmiş. Evde Şebnem'e anlattım, olağanüstüydü dedim, inanılmazdı, Uluç Bey çok güçlü bir adam, bir hareketiyle yeri yerinden oynatıyor. Karısı da seninle görüşmek istiyormuş dedim. Ben o kadınla görüşmek istiyor muyum peki dedi üstten üstten. Sinirlendim, Uluç Bey yemeğe seni de davet etmedi diye bozuldun dedim, der demez pişman oldum, yine tartışacağız, tartışmaktan başka bir şey yaptığımız yok zaten. Bozuldum mu diye gülmeye başladı, beni çağırmadı diye bozuldum, öyle mi? Sanki çok komik bir şeymiş gibi dakikalarca güldü. Tamam, ben de biliyorum, karısı Şebnem'e göre bir kadın değil ama katlanmak o kadar zor mu? Adam koskoca İstanbul emniyet müdürü ayrıca, bize bir yararı olacaksa dostluğuna niye hayır diyelim? Oldu da nitekim, daha ilk günden yararı oldu. Sohbet ederken söz işe güce geldi, piyano mağazası açmak istediğimden ama sermaye sorununu çözemediğimden söz ettim. Öylesine söyledim üstelik, konuşacak konu olsun diye. Hiç beklemiyordum, çok ilgilendi. Sen mağazayı bul, gerisine karışma dedi. Çok sevindim, sevinçten ayaklarım yere basmıyordu eve gelirken. Gelir gelmez Şebnem'e anlattım, onun da sevineceğini sanıyordum. Karşılığında? diye sordu ters ters. Karşılığında ne? Niye? Niye yapıyor sana bu iyiliği? Akraba olacağız çünkü. Saçmalama dedi yine çekildi odasına. Anlamıyor, bu dostluğun benim için ne kadar önemli olduğunu anlamıyor. İlk kez bir kapı açılıyor önümde. Benim derdim piyano satmak değil, o bir başlangıç, arkası gelecek, stüdyo kuracağım, prodüksiyon yapacağım diye anlattım Uluç Bey'e. Çok akıllıca dedi. Adamın dostluğu yaşamımızı değiştirecek, sıkıntılarımız son bulacak. Şebnem istediği kadar suratını assın, ben Uluç Bey'le ilişkilerimi sıkı tutmaya kararlıyım.

* * *

Nasıl eğlendim bugün, nasıl keyiflendim, öldüm zevkten. Hani hiç külyutmazdınız Teoman Bey, hani gözünüzden bir şey kaçmazdı? Birlikte yemeğe gittiğimiz gece Uluç Bey'in bana özel numarasını verdiğini fark etmemişsin ama bak? Gene üstten üstten, lütfeder gibi konuşuyordu benimle. Uluç Bey'i özel numarasından... dedim, daha sözümü tamamlamadan ne özel numarası dedi. Bana özel numarasını verdi dedim, istediğin zaman ara dedi. Allak bullak oldu, gözleri dışarı fırladı yine. Sakın arayayım deme, abuk sabuk şeyler için adamın canını sıkma diye köpürdü. Akraba değil miyiz, niye aramayayım diye üstüne gittim. Kıpkırmızı kesildi. Eğer Uluç Dayı senden şu kadarcık şikâyet ederse yemin ediyorum ölümlerden ölüm beğenirsin dedi. Çok keyiflendim. Kıskanıyor, Uluç Bey gibi bir adam bana değer verdiği için deli gibi kıskanıyor. Yemeğe gittiğimizi söylemedim, öğrenirse kalp krizi geçirir artık. Onu Uluç Bey'den duysun istiyorum. Hadi o zaman da yakama yapışsın da görelim.

* * *

Bir süredir iki hayalet gibi yaşıyoruz evde, birbirine değmeyen iki hayalet. Şebnem'in bakışları ölüm susması gibi. Ama şimdi bunu düşünecek halde değilim. Bugün işim çok, bugün mağazada asma katın güçlendirilmesine başlanacak, elektrik tesisatı yenilenecek, parkeci gelip ölçü alacak. Bugün yeni ölüler gömülecek. Bugün mezarlıklara kırmızı karanfiller bırakılacak. Bugün bir şeyler olacak. İşin kötüsü yarın da öbür gün de bir şeyler olacak. Hiç bitmeyecek bu bir şeyler olmaklar. Bu bir şeylerin sonunda neler olacak bilmiyorum. Karanlığa bakıyor gibiyim, siste yürüyor gibiyim, Şebnem'i yitirmekten deli gibi korkuyorum. Ama yitireceğimi biliyorum. Çünkü Edip Cansever'in dediği gibi. "Her sevgide biraz da cinayet bulunur."

(5. defter burada bitiyor.)

Osman'ın 1. defterinin arasında bulunan mail çıktısı

Gönderen: Osman Koryürek fellowos65@yahoo.com
Alıcı: Teoman Koryürek koryurek11@hotmail.com
Konu: Bütün kalbimle kutlarım
Tarih: 5 Mayıs 2012

Merhaba kardeşim,

Bana canım kadar yakın ama canımdan bir o kadar da uzak kardeşim.

Kutluyorum. Evlenmişsin, bir de kızın olmuş. Evliliğinin mutluluk ve esenlik dolu olmasını, kızını sağlıkla sevgiyle büyütmeni diliyorum. Bir gün karın ve kızınla tanışacağıma, kızına ben senin amcanım diyeceğime bütün kalbimle inanıyorum.

Evlendiğini Hanzade Abla'dan duydum. Dün rastlantı sonucu karşılaştık. Beni görmezden gelir sandım ama Osman diye koluma yapıştı, sarıldık. Bir kafede oturduk, sohbet ettik. Evlendiğini o söyledi, kızın onun çalıştığı hastanede doğmuş, hatta ilk muayenesini de o yapmış. Çok güzel bir bebek dedi. Karını da çok sevmiş. Kızının adını Berrak koymuşsun. Çok güzel bir ad. Ömrü de şansı da adı gibi berrak olsun. Benim bir kızım olsaydı adını Mahmur koyacaktım ama olmadı. İyi bir baba olabilir miydim bilmiyorum, olamazdım herhalde. Belki de iyi olmuştur bir çocuğumun olmaması, hele yaşadıklarımızı düşünürsek.

Beni görmek istemediğini, beni yaşamından çıkardığını, tümüyle sildiğini biliyorum. İkimizi de mahveden o olayın sorumlusu olarak beni görüyorsun. O gün açık açık söyledin bunu, silahını başıma dayayarak üstelik ama tetiği çekmeye gücün yetmedi.

Niye yetmedi Teo? Niye çekemedin o tetiği? Benden beni öldürecek kadar nefret etmediğinden mi? Kardeş katili olmak istemediğinden mi? Yoksa çok daha basit bir nedenle, hapse girmekten korktuğun için mi? Bunu kendime çok sordum. Teoman o gün beni niye öldürmedi diye düşündüm. Bence tek suçlunun ben olmadığımı biliyordun, öyle değil mi? Ondan çekemedin o tetiği. Hatta benim suçlu bile olmadığımı, aslında içinde bulunduğum şartlar yüzünden köşeye sıkışmış olduğumu, bunda senin payının da büyük olduğunu çok iyi biliyordun. Şebnem'in yapacaklarını ikimiz de tahmin edemedik. Bu yüzden yalnızca beni suçlaman haksızlık olmuyor mu?

Bu hesaplaşmayı daha önce yaptık, yine nereden çıktı diyeceksin. Zaman geçtikçe o olay hakkında daha çok düşünür oldum Teoman. Başından sonuna kadar düşünüyorum, Uluç Bey'le tanıştığımız günden başlayarak, yaşadığımız felakete kadar düşünüyorum. Şebnem'e de haksızlık etmedik mi sence? Onu bunu yapmaya biz mecbur bırakmadık mı?

Sana bu mektubu yazmaktaki amacım yine eski defterleri açmak, yeniden hesaplaşmaya girişmek değil. Unutmak için yazıyorum, geçmişi unutalım demek için. Tamam ikimiz de çok hırpalandık, yaşamlarımız altüst oldu ama biz kardeşiz. Birbirimizden başka dayanacağımız kimimiz var?

Seni tekrar görmeyi, birbirimizin yaşamında olmayı çok isterim. Her şeyi geride bırakalım, yeniden kardeş olalım.

Seni bütün sevgimle kucaklıyorum.

Seni çok seven abin Osman

* * *

Gönderen: Teoman Koryürek koryurek11@hotmail.com
Alıcı: Osman Koryürek fellowos65@yahoo.com
Konu: Re. Bütün kalbimle kutlarım
Tarih: 6 Mayıs 2012

Hayret içindeyim inanamıyorum. sen bana hala nasıl yazabiliyosun ya. hangi cesaretle yazıyosun? Senin yüzünden hayatım mafoldu benim. Uluç dayı hayatımı kaydırdı.Leyla beni terketti. babası hayatımı sikti attı. Battım ulan ben senin orospu karının yaptığı şey yüzünden. ama bakıyorum sütten çıkmışsın. Akkaşık senmi oldun şimdi? Polis tırım tırım seni ararken bana telefon edip para ver kaçıcam vermezsen senide yakarım,herşeyi teo ayarladı derim dediğini unuttummu sanıyosun? ulan keşke o gün ben seni yaksaymışım be.acıdım acıdım. Hayatım boyunca sana acıdım.neyine acıdıysam.gözümde bit kadar değerin yoktu aslındada kardeşlik işte. Şebneme haksızlık etmemişmiyizmiş. Ulan orospunun önde gideniyle benmi evlendim? Kendin söylemedinmi Şebnem o dergiyi bana anlattı diye. Biliyomuşun karının çektirdiği resimleri yinede evlenmişin, neyin ayağını yapıyosun şimdi? Bana esenlik dilermişte bilmemneymiş. Uluç dayı Şebnemi tanımak istiyomuş dediğim de ağzın kulaklarına varmadımı? Ne sanıyodun, koskoca emniyet müdürünün karınla çay içeceğinimi? Siktiğimin evinin birikmiş kiralarını ödeyesin,uçan kuşa borcunu kapatasın diye cayır cayır çek keserken iyiydi dimi? Ne bokuma açtık o dükkânı sanıyorsun? adam babasının hayrına verdirmemişti herhalde o kredileri ucuz ucuz. Nüzetiyede dükkân ararken hiç şebneme haksızlık ediyoruz falan demiyodun. orospu karın umrunda bile değildi. Noldu? değirmenin suyumu kesildide kardeşine yazıyosun şimdi. bir de maksadım eski defterleri açmak değil. Ne o zaman amacın? bana bir daha yazarsan gelmişini geçmişini sikerim. seni görmek istemiyorum senden bir haber almak istemiyorum.karım da kızım da seni hiç ilgilendirmez.kardeş falan değiliz tamammı? sürüne sürüne geberip gitmeni öğrendiğim gün hayatımın en mutlu günü olucak.

Bu arada o tetiği çekerdim ama tabanca boştu.Seni görünce çekiceğimi bildiğim için boşaltmıştım. keşke çekseymişim. sen geberir giderdin bende şimdiye çoktan yatıp çıkardım.

Emekli Başkomiser Celalettin Merdan

"Emniyette deprem olmuştu."

Emniyetten ne zaman emekli oldunuz?
2010'da.

Cinayet masasında mıydınız?
Evet. Cinayet şubede.

Emekli olduktan sonra hemen güvenlik işine mi geçtiniz?
Öyle oldu. Üç ay sonra bir şirketten teklif geldi, biz de özele geçtik.

Eski İstanbul Emniyet Müdürü Uluç Türkyılmaz olayını hatırlıyorsunuz..
Unutulur mu.. emniyette deprem olmuştu.

Nasıl bir deprem olmuştu?
Felaket felaket.. İstanbul emniyetinin en tepesindeki kişiye komplo kuruluyor. Kimsenin tasvip etmeyeceği, ahlaka mugayir bir video çekiliyor, medyaya servis ediliyor. Nasıl bir deprem olduğunu siz tasavvur edin artık. Ortalık birbirine girmişti. İçişleri bakanlığı.. emniyet genel

müdürlüğü.. adalet bakanlığı.. hepsi ayağa kalktı. Kıyamet koptu anlayacağınız.

Siz olayın komplo olduğuna mı inanıyorsunuz?
Tabii ki.. kesinlikle komploydu. Gayet de organizeydi. Ha.. videodaki kişi Uluç müdür müydü? Ta kendisiydi. Montaj falan dedi ama bilişim o olduğunu doğruladı. Görüntüler rezillik miydi? Büyük rezillikti, öyle böyle değil. Ama akıllı olacaksın kardeşim, memleketin en büyük şehrinin emniyet müdürüsün sen ya.. bu tuzaklara düşmeyeceksin. Gerçi çok da şaşırmadım. Uluç müdür kadınlara fazla düşkündü. Sadece kadınlara da değil.. anladınız işte. Çok zayıftı bu mevzuda. Hakkında dedikodular gırla gidiyordu. Demek ki zaafını fark ettiler, indirecek tezgâhı da ona göre kurdular.

Ama Şebnem Koryürek bunun kişisel bir intikam olduğunu, bu görüntüleri Uluç müdürü ifşa etmek için çektiğini söylemiş videosunda.
Ya ne diyecekti? Şu isimli organize çete için çalışıyorum mu? Bırakın allah aşkına. Kadının ne mal olduğu çıktı zaten meydana. Dergilerde çıplak fotoğraflar.. bilmem neler. Bu işleri iyi bildiği belliydi. Kocasının da çok büyük maddi sıkıntısı varmış.. Organize çeteler için tam kullanılacak eleman yani. Bastır parayı, istediğini yaptır.

Size göre Şebnem Koryürek'in kişisel intikamı olamaz yani.
Olabilir mi, sizin aklınız alıyor mu? Hangi kadın şahsi intikamı için böyle bir şeye cesaret eder? Ölümüne susamış olması lazım. Sen kendi başına İstanbul emniyet müdürünü devir ama burnun bile kanamasın. Mümkün mü?

Burnunun bile kanamadığından emin misiniz?
Yani.. şimdi bildiğim kesin bir şey yok. Ama başına bir

şey gelmiş olsa bir şekilde kulağımıza gelirdi. Emekli olsak da o yıllarda teşkilatta hâlâ eşimiz dostumuz çoktu.

Sizce Şebnem'e ne oldu? Hiçbir şekilde izini bulamıyorum.
Komployu kuranlar büyük ihtimalle yurtdışına kaçırdılar. Ortadan kaldırmadılarsa tabii..

Kaldırmış olabilirler mi?
Mümkündür. Tehlike arz ettiyse ortadan kaldırılmıştır.

Bir gazeteci arkadaşının videonun medyada yayınlanmasına yardımcı olduğu söyleniyor.
Kuvvetle muhtemel o da vardı işin içinde. Hatırladığım kadarıyla gazeteci kadın yabancı bir basın kuruluşunda çalışıyordu. Bu da zaten komplo olduğuna delalet.

Neden? Dış güçler mi vardı işin içinde?
Dış güçler.. iç güçler.. hepsi bir arada. Adamı indirmek için çok ince bir tezgâh kuracaksın ama yerli basını kullanacaksın. Olur mu? Olmaz.. Medyanın hali o zaman da ortadaydı.. daha video kompütere düştüğü anda Uluç müdürün haberi olurdu. Hangi gazeteci cesaret eder bunu yayınlamaya? Adamın elinin uzanamayacağı, yabancı basından birinin olayı başlatması lazım ki yerli basın da olay patladı zaten.. biz de yazalım artık diyebilsin.

Şebnem Koryürek bu video nedeniyle sorgulandı mı?
Bulunamadı ki sorgulansın..

Aranmadı mı peki?
Aranmaz olur mu? Tırım tırım arandı. Evine baskın yapıldı. Kocası, kayınbiraderi sorgulandı ama bir şey çıkmadı.

Komploysa sizce kim kurdu bu komployu? Emniyetin içinden mi dışından mı?
Onu söylemek çok zor.. o vakitler emniyetin içi de dışı

da çok karışıktı, o onun adamı, bu bunun adamı.. kıyasıya bir siyasi rekabet yaşanıyordu. Organize suç örgütleri.. ordu mordu.. her şey birbirine girmişti. Kim kime dumdumaydı ortalık anlayacağınız. Hadiseden sonra her kafadan bir ses çıktı ama benim kesin olarak şudur diyebileceğim bir şey yok. Gerçi en dikkate şayan nokta hadisedeki kadının kayınbiraderinin Uluç müdürün damadı olmasıdır.

Neden dikkate şayan nokta bu?
Bu komploda ailenin kullanıldığını gösteriyor çünkü. Zannederim damat vasıtasıyla yaklaştılar Uluç müdüre.

Damadın bundan nasıl bir çıkarı olabilir? Olaydan sonra nişanı bozulmuş, şirketi batmış.
Tehdit söz konusu olmuştur. Damat bir şekilde organize çetenin eline düşmüştür.. olabilir bunlar, hep olmuş şeyler. Damat işadamıydı, şirketi vasıtasıyla ihale alıyordu.. öyle ufak tefek işler de değildi. Hakkında bir dosya filan vardıysa hayatın kayar diye tehdit etmiş olabilirler. Bu işte karanlıkta kalan çok taraf var.. şudur demek çok zor.

Komploya ilişkin bir soruşturma yapılmadı mı?
Dostlar alışverişte görsün kabilinden bir şeyler yapıldı ama netice çıkmadı. Çıkacağı da yoktu zaten. Maksat Uluç müdürü indirmekti, indirdiler. Niye kaşısınlar ki artık meseleyi? Bir an evvel kapattılar, geçti gitti.

Olaydan sonra Uluç Türkyılmaz görevden alınmış. Sonra ne yaptı, biliyor musunuz?
Valla Bakü'ye mi Tiflis'e mi, oralara bir yere gitmiş diye duydum. Şirket açmış.. Orta Asya'da nakliye işi yapıyormuş. Ne kadar doğru bilmiyorum. Ama adı sanı duyulmadı bir daha.. sırra kadem bastı.

Siz sever miydiniz Uluç müdürü?

Hiç sevmezdim. Doğru bir adam değildi.

Hangi açıdan değildi? Cinsel zaafları nedeniyle mi?
O ayrı. Asıl rüşvet irtikap hile desise.. her yol vardı Uluç müdürde. Arkası çok karanlıktı.

Kimler vardı arkasında? Mafya mı, siyasi güçler mi?
Biri olmadan diğeri olur mu? Zaten yolsuzluk söylentileri herkesin diline düşmüştü de basın açık açık yazamıyordu. Hadiseden sonra bir mal varlığı ortaya çıktı, akıllara ziyan.. otelden tut fabrikalara kadar devasa bir servetin sahibi. Hangi mevkide olursa olsun bu adam devlet memuruydu sonuçta. Bu kadar mal mülkü başka türlü izah etmek mümkün değil.

Aileden zengin olamaz mı?
Değil efendim.. gençliğini hepimiz biliyoruz. Sırtında bir gömlekle girdi teşkilata. Yükselişini yakından takip ettik.

Nasıl yükseldi bu kadar? İşinde çok mu başarılıydı?
Böyle mevkilerde yükselmenin işinizde başarılı olmanızla alakası yoktur.. siz de biliyorsunuz.

Mesele siyasiydi diyorsunuz.
Tabii ki siyasiydi.. bu mevkiler hep siyasidir.

Şebnem Koryürek'in medyaya gönderdiği videolarda görülen üçüncü kişi Cengiz Altın'ın ölüm olayını siz soruşturmuşsunuz.
Biz soruşturduk, evet.

Dosya intihar diye kapanmış.
Öyle oldu.

İntihar olmadığına dair hiç kuşkunuz olmadı mı? Önce cinayet denmiş, sonra intihar olduğuna karar verilmiş.
Oldu. İntihar değildi.

Siz de öldürüldüğünü mü düşünüyordunuz?
Şimdi bakın.. çocuk temiz biri değildi. Artist dendi ama seks işçisiydi.. pahalı bir erkek eskort.. madde kullanımı var.. eroin kokain. Birkaç kere uyuşturucudan gözaltına da alınmış.. ama video yayınlandıktan hemen sonra kendini camdan atıyor. Çok şüpheli. Vaka bize geldi. Gittik cesedi gördük. Ölmeden önce sağlam bir dayak yemiş, düşme yaralarına benzemiyor. Çocuklara dedim hatta, düşme değil bu, biri bunu aşağı atmış dedim. Olay yeri inceleme geldi. Onlar da aynı şeyi söylediler ama adli tıp intihar deyince kapattık mecburen.

Adli tıp kanıtlarla mı oynadı yani?
Valla şimdi kesin oynadı diyemeyiz, kanıtları intihar noktasında yorumladı diyelim. Bu çeşit yüksekten düşme vakalarında doğru bir neticeye varmak çok zordur zaten. Ama benim hissiyatım cinayet olduğu yönündeydi.

Cengiz Altın'ı kim öldürttü sizce?
Bilmiyorum. Epeyce uğraştım bir ipucu bulmak için ama çıkmadı.

Tahmininiz de mi yok?
Var tabii.. tahminim var. Bu çeşit hadiselerde konuşma ihtimali olan, zayıf kişileri hayatta bırakmazlar. Bu çocuk da konuşacaktı muhtemelen, uyuşturucu müptelası sonuçta.. bir doza bülbül kesilir. Benim tahminim Uluç müdüre kumpası kuranlar kimlerse çocuğu da onlar öldürttü.

Onlar dediğinize göre bir kişiden söz etmiyorsunuz..
Organize suç örgütleri diyorum. Ha.. bir ihtimal daha var ama çok zayıf..

Nedir o?
Şimdi bakın bu olayda esas mesele ne? Seks. Bir seks partisi videosu medyaya servis edilmiş. Ne var videoda?

Bir kadın iki erkek. Görüntülerde Uluç müdür pek de takdir görecek bir vaziyette değil.. anlatabildim mi? Zaten sadece kadın olsa kapanırdı bir şekilde.

Eşcinsellik de söz konusu yani..
Öyle. Müdür iki kadınla birlikte olsaydı mesele bu kadar büyümezdi. Üç kadın beş kadın bile olsa kulağı çekilirdi, gözden düşerdi tabii.. sonuçta kapanırdı. Ama bu olayda en üstte bir adam var, anlıyor musunuz? Uluç müdür kendini temizleyemezdi, mümkün değil yani, işin içine bir de erkek girince.. aile şerefi haliyle ağır yara alıyor. Uluç müdürün de iki yetişkin oğlu vardı.

Müdürün ailesi olaya karışmış olabilir yani.. tahmininiz bu.
Düşük ihtimal diyorum çünkü hadisenin akabinde öldürülmüş çocuk. O kadar kısa zaman içinde nasıl buldular da yok ettiler, şüpheli kısım o. Gerçi Uluç müdür bunu yaptırabilecek imkânlara sahipti. Yine de olan olmuş, görüntüler yayılmış, sonra çocuk ölüyor falan.. yani düşük ihtimal. Belki yayılmadan önce filme çekildiğinden haberdar oldu, çocuğu konuşturmak istediler. Bu da olabilir ama gene de komployu kuranların yapmış olması daha akla yakın.

Dosyayı kapatmak için baskı gördünüz mü?
Açık açık değil. İlk birkaç gün soruşturmanın akıbeti soruldu hatta. Ama kısa bir müddet sonra tamam uzatma, intihar işte denildi. Ben inatçıyımdır aslında.. öyle amirlerim kapat dediler diye dosya kapatmam ama bu cinayet çok çetin çıktı. Boyumu aştı. Ben de emekliliğimi istedim.

Vicdanen rahatsız mı oldunuz? Ondan mı emekli olmayı tercih ettiniz?
Aslında vicdan değil.. yani vicdan da var tabii de..

Aslında ne? Korku mu?
Değil, korku değil. Neticesizlik. Baktım şahit yok, delil yok, adli tıp intiharda ısrarlı, bu dosyadan bir şey çıkmayacak. İnsan bir yere kadar uğraşabiliyor. Ya.. şimdi dürüst olalım.. açık açık söyleyeyim, evet. Korku da vardı yani biraz. Nasıl olmasın ki? Karşınızda ucunun nereye uzandığını bilmediğiniz bir organizasyon var. Siyasi olabilir, mafyatik olabilir, uluslararası olabilir, her şey olabilir. Uğraşayım derken altında kalırsınız. Çoluk çocuğum var benim, hanımın zaten yüreği ağzında.. yeter artık emekli ol diyor. Oğlumla kızım geçtiler karşıma, baba hayatımızla mı oynayacaksın, bırak şu işin peşini dediler. Çok düşündüm. Peşini bırakırsam katil elini kolunu sallaya sallaya dolaşacak.. zavallı çocuk öldüğüyle kalacak. Nasıl bir insan olursa olsun adaletin tecellisi onun da hakkı. Ama benim çocuklarım da haklı bir taraftan.. ya beni vazgeçirmek için çocuklarımın peşine düşerlerse? Değer mi?

Düşerler miydi?
Düşerlerdi herhalde.. bilemem.. göze almak kolay değildi benim için.

Emniyet teşkilatı mensubu olduğunuz halde ailenizi koruyamayacağınızı mı düşündünüz?
Bunun teşkilat mensubu olmakla bir alakası yok. Her kimlerse bu komployu kuranlar koskoca emniyet müdürünü indirmişler, konuşmasın diye genç bir çocuğu ortadan kaldırmışlar, hadisedeki kadının izi tozu kalmamış, bir gariban başkomsere mi acıyacaklar? Hanım sen mi temizleyeceksin emniyeti tek başına dedi. Doğru. Milleti kurtarmak bana mı kaldı? Sonunda verdim dilekçemi, emekli oldum. Allah da yüzümüze baktı, gül gibi iş çıktı karşımıza. Şimdi kafamız rahat çok şükür.

Vicdanınız peki?
Vicdanım da rahat. Diyeceksiniz ki, cinayet olduğunu bile bile dosyayı kapatmışsınız, nasıl rahat? Ama o kadar çok olay vardı ki böyle. Cinayet şube faili meçhul kaynıyordu biz teşkilattayken. Siyasisi ayrı.. düz cinayeti ayrı.. hangi birini çözeceksiniz? Düzen bozuktu düzen. Düzen bozuktu. Tuz bile kokmuştu artık. Tuz kokunca ne olur? İnsan evvela kendini, ailesini korumayı düşünür, öyle değil mi?

Şimdi düzen yeniden kuruldu mu sizce?
Şimdi vaziyet ortada, fazla söze hacet yok. Bunun sonu nereye varacak diyorsanız, göreceğiz. Ömrümüz olursa yaşayıp göreceğiz. Memleket bir gün başımıza göçecek, o zaman anlayacağız tuz kokunca ne oluyormuş. Ben elimden bu kadarı gelebildi diyorum. Hakikaten de bu kadarı geldi. Ne yapayım daha fazla? Kendimi mi feda edeyim, ailemi mi? Ne için? Kimin için?

* * *

Şebnem'in amcasının oğlu Ersin Öztürk

"Bir yerden sonrası insanın kendi karakteri."

Sizinle telefonda konuştuğumuzda amcanızın kızının skandalıyla ilgili çok çirkin iddialara maruz kaldığınızı söylemiştiniz. Gazeteleri tekrar taradım ama sizin adınıza rastlamadım.
Kaldırttım çünkü.. benimle ilgili olanlar internetteydi. Babamla ilgili olan da rezil bir gazetede çıkmıştı. O kadın işte bu adamın yeğeni diye haber yaptılar. Babamın mağazanın önünde çekilmiş bir fotoğrafını da koymuşlar..

O olaydan sonra neler yaşadınız?
Hayatımız bitti.. maddi manevi. Hepimize çok ağır bir darbe oldu. Bu olayla bir alakamız olmadığını anlatamadık. Babam üzüntüden kalp krizi geçirdi, iki buçuk ay hastanede yattı, sonunda da kaybettik. Babamın üç halı mağazası vardı, üçünü de geçici olarak kapattık. Eşimiz dostumuz yüz çevirdi, akrabalarımız bizimle görüşmeyi kestiler. İkinci evliliğimi yapmak üzereydim, ayrıldım. En önemlisi de işten el çektirildim.

Ne iş yapıyordunuz?
Bir devlet bankasının teftiş kurulunda müfettiştim.. hakkımda iki ayrı soruşturma açıldı o dönem.

Neden açıldı? Sizinle ilgili ne gibi bir durum vardı?
Yoktu ama varmış gibi yazıldı. Olaydaki emniyet müdürünün bizim bankanın üst düzeyiyle ilişkileri varmış. İnternet haberinde benim de bu olayın içinde olduğum iddia edildi. Hatta sırf bu amaçla devlet bankasına geçtiğimi bile iddia ettiler. En ufak bir ilgim yoktu halbuki. Emniyet müdürünün adını bile o olay vesilesiyle öğrenmiştim.

Sizin de işin içinde olduğunuzu neye dayanarak iddia ettiler?
Akrabalık ilişkisine. Amcamın kızının kayınbiraderi bu emniyet müdürünün bir yakınının damadıymış, bizim bankayla ticari ilişkileri varmış, büyük miktarda kredi çekmişler. Videodaki kadın da amcamın kızı olunca bin tane bit yeniği aradılar. Emniyet müdürünün hesabını kesmek isteyen çetenin içinde olduğum bile iddia edildi.. düşünün artık.

Soruşturmaların gerekçeleri neydi peki?
Biri bu iddia edilen çetenin içinde olmak, diğeri de bankanın kaynaklarını emniyet müdürünün akrabalarına

peşkeş çekmek. Ben teftiş kurulundaydım, zaten üç ay olmuş bankada işe başlayalı, kredilerle nasıl bir alakam olabilir?

Bu iki iddia birbiriyle çelişmiyor mu?
Çelişiyor tabii. En saçma tarafı oydu zaten. Hangisini yapmışım? Emniyet müdürünün yakınlarına bankanın kaynaklarını peşkeş çekmişsem aynı adamı yok etmek isteyen çetenin içinde ne işim var?

Nasıl sonuçlandı soruşturmalar?
Aklandım tabii ki. Bir ilgim olmadığı anlaşıldı.

Göreve iade edilmek istemediniz mi?
İstemedim, zaten istifa etmiştim. Olaydan önce fon yönetimi müdürlüğüne atamam yapılacaktı, askıya alındı. İstifa ettiğine göre iddialar doğru demesinler diye bir süre dayanmaya çalıştım. Ama babam öldü, annem perişan, mağazalara kilit vurmuşuz. Ailemin toparlanması lazım. Psikolojik olarak da kaldıramaz haldeydim.. herkeste bana karşı bir aşağılama..

Yolsuzluk şüphesiyle mi?
Keşke yolsuzluk olsaydı. Sonuçta aklanırsınız, sizi aşağılayanlar utanır. Ama bu başka bir durumdu. Herkes videoyu internetten bulmuş, seyretmiş, o iğrenç dergi elden ele geziyor. Olayın kahramanı öz amcamın kızı. Erkekler dünyasında nasıl bir etki yaratır tahmin edersiniz. Bir keresinde dergiyi masamda buldum, çıplak pozların olduğu sayfa açık. O derece taciz edildim yani. Sonunda istifa ettim, babamın mağazalarını devraldım. Ki asla düşünmüyordum mağazacılığı, kurumsalda kalmak istiyordum, olmadı.. kısmet.

Bu olay evlenmenize nasıl bir engel oluşturdu?
Nişanlımın benden büyük beklentileri varmış meğer, o çıktı ortaya. İşten el çektirilince kariyerimin sonuna gel-

miş oldum, yükselme şansım kalmayınca değerim de kalmadı.

Nişanlınız ne iş yapıyordu?
O da bankacıydı, ticari bankacılık ürün müdürlüğündeydi. Bu olayın kendi kariyerini de kötü etkilemesinden çok korktu, o yüzden ayrılmak istedi.

Etkiledi mi peki?
Bilmiyorum, ayrıldıktan sonra görüşmedik. Ama etkilemiş olabilir, sonuçta büyük bir skandal. Böyle şeyler sicilinize küçük harflerle de olsa yazılır, hele kurumsalda. Benim yazıldı işte. Unutulur gider, zaten benimle bir alakası yok diyorsunuz ama unutulmuyor. Üstünden neredeyse on yıl geçti hâlâ karşıma çıkıyor bu olay. Siz bu konuda kitap yazmak istiyorsunuz mesela.

Bu konudan çok Osman Koryürek hakkında.
Her neyse. Hayatımda görmediğim bir adam hakkında konuşuyoruz neticede. Hayatınız boyunca dürüst, namuslu bir insan olmaya çalışıyorsunuz, pek çok şeyden fedakârlık ediyorsunuz bunun için. Ama bir başkasının yaptığı iğrenç bir şey, sırf kan bağınız var diye size de bulaşıyor. Lekelenmek bu kadar kolay.

Bu olayı size de bulaşan bir leke olarak mı görüyorsunuz?
Başka nasıl görebilirim? Amcam iyi ki öldü de görmedi bugünleri diyorduk, bu rezalet bize de sirayet eder diye aklımıza bile gelmemişti. Ama bize de sıra geldi. Bu olayın utancı hepimizi mahvetti. Bu iğrenç olayın içindeki kadın amcamın kızı olabilir.. ama yıllardır yüzünü görmemişim.. ailece silmişiz zaten kendisini. Onun lekesi bana niye bulaşsın? Anlatamadık.

İlk eşinizden niye boşanmıştınız?

İlk eşim de bankacıydı. Aynı dünyanın insanlarıyız, birbirimizin halinden anlarız diye düşünmüştüm ama tam tersi oldu. Birbirimizin sıkıntılarını büyüttük.

Çocuğunuz var mıydı?
Vardı.. dört yaşında bir kızım vardı ama eşim Avustralya'ya kaçırdı kızımı.

Avustralya'ya mı? Neden?
Abileri vardı orada. Zamanında gidip yerleşmişler. İnsan tanıma yeteneğim sıfırmış meğer onu anladım. Velayetini annesine vermiştim. Teftiş için sık sık turneye gidiyorum.. yeri geliyor bir ay.. iki ay kalıyorum. Kızım da küçük, annesine daha çok ihtiyacı var. Güvendim yani eşime.

Nasıl oldu peki, nasıl götürmüş?
Bir turne dönüşü kızımı almaya evine gittim ama kapı duvar.. her şeyi satmış savmış, kızımı da almış gitmiş. Aramadığım yer kalmadı. Sonunda Brisbane'a gittiklerini öğrendim.

Atlayıp gitmediniz mi hemen?
Gidecektim ama babam alıp getirebilecek misin dedi. Boşanmışız, velayeti annesinde. O şartlar altında uçağa bindirip buraya getirmem mümkün değil. Bir sonuç alamayacağım için gitmedim.

Sizden izinsiz nasıl götürebildi peki?
Maalesef muvafakatname vermiştim, Brisbane'a gideceklerdi, dayılarını ziyarete.. pasaport da çıkarmıştık. Meğer annesi her şeyi planlamış. Sonra anladım da.. iş işten geçti. Güvenmemek lazımmış. Çok acı bir tecrübeyle öğrenmiş oldum.

Kızınızı alabilmek için mahkemeye başvurmadınız mı?
Başvurmaz mıyım, kaç tane dava açtım. Ama Brisbane dünyanın bir ucu. Hiç kolay değil, hele uluslararası davalar. Üstüne de bu video olayı oldu.

Kızınız kaç yaşında şimdi?
Yirmi altı. Geçen yaz evlendi. Torun bekliyoruz şimdi.

Kızınızla görüşüyorsunuz yani.
Görüşüyoruz, evet. Yirmi yaşındayken kendisi buldu beni. Dünyalar benim oldu. Yıllardır dinmeyen bir sızıydı benim için.

Düğününe gittiniz mi?
Tabii ki. Burada oldu zaten düğün. Damadım Türk.

Anlıyorum.. amcanızın kızıyla nasıl bir ilişkiniz vardı?
Yoktu. Yani küçükken ara sıra görüşürdük ama amcam karısından ayrıldıktan sonra koptuk. En son lisedeyken görmüşümdür herhalde.

Neden koptunuz?
Amcam karayolları mühendisiydi. Ağır bir kaza geçirdi, bir kolunu kaybetti. Hayatı altüst oldu. Karısı pek.. nasıl söyleyeyim, aile kadını değildi. Kazadan sonra bizim anlayışımıza uygun düşmeyen arayışlara girdi, sonunda da boşandılar. Babam amcamla görüşmeye devam ediyordu tabii. Amcamla da kızıyla da çok yakından ilgileniyordu ama kıymetini bilmediler babamın.

Nasıl biriydi Şebnem? Karakteri hakkında ne söyleyebilirsiniz?
Valla iyi tanıdığımı söyleyemem.. dediğim gibi pek görüşmüyorduk.

Siz mi istemiyordunuz görüşmeyi?
Biz istiyorduk da Hülya yenge istemiyordu. Amcam da evinin huzurunun kaçmasından çekiniyordu herhalde. Pek gelip gitmezlerdi. Amcam tek gelirdi babaanneme.

Yengeniz neden görüşmek istemiyordu?
Aramızda uyuşmazlık vardı. Babaannem namazında niyazında, mazbut bir kadındı. Hülya yengenin hal ve ha-

reketlerini tasvip etmiyordu. Bizim aile için fazla rahat bir kadındı. Babaannem evlenmelerini istememiş aslında.. amcam ailesine karşı çıkarak evlenmiş.

İstenmeyen gelindi yani..
Valla o da istenmek için bir çaba göstermedi.. hatta amcamı bizden koparmak için elinden geleni yaptı.

Ne gibi şeyler yaptı?
Şunu şunu yaptı diyemem şimdi.. ben de çocuktum. Ama babaannemin çok üzüldüğünü hatırlıyorum. Dünya iyisi bir kadındı babaannem. Şebnem'i de çok severdi, amcam getirmiyor diye çok ağlardı. Ama Şebnem annesinin etkisi altındaydı, babaanneme gelmek istemezdi.

Aileniz ne düşünüyordu Şebnem hakkında?
Anneme göre çok problemli bir kızdı. Aklı fikri eğlencede, okulmuş eğitimmiş.. umurunda değil. Annemle babam arasında çok tartışma çıkardı bu yüzden. Annem, babamın iyi niyetini suiistimal ettiklerini düşünüyordu ama babam kardeşine kıyamıyordu.. zaten kazadan sonra hayatı mahvolmuş. Hülya yenge amcamdan boşandıktan sonra bir doktorla evlendi.. Samsun'a gitti. Rahatına çok düşkün bir kadındı, kızını yanına almak istemedi.. kızı amcamla kaldı. Ama amcam ruhen çok kötü durumdaydı. Babama annesine gönder diye tutturdu. Babam da gönderdi.. ama Şebnem orada da rahat durmamış tabii.

Rahat durmayıp ne yapmış?
Daha on dört yaşındayken doktorun üvey kızı yollu diye adı çıkmış. Diskoteklerde içip içip sarhoş olmalar, karakola düşmeler, erkeklerle basılmalar. Küçük bir şehirde.. hele o zamanlar. Doktorun da canına yetmiş, Hülya yengeye kızını istemiyorum demiş. O da bir çare bulsun diye babamı aradı. Bizim evde yine kıyamet koptu. Annem

anası var, babası var.. çare bulmak sana mı kaldı diyor. Ama babamın öz yeğeni.. atsan atılmaz satsan satılmaz.

Ne yaptı peki babanız?
Şebnem'i aldı getirdi, İstanbul'da bir kız lisesine yatılı verdi, okul masraflarını da üstlendi. Öyle az buz bir para da değildi. Ama okuldan atıldı, o kadar masraf da boşa gitti. Aslında öyle bir anneden başka türlü bir evlat beklemek yanlıştı. Anasına bak kızını al diye boşuna dememiş atalar. Gene de Şebnem yaşını başını alınca düzelir diye düşünüyorduk, bir yerde kendine dur der ama demedi. Babamın da sabrı taştı sonunda.. yeğenini defterden sildi.

Neden sildi? Dergide çıplak fotoğrafları yayınlandığı için mi?
Hayır hayır.. babamın dergiden falan haberi yoktu. Hiçbirimizin yoktu. Nasıl olsun? Öyle dergiler bizim evimize girmez. İyi ki de haberimiz olmamış. Babam çeker vururdu herhalde.. yani bilseydim ben bile yapabilirdim. Şimdi olsa bana ne der geçerim de.. gençtim o zamanlar. Biz çok sonra öğrendik o fotoğrafları. Televizyonlarda bangır bangır görünce.

Babanız ne gerekçe gösterdi peki? Neden defterden sildim dedi?
Bir gerekçe göstermedi. Bu kız yüzünden bir gün elimden bir kaza çıkacak dedi. Çok terbiyesizlik yapıyordu Şebnem.. babamı suçluyordu.

Hangi konuda suçluyordu?
Para. Bütün ailelerde olan şey. Babam amcamla ilgilenmiyormuş.. kardeşinin sefalet içinde yaşamasına göz yumuyormuş.. kendi evinde bedavaya oturtuyordu halbuki.. ölene kadar bir kuruş kira almadı amcamdan. Annem de sen yapacağını yaptın.. bırak ne halleri varsa

görsünler dedi. Son oldu. Bir daha Şebnem'in adı geçmedi evde.

Siz ne düşündünüz? Babanıza hak verdiniz mi?
O zamanlar vermiştim açıkçası.. babamın fazla bile dayandığını düşünüyordum. Babam çok sabırlı, çok iyi niyetli, melek gibi bir adamdı. O bir yerde yeter dediyse yeter demekti. Elinden gelenin fazlasını yaptığına da şahittim. Ama o günden bugüne insanın bakış açısı değişiyor tabii.. psikoloji hakkında daha çok şey öğreniyorsunuz. Şebnem parçalanmış aile kurbanıydı. Benim kızım da öyle ama annesi sahip çıktı kızıma.. benden kaçırmış olsa da iyi yetiştirdi. İş annede bitiyor anlayacağınız. Sen kızına sahip çıkmazsan olacağı bu. Gerçi sonuçta olan bize de oldu, Şebnem'in yaptığı şey babamın ölümüne yol açtı. Bazen düşünüyorum, babam daha ne yapabilirdi yeğeni için diye. Bir cevap bulamıyorum. Bence yapabileceği her şeyi yapmıştı. Bir yerden sonrası insanın kendi karakteri.

Osman'ın 4. defterinin arasında bulunan kâğıtlardan

1 Ocak 2009

Yine özel bir tarihte yazmaya başlıyorum ama bu kez yeni bir defterim yok, kâğıtlarım ve adi bir tükenmezkalemim var yalnızca. Pansiyoncu çocuktan rica ettim, mektup yazacağımı sandı, zarf da vereyim mi abi dedi. Bir zarfım var ama üstüne adresini yazacağım kimsem yok, uçsuz bucaksız bir evrende yapayalnızım. Sandığım kadar korkunç bir duygu değil bu ama beklediğimden çok daha acıklı. Gözlerim öyle kurudu ki, çok acıyor, yazdığımı okuyamıyorum. Çift battaniyenin altında yalnızlığımı ve çaresizliğimi düşünürken uyuyakalmışım. Gece yarısı gürültüyle uyandım, o zaman anımsadım yeni bir yıla girdiğimizi. Dışarı çıktım, otellerin bahçelerinde patlayan havai fişeklerin ışıklarına baktım, zamanın getireceği sayısız acıyı henüz tatmamış, yaşamlarının daha başında olan gençlerin yeni yıl sevinçlerini izledim bir süre. Yeni bir yıl başlıyor diye deli gibi seviniyorlardı. Ne büyük aptallık! Habersizler, neler yaşayacaklarını, geleceğin neler getireceğini bilmiyorlar. İnsan gençken yaşam nedir, bilmiyor. Yeni bir yıl için bu kadar sevinmeye değmez gençler demek geldi içimden, yaşamın amacı ağzınıza sıçmak, siz de öğreneceksiniz bunu. Ama yaşıyor işte insanlar, ben de yaşıyorum. Benim için çok karanlık yılların başlangıcı olacak bir yıla uyuyarak girdim. Buraya geldiğimden beri uyuyorum. Günün on beş saatini uyuyarak geçirmek için ilaç alıyorum. Uyumazsam düşünüyorum çünkü, hiçbir şey düşünmek istemiyorum. Gün ortasında zorlukla uyanıyorum, dışarı çıkıp gazete alıyorum, yeni bir haber var mı diye bakıyorum, Teo vurulmuş mu, Şebnem bulunmuş mu, yeni ölüler bırakmış mıyım arkamda? Yeni bir şey yok, eski bir şey de yok, unutulmuş bile her şey, didik didik edilen yaşamlarımızın haberleri çoktan bayatlamış. Bakkaldan çubuk kraker alıp odama dönüyorum. Kraker yiyorum, musluktan su içiyorum, yine yatıp uyuyorum. Çok güçsüzüm, kolumu kaldıracak halim yok. Uyurken ölüp gitmek istiyorum, hiçbir şey hissetmeden. Uyanık olduğum zamanlarda ölüm korkusuyla barışmam gerek diye düşünüyorum. Korkusunu aşabilsem ölüm tertemiz bir çözüm. Arkamda benim için ağlayacak tek bir kişinin olmayışı bana yaşamım kadar büyük bir acı veriyor.

* * *

Bugün ayın kaçı, günlerden ne, berbat pansiyonların berbat odalarında çile doldurduğum kaçıncı gün, bilmiyorum. Zaman bir yerde koptu gitti, geceyle gündüzü ayırt etmem bile zaman alıyor artık, zaten bir önemi de yok. Beş parasızım, perişan haldeyim. Yarın ne yapacağım, nasıl sürecek bu yaşam, bilmiyorum. Allah'ım ben bu hale nasıl geldim? Düştüğüm bu halin sorumlusu kim? Şebnem bunu bana neden yaptı diye düşünmekten kafam patlayacak. Tam yaşamımızı yoluna koymak üzereyken, mağazamızı açmaya sayılı günler kala, yarın hangi alacaklı kapımızı çalacak, kirayı nasıl ödeyeceğiz diye düşünmeden, eski günlerimizdeki gibi rahat, kaygısız, neşeli yaşamaya başlayacağımız sırada neden yaptı bunu? Şebnem bizi neden mahvettin sevgilim? Teo beni suçluyor. Sözde her şeyi ben ayarlamışım, işin içinde ben olmadan Şebnem'in böyle bir şey yapması olanaksızmış. Ben o kadar hain ve kötüymüşüm, kardeşimden öylesine nefret ediyormuşum ki, amacım bu videoyla öz kardeşimin yaşamını mahvetmekmiş. Ama evdeki hesap çarşıya uymamış işte, zaten birazcık aklım olsa Şebnem'e güvenmezmişim. Benim sağı solu belli olmayan orospu karım kim bilir ne düşünmüş, beni de onu da hepimizi yakmış. Öyle değil mi, sizin planınız beni bitirmek değil miydi dedi. Hayır diye yeminler ettim. Video çekmek de nereden çıktı, benim Uluç Bey'den haberim bile yoktu, Şebnem'in böyle bir şey yapacağı aklımın ucundan geçmedi, bilsem göz yumar mıydım, deli miyim ben, aklımı peynir ekmekle mi yedim, böyle bir şey yapmaya nasıl cesaret ederim, adam İstanbul emniyet müdürüydü, bizi bitireceğini bilmiyor muydum, al işte, bitirdi. Uluç Bey'in Şebnem'den hoşlandığının farkındaydım, daha ilk tanıştığımız yemekte hissetmiştim. Ama Şebnem'den herkes hoşlanır, ona içi gitmeyen adam görmedim şimdiye kadar. Yatıyorlardı ulan diye silahını başıma dayadı, adam karınla yatıyordu, evine araba gönderip aldırıyordu. Bilmiyordum, bana niye söylemedin dedim. Delirdi, adamın karısı elin herifiyle yatar da nasıl haberi olmaz? Şebnem'in halindeki tuhaflığı hissediyordum, yadsıyacak değilim ama adam emniyet müdürüydü, ne yapabilirdim ki? Görmek, bilmek, sormak, düşünmek istemiyordum. Korkuyordum çünkü. Evet der diye korkuyordum. Korkuyordum ulan anlamıyor musun? Korkuyordum, hâlâ korkuyorum.

* * *

Şebnem için bir şarkı yazıyorum. Islıkla. Birkaç gün önce rüyamda başladım yazmaya. Buraya geldiğimden beri sürekli rüya görüyorum. Karanlık, korkutucu karabasanlar. Kaçıyorum, kovalanıyorum, sırtımdan vuruluyorum, ölüyorum, diriliyorum, hep böyle şeyler. Soluk soluğa, ter içinde uyanıyorum. Ama dün gece sabaha karşı rüyamı bir ezgi doldurdu. Ağır, hüzünlü, derinlerden gelen bir ağlayış gibi yoğundu. Sözler belirdi, teker teker, sözcükler halinde. Önce / kolay / sanmıştım / aşkı / sonra / anladım / ki / çetin / cevizmiş. Titreyerek uyandım ve hemen ıslıkla çaldım. Çok güzeldi çünkü. Yaşamım boyunca yazdığım en güzel ezgiydi, en güzel sözlerdi. Tam sevinecektim, günüm bir parçacık güzelleşecekti, sözlerin Hafız Divanı'ndan bir dizeye benzediğini fark ettim. Sevincim bira köpüğü gibi söndü. Yıllar önce okumuştum Hafız Divanı'nı, Şebnem'i tanımadan çok önce, üniversitedeyken, çok kitap, çok şiir okuduğum yıllarda. O güzel, kaygısız, umut dolu yıllarda. O zamanlar gelecek parlak bir elma şekeriydi benim için, meğer zehirliymiş. Hafız'ın dizelerine bir yerde rastlamıştım, âşık olmuştum, sahaflarda Hafız Divanı'nı aramıştım, çok eski bir baskısını bulmuştum, üç kere okumuştum, hatta bestelemek istediğim dizeleri işaretlemiştim. Bu da onlardan biriydi ama hangisiydi anımsayamıyorum. "Önce kolay sanmıştım aşkı, sonra anladım ki çetin cevizmiş." Neredeyse otuz yıl sonra neden sızdı rüyama Hafız'ın dizesi bilmiyorum. Kaç gündür yaşamımdaki en önemli şey buymuş gibi dizenin aslını anımsamaya çalışıyorum. Yaşamımı mahveden bir kadın için şarkı yazacak kadar zavallı bir adam olduğumu kabullendim. Eskiden vardım. Şimdi hiçbir şeyim ve hiçbir yerdeyim. Sonum böyle mi gelmeliydi? Yanlışlar yapmış olabilirim ama yaşamımı bu derece yıkacak kadar—

Ella Caz Kulübü'nün sahibi Argun Bediz

"Enkaz kalmış geriye, bildiğiniz enkaz."

Osman beyle ne zaman tanışmıştınız?
Valla on yıldan fazla olmuştur herhalde. 2007'ydi galiba.. net hatırlamıyorum şimdi.

Nereden tanışıyordunuz?
Nişantaşı'ndan. Yeni evlenmiştim.. Vali Konağı'na taşınmıştık, orada oturuyorduk.

Nasıl tanıştınız, nasıl oldu?
Benim safkan bir husky'm vardı o zamanlar.. onu dolaştırırken Osman'la sık sık karşılaşıyorduk. Mahalle küçük, hep aynı sokaklar, aynı kafeler, aynı yüzler. Bir gün gene Hector'u dolaştırıyorum, Osman'ı gördüm. Tanışmak da istiyordum zaten.. dikkatimi çekiyordu.

Nesi çekiyordu?
Kimdir necidir.. merak ediyordum. Havasına bakınca önemli biri sanıyordunuz çünkü. Karşılaşınca merhabalaştık.. bir göz aşinalığı olmuş aramızda. Sevebilir miyim, ısırır mı dedi. Valla bir sevin de görelim, Hector insan sarrafıdır, adam değilseniz ısırır dedim. Gülüştük.

Öyle ayaküstü sohbete başladık. Ne iş yaptığını sordum, müzisyenmiş, şaşırdım. Bütün müzisyenleri tanırım ben, en azından adını sanını bilirim ama Osman'ın adını duymamışım. O da benimle tanışmak istiyormuş. Biliyormuş kim olduğumu.. birileri söylemiş.

Siz de müzisyen misiniz?
Değilim ama işim eğlence.. otuz yıldır entertainment işindeyim ben. O tarihte de Yeniköy'de lüks bir restoranım vardı, Andante. İstanbul'un bütün kaymak tabakasının geldiği bir yerdi. Duymuşsunuzdur adını.. çok meşhurdu.

Duydum ama kapandı sanırım..
Kapandı, alanlar yürütemedi. Devretmiştim.. sıkılmıştım Andante'den. Çabuk sıkılırım zaten. Hep bir yenilik ararım. Ufaktan Ella'dan da sıkılmaya başladım mesela.. yeni bir konsept arıyorum. Bulduğum an Ella'ya da bay bay.

Osman Andante'yi mi duymuş? Ondan mı tanışmak istiyormuş sizinle?
Onu da duymuş da.. asıl Özcan Tanrısever'in damadı olduğumu duymuş. O zamanki eşimin babası ZC Entertainment'ın icra kurulu başkanıydı, vefat etti.. üç-dört sene oldu. O tarihte kayınpederin şirketinde yönetim kurulu üyesiydim ben. Bütün konser organizasyonlarını ben yapıyordum. Duran Duran'i İstanbul'a ilk ben getirdim mesela. İlk rock festivalini de ben düzenledim, Zeytinli'den çok önce, Alipaşa'da. Bir sürü Türk sanatçının yurtdışı konser organizasyonlarını yaptım. Şimdi bitti tabii bu işler.. ülkece fakirleştik. Şimdi getir bakalım bir Duran Duran'i, getirebilir misin.. bu dolar kuruyla mümkün değil, kalkamazsın o maliyetin altından.

Osman'la hemen o gün mü arkadaş oldunuz?
Olduk.. daha ilk sohbette ahbap olduk. Baktım sıcak-

kanlı, samimi bir adam, adını sanını duymamışım ama müzikten de anlıyor. Konuşurken kimi getireyim İstanbul'a.. kimi istersin dedim. Bir sürü isim saydı. Hepsi seçme isimler ama hiçbiri iş yapmaz. Osman çok klas bir müzik zevkin var ama bunları getirirsem batarız dedim. Biliyorum dedi, gülüştük. Öyle arkadaş olduk. Rastlaştıkça kahve içiyorduk, müzikten konuşuyorduk. O zamanlar adım başı kafe yoktu Nişantaşı'nda. Milli Reasürans'ın girişinde Görkem'in kafe barı vardı, Görkem Merzifonluoğlu, Kafe Zen zincirini kurdu sonra. Görkem'in yerine gidiyorduk, mahalleden arkadaşlar da geliyordu, sohbet muhabbet..

Bir yerde çıkıyor muydu o yıllarda?
Yok.. bir yerde çıktığı falan yoktu. Birkaç müzisyen arkadaşı vardı.. grup kurmaya çalışıyorlardı. Biraz da ondan benimle tanışmak istemiş zaten, o yüzden o kadar dolanıyormuş peşimde.

Peşinizde mi dolanıyordu?
Dolanıyordu. Ne zaman Hector'u dolaştırmaya çıksam mutlaka karşıma çıkıyordu. Derdi başkaymış meğer. Sonra anladım tabii.

Neymiş derdi?
ZC Entertainment'ın yönetim kurulu üyesiydim ben.. ne olabilir? Osman'a bir el uzatsam hayatı değişirdi.

Uzattınız mı?
Hayır tabii ki.. nesine uzatayım? Müzikten anlıyordu, bilgisi sağlamdı ama sanatçılık başka şey. Osman'ın kendisinde de arkadaşlarında da bir numara yoktu. Çok vasattılar. Onlar gibi bin kişi her gün kapımda yatıyordu zaten. En büyüklerle çalışıyordum ben, onlar kim?

Nasıl anladınız sizinle bu amaçla tanışmak istediğini?

Bir akşam Özge'yle beni evine yemeğe çağırdı. Kalktık gittik. Baktım bunun müzisyen takımı da gelmiş, soytarı soytarı tipler. Başladılar kendilerini satmaya.. şöyleyiz böyleyiz.. şahane projelerimiz var, size anlatmak istiyoruz. Haa.. şimdi anlaşıldı bu yemeğin nedeni. Anladım tamam, sağolun, almayayım.

Eşi Şebnem'le de tanıştınız mı?
Osman'dan önce tanıyordum ben Şebnem'i.

Öyle mi? Nereden tanıyordunuz?
Ya şimdi ölmüş adamın karısı hakkında konuşmak istemem.. ama Osman'ın başını yakan Şebnem oldu. Yoksa Osman düzgün çocuktu aslında.

Emniyet müdürü olayını mı diyorsunuz?
Evet, o olay. Osman'ın hayatını mahvetti.

Olay hakkında bilinenlerin dışında bilginiz var mı?
Yok, nereden olsun? Ama evlerine gittiğimizde Şebnem'i görünce şok oldum. Ne bileyim Osman'ın karısı olduğunu?

Siz nereden tanıyordunuz Şebnem'i?
Bir şeyler yaşamıştık Şebnem'le. Özge'den önce. Özge bilseydi canıma okurdu tabii. Şebnem çok asıldı bana o gece.

Asıldı mı?
Of.. hem de nasıl.. Allahtan kalabalıktık da hasarsız atlattık.

Eşiniz fark etmedi mi?
Etmedi. Ama Şebnem'den de hiç hazzetmedi. Hisleri çok kuvvetliydi Özge'nin. Sevmedim bu kadını dedi. Karıkoca bir de gösteriş yapıyorlar.. bir sofra donatmışlar, Rus yemekleri.. çeşit çeşit votkalar.. bilmem neler. Ya ben restoran işletmecisiyim kardeşim, işim bu, iki tane kıytırık Rus yemeğiyle mi gözümü boyayacaksın? Os-

man'ı da sevmedi Özge. Hele o müzisyen çocuklar. Dostça bir yemek diye gelmişiz, allahın ibişleri bana proje kakalamaya kalkıyor.

Size asılırken Şebnem'in bir amacı var mıydı? Ünlü olmak filan gibi.
Şebnem için amaç lazım değildi ki.. nesiyle ünlü olacak ayrıca.. olmuş zaten olacağı kadar.

Phoenix'teki fotoğraflarını mı kastediyorsunuz?
Hayır hayır.. benim haberim yoktu onlardan. Kimsenin yoktu. Dergiyi o olaydan sonra gördük. İyi gizlemiş yalnız geçmişini.. helal olsun.

Nerde tanışmıştınız Şebnem'le, nasıl birlikte oldunuz?
Olduk işte bir şekilde. Yakışmaz böyle şeyleri konuşmak. Bu kadarını da söylemezdim aslında da Osman'a o kadar büyük zarar verdi ki bu kadın.. millet ne mal olduğunu bilsin yani. Evlerine yemeğe çağırmışlar.. tam karşımda oturmuş yoklama çekiyor. Ulan karım yanımda karım.. yuh artık! Şebnem tehlikeli bir kadındı yani.. gördük zaten sonunda.

Emniyet müdürü skandalı patlayınca ne düşündünüz?
Valla şaşırmadım. Bir olay bekliyordum zaten ama bu kadarını ben de tahmin edemedim.

Osman'ın kardeşini tanıyor muydunuz? Teoman Koryürek..
Tanışmıştık bir kere.. ama bir yakınlığımız olmadı.

Olaydaki emniyet müdürünün yeğeniyle nişanlıymış.
Öyleymiş. Şebnem o vasıtayla tanıştı demek ki emniyet müdürüyle. Onun da hayatı mahvoldu yalnız. Şirketi büyük batmış diye duydum.. Teoman'ın yani.

Öyleymiş. Sizce bu skandalın nedeni ne olabilir?
Para.

Para mı?
Evet para. Şebnem kim bilir ne büyük para aldı o tezgâh için.

Para için emniyet müdürüne tezgâh mı kurdu sizce?
Tabii ki.. başka neden yapsın?

Adamı ifşa etmek için yaptığını söylemiş.
O işin bahanesi. Adamı yok etmek için büyük para aldım diyemeyeceğine göre bir bahane bulacaktı. İstanbul emniyet müdürü ne demek ya.. beş yüz metre yanına yaklaşamazsın. Böyle bir adamın siyasi hayatını bitiren bir tezgâhı arkasında birileri olmadan yapabilir mi? Mümkün değil. Allah bilir Maldivlerde içkisini yudumluyor şu anda. Çok büyük para kaldırdı, yurtdışına çıktı.. olan da Osman'a oldu. Ne hallere düştü çocuk.

Osman'la tekrar karşılaşmanız nasıl oldu peki?
Mail adresimi bulmuş.. mail attı.

Ne yazmıştı mailde?
Çok acıklı şeyler yazmış. Bitik vaziyetteyim.. Şebnem hayatımı mahvetti falan. Kulüp açmışsın, çok sevindim diyor.. orada bana da bir iş verebilirsen büyük iyilik etmiş olursun diyor. Gel diye cevap yazdım. Meraktan çağırdım aslında.. iş vereceğim falan yoktu. Fakat bir geldi, harbiden bitik. Tanıyamadım. O yakışıklı adam gitmiş.. geriye enkaz kalmış, bildiğin enkaz. Sırtında berbat bir mont.. ayakkabılar dökülüyor. Çok şık giyinirdi bu adam ya.. giyimi kuşamı konuşulurdu mahallede. Çok acıdım. Tamam.. öyle yetenekli bir müzisyen değildi ama bu hale de düşmemeliydi. Eş önemli eş. Gerçekten. Kimle evlendiğiniz çok önemli. Osman'ın da büyük kabahati vardı gerçi. Evleneceğin kadının böyle biri olduğunu nasıl bilmezsin? Bileceksin. Hadi baştan bilemedin.. olur.. insanlık hali.. gözünü boyamıştır.. yaptın bir hata. Ama

evine gelen misafire asılan bir kadın olduğunu da mı görmüyorsun?

Ne yapmalıydı sizce?
Boşanmalıydı. Daha en başında hadi güle güle demeliydi. Şebnem'in nasıl bir kadın olduğunu anlamamış olabilir mi sizce? Bence olamaz.

Sizce neden boşanmıyordu peki?
Gücü yetmiyordu. Öyle tehlikeli bir kadınla baş etmeye gücü yetmiyordu.. onun için de görmezden geliyordu. Ama yaşantısına mal oldu. Ben iş vermesem açlıktan ölürdü. Zaten son noktadaydı bana geldiğinde, dipteyim, kafama sıkacağım artık dedi. Ben prensip olarak arkadaşlarımla çalışmam aslında.. doğru değil. Bozulur çünkü.. dostluk ilişkisine akçe karışınca dostluk bozulur. Ama Osman'ın halini görünce, Argun tamam.. prensiplerin var ama Osman için bir istisna yapman lazım dedim.

O zamanki eşim dediğinize göre Özge hanımdan ayrıldınız.
Evet, boşandık.

Boşandıktan sonra ZC Entertainment'taki işinize devam ettiniz mi?
Hemen ayrıldım. Kayınpeder devam etmemi çok istedi aslında.. sensiz olmaz Argun.. o iş başka bu iş başka falan.. ama kızından boşanmışım, ille bir yerde patlak yapar, edebinle gitmek en iyisi. Zaten şirketin vaziyeti de kötüydü. Söylüyordum kayınpedere, bize yeni bir vizyon lazım diyordum ama çok old school bir adamdı, dinlemiyordu, çağı geçmiş artık. Ben ayrıldıktan sonra tasfiye etti ZC'yi. Halbuki rakipsizdik bir zamanlar.. yıkıp geçiyorduk.

Ella'da çalışırken Osman'ın maddi durumu nasıldı?

Sayemde düzelmişti. Çok kolladım ben Osman'ı.. parayı hiç mesele etmedim. Sıkıntıda mısın? Al kardeşim, elin rahatlasın. Ufak ufak düşerim hesabından. Ha şunu söyleyeyim yalnız, herkese karşı böyle değilim. Osman istisnaydı.

İşinde iyi miydi peki?
Fena değildi, piyanoda iyiydi.. uyumluydu.. diğerleriyle de iyi geçiniyordu. Disiplinsiz bir müzisyendi gerçi ama görmezden geliyordum artık..

Nasıl disiplinsizdi?
Vaktinde gelmezdi.. kaytarma huyu vardı. Aslında iş hayatında prensiplerim çok katıdır benim ama aldırmıyordum.. ahı gitmiş vahı kalmış bir adam.. kaytarsın, ne olacak. O kadarını da hoş görüyordum artık.

Aylık maaş mı ödüyordunuz Osman'a?
Yok. Bizim işte âdet müzisyenlerin yevmiyelerini program bitince vermektir. Ama ben hepsine haftalık öderim.. nakde sıkışık bile olsa sektirmem.. insanların ekmek parası sonuçta.

Anlıyorum. Osman'la kulüpte de samimi miydiniz? Yoksa patron çalışan ilişkisi mi vardı aranızda?
Samimiydik, çok yakın olmasa da arkadaşımdı sonuçta. Programdan sonra kalır bazen, içeriz, sohbet ederiz veya başka bir yere gideriz. Grubun hepsiyle samimiyimdir aslında. Bizim işimiz eğlence. Önce kendiniz eğleneceksiniz ki müşteri de eğlensin. Samimiyet olmayınca olmaz. Ama bir ölçüsü var tabii. Patronun samimiyetini yanlış anlamak çalışanların en çok yaptığı hatadır. O yüzden ince bir denge ister.

Siz bu dengeyi sağlayabiliyor muydunuz?
Osman haricinde sağlıyordum. Osman için prensiplerimden çok taviz verdim. İşe gelmediği olurdu, niye gelmedin diye sormazdım. Hastayım derdi, şoförümü gön-

derip aldırırdım, doktora yollardım. Bir çeşit abi olmuştum yani ona. Torpil geçiyordum açıkçası.

Grubun diğer üyeleri bundan rahatsız olmuyorlar mıydı?
Valla bana bir şey yansıtmadılar. Olmuşlarsa da bilmiyorum. Ama sanmıyorum.. onlar da çok üzülüyorlardı Osman'ın haline. Çok zavallı bir vaziyetteydi.

Osman'ın birlikte yaşadığı kadını tanıyordunuz değil mi? Pakize hanımı..
Hayır, hiç tanışmadık.

Öldüğünü siz haber vermişsiniz.
Maalesef bana düştü o iş, çocuklar yapamamış. Çok zor şeymiş birine ölüm haberi vermek.

Pakize hanım nasıl karşıladı haberi?
Şok oldu. Öyle sessiz kaldı bir süre.. uzun konuşmadık zaten.

Kazadan sizin nasıl haberiniz oldu?
Fethi aradı. Benim başgarson. Argun bey Osman beye kamyon çarptı dedi. Hemen ambulans çağır ben de şimdi geliyorum dedim. Öldü Argun bey dedi. Nasıl öldü oğlum? Basbayağı öldü. Atladım arabaya. Kulübe geldim, cesedi yerde duruyor. Öyle duruyor yani.. kafa mafa gitmiş.. beyin parçaları duvarlara yapışmış.

Ne yaptınız?
Hiç, ne yapacağım? Polisle filan konuştuktan sonra eve gittim.. yattım. Ama uyku tutmadı. O paramparça hali uzun zaman gözümün önünden gitmedi. Çok fena bir görüntüydü..

* * *

Ella Caz Kulübü'nün davulcusu Tandoğan Demir

"Adam kahır deposuydu."

Ya.. olur konuşalım dedim ama ne anlatacağım ki size şimdi.. benim Osman abi hakkında bir şey bildiğim yok.

Onun hakkındaki izlenimlerinizle başlayabiliriz..
Bir izlenimim de yok ki. Adam kahır deposuydu yalnız.. onu söyleyebilirim.

Kahır deposu mu?
Çok.. çok kahırlı adamdı. Bu âlemde çok insan tanıdım ben.. patronu, garsonu, müzisyeni, müşterisi, otelcisi.. her cinsinden. Sade bu âlemde de değil.. hayat boyu tonla insan tanıdım.. insan dediğinin hepsi başka bir dünya.. hepsinin bir kahrı var. Hele bazılarının öyle ağır hikâyeleri var ki ulan nasıl yaşayabiliyor bu diyorsun. Ama Osman abi gibisini görmedim.

Neydi sizi böyle düşündüren? Çok mu ağır şeyler anlatırdı?
Yok ya, ağzını açmazdı. Hali öyleydi.. görünüşü yani. Vardır ya öyle tipler.. daha uzaktan bakarsın, ulan amma dertli adam ha dersin. Osman abi de o cinstendi. Abi diye hitap ediyordum da aynı yaştaydık aslında. Belki benden iki-üç yaş büyüktü. Ama halinde acayip bir şey vardı, o kahırlı duruşu eziyordu insanı. Duruşundan mı, bakışından mı artık.. saygı duyuyordum.. kendimi abi demek zorunda hissediyordum. Sade ben değil, Gaye, Ara.. onlar da abi derlerdi. Hadi Gaye'yle Ara genç, desinler zaten de.. mesele o değildi yani, anlıyor musunuz? Garsonlar bey derlerdi mesela, halbuki müzisyenleri küçümsemek için hiç fırsat kaçırmaz garson milleti. Biraz yüz ver, ânında enseye tokat olurlar. N'aber lan Tando-

ğan diyecek neredeyse.. kırarsın yani ağzını yüzünü. Öyledir. Bir-iki kere kırdım.. hizaya geldiler.

Garsonlar saygılıydı yani Osman beye..
Görünüşte öyleydiler. Arkasından gülerler, maymun ederler adamı ama yüzüne karşı Osman bey nasılsınız. Değişik adamdı. Çok şey yaşamış, karısı boynuzlamış, bir şeyler olmuş, haberlere düşmüş falan. Ama ona mahsus değil ki.. kimi kazısan altından bir ton kazık yemişlik çıkar. İnsanoğlu bu çünkü, rahat durmaz. Zaten hepsi unutulmuyor mu? Ne yaşamış olursan ol, hepsi unutulup gidiyor, insanlar da pirüpak yola devam ediyor. Ama Osman abi başkaydı işte.. sanki adamı keder fıçısına batırmışlar, sonra çıkarıp insanların arasına salmışlar.. öyle bir şey. Bir keresinde kendisine sordum. Abi nedir senin olayın dedim ya.. bir anlat gözünü seveyim.. gülüşünde bile keder var. Neden böylesin?

Ne dedi?
Bir şey demedi. Gene öyle kederli kederli gülümsedi, yürüdü gitti.

Hakkında ne biliyorsunuz peki?
Hiç.. Beşiktaş'ta oturuyordu, bir kadınla beraberdi, çok parasızdı. Bu kadar. Bir de sarma sigara içerdi. Çok içerdi yalnız. Ben ki sağlam içerim, o beni sollardı.. sigaraya takan bir adam değilim, kim ne kadar içerse içsin, bana ne.. kendim içiyorum zaten. Ama o bir nefes çekerdi, bir metreden çıtır çıtır yanan kâğıdın sesini duyarsın.. öyle çekerdi dumanı içine. Bu adam ne yaşadı acaba dedirtiyordu insana.

Esrar da içer miydi?
Esrar mı? Bilmiyorum.. hiç şahit olmadım.. neden?

Günlüklerinde ara sıra ot içtiğini yazmış da..
Yazmışsa içiyordur herhalde.. bir bilgim yok. Bir sigara-

sını biliyorum. Argun çok fırça çekiyordu bu yüzden. Sağlığını düşündüğünden değil yanlış anlamayın.. çalsın diye para veriyor ya.. adamın zamanını komple satın aldığını sanıyor. Ulan iki dakikadan ne olacak, müşteri kaçacak mı? Bırak tüttürsün adamcağız.. ama olur mu, ezecek adam arıyor..

Eziyor muydu Osman beyi?
Ezmez mi? Argun küçük adam ya.. küçük. Küçük adam ne yapar? Kendinden daha zayıf birini buldu mu ezer. Osman abi de ensesine vur lokmasını al.. gücü anca ona yetiyordu işte. Bize yapamıyordu tabii, alırız çünkü paçasını aşağı. O yüzden bize karşı dikkatliydi ama Osman abinin canına okurdu. Gidecek yeri yok çünkü, biliyor.. eline düşmüş. Çok kavga etmişizdir Argun'la, niye böyle yapıyorsun bu adama diye..

Ne yapardı o zaman? Size ne mi derdi?
Toz olurdu. Bir şey demeye cesaret edemez o.. tam yükleniyoruz, hop.. çıkarır telefonunu, biriyle konuşur gibi yapar, yürür gider. Çok tırsıktır Argun. Üstüne gittin mi hemen arazi olur. En çok Gaye hakkından geliyordu. Onun için Gaye'nin yanında pek ezemezdi Osman abiyi.. Gaye de ayrıldı Ella'dan.. tat tuz kalmadı artık.

Öyleymiş.. gitme kal demediniz mi?
Dedik tabii, onsuz çekilir mi? Ama haklı kız, mis gibi teklif gelmiş, niye gitmesin? Gider. Genç zaten ya.. gitsin. Ella'da ne uzar ne kısalır. Ulus'ta yeni açılacak bir mekânla anlaştı.. sahibini tanıyorum, kalitedir, her zaman birinci sınıf müşteri toplar. İyi gelir Gaye'ye.. biraz isim yapar. Potansiyeli var onun.. bizim gibi ununu elemiş, eleğini asmış değil.

Siz astınız mı eleğinizi?
E astık tabii.. ben astım daha doğrusu. Ara'nın niyeti yok.. o daha genç.

O da Erivan'a gitmiş..

Evet.. bir akrabası vefat etti, cenazesine gitti. Dönmeyeceğim diyor. Dönse de Ella'ya gelmez. Geçenlerde bir konuştuk, Erivan'da caz kulübü açma niyeti varmış. Bir tanıdığının yerinde bir gece çalmış, kopmuş millet. Burada acayip potansiyel var diyor. Gerçi yapabileceğini sanmam. Açmaya açar da.. ne bileyim ya.. özler İstanbul'u.. yapamaz yani.. sanmıyorum.

Kim kaldı o zaman gruptan? Bir tek siz..

Valla öyle oldu.. Ara da gidince dağıldık. Osman abi rahmetli olunca dağılmıştık aslında.

Osman beyin yerine biri gelmiş miydi?

Gelmez mi? Adamcağızı daha mezara koymadan Argun alelacele bir piyanist buldu getirdi.. ama dayanamadı çocuk.. üç gece bile durmadı, gitti. Şimdi piyanosuz devam ediyoruz.

Oluyor mu piyanosuz?

Olmasa ne olacak? Ella'nın müşterisi cazı yalamış yutmuş değil ki.. basarsın nefesliyi.. iki klasik caz parçasına asılırsın.. coşar. Gerçi Argun bulur gene çapsızın tekini.

Neden dayanamadı o çocuk dediğiniz?

Gençti çünkü, konservatuvarda okuyordu. Okul zannediyordu kulübü. Bu konservatuvarlılar çok romantik oluyor.. sanıyorlar ki hayranlar.. aşklar maşklar.. hülyalı bakışmalar falan olacak. Evet, tabii.. Kazablanka'yı çeviriyoruz çünkü.. tekrar çal Sam. Yok öyle bir şey. Müşterinin en romantiği gecenin sonunda takar yakın gözlüklerini, hesabı inceler. Çocukcağız daha başladığı gece yıkıldı zaten. Müşteriyi bir gördü, e hani Ingrid Bergman? Öyle bakıyor millete. Yok be yavrum.. burada Ingrid Bergman ne arasın? Müşterinin çoğunluğu yorguna çeyrek kalmış kadınlar.. karta kaçmış zamparalar.. profil kırk plas yani.. yok ki şöyle çiçek gibi genç bir kız.. bunu görünce âşık olsun.

Gençler gelmiyor mu hiç kulübe?
Gençler caz dinlemiyor ki, caz birikim ister, kültür ister, şimdiki gençlerde kültür mü var? Sanal dünyanın çocukları.. ellerinde tık tık tık telefon. Gerçekten caz dinlemek için gelen genç de cazı biliyordur zaten, bizi ne yapsın? Biz çakma cazcıyız.. açık konuşalım. Osman abi caza burada başlamıştı mesela. Ben buradan önce bir yerde caz çaldım, bu ikinci. Öncesinde hep pop, rock. Bir Gaye tam cazcıydı aramızda. Ara her yola gelir, cazı da iyidir. O kadar da fena değilmişiz aslında ya.. dörtte iki Ella'ya yeter de artar bile.

Gaye hanımın yerine gelen oldu mu?
Çağla diye bir kız geldi ama Gaye'nin eline su dökemez.. Gaye'nin sahnesi müthişti. Parmağında oynatırdı müşteriyi. Her zaman canı istemezdi başka.. istedi mi de yıkılırdı salon alkıştan. Dağıldık sonuçta.. eski tat kalmadı. Ben de bakalım artık.. ne zaman toplarım tası tarağı.

Sizin de mi ayrılmaya niyetiniz var?
Var tabii. "Şenlik dağıldı bir acı yel kaldı bahçede yalnız." Niyetim var da.. yeni mekân, yeni insanlar.. alışmak gözümde büyüyor. Ella'dan memnun değilim ama gideceğim yerde de olmayacağım ki.. biliyorum kendimi. Hiçbir yerden memnun olmam ben. En kralında çalışsam yine olmam.

Neden?
Keyfim için çalmıyorum çünkü davulu. İş bu. Bir işte çalıştığı için memnun olan insan ya aptaldır ya da kendini kandırıyordur. Çalışmak doğaya aykırı bir kere. Hayvanlar çalışıyor mu? Ama insanoğlu denen yaratık bir düzen kurmuş, kendini de bu düzenin kölesi yapmış, dil

dışarıda, köpek gibi çalışıyor. Ara'ya hayret ediyorum mesela. Vaziyeti sağlam.. kışın Yeşilköy'de, yazın Kınalı'da, birbirinden mis iki evi var.. akaretinden üç-beş para da geliyor.. yat aşağı, bak keyfine.. bok mu var da koştura koştura geliyorsun. Kazandığı para da para olsa içim yanmaz. Şimdi de Erivan'ı fethedecek. N'olacak yani orda caz kulübü açacaksın da? Tuttu tutmadı.. bir sürü dert. Çalışmasına lüzum yok ama çalışıyor işte.

Niye peki.. niye çalışıyor?
Seviyor. Çalmayı seviyor herif. Çalmayı ben de seviyorum ama keyfine göre çaldırmıyorlar ki adama. Müşterinin dikkatini toplayıncaya kadar bir saat haybeye çalıyoruz zaten. İçkisini içecek, kafası güzel olacak ancak ondan sonra ne çalıyor bunlar diye kulak verecek. Hele bir de cazdan anlamayan, hava olsun diye gelmiş grup varsa bitti. Sezen Aksu isteyen çıkıyor ya.. düşünün. Kardeşim kapıda caz kulübü yazıyor caz.. eşşek kadar harflerle caz kulübü yazıyor. Sezen Aksu caz mı söylüyor da istiyorsun?

Sezen Aksu isteyen çıkınca çalıyor musunuz?
Tabii ki çalmıyoruz. Gaye lafı döşüyor geçiştiriyoruz.. duk yani. Gaye lafı döşüyordu bitiyordu.

Ne diyordu mesela?
Valla o geceki sinir katsayısına göre değişiyordu. Keyfi yerindeyse Sezen Aksu çok büyük sanatçıdır.. onun bestelerini çalmaya bizim çapımız yetmez diye inceden bir ironi yapardı.. anlayana tabii. Ama sinirliyse, kafası bir şeye atıksa cazın tarihinden girer, adabından çıkardı. İstekleri bir şekilde boğuntuya getiriyordu ama benim sinirler atıyordu. İmkânım olsa bir saniye çalışmam ben.. gerçekten. Gençken çok para kazandığım olurdu, bakarım cepte bir sürü para.. Ânında Asos'ta alırdım soluğu.. bitene kadar

oradayım. Bitti mi? Hadi İstanbul yolları gene. Ama geçti o günler, geçmişte kaldı. Şimdi çalışmaya mecburuz. Bu kira ödenecek çünkü.. bu bira alınacak. Tekele sana bir davul çalayım da ver oradan altılı Efes diyemezsin. Takas ekonomisi bitmiş.. para icat edilmiş artık.

Gençken nasıl iyi para kazanıyordunuz?
Ünlü orkestralarda çalıyordum ben. Mavi Sakal'da çaldım, Nükhet Duru'nun orkestrasında çaldım. Bir ara Vedat Sakman'la çalıştık. Sema Moritz'le çalıştım üç ay Almanya'da. Hasan Cihat, Fuat Saka. Daha bir sürü.. unuttum şimdi. Konserlerden iyi para kazanılırdı o zamanlar.

Şimdi kazanılmıyor mu?
Ancak üç-beş isim, onlar da iyi olduklarından değil, yolunu bulduklarından. Al takke ver külah.. organizatörleri bağlıyorlar bir şekilde. Bitti o iş, müzikten para kazanma devri bitti. Eskiden müzisyenin bir değeri vardı, hem saygı hem para olarak. Şimdi hiçbir şeyin değeri yok. Değeri olan tek şey para. Paran varsa kralsın. Bazen düşünüyorum.. o zamanlar kafayı kullansaydım şimdi Ella'da sürünmezdim.. ama bende de kullanacak kafa yokmuş demek ki..

Ne yapmış olsaydınız kafanızı kullanmış olurdunuz?
İşi ciddiye alsaydım. Ama almadım. Meslek olarak bakmadım ki.. müzik yaşam tarzıydı benim için. Öyle yetiştim çünkü. Müzik bir sanattır, pazar malı değil. Annem Saint Benoit'da müzik öğretmeniydi.. müziğe tapardı. Kompozitör olmamı istiyordu ama konservatuvarı kazanamadım. Büyük hayal kırıklığına uğradı kadın, yıkıldı resmen. Ama yaşlanınca kafa gitti.. anne bak bunu ben besteledim diyorum, inanıyor yazık. Gençken bu işe meslek gözüyle baksaydım oyunu kuralına göre oynar-

dım. Ama şu kadar da şikâyetçiysem şerefsizim. Çok tatlı yedim paraları. Bugün olsa aynısını yaparım, konserden para mı kaldırdım? Doğru Asos'a.

Neden Asos? Eviniz mi var orada?
Keşke. Asos'ta evim olsa çoktan yerleşmiştim, iki zeytin ağacına bakar. Seviyorum orayı.. ondan. Denizi de soğuk.

Evli misiniz?
Dim. Bir zamanlar. On iki yıl sürdü, boşandık. Benim gibi bir adam için çok uzun bir süre.

Çocuğunuz var mı?
Yok. Hatunun ilk evliliğinden bir oğlu vardı, benim yok. Ama ben büyüttüm sayılır.. evlendiğimizde iki yaşındaydı.

Kendi çocuğunuzun olmasını istemediniz mi?
İstemedim.. tamam işte, çocuksa çocuk.. benden olması şart mı? Ama şimdi düşünüyorum da belki bir çocuğum olsa iyi olurdu, bu kadar nihilist takılmazdım o zaman. Nihilist takılmaktan da şikâyetçi değilim aslında. Ne bileyim ya.. karışık mevzular. İnsanın günü gününe uymuyor işte. Bir gün iyi ki yok diyorum.. ertesi gün keşke olsaydı diyorum..

Üvey oğlunuzla görüşüyor musunuz? On iki yıl babalık etmişsiniz sonuçta..
Görüşmüyoruz. Boşandıktan sonra bir-iki kere ancak görüşmüşüzdür.. kim kimle görüşüyor ki zaten. Yalan hayatlar yaşadık.. yaşamaya da devam ediyoruz.

Osman beye dönelim. Müzisyen olarak nasıldı? Yetenekli miydi?
Valla enteresandı. Enteresan diyorum.. başka tarif edecek kelime bulamıyorum çünkü. Dipten tavana çıkardı, tavandan dibe inerdi.

Nasıl yani?
Şimdi haftada beş gece çıkıyorduk biz Ella'da. Beş gecenin üçünde Osman abi konservatuvar hazırlık.. yeni başlamış sanki piyanoya, o derece kötü yani. Ruhsuz, kafa dalmış bir şeye, belli. İki gece normal.. tamam oluyor işte.. idare ediyor, adamın çapı bu kadar. Öyle diyorduk. Fakat öyle değilmiş. Bir gece şöyle bir şey oldu. Parça bitmiş, yenisine geçmeden bir yudum bira içiyoruz. Biriki dakikalık ara. Hafiften bir piyano sesi başladı. Osman abi tuşlarda geziniyor.. iyi güzel.. soğumuyor ortam. Derken yavaş yavaş sesi yükseldi piyanonun, salonu doldurdu. Osman abi başladı döktürmeye.. bir çalıyor aklınız durur, elleri su gibi akıyor tuşların üstünde. İnanamadık. Osman abi buysa dün çalan adam kimdi? Şok tabii.. hepimiz şok. Glenn Gould musun mübarek, Perahia mısın? Ne iş? Ben klasik müziği pek bilmem, ne çaldığını anlamadım ama Ara bilir, Gabriel Fauré dedi. O da ufaktan eşlik etmeye başladı. İkisi devam ediyorlar. Müthiş bir gece olmuştur diyeceksiniz. Olmadı. Adam coşmuş çalarken birden zınk diye durdu.. uyurgezermiş de uyandırılmış gibi yani. Abi hadi.. devam dedik. Ama yok.. kesti, kilitlenmiş.

Alkış peki? Müşteriler etkilenmedi mi?
Oldu tabii bir alkış ama anladıklarından değil, usulen. Müşteriye pek işlemedi aslında, biz anladık.. dünkü çalışını da biliyoruz çünkü. Normal programa geçtik. Osman abi gene konservatuvar hazırlık.. kekeme kekeme çalıyor. Yahu az önce dünya çapındaydı bu adam, ne oldu? Araya çıktık.. özür diliyor.. ya çocuklar kusura bakmayın.. bir an kendimi kaptırmışım. Abi niye özür diliyorsun, iyi yaptın ne güzel yaptın, gene yap. Ama bir daha yapmadı. O gece işte.. abi senin mezuniyet konservatuvar mı dedik. Yok ben kendi kendime öğrendim pi-

yanoyu dedi. Tabii aramızda efsane oldu bu durum. Ara kesin cumhurbaşkanlığı senfoniden bu adam diye tutturdu.. ayyaşlıktan falan bir şeyden atılmıştır. Üşenmedi, internette aradı ama bir şey çıkmadı. Sonra Argun'a söyledik, dedik adam müthiş, bunun backround'ı ne? Ne backround'ı olacak.. piyasa piyanisti dedi. Artık bilmiyorum doğru mu yanlış mı.. siz biliyor musunuz?

Altı yaşından itibaren piyano dersi almış. Ama konservatuar eğitimi yok.
İşte buyur. Belliydi.. vardı bir şey adamda. Vay be..

Öldüğü geceyi hatırlıyor musunuz?
Feciydi.. hayatımda daha korkunç bir manzara görmedim. Ben çıkıp gidecektim aslında.. program sırasında bir hatunla kesişmiştik. Araya çıktığımızda tanıştık.. çok da hoş bir hatun.. benim de kimseye verecek hesabım yok..

Osman bey de kesişir miydi program sırasında?
Yok.. o eğerdi kafasını piyanoya, kimseyi görmez. Ama araya çıktığımızda peşinden gelen çok olurdu. Osman abiye çok düşerlerdi hatunlar. Yakışıklı adamdı. Bir de hüzünlü falan ya..

Karşılık verir miydi?
Terslemezdi ama karşılık verdiğini görmedim. Çok ustaysa başka. Gerçi ciddi bir şey olsa fark ederdik.. etmediğimize göre kibarca uzuyordu bence.

Peki.. sonra?
Sonra program bitti, millet dağılmaya başladı. Biz hatunla Maison'un barına geçtik, yandaki otele. Birer içki söyledik, hoşbeş ediyoruz.. dışarıdan güm diye bir ses geldi, arkasından bir koşuşma oldu, birileri bağırıyor, sesler mesler.. çıktım dışarı. Bir çıktım ki Osman abi kan gölünün içinde. Kafası yok. Yok yani. Kafası karpuz gibi dağılmış. Hâlâ rüyalarıma giriyor. Çok üzüldüm. Anlata-

mayacağım kadar çok üzüldüm. Sebepsiz bir şekilde seviyordum adamı.

İntihar ettiği iddiası hakkında ne düşünüyorsunuz?
Bence kesin etti. Çok konuştuk aramızda. Öyle intihar mı edilir, intihar edecek olan kendini asar, köprüden atar falan diyenler oldu. Eder ya.. böyle de eder, niye etmesin?

Zor değil mi sizce?
Bence değil. Topa kafa atmak gibi bir şey.

* * *

Osman'ın son yıllarını birlikte geçirdiği Pakize Korkmaz

"Ya da at kendini köprüden.. ne bileyim?"

Osman Koryürek'le ne zaman tanışmıştınız?
31 Aralık 2012'de.. yılbaşı gecesi.

Arkadaşlarınız mı tanıştırdı?
Yok öyle tanışma değil.. biz o gece birlikte sahne aldık Osman'la. Çengelköy Tekir restorantın yılbaşı programında.

Şarkıcı mısınız?
Evet.. ama okuyamıyorum artık.. sesimi fark etmişinizdir.

Nodül mü? Nedir sesinizdeki sorun?
Kist. Ses teli kisti. İlkini ameliyatla almışlardı, tekrarladı. Çok nadir olurmuş aslında ama o da beni buldu.. şans işte. Konuşurken idare ediyorum da şarkıcılık hayatım bitti.

Geçmiş olsun. Şimdi ne iş yapıyorsunuz?
Beşiktaş pazarında tezgâhım var, ihracat fazlası üzerine. Şarkıcıydık, pazarcı olduk anlayacağınız.

Memnun musunuz işinizden?
Ele güne muhtaç etmiyor ama iyi diyecek bir durum da yok. Çok zor iş, hele bu yaşta. Kurması, kaldırması, zabıtası, vergisi.. hepsi dert. Ama yapıyoruz işte.. maişet motoru bir şekilde dönecek. Dükkâna geçmek istiyorum aslında da.. dükkân kiraları aldı başını gitti, yetişmek mümkün değil. Bakalım.. uygun bir yer bulursam pazarı bırakacağım.

Tek başınıza mı çalışıyorsunuz tezgâhta?
Teyzemin kızıyla birlikteyiz. Pazarcılık tek başına yapılacak iş değil. Pazarcılığa da onun sayesinde başladım zaten.. Ulus pazarında tezgâhı vardı Gülcan'ın. Ben boşta kalınca gel beraber yapalım dedi. Öyle girdim.

Özlüyor musunuz şarkı söylemeyi?
Hiç. Zerre kadar özlemiyorum. Bıkmışım senelerce. Sesim gitmeseydi de devam edemezdim zaten. Mekân sanatçılığı bir yaştan sonra yapılacak iş değil. Yaş oldu 58. Hâlâ ne şarkıcılığı..

Niye öyle diyorsunuz? Müzeyyen Senar ölünceye kadar şarkı söyledi.
Canım o Müzeyyen Senar'dı. Kaç tane Müzeyyen Senar gelir dünyaya?

Ne zaman bıraktınız şarkıcılığı?
53-54.. o yaşlarda. Osman'la birlikte yaşamaya başladıktan sonra kist çıktı sesimde. Kör topal şarkıcılık yaptım gene bir süre daha.. ama sonunda bitti.

Neden bir yaştan sonra yapılacak iş değil mekân sanatçılığı? Müşteri kaprisi mi çekilmiyor?
Vücut kaldırmıyor.. sabahlara kadar ayakta. Bana müşteri hiç sıkıntı olmadı, müşteriyle sempatim yüksektir benim. Ama işin kendisi zor. Bitiyor insan, tükeniyor. Adam eğlenmeye gelmiş, derdin mi var, acın mı var, ona ne?

Eğlendiresin diye para veriyor. Gözümden yaş aka aka istek parçası okuduğumu bilirim. Böbrek taşı düşürüyordum bir keresinde. Ölüyorum diyorum patron tınlamıyor.. hadi hadi devam. Sonunda bayılmışım, hastanede açtım gözümü. Zor işti yani. Bu yaşta pazarcılık kolay mı? Değil, o da çok meşakkatli. Ama ne yapacaksınız? Hayat zor aslında, ne iş yaparsan yap.

Osman beyle birlikte program yapmanız nasıl oldu?
Tesadüf oldu. O zamanki eşimle ikili olarak çıkıyorduk biz Tekir'de. Özgen kanun sanatçısıydı, ben şarkı okuyordum.

Fasıl mı yapıyordunuz?
Fasılı doksanlarda yapıyorduk biz. İki binlerin başına kadar da yaptık. Çok zevkliydi fasıl, müşterisi de iyiydi. Ama sonra sonra millet bıktı. Gençler zaten hiç anlamıyor. Özgen de orga geçti. Taverna zamanlarından alışıktı zaten. Tekir'de pop fasıl arabesk karışık yapıyorduk, artık müşterinin havasına göre. O yılbaşında yine Özgen'le birlikte çıkacaktık, Özgen rahatsızlandı. Akşama kadar düzelir dedik ama bir düzelme yok. Tekir'in sahibi Yenal abiydi o zamanlar. Yenal Şen. Sonra birine devretti dükkânı. Çok eskiden tanışıyorduk biz Yenal abiyle. Özgen'le tanışıyorlardı daha doğrusu. Yenal abi vaktiyle Tarabya'da Deniz Kızı'nı işletirken Özgen orda çıkıyormuş, nazı geçerdi. Aradım, abi Özgen çok kötü durumda, biz gelemiyoruz dedim. Gelemiyoruz ne demek Pakize, programı ilan ettim, afiş bastırttım, rezervasyon doldu. İki eliniz kanda olsa geleceksiniz dedi. Abi tamam gelelim de adam bağırsaklarını bozmuş, tuvaletten çıkamıyor, nasıl yapacağız? Köpürdü. Bu saatte mi haber verilir, yerinize kimi bulayım şimdi diye bas bas bağırıyor. Bir daha gelmeyin o zaman dedi, tak kapattı suratıma. Çok bozuldum. Bir taraftan haklı.. ne diyecek müşteriye? Normal

zaman olsa neyse de yılbaşı. Ama biz de keyfimizden gelmiyor değiliz. Asıl biz üzülmüşüz zaten.. ekstra iş.. kaç aydır dört gözle bekliyoruz. Özgen'le karalar bağladık, oturuyoruz. Bir saat sonra falan telefon çaldı, açtım Yenal abi. Biraz sakinlemiş. Özgen hâlâ kötü mü dedi. Kötü dedim. O zaman o kalsın, sen gel dedi. Dedim abi geleyim de ben çalamam ki. Ben çalacak adam buldum, bana solist lazım dedi. İyi peki. Kalktım gittim. Baktım ben yaşlarda bir adam, dipte bir masada oturmuş, sigara içiyor. Yenal abi, bu arkadaş Osman, o çalacak sen okuyacaksın dedi. Nasıl yani, bu mu çalacak? Olmaz dedim.

Neden?
Adam kartlamış rockçı. Baştan aşağı siyahları çekmiş, en sevmediğim tip. Bir de kasıntı, nerden düştüm buraya der gibi bir surat.. soğuk soğuk haller.. kafasını kaldırıp bakmıyor bile. Kendini ne zannediyorsa.. sanırsın Jon Bon Jovi. Sinir oldum o gece ben Osman'a.

Yakışıklı mıydı peki? Tanıyanlar çok yakışıklıydı diyor.
E yakışıklıydı şimdi allah için. Boşuna Jon Bon Jovi demiyoruz.

Jon Bon Jovi'ye mi benziyordu?
Onun gibi sarışın değildi ama bayağı andırıyordu. Boylu boslu, saçlar maçlar. Ama o gece kılın teki gibi geldi bana. Dedim abi bu adamla olmaz.. bildiğin bar rockçısı bu. Olur olur, sen idare edersin dedi, çıktı işin içinden.

O nereden tanıyormuş Osman'ı?
Bir ara Yenal abinin işlettiği bir barda çıkmış bir grupla, oradan tanışıyorlarmış. Biz gelemeyince Yenal abi alelacele birilerini aramış ama herkesin programı var, boşta kimse yok. Osman gelmiş aklına.. artık son ihtimal. O da olur demiş. Yenal abi hadi siz repertuarın üstünden geçin dedi, gitti. Geçelim de Osman'da bir hareket yok..

öyle oturuyor. Hadi dedim. Yeni tanışıyoruz, bakalım nasıl olacak? İnşallah rezil kepaze olmayız. İki katlıydı Tekir, alt katı bir grup kapatmış, bizim program üst katta, org morg da yukarıda zaten.. çıktık.

Gitarı yok muydu Osman'ın?
Yoktu.. gitarla olmaz zaten. Gitar romantik barlarda gider. Restorantta ritim lazım.. sintisayzır lazım.. arkada bir çıstak olacak ki müşteri havaya girsin.

Org kimindi, Özgen'in miydi?
Mekânındı. Aslında müzisyenlerin çoğu aletlerini kendileri getirir ama Tekir'deki org mekânındı. Yenal abi çok titiz adamdı, ses düzenine çok önem verirdi. Yeni de almıştı.. gıcır gıcır.. şurup gibi sesi var. Osman başına geçti ama tuşlara bastığı yok.. ağlayacak neredeyse..

Neden?
Restorantta org çalmak ağırına gitmiş. O gece bir şey demedi ama.. çok sonra söyledi.

Niye ağırına gitmiş?
E hayaller açık hava konserleri, hayatlar Tekir restorant çünkü. Ünlü olacağım, albümler yapacağım, solo konserlere çıkacağım diye başlıyorsun, sonra kendini sarhoşlara istek parçaları okurken buluyorsun. Ağırına gider tabii insanın, gitmez mi? Çok büyük hayalleri vardı Osman'ın. Biz tanıştığımızda hiçbiri kalmamıştı tabii de.. anlatırdı bazen. Senelerce piyano dersi almış, gruplarda çalmış. Beste yapıyor, söz yazıyor. Ama hayat işte.. çok şey hayal ediyoruz da olmuyor. Benim de çok hayallerim vardı. Ben de Tekir restorantta şarkıcılık yapayım diye konservatuvar bitirmedim.

Konservatuvarlı mısınız?
Evet. Devlet konservatuvarı Türk sanat müziği bölümü mezunuyum ben.

Siz ne hayal etmiştiniz konservatuvara girerken?
Ben de bir Muazzez Abacı olacağım diye başladım müzik hayatıma. Ama öyle olacağım demekle olunmuyormuş, öğrendik, hayat öğretti. Hayaller artık kapanmış bir yara benim için ama gene de yara. Ara sıra aklıma geliyor, içleniyorum tabii.. ne istedik ne olduk. Neyse.. ben Osman'a anlatmaya başladım, Özgen'le şöyle açarız, böyle devam ederiz, şu saatte ara veririz, şöyle coştururuz falan. Ama nasıl boş bakıyor yüzüme, sanki Çince konuşuyorum. Sen bu işi daha önce yaptın mı dedim. Ben rockçıyım, bu şarkıları bilmiyorum demez mi? Hey allahım! Yenal abi hangi akla hizmet çağırdı o zaman seni? Bildiğin şarkıları yaz dedim, bari oradan gidelim. Bilirdim çünkü, günün şarkılarının hepsini bilirdim. Yazıyor bu İngilizce mingilizce.. dedim Türkçe Türkçe.. Türkçe söyleyeceğiz. Türkçe şarkı bilmiyorum deme düşer bayılırım. Bir güldü o zaman.. on beş-yirmi şarkı sıraladı alt alta. Baktım hepsi doksanlardan pop şarkıları. Şimdi tekrar moda oldu ama o zamanlar değildi. Tekir'in müşterisi de arabesk seviyor, fantazi seviyor, o sıra ne meşhursa onu istiyor. Ama Osman'ın listesinde bir tane bile eller havaya yok. Ne yapacağız? Artık kadere kırk beş.. ne olacaksa olacak. Onun bildiklerini okuyacağız. Birinden başlayıp bir prova yapalım dedim, başladık. Şaşırdım, çok iyi yakalıyor, bir uyum oldu aramızda. Dedim o zaman şöyle yapıyoruz. Bir kere müşteriye daha en baştan bu gece doksanlar gecesi diye ilan ediyoruz ki ne oluyoruz demesinler.

Öyle mi?
Evet. İlk biz başlattık yani bu tarzı, o zamanlar yoktu. Doksanlar gecesi.. seksenler gecesi. Müşteri isteklerinde de bilmediğin olursa panik yapma.. bir ritim tuttur yeter, idare ederiz. Olduğu kadar artık, ne yapacaksın? Tamam

dedi. Saat da oldu dokuz buçuk, hadi başlayalım dedik. Ama böyle kara kara rockçı kıyafetiyle de olmaz.

Ee? Ne yaptınız?
Yenal abi gelirken Özgen'in kostümünü getir demişti. Getirdim de Özgen altmış kilo bir adam, öyle fidan boylu da değil ama Osman hem uzun hem yapılı. Gerçi kostüm dediğim de bir ceket. Koyu yeşil, pul işlemeli, yanardöner sahne kıyafeti işte. Uzattım, al bunu giy dedim. Baktı bir.. ben bunu giymem dedi. Bir tepem attı. Valla giyeceksin dedim, hiç kusura bakma. Yılbaşı şapkası da takacaksın, düdük de öttüreceksin, saat on ikide milleti ondan geriye de saydıracaksın, coşturmak adına ne lazımsa yapacaksın. Zaten canım burnumda, ters ters konuşuyorum. Hiç ses etmedi. Aldı ceketi, daha giymesiyle cart diye kolu söküldü.

Giymedi yani.
Yo, giydi. Maksat renkli, ışıklı bir sahne kıyafeti olsun üzerinde. Zaten ne olacak, müşteri ceketi sökük bu adamın, dinlemiyoruz mu diyecek? Asıl kolları kısa kaldı.. nasıl komik duruyor. Baktı kollarına, gülmeye başladı. Ben de güldüm. Öyle gülünce aramız yumuşadı. Uzat dedim, ceketin kollarını dirseğe kadar katladım. Elleri de ilk o zaman dikkatimi çekti. Çok güzel elleri vardı, parmaklar uzun uzun, tam piyanist elleri.

İlk söylediğiniz şarkıyı hatırlıyor musunuz?
Kar beyazdır ölüm. Kerim Tekin'den.

Yılbaşı eğlencesi için acıklı bir başlangıç değil miydi?
Listeye ilk onu yazmıştı. Acıklı mı değil mi düşünecek halde değildim zaten. Sonra Tarkan'dan Kış güneşi, Mazhar Fuat Özkan'dan Buselik makamı falan derken arkası geldi. Başta biraz takıldı ama çaldıkça açıldı. Ne Mirkelam kaldı.. ne Sezen kaldı. Bir ara baktım su gibi akıyo-

ruz. Allah allah.. yahu biz Özgen'le bile böyle değiliz. Şansımıza da nasıl güzel müşteri var o gece. Coştukça coştular. E müşteri coşunca biz de coştuk tabii. İnliyor salon. Saat oldu üç. Bitirmemiz lazım ama müşterinin kalkmaya niyeti yok, istek üstüne istek yapıyorlar. Yenal abi de devam diye işaret ediyor. Bittim tükendim. Boğazım biber gibi yanıyor. Okumadığım şarkı kalmadı.

Osman bir sorun yaşatmadı yani size.
Yok, yaşatmadı. Şarkıların çoğunu bilmiyordu ama kulağı çok iyiydi. Ben başlıyordum, hemen gerisini getiriyordu. Sonra kendi dedi.. bilmiyorum dediğim şarkıları biliyormuşum meğer, kulağımda duruyormuş diye.

İyi kazandınız mı o gece?
Çok iyi kazandık. Ekstra geceler iyi kazandırır zaten. Biz coşunca bahşişler de coştu tabii. Bizim bir bakır tasımız vardı Özgen'le. Orgun üstünde durur, müşteri bahşişini ona bırakır. Gene öyle yaptım, tas doldu taştı. Programdan sonra aşağı indik.. kimse kalmamış artık.. çocuklar ortalığı toplamaya başlamışlar. Baktım Yenal abinin yüzü gülüyor. Süperdiniz dedi. Yevmiyelerimizi verdi. Tası boşalttım masaya, sayıyorum ama Osman bakmıyor, gözünü camdan dışarı dikmiş. Yarısını uzattım. Almıyor bir türlü, gözleri dolmuş.

O da mı ağırına gitmiş?
Gitmiş. Sevgili olduktan sonra çok konuştuk o geceyi. Alışık değilmiş bu şekilde para almaya.

Alıştı mı peki sonra?
Alıştı tabii. Alışmayıp ne yapacak? Onun hakkını önüne bıraktım, dedim hadi eyvallah. Bindim taksiye.. doğru evime. Eve gelince anlattım Özgen'e böyle böyle diye.. çok tuhaf bir adam.

Özgen ne dedi?
Hiç.. paranın derdindeydi o.. geceyi kurtardık diye seviniyordu. O sıralar gırtlağa kadar borç içindeydik. Özgen'in yüzünden. Beyoğlu'nda meyhane açmıştı, kredi çekti. Battık tabii. Hacizler macizler.. ödeyinceye kadar iflahımız kesildi.

Neden battı? Tutmadı mı?
Özgen adam olsaydı tutardı da.. insan alkolik olunca gelen tokatlıyor, giden tokatlıyor. Sonunda da batıyorsun işte böyle.

Alkolik miydi?
Bizim âlemdekilerin çoğu gibi.

Siz?
Ben alkolik değilim ama içerim. Her akşam olmasa da iki kadeh rakım var.

Bir daha ne zaman görüştünüz Osman'la?
Valla o geceden sonra sekiz-dokuz ay görüşmedik. Unutmuştum ben Osman'ı. Yaz sonuydu. Özgen zatürreeye yakalandı, doğru dürüst programa çıkamıyoruz. Ağustos öyle geçti, zaten işler kırık, yaz diye müşteri dağılmış. Eylül oldu, sezon başladı ama adam bir türlü iyileşemiyor. İkide bir hastaneye yatıyor, çıkıyor. İki gece program yapıyorsak üç gece yapamıyoruz. Yenal abinin surat bir karış. Sonunda Pakize siz bırakın, Özgen tamamen iyileşsin gene başlarsınız dedi. İyi de geçim nasıl olacak? Zaten hastalık büyük masraf. Yılbaşı gecesi aklıma geldi. Abi dedim, Osman diye biriyle çıkmıştık hani.. boştaysa onunla yapalım mı biz? Özgen iyileşene kadar. Olur, zaten çok iyi ikili olmuştunuz dedi. Osman'ı aradı. O da boştaymış. Eylül sonu Osman'la başladık. Bayağı geliştirmişti kendini o arada. Yeni şarkılara çalışmış, arabesk parçalara çalışmış. Türk sanat müziği hiç bilmiyordu, bi-

raz biraz öğrendi. Aramızda da bir şey başladı, her gün telefonlaşıyoruz falan. Sonra Özgen iyileşti. Ben programa Osman'la devam etmek istiyorum ama kocama nasıl söyleyeyim?

Kıskançlık mı başladı?
E başladı tabii.. kavgalar da başladı. Yenal abi Özgen'e sana başka bir yer bakalım, Pakize'yle Osman çok iyi ikili oldular demiş. Özgen delirdi, yıktı geçirdi ortalığı. Çıkmayacaksın diyor. Tamam dedim, çıkmıyorum.. kredi borcunu da sen öde o zaman..

Çıkmadınız mı?
Çıkmayıp ne yapacağım? Çıktım tabii.. Özgen kendi kendine delirdi durdu.

Osman'la ilişkiniz de başlamış mıydı o sırada?
Ya.. ne başlamıştı ne başlamamıştı aslında. Tamam, bir şey var gibi.. ikimiz de farkındayız ama ben evliyim. Olmaz yani. Ama bir taraftan da..

Osman'dan hoşlanıyorsunuz..
Yani.. hoşlanılmayacak adam değildi şimdi.. doğruya doğru.

Sonra nasıl oldu? Özgen'den boşandınız mı?
Özgen öldü.

Öldü mü?
Öldü. Merdivenden düşmüş. Beyin kanamasından gitti. Aramız kötüydü gene. Bir gece büyük bir kavga ettik, bağırış çağırış.. bardaklar uçuşuyor havada.. sonunda çıktı gitti bu. Bir arkadaşının evinde içmiş içmiş.. kapıdan çıktığı gibi merdivenden yuvarlanmış, kafasını çarpmış. Hemen hastaneye kaldırmışlar ama kurtaramamışlar. Ben hastaneye gittiğimde ölmüştü.

Osman'la ilişkiniz hemen başladı mı?

Yok canım.. o kadar da değil. Tamam, boşanma raddesine gelmiştik ama kocamdı yani. Bir de kavga etmişiz, benim yüzümden çıktı gitti, öldü diye vicdan yapıyorum. Epey bir zaman bir şey olmadı Osman'la. Birlikte olmaya başladığımızda mayıstı artık. Özgen şubatta öldüğüne göre dört ay sonra. Çok da zaman olmamış aslında be.. dört ay sonra hoop..

Nasıl oldu peki? Nasıl başladınız?

Program yapıyoruz ya beraber, bitince hadi iyi sabahlar deyip gidiyoruz ama ikimizin de aklı birbirimizde. Ben cesaret edip bir şey söyleyemiyorum, yapamam zaten, hep karşı taraftan beklerim. Ama Osman'ın da bir şey dediği yok. Bir türlü bir şey olmuyor.

Birbirinizi tanımıştınız ama.. özel hayatlarınızı konuşmuyor muydunuz?

Ya ben anlatıyordum şöyle oldu, böyle oldu diye.. ama o bir şey anlatmıyordu. Pek konuşmazdı zaten. Biriyle birlikte değil ama onu biliyorum, olsa ağzından bir isim çıkar, bir şey çıkar. Bir cuma akşamı yine programımız var. Geldi bu. Ama yüzünden düşen bin parça. Bir sıkıntısı var, belli. Soruyorum söylemiyor. Neyse program bitti, evlere dağılacağız. Pakize bu gece sende kalabilir miyim dedi. Tepebaşı'nda bir otelde kalıyordu o sıra. Epey bir zamandır ödeme yapamamış, boşuna gelme, borcunu ödemeden almayacağız demişler. Başka otele gidecek para da yok cebinde.

Otelde mi kalıyordu? Evi yok muydu?

Yoktu. Çukurcuma'da pansiyon gibi bir yerde kalıyordu önceleri ama çok pis diye otele geçmişti. O gece bana geldi. Kanepeye çarşaf serdim, yattı. Sabah kahvaltı ettik beraber.. sabah dediysem saat olmuş iki. Kahvaltıdan sonra ben gideyim dedi. Nereye? Cevap yok. Dedim otur, saçmalama.. akşama gene program var zaten. Gidip ne yapacaksın? Kaldı o gün.

Ne yaptınız evde?
Benim çamaşırlarım vardı yıkanacak, onları yıkadım, o televizyon seyretti. Akşama da hazırlandık çıktık. Bir yer bulana kadar bende kalabilirsin dedim. Yük olmak istemem falan dedi ama çok sevindi. Bende kalmaya başladı. O arada da açıldık birbirimize. Bir daha da gitmedi.

Epey uzun bir süredir berabermişsiniz. Neden evlenmediniz?
Osman istedi aslında da ben istemedim. Özgen'den maaş alıyordum. Emeklisi vardı Özgen'in. Evlenirsek kesilecek. Hiç değilse sabit bir gelir olur dedim. İyi de yapmışım. İki yakamız bir araya gelmedi çünkü. Hep sıkıntı çektik..

Osman'la ayrılmışsınız ama bir ev bulup çıkamadığı için sizinle oturmaya devam ediyormuş. Doğru mu?
Doğru.. sözde ev arıyordu da bulmaya niyeti yoktu aslında. Tekrar barışırız diye ümit ediyordu. Ama ben kesinlikle bitirmiştim.

Neden bitirmiştiniz? Aşk mı bitti?
Aşk da bitti.. sıkıntılar da arttı.. maddi manevi çekemiyordum artık Osman'ı. Bana taşındıktan sonra sesimde sıkıntı başladı. Bir süre idare ettim, sonunda ameliyat dediler. Oldum, bu sefer de şarkıcılık hayatım bitti. Zaten Yenal abi de restorantı devretmişti, çekilmişti bu işlerden. Ama geçim nasıl olacak? Osman'ın bir şey yaptığı yok, bütün gün evde, kafasına göre takılıyor. Nerden geliyor bu değirmenin suyu, umurunda değil. Oh ne âlâ memleket. Gerçi iş bulmak için uğraşıyordu, ölmüş adamı o kadar da gömmüş olmayayım şimdi. Uğraşıyordu da bir şey çıkmıyordu. İyi de benim günahım ne? Kıvra-

nıyorum maişeti döndüreyim diye. Kış kıyamette, yaz sıcağında pazarda tezgâh başındayım, milletin ağız kokusunu çekiyorum. Kirayı düşün, elektriği suyu telefonu düşün. Mutfak tamtakır.. onu düşün.

Pazar tezgâhında yardım etmez miydi size?
Hiç. Bir kere bile gelip bakmadı. Utanıyordu pazarcılık yapmamdan. Kaç kere bırak dedi. Olur bırakayım.. canıma minnet. Sen çalış o zaman. Sofra hazırlanınca oturup yemeyi biliyorsun.

Özgen gibi.
Özgen gibi. Ben zaten bunun için gelmişim dünyaya. Elin kadınları kendilerine baktırır, benimkiler kendilerini bana baktırdı. Ömrümde bir gün bile bir erkeğin kazandığını yemedim. Hep kendim kazandım kendim yedim, üstüne de yedirdim. Osman'da da öyle oldu. Sonunda canıma tak dedi. Ayrılalım dedim. Bul kendine bir yer git. Ama gidemedi bir türlü.

Ölümünden ne kadar süre önce bitirdiniz ilişkiyi?
Valla şimdi yalan olmasın.. yedi-sekiz ay önce..

Hiç mi çalışmadı bu süre içinde?
Çalıştı da düzenli değil. Üç gün o barda, beş gün bu barda. Hiçbir yerde dikiş tutturamıyordu. Bir de çok aksileşmişti. Başlamışsın bir işe ne güzel.. sus otur.. işine bak değil mi? Yok. İlla mesele çıkarır.. üç gün sonra koyarlar kapıya.

Kavga mı çıkarıyordu?
Kavga çıkarmıyordu da çok vır vır ediyordu. İşe vaktinde gitmez. Aklına eser hiç gitmez. İçim sıkılıyor Pakize. Benim sıkılmıyor sanki. Ben bayılıyorum Beşiktaş pazarında karda kışta millete penye satmaya. Kimseleri de beğenmez, herkese bir kulp takar. Patron niye çeksin seni? Osman huysuzdu çok. Hep şikâyet ederdi. Hayattan

şikâyet, kaderden şikâyet, insanlardan şikâyet. İyi de aslanım hayatımız bu. İmkânlarımız bu. Hesap ortada yani. Ya bu deveyi güdeceksin ya bu diyardan gideceksin. Bu kadar. Kaderim buymuş de razı ol, yok olmuyorum diyorsan da bir iş yap.. ya da at kendini köprüden.. ne bileyim? Evde yan gelip yatmakla o kira ödenmiyor. Asıl kızdığım iş beğenmiyordu. Büyük müzisyen ya.. tonmaysterlik ister, aranjörlük ister. Millet de kollarını açmış seni bekliyor. Neyse ya.. çok güzel günlerimiz de oldu, kötülerini anlatmayayım daha fazla.

Çok mu âşıktınız Osman'a?
Başta çok âşıktım, yalan yok.. cayır cayır yanıyordum. Özgen'le evliydim ama aklım fikrim Osman'daydı. Öl dese ölürdüm ilk zamanlar. Ama bitiyor.. aşkından yanıp tutuşuyorsun, kavuşamazsam ölürüm diyorsun ama sonra ne oluyorsa oluyor.. bitiyor işte. Bütün aşklar bitiyor.

O da size âşık mıydı?
Valla o da bana âşık diye birlikte oldum ama sonra sonra.. çok da emin olmamaya başladım.

Neden? Kullanıldığınızı mı düşündünüz?
Yok, öyle biri değildi Osman, kullanayım, sırtımı dayayayım falan.. yoktu öyle şeyleri. Ama yani seven insan da bir fedakârlık yapar, bir şey yapar, öyle değil mi? Osman hep kendiyle baş başa gibiydi. Bir de ayrı dünyaların insanlarıymışız, onu anladım. Zenginlikten gelen insanla olmuyormuş. Denk olmak lazım, aynı kökten gelmek lazım. Adam hayatında eline bulaşık süngeri almamış, ıspanakla pazıyı ayırt edemiyor. Hizmetçilerle büyümüş çünkü. Elini sıcak sudan soğuk suya sokturmamışlar. Aşk sarhoşuyken hoş geliyor insana ama sonra ne oluyoruz demeye başlıyorsun.. bu hayatın enayisi ben miyim?

Hiç yardım etmez miydi size? Ev işlerinde falan..
Şu işin ucundan tut dersem yapmaya çalışıyordu da be-

ceremiyordu. Hayatında hiç yapmamış ki.. ama insan öğrenmeye çalışır değil mi? Bir gayret eder.. o da yok. Sonunda patladım. Bir gün kolları sıvamışım cam çerçeve siliyorum, bu dikilmiş beni seyrediyor. Pakize sen yapma bu işleri, bir kadın tutalım dedi. Kadın mı? Aşkım bir tanem, daha kirayı ödeyememişiz. Bak doğalgaz faturası geldi, kol gibi.. ne kadını? Biliyorum, kötü niyetinden değil.. ama böyle bir adam işte, anlamıyor, kafası fakirliğe basmıyor. Para tutmayı da bilmezdi. Bir işe başlamış mesela, yevmiyesini almış, eve bir kilo jumbo karidesle gelir veya bir şişe viskiyle gelir veya bana çiçek almış. Aşkım çiçeğe verdiğin o parayla kasabı fethederiz. Osman fakirliği kabullenemedi yani. Ben de bir yere kadar dayanabildim.

Ella'da piyanistliğe nasıl başladı? Öldüğü sırada orada çalışıyormuş.

Eski bir tanıdığına rastlamış bir gün. Adam Ella'nın sahibiymiş, piyanist arıyorum, gel benim kulüpte çal demiş. Önce mırın kırın etmiş tabii, etmese olmaz, bir de anlatıyor, ağır sattım kendimi diye. Akşam tezgâhı topladım eve geldim. Baktım yüzünde güller açıyor. Caz kulübünde piyanistliğe başlıyorum Pakize dedi. Hayırlı olsun, çok sevindim dedim. Sarılıp öpmeye kalktı. İş buldu ya, tekrar sevgili olacağız sanıyor. Yok öyle bir şey. Bitti. Bende de bitti mi biter yani, öldür allah döndüremezsin. Dedim ne güzel, bak bu sefer işinin kıymetini bil, paranı kazan, evini tut, git. Bir ağlamaya başladı. Ama nasıl.. hıçkıra hıçkıra.. içim parçalandı. Allah hakikaten insanı gördüğünden geri bırakmasın. Bana göre hava hoş.. benim çocukluğum Sivas'ta köyde geçti. Ayağıma ilk pabucu yedi yaşında giydim. On bir yaşıma kadar şehir görmedim. Göçtük İstanbul'a.. babama direne direne konservatuvara girdim.

Babanız istememiş miydi konservatuvara gitmenizi?
İstemedi. Ama çok direttim.. evden kaçarım dedim.

Çocukluğunuzdan beri müzikle ilgili miydiniz?
İlgiliydim. Babam halk ozanıydı benim, halk müziğiyle büyüdüm. Semahlar, deyişler, mersiyeler.. Neşet Ertaş, Nesimi, Âşık Mahzuni. Bunların sesi eksik olmazdı bizim evde. Ama benim gönlüm Türk sanat müziğindeydi. Muazzez Abacı'ya çok hayrandım. İlle konservatuvara gideceğim. Babam olmaz dedi, çok istiyorsan aha bağlama, evde çal. Ama annem arkamda durdu, gidecek dedi, çata çat kavga etti babamla. Öyle girdim. Ha ne oldu girdim de? Bırak Muazzez Abacı olmayı radyoda koro sanatçısı olabildim mi? Hayır. Ama gene de istediğimi yaptım, en azından denedim. İyi kötü bir şarkıcılık hayatım oldu. Çok iyi yerlerde de çıkmışlığım var benim, Unkapanı'nda plak yapacak raddeye gelmişliğim bile var ama talihim yaver gitmedi, ne yapayım? Kabullendim ben talihimi. Her sene bin kişi mezun oluyor konservatuvarlardan ama on senede bir Muazzez Abacı ya çıkıyor ya çıkmıyor. Bunu kabul edeceksin. Şöhretin yüzde onu yetenek, yüzde doksanı şans. Benim yeteneğim vardı ama şansım yoktu. Gene de bir yerlere gelebilirdim aslında. Gelemediysem hata bende. Kararlı olacaksın, kafaya koyacaksın. Ben yapmadım. Hep günü kurtarmaya çalıştım. Özgen'le evlenince öyle oldu aslında, fazla öne çıkmayayım, adam kendini kötü hissetmesin diyordum. Çok teklif geliyordu çünkü, sahne teklifleri, çok iyi yerlerden.. ama Özgen'i istemiyorlar. E kocana sen evde otur, ben şurda çıkıyorum diyemezsin. Bir taraftan da geçim derdi bitmiyor.. çalışacaksın ki ocak tütsün. Eşime tabi olmakla hata yaptım. Bugün olsa asla yapmam. Aşkından ölüp bitsem de yolumdan taviz vermem ama yapamadım o zamanlar. Osman'ın durumu başkaydı ama.

Profesör çocuğuydu o, hayat mücadelesi nedir öğrenemeden gelmiş elli yaşına. Şimdi gidecek bir yeri yok. Nereye gideyim, sensiz nasıl yaşayayım diye hüngür hüngür ağlıyor. Çok acıdım. Kimsesi yoktu Osman'ın. Gidemeyişi biraz da ondandı. Sırf para değildi yani. Ella'dan aldığı yevmiyeyle iyi kötü başını sokacak bir yer bulurdu ama benden kopmak istemiyordu. Ben de olmasam hayatta yapayalnız kalacak. Ben de git diye tutturmadım artık. Öldüğü güne kadar ev arkadaşı gibi yaşadık.

Kira ödüyor muydu size? Maddi olarak nasıl yapıyordunuz?

Yevmiyesini olduğu gibi bana getiriyordu. Sigara, içki, yol parası.. o kadarını alıyordu. Bana pek bir şey kaldığı yoktu aslında, çok az yevmiye veriyorlardı. Gönül isterdi tabii hiç vermesin, hepsini kendine harcasın.. ama ne yapayım? Sonuçta bu faturalar ödenecek.

Bir kardeşi varmış, Teoman.. onunla görüşmüyor muydu?

Görüşmüyordu. Pek bahsetmezdi zaten. Sevmiyordu kardeşini. Cenazesinde gördüğümde hak verdim. Suratında meymenet yok. Osman çok saf bir adamdı, çok iyi niyetliydi ama kardeşinin belliydi ne mal olduğu.

Nasıldı hali? Abisini kaybettiği için üzgün müydü?

Valla üzgünden çok sinirli gibi geldi bana. Öldü gitti cenazesi başıma kaldı mı diyordu içinden artık.. bilmiyorum. Telaş telaş gömdü Osman'ı.

Osman'la ilişkinizi sordu mu? Ne zamandır birlikteydiniz falan.

Sormadı. Hiçbir şey sormadı. Şu cenaze bitse de gitsek derdindeydi. Yanındaki adamla konuştuk daha çok. Avukat olan. İyi bir adamdı o. Çok da üzülmüştü. Şimdi bunlar iki kardeş vaktiyle çok varlıklılarmış. Babalarından çok mal mülk kalmış ama Osman ben hesaptan kitaptan anlamam diye malların idaresini kardeşine bırakmış. O da çökmüş hepsine, zilzibil bırakmış bunu. Osman dümeni uzun zaman anlamamış. Kardeş sonuçta, insan kondurmak ister mi? Ama asıl kıyamet Osman'ın karısı yüzünden kopmuş. Kardeşi mahvetmiş Osman'ın karısını. Şu olay yüzünden.. emniyet müdürüyle.. biliyor musunuz o olayı?

Biliyorum. O olayın kardeşiyle ilgisi neymiş? Nasıl mahvetmiş karısını?
Valla Osman'ın anlattığına göre her şey kardeşinin başının altından çıkmış.

Öyle mi? Nasıl olmuş?
Bir kızla nişanlıymış bu.. Teoman. Emniyet müdürü de kızın amcası mı dayısı mı.. Adam Osman'ın karısına göz koymuş. Bir gece Osman turnedeyken bu emniyet müdürü Osmanların evine geliyor. Karısıyla zorla birlikte oluyor. Teoman da bir şekilde videoya çekiyor.

Adam tecavüz mü ediyor yani kadına?
Valla Osman öyle anlattı.. karısı öyle demiş.

Teoman videoya niye çekmiş peki? Osman'a kötülük olsun diye mi?
Paraya ihtiyacı varmış. Osman kardeşim emniyet müdürüne şantaj yapacaktı diye anlatmıştı. Ama video bir şekilde basının eline geçmiş. Olan olmuş tabii.. yıkılmış ortalık. Osman kaçmış, karısı ortadan kaybolmuş, kardeşinin de hayatı bitmiş. Öyle demişti. Ben bittim ama Teoman da kendini bitirdi demişti.

Sizce doğru mu bu hikâye?
Valla ben de çok düşündüm aslında bunu. Pek aklıma yatmamıştı. Yani basının eline nasıl geçti o kaset? Osman kendine göre anlatıyordu bence.

Sizce aslı neydi?
Bence Osman'ın karısıyla müdürün zaten ilişkisi vardı. Müdür karısını boşamayı kabul etmedi. Kadının da beyni döndü.. ben de senin hayatını kaydırayım da gör dedi.. kendi saldı basına. Bence öyle oldu. Hep olan şeyler bunlar.. hep duyuyoruz. Bir kadın intikam almak istiyorsa dünyayı yakar. Kendi de yanarmış.. umurunda bile olmaz.

Sizce olayın Teoman'la bir alakası yok yani..
Bence yok. Teoman niye yapsın ki böyle bir şeyi? Nişanlısının akrabasının kendi yengesiyle ilişkisini ortaya çıkarırsa nişanlısı iyi yaptın der mi? Ânında bozar nişanı. Bozmuş da zaten.

Osman niye bu şekilde anlattı sizce?
Nasıl anlatsın? Karım beni boynuzluyordu mu desin?

Siz olayı nasıl öğrendiniz? Osman mı anlattı?
Yok o anlatmadı. Bir gün bir gazeteci geldi eve.. Osman'ın izini nasıl bulmuşsa artık. Şu tarihte şöyle bir olay olmuştu, o zaman konuşmamıştınız, şimdi konuşalım dedi. Osman çok sinirlendi, konuşacak bir şey yok dedi, çıktı gitti. Gazeteci bana siz anlatın diyor.. ben bilmiyorum ki.. ne anlatayım? Evli olduğunu da o zaman öğrendim. Asıl şok o oldu benim için.

Hâlâ evli miydi o sırada? Sizinle nasıl evlenmeye kalktı peki?
Kadın boşanma davası açmış ama bana söylememiş. Sonra boşandılar. O olaydan sonra tutturdu evlenelim diye.

Kadın ölmüş değildi yani.
Niye ölsün ki?

Kadının izini bulamıyorum da.. öldürülmüş olabilir diyenler oldu.

Valla sonradan başına bir şey geldiyse bilmem.. ama o zaman hayattaydı.

Osman mahkemede karısını görmüş mü?
Görmemiş.. avukatlar aracılığıyla boşandılar zaten.

Gazeteci ne zaman geldi, hatırlıyor musunuz?
Valla Osman bana taşındıktan altı-yedi ay sonraydı. Ekim kasım.. öyle bir zaman.

Evli olduğunu söylemediği için kızmadınız mı Osman'a?
Kızmaz olur muyum? Kıyameti kopardım. Ama zaten mutlu değillermiş, o olay olmasaydı da ayrılacaklarmış. Biraz da o yüzden kuşkulandım aslında kadının o müdürle ilişkisi olduğundan.

Neden?
Osman çok acı konuşuyordu çünkü. Nasıl anlatsam, ağzı başka söylüyor içi başka gibiydi. Boynuzlandığını biliyordu yani.. hissetmiştim de yüzlemedim artık. Doğruyu söyle, karın seni boynuzluyor muydu denir mi adama?

Olaydan sonra ne yaptığını anlattı mı?
Kaçmış işte.. emniyet müdürü bunu yanına bırakmaz diye korkmuş.

Nereye kaçmış?
Önce Bodrum'a gitmiş sonra Marmaris'e mi bir yere geçmiş. İkide bir yer değiştirmiş. Çok zor günler yaşamış. Parasızlık bir yandan.. bulurlar öldürürler korkusu bir yandan. Üç-dört ay oradan oraya dolaşmış.. sonunda da ne olacaksa olsun demiş dönmüş. Bir şey de olmamış. Olay unutulmuş gitmiş o arada.

Olay 2008'in sonunda olmuş, siz 2012'nin son günü tanışmışsınız. Osman o arada nasıl geçinmiş?
O olay olduğu sırada mağaza açıyorlarmış kardeşiyle,

müzik üstüne. İstanbul'a dönünce mağazayı devretmişler. Biraz para geçmiş eline. Bitene kadar idare etmiş.. barlarda filan çıkmış. Bir ara bir şirkete girmiş, dört-beş ay orada çalışmış.

Mühendis olarak mı?
Mühendis mi? Ne mühendisi..

Jeoloji mühendisiymiş ya..
Osman mühendis miymiş?

Bilmiyor muydunuz? Size söylemedi mi?
Hayır.. şimdi sizden duyuyorum. Bak çok ağırıma gitti şimdi ya.. mühendis olduğunu niye söylemedi ki bana?

Mesleğini hiç yapmamış zaten. Belki ondandır.
Ne olursa olsun. Beş sene birlikte yaşadık biz bu adamla.. birbirimize hayat arkadaşı dedik. Söylemesi gerekirdi.

Belki mühendis olarak iş bulmasını istersiniz diye çekinmiştir.
Olabilir.. ama söyleseydi hoşuma giderdi yani.. mühendis.

Girdiği şirkette ne iş yapıyormuş?
Anadolu'ya müzik aletleri satıyorlarmış ama becerememiş. Şehir şehir gezip bir şey satmak bana göre değildi dedi. Çok da bir şey anlatmıyordu, o günleri konuşmak istemiyordu. Ben de sormadım. Olmuş bitmiş artık, nesini sorayım? Hâlâ âşıktım ayrıca.. sorup üzmek istemiyordum. Aşk yüzünden çok çektim ben ya.. valla.. hep yanlış adamlara âşık oldum. Özgen benden on dört yaş büyüktü mesela. Büyük olması mesele değildi ama alkolikti. Bile bile lades yani.

Osman'ın içkiyle arası nasıldı?
İçerdi.. ama Özgen gibi alkolik değildi. Özgen'in eli ayağı titrerdi içmediği zaman.

Otelde kaldığına göre eşyası yoktu.. var mıydı?
Yoktu. Çekçekli bir bavulu vardı sadece.

Giysileri mi vardı bavulunda?
Giysileri.. eski resimler..

Nasıl resimler?
Aile fotoğrafları. Annesi, babası, kardeşi.. çok değildi zaten. Üç-beş tane bir şey.

Şebnem'in fotoğrafı yok muydu hiç? Karısının..
Yoktu. Bir tane bile yoktu.

Defterleri var mıydı?
Vardı.. üç-dört tane de defter vardı.

Okudunuz mu defterlerini?
Okuyamadım. Bir gün tam okuyacaktım eve geldi.. geldiğini duyunca apar topar kaldırdım. Kaldı öyle. Ama anladı galiba karıştırdığımı.. defterler kayboldu ortadan.

Nasıl kayboldu?
Aldı götürdü.

Nereye götürdü?
Bilmiyorum, sormadım. Nasıl sorayım? Senin özel eşyanı karıştırıyordum mu diyeyim? Ama hep bir defter olurdu elinde. Ben yokken bir şeyler yazar.. ben gelince kapatır.. kaldırır.

Sizce defterleri sahafa nasıl gelmiş olabilir?
Hiç bilmiyorum. Nereye götürüp sakladıysa artık.. birileri buldu sahafa sattı demek ki.

Öldüğünü nasıl haber aldınız?
Ella'nın sahibi haber verdi. Cumartesi gecesi ölmüş.. adam pazartesi günü beni aradı.

Neden o kadar geç?
Numaram yokmuş kendisinde..

O gece niye eve gelmedi diye merak etmediniz mi?
Evde değildim ki. Gelinimin bir akrabası evleniyordu, oğlumla Antalya'ya düğüne gideceklerdi. Çorlu'ya torunlarıma bakmaya gitmiştim.

Gelininiz mi? Çocuğunuz mu var?
Bir oğlum var.. otuz iki yaşında.

Ne iş yapıyor?
Ağaçsan'da muhasebede çalışıyor.. Çorlu'da. İki de torunum var..

Allah bağışlasın. Özgen'den mi oğlunuz?
Değil. Özgen'den önce bir evlilik yapmıştım. Caner beş yaşındayken boşandık.

O da müzisyen miydi?
Yok, tekstilciydi o. Bahçekapı'da kadın giyim üzerine dükkânı vardı.

Neden boşandınız?
Şiddet vardı. Bir kadınla da ilişkisi çıktı. Dedim buraya kadar. Aldım oğlumu çıktım.

Zor oldu mu?
Çok zor oldu. Hayatım boyunca uğraştım didindim yani. Erkeklerden yana yüzüm gülmedi.

Özgen'le mi büyüttünüz oğlunuzu?
Evet. Şimdi allahı var, Caner'e çok iyi bir baba oldu Özgen.. yattığı yer nur olsun o bakımdan.

Osman'la tanışıyordu tabii oğlunuz.
Tabii. Caner'le araları çok iyiydi. Torunlarımı da çok severdi. Gerçi sık görüşemiyorduk.. onlar Çorlu'da, biz burada. Bayramda seyranda ancak.

Osman'ın ölümünü haber aldığınız sırada Çorlu'da mıydınız?

Dönmüştüm. Canerler pazar günü geldiler. Ben de pazartesi İstanbul'a döndüm. Daha eve girdim, cebim çaldı. Açtım, bir adam, ben Osman'ın patronuyum dedi. Hemen anladım bir şey olduğunu.. Osman'ın patronu beni niye arasın? Ayrılmış olsak da içim cız etti. Osman'a mı bir şey oldu dedim. Kaybettik dedi. Bir kardeşi vardı, haber verir misiniz, cenazesi kaldırılacak dedi. Kardeşini bilmiyorum ki.. adını biliyorum sadece. Bilinmeyen numaralardan bir yeri buldum, orası bir numara verdi falan. Kırk yeri aradım belki. Sonunda buldum, haber verdim.

Kardeşi ölüm haberini nasıl karşıladı?
Bir sessizlik oldu, hat kesildi sandım hatta.. alo alo.. buradayım. Dedim biz Osman'la aynı evde oturuyorduk ama evli değiliz. Cenazesine sahip çıkarsanız iyi olur, benim kaldıracak durumum yok. Tamam dedi, kapattı. Sonra cenazede tanıştık.. yani tanışmak denirse.

Cenazede birkaç kere böyle olacağını bilseydim demişsiniz. Akrabası Coşkun bey öyle söyledi. Ne demek istemiştiniz?
Öyle mi demişim? Hiç farkında değilim. Bilseydim doğru dürüst veda ederdim demek istemişimdir herhalde ya da Çorlu'ya gitmezdim.. ne bileyim? Gömülürken çok ağladım. Eve döndüm, baktım eşyaları duruyor. Eşofmanları.. gömleği.. Onları görünce bir daha ağladım.

Defteri?
Son defteri yastığının altındaydı.

Okudunuz mu?
Başını biraz okudum, çok fena oldum bıraktım. Zaten elyazısı okunmuyor. Bir cümleyi sökene kadar akla karayı seçtim.

Neler yazmış?
Yazmış işte.. acı acı şeyler. Ölümden bahsediyor hep. Vereyim kendiniz okuyun.

Verir misiniz?
Veririm tabii. Kardeşine verecektim aslında, cenazeye giderken yanıma almıştım ama baktım nursuzun teki.. çöpe atar diye vermedim. Siz alın.. siz kıymet bilirsiniz. Resimleri de vereyim hatta.

Çok sevinirim.
Osman ölünce ferahladım aslında biliyor musunuz? Ama kendim için değil, Osman için. Onun adına ferahladım. Yaşamak yük haline gelmişti çünkü Osman'a. Yaşayan ölü gibiydi. Ben de çok çile çektim hayatta.. ne zorluklar yaşadım ama yaşamayı seviyorum ben. Bir sürü ameliyat oldum. Hepsine de ya çıkamazsam diye korkudan öle öle girdim. Narkozdan uyandığımda içim sevinçle doldu hep, allahıma çok şükür yaşıyorum diye. Ama Osman öyle değildi. Yaşamaya gücü kalmamış gibiydi. Bir işe gidişi vardı mesela.. sanırsın ölüme gidiyor.. hele son zamanlarda. Evden çıkmadan önce acı acı yüzüme bakardı, bir daha görüşmeyecekmişiz gibi. Öleceği içine mi doğmuştu nedir..

Sizce intihar etmiş olabilir mi? Bilerek kamyonun üstüne yürüdü diyenler var.
Ne olur söylemeyin öyle. Öyle dediler ama yapmamıştır. Yapmamıştır değil mi? Kaza oldu.

Osman'ın son defteri

(tarihsiz)

Bugün bir haber okudum internette. Japonya'da yalnız ölüm temizlikçileri diye bir meslek çıkmış. Tek başına ölen, kimsesiz insanların evlerini temizliyorlarmış. KODOKUŞİ deniyormuş buna. Kodoku: YALNIZ. Şi: ÖLÜM. Japonya'da nüfus giderek yaşlandığı için yalnız ölenlerin sayısı da hızla artıyormuş. Geçen yıl 28 bin kişi yalnız ölmüş. Her gün 76 kişi, her saat üç kişi. Eğer sayı artmadıysa bu sabah kalktığımdan beri Japonya'da 12 kişi yalnız öldü. Hangi 12 kişiydi acaba bunlar? Ne iş yaptılar, neler yaşadılar, bir zamanlar mutlu muydular, tek başlarına nasıl geçiriyorlardı günlerini, son gördükleri insan kimdi? Yaşamlarının neresinde, nasıl bir yanlış yaptılar da yalnız ölüme mahkûm oldular? Üzücü olan bu insanların yalnız ölmeleri mi, yoksa yalnız yaşamaları mı? Sanırım ben de onlardan biri olacağım. Ama benim durumuma kodokuşi demeyecekler, Türkçede öyle bir sözcük yok çünkü. Osman diye biri vardı, öldü gitti, zaten gereksizin tekiydi diyecekler. Öyle perişan halde oluyormuş ki bu ölüler, bedenlerinin yattıkları yatakla bütünleştiği, çarşafın ölünün bedeninden sökülemediği bile oluyormuş. Evleri de korkunç haldeymiş, pislikten adım atılamıyormuş. Bu kişiler sosyal sorun haline gelmiş Japonya'da, halk sağlığı için tehlike arz ediyorlarmış. HALK SAĞLIĞI. Yalnız ölüyorsan halkın bir parçası olmaktan çıkıyorsun, TEHLİKE arz eder hale geliyorsun, ölün bile halktan dışlanıyor, fare gibi, haşarat gibi bir şeysin artık, bir zamanlar kanlı canlı bir insanken sosyal soruna dönüşüyorsun, sonunda yakılarak sorun olmaktan çıkıyorsun. Yakılınca varlık olmaktan da çıkıyorsun, kül oluyorsun, üflüyorlar, doğaya dönüyorsun, geldiğin yere. Keşke ben de ölünce kül olsam. Bu ölülerin evlerinin temizlenmesi işini başta gönüllüler yapıyormuş, insana saygılarından. Japon milleti işte, saygı onlarda her şey, harakiri, kamikaze, samuraylar boşuna onlardan çıkmamış. Bu saygılı ve iyi insanlar temizlikten sonra küçük bir de ayin yapıyorlarmış, ölünün ruhu için tütsü falan yakıyorlarmış, sonra saygıyla kapıyı çekip gidiyorlarmış. Ama o kadar çok artmış ki bu yalnız ölenler, gönüllüler yetişemez olunca kodokuşi şirketleri kurulmaya başlamış, böylece mesleğe dönüşmüş bu iş. İnsanın ölüsü halk sağlığını tehdit eder hale gelince her şey olan saygı bile bir yere kadar oluyor demek ki ya da kapitalizm sosyal krizi fırsata çeviriyor. Ölüm eşittir fırsat. Dünyanın düzeni. Bu şirketlere ödemeyi kim yapıyor acaba? Herhalde devlet yapıyordur. Almanya'da belediye yapıyormuş. Almanlar Japonlardan önce bulmuşlar bunun yolunu ama adını koyan Japonlar olmuş anlaşılan. Berlin'deki bitpazarlarından birini gezerken öğrenmiştim, kötü kötü eşyalar karton kutuların içinde, yerlerde duruyordu. Rasgele bir tuzluğu elime aldım, salladım, içinde tuz vardı. Ürperdim. En son neye ekildi bu tuz, yapayalnız bir kahvaltıdaki yumurtaya mı? Bu tuzluğun sahibi genç olamaz diye düşündüm. Gençlerin kimsesi olur, en azından arkadaşları olur. Hüzünle tuzluğa bakarken, alacak mısın abi dedi bir ses. Baktım, satıcı Türk. Satıcıların büyük çoğunluğu Türk'müş zaten bu pazarlarda. Ölü artığı toplayıcıları. Almanya'nın ölülerinin artıklarını Türkler topluyor. Nasıl anladın Türk olduğumu dedim çocuğa. Bir bakışta anlıyoruz artık abi dedi, Türkiye'den gelen Türkler Türk değillermiş gibi yapıyorlar ya, çok gülüyoruz. Ben de öyle mi yaptım dedim. Hayır sen yapmadın dedi. Yapmışımdır dedim, yapmasam nasıl anladın diye niye sorayım? Herkes bir şey değilmiş ya da bir şeymiş gibi yapmıyor mu zaten? Ben yaşamım boyunca MÜZİSYENMİŞİM gibi yaptım örneğin. Neydim acaba, ne denirdi bana? O çocuk anlatmıştı, belediye kimsesiz ölenlerin evlerini temizlemeleri karşılığında ölünün evindeki eşyayı veriyormuş bunlara, değerli olanları devlet hazinesinde korumaya aldıktan sonra tabii. Yine de gizli köşelere saklanmış ilginç şeyler çıkıyormuş. En çok da para çıkıyormuş. Bu yalnız yaşlılar akıllarınca çok gizli yerlere saklıyorlarmış paralarını, konserve kutularına, buzdolaplarına, döşeme altlarına, rezervuarlara. İlk iş tabloların arkasına bakarım dedi çocuk, tabloların arkasındaki kâğıtlara bıçak atarım, on evden birinde elli-yüz oyro çıkar mutlaka, bazen de ayıp fotoğraflar, aşk mektupları falan çıkar. Sırlar çıkar yani dedim, acılar. Bir keresinde bir arkadaşının temizlediği bir evden bir tablo çıkmış, el kadar bir şeymiş, küçücük, aylarca durmuş tezgâhta, yirmi avroya bile alan olmamış. Bir gün kıl tipli bir adam tezgâhın önünden geçerken zınk diye durmuş, kaça bu demiş. Arkadaşı adamın ilgisinden hemen anlamış tablonun değerli olduğunu. Satılık değil demiş ama adam üstelemiş. Yüz, beş yüz, bin avroya kadar çıkmış. Satmamış arkadaşı, bir uzman bulmuş, ona göstermiş. Uzman çok ilgilenmiş, birilerine götürmüş bunu. Hollandalı ünlü bir ressamın kayıp tablosuymuş meğer, açıkartırmada 150 bin avroya satılmış. Uzman Türk olsaydı en fazla on bin oyroya kapatırdı dedi çocuk, ama Alman salağı işte, ille dürüst olacak. Kötü bir şey mi dedim dürüstlük? Bu olayda enayilik dedi. Tam Teo'nun zihniyeti. Ben bir türlü edinemedim şu zihniyeti. Gün için Yonca'ya yaptırdığım resmi anımsadım o gün, ne oldu acaba o resim? Gün öldükten sonra Kubi ne yaptı kim bilir. Benim içim yana yana sattığım tablolarım koruma altındadır ama, Ziya Abi değerini bilirdi çünkü. Bir zamanlar varlığımın, özgüvenimin, yaşama sevincimin simgesi olan o tablolarımın şimdi geleceğe geniş geniş bakan, doygun, mutlu insanların koleksiyonlarını süslüyor olması yüksek olasılık. Ölünün arkasında bıraktığı eşya ne garip şey. Teo'yla kalem kalem değer biçmiştik babamdan kalanlara, kravatlarından donlarına kadar. Hüzünlenirim sanmıştım ama hiç de öyle olmadı. Teo tek tek liste yapmak için ısrar etmişti, birbirimize hak geçmesinmiş. İsmail Dedemin elleriyle yaptığı iki çift ayakkabı sorun oldu, ben onların da satılmasını istedim, Teo kendine almak istedi, bana üç kuruş teklif etti, kabul etmedim. Sonunda bedelinde anlaşamadığımız pek çok eşya gibi onlara da fiyat biçtirdik, Ziya Abi'ye. Teo aldı, kim bilir ne yaptı, hâlâ evinde duruyordur, bir evi varsa tabii, belki de zorda kalıp birine okutmuştur. Babamdan kalan eşyayı hakça paylaştığımız kanısındayım, Teo o konuda beni kazıklayamadı. Onunla hakça paylaştığımız tek şey ölü babamızın arkasında bıraktığı eşya oldu zaten, bir de felaketimiz. Aslında felaketimizi hakça paylaştığımız doğru değil, çoğu benim payıma düştü, her şeyimi yitirdim, aşkımı, onurumu, kendime saygımı. Çocukken babamın apartmanında, giriş katta oturan yaşlı bir kadın ölmüştü. Çocukları o eski püskü, boktan eşya yüzünden birbirlerine girdiler. Çok kötü yürekli bir kadındı, hiç yoktan kavga çıkarabildiği için Deli Hacer derlerdi. Çok yaşlıydı, seksenin üstündeydi ve ağzı inanılmaz bozuktu.

Deli Hacer'in üst katına yeni evli bir çift taşınmıştı. Annem kadından yeni gelin diye söz ediyordu, çok küçüktüm, daha ilkokula bile gitmiyordum, kadının adının "yenigelin" olduğunu sanıyordum. Bir gün annem Banu deyince çok şaşırdım. Niye Banu diyorsun anne, onun adı yenigelin. Annem çok güldü, yıllarca önüne gelene anlattı bunu. Utanıyordum baştan, sonra ben de eğlenir oldum. Kocasını anımsamıyorum ama kadını hiç unutmadım. İlk âşık olduğum kadındı yeni gelin. O kadar hayrandım ki ona, ne zaman görsem soluğum kesilirdi, gözlerimi alamazdım, annemden daha güzel bulduğum için de kendimi çok suçlu hissederdim. Bir gün apartmanda kıyamet koptu. Bağırış çağırış, yıkılıyor ortalık. Herkes merdivenlere çıktı. O gün yeni gelin çarşaflarını yıkamış, arkadaki balkona asmış. Deli Hacer'in mutfak penceresinin önüne kadar sarkmış çarşaflar. Hacer biber dolması yapıyormuş, sarkan çarşaflar yüzünden mutfağı karanlık oldu diye sinirlenmiş, yağlı salçalı ellerini yeni gelinin bembeyaz çarşaflarına silmiş. Yeni gelin apartman sahanlığında hem hüngür hüngür ağlıyor, hem de niye yaptınız bunu Hacer Hanım, madem rahatsız oldunuz, uyarsaydınız, toplardım diye kibar kibar konuşuyordu. Hacer delisi ise elinde gırgırın sapı, hem merdiven korkuluklarına güm güm vuruyor hem bir şeyler söylüyordu ama takma dişlerini takmadığı için ne dediği anlaşılmıyordu. Masal cadısı kadar korkunçtu ve herkesi başına topladığı için çok mutluydu. Yaptığı kötülükten büyük zevk aldığını yüzünden okumuştum, çok şaşırmıştım, çok da korkmuştum. Kötülüğün insanın doğasında olabileceğini ilk hissedişimdi. Küçük olduğum halde günlerce bunun üstüne düşündüğümü, Deli Hacer kadar kötü kimleri tanıyor olabileceğimi kendime sorduğumu iyi anımsıyorum. İlk aklıma gelen Talat Amca olmuştu, onun o düşük beyaz bıyıkları ve her şeye bir kulp takan kıskanç hali. Sonrasında irili ufaklı pek çok kötülükle karşılaştım, kimi insanların kötü ruhlu olduklarını kabul etmekte çok zorlandım. Kötülüğün tanımı konusunda kafam çok karışık. Babamın kötü bir insan olup olmadığı hâlâ bir bilinmez benim için. Necmi Bey kibrin yapılaşmış haliydi ama kötülük kibri de içerir mi, ayrı mı tutulmalıdır, bilemiyorum. Kıskançlık, kibir gibi bazı kişilik özellikleri kötüdür tamam da, bir insana kötü denilmesi için kişi kaç kötü özelliği barındırmalıdır? Ölçüt bir başkasına zarar vermekse Şebnem kötü müydü? Beni mahvetti. Belki de ben onu mahvettim. Ben kötü müyüm? Kötü müyüz? Kardeşimin kötü yürekli bir insan olduğunu kabul ettim artık. Teo kötü ruhlu bir yılan. Ama Teo için kötü dileklerde bulunamadığıma göre, kardeşimi hâlâ az da olsa seviyorum demektir. Teo'yu niye sevdiğimi bilmiyorum. Hâlâ ara sıra onu anımsayıp umarım iyidir diye düşünmem bir tür mazoşizm mi? Bir gün ölmüş bu Deli Hacer. Anlamadık. Apartmanda, hayret bugünlerde hiç sesi çıkmıyor diye konuşuluyordu. Derken ortalıkta kötü bir koku başladı, Hacer'in evinden geliyordu. Yönetici çocuklarını aradı. Gelmedi çocukları. Birkaç gün geçti, koku artık dayanılmaz oldu. Polise haber verdiler. Kapı açılınca gördük ki ölüsü kurtlanmış, bütün evi sarmış. Çocukları birkaç gün sonra geldiler, üç kardeş kurtlanmış evde eşya kavgası yaptılar. En paylaşamadıkları şey de kristal çakması boktan bir avizeydi, o zamanlar hemen her evde bulunan türden. Benim ölümümden sonra bulunacak ve bulanı sevindirecek hiçbir şeyim yok. Yıllarımı dolduran onca eşyadan geriye üç-beş parça giysim ve zavallı bir bavulum kaldı yalnızca, onları da öldüğümde Pakize birilerine verir herhalde, hâlâ onunla oturuyor olursam tabii. Defterlerim de çürüyüp gidecek. Ülgen Apartmanı'nın çatı arasındaki zulamda bulunacağını sanmam. Kimse bilmezdi orayı, lisedeyken sigara paketimi saklayacak bir yer ararken keşfetmiştim. Havagazı borusuna basar yükselirdim, yakalarsa canıma okur diye Necmi Bey'i kollardım önce, tavandaki kapağı hafifçe ittirirdim, elimin erdiği boşluğa paketimi bırakırdım. Teo çok sıkıştırırdı, sigaranı nereye saklıyorsun söyle diye. Nurettin'in zamanında mum gibi olan apartman kim kime dumduma olmuş. Girip çıkıyorum, kimsin sen diyen yok. Yerine gelen kapıcı tam bir salak ya da salak görünmek işine geliyor. Aslında Ülgen Apartmanı'na gitmek istemiyorum, anılarım depreşiyor, babama karşın kendi dünyamda mutlu olabildiğim çocukluğumu, Çağatay ve Gazi'yle geçen kaygısız günlerimizi anımsamak içimi yakıyor. Necmi Bey geriye bakma, hep ileriye bak derdi, hâlâ aklımdadır bu sözü. Ama ileride görülecek bir şey yok. Bakarken gülümseyebildiğim tek yer bir gün kadar kısa süren gençliğim. Önünde sonunda defterlerimi bir bulan çıkacak. Ülgen Apartmanı sonsuza kadar ayakta kalacak değil, yakında o da kentsel dönüşümden nasibini alır. Bulan kişi belki biraz okur, okuyabilirse. Elyazım güzeldir ama sökmek zordur, Şebnem bile okuyamazdı, okunaklı olmasından çok güzel görünmesine özenirdim çünkü. Okunsun ya da okunmasın, sonunda çöpe atılacak defterlerim. Onca sözcük, onca anı, onca duygu, düşünce iğrenç çöp suyuyla ıslanacak, eriyip gidecek, tıpkı ilk defterlerim gibi. Ne çok defterim vardı. Fazla olmasından yakınacak kadar çok şeyim vardı bir zamanlar. Duygularım, düşüncelerim, akustik, elektronik, basgitarlarım, Pioneer ses sistemlerim ve hoparlörlerim, neşem, kahkahalarım, Audemars Piguet saatim, Leica ve Nikon fotoğraf makinelerim, Tumi Alpha bavullarım, özgüvenim, yakışıklılığım, Şebnem'le benim az kullandığımız Wilson tenis raketlerimiz, kış tatillerine götürdüğümüz ve çoğu zaman kullanmadan geri getirdiğimiz Lacroix kayak takımlarımız, paha biçilmez longplay koleksiyonum, taşınır Dual pikabım, Bang&Olufsen müzik setim, ilkgençliğimden kalma walkman'im, ilk portatif CD çalarım, CD'lerim, DVD'lerim, VHS'lerim, DVD ve VHS oynatıcılarım, pek içmesem de purolarım ve makasıyla birlikte nem ölçerli, karbon desenli puro kutum, puro çakmağım, puro küllüğüm, önemsizlerin yanında, babamdan kalan ve Teo'nun bedeli karşılığında seve seve bana bıraktığı, biri Afgan öbürü Kazak iki halım, saygınlığım, sevilmişliğim, önemsenmişliğim, kristal karaflarımız, gümüş çatal bıçaklarımız, sedefli peçete halkalarımız, yıllanmış içkilerim, yurtdışından aldığım İngilizce müzik, sinema ve sanat kitaplarım, öteki kitaplarım, yeteneğim, bestelerim, nota kâğıtlarım, pahalı güneş gözlüklerim, çok pahalı arabalarım, umutlarım, beklentilerim, düşlerim, geleceğim, Şebnem'in ilk zamanlar çok yakındığı, sonra sonra umursamaz olduğu gamsızlığım, kaygısızlığım, rahatlığım, Şebnem'in bende en çok sevdiği şey olan coşkum ve heyecanlarım, şarkı sözlerim, kısa öykülerim, şiir denemelerim, pahalı mürekkepleriyle birlikte çok pahalı dolmakalemlerim, sayısız defterim, sayısız giysim, pek çok mobilyam ve buzun üstünde kayarcasına yaşadığım hafif yaşamımın birer birer yok olan bütün incelikleri. Bunların hepsi gitti. Damağımda bıraktığı duyguların izleri ve dilimde markalarının adları kaldı yalnızca, bugün acı bir gülümsemeyle telaffuz etmekten hoşlandığım. Gerçek yaşamım zamanın çok gerisinde bir yerde kaldı, o kadar geride ki, sanki hiçbir anı yaşanmış değil. Bugün iyi yürekli Pakize'nin Abbasağa'nın kirli bir sokağında bulunan, nohut oda bakla sofa evinde yaşayan ben değilim. Bu, her gün uyanıp eflatun rengi duvarlara bakarak yaşamım nasıl bu hale geldi diye soran başka bir Osman. Arada bir Ziya Abi'nin düzenlediği açıkartırmaların birinden aldığım fosilli Baltık kehribarı kol düğmelerim aklıma geliyor. Artırma kataloğunda Ekim Devrimi'nden kaçıp

İstanbul'a gelen, Beyaz Ordu üyesi bir Rus subaya ait olduğu tahmin edilen bu kol düğmelerinin saplarında Kiril harfleriyle O. Koznişev adının kazılı olduğu yazıyordu. Okuduğumda çok etkilenmiştim. İlk adı ne olabilir bu subayın diye düşünmüştüm. Oleg mi, Olya mı, Olenin mi? Öteki eşyalarına ne olmuştu? Madalyalarına örneğin ya da kılıcına, tabancasına, usturasına, yüzüğüne. Genç miydi, evli miydi, âşık mıydı O. Koznişev? Kol düğmelerinin katalogdaki resmine bakarken, nedense genç ve yakışıklı olduğundan kuşku duymadığım bu subay kişileşmiş, Tolstoy'un romanlarından çıkıp gözlerime girmişti. Çok para verip aldım o kol düğmelerini. Tanımadığım, belki de özgeçmişi tümüyle uydurulmuş bir O. Koznişev'in anısına. Böyle şeylere çok para verirdim eskiden, varlıklıyken. Açıkartırmalara bayılırdım. Bir şeyi beğendiğim anda benliğimi saran bedeli ne olursa olsun benim olmalı duygusu kumar tutkusuna benziyordu, çok coşturucuydu. En çok o kol düğmelerini yitirdiğime üzülüyorum, kol düğmesi de kullanmazdım üstelik ama avucuma alıp öyle çok bakıyordum ki bu iki parça minik şeye, O. Koznişev sanki arkadaşımmış gibi geliyordu. Hatta bir ara romanını yazmayı düşünmüştüm. Ama yaşamımdaki her şey gibi, HER ŞEY GİBİ, o da düşüncede kaldı. Bir zamanlar her şeyim vardı. Bir evim vardı her şeyden önce. Şimdi yok. Şimdi geçinmek için pazarda tişört satan Pakize'nin evinde SIĞINTIYIM. Bazen onunla tanışmamış olsaydım şimdi evsiz mi olurdum acaba diye düşünüyorum. Gün içinde sokaklarda aylak aylak gezinirken rastladığım evsizlere bakıyorum. O anda akıllarından ne geçtiğini merak ediyorum. Sıcak bir yemek mi, sıcak bir banyo mu, yoksa yitirdikleri şeylerin tümü mü? Üniversitedeyken Maçka Parkı'nın oralarda bir yerde, herkesin Celali dediği bir evsiz vardı. Adama neden Celal değil, Celali dediklerini o zamanlar merak etmemiştim, şimdi öğrenme olasılığım yok. İsyancı buluyorlardı herhalde Celali'yi. Korkunç pis bir haldeydi, saçı sakalı parça parça topaklanmıştı, yürürken iki yana sallanırdı topaklar, tırnakları uzundu, içleri simsiyahtı. Gazi'nin hayali adamı önce berbere götürüp saçını sakalını tıraş ettirmek, tırnaklarını kestirmek, sonra da hamama sokmaktı. Göbek taşında en az iki saat yatacak derdi, kirleri iyice kabaracak, tellak bir kese atacak buna, oklava oklava akıp gidecek kirler, rengi pespembe açılacak, sonra giydireceksin tertemiz, bambaşka bir adam olacak. Bambaşka olacak ama kim olacak? Eskiden kimdi? Sabahın köründe elinde bir şişe köpek öldüren, sırtında da lime lime bir yorgan olurdu Celali'nin. Yaşam bok gibi gençler diye laf atardı bize, hani siz şimdi üniversitede okuyorsunuz ya, adam olacaksınız ya, bir bok olamayacaksınız aslında, yaşam hepinizin ağzına sıçacak. Sıçtı gerçekten. Benim sıçtı. Çok hata yaptığımı biliyorum, pişmanlıklarım çok. Ama yaşamımın bok gibi olması tümüyle benim suçum değil. Şansım hiç yardımcı olmadı bana. O kadar olmadı ki, herhangi bir şeye ilişkin küçücük bir umudum bile kalmadı artık. Bir de Beşiktaş iskelesinde bir evsiz vardı, büyük, parlak, masmavi gözleri her an saldıracakmış gibi bakardı, insanlardan nefret ediyordu, haksız da sayılmazdı, iskeledeki görevliler tekmeleyerek kovarlardı zavallıyı. O da şişe, taş, çöp, eline ne geçerse fırlatırdı. Karısıyla çocuklarını trafik kazasında yitirince aklını oynatmış, o yüzden sokağa düşmüş derlerdi. Sokağa düşmek için aklını oynatmış olman gerek. Aklını oynatmamış adamın evi barkı olur çünkü. Düzen böyledir. Yaşam böyledir. Yaşamın katı, kimi kişiler için çok katı kuralları vardır. Aklını oynatmadıysan bir evinin olması şarttır. Ben henüz oynatmadım. Ama günümüzde sokağa düşmek için aklını oynatman gerekmiyor, evsiz olmak an meselesi artık. Celali için de felsefeciymiş, çok okumaktan kafayı üşütmüş diyorlardı. Okumayı kötülemek için üretilmiş argümanlardan biriydi, fazla okuma sürmenaj olursun vardı bir de biz çocukken. Şimdi kimse okumadığı için bu tür sözlere gerek kalmadı. Ben çok okudum diyemesem de okudum. Ne sürmenaj oldum ne kafayı üşüttüm. Ama yanlış okudum sanırım ya da yeterince derin okumadım ki, okuduklarımın yaşamla baş etmeme bir yararı olmadı. Yaşamın değişim hızı benim okuma hızımdan daha yüksekti. Büyüdüğümü, olgunlaştığımı sanırken çevremdeki her şeyin çürümüş, benim de çevremle birlikte çürümüş olduğumu anlamam çok zaman aldı. Böyle bir sonuç çıkarmam ne kadar doğru bilmiyorum aslında. Teo hiç okumadı örneğin, yaşamdaki değişime hep ayak uydurdu. Amaca ulaşmak için kimlerle kol kola girmek doğrudur, kimin sırtına basmak gerekir, doğuştan biliyordu. Yıllar içinde de iyice geliştirdi kendini, sırtımdaki ayak izleri hâlâ duruyor. İyi ama Teo nerede hata yaptı da sonu benimkinden pek de farklı olmadı? Hatası benim gibi bir işe yaramazın sırtına basmak mıydı? Ben çökünce o da yuvarlandı sonuçta. Belki de sandığım kadar kötü durumda değildir, hamamböceği gibi her koşulda yaşamanın yolunu bulur benim kardeşim, yine üstüne basılacak bir sırt bulmuştur. Teo'yu öyle uzun zamandır görmüyorum ki iyi mi kötü mü, ne halde bilmiyorum. Ölmediğini biliyorum yalnızca, ona ara sıra yazdığım e-postalar geri gelmediğine göre okuyor olmalı. Eskiden telefon ederdim, konuşmayı çok isterdim ama yine hakaretler yağdırmasından korktuğum için sesini duyup kapatırdım. Kapattıktan sonra çok kötü hissederdim kendimi, kardeşim yaşıyor ve hakkında tek bildiğim şey bu. Sonra numarasını değiştirdi herhalde, bir daha ulaşamadım. Kendimi yeryüzünde yapayalnız hissetsem de telefonunu bulmak için uğraşmadım. İnsan terk edilmenin en ağırına bile alışıyor. Şebnem'den sürebileceğim bir iz kalsaydı onun da ne halde olduğunu öğrenmek isterdim. Bu aralar çok sık düşünüyorum Şebnem'i. Nerede, ne yapıyor, biriyle birlikte mi, MUTLU MU, acı mı çekiyor, beni anımsıyor mu? Anımsıyordur elbette ama ne düşünüyor? Lanet mi ediyor bana, azıcık da olsa sevgiyle mi anıyor? Şimdiki evsizlerin öyküleri yok, kalabalıklar çünkü. Eskiden azdılar, insanlar hepsine bir öykü uydurabiliyorlardı, artık kimse umursamıyor onları, kimse kimseyi umursamıyor. Zaman zaman kendimi evsiz olarak hayal ediyorum, kendimi nereye sürerdim diye düşünüyorum. Yedikule surlarının çevresini seçerdim herhalde, yüzümün hiç kimseye tanıdık gelmeyeceği bir yerde, bir duvar dibinde uyuyup uyanmamayı dilerdim. UYUYUP UYANMAMAK en güzel ölüm. Bugünlerde o kadar sık diliyorum ki bunu, yakında olacakmış gibi geliyor. Ama Pakize'ye ağır gelmesinden korkuyorum. İyi yürekli bir kadın o, bir sabah kalktığında, küçücük salonunda ölmüş bir Osman bulmayı hak etmiyor. Pakize'yle yaşamak ağırıma gidiyor, ona bağımlı olmak ağırıma gidiyor. Aşktanmış gibi yapmış olsam da onunla yaşamaya aşktan başlamadım. Korkunç derecede yalnızdım, beni saracak bir kucak arıyordum, karşıma Pakize çıktı. O kadar sevecen, o kadar iyi yürekli, varını yoğunu vermeye o kadar hazır bir kadındı ki karşı koyamadım. Karşı koyacak durumda da değildim, yaşam beni itmişti, dışına atmıştı, ölmek elimden gelmediğine göre yeniden yaşama katılmak için çaba göstermem gerekiyordu, Pakize'nin uzattığı eli tuttum. Sonra bir kayığa binmişim de uyuyakalınca kayık denizin ortasına sürüklenmiş gibi kendimi evinde buldum. Çok âşıktı bana. Tekir'de müzik yaptığımız, her anımsadığımda o adam ben miydim, o berbat restoranı dolduran görmemişler sürüsünü pespaye şarkılarla eğlendirmek için, üstünde iğrenç bir ceketle org çalan, bir zamanların umut dolu, varlıklı, çekici Osman'ı mıydı dediğim yıllarda bana duyduğu aşktan ölüyordu. Onun aşkına boyun eğmekle yanlış yaptım. Yaşamımın sonuna geldim, yanlışlarım bitmek bilmiyor. Aşkı bir tek Şebnem'le yaşadım. Fırtınam felaketim hasretim oldu. Aşkımız büyük bir felaketle sonuçlanmış olsa da ömrümün en güzel zamanlarını onunla yaşadım. Şebnem'den Pakize'ye uzanan yıllarımı düşündüğümde içimde acı bir kahkaha kopuyor. Yaşamım okun sürekli aşağıyı gösterdiği bir çizgi. Ne büyük bir çöküş! Sürekli ve tutarlı bir düşüş! Bakalım dibi nerede ve ne zaman bulacağım.

* * *

Pakize giderken bana not yazmış. Bu sabah erken kalktım, senin sevdiğin ıspanaklı börekten yapıvereyim dedim. Kalkınca tavada ısıtırsın, sıcak sıcak yersin. Off. Yapma böyle şeyler Pakize, bana böyle notlar yazma, benim için incelikler düşünme, düşünüp üstümdeki ağırlığını daha da artırma. Ama iyi insanlar böyle yapar. Pakize de iyi bir insan. Yalnızca beni düşünüp sabahın köründe ıspanaklı börek yaptığı için değil, kimseye kötülük yapmayı düşünemediği için. Gülcan'a karşı bile iyi. Kadın işi sürekli Pakize'ye yıkıp toz oluyor, tezgâh başında bütün gün debelenen Pakize. Söylüyorum, asıl çalışan sensin, Gülcan çalışmadan kazancına ortak oluyor diyorum. Olsun, onun sayesinde tezgâh sahibi oldum diyor. Niye bu kadar iyisin Pakize? Gülcan'ın seni sömürdüğünü bildiğin halde niye karşı çıkmıyorsun? Artık bana katlanmakta zorlandığın halde niye hâlâ beni düşünüyorsun? İlişkimize aşk demesine izin verdiğim, yaşadığımız şey gerçekten aşkmış gibi yaptığım için kendimi giderek daha kötü hissediyorum. Pakize bana baktı, hayırsız bir evlatmışım gibi, beni koşulsuz sevmek zorundaymış gibi baktı. İşsizlikten bunaldığım, kafamı duvarlara vura vura ölmek istediğim günlerde beni avuttu, bağrına bastı. Artık eskisi gibi âşık değil bana, hissediyorum ama hâlâ seviyor. Belki de sevmiyordur da yalnız kalmaktan korkuyordur. Bu yaştan sonra yeni bir Osman bulması çok zor. Yaşlandığım halde hâlâ elim yüzüm düzgün, çekici olduğumun farkındayım. Pakize de benimle ucuz meyhanelere gitmekten, varoş arkadaşlarına benimle gurur duyduğunu göstermekten hoşlanıyor. Bana da ona yük olarak yaşamanın bedelini gurur nesnesi olarak ödemek düşüyor. Ona karşı hep iyi olmaya çalıştım. Oğlunu gelinini torunlarını sevmek için çok çabaladım. Ait olmadığım bir yaşama uyum sağlamak, onu hoşnut etmek için elimden geleni yaptım. Ama bunu daha fazla sürdürebileceğimi sanmıyorum, gücüm kalmadı. Ella'da başlamamdan birkaç ay önceydi. Bir gece yine para yüzünden söylenmeye başladı. Faturalar birikmiş, oğlu para istemiş, bir sürü şey olmuş. Ağzımı bile açmadım. Haklıydı çünkü, aylardır doğru dürüst para kazandığım yoktu, her şeyi o ödüyordu, benim içki sigara paramı bile. Sonunda Osman biz ayrılalım en iyisi, bu böyle olmayacak dedi. Peki dedim, bavulumu aldım, tam çıkarken nereye gideceksin dedi. Bilmiyorum, bulurum herhalde bir yer, bir otele filan giderim. Gitme diye tutturdu bu kez. Yine de gidecektim, gururumu sıfırın altına indirip bir arkadaşın kapısını çalacaktım, beni birkaç gün konuk etmesini isteyecektim, sonrası Allah kerim. Ama kolumdan tuttu, bırakmadı. Ağlaşmalı, çok acıklı bir gecenin sonunda sarmaş dolaş uyuduk. Sana söylemek istediğim çok şey var Pakize. Ama sonuçlarını kestiremediğim için düşündüklerimi söylemekten her zaman çekinmişimdir. Yaşamım düşündüklerimi unutmaya, uyumlu olmaya çalışmakla geçti. Bir Celali olamadım yani. Seni, başından beri senin istediğin gibi sevemediğimi biliyorsun. Bildiğin halde belki bir gün severim diye bekliyorsun, tükenmeyen bir umudun var. Nasıl olabiliyor? Bu kadar umutlu olmayı nasıl başarıyorsun? Bu boktan yaşamı nasıl sevebiliyorsun? Evinin eflatun rengi duvarları senin de ruhunu daraltmıyor mu? Yine de yaşamı sevmen çok güzel. Hep sev, yanında ben olmasam da sev. Ama umudunu hâlâ yitirmemen çok acıklı öte yandan. Yapamam Pakize. Seni, senin istediğin gibi sevmek benim yapımda yok. Ben senin gibi olamam, yaşama dört elle sarılamam, şanssızlığımla barışamam. Bu nedenle seni terk edeceğim. Seninle aynı hamurdan olmadığımızı, senin sınırsız iyiliğine ve iyi niyetine seni aşkla severek karşılık veremediğim için çok yıprandığımı, seninle yaşamaktan hoşnutmuşum gibi davranmaktan çok yorulduğumu, evinin eflatun rengi duvarlarına dayanacak halim kalmadığını yüzüne söyleyecek cesaretim olmadığı için, asıl önemlisi sen bu sözleri işitmeyi hak etmediğin için, kısa bir mektup yazacağım sana. Beni yaşamına aldığın için sana ödeyemeyeceğim kadar büyük bir gönül borcum olduğunu ama daha fazla yük olmak istemediğim için gittiğimi yazacağım ve gideceğim. Bu ne zaman olacak bilmiyorum. Gitmeyi, seninle yaşamaya başladığım ilk günden beri düşünüyorum. Oblomov'dan beter haldeyim. İlya İlyiç acınası yaşamıyla uzlaşmıştı en azından, ben uzlaşamadım. Uzlaşamadığım tek şey de kendi yaşamım oldu.

* * *

Bugün Arnavutköy sırtlarında dolaştım. Gecekonduların bahçelerinde çamur vardı, tavuklar vardı. Araba lastikleri, kırık kovalar, naylonlar, patlak bidonlar, saksılarda çiçekler vardı. Bahçelerin birinde tahta parçaları, demir borular, çıkma pencereler üst üste yığılmıştı. Birileri bir köşeye karalahana ekmişti, tavuklar gagalıyordu. Bezgin kadınlar evlere girdi çıktı, sümüklü çocuklar koşuştu, bağrıştı. Havada öfke ve yılgınlık, karşımda ise İstanbul'un en güzel manzarası vardı. Bu yıkık dökük gecekonduların aralarındaki çamurlu yollarda dolaşırken kendimi radyoaktif bir maddeymişim gibi hissettim, bulunduğu ortama o derece yabancı ve zehirli. Arnavutköy'den Hisar'a dek yürüdüm. Hava soğuktu ama güneşliydi. Bir kafede, dışarıda oturdum, bir bira içtim. Sonra biraz daha oturdum, bir bira daha içtim. Bira bardağına bakarken aklıma Edip Cansever'in şiiri geldi. "Bir bira içmek istiyordu kaç gündür / Masaya biranın dökülüşünü koydu." Masa da masaymış ha dedim, güldüm. Hâlâ gülebiliyor olmama şaştım, bir de buna güldüm. Sonra güneş battı, gece indi, hava buz gibi oldu, ellerim ayaklarım dondu, inatla dışarıda oturmayı sürdürdüm. Gece göğü dupduruydu, görüntü çok keskindi. Boğaz'ın karşı kıyılarının ışıklarına bakarken bir zamanlar Şebnem için yazmaya başladığım şarkıyı anımsadım. Önce kolay sanmıştım aşkı, sonra anladım ki çetin cevizmiş. Bitirebilseydim adını çetin ceviz koyacaktım. Işıklara bakarken, ansızın çetin ceviz olanın aşk değil, yaşamımın kendisi olduğunu anladım. İlk yanlışı ne zaman ve nasıl yaptığımı bulmaya çalıştım. Kendime en büyük yanlışım Şebnem'i sevmek miydi diye sordum. Buna ne evet diyebildim ne hayır. Yaşamımı Şebnem'den önce ve Şebnem'den sonra diye ikiye ayırıp gözden geçirdim. En büyük yanlışımın, beni felakete sürükleyen şeyin Şebnem olduğuna kendimi inandırmak istedim. Çünkü delice âşıktım karıma ve aşk bütün hataları bağışlatır. Ama Şebnem'den önceki ve Şebnem'den sonraki yaşamımda bulduğum tek ortak şey KORKU oldu. Korkuyla sakatlanmış bir adam olduğumu anladım. Doğduğum andan beri beni korku büyütmüş, korku şekillendirmiş. Şebnem'le bizi de korku bitirdi, felaketimizi korku hazırladı, benim korkularım. Bunu bir anda bütün açıklığıyla görmek yaşamıma tanı koymamı sağladı. Aynı anda da korkularımın sonuna geldiğimi, ömrümün bu son çağında korkacak bir şey kalmadığını anladım, rahatladım. Bu kez de Turgut Uyar'ı andım, Geyikli Gece'yi. "Halbuki korkulacak hiçbir şey yoktu ortalıkta / Her şey naylondandı o kadar." Çevreme baktım, genç bir çift konuşuyordu, yüzleri asıktı, sorunları vardı belli ki. Orta yaşlı iki kadın gülüşerek çıktılar kafeden, bir taksiye binip gittiler. Trafik tıkandı. Arabalar korna çaldı. Her şey naylondan o kadar diye düşündüm, yaşamım naylondan. Hesabı ödeyip kalktım. Hisar'da orta karar bir kafede iki bira içmek çok pahalıymış bu arada. O soğukta Ella'ya kadar yürüdüm. Otobüse binebilirdim ama çok erkendi, programın başlamasına iki saatten fazla zaman vardı. Kulübe geldiğimde de her şey aynı ve naylondandı. Adını unuttuğum vale çocuk kapıdaydı. Beni görünce içtenlikle selam verdi. Çay demlemiş. İçer misiniz dedi. Sağol, yeni içtim dedim. Salona geçtim. Fethi komilere masaları hazırlatıyordu. Beni görünce hayırdır Osman Bey, erkencisiniz bu akşam dedi. Öyle oldu Fethi dedim. Gidecek bir yerim yok, ben de en az Celali kadar evsizim demedim. Pakize'nin varlığı beni eziyor, ona baktıkça kendimi çok küçük, çok zavallı, çok gereksiz hissediyorum demedim. Kekko Fornarelli'den "Weeping Souls"u çalışmak için piyanonun başına geçtim. Dünyanın çoktandır bildiği bu adamı yeni keşfetmiştim, youtube'da sürekli dinliyordum. "Weeping Souls"a başladım. Ama nasıl oldu anlamadım, kendimi Gabriel Fauré çalarken buldum, "Pavane"ı. Madam Gülezyan'ın öğrettiği bestelerden en sevdiğim. Ellerim soğuktan kaskatıydı ama çaldıkça açıldı, notalar akmaya başladı. Dünyayı, Şebnem'i, yaşamımı, kimsesizliğimi unuttum. Çalarken ağladığımı gözyaşım elime düşünce fark ettim. Gözlerimi sıktım, yüzüm sırılsıklam oldu. Kulübe gelirken tütün alacaktım, unutmuşum. Otele geçtim. Erkan resepsiyondaydı, çocuklardan birini bir yere gönderiyordu. Bana da Bebek'ten tütün alır mı dedim. Alır tabii Osman Bey dedi, hangisinden? Seviyor beni bu çocuk diye düşündüm, ben de onu seviyorum. İngilizce bir şeyler soruyor arada, açıklarken gözlerinde hayranlık görüyorum, hoşuma gidiyor. Ama yaşamımdaki boşluk öyle büyük ki, böyle şeyler beni yaşatmaya yetmiyor artık. Bulursa George Karelias alsın, bulamazsa ne bulursa onu alsın, tütün olsun yeter dedim. George Karelias içiyorum ama çok pahalı, ucuz olsun diye Adıyaman tütünüyle karıştırıyorum, o da tadını bozuyor. Tütün konusunda kendimce belirlediğim bir zaman dilimi var. Azalıncaya kadar zevkle Karelias'ımı içiyorum, bitmeye yüz tutunca Adıyaman'la karıştırıyorum, yeni tütün alana kadar son içtiklerim tümüyle Adıyaman oluyor. Eskiden Rothmans içerdim. Rothmans içtiğim zamanlarda çok pahalı viskilerime kıyamazsam Chivas Regal içerdim. Çocuk Golden Virginia bulmuş, getirdi. Kapıda sigara sarıyordum, otelden otuz yaşlarında bir kadın çıktı. Sigaranız var mı dedi. Kendime sardığım sigarayı ona verdim. Her şeyim gibi Zippo'mu da yitirdiğim için mavi plastik Tokai'yle yaktım. Çakar çakmaz çakan çakmak. Azmüsebat çakmak ve tıraş bıçağı firmasının Japon patentli çakmakları. Bir Tokai çakmak alana bir Derbi tıraş bıçağı armağandı bir zamanlar. Azmüsebat: Azim ve sebat. Çakmak azim, bıçak sebat. Bende ikisinden de olmadı. Ne sağlam sloganmış, otuz yıldır ne çakmak öldü ne slogan dedim. Ne? dedi kadın. Çakmak dedim, kalitesi hiç düşmedi, hâlâ çakar çakmaz çakıyor. Kadın deliymişim gibi baktı, uzaklaştı. Teo olsa hemen hesaplardı diye düşündüm. Allah'ın plastiği, ne maliyeti var ki? Bir çakmaktan şu kadar kâr etseler, yılda şu kadar üretseler, ne para be! Evet Teo, çok para. Ama ilginç olan şu ki, bir var, bir yok o para. Dün vardı bugün yok gibi. Dün vardık bugün hiçiz gibi. *Varlık ve Hiçlik*. Sartre'ın başyapıtı. Levent'te İngilizcesini görmüştüm, özenip almıştım ama okuyamadım, beni çok aşıyordu. Kadın az ötede dikilmiş sigara içiyordu, deli sandığı benle göz göze gelmemek için telefonuyla oynuyordu. İçeri girmeden önce ona bir sigara daha sardım, uzattım, çakmağımı da verdim, buyurun. Şaşırdı, gülümsedi ama yine deli galiba gülümsemesi. Deli değilim hanımefendi, bitiğim. Ara'yla Tandoğan beş dakika arayla geldiler. Gaye'nin de erken geleceği tutunca erken başladık. Bu akşam "Weeping Souls"u da çalalım diyecektim, vazgeçtim. Bir öneride bulunmam gerekmiyor, ben bu grubun tamamlayıcı unsuruyum, fon rengiyim, benden daha fazlasını bekleyen yok. Çok güzel bir program oldu bu akşamki. Her zaman olmaz. Genellikle üçünden birinin kafası bozuktur, bitse de gitsek diye çalar. Bu gece üçünün de keyfi yerindeydi. Gaye çok formundaydı, klasik caza bir girdi çıkamadı bir türlü, ne "Strange Fruit" kaldı ne "Blue in Green" ne "Fly Me to the Moon". Klasik cazı çok iyi biliyor, canı isterse döktürüyor, bravo kıza. Müşteri de iyi çıktı, çok güzel parçalar istediler, alkıştan avuçları patladı. Gaye "Just Say I Love Him"i söylerken ağladı mı yoksa bana mı öyle geldi? Belki o da benim gibi kaderine ağlıyordur, biz yenilmişler her gece sanki söylediğimiz şarkıya içlenmişiz gibi yaparak kaderimize ağlıyoruz. Müziğimiz en çok bu işe yarıyor, acılarımızı gizlememize. Ötekiler gibi Gaye de kuyruğu dik tutmaya çalışıyor ama o da benim gibi yenik, yerlere düşene kadar içmesinden belli. Sorsam anlatır belki ama sormuyorum, ne anlatabilir ki? Sonuçta hepimizin öyküsü aynı kapıya çıkıyor. Argun yine programın bitmesine yarım saat kala ortadan kayboldu. Yevmiyelerimizi bir gün bile geciktirse kâr sayıyor aşağılık. Pek çok yerde çalıştım, barlarda, kulüplerde, stüdyolarda ama Argun kadar karaktersizini görmedim. Bir zamanlar adam sanıyordum bu herifi, şansımın bir türlü açılmayan kapısını açacağına inanıyordum. Mutluları da inandırmıştım. Şebnem uyarmıştı ama, bu herif puştun teki, her şeyi poz, görmüyor musun demişti. İnsanları yanlış tanıyorsun, önyargılısın diye karşı çıkmıştım, oysa içten içe biliyordum. Öyleydim, içten içe bilsem bile görmezden gelirdim, inanmak istemezdim, her keresinde de boyumun ölçüsünü aldım. Şimdi içimin sesine kulak veriyorum ama içimin bana söyleyebileceği bir şey yok artık. Yıllar sonra vapurda karşılaştık Argun'la. Karşımda oturan birinin bana baktığını hissettim. Pahalı ayakkabılarına baktım önce, sonra kaliteli bir blucin paçaları, bacak bacak üstüne atmış, kendinden çok emin biri belli ki. Başımı kaldırdığım anda konuştu. Osman? Yüzüne baktığıma çok pişman oldum. Tanımazlıktan gelmek istedim ama gözlerim beni ele verdi. Gülümsüyordu aşağılık, bu hallere düşeceğin belliydi der gibi gülümsüyordu. Sözde dostça bir merakla sordu. O video olayından sonra çok merak ettim seni, başına bir şey geldi diye korktum. Ne yaptın, nerelerdeydin? İşte bu haldeyim Argun, düşüşün sonu yok, gördüğün gibi dipteyim. Sessizdim, ısrarlı sorularını gülümseyerek geçiştirmeye çalışıyordum ama durumumun tadını çıkarmaya kararlıydı, yakamı bırakmıyordu. Ella'dan söz etti, piyanisti ölmüş, yeteneğine güveneceği birini arıyormuş. İşsizsen gel bende çal dedi. Sağ ol dedim, ama işim var, genç bir arkadaşa albüm hazırlıyoruz. Aranjörlüğünü yapıyorum. Kim o genç arkadaşın? Tanıştır, benim de bir yararım olur. Biliyorsun, benim çevrem geniştir. Senin de çevrenin de Allah belasını versin. Sonra bir gün Pakize'nin üç kuruşu bir araya getirebilmek için çırpındığını görünce Ella'ya gittim. Dakikalarca kapının önünde ileri geri yürüdüm, içeri girebilmek için cesaretimi toplamaya çalıştım, onurumun tümüyle eriyip bitmesini daha doğrusu. Bomboş salonda bir masaya oturup Argun'u bekledim. Kendimi bok gibi hissediyordum. Kırk katır mı, kırk satır mı? Pakize mi daha ağır, Argun mu? Beni görür görmez yüzünde beliren o aşağılayıcı gülümseme. Ağır yürüyerek gelip başımda dikilmesi. İki hafta deneme süresi. Baktım oldu, devam edersin, olmadı kusura bakma. Şimdi git, caz parçalarına çalış gel. Yaşamımı belirleyen ve sonunda beni bitiren KORKULARIM ve ZAYIFLIKLARIM. Kısırdöngüm. Korku insanı zayıf düşürüyor, zayıflık korkuları artırıyor. Gayelere bir zamanlar arkadaş olduğumuzu söylemiş. Şebnem'i bile anlatmış olduğunu üçünün de merak dolu yüzlerinde görüyorum. Tanıştığımız günden beri onlara kendimi anlatmamı bekliyorlar. Üçünü de seviyorum, üçü de gerçekten iyi insanlar, ama anlatamam, anlatmak yeniden yaşamak demek. Her gün kendi kendime yaşıyorum zaten, acılarımı bir de başkalarına anlatarak büyütemem. İlk arada yine sigaraya çıktım. Vale çocukla konuştuk biraz. Konuşurken abisinin kendini astığını söyledi. Balkondaki çamaşır ipini sökmüş, bodruma inmiş, kalorifer borusuna bağlamış, kendini asmış. Neden diye sormayacak mısınız dedi. Neden sorayım ki, biliyorum. Dağlarca "Korkuyorum yaşamaktan ki çok güzel" derken çok yanılmış. Güzel değil yaşamak. Ya da güzeldi bir zamanlar.

* * *

2020, İstanbul